CORY DANIELLS

Die dunkle Prinzessin

Buch

Die Strahlende Insel war einst ein üppiges und liebliches Land, das für seinen Reichtum und seine Kultur berühmt war. Inzwischen sind die Felder von den neuen Herren, den barbarischen Ghebite, abgebrannt worden. Die Eroberer missachten auch die traditionell freien Frauen – und fürchten gleichermaßen die gefangene junge Herrscherin, Imoshen. Sie ist eine der letzten reinen T'En – verehrt wegen ihrer magischen Ausstrahlung und betörenden Schönheit. Auf ihr ruhen alle Hoffnungen, das labile Gleichgewicht im Land zu bewahren und weitere Katastrophen und neue Spaltung zu verhindern. Dass sie von dem Ghebite-Führer Tulkhan ein Kind erwartet, ist jedoch eine Quelle neuer Furcht und Verdächtigungen. Trotz der gegensätzlichen Herkunft erregt Tulkhan in Imoshen eine alles verzehrende Leidenschaft. Als sie gegen ihre Gefühle versucht, dieser zu widerstehen, wird sie von einer älteren Begierde – und heiligeren Verpflichtung – eingeholt: Sie war in jungen Jahren ihrem Verwandten T'Reothe versprochen worden, dem letzten T'En-Krieger, einem stolzen Zauberer, Abtrünnigen und Anführer der Rebellen, der die Strahlende Insel wieder für die T'En zurückgewinnen will – und Imoshen dazu. Die Kämpfe eskalieren, und die Hochschwangere gerät zwischen die Fronten ...

Autorin

Cory Daniells lebt zusammen mit ihrem Ehemann und sechs Kindern in Brisbane, Australien.

Von Cory Daniells ist bei Blanvalet bereits erschienen:

Die Inselkönigin. Roman (35463)

CORY DANIELLS

Die dunkle Prinzessin

Roman

Ins Deutsche übertragen
von Regina Winter

BLANVALET

Die Originalausgabe erschien 2000
unter dem Titel »Dark Legacy«
bei Bantam/Random House Australia

Umwelthinweis:
Alle bedruckten Materialien dieses Taschenbuches
sind chlorfrei und umweltschonend.

Blanvalet Taschenbücher erscheinen im
Goldmann Verlag, einem Unternehmen der
Verlagsgruppe Random House.

Deutsche Erstveröffentlichung Juli 2002

Umschlaggestaltung: Design Team München
Umschlagillustration: F. Regös
Satz: DTP Service Apel, Hannover
Druck: Elsnerdruck, Berlin
Verlagsnummer: 35464
Redaktion: Patricia Haas
UH · Herstellung: Heidrun Nawrot
Made in Germany
ISBN 3-442-35464-1
www.blanvalet-verlag.de

1 3 5 7 9 10 8 6 4 2

1

Früher einmal hatten die tausend Zimmer des Palasts Imoshen mit Staunen erfüllt, nun durchschritt sie die Flure hier als ungekrönte Kaiserin. Aber ihre Stellung war ebenso gefährdet wie der Mann, an dessen Seite sie herrschen würde. General Tulkhan und seine ghebitische Armee mochten die Oberherren über ein erobertes Volk sein, das treu zum alten Kaiserreich stand, aber sie waren in der Minderheit. Die Diener im Palast beugten sich Imoshens Wünschen, aber in Wahrheit war sie die Gefangene des Generals. Und tagtäglich führten die Ghebiten ihren barbarischen Prunk vor und beleidigten Imoshens Volk mit ihrer Gedankenlosigkeit.

Imoshen lächelte grimmig. Sie hatte zusehen müssen, wie ihre Insel erobert wurde, sie hatte den Ghebiten die Festung ihrer Familie übergeben, aber General Tulkhan hatte Imoshen selbst für sich beansprucht, was sie in eine taktisch ausgesprochen gute Position gebracht hatte. In den zwölf Wochen seit dem Erntefest hatte sie viel erreicht. Erst am Vorabend hatte Tulkhan das Dokument unterzeichnet, das die Gesetze der T'En-Kirche anerkannte, und damit hatte er Imoshen alles, was sie verloren hatte, zurückgegeben. Und noch mehr. Wenn sie sich erst offiziell miteinander verbunden hatten, würde sie als Mitherrscherin der Strahlenden Insel vor ihrem Volk stehen, die erste reinblütige T'En-Frau, die seit sechshundert Jahren einen Mann nahm.

Als sie das Klirren von Metall auf Metall hörte, erstarrte Imoshew, wachsam wie ein Tier in der Wildnis. Sie hatte gelernt, was Angst war, und zu wissen, dass ihr Leben an einem seidenen Faden hing, bestimmte jede ihrer Bewegungen. Mit klopfendem Herzen folgte sie den rasiermesserscharfen Geräuschen zu einem Balkon, von wo aus ein halbes Dutzend Diener einen Kampf im Hof drunten beobachteten. Ein Blick sagte Imoshen, dass der General und seine Männer nur übten. Sie war unendlich erleichtert.

»Macht euch sofort wieder an die Arbeit«, zischte sie, denn es missfiel ihr zu sehen, dass die ghebitische Begeisterung für Gewalttätigkeit offenbar ansteckend auf ihre Diener wirkte. Die Leute entschuldigten sich verlegen und eilten davon.

Im Hof hallte laut das Lied der Schwerter wider. Während Imoshen ungesehen aus dem Schatten des Balkons zusah, musste sie gegen ihren Willen die Geschicklichkeit der Ghebiten bewundern, wie sehr sie sich auch davon abgestoßen fühlte, dass diese Männer die Gewalt geradezu liebten.

Ein ghebitischer Krieger übte, wenn er erst das Mannesalter erreicht hatte, stets mit den Waffen, mit denen er auch in den Kampf zog, und hatte für stumpfe Übungswaffen nur Hohn übrig. Diese Männer waren für ihren wilden Kampfesmut gefürchtet, und Tulkhan war die vollendete Verkörperung dieses ghebitischen Ideals. Mit nur neunzehn Jahren hatte er bereits das Kommando über die Armee übernommen, hatte sie nach Süden geführt und war unaufhaltsam über das Festland vorgedrungen. In elf Jahren hatte sich ihm kein fremdes Reich dauerhaft widersetzen können, und es hatte ganz so ausgesehen, als würde er noch die gesamte bekannte Welt erobern.

Aber statt den Rest der südlichen Königreiche einzunehmen, hatte er sich der Strahlenden Insel zugewandt und einen Überraschungsangriff geführt. Verraten von ihren Verbündeten und unvorbereitet auf einen Krieg an ihren eigenen Ufern, war die Insel in einem einzigen Sommer zur leichten Beute geworden.

Die Erinnerung an diese Tage der Verzweiflung ließ Imoshen schaudern, und sie wandte die Aufmerksamkeit wieder der Szene zu, die sich im Hof abspielte. General Tulkhan war bekannt für seine taktischen Fähigkeiten und seinen Mut im Kampf. Aber warum stellte er sich dann vor den Augen seiner Elitegarde gleich drei Angreifern? Was musste er noch beweisen?

Plötzlich verstand Imoshen – sobald ihre Position als Mitherrscherin bekannt würde, würden seine Männer annehmen, sie hätte ihm die Männlichkeit genommen. Sie würden vielleicht sogar befürchten, dass sie ihn verzaubert hatte. Einige dieser Männer wichen immer noch Imoshens Blicken aus, denn sie glaubten die Gerüchte über die gefährlichen T'En-Kräfte. Kein Wunder also, dass Tulkhan sein Schwert mit solcher Leidenschaft schwang, dass seine Männer sich kaum gegen ihn zur Wehr setzen konnten.

Metall kratzte knirschend auf Metall, und Imoshen sträubten sich die Haare. Sie hielt die Luft an, als einer der Kämpfer einen Ruf ausstieß und auf die Knie fiel. Erst im letzten Augenblick drehte Tulkhan das Schwert und schlug mit der flachen Seite zu. Der Ghebite fiel vornüber auf das rutschige Pflaster.

Niemand rührte sich.

Imoshen trat einen Schritt näher ans Geländer, angezogen von der aufgeladenen Atmosphäre. Sie konnte die Blutgier in der Luft schmecken; es hatte etwas Berauschendes.

Die angestrengten Atemzüge der Männer wurden in der Enge des Innenhofs verstärkt und klangen überlaut. Es geschah hin und wieder, dass Ghebiten bei Übungskämpfen tödlich verwundet wurden. Im strahlenden Morgenlicht standen die beiden Schwertkämpfer Tulkhan neben ihrem zusammengesackten Kameraden gegenüber, und Dampf stieg von ihrer Haut auf.

General Tulkhans nackter Rücken glitzerte vor Schweiß, als er so dastand, das Schwert drohend erhoben. Er war wunderbar, und seine Gefährlichkeit war nicht zu leugnen. Etwas tief in Imoshen zog sich zusammen. Mit bittersüßer Selbsterkenntnis deutete sie das Gefühl. Sie hatte Tulkhans Körper nur zweimal gespürt, aber ihre Begierde nach ihm war bereits so intensiv, dass sie sie verwundbar machte.

Sie feuchtete ihre trockenen Lippen an und beobachtete wie gebannt, was sich im Hof abspielte. Einer der Schwertkämpfer, ein Mann namens Jacolm, stand schützend über seinem gefallenen Schwertbruder, bereit, für diesen Mann zu sterben, an den er durch seine Kriegerehre gebunden war. Kein Wunder, dass die ghebitische Armee unbesiegbar war, wenn die Einzelnen auf solche Weise miteinander verbunden waren und den Tod in der Schlacht willkommen hießen. Ghebitische Soldaten waren überzeugt, dass sie nach dem Tod an der Seite ihres Kriegergottes reiten durften. Imoshen verzog angewidert den Mund.

Dann senkte der grauhaarige Veteran Peirs entschlossen seine Waffe. Er wandte Tulkhan die Schulter zu und half dem verwundeten Mann auf die Beine. Jacolm folgte seinem Beispiel und ließ die Waffe ebenfalls sinken.

Der General zuckte angewidert die Schultern, aber Imoshen hätte nicht sagen können, ob er über die Männer oder über sich selbst verärgert war. Ohne ein Wort entließ er die anderen.

Von ihrem Aussichtspunkt konnte Imoshen sehen, wie die Elitegarde und Tulkhans Offiziere den Hof verließen. Der General selbst kam auf sie zu. Er hob eine Hand voll von dem Schnee auf, der an einer Seite des Hofes angeweht worden war, und rieb sich damit das Gesicht ab.

»General?« Imoshens Herz raste, als sie in das Sonnenlicht am Balkongeländer trat. Tulkhan zuckte ein wenig zusammen, dann blickte er mit undurchdringlicher Miene zu ihr auf.

Sie erkannte, dass er Kampfstellung angenommen hat. »Ich bin es nur.«

»Nur?«

Imoshen lächelte. Sie mochte Tulkhan am liebsten, wenn sie allein waren, wenn er nicht die öffentliche Rolle des Generals und sie nicht die von T'Imoshen, der letzten Prinzessin der T'En, spielen musste.

Dann zog sie das Obergewand aus Brokat über den Kopf und warf es beiseite, sodass sie nur noch in ihren weiten Hosen, dem dünnen Unterhemd und weichen Stiefeln dastand. »Bring mir bei, wie man mit dem ghebitischen Schwert kämpft.«

Der General sah sie prüfend an.

Die Frauen in Tulkhans Heimat fassten keine Waffen an. Sie wagten kaum, den Blick zu einem Mann zu erheben, nicht zu reden von einem Schwert. Imoshen wusste, dass sie schon mit ihrem Vorschlag ghebitische Gesetze brach – deshalb hatte sie gewartet, bis die anderen weg waren.

Bevor die Ghebiten im vergangenen Frühjahr die Insel erobert hatten, hatte Imoshen ihre eigene Kultur und Lebensweise für selbstverständlich gehalten. Inzwischen hatte sie allerdings begriffen, dass ihre Insel ein Leuchtfeuer der Aufklärung in einem Meer von Barbarei darstellte. Alles, woran sie glaubte, war bedroht, aber sie war entschlossen, nicht zuzulassen, dass die Ghebiten die Stellung der Frauen auf der Strahlenden Insel untergruben. Wenn dies bedeutete, Tulkhan ununterbrochen zu zwingen, die Vorstellungen, mit denen er aufgewachsen war, in Zweifel zu ziehen, dann sollte das eben so sein. Ein altes T'En-Sprichwort sagte: »Wahrheit ist ein kostbares, aber oft bitteres Gewürz.«

Imoshen schwang die Beine über die Balustrade und sprang die zwei Manneslängen tief in den aufgehäuften Schnee ganz in der Nähe von Tulkhan. Unter dem Blick des Generals richtete sie sich wieder auf und wischte sich den festgedrückten Schnee von Po und Oberschenkeln.

»Was nun, Imoshen?«

Sie sah Tulkhan in die Augen und versuchte einzuschätzen, in welcher Stimmung er war. Für einen Ghebiten war der General ein vernünftiger Mann, aber er war auch stolz. »Ich hatte schon ein Jahr vor eurem Angriff Unterricht mit dem T'En-Schwert. Aber der ghebitische Stil ist ein anderer, und es könnte irgendwann einmal notwendig werden, dass ich mich verteidigen muss, also unterrichte mich.«

Er umkreiste sie wie ein Raubtier. »Wie beiläufig du meine Ehre beleidigst.«

»Ich bitte nur darum, dass du mir hilfst, damit ich mich selbst verteidigen kann.« Sie strengte sich an, sachlich zu sprechen. »Was ist daran unehrenhaft?«

»Du weißt es also wirklich nicht! In Gheeaba erwartet man von einem Mann, dass er seine Frau verteidigt. Seine Ehre beruht darauf ...«

Imoshen lachte überrascht auf. Dann nahm sie sich zusammen, denn sie merkte, wie zornig er geworden war. »Ich wollte dich nicht beleidigen, General. Aber ich wüsste nicht, wie du mich verteidigen könntest, es sei denn, du bliebst ununterbrochen an meiner Seite, und wäre es dir nicht selbst dann lieber, wenn ich dir mit der Waffe in der Hand den Rücken stärkte, als wenn ich mich an dich klammerte und dich behinderte?«

Ihre Frage entlockte ihm ein widerwilliges Grinsen, und sie lächelte ebenfalls. Sie war noch nicht »seine Frau«, und das würde sie auch nie sein. Partner auf der Strahlenden Insel standen Schulter an Schulter.

Tulkhan hob die Hände. »In Gheeaba wäre meine Frau hinter den Mauern meines Anwesens in Sicherheit. Man würde dich zu den wichtigen Ereignissen eskortieren, geschützt von der Elitegarde meines Hauses. Du würdest niemals allein einen Schritt vor die Tür machen, du ...«

»Wie langweilig. Wie kann man nur so leben?«

Tulkhan verzog das Gesicht. »Du missverstehst mich mit Absicht, Imoshen.«

»Ja.«

»Du bist wirklich eine Plage.« Er bewegte die Hände, als wollte er sie gegen sie einsetzen.

Imoshens Herzschlag beschleunigte sich. »Ich möchte einfach nur lernen, wie man das ghebitische Schwert benutzt.«

Er blickte auf zu dem Balkon, von dem aus sie ihm zugesehen hatte. »Das ist also deine Entschuldigung dafür, mir nachzuspionieren?«

»Spionieren? Wenn du es für Spionieren hältst, wenn ich zusehe, wie deine Männer diese Pflugscharen schwingen, ja, dann habe ich spioniert.«

Sie sah Heiterkeit in seinen schwarzen Augen aufblitzen. Schweiß glitzerte auf seiner Kupferhaut.

»In Gheeaba bedeutet es für eine Frau den Tod, die Waffe eines Mannes zu berühren.«

Sie erstarrte. »Wir sind hier nicht in Gheeaba. Und ich werde mich nicht von deinen ... deinen ghebitischen Ansichten einschränken lassen. Unterrichte mich.«

Tulkhan sah sie an. »Also gut. Es wird mir ein Vergnügen sein, dich auf deinen Platz zu verweisen.«

Er drehte sich um, ging zum Hoftor und rief jemandem in der Passage dahinter etwas zu. Zufrieden wandte er sich dann wieder an sie. »Mein Diener bringt dir eine Pflugschar.«

Imoshen nickte, aber sie befürchtete, es diesmal übertrieben zu haben. Sie hatte nur grundlegende Kenntnisse des Schwertkampfs. Die ghebitische Waffe war viel schwerer und wurde auf ganz andere Weise eingesetzt. Als Rückschlag auf die T'En, die die Strahlende Insel vor Hunderten von Jahren erobert hatten, war sie größer als ein durchschnittlicher Echtmann, aber Tulkhan überragte sie noch um einen halben Kopf, und selbst eine T'En-Frau war nicht so muskulös wie ein Mann.

Imoshen wusste, sie hatte keine Chance, den General zu

besiegen, aber sie hatte das eigentlich auch nicht vor. Ihr Ziel war es, eine Brücke zwischen ihnen zu bauen. Wenn er ihr beibrachte, wie man das ghebitische Schwert benutzte, wäre er einen Schritt näher daran, sie als Seinesgleichen zu betrachten.

Das Hoftor ging auf, und ein nervöser Diener reichte Tulkhan sein zweites Schwert. Der General schickte den Jungen wieder weg und wog beide Schwerter in den Händen, betrachtete die Klingen.

»Ich nehme an, du würdest lieber mit einem Zahnstocher oder einer Stricknadel kämpfen. Fang!«

Instinktiv fing sie das Schwert am Griff auf, schätzte sein Gewicht und das unvertraute Gleichgewicht ab. In diesem Augenblick wünschte sie sich nichts sehnlicher als einen kurzen, scharfen Dolch und ein schmales Schwert wie das, mit dem sie ausgebildet worden war. Die T'En-Klinge hätte ihr, gegenüber dem größeren Gewicht des ghebitischen Schwerts, den Vorteil von Schnelligkeit und Reichweite gegeben. Sie kam sich jetzt schon ungeschickt vor und befürchtete, dass ihr Handgelenk bald nicht mehr mitmachen würde.

Hätte sie T'En-Waffen in der Hand gehabt und wäre das ein Kampf um ihr Leben gewesen, dann hätte ihre einzige Chance darin bestanden, schnell zuzuschlagen, bevor Tulkhan den Vorteil seiner schwereren Klinge und größeren Kraft nutzen konnte.

Wie alle reinblütigen T'En war Imoshen Linkshänderin. Sie drehte sich seitlich zu dem General, um so wenig Angriffsfläche wie möglich zu bieten. Tulkhan nahm eine ähnliche Position ein. Weil er Rechtshänder war, waren sie beide nun derselben Hofseite zugewandt statt unterschiedlichen. Das mochte den General verwirren, aber nur für einen Augenblick.

»Der T'En-Weg bietet immerhin Präzision und Stil statt nackter Kraft«, sagte sie.

»Du hältst es vollkommen falsch.«

»Zeig es mir.«

Als er hinter sie trat, spürte sie die Hitze, die von seiner Haut ausging. Er legte die Hand auf ihre, und sie zwang sich, den Arm zu entspannen und ließ zu, dass er das Schwert senkte.

»Nicht so hoch. Halte das Schwert natürlicher.«

Sie schluckte und fragte sich, wie er die Reaktion ihres Körpers ignorieren konnte. Als er sich wieder ihr gegenüber aufstellte und sich konzentrierte, sah sie ihm in die Augen.

»Man hat mir beigebracht, das Handgelenk zu benutzen, um Abgriffe abzuwehren«, sagte sie. »Aber nachdem ich deine Männer beobachtet habe, habe ich erkannt, dass der ghebitische Stil ...«

»Ungeschlachter ist?«, schlug er mit einer Spur von Zorn vor.

»Ich wollte sagte, es sieht aus, als würdet ihr das ganze Körpergewicht in einen Schlag legen und eher zuschlagen als zustechen.«

»Hm.« Tulkhan sah sie forschend an. »Wärest du ein Junge mit solch mageren Armen, dann würde ich dir raten, dir ein Schwert mit doppelhändigem Griff zu suchen. Das hier sind Anderthalbhänder, damit man es im Notfall mit zwei Händen fassen kann.«

Imoshen wurde ärgerlich. »Ich bin kräftiger, als ich aussehe.«

»Wirklich? Dann verteidige dich.«

Er schlug zu. Er hatte sie vorgewarnt, aber dann hielt er seine Schnelligkeit und seine Kraft nicht mehr zurück. Imoshen hatte kaum Zeit, die Waffe hochzureißen. Sie fing den Schlag mit der Klinge ab, bereit, sein Schwert mit einer Bewegung aus dem Handgelenk abzulenken. Aber die Wucht rüttelte ihren Arm bis in die Schulter durch und ließ ihre Finger taub werden. Nur mit großer Willensanstrengung gelang es ihr, das Schwert überhaupt in der Hand zu behalten und den Schlag abzuwehren.

»Falsche Technik, Imoshen.« Tulkhans weiße Zähne hoben sich deutlich von der kupferfarbenen Haut ab. »Das hier sind keine T'En-Waffen.«

Sie schoss vor, zielte auf seine Kehle, denn sie wusste, dass er den Angriff abwehren würde. Mit einem Lachen fing er ihre Klinge ab und nutzte ihren Schwung, um sie aus dem Gleichgewicht zu bringen. Sie tänzelte außer Reichweite und kam sofort wieder in Position.

»Du bist so leichtfüßig wie eine Katze. Es ist eine Schande, dass du eine Frau bist. Du würdest einen guten Schwertkämpfer abgeben, wenn du nur genug Kraft in Armen und Schultern hättest! Versuch es mit beiden Händen.«

»Würde das nicht meine Reichweite verringern?«

»Nie um eine Antwort verlegen! Schade, dass deine Zunge kein Schwert ist.« Er näherte sich wieder. »Verteidige dich. Lenke diesmal meine Waffe am Körper vorbei ab. Ja.«

Er schlug zu, sie parierte. Wieder zuckte der Schmerz des Aufpralls durch ihren Arm bis zur Schulter. Dann griff Tulkhan von der anderen Seite an, und sie begriff plötzlich, wieso er sie angewiesen hatte, das Schwert mit beiden Händen zu packen. Aber es blieb keine Zeit mehr, das jetzt nachzuholen.

Imoshen musste bei jedem Schlag weiter zurückweichen, und es gelang ihr kaum, sich zu verteidigen. Sie nahm an, dass er nur mit ihr spielte, und das wurde bestätigt, als er abermals zuschlug und nur über ihre Waffe kratzte, sodass sie wusste, dass er keine Kraft in den ersten Schlag gelegt hatte. Sein Schwert durchbrach ihre Deckung, und er traf die Rippen unter ihrer linken Brust mit der flachen Seite der Klinge. Der Schlag trieb ihr die Luft aus der Lunge.

»Das war ein Todesstoß«, sagte er. »Hast du jetzt genug?«

Jeder Atemzug brannte. Sie biss die Zähne zusammen. »Zeig mir diesen Trick.«

»Das ist kein Trick. Es braucht einfach Jahre der Übung.« Er unterstrich diese Worte mit weiteren Schlägen, die schneller und schneller aufeinander folgten. »Vielleicht werde ich dir eines Tages das Schwert zeigen, das ich von meinem Großvater geerbt habe. Eine wunderschöne Waffe.«

Die Kraft seiner Schläge ließ ihren Schwertarm zittern und betäubte ihre Finger. Sie konnte ihn nur noch mit Mühe abwehren.

Imoshen wusste, dass sie nicht genügend Kraft im Oberkörper hatte, um sie der seinen entgegensetzen zu können. Sie konnte sich kaum verteidigen. Als sie weiter über die rutschigen Pflastersteine zurückwich, wurde ihr klar, dass es nur noch eine Frage der Zeit war, bis sie in den tiefen Schnee geraten und jede Beweglichkeit verlieren würde.

Jedes Klirren der Klingen hallte im Hof wider und drang ihr schmerzlich in den Kopf, bis sie nichts mehr hörte als das Geräusch von Stahl auf Stahl.

»Ich hatte auch nicht erwartet, es über Nacht zu lernen, General.« Sie grunzte von der Anstrengung, die es kostete, ihn abzuwehren. »Aber du hast selbst gesagt, ich bin leichtfüßig, und ich möchte gerne mehr lernen.«

»Warum? Im Frühjahr wirst du einen dicken Bauch haben.« Er war nicht einmal ins Schwitzen geraten. »Aus diesem Grund sind es die Männer, die kämpfen, und nicht die Frauen. Nur auf der Strahlenden Insel ist dieses natürliche Gleichgewicht in Unordnung geraten.«

Imoshen wurde wütend. »Ich werde nicht immer schwanger sein!«

Ein vertrauter Geschmack legte sich auf ihre Zunge und warnte sie, dass ihre T'En-Kräfte an die Oberfläche drängten, aber sie weigerte sich, mithilfe dieser Kräfte seinen Geist zu verwirren oder seine körperlichen Reaktionen zu beeinflussen. Ihre angeborenen Fähigkeiten jetzt gegen den General einzusetzen, hätte alles zunichte gemacht, was sie erreicht hatte.

Versunken in den Kampf in ihrem Inneren, war sie weiter zurückgewichen, und nun trat sie in den Schnee. Ihre Wachsamkeit ließ nach.

Der General schlug zu. Sie parierte.

Die Wucht seines Schlages riss ihr das Schwert aus den nutzlosen Fingern und ließ die Waffe quer über den Hof fliegen, wo sie schließlich klirrend gegen eine Mauer schlug und in eine Schneewehe fiel.

Dann war es still im Hof.

Tulkhan lächelte. Es gefiel ihm, dass Imoshen seiner Gnade ausgeliefert war. Sie atmete schwer. Zwei rote Flecken flammten auf ihren bleichen Wangen. Ihr schweißnasses Unterhemd klebte an ihren Brüsten, als sie versuchte, wieder zu Atem zu kommen. Er erinnerte sich an ihre erste Begegnung. Imoshen war von fünf Männern seiner Elitegarde festgehalten worden, hatte sich aber noch lange nicht geschlagen gegeben. Sie war bei dem Versuch, die Schätze einer Bibliothek des Wissens zu verteidigen, verwundet worden; Blut war ihr über die weiße Kehle auf die nackten Brüste geflossen. Tulkhan hatte sie damals schon so begehrt, wie er sie jetzt begehrte.

Sie starrte ihn wütend an. Ihr einzigartiger T'En-Duft, der ihm gleichzeitig so vertraut wie fremd war, zog ihn an. Er verlockte ihn, alle Vernunft zu vergessen.

Er musste sie einfach dazu bringen, dass sie zugab, ihn ebenso zu begehren. Gleichzeitig verachtete er sich für diese Reaktion, verachtete seine Gier nach ihr. Wie konnte er sie so begehren, wenn sie doch der Gegensatz zu allem war, was ghebitische Weiblichkeit ausmachte? Da stand sie, trotzig und hoch gewachsen und stark, und weigerte sich, sich ihm zu unterwerfen.

Anders als ghebitische Frauen setzte Imoshen keine

weibliche List ein, um ihn zu erregen und zu bezaubern. Statt Zierlichkeit, weiblicher Rundungen, zarter Kupferhaut und schmachtenden Blicken aus dunklen Augen fand er sich diesen verfluchten T'En-Augen gegenüber. Dunkel wie Rotwein blitzten sie vor Intelligenz. Die Legende behauptete, dass diese T'En-Augen tief in die Seele eines Menschen blicken konnten.

Er war mit Geschichten über dieses legendäre Volk und seine Fähigkeit, Echtmenschen zu versklaven, aufgewachsen. Aber in Imoshen hatte er einen viel gefährlicheren Feind gefunden – eine lebendige Frau, deren wilder Stolz und deren Leidenschaft ihn gegen besseres Wissen anzogen.

Sein Körper drängte ihn, die Regeln zu brechen, die vor ihrer offiziellen Bindung jeglichen intimen körperlichen Kontakt verboten. Tulkhans Blut rauschte. Er sah das Begreifen in ihrem Blick. Sie errötete erwartungsvoll, und er spürte, wie sein eigener Körper reagierte. Bei den Göttern, er war nur einen Atemzug davon entfernt, sie auf der Stelle zu nehmen, gleich hier im Schnee. Und wer würde schon davon erfahren? Wer würde es wagen, die Stimme gegen ihn zu erheben, wenn er das täte?

Imoshen richtete sich auf. Sie gab die Verteidigungsposition auf und nickte ihm dann zu, erkannte ihn als den Sieger an. Jubel von der anderen Seite des Hofs ließ Tulkhan zusammenzucken. Er drehte sich um und sah unter dem Bogen auf dem Balkon auf der anderen Hofseite ein Dutzend seiner Männer, darunter drei Offiziere.

Er grinste widerstrebend und wunderte sich, dass sie nicht verlangten, dass er Imoshen dafür bestrafte, eine Waffe gegen ihn erhoben zu haben. Dann wandte er sich wieder ihr zu. Sie hatte so gut gekämpft, wie jeder ungeübte Mann es tun würde, und sie hatte weitergekämpft, obwohl sie wusste, dass sie keine Chance hatte.

Er hob die Schwertspitze an ihre Kehle, und sie hob das Kinn, um der Klinge auszuweichen.

»Das ghebitische Schwert ist nicht für Frauenhände gemacht. Knie nieder und erkenne mich als Sieger an«, befahl er mit lauter Stimme, dann fügte er leiser hinzu, »Knie nieder, Imoshen. Beleidige mich nicht vor meinen Männern.«

»Und beleidigst du mich nicht?« Ihre Stimme war heiser vor Erschöpfung und Qual.

Er runzelte die Stirn, überrascht darüber, dass sie es so betrachtete. Aber noch unter seinem Blick verschwand das kämpferische Glitzern aus ihren Augen. Sie schluckte. Er sah, wie sie zusammenzuckte, und erinnerte sich an den Schlag, den er ihren Rippen versetzt hatte. Er wusste, dass ihr jeder Atemzug wehtun musste, aber sie jammerte nicht. Anders als ghebitische Frauen machte sie kein großes Theater um ihre Schwangerschaft und zögerte nicht zu reiten und so schwer zu arbeiten wie ein Mann.

»Du kämpfst gut«, sagte er, und er erinnerte sich an einen anderen Zeitpunkt, als sie an seiner Seite gestanden und dem Tod ins Auge geblickt hatte. Verflucht sollte sein willensschwacher Bruder Gharavan sein! Verflucht die Giftzunge des Vaygharier, der Gharavans Geist verwirrt hatte. Der junge Mann war erst einen Sommer lang König gewesen, als er zugelassen hatte, dass die Worte des Verräters mehr galten als Tulkhans jahrelange treue Dienste. Tulkhan hätte seinem Halbbruder ebenso gedient wie ihrem Vater, aber man hatte ihm nie eine Chance gegeben. Gharavan hatte Tulkhan und Imoshen des Verrats bezichtigt, sie gefangen genommen und in den Kerker ihrer eigenen Festung werfen zu lassen. Nur der Mut einer Zofe und Imoshens T'En-Tricks hatten sie damals gerettet. »Gegen den Vaygharier bist du gut angekommen.«

»In jener Nacht habe ich um mein Leben gekämpft, und gegen einen Feind, den ich verachtete. Außerdem ging es dem Vaygharier nicht darum, mich zu töten, er wollte nur noch fliehen.« Imoshen schaute an ihm vorbei zu ihren Zuschauern auf dem Balkon. Als sie wieder sprach, war ihre

Stimme leise und dringlich. »General, warum traust du mir nicht?«

Er lachte verbittert. Einer T'En trauen, einer gefürchteten »Dhamfeer«, wie man sie in seiner eigenen Sprache nannte? Das ging gegen alles, was man ihn jemals gelehrt hatte. »Knie nieder und erkenne mich als Sieger an.«

Sie zögerte.

Einer der Ghebiten auf dem Balkon rief seinem General zu, was er mit der widerspenstigen Frau tun sollte. Er sprach zwar in seiner eigenen Sprache, aber die Bedeutung war klar genug, und Imoshen wurde rot vor Zorn.

Tulkhan lächelte bedauernd. Er war nur einen Herzschlag davon entfernt gewesen, genau das zu tun, wozu der Mann ihm geraten hatte.

Imoshens Augen waren jetzt beinahe maulbeerfarben und glitzerten gefährlich, als sie auf ein Knie sank und langsam den Kopf neigte. Die Männer jubelten laut. Aber als sie Tulkhan einen spöttischen Blick zuwarf, begriff er. Sie lag vielleicht vor ihm auf den Knien, aber im Herzen würde sie sich ihm niemals ergeben.

Er biss die Zähne zusammen. Ihr Trotz verhöhnte ihn. Er hätte sich gern in einem Kampf um die Herrschaft mit ihr verloren. Nur wenn er sie in den Armen hielt, wenn sie unter ihm lag, konnte er seine Leidenschaft für sie befriedigen. Aber wenn er es richtig gedeutet hatte, dann schwächte jede Berührung, jeder Blick seine Entschlossenheit ihr gegenüber und öffnete seinen Geist für ihre T'En-Kräfte.

Er würde sie in Besitz nehmen, ja. Aber ihr vertrauen? Niemals.

»Ich ergebe mich, General«, sagte sie, aber ihre Miene verwandelte diese Worte in reinen Hohn.

Tulkhan verzog das Gesicht. Ebenso, wie Imoshen gezwungen gewesen war, ihm ihre Festung zu übergeben, würde sie irgendwann zugeben müssen, dass er ihr Herr war – das schwor er sich in diesem Augenblick. Dann würde dieses Land und alles darin ihm gehören.

Es war unumgänglich, dass er die Insel hielt, denn in seine Heimat konnte er nicht zurückkehren. Imoshen hatte ihm geraten, seinen Halbbruder zu töten, aber er hatte es nicht übers Herz gebracht, den Jungen hinzurichten, den er hatte aufwachsen sehen. Gharavans Verrat tat ihm immer noch weh, denn Tulkhan hatte den Jungen geliebt, obwohl er seit der Geburt seines Halbbruders gewusst hatte, dass dieser einmal an seiner Stelle Erbe sein würde.

Jahre ergebenen Dienens hatten Tulkhan den Respekt seiner Männer und den Befehl über die ghebitische Armee gebracht, aber sie konnten ihn nicht zum Sohn der ersten Frau des Königs machen. Er hatte vorgehabt, als Eroberer der Strahlenden Insel vor seinem Vater niederzuknien. Seit Aberhunderten von Jahren hatte sich diese Insel dank ihrer günstigen Lage zu den Handelsrouten zwischen dem Festland im Westen und dem Archipel im Osten bereichern können. Geschützt von einer starken Handelsmarine, war die Strahlende Insel für die streitsüchtigen Reiche des Festlands immer Gegenstand des Neids gewesen. Und Tulkhan hatte vorgehabt, sie dem König als schönsten Edelstein für seine Krone zu überreichen.

Aber dann war alles anders gekommen. Sein Vater war bei einem zweiten Angriff auf die Insel auf dem Schlachtfeld gefallen. Tulkhan hatte Gharavan Treue geschworen, den Feldzug fortgesetzt und die Insel schließlich für den neuen ghebitischen König erobert.

Und wie hatte man ihn für seine Treue belohnt? Tulkhan wich dem Gedanken an Gharavans Verrat aus, wie man eine offene Wunde schont, und dachte stattdessen lieber über praktische, taktische Angelegenheiten nach. Nach dem Verrat seines Halbbruders hatte Tulkhan den jungen König von der Insel verbannt und sie als sein Reich beansprucht, womit er sich und seine Krieger für immer ins Exil gebracht hatte. Er und die Männer, die treu zu ihn gestanden hatten, waren nun Ausgestoßene, und die Strahlende Insel das einzige Zuhause, das ihnen geblieben war. Und er hatte keine Hoffnung, die Insel ohne Imoshens Unterstützung halten zu können.

Tulkhan trat einen Schritt zurück, steckte sein Schwert ein und hielt Imoshen die Hand hin. Ohne Anstrengung zog er sie auf die Beine. In diesem Augeblick erkannte er ihre Begierde nach ihm, bevor sie sie wieder verbergen konnte. Sein Körper reagierte unwillkürlich. Sie war nicht zu leugnen, diese urtümliche Anziehung, Körper zu Körper.

Es war dumm gewesen anzunehmen, dass es genügen würde, ein paar Mal mit ihr zu schlafen. Tulkhan leckte sich die Lippen. Er konnte den Tag, an dem sie offiziell verheiratet würden, kaum erwarten.

Seine Männer, die sich all dieser Unterströmungen nicht bewusst waren, taten ihre Zustimmung mit dem ghebitischen Kampfruf kund.

Imoshen warf ihnen einen Blick zu, dann sah sie Tulkhan wieder an. »Danke für die Lektion, General.« Wieder ganz die königliche T'En, bedachte sie ihn mit einem anmutigen Gruß, wie er zwischen Gleichgestellten verwendet wurde, neigte den Kopf und legte eine Hand an die Stirn.

Er glaubte, in ihrem Gesichtsausdruck Zufriedenheit zu erkennen. Warum nur?

»Und nun muss ich die Einladungen für die morgige Zeremonie aussenden. Die Bewohner der Stadt haben gehört, dass du das Dokument unterschrieben hast, das die Gesetze der Kirche anerkennt, aber sie werden es erst wirklich glauben, wenn sie dich am selben Tisch wie das Oberhaupt der T'En-Kirche sitzen sehen.« Sie wandte sich von ihm ab.

Nachdenklich sah Tulkhan ihr hinterher, als sie den Hof verließ. Imoshen hatte sich bewusst vor den Augen seiner Männer demütigen lassen, aber sie hatte es zu ihren eigenen Bedingungen getan. Die Altweibergeschichten hatten Recht – die Dhamfeer waren ein tückisches Volk.

Imoshen kehrte in ihre Gemächer zurück, wo sie ihr schmutziges Hemd auszog und zusammenzuckte, als sie sich der Hose entledigte. Aber sich Tulkhan widersetzt zu haben, war den Schmerz wert. Ihre Mutter hatte Recht gehabt, sie war ein störrisches Geschöpf.

Imoshen zuckte innerlich zusammen, aber es war keine Zeit, um ihre Verwandten zu trauern, die alle auf dem Schlachtfeld geblieben waren. Wenn sie sie nur hätten mitgehen lassen, dann wäre sie im Kampf an ihrer Seite gestorben – aber nein, sie hatten erklärt, dass Imoshen mit siebzehn noch zu jung sei. Dennoch hatten sie ihr die Verwaltung der Festung übertragen, wo sie für das Leben von tausend Menschen verantwortlich gewesen war, nur unterstützt von ihrer Großtante.

Heiße Zornestränen brannten in Imoshens Augen. Bis zu ihrem Tod hatten ihre Eltern nicht anerkennen wollen, dass ihre Tochter ein »Rückschlag« war, ein Abkömmling der legendären T'En. Sie wischte sich grob die Tränen ab und sah sich wütend in dem marmorgetäfelten Bad um. Sie lachte verbittert. Bald schon würde sie sich mit dem General verbinden und Mitherrscherin der Strahlenden Insel werden. Das hätten ihre Eltern nie vorhersehen können.

Ihre Großtante schon. Als einziges Familienmitglied vor Imoshen, das als reine T'En zur Welt gekommen war, hatte ihre Großtante ihr Leben dem Dienst an der Kirche gewidmet, und zu ihrem hundertsten Geburtstag hatte man sie mit dem Titel einer »Aayel« belohnt. Sie hatte Imoshen geraten, den Eroberern die Festung zu übergeben und die Bedingungen zu akzeptieren. Dennoch hatte ihrer beider Leben an einem seidenen Faden gehangen. Da sie nun die letzten Überlebenden der kaiserlichen Familie waren, hätte schon ihre Existenz zu Aufständen führen können. Um ihr

Überleben zu sichern, hatten sie etwas gegen ihren Feind in der Hand haben müssen. Die Aayel hatte ihre Gabe eingesetzt, die Gedanken anderer lesen zu können, und die geheimste Angst, den leidenschaftlichsten Wunsch des Generals entdeckt. In Gheeaba wurde die Männlichkeit eines Mannes danach bewertet, wie viele Söhne er zeugte. Tulkhans einzige Ehe war annulliert worden, als seine Frau innerhalb von drei Jahren nicht schwanger geworden war. Die Aayel hatte Imoshen angewiesen, Tulkhan zu verführen und dafür gesorgt, dass sie einen Jungen empfing.

Imoshen hatte nicht geglaubt, dass ihr das wirklich gelingen würde, aber als es darum ging, das Erntefest auf die traditionelle Weise zu begehen, hatte der General ihr in die Hände gespielt. In jedem Jahr wurde die Fruchtbarkeit für die kommende Ernte mit einer rituellen Vereinigung gesichert. Für gewöhnlich wurden ein junger Mann und eine junge Frau aus einem nahe gelegenen Dorf ausgewählt, aber in diesem Jahr hatte der General Imoshen gefordert. Sobald sie gespürt hatte, dass sein Sohn gezeugt war, hatte sie ihn darüber informiert.

Dennoch hätte sie nicht einmal lange genug überlebt, um dieses Kind zu empfangen, wenn die Aayel ihr nicht das Leben gerettet hätte, indem sie ihr eigenes opferte.

Als ein Versuch von Rebellen, Tulkhan zu ermorden, fehlgeschlagen war, hatte er die Hinrichtung der beiden letzten Angehörigen der kaiserlichen Familie als Strafe angeordnet. Die Aayel hatte sich entschieden, die Schuld auf sich zu nehmen, und sich in einer gekürzten Version des alten Rituals der T'En selbst das Leben genommen.

Grimmig starrte Imoshen ihr Bild in dem silbernen Spiegel an. Sie hoffte nur, wenn sie einmal selbst vor einer solchen Wahl stand, ebenso mutig sein zu können.

Zögernd berührte sie ihren flachen Bauch und schüttelte staunend den Kopf. Ihr Kind war ein Bruch mit einer sechshundert Jahre alten Tradition. Reinblütige T'En-

Frauen hatten keusch sein müssen und ihr Leben der Kirche gewidmet. Dennoch brauchte sie sich nicht zu fühlen, als beginge sie ein Verbrechen, denn schon vor der Invasion hatte die Kaiserin der Strahlenden Insel ihr einen Dispens erteilt, sodass sie die Tradition brechen und sich mit einem anderen reinblütigen T'En namens Reothe verbinden konnte.

Imoshen wankte und sank auf die Knie. Sie durfte einfach nicht an ihren Verlobten und das, was hätte sein können, denken. Als sie ihre Festung dem General übergeben hatte, hatte sie geglaubt, dass Reothe tot und sie das letzte überlebende Mitglied der kaiserlichen Familie sei. Daher hatte ihre Pflicht darin bestanden, ihrem Volk zu helfen, die Invasion zu überleben. Sie hatte allerdings bald entdeckt, dass Reothe noch sehr lebendig war. Er war eines Abends in der Abtei auf der Landspitze in ihr Zimmer geschlüpft, um zu erreichen, dass sie ihre Bindungsgelübde ablegten, zusammen flohen und dann die Insel zurückeroberten.

Imoshens linkes Handgelenk kribbelte, und sie hob es an den Mund. Sie leckte über die Bindungsnarbe und wünschte sich, diese Spur ihres Gelübdes würde verschwinden. Sich daran zu erinnern bedeutete, wieder Reothes Arme um sich zu spüren, und seine Entschlossenheit, als er erst sein Handgelenk, dann das ihre aufgeschnitten hatte, um ihr Blut miteinander zu mischen. Sie hatte sich ihm nicht verweigern wollen, war aber auch nicht in der Lage gewesen, etwas zu tun, das zu noch mehr Blutvergießen auf der Insel führen würde. Reothe stand für ihre verlorenen Träume; ihre Treue jedoch galt dem Volk der Strahlenden Insel und dem General.

Sie schaute ihr linkes Handgelenk an, wo die Narbe kaum mehr zu erkennen war. So viel hing von ihr ab. Sie musste einfach glauben können, dass sie die richtige Wahl getroffen hatte.

»Wie kann ich Eure Zofe sein, wenn Ihr nicht zulasst, dass ich Euch bediene?«, wollte Kalleen wissen und kam ins Bad geeilt.

Mit erleichtertem Lachen stand Imoshen wieder auf. »Du wirst schon bald Herrin von Windhafen sein und selbst Dienerinnen haben.«

Das Mädchen stieß einen deftigen Bauernfluch aus. »Noch bin ich aber nicht Herrin von Windhafen.«

»Es ist nur recht und billig, dass deine Treue und dein Mut belohnt werden«, sagte Imoshen. Sie befürchtete, dass viele etwas dagegen hätten, wenn ein Bauernmädchen in den Adelsstand erhoben würde. Aber ohne Kalleen wären sie und Tulkhan nicht imstande gewesen, Gharavans Herrschaft so schnell ein Ende zu setzen.

Kalleen schluckte, als Imoshen sich umdrehte. »Was für ein blauer Fleck auf Euren Rippen! Hat der General das getan, weil Ihr das Schwert gegen ihn erhoben habt?«

Imoshen seufzte. »Wissen es denn schon alle?«

»Die Ghebiten sagen, wenn man Euch angemessen diszipliniert hätte, würdet Ihr schon wissen, wo Euer Platz ist. Sie sagen, der General sollte Euch jeden Tag verprügeln, bis er Eure Widerspenstigkeit gebrochen hat.«

Imoshen fluchte leise.

»Soll ich die Staatsgewänder der Kaiserin für morgen Abend auspacken?«, fragte Kalleen, praktisch wie eh und je.

Imoshen dachte an die ängstlichen Würdenträger der Stadt, an das Misstrauen des Generals und an die Gesegnete, das rätselhafte Oberhaupt der T'En-Kirche.

Sie seufzte. Ihre einzige Erfahrung mit dem kaiserlichen Hof lag über ein Jahr zurück. Damals – im Sommer vor Tulkhans Invasion – hatten sie die Einzelheiten der Machtverhältnisse zwischen der Kirche und der Kaiserin nicht interessiert. Sie hatte einfach akzeptiert, dass die Kirche die T'En als heilige Gefäße verehrte und dass die T'En im

Gegenzug der Kirche dienten. Aber seit sie als Tulkhans Gefangene in die Hauptstadt zurückgekehrt war, hatte sie bei dieser Frau, die eigentlich ihre engste Verbündete hätte sein sollen, nichts als Wachsamkeit und Misstrauen gespürt.

Sie wandte sich Kalleen zu. »Bei dieser Feier muss ich sie an das alte Kaiserreich erinnern. Ich muss T'Imoshen sein, die letzte Prinzessin der T'En. Ja, pack die Staatsgewänder und die Kronjuwelen aus.«

»Gut, dass die Kaiserin beinahe so groß war wie Ihr«, meinte Kalleen, dann ging sie hinaus, um sich an die Arbeit zu machen.

Imoshen sank mit einem erleichterten Seufzer in das warme Bad. Der General mochte über die Aristokratie der Strahlenden Insel und über ihre Selbstzufriedenheit nach sechshundert Jahren ununterbrochener Herrschaft spotten, er mochte die höfische Etikette verhöhnen, aber auch er war zweifellos beeindruckt von fließend heißem Wasser.

»Meine Herrin badet gerade, General Tulkhan!«, fauchte Kalleen und machte ein paar eilige Schritte auf ihn zu, als wollte sie ihn zurückhalten. »Ihr könnt sie jetzt nicht sehen.«

»Dann würde ich dir raten, ins Bad zu gehen und Imoshen zu sagen, dass sie herauskommen soll, denn ich möchte mit ihr sprechen!«

Die Zofe warf ihm noch einen erbosten Blick zu, dann griff sie nach Imoshens Kleidern und zog sich ins Bad zurück.

Als Tulkhan von drinnen ihre Stimmen hörte, stellte er sich Imoshen vor, die helle Haut rosig vom heißen Bad, während sie sich empört und eilig anzog. Er lächelte in sich hinein. Es war immer sehr belebend, sich mit Imoshen zu streiten, und jede Ausrede war ihm gut genug.

Sie hatte an diesem Tag bereits einmal vor ihm gestanden, entwaffnet, aber nicht geschlagen. Er hätte sich weigern sollen, ihr das ghebitische Schwert zu überlassen, aber er hatte ihrer Herausforderung nicht widerstehen können, und aus diesem Grund hatte er gerade einen Streit zwischen den Stallknechten des Palasts und seinen eigenen Leuten schlichten müssen.

»General Tulkhan?«, grüßte ihn Imoshen und flocht dabei Strähnen ihres langen silbrigen Haars zu einem Zopf.

Er drehte sich um und bemerkte ihren offenen Blick. Es schien sie nicht zu stören, dass das feuchte Gewand an ihrer Haut klebte. Das Wissen, dass es ihm bald gestattet sein würde, mit ihr zusammen zu baden, bewirkte, dass Tulkhan die Zofe barsch anfuhr, »Du kannst gehen, Kalleen.«

Statt ihm zu gehorchen, schaute sie Imoshen an, die nickte. Das erzürnte Tulkhan gewaltig. Die Armee von Dienern, die dieser Palast beherbergte, betrachteten alle Imoshen als die Herrin.

»Du wolltest mit mir sprechen?«, fragte sie.

»Ich werde ein paar Männer meiner Elitegarde als deine Eskorte bereitstellen, die dich begleitet, wann immer du den Palast verlassen möchtest.«

»Ich habe meine eigene Festungswache«, sagte Imoshen. »und außerdem kann ich auf mich ...«

»Lass mich ausreden. Indem du mich zum Schwertkampf herausgefordert hast, hast du gegen ghebitische Gesetze verstoßen und ...«

»Lass *mich* ausreden, General. Wir sind hier nicht in Gheeaba. In diesem Land kann jeder Waffen tragen, um sich selbst und jene, die ihm wichtig sind, zu verteidigen.«

»Halte mir keine Vorträge, Imoshen. Meine Armee hat in T'Diemn Quartier bezogen. Sie hören die wildesten Gerüchte darüber, wie du mich beleidigt hast, indem du das Schwert gegen mich erhoben hast. Die Bräuche der Strahlenden Insel verwirren meine Männer. Jeden Tag sehen sie

Frauen, die sich offen auf den Straßen zeigen, Geschäfte betreiben, in Teehäusern und Tavernen sitzen und lachen und reden.«

»Und?«

Tulkhan musste sich zusammennehmen. »In Gheeaba verschleiert sich eine Frau, wenn sie sich in die Öffentlichkeit begibt. Schau nicht so wütend drein. So ist es dort eben. Meine Männer wissen nicht, was sie von Frauen halten sollen, die ihnen ins Gesicht sehen und lachen.«

»Geschieht ihnen recht!«

»Imoshen! Das ist eine ernste Angelegenheit.«

Sie verbiss sich ein Lächeln. »Ich höre, General. Deine Männer haben doch sicher auf ihren Feldzügen schon öfter mit anderen Ländern und deren Bräuchen zu tun gehabt.«

»Weniger, als du denkst. Wir sind als Armee unterwegs gewesen und haben im Lager gelebt. Es sind gute Männer, aber sie sind aus einfachem Holz geschnitzt. Selbst Wharrd traut dir nicht über den Weg, und er hat mit dir zusammengearbeitet, wenn ihr Leute geheilt habt.« Er sah, dass er sie noch nicht überzeugt hatte. »Bei den Göttern, Imoshen, ich versuche, dir eine Ehre zu erweisen. Wenn meine Elitegarde dich eskortiert, dann ist das so, als würde ich dich persönlich begleiten. Es würde für meine Männer einfach richtig aussehen.«

Sie seufzte. »Das mag ja sein, aber nicht für die Menschen der Strahlenden Insel. Deine Elitegarde würde sie beleidigen. Sie erwarten von der Kaiserin, dass sie sich ihr nähern können. Und obwohl ich diesen Titel nicht beanspruche, sehen sie mich so. Vom ärmsten umherziehenden Landarbeiter bis zum Meister der wichtigsten Gilde – ich muss für sie alle zu erreichen sein. Und wenn du mich jetzt entschuldigen würdest – ich habe zu tun.«

»Warte.« Er hielt sie am Arm fest, als sie sich an ihm vorbeidrängen wollte. »Ich habe gerade eine Schlägerei im Stall schlichten müssen. Ein paar Hitzköpfe prügelten sich wegen deiner Ehre. Diesmal gab es nichts Schlimmeres als ein paar blutige Nasen, aber ich kann dir nicht immer auf den Fersen bleiben, wenn du den Palast verlässt.«

Sie lachte und entzog ihm ihren Arm mit einer geschickten Bewegung. »Ich bin nicht so unbedarft, dass ich vor meinem eigenen Volk geschützt werden müsste, oder vor deinen Leuten. Und jetzt muss ich mich um die Einladungen kümmern.«

»Imoshen!«

Sie wartete, königlich und heiter.

»Es braucht nur einen einzigen Eiferer mit einem Messer. Du könntest umkommen!«

Jegliche Heiterkeit wich von ihr. Sie sah ihm in die Augen. »So geht es allen Herrschern. Ich habe dem Tod schon viele Male gegenübergestanden, seit ich dir meine Festung übergeben habe, General Tulkhan. Das müsstest du besser wissen als jeder andere. Aber das hat mich nicht davon abgehalten, meine Pflicht zu tun.«

Er hätte gerne abgestritten, dass er selbst mehr als einmal bereit gewesen war, ihre Hinrichtung zu befehlen, aber das konnte er nicht.

Sie beugte sich zu ihm hin und hob die Hand zu einer Geste, die ihn auf ein Streicheln hoffen ließ, aber stattdessen zog sie einen Strohhalm aus seinem Schläfenzopf und warf ihn ins Feuer. »Mach dir keine Sorgen, General. Ich werde auf mich aufpassen.«

Imoshen war sich des Unbehagens des Generals durchaus bewusst. Seit sie in der Hauptstadt eingetroffen waren, hatte sie Tulkhan dabei beobachtet, wie er den Palast und die Menschen dort erforschte. Er lernte rasch und konnte sich anpassen. Er würde nicht darauf bestehen, sie von der Elitegarde eskortieren zu lassen, wenn sie ihn überzeugen konnte, dass das nicht notwendig war.

Sie blieb an der Tür zu ihren Gemächern stehen, wo einer ihrer Leute stand, und lächelte den jungen Mann an.

Sie erinnerte sich daran, wie zwanzig Männer und Frauen von ihrer Festungswache innerhalb einer Stunde mit ihr zur Hauptstadt aufgebrochen waren. Nachdem Tulkhan seinen Halbbruder Gharavan verbannt hatte, hatte er rasch handeln müssen, um die Macht zu ergreifen. Dazu hatte auch gehört, ihre Verlobung gleich am ersten Abend nach ihrem Eintreffen in der Hauptstadt öffentlich bekannt zu geben. Imoshen war vielleicht die letzte Prinzessin der kaiserlichen Familie, aber ihre Wache und eine einzige Truhe mit ihrer Habe waren alles, was in diesem riesigen Palast tatsächlich ihr gehörte. Da die Würdenträger von Stadt und Kirche das wussten, würden sie sich geschmeichelt fühlen, wenn ihre Einladungen von der Kommandantin ihrer persönlichen Wache übergeben würden.

»Wo ist Crawen?«

Der junge Mann errötete und sah Imoshen aus roten T'En-Augen an. Sie hatten gemeinsame Urahnen, obwohl nur Imoshen alle Merkmale einer reinblütigen T'En aufwies – sechs Finger an jeder Hand, glitzerndes Silberhaar und durchdringende Granataugen. In den sechshundert Jahren, seitdem ihr Volk die Strahlende Insel erobert hatte, hatten sie sich mit den bereits hier Ansässigen vermischt, bis die reinblütigen T'En so gut wie ausgestorben waren. Imoshens Geburt war eine unangenehme Überraschung für ihre Familie gewesen, eher Fluch als Segen.

»Crawen übt T'Enchu im Ballsaal.«

»Danke.« Imoshen wandte sich Tulkhan zu. »Ich habe mit Crawen trainiert, seit ich zehn Jahre alt war. Als Kommandantin meiner Festungswache ist sie sowohl Schwertmeisterin als auch Meisterin des T'Enchu. Komm und sieh dir meine Leute beim unbewaffneten Zweikampf an, und dann sag mir noch einmal, dass ich mich nicht verteidigen kann.« Sie ging voran, aber sie kamen nicht bis zum Ballsaal. Laute Stimmen hallten ihnen entgegen, noch bevor sie den nächsten Flur erreicht hatten.

»… sollte ihr zeigen, wo sie hingehört!« Imoshen wusste sofort, von wem der Ghebite Harholfe sprach.

»Wo sie hingehört?«, erwiderte Crawen leise. »Du beleidigst …«

»Sie beleidigt unseren General. In Gheeaba würde eine Frau nicht wagen, eine Waffe anzufassen!«, sagte Jacolm. »In Gheeaba würde keine Frau wagen, ihre Augen zu einem Mann zu erheben, der nicht ihr Ehemann oder ein Blutsverwandter ist.«

Imoshen wollte weitergehen, aber Tulkhan packte sie am Arm und drängte sie mit einem Blick stehen zu bleiben und zuzuhören.

»Ihr ghebitischen Bar …«

»Still«, befahl Crawen ihrem Begleiter in scharfem Ton. »Wir sind hier nicht in Gheeaba, Kommandant Jacolm. T'Imoshen ist eine Verwandte der Kaiserin und fähig, die Kunst des T'Enchu zu unterrichten. Früher einmal wagten Echtmänner und -frauen nicht einmal, den Blick zu den T'En zu erheben, aber seitdem ist viel Zeit vergangen. Vielleicht wird es in Gheeaba einmal ähnlich sein.«

»Ihr nennt Euch Schwertmeisterin? Und dennoch schleppt Ihr diese Jahrmarktsverkleidung mit herum!« Harholfe trat gegen einen Armschutz, der von einer Wand abprallte und um die Ecke rutschte. Er landete vor Imoshens Füßen, und sie bückte sich automatisch, um das Metallstück aufzuheben.

Wieder setzte Crawens Begleiter zum Widerspruch an, aber sie schnitt ihm das Wort ab.

»Es heißt auf der Strahlenden Insel, je höher man aufsteigt, desto mehr muss man dienen. Die Festungswache ist eine alte, ehrenhafte Gefolgschaft von Elitekriegern.«

»Was soll das für eine Elitetruppe sein, die Frauen aufnimmt?«, höhnte Jacolm. Angespanntes Schweigen folgte.

»Deine Männer provozieren meine Leute absichtlich, General!«, hauchte Imoshen.

»Was hattest du denn erwartet?« Er sah ihr in die Augen. »Du hast mich provoziert, und sie versuchen nur ...«

Wütend bog Imoshen um die Ecke und sah, dass Jacolm und Harholfe und drei weitere Männer aus Tulkhans Elitegarde drei Angehörigen ihrer Festungswache gegenüberstanden. Crawen und ihre beiden Begleiter standen mit dem Rücken zu einer dekorativ gewölbten Nische. Hinter ihnen war eine lebensechte Szene aus der Zeit der Unruhen dargestellt. Die ersten zweihundert Jahre der T'En-Herrschaft auf der Strahlenden Insel waren in ununterbrochenem Bürgerkrieg vergangen. Wie Crawen bereits gesagt hatte, die Strahlende Insel hatte einiges durchgemacht.

Imoshen wusste nicht, was sie tun sollte. War denn Blutvergießen die einzige Möglichkeit, Konflikte zu lösen, die durch unterschiedliche Überzeugungen entstanden? Waren Drohungen und Macht das Einzige, was diese Ghebiten achteten?

»Crawen«, grüßte Imoshen ihre Kommandantin. »Jacolm, Harholfe. Der General und ich möchten ein Turnier veranstalten.« Sie warf Tulkhan einen Blick zu, als dieser neben sie trat. Er verbarg seine Überraschung, dann verschränkte er mit leicht amüsiertem Blick die Arme und lehnte sich an die Wand. Ihr war klar, er würde sie nun ihrem Schicksal überlassen und zusehen, wie sie entweder siegte oder unterging. Also machte sie weiter. »Als das Zeitalter der Unruhen zu Ende ging, hielt unser Volk seine Kampftechniken mit Wettbewerben am Leben. Ich schlage vor, dass die Festungswache auf der Festwiese östlich der Stadt eine Vorführung von T'Enchu und T'En-Schwertkampf gibt.« Imoshen wandte sich Tulkhan zu. »Würden deine Männer ebenfalls ihre Fähigkeiten demonstrieren?«

Er richtete sich auf. »Wann?«

Imoshen schaute von den kriegerischen Ghebiten zu ihrer bedrängten Wache. »Heute Nachmittag?«

2

Imoshen staunte über die Präzision, mit der die beiden ghebitischen Reitertruppen um den Turnierplatz kreisten. So etwas konnte nur mit viel Disziplin und unablässiger Übung erreicht werden.

Wie gebannt beobachtete die schweigende Menschenmenge, wie die Pferde der Ghebiten über das Feld galoppierten und Batzen von Schnee und Matsch hoch in die Luft wirbeln ließen. Dann kamen die beiden Trupps gegenüber dem Ziel aus bemaltem Leder zum Stehen, einer links von Imoshen, der andere rechts.

Auf der anderen Seite des Felds scheuchten Eltern rasch ihre Kinder in Sicherheit, dann gab es einen Augenblick schweigender Erwartung. Der erste Bogenschütze stieß den gespenstischen ghebitischen Schlachtruf aus, trieb sein Pferd zum Galopp an und raste in der Diagonale auf das Ziel zu.

Bevor er seinen Pfeil auch nur abgeschossen hatte, setzte sich der zweite Reiter auf der anderen Seite in Bewegung. Beide näherten sich dem Ziel aufrecht in ihren Steigbügeln stehend. Nur ein Augenblick des Zögerns, eine einzige Fehleinschätzung, und die beiden Reiter würden zusammenstoßen und unter scharfe Hufe geraten.

Einer nach dem anderen schossen sie ihre Pfeile ab, woben sich aneinander vorbei wie die Fäden eines Teppichwebers. Und beide Pfeile gingen in die Mitte des Ziels. Kein Wunder, dass die Ghebiten bei der Eroberung der Insel jeden Widerstand im Keim erstickt hatten.

Ihre Vorführung ging zu Ende, und die ghebitische Kavallerie umkreiste noch einmal triumphierend das Feld. Während die Menschen der Strahlenden Insel ihren Eroberern zujubelten, musste sich Imoshen ein grimmiges Lächeln verbeißen. Sie war es zwar selbst gewesen, die dieses

Turnier vorgeschlagen hatte, aber die begeisterte Reaktion der Menge machte sie betroffen.

Die Reiter rissen ihre Pferde herum und grüßten ihren General, der nun auf der anderen Seite des Feldes auf seinem schwarzen Schlachtross erschien. Imoshen hielt den Atem an.

Tulkhan trug keine Rüstung, nichts außer Stiefeln und Reithosen. Sein langes schwarzes Haar hing ihm frei auf die breiten Schultern, und er bewegte sich, als wäre er eins mit seinem Pferd. Für Imoshen war er die vollendete Verkörperung seines alten ghebitischen Erbes, dieser Tradition leidenschaftlich treuer Stammeskämpfer der kargen Ebenen, die ihren Reichtum in Pferden zählten.

Ein Murmeln durchlief die Menschenmenge. Tulkhan umkreiste das Feld in vollem Galopp, dann stellte er sich in die Steigbügel. Ganz plötzlich sprang er ab, rannte neben den blitzenden Hufen seines Pferdes her, die Hände am Sattelknauf. Die Menge keuchte. Imoshen warf einen Blick zu den Reitern, die ihrem General voller Stolz zusahen, und sie verstand, dass er die Taten seiner Ahnen wiederholte, von Männern, die von Kindheit an ohne Sattel geritten waren, von Männern, die Tapferkeit und Reitkunst anbeteten. Mit einem einzigen Sprung gelangte Tulkhan wieder auf den Pferderücken, dann stellte er sich aufrecht. Mit ausgestreckten Armen und leicht gebogenen Knien balancierte er auf seinem galoppierenden Pferd.

Erst, als er wieder in den Sattel sprang, wagte Imoshen weiterzuatmen. Tulkhan zügelte sein Pferd und ließ es rückwärts gehen. Dann brachte er es dazu, sich aufzubäumen. Es tanzte auf seinen Hinterbeinen, und alle applaudierten. Tulkhans Zähne blitzten weiß vor der Kupferhaut, und Imoshen spürte ein tiefes Verlangen nach ihm.

Sie lächelte. Der General behauptete immer, Pomp und Zeremonien nicht ausstehen zu können, aber der Barbar in ihm liebte solche Zurschaustellungen.

Ein Diener lief aufs Feld hinaus, um Tulkhan seinen runden Schild und das Schwert zu reichen. Die Reiter hatten ihre Bogen weggesteckt und griffen ebenfalls nach ihren Schwertern und Schilden.

Tulkhan gab das Zeichen für den Beginn, und Imoshen erstarrte, als die Männer angriffen und links und rechts um sich schlugen. Pferde bäumten sich auf und fielen schreiend zu Boden. Zuerst dachte sie, die Ghebiten hätten den Verstand verloren. Ihre Schwerter waren halb so lang wie ein Mann. Dann begriff sie, dass die Männer nur die flache Seite der Klinge gegeneinander wandten, aber dennoch, einige würden für dieses Turnier mit gebrochenen Knochen zahlen.

Einer nach dem anderen gaben die Ghebiten sich geschlagen, verließen das Feld betäubt und blutend. Am Ende blieben nur ein Pferd und ein Reiter. General Tulkhan.

Die Menge jubelte.

Tulkhan stellte sich in den Steigbügeln auf, und seine schwarzen Augen blitzten. Feuchtes Haar hing ihm über die breiten Schultern. Er sah aus wie das Standbild eines ghebitischen Kriegers, furchtlos und erschreckend.

Tulkhan war auf dem Schlachtfeld als brillanter Taktiker bekannt, er war imstande, intuitiv Entscheidungen zu treffen, die seine Männer zum Sieg geführt hatten, selbst wenn die Chancen sehr schlecht standen. Aber es war dieser persönliche Mut, der ihm die Anerkennung und Hingabe seiner Männer gesichert hatte. Sie würden für ihn sterben.

Imoshen betrachtete Tulkhan kritisch. Sicher, er war der vollendete General, aber konnte er die Strahlende Insel wirklich halten? Die Fähigkeiten, die einen General auszeichneten, machten nicht unbedingt auch einen großen Staatsmann aus.

Indem er sich mit ihr verband, würde er seine Position festigen, und mit seiner Zustimmung, die Gesetze der Kirche zu respektieren, hatte er sich die Unterstützung dieser mächtigen Organisation gesichert. Die Gesegnete saß in der Reihe hinter Imoshen, flankiert von ihren Priestern, und gab dieser Veranstaltung damit das Einverständnis der Kirche. Aber Tulkhan stand nicht mehr im Schutz des ghebitischen Reiches, und er hielt die Strahlende Insel nur mithilfe seiner loyalen Offiziere und der Armee. Sie waren Furcht erregend, aber verglichen mit der Bevölkerung der Insel waren sie wie Kiesel an einem Sandstrand.

Und dann war da noch Reothe, der Adoptivsohn der verstorbenen Kaiserin, der zum Rebell geworden war. Die ganze Insel wusste, dass er nun in den undurchdringlichen Wäldern von Keldon mit seiner Rebellenarmee nur auf den Frühling wartete, um wieder zuschlagen zu können.

Damit Tulkhan die Strahlende Insel halten konnte, musste er die Unterstützung des eroberten Volkes gewinnen. Imoshen kannte diese Menschen. Wenn Tulkhan ihr nur vertrauen und auf ihren Rat hören würde! Wieder einmal wurde ihr die Ironie ihrer Situation bewusst. Seit wann hörten Ghebiten schon auf eine Frau? Und sie war nicht einmal eine Echtfrau, sondern T'En – für die Ghebiten eine verfluchte »Dhamfeer«. Und wenn sie sie mit diesem Wort anredeten, ließen sie keinen Zweifel daran, dass es als Beleidigung gemeint war.

Imoshens Hände zitterten vor Zorn, als sie den Wein in den Siegeskelch goss und ihn unter dem Applaus der Menge hochhob.

Diese Demonstration ausgefeilter Kriegskunst hatte nicht nur ihrer Festungswache die Gelegenheit gegeben, den Ghebiten ohne Blutvergießen ihre Fähigkeiten zu zeigen, sie hatte auch die Bewohner von T'Diemn beruhigt.

Als sich die Nachricht von dem Turnier in der Hauptstadt ausbreitete, hatten Ladenbesitzer ihre Läden geschlossen, ihre Pferde angespannt, Kinder, Decken und Essen aufgeladen. Geschäftstüchtige Bäcker hatten frische Brötchen in Säcke gepackt, und bis zum Mittag waren alle draußen auf dem Feld angekommen, auf dem sonst der Frühjahrsmarkt stattfand.

Imoshen war entschlossen gewesen, Tulkhan daran zu erinnern, dass sie keine seiner sklavischen Ghebitinnen war, deshalb hatte sie an der T'Enchu-Vorführung teilgenommen. Sie trug die traditionellen weiten Hosen, und ihr reinweißes Hemd zeigte, dass sie es bereits zur Lehrerin dieser Kampfkunst gebracht hatte. T'Enchu war eine Form unbewaffneten Zweikampfs, die sich in den frühen Jahren der T'En-Besiedlung entwickelt hatte, als viele dieser kleinen Truppe nicht einmal über Waffen verfügten. Seitdem war diese Kunstform weiterentwickelt worden, und es hieß, ein T'Enchu-Meister könne jeden bewaffneten Gegner besiegen. T'Enchu stellte auch Männer und Frauen auf dieselbe Ebene, denn es beruhte auf Geschwindigkeit und nutzte die Kraft des Gegners gegen ihn.

Imoshen hatte sich an der Präzision erfreut, die es brauchte, ihre Angriffe im letzten Augenblick zurückzuhalten, sodass sie keine Spuren hinterließen. Schläge, die Knochen hätten brechen können, berührten gerade nur das Hemd ihres Trainingspartners. Da dies ein Schaukampf war und sie gegen einen Gegner von gleichem Rang kämpfte, trugen sie keinen Schutz.

Aber als dann die Schwertkunst demonstriert wurde, hatte sie sich nach der ersten Runde zurückgezogen, denn immerhin war sie erst ein Jahr lang darin ausgebildet worden.

Mit vor Anstrengung klopfendem Herzen war sie auf das rasch errichtete Podium zurückgekehrt, um wieder ihren Platz neben dem General einzunehmen. Während der Schaukampf weiterging, hatte Imoshen nicht widerstehen können, sich zu Tulkhan zu beugen und zu sagen: »Jetzt siehst du, was ein guter Schwertkämpfer mit einer Stricknadel und einem Zahnstocher anfangen kann!«

Er war so freundlich gewesen zu grinsen.

Nachdem sie den letzten Gegner besiegt hatte, hatte sich Crawen dem Podium genähert, um den Siegeskelch entgegenzunehmen. Sie vergoss ein paar Tropfen Wein auf den Boden, ein alter Brauch zu Ehren der Alten, dann trank sie den Kelch leer. Die Gesegnete schaute missbilligend drein. Die Anbetung der Alten wurde für primitiv gehalten, und durch ihr Verhalten hatte Crawen gezeigt, dass sie von Bauern abstammte.

Als der Flötenspieler der Festungswache die Siegerin grüßte, hatte Imoshen Tränen des Stolzes in den Augen. Ihre Leute hatten sich gut geschlagen. Vielleicht wären Tulkhans Männer jetzt nicht mehr so schnell mit ihren Unverschämtheiten. Aber nachdem sie die ghebitische Kavallerie gesehen hatte, musste sie zugeben, dass diese Männer wirklich beeindruckende Kämpfer waren.

Nun ritt Tulkhan auf sie zu, und seine Krieger sangen ein Preislied auf den großen Akha Khan. Es hieß, in Zeiten größter Gefahr nehme der Hauptgott der Ghebiten Gestalt an. In einigen Geschichten erschien er als schwarzer Hengst, in anderen war er ein Mischgeschöpf, halb Hengst, halb Mensch, und bei ganz seltenen Gelegenheiten nahm er die Gestalt eines Mannes an, eines riesenhaften Mannes mit glitzernden schwarzen Augen. Es war daher kaum überraschend, dass Tulkhans Leute ihn für die Verkörperung ihres Gottes hielten.

Triumphierend blieb Tulkhan auf seinem Schlachtross sitzen, um den Siegeskelch von Imoshen entgegenzunehmen. Als auch er ein wenig Wein auf den Boden vergoss, sah er Imoshen direkt in die Augen, als wollte er sagen »Siehst du, ich halte deine Bräuche in Ehren, selbst wenn ich nicht daran glaube.«

So Furcht erregend der General als Kämpfer sein mochte, das war nicht seine gefährlichste Seite. Sie durfte seine Wahrnehmungsfähigkeit und seine Intelligenz auf keinen Fall unterschätzen.

»Eine sehr beeindruckende Vorführung, General, aber wie viele deiner Männer haben jetzt gebrochene Knochen?« Ihre Worte klangen spöttisch. Ihre Festungswache hatte kaum blaue Flecken davongetragen.

Tulkhan kniff die Lider ein wenig zusammen. Imoshen wusste, dass es nun gefährlich werden konnte, und hielt den Atem an.

Der General trank den Kelch leer. Dann warf er ihn seinem Wundarzt Wharrd zu. Er streckte die Hand zu Imoshen aus. »Vertraust du mir?«

»In Kriegsangelegenheiten? Ja.«

Wieder sah er sie an. »Dann nimm meine Hand, und ich zeige dir *wahres* Können.«

Imoshen setzte einen Fuß auf seinen Stiefel und schwang sich über seine Oberschenkel. Das Pferd drängte vorwärts, und sie spürte die feste Mauer von Tulkhans Brust in ihrem Rücken. Als er das Pferd wendete, fand sie sich den Reihen seiner Männer gegenüber, die in ihre purpurschwarzen Umhänge gehüllt waren.

»Bringt mir drei kurze Speere und ein Ziel«, befahl Tulkhan.

Zwei Männer brachten rasch das Gewünschte.

Tulkhan nahm die Speere und reichte Imoshen das Ziel. »Du fragst nicht, was ich vorhabe?«

»Du suchst eine Möglichkeit, dich zu spreizen, wie man es von einem Barbarenkrieger erwarten würde!« Sie hatte nicht widerstehen können, aber er lachte nur, dann lenkte er sein Pferd zum Rand des Feldes, wo geschäftstüchtige Ladeninhaber Bratspieße aufgestellt hatten. Der Geruch nach Zimtäpfeln hing in der Luft und brachte Imoshens Magen zum Knurren.

Er zügelte das Pferd neben einem taillenhohen Baumstumpf. »Bleib hier stehen.«

Imoshen rutschte von seinen Oberschenkeln und stellte sich auf den Baumstumpf.

Er zeigte ihr, wie sie den Arm durch die Halterung des Ziels schieben sollte und warnte, »Halte dich gut fest. Wenn wir fertig sind, wirst du mich nicht mehr verspotten.«

Imoshen versuchte, ihr Gewicht besser zu verteilen, während Tulkhan sein Pferd herumriss und über das Feld galoppierte. Die Menge schwieg. Das stetige Klappern der Hufe des schwarzen Hengstes fand seinen Widerhall in Imoshens Herzschlag.

Der General wählte seinen ersten Speer und spornte dann mit einem Ruf sein Pferd an. Dieses sprang vorwärts, geführt vom Druck der Knie seines Reiters.

Tulkhan hob den Speer.

Imoshen machte sich auf den Aufprall gefasst und hielt das Ziel in ihre Mitte, wo es kaum ihre Brust bedeckte. Ein winziger Fehler, und sie wäre tot, hätte einen Speer im Kopf oder im Bauch. Ein kalkulierter Fehler, und Tulkhan würde frei von ihr sein.

Imoshen biss die Zähne zusammen.

Tulkhan stellte sich in die Steigbügel und riss das Pferd seitlich an ihr vorbei. Der erste Speer hatte kaum seine Hand verlassen, da griff er schon zum zweiten, dann zum dritten, und er bewegte sich dabei so rasch, dass alle drei Waffen gleichzeitig in der Luft waren.

Mit einem Krachen schlug der erste Speer ein. Zwei weitere taten es ihm in rascher Folge nach. Der Aufprall riss Imoshen nach hinten, und sie musste sich anstrengen, das Gleichgewicht wiederzufinden. Der Jubel der Männer des Generals war lauter als das Rauschen des Bluts in ihren Ohren.

Plötzlich war Tulkhan neben ihr und streckte die Hand nach ihr aus. Seine Augen blitzten triumphierend und erinnerten Imoshen daran, wie dicht der Wilde in ihm an die Oberfläche gelangen konnte.

Sie ergriff seine Hand und sprang hinter ihm aufs Pferd. In dem Bewusstsein, dass die Ghebiten solche Darbietungen liebten, nahm sie Tulkhans frühere Demonstration seiner Reitkünste als Stichwort. Sie stellte sich auf den breiten Rumpf des Streitrosses, hielt sich mit einer Hand an Tulkhans Schulter fest und hob das Ziel mit den Speeren darin mit der anderen Hand hoch über den Kopf. Der laute Beifall der Menge ließ ihr Herz rasen, und sie spürte den Rausch des Kampfesfiebers.

Als sie das Podium wieder erreicht hatten, warf Imoshen das Ziel beiseite und sprang auf die Plattform, von der aus sie das Zeichen gab, dass das Turnier vorbei war. Die Herolde bliesen das entsprechende Signal, während der schwarze Hengst des Generals ruhelos tänzelte.

Als Imoshen nach ihrem Umhang griff, warf sie Tulkhan einen Blick zu. »So nah an Mittwinter wird es noch früh dunkel, General. Ich werde mit dir nach T'Diemn zurückreiten.«

Als Tulkhan die Hand ausstreckte, fragte er sich, warum Imoshen nicht auf ihrem eigenen Pferd hierher geritten war. Sie sprang vor ihn, setzte sich auf seine Oberschenkel. Er legte den Arm um ihre Taille, und ein paar Strähnen ihres silbernen Haares kitzelten ihn im Gesicht. Er atmete ihren Duft ein wie ein seltenes Parfum. Sie war vielleicht eine reinblütige Dhamfeer, aber in seinen Armen war sie ganz Frau. Das Blut rauschte in seinen Adern, und plötzlich warf er den Kopf zurück und lachte.

Imoshen drehte sich um und sah ihn forschend an. In Gheeaba würde eine verheiratete Frau nicht wagen, einem Mann in die Augen zu sehen. Aber auch keine ghebitische Frau hätte getan, was Imoshen an diesem Tag getan hatte – sie hatte etwas, das zu einem wilden Kampf hätte werden können, zu einer Feier der Kriegskunst gemacht.

»Du hast also nicht daran gezweifelt, dass ich mit meinen Speeren treffe?«, fragte er voller Bewunderung für ihren Mut.

Ein Lächeln umspielte ihre Lippen, als sie ihm einen wissenden Blick zuwarf. »Du bist ein großer Taktiker, General. Wenn du mich hättest töten wollen, hättest du eine weniger öffentliche Art dazu ausgewählt.«

Seine Bewunderung für sie wich dem Zorn und bewirkte, dass er sich anspannte. Das Pferd reagierte auf den Druck seiner Knie, wurde schneller, und Tulkhan lenkte es auf die Straße nach T'Diemn.

Müde Ladenbesitzer packten ihre Buden ein, und Kinder schrien schläfrig nach ihrem Abendessen. Im kalten Zwielicht des Winters schlängelte sich eine lange Reihe von Wagen die Straße zur Hauptstadt entlang, aber sie machten alle Platz für General Tulkhans schwarzes Schlachtross und für ihre Eskorte, die Elitegarde.

Im Schein der untergehenden Sonne ragten die Türme des Palastes und die Kuppel der Basilika über der alten Stadt auf. Aber T'Diemn war schon lange über seine Verteidigungsmauern hinausgewachsen und breitete sich auch vor den Mauern aus, wohlhabend und verwundbar.

»Ich muss neue Mauern bauen und die alten reparieren lassen«, sagte Tulkhan.

»Und ich muss mich um die Renovierung des Palastes kümmern.«

Der General verzog das Gesicht. Die Hauptstadt hatte gelitten, nachdem sie sich seinem Halbbruder, König Gharavan, ergeben hatte. Der ghebitische König hatte die Würdenträger der Stadt niedergemetzelt und die Gildenmeister hinrichten lassen. Seine Soldaten hatten ihr Lager im Palast aufgeschlagen, überall geplündert und alles, was sie nicht verstanden, zerstört.

Imoshen hatte rasch darauf hingewiesen, dass Gharavans Grausamkeit drohte, jegliches Vertrauen, das Tulkhan von ihrem Volk erwarten könnte, zu zerstören. Eroberung war eine Sache, dauerhafte Herrschaft eine andere. Ein Eroberer musste das Volk für sich gewinnen, oder er würde ununterbrochenen Rebellionen gegenüberstehen.

»General«, riss Imoshen ihn aus seinen Gedanken, »was hieltest du davon, deine Elitegarde mit meiner Festungswache zusammenzutun und ihnen einen neuen Namen zu geben, wie zum Beispiel … zum Beispiel Palastwache von T'Diemn?«

»Du verlangst das Unmögliche. Meine Männer würden niemals Frauen in ihren Reihen akzeptieren.«

»Aber du hast gesehen, wie Crawen mit dem Schwert umgehen kann. Und obwohl die Menschen von T'Diemn dir heute zugejubelt haben, sind sie immer noch unruhig. Um ihr Vertrauen zu gewinnen, müssen wir uns vereint zeigen.«

»Du bist zu voreilig, Imoshen. Ich habe mich bereit erklärt, die Gesetze der Kirche zu respektieren, und im Augenblick genügt das.« Tatsächlich war es mehr als genug. Er brauchte die Unterstützung der Kirche, aber er fürchtete die Reaktion seiner eigenen Männer, wenn sie begriffen, dass dies bedeutete, Imoshen als ihm gleichgestellt anzuerkennen. Es war ein Dilemma. Er musste irgendwie die Menschen der Strahlenden Insel für sich gewinnen und gleichzeitig den Respekt seiner Krieger behalten.

Imoshen war ganz offensichtlich ungeduldig, aber ausnahmsweise hielt sie den Mund. Das war immerhin etwas. Ihre Eskorte hatte sich dicht um sie gedrängt, und es würde ihm bei seinen Männern nicht gerade helfen, wenn diese hörten, dass er mit ihr über sie debattierte.

Imoshen schmollte immer noch, als sie die Außenbezirke von T'Diemn erreichten. Hinter Butzenscheiben schimmerte Licht, und der angenehme Duft nach Braten hing in der Winterluft und ließ Tulkhan das Wasser im Mund zusammenlaufen.

Plötzlich erstarrte Imoshen in seinen Armen. »Halt an.«

Eine rundliche Frau drängte sich an Tulkhans Elitegarde vorbei, um Imoshens Hand zu ergreifen.

»Ihr müsst mitkommen, Kaiserin. Hier entlang.« Sie

drehte sich um und rannte davon, als hätte sie Imoshens Zustimmung bereits vorausgesetzt.

Tulkhan brachte das Pferd zum Stehen. »Was ist los?«

»Die Gasse entlang, General«, sagte Imoshen, und ihr war anzusehen, dass sie nichts Gutes erwartete.

Tulkhan wendete sein Pferd.

Die Frau war vor einem bescheidenen einstöckigen Haus stehen geblieben, das das Fässersymbol der Küfergilde zeigte.

»Die Girlande über der Tür steht für eine Geburt. Eine Frau in diesem Haus muss innerhalb des letzten kleinen Mondes ein Kind zur Welt gebracht haben.« Imoshen hob die Stimme. »Was ist passiert?«

Bevor die Frau antworten konnte, riss ein Mann die Tür auf und taumelte nach draußen, sein Gesicht vor Trauer verzerrt, die Mütze in der Hand.

»Er hat die Plakette eines jungen Vaters an seiner Mütze«, flüsterte Imoshen. »Ich befürchte ...« Sie sprang auf das Kopfsteinpflaster hinunter. »He, Küfer, was ist los?«

Er warf seine Mütze beiseite, bevor er sich tief verbeugte und dabei beide Hände an die Stirn hob. Das machte Tulkhan deutlich, dass er Imoshen dieselbe Ehre erwies wie einer Kaiserin, ebenso wie die Frau ihr zuvor diesen Titel gegeben hatte. Alte Gewohnheiten sterben nur langsam.

»T'Imoshen?« Der Küfer benutzte die Vorsilbe, mit der man Mitglieder der kaiserlichen Familie kennzeichnete. »Ihr müsst mir helfen.«

»Selbstverständlich.« Imoshen warf Tulkhan noch einen raschen Blick zu, dann verschwand sie im Haus.

Er reagierte auf ihre wortlose Bitte und stieg vom Pferd. »Wartet hier«, befahl er seinen Männern und warf Wharrd die Zügel zu. Er blieb nur lange genug stehen, um die Mütze des Mannes aufzuheben. Nur auf der Strahlenden Insel würde sich ein Mann eine Plakette anstecken, wenn er Vater geworden war, und sein Haus mit einer Girlande dekorieren, sodass die Nachbarn die Geburt seines Kindes feiern konnten.

Die rundliche Frau sah nervös zu, wie Tulkhan sich duckte, um die Schwelle zu überqueren. Im Treppenhaus war die Stimme des Mannes noch zu hören. »Larassa hat unsere Tochter gestern um diese Zeit zur Welt gebracht. Ich wollte bei ihr bleiben, aber sie drängte mich zu gehen.« Er stöhnte. »Warum habe ich das nur getan?«

Tulkhan hängte die Mütze an einen Haken im Flur und nahm drei Stufen auf einmal, wurde aber langsamer, als er den Treppenabsatz erreichte. Eine junge Frau lag dort in einer Blutlache.

»Ist denn niemand bei ihr geblieben?«, fragte Imoshen ungläubig. »Direkt nach der Geburt ist eine Frau ...«

»Ich weiß. Aber all unsere Verwandten sind im Krieg umgekommen, und wir kennen nur wenige Leute in T'-Diemn. Ich hätte nicht weggehen dürfen!«

Imoshen kniete sich nieder und berührte den Hals der Frau. Dann sah sie Tulkhan an, und er wusste, dass es keine Hoffnung gab.

»Wenn eine Frau neues Leben hervorbringt, muss sie sich dazu selbst in den Schatten des Todes begeben«, flüsterte Imoshen. »Manchmal ...«

Der Küfer sank auf die Knie und wiegte sich hin und her. »Ich habe sie verlassen. Jetzt darf ich nicht auch noch ihre Seele verraten. Ihr müsst die Worte für meine Larassa sprechen. Schickt nach Eurem T'Enchiridion und sprecht die Worte für die Tote.«

»Die kenne ich auswendig«, sagte Imoshen. »Aber du solltest nach den Priestern schicken, damit sie es tun.«

Als sie aufstand, bemerkte Tulkhan, wie angespannt sie war. Imoshen war mit seinem Sohn schwanger. Dachte sie gerade daran, dass auch sie sich bald der Prüfung einer Geburt unterziehen musste? Der Gedanke daran, dass Imoshen tot in einer Blutlache liegen könnte, war ihm unerträglich.

»Meine Tochter.« Der Küfer sprang auf und rannte in ein Zimmer. Er kehrte mit einem Baby zurück, das so fest gewickelt war, dass nur das Gesicht des kleinen Mädchens zu sehen war. »Lebt sie noch?«

»Ich weiß es nicht.«

Imoshen nahm ihm das Baby ab und legte die Finger an die Schläfen des Kindes. »Sie lebt. Ja ... aber ihre Lebenskraft flackert wie eine Kerze, die an ihrem eigenen Wachs ertrinkt.« Sie sah den Vater an. »Hat sich die Hebamme um die Nachgeburt gekümmert?«

»Das hat sie, aber ... Ihr müsst die Parakletos bitten, Larassas Seele durch den Schatten des Todes zu begleiten. Ich habe gehört, dass Mütter, die bei der Geburt sterben, sich manchmal weigern ...«

Imoshen bedeutete ihm zu schweigen und drückte das Baby fester an sich.

»T'Imoshen, ich flehe Euch an.« Der Küfer fiel auf die Knie. Er griff nach ihrer linken Hand und küsste ihren sechsten Finger. »Ihr seid eine reinblütige T'En. Die Parakletos werden Euch eher anhören als alle anderen. Ihr müsst es einfach tun. Bitte.«

Imoshen schloss die Augen. Tulkhan nahm schon an, sie würde sich weigern, dann holte sie tief Luft und sah auf den Mann hinab.

»Bereite Larassa vor. Leg sie auf euer gemeinsames Bett, während ich über eure Tochter wache.«

Tulkhan hätte dem Mann geholfen, aber Imoshen zog ihn beiseite. »Keiner außer einem Blutsverwandten oder dem Partner darf die Tote berühren. Komm.« Sie sah das Kind an. »Es ist kalt und bleich. Wir können froh sein, dass es noch lebt. Die Mutter ist schon seit Stunden tot.« Sie schnupperte in der Luft und kniff die Augen ein wenig zusammen. »Aber ihre Seele ist immer noch hier.«

Tulkhan schauderte. »Das verstehe ich nicht. Wie könnte die tote Mutter das Baby mitnehmen, und wer sind diese Parakletos?«

»Führer zwischen dieser Welt und dem Reich des Todes. Wenn der Priester die Worte für die Toten spricht, antworten die Parakletos dem Ruf und eskortieren die Seele durch den Schatten des Todes. Ich habe die Parakletos selbst nie gesehen, aber dieses Baby ist in echter Gefahr. Neues Leben ist immer empfindlich.« Stirnrunzelnd betrachtete sie das Kind, das sich nicht regte. »Wenn man bedenkt, wie die Mutter gestorben ist, dann ist diese Kleine hier noch äußerst verwundbar, selbst wenn die angemessenen Worte über die Nachgeburt gesprochen wurden.«

»Ich begreife es immer noch nicht.«

»Wie könntest du auch? Bei meiner Hebammenausbildung habe ich gelernt, dass sich die Seele des Babys in der Nachgeburt ausbildet, während sich die Lebenskraft des Kindes in dem wachsenden Körper befindet. Bei der Geburt geht die Seele in den Körper des Babys über und weckt die Lebenskraft. Die angemessenen Worte müssen gesprochen und die Nachgeburt muss sicher weggebracht werden, damit die Seele des Babys gebunden bleibt.«

»Aber bei meinem Volk ...« Tulkhan zögerte. Ein ghebitischer Mann ging seinen Frauen aus dem Weg, wenn sie vor der Geburt standen.

»Wie oft kommen ghebitische Babys tot zur Welt oder sterben unerwartet? Die neue Seele kann wandern, dann bleibt das Baby zwar am Leben, aber sein Geist unausgebildet. Manchmal bemerkt man das erst, wenn die betreffende Person erwachsen ist. Hast du jemals Menschen gesehen, deren Geist wandert, Menschen, die töten und sich hinterher nicht daran erinnern können? Genau das geschieht, wenn die Seele nicht fest an den Körper gebunden ist. Dieses kleine Mädchen ist kaum einen Tag alt. Die Verbindung ist noch sehr zerbrechlich, und die Mutter ...«

»Ich bin fertig. Kommt schnell.« Der Küfer winkte.

Sie zogen die Köpfe ein, um sich unter dem Türsturz durchzuducken. Die tote Frau lag auf dem Bett, in ein kostbares Tuch gewickelt, und Kerzen leuchteten in den vier Ecken des Zimmers. Der Spiegel war zugedeckt und das Fenster offen, damit die Seele ungehindert gehen konnte.

»Meine Tochter?« Der Küfer sah ängstlich in das bleiche, kleine Gesicht.

»Wir müssen schnell handeln.« Imoshen drückte ihm das Baby in die Arme. »Halte deine Tochter fest, binde ihre Seele und ihre Lebenskraft mit deinem Willen. Ich bin sicher, Larassa würde ihr Kind nicht töten wollen, aber die Zeit direkt nach dem Tod ist sehr verwirrend. Eine Seele, die durch gewaltsamen Tod aus dem Körper gerissen wurde, verweilt häufig noch einen Tag oder länger, bevor sie ihre Reise durch den Schatten des Todes beginnt, und dies hier ist ein sehr tragischer Tod. Larassa wird dich und das Kind nicht verlassen wollen.« Imoshen lächelte ihn mitleidig an. »Vergiss nicht, dass es im Reich der Toten einen Ehrenplatz für Frauen und Kinder gibt, die bei der Geburt starben, einen Platz direkt neben den Kriegern, die starben, als sie jene verteidigten, die sie liebten.«

Tulkhan verzog das Gesicht. In Gheeaba wurde gefallenen Kriegern die Ehre zuteil, an der Seite des großen Akha Khan zu reiten, aber Priester lehrten, dass Frauen nicht einmal richtige Seelen hatten. Sobald sie tot waren, verging ihre Lebenskraft einfach. Man beweinte sie nicht intensiver, als man den Tod eines Lieblingshundes beweinen würde. Als man ihm vom Tod seiner Mutter erzählt hatte, hatte Tulkhan nichts verspürt, obwohl das Wissen, dass sie allein und ohne Pflege gestorben war, ihn bedrückte.

Er hörte Imoshen, die in der Hochsprache der T'En etwas rezitierte und dann wieder in die Sprache des Volkes wechselte. Sie rief die Parakletos beim Namen, flehte sie an, sie anzuhören, band sie an ihre Aufgabe.

Während sie sprach, hörte Tulkhan wie die Menschen auf der Straße ein Kirchenlied sangen.

Imoshens Stimme verklang. Der General sah ihr ins Gesicht. Sie hatte den Blick ihrer Granataugen auf etwas fixiert, das Tulkhan selbst nicht sehen konnte. Ein metallischer Geschmack legte sich auf seine Zunge. Er verzog das Gesicht, als er das Gefühl erkannte. Wie sehr ihn der Geschmack von T'En-Kraft anwiderte!

Strähnen von Imoshens langem Silberhaar bewegten sich, als hätten sie ein Eigenleben. Es wurde unangenehm kalt im Zimmer, und die Spannung war beinahe mit Händen zu greifen.

Der Küfer drückte seine Tochter wild entschlossen an die Brust. Er wiederholte Imoshens letzte Worte, und sie kam wieder zu sich und fuhr fort.

Wäre es möglich gewesen, dann hätte Tulkhan das Zimmer verlassen, um diesem geheimnisvollen T'En-Ritual zu entgehen, aber er hatte keine Macht mehr über seinen Körper.

Worte kamen aus Imoshens Mund, aber obwohl er sehen konnte, wie sie die Lippen bewegte, konnte er wegen des Drucks in seinen Ohren keinen Laut vernehmen. Plötzlich gaben die Beine des Küfers nach. Er sank auf die Truhe vor dem Fenster und drückte das Gesicht in die Decke des Babys, vor Erleichterung leise weinend.

Imoshen keuchte und sank in die Knie. Tulkhan fing sie auf, als sie nach vorne fiel. Er hätte erwartet, dass ihn bei der Berührung eine Gänsehaut überlaufen würde, aber sie fühlte sich so warm und nachgiebig an wie eine echte Frau.

»Imoshen?«

Sie stöhnte, und obwohl ihre Augen weit aufgerissen waren, schien sie nichts zu sehen. »Diesmal habe ich die Worte *gespürt*. Die Parakletos kamen, als ich sie rief. Ich hoffe, dass ich niemals ...« Sie schauderte und schob ihn weg, dann zog sie sich am Bettpfosten hoch. Sie schaute von der toten Frau auf dem Bett zu dem weinenden Vater mit seiner kleinen Tochter. »Ich habe getan, was ich konnte.«

Rufe ertönten von der Straße unten, eine Mischung aus dem ghebitischen Soldatendialekt und der Handelssprache. Tulkhan ging ans Fenster.

»Was nun?«, fragte Imoshen.

Er musste gegen seinen Willen lächeln. »Man erweist uns eine große Ehre. Die Gesegnete selbst ist hier.«

Imoshen war entsetzt. Seit sie dieses Haus betreten hatte, hatte sie die Last des verzweifelten Kummers der toten Mutter getragen, der wie eine dicke Decke in der Luft hing. Die Anstrengung, die Parakletos zu beherrschen, nachdem diese ihrem Ruf gefolgt waren, hatte sie vollkommen entkräftet. Sie war jetzt einfach nicht in der Lage, sich der Gesegneten zu stellen.

Stiefelschritte erklangen auf der Treppe. Die Tür ging auf, und ein Priester kündigte das Oberhaupt der T'En-Kirche an. Die Gesegnete kam ins Zimmer gerauscht, immer noch in den dicken Pelzmantel gekleidet, den sie beim Turnier getragen hatte. Ihr kunstvoller Kopfputz streifte den Türsturz.

Sie sah die Leiche auf dem Bett und die vier Kerzen und wandte sich Imoshen zu. »Was habt Ihr getan?«

»Ich habe nur meinem Volk gedient«, antwortete Imoshen vorsichtig.

Die Gesegnete kniff ärgerlich die Lippen zusammen. »Ihr überschreitet Eure Befugnisse.«

»Es war notwendig. Ich konnte diesem Mann doch nicht verweigern ...«

»Nein? Ihr habt noch kein Bußegelübde abgelegt. Mit welchem Recht habt Ihr Euch dieses heilige Amt angemaßt?«

»Mit dem Recht der Geburt.« Imoshen hob beide Hände und spreizte die Finger wie Fächer vor ihrem Gesicht. Über die zwölf Fingerspitzen hinweg starrte sie der Gesegneten in die Augen, bis diese den Blick abwandte, dann ließ sie die Hände wieder sinken. »Ich wurde von der Aayel ausgebildet. Ich habe schon oft die Worte gesprochen, mit denen die Seele eines Babys an den Körper gebunden wird.«

»Das mag sein«, gab die Gesegnete zu. »Aber die Worte für die Toten sind ein mächtiges Werkzeug. Ihr hättet jemanden zur Basilika schicken sollen ...«

»T'Imoshen hat meiner Tochter das Leben gerettet.« Nun kam der Küfer auf die Beine. »Ich habe sie angefleht, die Worte zu sprechen.«

Die Gesegnete ignorierte ihn. »Ihr habt die Worte ohne Euer T'Enchiridion gesprochen, Imoshen? Oder habt Ihr es bei Euch?« Sie warf einen spitzen Blick auf Imoshens leere Hände. »Was habt Ihr Euch dabei nur gedacht? Man ruft die Parakletos nicht leichtfertig. Ein falsches Wort, und es wäre möglich gewesen, dass sie stattdessen die Seele des Rufers nehmen!«

Tulkhan fluchte. »Du hast dein Leben aufs Spiel gesetzt?«

Imoshen sah ihn an. »Ich bin eine Heilerin. Ich konnte das Kind nicht sterben lassen. Und ich brauchte das Buch nicht, weil die Aayel darauf bestanden hat, dass ich es auswendig lerne.« Nun wandte sie sich wieder der Gesegneten zu. »Wenn wir nach Hilfe geschickt hätten, wäre es zu spät gewesen. Die Lebenskraft des Kindes schwand, seine Seele angelockt vom rastlosen ...«

»Ihr seid nicht qualifiziert, über solche Dinge zu sprechen!« Angespanntes Schweigen. Dann massierte die Gesegnete sich die Schläfen und seufzte tief. »Ich verstehe, dass Ihr geglaubt habt, das Beste zu tun, aber je eher Ihr Euer Bußegelübde ablegt, desto besser.«

Imoshen sank auf ein Knie, beide Hände mit den Handflächen nach oben zur Geste einer Flehenden ausgestreckt. »Weise Gesegnete, hört mich an. Ich war bereit, das Gelübde am siebzehnten Jahrestag meiner Geburt abzulegen, aber die Strahlende Insel befand sich im Krieg, und ich konnte nicht zur Basilika reisen. Ich bin bereit, das Gelübde jetzt …«

»Auch das Keuschheitsgelübde? Seid Ihr bereit, dem wahren Weg einer reinblütigen T'En-Frau zu folgen, dem Weg, den auch die erste Imoshen eingeschlagen hat?«

Imoshen blickte verblüfft auf.

»Ich habe Anspruch auf T'Imoshen erhoben.« Tulkhan trat einen Schritt vor. »Sie kann nicht …«

»Ich kann kein Keuschheitsgelübde ablegen«, sagte Imoshen rasch, bevor Tulkhan verraten konnte, dass sie bereits schwanger war, denn sie hatte diese Tatsache instinktiv vor der anderen Frau verborgen. Sie kam auf die Beine. »Es gab eine Zeit, da wäre ich diesem Weg gern gefolgt. Aber ich habe schon vor der Invasion der Ghebiten einen Dispens erhalten. Nun muss ich meinem Volk auf andere Weise dienen.« Sie streckte die Hand nach Tulkhan aus, der danach griff und sie auf seinen Unterarm legte. Er fühlte sich tröstlich fest an. Seine Stärke half ihr.

»Unter anderen Umständen hätte ich mich an die Kirche gewandt, damit ein Priester die Worte für die Tote spricht. Ich gebe gerne zu, dass es das Klügste ist, sie aus dem T'Enchiridion zu lesen.« Sie war immer noch erschüttert von ihrer Entdeckung, dass die Parakletos nicht nur eine abstrakte Vorstellung waren. Und was noch schlimmer war, sie waren nicht die wohlwollenden Wesen, von denen die Kirche sprach. Imoshen schauderte und musste sich dazu zwingen weiterzusprechen. »Das hier ist nicht mehr das alte Kaiserreich, Gesegnete. Wir müssen uns der Veränderung beugen, oder dieser Sturm wird uns entwurzeln.«

Die Echtfrau starrte sie nur an.

Imoshen hatte nicht drohen wollen. Sie waren alle miteinander verwundbar, und keiner mehr als sie selbst.

»Worum geht es bei diesem Bußgelübde, Imoshen?«, fragte Tulkhan.

Aber es war die Gesegnete, die antwortete. »Bevor sie in die Gesellschaft aufgenommen werden können, müssen sich alle reinblütigen T'En mit diesem Gelübde der Kirche unterwerfen und geloben, der Strahlenden Insel zu dienen.«

Imoshen bemerkte, dass die Gesegnete nicht erwähnte, dass der einzige andere reinblütige T'En-Rückschlag Reothe ebenfalls dieses Gelübde abgelegt hatte. Nun diente er nur noch sich selbst. Oder hielt er es für einen Dienst am Volk, die Strahlende Insel zurückzuerobern?

»Imoshen kann dieses Gelübde zusammen mit unserem Ehegelübde am Mittwintertag ablegen, in weniger als sechs Wochen«, verkündete Tulkhan und wischte damit das Problem beiseite.

Imoshen sah die Gesegnete an. Die Verbindung von Gleichen nach dem Recht der T'En-Kirche hatte nichts mit einer ghebitischen Eheschließung zu tun.

Tulkhan fuhr fort. »Niemandem ist hier heute Schaden zugefügt worden. Im Gegenteil, ein Leben wurde gerettet. Meine Männer warten draußen in der Kälte und sehnen sich nach ihrem Abendessen. Komm, Imoshen.« Er nickte der Gesegneten auf eine Art zu, die in ihrer Knappheit beleidigend war.

Imoshen verabschiedete sich mit der angemessenen Verbeugung von dem Oberhaupt der T'En-Kirche und wartete darauf, dass die Frau das Zimmer vor ihr verließ. Sie wusste, General Tulkhan wäre einfach nach draußen marschiert und hätte es der Gesegneten überlassen, hinter ihnen herzutraben. Jeder Tag war erfüllt von tausend kleinen Beleidigungen, Salz in die Wunde der Niederlage.

3

Der Ritt zurück zum Palast dauerte nicht lange und war dennoch nicht kurz genug. Das Essen war verkocht. Imoshen musste die beleidigte Köchin beruhigen. Sie hatte gerade erst die kaiserliche Küche mit ihrem Geruch nach angebrannter Soße hinter sich gelassen, als ein Junge so eilig auf sie zurannte, dass er sie anrempelte und umfiel.

»Was ist denn so wichtig, dass du dich nicht zivilisiert durch die Palastflure bewegen kannst?«, fragte Imoshen und riss ihn wieder auf die Beine.

Er verdrehte die Augen. »Die Ghebiten …«

»Was denn jetzt schon wieder?« Aus der Ferne hörte sie laute Stimmen. »Bring mich hin.«

Der Junge führte sie durch einen Verbindungsgang zu einem alten Flügel, der noch aus der Zeit der Unruhen stammte. Neugierige Diener drängten sich in den Türen, zeigten auf etwas und kicherten.

Ein Dutzend von Tulkhans Offizieren und Elitegardisten marschierten an Imoshen vorbei. Einige hielten Kerzenleuchter und Weinkrüge in den Händen, andere trugen massive Eichenstühle, und alle sangen dabei laut. Es gab viel Gelächter, und die Männer blieben alle paar Schritte stehen, um einen Schluck zu trinken.

Imoshen wusste überhaupt nicht mehr, wo sie sich befand. Im alten Kaiserreich war jeder Augenblick des Tages von Ritualen und dem Protokoll bestimmt worden. Diese bizarre ghebitische Parade war hier im Palast so fehl am Platz, dass sie sich fühlte, als hätte sie sich verirrt.

Als das Lied zu Ende war, konnte man Tulkhans Stimme vernehmen, die den Männern befahl, vorsichtig zu sein. Imoshen drängte sich an ihnen vorbei und stieß dabei gegen die Täfelung und alte Waffen, die an der Wand angebracht waren. Sie kam in eine Halle, die kaum mehr benutzt wurde und in der vierzehn Männer unter dem Gewicht eines Festtisches taumelten. Flackerndes Kerzenlicht warf hektische Schatten auf die Mauern.

»Was ist hier los?«, fragte Imoshen den Mann, der ihr am nächsten stand.

Er blinzelte verwirrt, begriff, wer sie war und machte das ghebitische Handzeichen gegen das Böse, mit der Faust vor den Augen. Sie verzog das Gesicht.

»Imoshen?« Jetzt hatte Tulkhan sie gesehen. »Ist das Essen fertig?«

»Noch nicht. Die Köchin versucht gerade, genug kalten Braten und Käse für vierzig Leute aufzutreiben. Das verdorbene Abendessen wird den Schweinen vorgeworfen.«

»Dann haben wir noch Zeit, diese Tische und Stühle nach oben zu bringen. Kommt schon, Männer!«

Sie stimmten ein lautes Sauflied an, während sie sich bemühten, den schweren Eichentisch aus dem Zimmer zu tragen. Imoshen zuckte zusammen, als sie dabei mit einer Ecke an die Türfüllung stießen.

»Vorsicht!«, brüllte Tulkhan, dann setzte er einen Weinkrug an die Lippen und trank. »Bringt ihn die Marmortreppe hoch. Die sollte breit genug sein.«

Imoshen packte Tulkhan am Arm. »Aber warum? Was stimmt denn nicht mit den Tischen und Stühlen, die wir bisher benutzt haben?«

»Zu klein. Ich habe genug davon, auf Stühlen zu sitzen, die jedes Mal quietschen und knarren, wenn ich mich bewege. Diese Möbel hier gefallen mir besser. Unter einen solchen Tisch kann ein Mann wenigstens seine Beine schieben!«

»Dieser Tisch wurde vor beinahe fünfhundert Jahren auf Befehl von T'Ashmyr gebaut. Er war der erste T'En-Rückschlag, der Kaiser der Strahlenden Insel wurde!«

Tulkhan starrte sie an.

Imoshen begriff, dass der General alles andere als betrunken war. »Du kannst deine Beine deshalb unter den Tisch strecken, weil er für einen reinblütigen T'En-Anführer gebaut wurde, der auch imstande gewesen wäre, dir direkt in die Augen zu sehen. In den Teilen des Palasts, die während der Zeit der Unruhen errichtet wurden, haben alle Möbel T'En-Größe. Du bist unter deinen eigenen Leuten vielleicht ein Riese, aber zu meinem Volk hättest du gepasst.«

Wachs aus Tulkhans Kerzenständer tröpfelte auf sein Handgelenk. Er verzog das Gesicht, dann zuckte er mit dem Achseln. »Nun, dann werde ich es wenigstens bequem haben«, sagte er und folgte seinen Männern.

Imoshen musste größere Schritte machen, um ihm folgen zu können. Sie erreichten den kaiserlichen Flügel, wo sich höherrangige Diener in Statuennischen drängten, auf die Ghebiten zeigten und tuschelten. Morgen würde man überall in T'Diemn Geschichten darüber hören können, wie die Barbaren über die Schätze des Palastes hinweggetrampelt waren.

In der langen Galerie fanden sie die eleganten, vergoldeten, mit rotem Samt bezogenen Stühle achtlos auf den zugehörigen Tisch gestapelt. Imoshen war zornig, aber sie zeigte es nicht; stattdessen wandte sie sich den Dienern zu und wies sie an, die Möbel wegzuräumen und in Sicherheit zu bringen. »Und dann werden wir essen.«

Tulkhan bot Imoshen seinen Arm. Als sie den Speisesaal betraten, jubelten die Ghebiten. Sie hoben ihre Becher und zeigten auf den neuen Tisch und die Stühle. Zufrieden nahm Tulkhan seinen Platz am Kopf der Tafel ein, und Imoshen setzte sich neben ihn. Niemand schien zu bemerken, wie wenig die schweren dunklen Möbel zu dem bleichen Glanz der Spiegel und des vergoldeten Stucks passen wollten.

»Wein?« Tulkhan bot an, Imoshen ein Glas einzugießen. Sie lehnte ab. Er trank noch einen Schluck aus dem Krug, dann schien er sich zu erinnern, dass er sich nicht auf dem Schlachtfeld befand und schenkte sich selbst ein Glas ein. Das feine T'En-Kristall sah in seinen Händen noch zerbrechlicher aus. »Einen Trinkspruch auf die größte Armee in der bekannten Welt!«

Die Männer brüllten zustimmend und kippten ihren Wein hinunter. Kristallkelche wurden klirrend auf dem Tisch abgesetzt, sobald sie leer waren.

Die Erinnerung an das anmutige Fingerschnippen, mit dem die Kaiserin ihre Billigung zweier wetteifernder Dichter kund getan hatte, versetzte Imoshen einen Stich – das alte Kaiserreich war tatsächlich tot, zerstört von diesen Barbaren. Wie würden die wenigen verbliebenen T'En-Adligen reagieren, wenn sie so etwas sahen?

Imoshen legte die Hand auf Tulkhans Arm und flüsterte ihm zu, »General, die Adligen aus dem Hochland von Keldon werden bald hier sein. Sie haben sich noch nicht offiziell ergeben, und du hast das Recht, einen Treueid von ihnen zu erwarten. Aber …« Die Diener kamen mit Tabletts voll kaltem Braten und Käse herein, arrangiert in kunstvollen Mustern. Die Ghebiten stürzten sich auf das Essen, griffen nach Hähnchenschenkeln und schlugen die Zähne ins weiße Fleisch. »Zieh nicht so die Nase kraus, Imoshen, die Männer haben Hunger. Sie waren den ganzen Tag in der Kälte und haben gearbeitet.«

»Ich nehme an, ich kann froh sein, dass sie überhaupt mit mir zusammen essen. In Gheeaba sitzen Männer und Frauen nicht gemeinsam am Tisch, oder?«

Er setzte sein Glas ab. »Bei Tisch werden Geschäfte und Kriegspläne besprochen. Das gehört sich nicht für die Ohren von Frauen. In der Abgeschiedenheit seines eigenen Heims ist es durchaus möglich, dass ein Mann seine Lieblingsfrau einlädt, mit ihm zu speisen. Aber wir sind hier nicht in Gheeaba, und meine Männer sind seit elf Jahren nicht mehr zu Hause gewesen.« Er warf ihr einen boshaften Blick zu. »In den Palästen des Festlandes haben wir alle Arten von Bräuchen gesehen. Mit Frauen zusammen zu essen war da noch das Geringste. Ich kann mich an ein Bankett erinnern, das auf der nackten Haut üppiger Jungfrauen serviert wurde.« Sein Blick war herausfordernd. »Und die Frauen waren die Nachspeise.«

Imoshen weigerte sich, darauf einzugehen. »Diese Adligen aus dem südlichen Hochland sind stolz. Sie haben die T'En-Herrschaft als Letzte anerkannt, und es gab zweihundert Jahre lang immer wieder Aufstände. Sie haben die T'En erst zu Beginn des Zeitalters der Festigung wirklich akzeptiert, und inzwischen waren diese T'En ihren Vettern im Norden nicht mehr sonderlich ähnlich.

In den Schluchten von Keldon gibt es vielleicht kostbare Metalle, aber leicht ist das Leben dort nicht. ›Dürre Schafe und störrische Kelden‹, heißt es im Sprichwort.« Sie lächelte, als sie seine Miene sah. »Ich möchte dich bitten, mit diesen Adligen Geduld zu haben. Sie werden in einer Woche die Hauptstadt erreichen, um hier ihren Treueid zu leisten, weil ihnen nichts anderes übrig bleibt. Aber sie ...«

»Sie haben den Rebellenführer versteckt, während sie mir ins Gesicht lächelten und mich angeblich willkommen hießen«, knurrte Tulkhan. »In ihren Bergen habe ich Reothe gejagt. Ich weiß, wie wild und gnadenlos diese Region ist.«

Imoshen nickte. »Und das Land prägt die Menschen. Die Kelden sind nicht sehr zahlreich, aber zu leidenschaftlicher Treue fähig. Sie haben keine Hoffnung, sich deiner Armee widersetzen zu können, aber sie sind rasch beleidigt, und sie verzeihen selten. Wenn du keinen Bürgerkrieg willst, der die Strahlende Insel zerreißt, musst du sie auf deine Seite ziehen.« Sie spürte, wie General Tulkhan sie neugierig beobachtete. »Ja?«

»Du gibst mir Ratschläge gegen dein eigenes Volk?«

»Ich gebe dir Ratschläge, um meinem Volk zu dienen.

Die Felder sind von T'Diemn bis in den Norden der Strahlenden Insel verwüstet. Diese Insel ist fruchtbar. Einstmals gab es in ihren Dörfern und Städten wohl gefüllte Getreidespeicher, aber deine Männer haben sie geplündert.«

»Eine Armee auf einem Feldzug muss essen.«

Imoshen seufzte. »Dieses Gespräch hatten wir schon öfter, und ich habe mich für Zusammenarbeit ausgesprochen. Ich möchte allerdings nicht mit ansehen müssen, wie die Aussaat dieses Frühlings zertrampelt wird, weil es zu weiteren Kämpfen kommt. Ich will mein Volk nicht hungern sehen.«

»Was interessiert es dich? Es sind Echtmänner und Echtfrauen, die nicht einmal vom selben Volk abstammen wie du.«

Sie wusste, dass Tulkhan sie nur zum Widerspruch verlocken wollte, aber sie konnte nicht verhindern, dass ihr das Blut in die Wangen stieg. »Ich gehöre zur Strahlenden Insel. In den Jahrhunderten, seit die T'En diese Insel erobert haben, hat sich mein Volk mit den früheren Bewohnern vermischt. Das Blut von T'En und Echtmenschen hat diesen Boden gedüngt. Am Ende ist es immer das Land, was bleibt.«

Tulkhan verzog das Gesicht. Gegen Imoshens Logik konnte er nicht ankommen, aber er spürte, dass sie noch mehr Einwände hatte. Wie lange würde es dauern, bis seine ghebitische Armee in der viel größeren Bevölkerung der Strahlenden Insel aufging? Würden sie eines Tages keine Ghebiten mehr sein? Würde sein Enkel sich auch ein Abzeichen an die Mütze stecken, wenn er Vater wurde, und alle einladen, um die Geburt einer Tochter zu feiern? In Gheeaba machte sich ein Vater nicht einmal die Mühe, einen Namen für seine Tochter zu wählen, das wurde der Mutter überlassen.

»Was ist denn mit Jacolm los?«, wechselte Imoshen abrupt das Thema.

Noch bevor Tulkhan sie aufhalten konnte, eilte sie den langen Tisch entlang und bat Jacolm aufzustehen. Widerwillig erhob sich der Mann und schonte dabei seine rechte Seite. Er runzelte die Stirn, als Imoshen ihm sagte, er solle sein Hemd öffnen.

Es wurde still im Speisesaal. Tulkhan beobachtete nervös, was geschah. Jacolm war bei den Männern für seine Zornesausbrüche bekannt. Dennoch war er aufgestanden, weil eine Frau es befahl, und nun entblößte er den Oberkörper.

Imoshen fuhr mit den Händen über die Brust des Mannes, und er schnappte nach Luft, zu verdutzt über ihre Waghalsigkeit, um anders reagieren zu können. »Wie ich mir schon dachte: Eine Rippe ist gebrochen. Lasst mich …«

Jacolm trat einen Schritt zurück. »Ich werde mich nicht von der Berührung einer Dhamfeer besudeln lassen.«

Tulkhan sah, wie Imoshen von der Zurückweisung erbleichte, aber er verstand auch die Reaktion des Mannes. Imoshen jedoch war viel zu sehr Diplomatin, um zornig zu reagieren.

»Lasst mich Eure Rippe heilen«, bot sie an. »Das muss doch wehtun.«

Jacolms Antwort bestand darin, sein Hemd wieder zu verschnüren. Dann kam sein Schwertbruder in einer beschützenden Geste auf die Beine.

Imoshen warf Tulkhan einen Blick zu, aber der konnte nur mit den Schultern zucken. Sie hob ihre Hände und drehte sie hin und her, sodass alle sie sehen konnten. »Ich sehe keinen Schmutz an diesen Fingern.« Sie sah Jacolm an. »Es stimmt, es sind T'En-Hände mit sechs Fingern, aber sie haben viele Echtmänner und -frauen geheilt, und dabei hat niemanden interessiert, ob sie von der Strahlenden Insel oder aus Gheeaba stammten.« Anmutig trat sie drei Schritte zurück und vollzog den T'En-Gruß, der unter Gleichen üblich war. »Ich wünsche Euch eine gute Nacht.«

Nachdem sie aus dem Saal gerauscht war, dachte Tulkhan daran, ihr zu folgen, aber seine Männer hätten es ihm sicher übel genommen, wenn er hinter »dieser Dhamfeer-Hündin« hergerannt wäre, wie sie Imoshen nicht gerade leise hinter ihrem Rücken nannten.

Nachdem sich die Tür hinter Imoshen geschlossen hatte, trat ein Augenblick des Schweigens ein, dann machte Harholfe einen Witz darüber, was ihm wirklich zu einer guten Nacht verhelfen würde, und die Männer lachten. Aber sie sprachen zu laut und lachten zu lange – zu bemüht, das zu ignorieren, wovon Imoshen gesprochen hatte.

Tulkhan war nicht dazu imstande. Er goss sich Wein nach und trank grimmig.

Draußen auf der langen Galerie seufzte Imoshen. Es tat weh, so brutal abgewiesen worden zu sein, besonders, da sie nichts anderes vorgehabt hatte, als ihre Hilfe anzubieten. Mit Tulkhan und seinen Ghebiten ging es immer zwei Schritte vor und einen zurück.

Vor ihrem Schlafzimmer hatte, wie immer, ein Mitglied ihrer Festungswache Posten bezogen. Die junge Frau nahm Habachtstellung an, als sich Imoshen näherte. Alle zwanzig Kämpfer von Imoshens Festungswache zusammen hätten keine Hoffnung, sie schützen zu können, wenn Tulkhans Elitegarde sie umbringen wollte. Dennoch, hier ging es auch um ein Symbol. Diese Menschen standen so treu zu ihr, wie die Elitegarde zum General, und sie hatten sie heute sehr stolz gemacht.

Als Imoshen in ihr Zimmer trat, sah sie, dass das Feuer schon brannte und Kerzen bereitlagen. Sie zündete sie an und nahm sie mit ins Badezimmer. Müde überprüfte sie den Kessel und ließ das Wasser laufen. Nun war sie endlich allein und konnte ihre Wachsamkeit aufgeben. Als sie auf den niedrigen Hocker sank, schauderte sie bei der Erinnerung an die Todeszeremonie. In Zukunft würde sie solche

Dinge den Priestern der T'En-Kirche überlassen, die für solche Aufgaben ausgebildet waren.

Sie hatte so oft an der Seite der Aayel gestanden, wenn ihre Großtante die Worte für die Toten sprach, und nicht ein einziges Mal hatte sie die Parakletos gespürt. Lag das daran, dass ihre T'En-Sinne damals weniger reif gewesen waren? Ihre Gabe hatte stets im Heilen bestanden, und auch das fiel ihr jetzt leichter. Instinktiv wusste sie, dass sie ihre wachsende Kraft vor den Echtmenschen verbergen musste, besonders vor den Ghebiten. Ein falsches Wort, und sie wäre tot – entweder ermordet von den Feinden oder gar hingerichtet auf Befehl des Generals.

Sie nahm an, dass Tulkhan einen solchen Befehl bedauern würde, aber er würde ihn auch aussprechen, wenn er ihn für notwendig hielt. Sie hatte gehört, wie es ihm gelungen war, die Königreiche des Festlandes in den frühen Jahren seiner Feldzüge zu erobern, und wusste, dass er vollkommen gnadenlos sein konnte. Und dennoch, wenn er sie ansah, wenn er ihr wirklich in die Augen schaute, glaubte sie manchmal, dort ...

Zorn wallte in ihr auf. Sie begann, auf und ab zu gehen. Metallischer Geschmack trat ihr auf die Zunge. Erschrocken erkannte sie die ersten Anzeichen dafür, dass ihre T'En-Kräfte sich ungebeten rührten. Das erfüllte sie mit Verzweiflung. Wenn sie nur wüsste, wie sie diese Kräfte beherrschen könnte! Wenn ihre Großtante nur lange genug gelebt hätte, um sie unterweisen zu können! Bevor die Aayel gestorben war, hatte sie verraten, dass Imoshens Eltern ihr verboten hatten, ihre Tochter im Gebrauch ihrer Kräfte zu unterrichten. In all diesen Jahren, in denen Imoshen an der Seite der Aayel die Kräuterkunde studiert, das T'Enchiridion auswendig gelernt und ihrer Großtante dabei zugesehen hatte, wie sie dem Volk diente, hätte sie auch etwas über ihr Erbe erfahren können. Stattdessen wusste sie nichts.

Nun blieb Imoshen reglos stehen. Die Aayel war tot, aber die Bibliothek des Palastes war noch größer als die ihrer eigenen Festung. Dort gab es sicher gelehrte Abhandlungen über die T'En-Kräfte. Es würde vielleicht den ganzen Winter dauern, aber sie würde alle alten Dokumente durchsehen.

Wenn sie nur nicht so sehr damit beschäftigt gewesen wäre, das Fest zur Feier von Tulkhans Unterzeichnung der Übereinkunft mit der Kirche zu organisieren. Ablehnung gegen das Palastprotokoll erfüllte sie. Sie hatte nie eine Rolle im höfischen Leben spielen wollen, und dennoch war ihr nun die Verantwortung zugefallen, sich um den Palast zu kümmern. Wie sehr ihre Schwester sie doch beneidet hätte!

Tränen traten Imoshen in die Augen. Nun würde ihre Schwester es nicht mehr erreichen können, in den inneren Kreis der Kaiserin aufgenommen zu werden; ihr Bruder würde nie mehr beim Mittsommerfest an dem Wettstreit um die Dichterkrone aus frischen Blüten teilnehmen. All ihre Verwandten waren bei dem vergeblichen Versuch gestorben, den Vormarsch des Generals aufzuhalten. Wie konnte sie sie so schnell vergessen und Intrigen für ihre eigene Zukunft spinnen?

Dann verhärtete sie ihr Herz. Um überleben zu können, musste sie den Blick in die Zukunft richten. Sie würde nicht zulassen, dass der General sie in die Position einer ghebitischen Frau drängte – eines bequemen Möbelstücks, das man benutzte, wenn man es brauchte, und dann wieder wegschob. Sie würde die Architektin ihrer eigenen Zukunft und der Zukunft der Strahlenden Insel sein.

Imoshen prüfte die Wassertemperatur und drehte den Hahn zu. Sie sank in die Wanne und spürte, wie sich ihre Muskeln entspannten. Es war ihr vielleicht gelungen, das Leben des Küferkindes zu retten, aber sie hatte die Gesegnete gegen sich aufgebracht – eine Frau, die eigentlich ihre

Verbündete sein sollte. Immerhin hatte die Kirche ihre Stellung als Hüterin der Gesetze nur zurückerhalten, weil Imoshen Tulkhan überredet hatte, das Dokument zu unterzeichnen.

Bedrängt von der Kirche, den stolzen Adligen aus dem Hochland von Keldon, den intrigierenden Botschaftern vom Festland und den arroganten Ghebiten, musste es ihr irgendwie gelingen, den Frieden aufrechtzuerhalten, während sie ihre Position bei General Tulkhan und die seine beim Volk der Strahlenden Insel festigte. Es stand so viel auf dem Spiel.

Zufrieden mit dem Speiseplan für das Festmahl des Abends verließ Imoshen den Küchenflügel. Sie hatte gerade erst die Hauptgalerie betreten, als sie Stimmen hörte, die laut in der marmornen Eingangshalle widerhallten. Dieser Palasteingang war in der Zeit der Festigung gebaut worden, vor allem zu dem Zweck, jeden zu beeindrucken, der hier eintrat. Es gab riesige Marmorsäulen, eine großartige Doppeltreppe und eine kunstvoll bemalte Decke, die den Eindruck erweckte, dass sie sich zum Himmel hin öffnete.

Imoshen spähte um eine Marmorsäule und fluchte leise. Eine Gruppe Adliger aus Keldon war schneller als erwartet eingetroffen. Baron Fairban stellte sich und seine drei Töchter einem verlegenen Palastlakaien vor. Hinter ihnen wartete ein ganzes Gefolge von Dienern, misstrauisch, aber neugierig.

Dies bedeutete mehr Teilnehmer am abendlichen Festessen und mehr aufbrausende Gemüter, die Imoshen beruhigen müsste. Da die Kelden sich bisher nicht offiziell ergeben oder General Tulkhan Treue geschworen hatten, war die Situation ausgesprochen schwierig.

Was dachten ihre Vettern aus dem Süden wohl von ihr, nachdem sie dem Eindringling so sehr geholfen hatte? Es war ihnen doch sicher klar, dass Imoshen gezwungen gewesen war, sich für den Weg des geringsten Widerstandes zu entscheiden, um zu überleben, ebenso wie die Adligen selbst dem ghebitischen General nun einen Lippendienst leisten mussten, um nicht Land und Leute zu verlieren?

Was nützte einem die Ehre, wenn man tot war?

Ein Stockwerk tiefer eilte der Kämmerer über die Marmorfliesen, um Baron Fairban zu begrüßen. Imoshen lächelte. Sollte sich dieser Würdenträger doch sein Brot verdienen. Er konnte die Neuankömmlinge zu ihren Zimmern eskortieren, während sie mit dem Zeremonienmeister sprach und die Sitzordnung änderte.

Aber nachdem das geschehen war, entschied sich Imoshen, Baron Fairbans Töchtern die Einladungen zum Abendessen persönlich zu überbringen. Das widersprach den üblichen Gepflogenheiten, aber sie würde die Unterstützung der Frauen brauchen, um die Ghebiten zu zivilisieren.

Imoshen nahm ihren Metallkamm von der Schlüsselkette und kratzte kurz an der Tür. Für ein geübtes Ohr hatte jeder Kamm einen anderen Klang. Sie konnte einen Diener oder einen Adligen an den Klängen erkennen, die ihre Kämme erzeugten, wenn sie sie über die zu diesem Zweck angebrachte Metallplatte an einer Tür zogen. Die Ghebiten hatten die Gewohnheit, einfach an die Tür zu dreschen, und das störte Imoshen zwar, andererseits hatte es den Vorteil, dass diese Barbaren damit sofort ihre Identität preisgaben.

In einem weiteren Verstoß gegen das Protokoll betrat sie nun einfach das Vorzimmer der Suite. Eine Zofe stieß einen leisen Schrei aus und rannte davon, um ihre Herrinnen zu holen. Dann kamen die Fairban-Frauen herein, gefolgt von neugierigen Dienerinnen, die mit Kleidung und Edelsteinen beladen waren.

Sie versuchten alle, ihre Überraschung zu verbergen, und

grüßten Imoshen wie eine Kaiserin. Aber die Kaiserin wäre nicht unangekündigt in ihre Zimmer geschlüpft. Die beiden jüngeren Frauen lächelten einander zu, und Imoshen erkannte diese duldsamen, halb verlegenen Mienen. Es war unmöglich, die Körpergröße, Haut- und Haarfarbe der letzten reinblütigen T'En zu ignorieren. Imoshen war so offensichtlich ein Rückschlag, dass sie selbst ihrer eigenen Familie peinlich gewesen war.

Aber sie würde sich nicht für ihre Existenz entschuldigen. Stattdessen betrachtete Imoshen die Frauen. Würde sie sie für ihre Zwecke einsetzen können? Die beiden jüngeren waren ihrem Vater sehr ähnlich – klein, feinknochig und zweifellos vom Volk der Ureinwohner, aber die älteste, die nun vortrat, war beinahe so groß wie Imoshen selbst.

»Ich grüße Euch, T'Imoshen«, sagte Baroness Cariah höflich.

In ihrer Haltung erkannte Imoshen den Schliff des alten Kaiserreiches. Die Frau war mehrere Jahre älter als sie selbst und damit Anfang Zwanzig.

Imoshen fühlte sich plötzlich verunsichert. Wie sehr hatte sie sich immer nach dieser selbstverständlichen Eleganz gesehnt! Wieder erinnerte sie sich an die quälend verlegene Sechzehnjährige, die sie bei ihrem ersten Besuch in diesem Palast vor zwei Jahren gewesen war. Damals hatte es schon eine Herausforderung dargestellt, sich in diesen endlosen Fluren zurechtzufinden, gar nicht zu reden von der höfischen Politik. Aber dieses Kind war sie nun nicht mehr. Sie musste eine Rolle spielen, und dazu brauchte sie die Fairban-Töchter.

Entschlossen, Baroness Cariah zu einer Verbündeten zu machen, ergriff Imoshen die Hand der älteren Frau und erwiderte den höflichen Gruß.

Unwillkürlich bewunderte sie Cariahs Haar. Es fiel ihr über die Schultern wie ein Tuch polierten Kupfers. Gut.

Alle drei Fairban-Töchter waren hübsch genug, um das Interesse der ghebitischen Offiziere wecken zu können.

»Es ist mir eine Ehre, Euch und Eure Schwestern zu begrüßen. Wir brauchen unbedingt den zivilisierenden Einfluss von Frauen ...« Imoshens Finger schlossen sich um Cariahs, und die Einladung lag ihr auf der Zungenspitze, aber dann vergaß sie plötzlich, was sie hatte sagen wollen, als sie merkte, wie anders sich diese Hand anfühlte. Lord Fairbans älteste Tochter hatte sechs Finger.

Verblüfft schaute Imoshen Cariah ins Gesicht. Sie sah nur lässige Heiterkeit in ihrem Blick.

Imoshen errötete. Sie war kein bisschen besser als die jüngeren Fairban-Töchter. Aber warum fanden diese Mädchen ihre T'En-Züge so verstörend, wenn auch ihre eigene Schwester T'En-Blut hatte? Vielleicht, weil Imoshen sie mit etwas konfrontierte, was sie gerne geleugnet hätten.

»Unsere Mutter hatte nicht nur sechs Finger, sie hatte auch die Augen«, erklärte Cariah, als sie Imoshens Verwirrung bemerkte.

»Eure ... Eure Mutter?« Imoshen wusste nicht mehr, was sie sagen sollte.

»Sie ist schon lange tot. Vater wollte keine neue Partnerin.«

Dieses Gespräch war viel zu vertraulich für das Protokoll des alten Kaiserreiches, aber Imoshen hatte schon immer Schwierigkeiten gehabt, ihre Zunge im Zaum zu halten. Das hatte ihre eigene Mutter oft zur Verzweiflung gebracht.

Plötzlich wurde ihr bewusst, wie viel sie verloren hatte.

»Auch meine Mutter ist tot. Sie sind alle tot!« Mit den Tränen stieg auch Scham in Imoshen auf. Aber sie konnte das seelentiefe Schluchzen, das sie erschütterte, nicht mehr aufhalten. Sie hatte bisher keine Zeit gefunden, um zu trauern, und nun war es, als wäre ein Damm gebrochen. Unfähig, den Zorn zu beherrschen, der in ihren Tränen lag, wandte Imoshen sich ab und schlug verzweifelt die Hände vors Gesicht. Diese weltgewandte Frau würde sie zweifellos verachten.

Aber Cariah legte einfach die Arme um Imoshen, bot ihr nichts als Trost, und einen kurzen Augenblick lang spürte Imoshen den Frieden des Mitgefühls mitten im Sturm ihrer Trauer. Dann löste sie sich von der anderen.

Beschämt, sich so schwach gezeigt zu haben, trat sie vor einen Spiegel. Während sie sich dort wieder fasste, war sie sich der adligen Frauen und ihrer Dienerinnen hinter ihr deutlich bewusst. Dieser Verstoß gegen die Etikette hatte alle so schockiert, dass sie schwiegen.

»Verzeiht mir.« Imoshen wandte sich ihnen wieder zu und vollzog eine geringere Verbeugung zum Zeichen der Bitte. »Ich bin hergekommen, um Euch zu den Festlichkeiten einzuladen, die heute Abend stattfinden.«

»Es ist uns eine Ehre«, erwiderte Baroness Cariah, und obwohl Imoshen ihr forschend ins schöne Gesicht schaute, konnte sie dort kein Anzeichen von Spott erkennen.

Dann verabschiedete sich Imoshen höflich, und schon als sie die Tür schloss, konnte sie hören, wie das Summen dahinter begann. Ihre Wangen glühten vor Verlegenheit.

Sie mochten störrisch sein, aber keldonische Adlige, die armen Vettern der wohlhabenden T'En des Hofes, wahrten immer noch die Traditionen. Der Ausdruck von Trauer, Liebe, aller intensiven Gefühle war bei Hof ritualisiert worden.

Imoshen tadelte sich selbst. In den Armen einer Fremden zu weinen, das war unerhört. Die Frauen aus Keldon würden sie für nicht besser halten als die ghebitischen Barbaren. Wie würde sie Baroness Cariah je wieder in die Augen sehen können?

Aber sie musste es tun. Irgendwie würde es ihr gelingen, ihr Unbehagen zu verbergen, denn sie konnte es dem General nicht allein überlassen, Gastgeber zu sein. Und als Erstes musste sie dafür sorgen, dass ein paar Delikatessen aus Keldon in die Speisefolge eingeschlossen wurden.

»Wo ist T'Imoshen, wo ist die Kaiserin?«, rief eine nervöse Stimme.

Die Köchin warf Imoshen einen Blick zu, und diese setzte ein Lächeln auf, obwohl die raschen Schritte draußen bewirkten, dass sich ihr Magen vor Angst zusammenzog. Hoffentlich ging es einfach nur um eine Protokollkrise, hervorgerufen von einem gedankenlosen Ghebiten.

Ein junger Mann riss die Tür auf und blieb keuchend stehen. An seiner Kleidung war zu erkennen, dass er als Diener in den Außengebäuden tätig war, und man sah ihm an, dass er einen langen Weg durch die endlosen Flure des Palastes hinter sich hatte.

»Hier bin ich.« Sie hörte sich ganz ruhig an. Nur sie selbst wusste, wie heftig ihr Herz klopfte. Absurderweise galt ihr erster Gedanke Tulkhans Sicherheit.

»Der ghebitische Priester hat den Verstand verloren!«, erklärte der Junge. »Er zerstört das Gewächshaus!«

Das war das Letzte, womit Imoshen gerechnet hätte. Beinahe hätte sie laut gelacht. Das Gewächshaus versorgte den Palast das ganze Jahr über mit frischem Gemüse. Wieso sollte dieser aufgeblasene, eingebildete Priester etwas gegen frische Möhren haben?

»Warum?«

»Seht selbst!« So aufgeregt er auch war, der Junge wagte nicht, sie zu berühren.

Imoshen ließ das Blatt mit dem veränderten Festmenü auf der geschrubbten Tischplatte liegen und verließ die Küche, gefolgt von vielen Küchendienern. Da sie nun einmal Menschen waren, freuten sie sich über jeden Grund, die Arbeit eine Weile ruhen zu lassen; außerdem versprach dies höchst unterhaltsam zu werden, denn niemand mochte den Cadre.

Imoshen lächelte grimmig, aber sie wurde rasch ernst, als sie hörte, wie Glas zerbrochen wurde. Selbst in T'-Diemn war Glas wertvoll, besonders Glas, das für große Fenster hergestellt worden war.

Sie packte das nächstbeste Küchenmädchen am Arm. »Hol General Tulkhan her.«

Das Mädchen nickte und eilte davon.

Der Junge sprang vor ihr her wie ein aufgeregter Welpe. Eine wachsende Menge von Neugierigen folgte Imoshen, als sie sich dem großen Gewächshaus näherte. Mehrere Gärtner kamen auf sie zugerannt, und ihre Stimmen waren schrill vor Empörung, als sie ihr erzählten, wie der Priester ins Gewächshaus gestapft war und etwas von Lästerung gesagt hatte. Es war einfach unverständlich. Sie begriffen es nicht.

Als Imoshen die Tür aufriss, drang Hitze auf sie ein, gefolgt von dem angenehmen Duft fruchtbaren Bodens. Lage um Lage sprießender Samen erstreckte sich vor ihr. Harmlose Tomatensetzlinge lagen zertrampelt am Boden.

Der Cadre, der sich seiner Zuschauer nicht bewusst war, schwang den Rechen nach einem weiteren Fenster. Das Klirren drohte Imoshens Fassung zu zerstören. Auf der Zunge spürte sie eine Andeutung ihrer T'En-Kräfte, die von ihrer Aufregung und dem Zorn geweckt worden waren.

»Hört sofort mit dieser Zerstörung auf!« Herrisch schritt sie über die Trümmer hinweg.

Aber der Priester hörte sie nicht einmal. Er stellte sich vor ein weiteres Fenster und hob den Rechen. Imoshen trat hinter ihn, riss ihm den Rechen aus der Hand und warf das Werkzeug beiseite. Sie packte den Cadre am Halsausschnitt seines Hemdes und riss ihn einfach vom Boden hoch.

Die Wut verlieh ihr genug Kraft, um den verblüfften Priester in der Luft zu halten. Der Mann kreischte und zerrte hektisch an seinem Kragen, der ihm unters Kinn gerutscht war.

»Was ist hier los?« Imoshen schüttelte ihn, wie ein Hund eine Ratte schüttelt, und sagte das Erstbeste, was ihr einfiel. »Habt Ihr etwas gegen frische Möhren?«

Das brachte die Diener zum Lachen. Imoshen nahm an, dass sie ebenso erleichtert waren wie sie selbst, als sie festgestellt hatte, dass es hier nicht um bewaffnete Ghebiten ging, die Unschuldige töteten.

Der Priester nestelte panisch an seinem Hals und lief rot an.

Imoshen wollte etwas sagen, aber General Tulkhan war schneller.

»Was geht hier vor?« Seine tiefe Stimme übertönte das nervöse Kichern und brachte alle zum Schweigen.

Imoshen ließ den Priester angewidert fallen und zeigte auf die Zerstörung. »Ist das nicht offensichtlich? Euer Priester ist ein Feind von frischem Gemüse!«

General Tulkhan zügelte mühsam seinen Zorn. Er war von einer hektischen Dienerin gerufen worden und hatte etwas erheblich Schlimmeres erwartet als diese Absurdität. »Eine Erklärung, Cadre!«

Der Priester warf Imoshen einen wütenden Blick zu, zupfte seine kunstvolle Halskrause zurecht, dann seine schmutzige Kutte. »Es ist lästerlich!«

»Seit wann ist frisches Essen lästerlich?«, fauchte Imoshen.

»Was ist das hier?«, wollte Tulkhan wissen.

»Das Gewächshaus, in dem das Gemüse für den Palast angebaut wird«, erklärte Imoshen. »In Gheeaba braucht ihr so etwas nicht. Während unserer langen, kalten Winter sammeln die Fenster die Wärme der Sonne.«

»Es ist eine Lästerung des großen Akha Khan!«, beharrte der Cadre. Gedankenschnell schoss er an Imoshen vorbei, riss eine Pflanze aus dem Topf und schüttelte sie so heftig, dass feuchte Erde in alle Richtungen flog. »Dies ist Lästerung, dies hier und alles seiner Art!«

Imoshen zog die Nase kraus. »Ihr habt also Probleme mit Kräutertee?«

Tulkhan konnte nur mühsam ein Lächeln unterdrücken und einen neutralen Tonfall wahren. »Das da ist eine Teepflanze?«

»Wir trocknen die Blätter, übergießen das Ganze mit kochendem Wasser und stellen daraus ein Getränk her«, erklärte Imoshen. »Es ist einer von vielen Tees, der in Teehäusern überall ...«

»Sagt ihm, wozu er benutzt wird«, forderte der Priester mit triumphierend blitzenden Augen.

»Frauen trinken ihn, um ihre Fruchtbarkeit zu kontrollieren«, erwiderte Imoshen.

»Genau!« Der Priester trat vor und fuchtelte mit der Pflanze unter Tulkhans Nase herum. »Dies ist die Wurzel allen Übels auf der Strahlenden Insel. Diese Pflanze ist lästerlich. Kein Wunder, dass die Frauen dieser Insel keine Scham kennen. Kein Wunder, dass ihre Männer keine Männer sind!« Kleine Speicheltröpfchen lösten sich von den Lippen des Cadre. »Es ist die Bestimmung einer Frau, Kinder zur Welt zu bringen. Sie ist Besitz ihres Mannes, und die Söhne, die sie ihm gebiert, sind seine Erben. Je mehr Söhne, desto stärker ein Haus!« Wütend starrte der Cadre Imoshen an. »Es ist Lästerung, sich in den natürlichen Zyklus einer Frau einzumischen, eine Beleidigung von Akha Khan. Denkt doch an all die ghebitischen Söhne, die nie zur Welt gekommen wären, um Waffen zu tragen, wenn in Gheeaba diese Pflanze benutzt würde!«

Imoshen schnaubte. »Dann sollte ich eine Schiffsladung Teepflanzen vorbereiten und sie nach ...«

»Du wagst, mich zu verspotten, Dhamfeer?« Der Priester fuhr wieder zu ihr herum. »Du bist eine noch größere Lästerung! Eine Abscheulichkeit!«

Die Palastdiener hielten entsetzt den Atem an. Imoshen überragte den Priester, und ihre Granataugen blitzten gefährlich. Selbst zwei Schritte von ihr entfernt konnte Tulkhan den Geruch nach T'En-Kräften wahrnehmen, der von ihr ausging.

»Lassen wir meine Abstammung beiseite.« Imoshens Selbstbeherrschung war viel beängstigender als ihr Zorn. »Lassen wir die Tatsache einmal beiseite, dass ghebitische Männer nicht glauben, dass ihre Frauen wirkliche Seelen haben, sondern sie für kaum mehr als Tiere halten, dann möchte ich immer noch gerne wissen, was falsch daran ist, unerwünschte Kinder zu verhindern? Es ist doch zweifellos besser für eine Familie, wenn sie imstande ist, die Kinder zu ernähren, die sie hat, als unverantwortlich weitere in die Welt zu setzen?«

»Seht ihr, wie sie alles verdreht?«, fragte der Priester. »Tückische Dhamfeer! Hört ihr nur lange genug zu, General, und Ihr werdet Schwarz für Weiß halten. Ihr müsst Euch vor ihr schützen. Ihr müsst Eure Männer vor den Frauen der Strahlenden Insel schützen. Diese Frauen wollen Euch die Männlichkeit nehmen und Euch mit diesen Kräutern hinters Licht führen! Was soll das für ein Mann sein, der sich keine Söhne wünscht? Was soll das für ein Mann sein, der sich nicht schämt, wenn seine Frau nicht jedes Jahr ein Kind bekommt, oder zumindest jedes zweite?«

»Wie eine Zuchtsau?«, fragte Imoshen mit blitzenden Augen.

Tulkhan war sich ihres Zorns bewusst, aber er wusste auch, dass ein ghebitischer Krieger, der hoch genug aufgestiegen war, um sich drei oder vier Frauen leisten zu können, erwartete, sie alle so gut wie ununterbrochen schwanger zu sehen. Es kam vor, dass jemand dreißig oder sogar vierzig Kinder hatte. Davon waren dann etwa die Hälfte männlich. Mit all diesen Söhnen, die seinem Haus dienten, mit all diesen Töchtern, die man verheiraten konnte, um

Allianzen zu festigen, würde man ihn für reich halten. Dennoch, das war Gheeaba, und sie befanden sich hier auf der Strahlenden Insel.

Der Priester warf die Pflanze auf den Boden und zerstampfte sie. »General, Ihr müsst befehlen, dass all diese Pflanzen zerstört werden. Schickt Eure Männer auf der ganzen Insel aus, um sie zu sammeln. Häuft sie auf jedem Dorfplatz auf und verbrennt sie. Das ist die einzige Möglichkeit, den Frauen der Strahlenden Insel zu zeigen, wo sie hingehören!«

Imoshen spürte, wie ihre ganze Welt aus dem Gleichgewicht geriet. General Tulkhans Miene verriet nichts. Das würde er doch sicher nicht erlauben? Der Priester wollte sechshundert Jahre der Zivilisation dem Erdboden gleich und die Frauen der Strahlenden Insel zu Sklavinnen machen.

Sie ging auf den General zu, griff instinktiv nach seinem Arm, suchte den Kontakt mit seinem Geist. Einen winzigen Augenblick, bevor er sich in Acht nahm, spürte sie, wie sehr es ihm widerstrebte, den Priester in Verlegenheit zu bringen.

Sie packte seinen Arm fester. »Jede Frau auf der Strahlenden Insel pflanzt dieses Kraut in ihrem Garten. Jede Frau entscheidet selbst, wann sie ein Kind haben will. Wollt Ihr ihr das verweigern? Wollt Ihr, dass sie Angst vor der körperlichen Liebe bekommt? Als Heilerin weiß ich, dass es Frauen gibt, die kein Kind haben dürfen. Es würde sie umbringen.« Imoshen sah Tulkhan forschend ins Gesicht, aber immer noch blieben seine Züge undurchschaubar. Wie konnte sie ihn nur überzeugen? Plötzlich erinnerte sie sich an seine geheime Angst. »Es gibt andere Frauen, die Schwierigkeiten haben, Kinder zu empfangen. Sie benutzen eine Abart dieser Pflanze, um fruchtbarer zu werden. Soll denn diesen Frauen und ihren Partnern die Freude eines eigenen Kindes verweigert werden?«

Sie sah, wie unter der kupfernen Haut des Generals ein Muskel zuckte.

»Cadre«, erhob sich Tulkhans Stimme in das angespannte Schweigen, »es wurde eine Übereinkunft mit der T'En-Kirche unterzeichnet.«

Imoshen trat einen Schritt zurück und ließ den Arm des Generals los.

»Bei dieser Übereinkunft haben wir zugesichert«, fuhr Tulkhan fort, »dass wir uns nicht in die Religionsausübung der Bevölkerung einmischen, und sie sich nicht in unsere. Ich verbiete Euch, diesen Menschen Euren Glauben aufzuzwingen. Die Einhaltung dieses Gesetzes, das Ihr vorschlagt, könnte unmöglich erzwungen werden. Diese Pflanze kann in jedem Gartenbeet, auf jeder Fensterbank wachsen. Soll ich meine Soldaten zu Gärtnern machen, die unerwünschtes Unkraut jäten?«

Wenn man es so ausdrückte, klang es absurd. Als die Palastdiener wieder zu kichern begannen, warf der Cadre Imoshen einen zornigen Blick zu. Sie hielt ihm stand. Es war seine eigene Schuld, dass er sich lächerlich gemacht hatte.

»Kümmert Euch um die Seelen der Soldaten, Cadre«, riet ihm Imoshen und hakte sich wieder bei Tulkhan ein. Was immer an Uneinigkeit zwischen ihnen persönlich herrschen mochte, vor seinen Männern und ihrem Volk mussten sie sich vereint zeigen. »Und überlasst uns das weltliche Leben der Menschen. Komm, General.«

Sie ließen den wutschnaubenden Cadre stehen und gingen zur Tür des Gewächshauses. Dort wandte sich Tulkhan Imoshen zu und löste seinen Arm demonstrativ von ihrem. »Glaub nicht, dass ich nicht weiß, was du vorhast.«

Imoshen erstarrte. »General, was hier auf dem Spiel steht, ist viel wichtiger als du oder ich. Es ist das Schicksal der Frauen der Strahlenden Insel. Willst du denn wirklich die Hälfte deiner Untertanen als Sklaven sehen? Möchtest du die Ursache einer Generation ungewollter Kinder sein, die sich auf der Straße herumtreiben, betteln und stehlen, wie sie es offenbar auf dem Festland tun?«

»T'Imoshen?«, warf ein Gärtner ein, der in höflicher Entfernung wartete.

Imoshen sah den General forschend an. Er war klug, aber er war mit der Kultur seines Volkes aufgewachsen. Wie weit würde sie gehen können, bevor er sich wehrte?

»Ich habe zu tun«, knirschte Tulkhan und verabschiedete sich mit einem kaum mehr höflich zu nennenden knappen Nicken.

Imoshen vollzog den Gruß zwischen Gleichen, dessen Bedeutung ihren Dienern nicht entgehen würde und einem so klugen Mann wie dem General ebenso wenig.

Dann wandte sie sich den bekümmerten Gärtnern zu und versicherte ihnen, dass die Reparaturen schnell genug ausgeführt würden, damit die Setzlinge weiterwachsen konnten. Aber sie musste immer noch an den General denken. An diesem Abend würden sie Seite an Seite am Festtisch sitzen müssen, und niemand durfte ihre Differenzen auch nur erahnen.

4

Tulkhan sah zu, wie sich Imoshen mühelos durch das Muster eines komplizierten Tanzes bewegte. Drei hübsche junge adlige Frauen bildeten zusammen mit ihr die Ecken des komplizierten Musters, als sie da mit vier Würdenträgern aus der Stadt tanzten. Seine Offiziere sahen zu und warteten ungeduldig auf einen ghebitischen Tanz, damit sie die Frauen für sich beanspruchen konnten.

Tulkhan bemerkte, dass sich Imoshen mit jener lässigen Anmut bewegte, wie man sie niemandem anerziehen konnte. Sie trug ein dunkelrotes Samtgewand. Es war von derselben Farbe wie ihre Augen und ließ ihre bleiche Haut noch heller wirken. Ihr Haar war offen, nur geringfügig gebändigt von einem kleinen Stirnreif aus Elektron, der mit Amethysten geschmückt war. Wenn sie sich drehte, fiel ihr das Haar über die Schultern wie ein wehendes weißes Seidentuch. Dann war der Tanz zu Ende, ihr Haar und ihr Rock schmiegten sich wieder an ihre schlanke Gestalt. Tulkhan schluckte; wie gern wäre er jetzt mit den Fingern durch diese langen, hellen Strähnen gefahren, hätte sich dicht zu ihr gebeugt und ihren berauschenden Duft eingeatmet. Sie so zu sehen, erfüllte ihn mit geradezu schmerzhafter Begierde. Es gab keine andere Frau auf der Welt, auf die er jemals so reagiert hätte.

»T'Imoshen ist eine gute Tänzerin«, stellte seine Tischnachbarin fest.

Er wandte sich der Gesegneten zu. In Gheeaba hätte sie nicht gewagt, ihn anzusprechen. Eine unverheiratete Frau oder eine verheiratete Frau, die das fruchtbare Alter hinter sich hatte, wurde dort nur noch für geeignet gehalten, sich um die kleinen Kinder oder die Haustiere zu kümmern.

»Ihr scheint zerstreut, Prinz Tulkhan.«

»Ich bin kein Prinz.« Er hatte nicht die geringste Lust, ihr jetzt die komplizierte Familienstruktur seines Volkes erklären zu müssen. »Als erster Sohn der Konkubine des Königs erhielt ich keinen Titel. Ich habe mir meine Stellung durch Jahre des Dienstes in der Armee meines Vaters erworben. Es ist mir lieber, wenn man mich mit dem Titel anspricht, den ich verdient habe.«

Sie sah ihn aus klugen braunen Augen an. Goldenes Kerzenlicht tanzte in ihren Pupillen. Er ermahnte sich, sie nicht zu unterschätzen, nur weil sie eine Frau war. So viel hatte Imoshen ihn schon gelehrt.

»Und bald werdet Ihr König der Strahlenden Insel sein«,

stimmte sie diplomatisch zu. »Ich muss Euch zu dieser anstehenden Verbindung gratulieren, General.«

Die Worte waren unschuldig genug, aber es lag etwas in ihrem Tonfall, das ihn warnte. Vielleicht eine Spur von Spott? Hielten diese Leute ihn für vermessen, weil er sich selbst zum König krönen wollte? Aber selbstverständlich. Er war kaum drei Generationen von den umherziehenden Hirten entfernt, zu denen sein Großvater gehört hatte, der bei all seiner Kraft und Stellung zwar die ghebitischen Stämme vereint hatte, aber kaum von edlem Blut gewesen war.

»Ich danke Euch«, sagte Tulkhan und beobachtete weiterhin Imoshen, die aus einem schlichten ghebitischen Tanz eine Angelegenheit von Präzision und Anmut machte. Wie würde er nur weitere sechs Wochen warten können?

»T'Imoshen ist sehr ... nun, ›schön‹ ist nicht ganz das richtige Wort. Die T'En sind zu gefährlich, um schön zu sein. Sie sind attraktiv, aber auf eine Furcht erregende Art. Seid Ihr je dem Anführer der Rebellen, T'Reothe, begegnet?« Die Gesegnete hielt inne und wartete auf seine Antwort.

Tulkhan bemühte sich, einen eher desinteressierten Eindruck zu machen. Er stritt weder ab, Reothe begegnet zu sein, noch gab er es zu. Im abgelegenen Hochland von Keldon hatte Tulkhan ohne es zu wollen die Alten heraufbeschworen, indem er an einer ihrer heiligen Stätten Blut vergoss. Angezogen von dieser Macht war Reothe vor ihm erschienen. Der Rebellenanführer hatte gelacht, als er begriffen hatte, wer Tulkhan war, er hatte ihn verflucht und gesagt »Ich bin Euer Tod. Ihr geht noch umher, Ihr sprecht noch, aber eigentlich seid Ihr schon tot.« Diese Worte hatten Tulkhan in seinen finstersten Stunden oft heimgesucht.

Dann schreckte die Gesegnete Tulkhan wieder aus seinen Gedanken. »Ich war überrascht, als der Kaiser und die

Kaiserin Reothes Verlobung mit Imoshen zustimmten. Die Tradition verlangte, dass sie mit siebzehn das Keuschheitsgelübde ablegt. Stattdessen hat die Kaiserin mich unterrichtet, dass ich Zeugin der historischen Verbindung der letzten beiden reinblütigen T'En sein würde. Sie sollten sich in diesem Frühjahr miteinander verbinden, wusstet Ihr das?« Diesmal wartete sie nicht auf seine Antwort. »Reothe hätte beinahe jede Frau zur Partnerin haben können, jede außer einem Rückschlag. Er hat von Kaiser und Kaiserin einen besonderen Dispens erreicht. Bis ich davon erfuhr, hatten sie bereits zugestimmt. Es war so unerwartet. Bis dahin war es stets Brauch gewesen, es genau umgekehrt zu machen und T'En-Männer mit Echtfrauen zu verheiraten. Die erste Imoshen hat das zum Gesetz erhoben. Kennt Ihr Euch mit der T'En-Geschichte aus?«

Nun gab Tulkhan nicht mehr vor, nur höflich interessiert zu sein. »Ich habe Gerüchte gehört, dass die T'En über große Macht verfügten.«

Sie nickte. »Aber die T'En-Kräfte können auch zum Fluch werden. Die erste Imoshen und ihre Schiffsladung von Flüchtlingen flohen aus ihrer Heimat, um der Verfolgung zu entgehen. Sie hat befohlen, dass das Schiff verbrannt wird.«

»Man hat mir gesagt, die erste Imoshen sei eine Entdeckerin gewesen.«

»Mit einem Schiff voll kleiner Kinder und alter Leute?« Die Gesegnete lächelte. »Nein, sie hat nur unsere Geschichte zu ihrem eigenen Zweck umgeschrieben.«

Tulkhan sah der Frau offen in die Augen. »Woher wisst Ihr das denn?«

»Ich habe Zugang zu den Historien unserer frühen Kirchenführer. Als sich die erste Imoshen daranmachte, dieses Land zu erobern, war sie vollkommen gnadenlos. Sie umgab sich mit einer Truppe ihr ergebener T'En-Krieger – die legendäre Paragianische Garde –, die geschworen hatten, ihr zu dienen. Jene, die in ihrem Dienst umkamen, sollten, gebunden an diesen Schwur, auch noch über ihren Tod hinaus dienen. Das sind die Parakletos.« Sie machte verstohlen ein Handzeichen, bevor sie fortfuhr. »Nur durch die Entschlossenheit dieser Paragianischen Garde war die erste Imoshen imstande, das Volk zu unterwerfen. Aber sobald die Insel erobert war, löste sie die Garde auf und befahl ihren Leuten, sich mit den Ortsansässigen zu vermischen.

Sie selbst legte ein Keuschheitsgelübde ab, und alle reinblütigen T'En-Frauen sind seitdem ihrem Beispiel gefolgt. Ihre einzige überlebende Tochter wurde die erste Gesegnete. Imoshen die Erste verband ihren reinblütigen T'En-Neffen Aayel mit der alten königlichen Familie, genau wie Ihr es jetzt tut. Aber sie hatte einen noch zwingenderen Grund dafür.«

Tulkhan zügelte seine Ungeduld und war sich sehr bewusst, dass es dieser Frau Spaß machte, mit ihm zu spielen wie mit einem Fisch am Angelhaken.

»Reinblütige T'En sind labil. Selbst unter den Leuten der ersten Imoshen waren nicht viele reinblütige T'En. Rückschläge wie Imoshen und Reothe mögen gewaltige Kräfte haben, aber es liegt auch ein Fluch auf ihnen.«

»Erklärt das bitte.«

Die Gesegnete lächelte. »Nun, sogar die kaiserliche Familie war misstrauisch, was Reothe anging. Sie waren froh, als er zu langen Seereisen aufbrach, um neue Handelswege zu erschließen.«

»Um Pirat zu werden, meint Ihr. Ich habe von seinen Erfolgen gehört.«

Die Gesegnete hielt seinem Blick stand. »Reothe handelte auf Befehl der Kaiserin selbst. Seine Aufgabe bestand darin, den Feinden der Strahlenden Insel den Seehandel zu erschweren. Eine kleine, wohlhabende Insel wie die unsere muss ihre Handelsinteressen gut schützen, sonst halten die Gierigen sie für schwach. Reothe war ein hervorragender

Kapitän. Er erforschte auch den Archipel und fand neue Handelsstraßen.« Sie zuckte mit den Achseln. »Dennoch, reinblütige T'En-Männer sind eine Gefahr für sich selbst und ihre Umgebung. Wer weiß schon, welches Unheil Reothe angerichtet hätte, wenn er bei Hof geblieben wäre? Genügte es nicht schon, dass die Kaiserin einen ihrer anderen Adoptivsöhne wegschicken musste, um den Frieden zu wahren?

Die Kaiserin liebte Reothe. Sie hatte ihn aufgezogen seit er zehn Jahre alt war, aber als er älter wurde, reiften auch seine Kräfte. Sie zeigten sich zunächst in der Pubertät. Reinblütige T'En haben eine ganze Reihe von Kräften, von der Fähigkeit, in die Zukunft zu schauen oder den Geist anderer zu manipulieren bis hin zu praktischeren Gaben wie dem Heilen. Bei Frauen sind diese Kräfte im Allgemeinen weniger ausgeprägt, aber bei Männern können sie gewaltig sein. Man nahm an, dass Reothes Kräfte stark wären, aber er war sehr geschickt, wenn es darum ging, sie zu verbergen. Die T'En sind immer ein geheimnistuerisches Volk gewesen, und dies gilt auch für Reothe.«

Sie senkte die Stimme. »Der Kaiser selbst hat mir anvertraut, dass er fürchtete, Reothe würde seine eigenen Kinder um ihren Herrschaftsanspruch bringen. Und dann ist da die Frage, wieso Kaiser und Kaiserin Reothe erlaubten, sich mit Imoshen zu verbinden. Ich habe ihnen davon abgeraten, aber sie wollten die Idee nicht aufgeben, selbst wenn es gegen sechshundert Jahre Tradition verstieß.« Ihre Augen blitzten. »Ich frage mich oft, ob Reothe nicht ihr Vertrauen und ihre Zuneigung ausnutzte, um sie zu beeinflussen.«

Tulkhan packte den Stiel seines Kelchs fester.

Die Gesegnete lehnte sich zurück. Lässig griff sie nach einem Obstwürfel und steckte ihn sich zwischen die Lippen. Sie tauchte die Fingerspitzen in die kleine Schale, die dafür bereitstand, und trocknete sie dann fein säuberlich ab.

»Ich kann nur spekulieren, warum die erste Imoshen ihre Schiffsladung Flüchtlinge aus ihrer Heimat wegbrachte. Aber es ist schon lange die Aufgabe der Kirche, den Schaden, den die T'En anrichten könnten, zu begrenzen. Als die Paragianische Garde aufgelöst wurde, entschieden sie sich, der Kirche zu dienen. Sie waren die ersten T'Enplars, Kriegerpriester, die schworen, die Heiligkeit der T'En-Kräfte zu wahren, aber es war auch diese Gruppe, aus der der erste Abtrünnige hervorging.

Sardonyx führte die Revolte von vierundsechzig an. Seine eigene Base, Kaiserin Abularassa, tat sich mit der ersten Gesegneten zusammen, um ihn zu zügeln. Sie riefen den Orden der Traktarianer ins Leben, um einen Ausgleich zur Macht der T'Enplars zu haben. Ausgleich, Gleichgewicht – das ist es, was *En* in der Hochsprache der T'En bedeutet. Nach Sardonyx' Tod errichtete Abularassa einen Turm zu seinem Gedenken. Sards Turm. Seitdem gedenken die Familien der abtrünnigen T'En ihres Verlustes mit einem Turm der Tränen, und die Gesegnete wurde ermächtigt, T'En zu Abtrünnigen zu erklären, wenn es genügend Beweise des Verrats gegen die Kirche und die Kaiserin gibt. Seit über fünf Jahrhunderten haben die Traktarianer abtrünnige T'En gejagt. Ihr habt doch sicher schon von den Steinigungen gehört?«

»Das ist über hundert Jahre her!«

»Ich weiß. Seitdem bestand keine Notwendigkeit mehr. Seit der letzten Steinigung sind siebzig Jahre lang keine reinblütigen männlichen T'En mehr zur Welt gekommen, und die Traktarianer haben an Macht verloren. Aber seit Reothe zum Mann heranreifte, wurden sie unter der Führung von Murgon wiederbelebt.« Sie wies auf einen Mann, ohne direkt auf ihn zu zeigen. »Das ist er, dort am Nebentisch, der Dritte von links. Ein hoch gewachsener, hagerer Mann mit T'En-Augen.« Sie bemerkte Tulkhans Überraschung. »Jene, die selbst ein wenig T'En-Blut haben, sind selbstverständlich besonders empfindsam, was den Gebrauch der Kräfte angeht.«

»Wäre es nicht einfacher, alle reinblütigen T'En-Kinder bei der Geburt zu töten?«, meinte Tulkhan kalt.

»Wir sind doch keine Barbaren!« Die Gesegnete war so angewidert, dass sie unwillkürlich lauter sprach.

»Aber warum warten? Warum die Bedrohung nicht im Keim ersticken?«

Sie kniff die Lider ein wenig zusammen. »Nicht alle T'En werden abtrünnig. Wie alle Adligen erzieht man auch sie in dem Bewusstsein, dass ihre Pflicht darin besteht, der Strahlenden Insel zu dienen. Die T'En-Kräfte können Echtmenschen und -frauen nützen. Denkt doch nur an Imoshens Fähigkeit zu heilen. Das Volk verehrt die T'En.«

»Als Abstraktion?«

Das überraschte sie so, dass sie lächeln musste, aber sie ging nicht auf seine Frage ein.

»General?«

Tulkhan blickte auf und sah Imoshens rosiges, lächelndes Gesicht vor sich. Sofort fühlte er sich schuldig. Auf Imoshens Rat hin hatte er ein Dokument unterzeichnet, das es der Gesegneten erlaubte, ihre Machtposition zu erhalten, und nun intrigierte diese Frau gegen die T'En! Politik! Er zog das Leben auf Messers Schneide und die raschen Entscheidungen des Schlachtfeldes vor. Wenn der Tod ihm dort eine Klinge an die Kehle hielt, lächelte er zumindest nicht und flüsterte keine tröstlichen Worte.

Imoshen zeigte auf den Mann an ihrer Seite. »Ich möchte dir den ersten Adligen aus Keldon vorstellen, der unsere Gastfreundschaft angenommen hat. Baron Fairban.«

Tulkhan erhob sich. »So sehen wir uns also wieder. Diesmal in meiner Festung.«

»Niemand wird je behaupten können, dass die Kelden die Gesetze der Gastfreundschaft nicht achten«, erklärte Fairban ein wenig aufgebracht.

Tulkhan lächelte grimmig. »Ich bin sicher, Ihr werdet feststellen, dass ich ebenso gastfreundlich sein kann wie Ihr, vielleicht sogar mehr.«

Angespanntes Schweigen hing zwischen ihnen, während Imoshen vom einen zum anderen schaute.

»General Tulkhan verbrachte eine Nacht auf meinen Ländereien, als er die Rebellen jagte«, beantwortete der alte Baron schließlich Imoshens unausgesprochene Frage.

Imoshen zog die Brauen hoch.

»Wie geht es Euren schönen Töchtern, Lord Fairban?«, fragte die Gesegnete.

Während die beiden sich weiterunterhielten, wandte sich Imoshen Tulkhan zu. »Tanzt du mit mir, General?«

»Nein.« Tanzen war nichts, was ein General können musste. Aber er sehnte sich danach, Imoshen vor allen Anwesenden in die Arme zu nehmen, um sich zu überzeugen, dass sie wirklich ihm gehörte.

Was dachte er da nur? Die Gesegnete hatte ihm gerade erst gesagt, dass die T'En labil waren, eine Gefahr für andere und sich selbst. Benutzte Imoshen ihre Kräfte, um ihn sich gefügig zu machen?

»General?«

Er sah in ihrem Gesicht nichts als die Lust, ihn zu necken, und er konnte einfach nicht glauben, dass sie ihn bewusst manipulierte. Die einzige Macht, die sie in diesem Augenblick über ihn hatte, bestand in der körperlichen Anziehung. Aber diese Macht war groß genug, und das war zu viel.

»Spotte nicht über mich, Imoshen.« Mit einer verächtlichen Geste setzte er sich wieder. »Ein General hat keine Zeit zum Tanzen. Bitte einen anderen.«

Sie zögerte, und einen winzigen Augenblick sah man ihr an, wie enttäuscht sie über seine Zurückweisung war. Dann trat sie näher zu ihm und senkte die Stimme. »Wenn du die T'En-Tänze nicht kennst, könnten die Musiker auch einen ghebitischen Tanz spielen.«

Lag in ihren Augen doch noch etwas anderes als sanfter Spott? Vielleicht wollte sie einfach, dass er sich von allen anderen entfernte, um bei ihr und nur bei ihr zu sein. Er zögerte, überrascht davon, wie gerne er das glauben wollte. Dann schüttelte er ungläubig den Kopf und tadelte sich für seine Schwäche.

Sofort erstarrte Imoshens Gesicht zu einer höflichen Maske. Zweimal hatte er sie heute schon in Gegenwart der Gesegneten zurückgewiesen, und er konnte sicher sein, dass diese Frau ihr Gespräch belauschte. Plötzlich wünschte er sich, die übereilten Worte zurücknehmen zu können, aber Imoshen war schon weitergegangen. Nur er hatte die Enttäuschung bemerkt, die sie rasch verborgen hatte. Nur er hatte gesehen, wie gekränkt sie war, bevor sie leichtfüßig wieder vom Podium stieg und sich den anderen zugesellte.

Oder täuschte er sich? Vielleicht hatte er ja nur vor lauter Begierde den Verstand verloren und dichtete einer intriganten Dhamfeer Gefühle an, die sie nicht hatte. Er sehnte sich nach ihr, aber er wusste, dass sie nur aus Notwendigkeit die Seine geworden war, nicht aus eigenem Entschluss. Ja, sie hatte zugestimmt, sich mit ihm zu verbinden, als er es öffentlich gefordert hatte. Aber sie hatte ja wohl kaum eine andere Wahl gehabt. Imoshen ging mehrere Schritte vom Tisch weg, ohne genau zu wissen, wohin sie sich bewegte. Nur der Stolz brachte sie dazu, sich einer Gruppe auf der Tanzfläche zu nähern. Ungeweinte Tränen brannten in ihren Augen.

Der General hatte nicht das boshafte Glitzern in den Augen der Gesegneten gesehen. Imoshen schon. Das war gut, sagte sie sich, denn nun wusste sie, dass das Oberhaupt der T'En-Kirche sich an ihrer Demütigung geweidet hatte und wahrscheinlich weiterhin daran arbeiten würde, ihr in den Rücken zu fallen. Zumindest gab es für Imoshen nun keinen Zweifel mehr daran, wo sie stand.

»T'Imoshen?«

Das war Cariah. Hatte sie etwa gesehen, wie General Tulkhan sie abwies? Imoshen drehte sich um, um sich dem verächtlichen Blick der Frau zu stellen, und fand sich stattdessen Verständnis gegenüber.

»Die Ghebiten wollen mit einem neuen Tanz beginnen«, sagte Cariah und hakte sich bei Imoshen ein. »Und wir brauchen noch eine Frau, damit wir genug Paare sind.«

»Wie könnte ich mich weigern?«, erwiderte Imoshen mit dankbarem Lächeln. »Wenn die anderen Adligen aus Keldon eintreffen, werden wir genug für die formellen Tänze sein.« Und es wird mehr Gemüter zu beruhigen geben. Aber das fügte sie nicht laut hinzu.

Cariah sah sie an, und ein bedauerndes Lächeln umspielte ihre Lippen. »Wir Kelden neigen dazu, manchmal zu schnell beleidigt zu sein.«

Imoshen blinzelte. Hatte Cariah ihre Gedanken erraten oder verfügte sie über ein gewisses Maß an T'En-Kräften und war imstande, im Geist anderer zu lesen? Nichts in ihrer Miene ließ darauf schließen, dass es mehr war als ein zufällig zutreffender Schluss.

»Das ist wahr. Kelden können empfindlich sein«, meinte Imoshen. »Aber die Ghebiten sind auch sehr geschickt, wenn es darum geht, andere unbeabsichtigt zu verletzen.«

Cariah lachte leise.

Imoshen verlangsamte ihren Schritt ein wenig, bevor sie sich dem Kreis zugesellten. Der Instinkt riet ihr, dieser Frau zu trauen. »Cariah, ich bin allein und niemand hilft mir, mit dem höfischen Protokoll zurechtzukommen. Werdet Ihr mir bei diesem Machtwechsel helfen? Ich muss unbedingt ein wenig gemeinsamen Boden für die Kelden und die Ghebiten finden.«

Sie sah, dass ihre Bitte Cariah überrascht hatte, denn die andere Frau hielt mitten im Schritt ein wenig inne, dann ging sie weiter. »Kommandant Jacolm, Eure Partnerin.«

Das erwies sich als unglückliche Wahl. Der Mann runzelte mürrisch die Stirn und machte damit deutlich, dass er Cariahs Gesellschaft bevorzugt hätte. Imoshen zog sich der Magen zusammen – noch eine Zurückweisung. Dann drehte sie sich um und sah, wie Cariah ihren Platz im Kreis mit ihrem Vater, Baron Fairban, einnahm.

Cariahs Antwort hatte darin bestanden, Imoshens Bitte nachzukommen.

Als die Musik begann, warf Cariah Imoshen einen Blick zu, und zum ersten Mal seit dem Tod der Aayel kam sich Imoshen nicht mehr wie schiffbrüchig vor. Dann begann der Tanz und riss sie auseinander, denn sie mussten erst ihre Partner umkreisen und dann zum nächsten weitertanzen. Wenn Cariah bereit war, ihren Teil zu leisten, dann musste Imoshen dasselbe tun. Und sie war fest entschlossen, zu jedem ihrer Tanzpartner ausgesprochen liebenswürdig zu sein.

Tulkhan beobachtete, wie Imoshen Baron Fairbans Hand nahm. Der graue Kopf des Mannes reichte ihr gerade bis ans Kinn, aber Tulkhan sah, dass sie ihn mit ein paar Worten, mit einem Lächeln bezauberte. Als sie sich wieder den Frauen anschloss, die die Männer umkreisten, folgte ihr Baron Fairbans Blick.

»Das ist noch einer ihrer Tricks.« Die Gesegnete deutete auf den Tanzboden. »Wenn sie wollen, können die T'En wunderbare Gesellschafter sein. Die Männer geben berüchtigt gute Liebhaber ab. Aber es heißt auch, wahre Erfüllung könnten sie nur in den Armen von ihresgleichen finden. Selbstverständlich ist das unmöglich, wenn die Frauen ein Keuschheitsgelübde ablegen.«

Tulkhan war sich bewusst, dass die Gesegnete nachdenklich an ihrem Wein nippte, obwohl er den Blick nie von Imoshen weichen ließ.

»Es scheint T'Imoshen nichts auszumachen, dass sie das

Keuschheitsgelübde aufgeben musste«, meinte die Gesegnete beiläufig.

Tulkhan schnaubte. Er konnte selbst nicht glauben, was für ein Gespräch er da mit dem Oberhaupt der T'En-Kirche führte! In seinem eigenen Land gab es keine Frauen in der Kirchenhierarchie, und die Priester lebten zölibatär. Als er sich an das Erntefest in Imoshens Festung erinnerte, regte sich in ihm der Verdacht, dass auf der Strahlenden Insel Keuschheit nicht unbedingt eine Voraussetzung für das Priesteramt war.

Konnte die Gesegnete ihre Liebhaber auswählen? Als er sich ihr zuwandte und ihre reife, sinnliche Schönheit zur Kenntnis nahm, konnte er sich das nur zu gut vorstellen.

Er hörte Imoshen lachen, und sein Blick wanderte wie magisch angezogen zu ihr zurück. Sie schaute über die Köpfe ihrer Tanzpartner hinweg, und ihre Blicke begegneten sich. Er begriff, dass sie sich wünschte, ihre Heiterkeit mit ihm teilen zu können. Unerwartete Sehnsucht ergriff ihn. Er wollte, dass sie ihn verstand, dass sie wusste, welche Anziehung zwischen ihnen herrschte.

Er hatte sich einen schwierigen Weg ausgesucht, aber er würde weder die Strahlende Insel noch Imoshen aufgeben, um keinen Preis. Und sobald sie an seiner Seite stand und sie wahrlich vereint waren, würde das kein unmöglicher Traum mehr sein. Er konnte alles haben. Er konnte die Strahlende Insel behalten und es genießen, dass Imoshen willig bei ihm blieb.

Der Sohn der zweiten Frau, der Zweitbeste, ein Mann ohne Erbe. Er wollte unbedingt die Herrschaft über die Strahlende Insel behalten. Und Imoshen war der Schlüssel dazu. Es war eine politische Entscheidung, sich mit ihr zusammenzutun, aber tief drinnen wusste er, er hätte sie auch haben wollen, wenn es politischer Selbstmord gewesen wäre.

Was dachte er da nur?

Wenn man der Gesegneten glaubte, konnte ein Echtmann eine Dhamfeer nicht einmal befriedigen. Und er hatte zugestimmt, die letzte reinblütige T'En in einer »Vereinigungszeremonie« zur Frau zu nehmen, die sie vor den Augen des Gesetzes zu seinesgleichen machen würde, vor den Augen eines Gesetzes, das anzuerkennen sie ihn überredet hatte. Und dennoch, er war nicht dumm genug, sich von seiner Begierde beherrschen zu lassen. Er zweifelte nicht an Imoshens Loyalität zur Strahlenden Insel, es war ihre Loyalität zu ihm, deren er sich nicht sicher war. Sobald seine Herrschaft gefestigt und von den Adligen des Hochlandes von Keldon akzeptiert worden war, würde sie ihn nicht mehr brauchen.

Vielleicht wollte sie Reothe nur Zeit geben, seine Armee zu vergrößern. Kaltes Misstrauen erschütterte Tulkhan. Hatten sich die beiden letzten T'En gegen ihn verbündet?

Der Tanz ging zu Ende, und Imoshen kehrte auf ihren Platz an Tulkhans Rechter zurück.

Das Lächeln verging ihr, als sie seinen Blick sah. »Was ist los, General?«

Sie hob die Hand, um seinen Arm zu berühren, aber er wich zurück. Mit einer solchen Berührung war es ihr auch gelungen, das Bild des einsamen Todes seiner Mutter aus seinem Geist zu holen und es gegen ihn zu verwenden. »Fass mich nicht an!«, zischte er.

Wieder wurde Imoshens Gesicht zu einer schönen Maske. Wieder einmal war sie dieses fremde, undurchschaubare Geschöpf, die Dhamfeer.

Unter dem Tisch verborgen verschränkte sie fest die Finger und ließ ihn nicht erkennen, wie angespannt sie war. Sie brauchte den General nicht zu berühren, um zu wissen, was er empfand. Im Augenblick fürchtete und hasste er sie.

Sie bemerkte eine geringfügige Bewegung zu seiner Linken. Die Gesegnete aß mit zierlichen, aber entschlossenen Bissen das zarte weiße Fleisch eines gebratenen Vogels. Sofort wusste Imoshen, dass es diese Frau gewesen war, die die Keime des Zweifels gepflanzt und Tulkhans Geist vergiftet hatte.

Imoshen holte Luft und suchte nach einem neutralen Gesprächsthema. »Nachdem Baron Fairban eingetroffen ist, können wir bald erwarten, auch den Rest der Kelden hier zu sehen. Am besten solltest du mit der Zuteilung von Ländereien an deine Männer warten, bis alle Adligen hier sind, um Zeugen der Zeremonie zu werden.«

Tulkhan sah sie misstrauisch an.

Sie hob die Hand, um jeden Gedanken an Hinterlist abzuwehren. Es war einfach politisch ratsam, die Gefühle des älteren Adels nicht zu verletzen, wenn man neuen schuf.

»Nun gut«, meinte Tulkhan. »Geben wir ihnen noch eine Woche.«

Damit musste sich Imoshen zufrieden geben. Er hatte *wir* gesagt, nicht *ich*. Sobald sie miteinander verbunden wären und Tulkhan nackt in ihren Armen liegen würde, würde er wissen, dass es keinen Grund für Misstrauen mehr gab. Wie sollte das möglich sein, wenn sie Körper und Geist teilten?

Tulkhan nickte Wharrd zu, erhob sich abrupt und überließ sie ihren Gedanken. Sie sah zu, wie er mit seinem Offizier und Wundarzt sprach. Beide Männer trugen dunkle Reithosen und Stiefel, wie bei ghebitischen Soldaten üblich. Tulkhan hatte dazu ein rotsamtenes Hemd angezogen, das ihm bis auf die Oberschenkel reichte. Ein schwerer Gürtel mit goldfiligranen Verzierungen und Emaileinlegearbeiten war locker um seine schmalen Hüften geschlungen. Sein dichtes, glattes Haar fiel ihm offen über die Schultern, nur die Strähnen über den Schläfen waren zu zwei langen Zöpfen geflochten und mit kleinen Goldperlen geschmückt. Nach dem Geschmack des alten Kaiserreichs waren das zu viele grelle Farben und zu viel Goldschmuck, aber der General wirkte vollkommen lässig in seinem barbarischen Glanz und stellte die nüchterner gekleideten Männer aus T'Diemn in den Schatten. »Der General stolziert umher wie ein Pfau, und dennoch gelingt es ihm, unsere Männer zu beschämen«, meinte die Gesegnete.

Verblüfft sah Imoshen sie an. »Wahrscheinlich habe ich mich schon an die Vorliebe der Ghebiten für solche Zurschaustellung gewöhnt«, meinte sie, nur um irgendetwas zu sagen. Nun war sie allein mit dem Kirchenoberhaupt, nun hatte sie die Gelegenheit, den Schlüssel zu dieser Frau zu finden, die geheime Schwäche, die sie Imoshens Kräften öffnen würde. Von der Heilkunst einmal abgesehen, waren diese noch schwach. Die Aayel hatte Menschen leicht deuten können, aber obwohl Imoshen dies häufig versucht hatte, war es ihr nur bei ihrer ersten Begegnung mit General Tulkhan gelungen, als sie das Schlüsselbild seiner sterbenden Mutter aus seinem Geist zu holen vermochte.

Seit sie hier im Palast war, war sie gezwungen gewesen, ihre Fähigkeit, die Gedanken und Empfindungen der Menschen zu lesen, zu üben. Jeden Tag besänftigte sie Zorn und alte Kränkungen. Jeder hatte eine Schwäche, jeder konnte irgendwie erreicht werden.

Imoshen bot an, der Gesegneten Wein nachzuschenken. »Auf die Wahrung der Würde der Frauen der Strahlenden Insel«, sagte sie, dann goss sie sich selbst nach.

Über den Rand ihrer Kelche hinweg wechselten sie einen Blick. Zumindest darin waren sie einig.

Imoshen trank einen Schluck. »Es war ein wichtiger Schritt, dass dieses Dokument unterzeichnet wurde, aber sie zermürben uns jeden Tag weiter. Ich fürchte, es wird ein langer, schwerer Kampf werden.«

»Ein Kampf, den wir gewinnen müssen.« Die Gesegnete setzte ihr Glas wieder ab.

Imoshen legte die Hand auf die der anderen Frau. »Und dabei brauche ich Eure Hilfe.« Aber als sie sanft versuchte, in den Geist der Gesegneten einzudringen, stellte sie fest, dass er versiegelt war. Und nicht nur das, die Frau war sich Imoshens Versuchs, ihre Gedanken zu durchstöbern, vollkommen bewusst.

»Nehmt die Hand weg!« Die Gesegnete sprach jedes einzelne Wort überdeutlich aus. »Im alten Kaiserreich wäre schon das allein unverzeihlich gewesen!«

Imoshens Wangen glühten. Natürlich hatte keiner der Diener im Palast, keiner der Gildemeister ihre geistige Berührung bemerkt. »Verzeiht mir, ich …«

»Ach ja?« Echtfrauenaugen betrachteten sie forschend. Dann lächelte die Gesegnete, aber es war ein herablassendes Lächeln. »Es sieht so aus, als müsste ich Euch tatsächlich verzeihen. Schließlich konntet Ihr es nicht besser wissen. Eure Eltern haben Euch Euer T'En-Erbe bewusst vorenthalten. Wäret Ihr im Zeitalter der Festigung zur Welt gekommen, hätte man Euch einen reinblütigen T'En als Mentor an die Seite gestellt, und zwar vom zehnten Lebensjahr an. Dieser T'En hätte Euch in Eurer Verpflichtung gegenüber der Strahlenden Insel ausgebildet und Euch darauf vorbereitet, Eure Gelübde abzulegen. Aber es gab niemanden, der …«

»Die Aayel hätte es tun können.«

»Nein. Sie war ebenfalls nicht ausgebildet. Als T'Obazim sich zu ihren Eltern begab und anbot, ihr Lehrer zu werden, brachen sie mit der Tradition und weigerten sich. Er wandte sich an die Kirche. Zwei Jahre lang ging es durch alle Instanzen und wurde schließlich der Kaiserin vorgelegt. Aber bevor sie ihre Entscheidung treffen konnte, wurde Obazim abtrünnig und verlangte, dass das Mädchen gegen den Wunsch seiner Familie in seine Obhut gegeben würde. Die Traktarianer haben ihn gejagt, und er wurde gesteinigt.«

»Das weiß ich. Die Aayel hat es mir erzählt.« Schaudernd erinnerte sich Imoshen daran, wie ihre Großtante ihr davon erzählt hatte, als Zwölfjährige Zeugin des Todes des abtrünnigen T'En geworden zu sein. Die Aayel hatte den Rest ihres Lebens im Schatten dieser Erinnerung zugebracht. Imoshen hatte die Andeutungen, die ihre Großtante über die Motivation der Kirche gemacht hatte, ebenso wenig vergessen. »Die Aayel sagte mir, T'Obazim habe sich ihres Geistes bemächtigt, sodass sie seinen Tod zusammen mit ihm erlebte.«

Die Gesegnete blickte auf. »Das war grausam. Hat die Aayel Euch auch erzählt, dass Reothes Eltern sie gebeten haben, seine Lehrerin zu werden? Nein? Sie hat abgelehnt. Kurz danach haben sie Selbstmord begangen.«

»Ich habe nie begriffen, wie sie ihn so allein lassen konnten.«

Die Gesegnete bedachte sie mit einem Blick voll grausamen Mitleids. »Ich glaube, sie wussten einfach, dass sie es nie fertig bringen würden, einen Tränenturm für Reothe zu errichten.«

»Nein.« Imoshen stritt es instinktiv ab. »Reothe hat der Strahlenden Insel auf hoher See und hier zu Hause hervorragend gedient. Die Kaiserin liebte ihn, und einige sagen, auch T'Ysanna hätte ihn geliebt. Unter dem Schutz der Kaiserin und ihrer Erbin wäre er nie zum Abtrünnigen erklärt worden. Nicht, dass er jetzt zu einem geworden wäre ...« Unter dem offenen Blick der Gesegneten gingen Imoshen die Worte aus.

»Eure Großtante wurde verhört, aber man hat sie von jeder Verantwortung für den Tod von Reothes Eltern freigesprochen.

»Das wusste ich nicht.« Imoshen war schockiert.

»Wie könntet Ihr auch? Eure Eltern haben sich geweigert, sich Euer T'En-Wesen einzugestehen. Meine Vorgängerin hat, noch bevor Ihr zehn wurdet, darum gebeten, dass Ihr der Kirche übergeben würdet, aber Eure Eltern haben dies abgelehnt.«

Darüber war Imoshen froh. Es wäre schrecklich gewesen, so jung in einem gewaltigen Gebäude wie der Basilika allein zu sein, umgeben von unfreundlichen Echtmännern und -frauen. Armer Reothe. Beim Tod seiner Eltern war die Kaiserin sein Vormund geworden, der kaiserliche Hof sein Zuhause.

»Ich sehe, dass Euch das bedrückt.« Mit einer entschlossenen Geste legte die Gesegnete ihre Hand auf die Imoshens.

Imoshen begriff, dass die Gesegnete ihr damit deutlich machen wollte, dass sie sich genügend gefeit gegen Imoshens T'En-Kräfte fühlte, um sie berühren zu können.

»Ich möchte Euch einen Rat geben, Imoshen. Ihr seid in einer schwierigen Position. Ihr wart gezwungen, diesen ghebitischen General als Partner zu akzeptieren, gezwungen, Herrin dieser Parodie auf einen kaiserlichen Hof zu sein. Ich kenne mich mit dem Palastprotokoll aus, und ich habe Erfahrungen aus beinahe sieben Jahren als Gesegnete hinter mir. Ich war die Jüngste, der dieses Amt je angetragen wurde. Ich kann Euch beraten.«

»Ich muss zugeben, dass ich mich hier fehl am Platze fühle.« Imoshen war erleichtert, als die andere Frau ihre Hand wieder losließ. Sie widerstand dem Impuls, jede Spur der Berührung wegzureiben. Es würde nichts schaden, wenn sie den Eindruck machte, als wollte sie den Vorschlag der Gesegneten annehmen. Sie konnte von dieser Frau viel lernen. »Ich danke Euch für Euer Angebot.«

Die Gesegnete lächelte wie eine zufriedene Katze, und Imoshen wusste, sie würde wachsam bleiben müssen, denn sonst würde sie die Maus sein.

Imoshen strich ehrfürchtig über den Einband. »Das ist also das älteste Buch in der Palastbibliothek?«

»Der T'En-Kodex der Jahreszeiten.« Der Hüter des Wissens löste den Verschluss.

»Wunderschön«, flüsterte Imoshen. Sie staunte über die

Handwerksarbeit, aber das war nicht, was sie wollte. Sie hatte nicht gewagt, dem Hüter zu sagen, dass sie Informationen darüber brauchte, wie ihre T'En-Ahnen ihre Kräfte beherrscht hatten; stattdessen hatte sie darum gebeten, die seltensten und ältesten Bücher in der Bibliothek sehen zu dürfen, in der Hoffnung, darin zu finden, was sie brauchte.

»Aber es ist nicht das Original. Das Original wurde bei der Revolte des Jahres vierundsechzig zerstört, als die Palastbibliothek verbrannte. Wir haben im Zeitalter der Unruhen viel verloren.« Traurig schüttelte der Hüter den Kopf. »Diese Reproduktion ist allerdings eine wunderbare Arbeit. Jede Seite besteht aus einem hauchdünnen Holzblatt. Die Worte sind mit der zartesten Feder geschrieben, und jede Zeichnung ist ein Kunstwerk. Seht nur, wie die Mondphasen illustriert wurden! Zwei kleine Mondzyklen für jeden großen und die Zwillingsvollmonde auf dem Höhepunkt jeder Jahreszeit – vollkommenes *En*.

Es gibt für jede Jahreszeit eine Seite, die die rituellen Feierlichkeiten beschreibt. Seht hier, die beiden Vollmonde für den Herbst und die Anweisungen für das Erntefest.« Er blätterte mehrmals. »Und hier ist Mittwinter – kleiner Vollmond, großer Neumond – und der Segen für das neue Jahr.«

»T'Imoshen?« Eine Palasthandwerkerin erschien in der Tür zur Bibliothek, die Kleidung von weißem Pulver bestäubt. »Der Baumeister möchte gerne in der Porträtgalerie der Zeit der Unruhe mit Euch sprechen.«

Imoshen seufzte. Die Schreckensherrschaft von König Gharavans Ghebiten war zwar nur kurz gewesen, aber sie hatten viel Schaden angerichtet. Besondere Freude hatten sie offenbar dabei empfunden, die Porträts der kaiserlichen Ahnen zu schänden, und im Augenblick wurde die Galerie deshalb restauriert. Imoshen dankte dem Hüter für seine Hilfe und folgte der Frau.

Der Palast war ein Irrgarten aus Flügeln, Treppen, die

nirgendwo hinführten, Zimmern innerhalb von Zimmern. Er war anstelle des ursprünglichen Palastes erbaut worden, der während der Revolution niedergebrannt worden war. Sardonyx' fehlgeschlagene Revolte hatte die Schätze des ursprünglichen Palastes und seine Bibliothek zerstört. So war auch das T'Elegos der ersten Imoshen der Nachwelt verloren gegangen. Wie gerne Imoshen gelesen hätte, was ihre Urahne über die Fahrt der T'En aus ihrer Heimat zur Strahlenden Insel und die Eroberung niedergeschrieben hatte! Die erste T'Imoshen hatte das T'Elegos im Herbst des Jahres einunddreißig geschrieben, kurz vor ihrem Tod, und anders als der Kodex der Jahreszeiten hatte es nicht ersetzt werden können.

»T'Imoshen.« Der Baumeister hatte einen Kerzenleuchter in der Hand, was Imoshen merkwürdig fand, denn es war erst später Nachmittag. Werkzeuge lagen in dem leeren Flur, und der Geruch nach frischem Sägemehl war das einzige Anzeichen, dass hier noch vor kurzem gebaut worden war.

»Hier entlang. Mir kamen die Proportionen der Galerie gleich seltsam vor«, erklärte der Handwerker. »Eure Ahnen waren große Baumeister. Manchmal rissen sie die Arbeit früherer Generationen ab, manchmal bauten sie einfach darüber. Als wir die zerstörte Täfelung ersetzen wollten, haben wir das hier entdeckt.«

Er blieb vor einer Öffnung stehen, die in einen dunklen Gang führte. Abgestandene Luft drang Imoshen entgegen. Die Kerzen flackerten.

»Ein Geheimgang.« Sie lächelte entzückt. Angeblich wimmelte es im Palast nur so davon, aber sie hatte niemals einen gefunden. »Wohin führt er?«

»Ich werde da nicht reingehen.« Er reichte ihr den Leuchter. »Alles, was so alt ist, riecht geradezu nach reinblütigen T'En, wenn Ihr mir meine direkte Ausdrucksweise verzeiht.«

Ohne ein weiteres Wort drehte er sich um und ging. Imoshen spähte ins Dunkel, und ihr Herz raste vor Aufregung. Sie hob den Leuchter mit den Kerzen hoch und duckte sich, um den Gang zu betreten.

Tulkhan öffnete die Tür und ließ dann Baron Fairban und seinen Töchtern den Vortritt. Mehrere seiner Offiziere wetteiferten ganz offen um die Aufmerksamkeit der jungen Damen. »Dieser Raum hier ist gerade renoviert worden. Leider konnten die Männer meines Halbbruders nicht widerstehen und haben ihn geplündert.« Als er sich umsah, konnte er sich die Reaktion seiner Landsleute gut vorstellen. Die Spätnachmittagssonne fiel durch ein einziges, rundes Fenster in der Mitte einer Kuppel. Der Raum brauchte keine weitere Beleuchtung, denn von dem schwarzen Marmorfußboden einmal abgesehen waren alle Oberflächen goldfarben. Die Kuppel war mit Blattgold überzogen, in das kunstvolle Muster geprägt waren. An den Wänden wechselten goldene Täfelungen mit bernsteingesäumten Nischen, in denen kleine Statuen aus reinem Gold standen.

Kein Wunder, dass die Goldgier die Ghebiten schier zerrissen hatte. Die Strahlende Insel war bekannt für ihren Reichtum, aber das hier war beinahe nicht zu glauben.

»T'Imoshen hat darauf bestanden, dass dieser Raum genau so restauriert wurde, wie er zuvor gewesen ist«, sagte Tulkhan.

Baron Fairban nickte. »Sehr angemessen. Immerhin ist auch dieses Zimmer Teil des Erbes der Strahlenden Insel, auch wenn es von schlechtem Geschmack zeugt.«

Wharrd warf Tulkhan einen Blick zu.

»Schlechter Geschmack?«, fragte Tulkhan.

Cariah nickte ernsthaft. »Dieser ganze Flügel stammt aus der Zeit der Festigung.« Sie griff nach der goldenen Statuette eines ineinander verschlungenen Liebespaares und hob sie hoch, damit alle sie sehen konnten. »Alles überdekoriert und protzig, besonders in der mittleren Periode. In unserem Zeitalter, dem der Aufklärung, können wir auf diese Räume und ihren Inhalt blicken und sie um ihres historischen Wertes willen schätzen, aber wahrhaftig nicht, weil sie einen künstlerischen hätten.«

Tulkhans Männer waren verdutzt. Er selbst verbarg ein Lächeln.

Nachdem Cariah die Statuette in ihre Nische zurückgestellt hatte, strich Harholfe über die sinnlichen Kurven der goldenen Figuren. Die T'En behaupteten, hoch zivilisiert zu sein, aber sie hatten nichts dagegen, den nackten Körper in erregtem Zustand darzustellen. Die Ghebiten fanden diese Skulpturen und Fresken beunruhigend, und wenn Tulkhan nicht aufpasste, würde Harholfe jetzt einen unanständigen Witz machen und Baron Fairban damit gegen sich aufbringen.

»Sehen wir uns einmal die alte Porträtgalerie an«, sagte Tulkhan daher rasch. »Die Bilder sind allerdings im Augenblick nicht da, weil sie ebenso restauriert werden müssen wie die Galerie selbst.«

Imoshen stieß einen entzückten Ruf aus. Die Treppe hatte in einen Flur geführt, noch eine Treppe hinab und schließlich durch einen Bogen in einen langen Korridor. Jemand hatte eine große Kachelscherbe so festgeklemmt, dass eine Geheimtür in der Täfelung einen Spaltbreit offen stand. Imoshen hatte die Kachel an Ort und Stelle gelassen, denn sie wollte sich lieber nicht darauf verlassen, dass der alte Mechanismus noch funktionierte.

Sie hob den Leuchter hoch, drehte sich einmal um die eigene Achse und staunte. Dieser Korridor mit seinen hervorragenden Steinmetzarbeiten stammte eindeutig aus der Zeit der Unruhe. Sie stand Stein gewordener Geschichte gegenüber. Dies musste ein Teil des Palastes sein, der direkt nach Sardonyx' Revolte errichtet worden war.

Sie schloss die Augen, atmete die Luft eines anderen Zeitalters ein und öffnete ihre T'En-Sinne der Vergangenheit. Wenn sie doch nur zu einer Zeit hätte leben können, in der die T'En verehrt und akzeptiert wurden!

Als sie die Augen wieder öffnete, schnappte sie überrascht nach Luft, denn ein Junge lief an ihr vorbei, die Hände tastend ausgestreckt wie ein Blinder. Er war ein reinblütiger T'En, und, obwohl beinahe so groß wie sie, sah sie an seinem glatten Kinn, dass er fast noch ein Kind war.

»Wer bist du?«

Er hörte sie nicht. Vielleicht war er nicht nur blind, sondern auch taubstumm.

Imoshen zögerte. Es gab außer ihr selbst und Reothe keine reinblütigen T'En mehr.

Imoshen blieb stehen, als der Junge sich ihr zuwandte, weiterhin mit ausgestreckten Händen. Mit blind starrenden Augen tastete er sich seinen Weg den Flur entlang. Sanft, weil sie ihn nicht erschrecken wollte, hob sie eine Hand, um seinen Arm zu berühren, aber ihre Finger gingen durch ihn hindurch.

Imoshen zuckte zurück und ließ sich gegen die Wand sinken. Die Erscheinung bewegte sich weiter. Hatte sie es hier mit einem ihrer Urahnen oder mit einer Gestalt aus der Zukunft zu tun? Der Junge war schlicht gekleidet, in Reithosen und Hemd, und hätte demnach jedem der letzten sechshundert Jahre entstammen können.

Imoshen holte tief Luft, um ihr rasendes Herz zu beruhigen, dann folgte sie der Gestalt. Der Junge war zwar anscheinend blind, aber er schien sich auszukennen. Er zählte offenbar die gebogenen Durchgänge, bis er den gefunden hatte, den er suchte. Dort ließ er die Finger über die Steinmetzarbeit gleiten und berührte eine verborgene Stelle, woraufhin sich ein Stück der Täfelung zu einer schmalen Treppe hin öffnete. Er schob die Tür weiter auf, klemmte einen Schuh ein, um sie festzuhalten, und ging die Treppe hinunter.

Als Imoshen nach unten spähte, sah sie einen echten Schuh in die Tür geklemmt, staubig und halb zerfallen, und sie begriff, dass sie Zeugin eines vergangenen Ereignisses geworden war. Sie eilte die Treppe hinunter, bemüht, den Jungen nicht aus den Augen zu verlieren. Sie waren jetzt unter der Erde, in den Katakomben tief unter dem ursprünglichen Palast. Imoshen schauderte vor Ehrfurcht, als das Licht ihrer Kerzen auf die Mauernischen fiel, in denen die Toten lagen, deren Gestalten in die Steindeckel ihrer Sarkophage gemeißelt waren.

Als Kind hatte sie den Geschichten gelauscht, die ihr älterer Bruder und ihre Schwester einander bei Nacht zuflüsterten und in denen es darum gegangen war, wie T'Sardonyx langsam den Verstand verloren hatte. Die Legende wollte es, dass er sich in die Palastkatakomben schlich, um sich auf die Marmorplatte zu legen, die für seine Leiche gedacht war, und mit den Parakletos zu kommunizieren.

Imoshen schauderte. Nach der Revolte war es Pflicht gewesen, die Leichen reinblütiger T'En zu verbrennen und die Asche im heiligen Garten ihrer Ländereien zu verstreuen.

Der Junge ertastete sich seinen Weg, bis er eine Stufe zu wenig nahm und nach vorne fiel, wo er verzweifelt und leise weinend liegen blieb. Imoshen eilte an seine Seite, aber ihre tröstlichen Worte erreichten ihn nicht.

Sie stellte den Kerzenleuchter ab und ging in die Hocke. Vielleicht konnte sie ihn mithilfe ihrer T'En-Kräfte erreichen. Sie hob den Kopf, schloss die Augen und konzentrierte sich. Es ging hier nicht darum zu heilen, also wusste sie nicht, wie sie beginnen sollte, nur dass sie die vertraute Spannung ihrer T'En-Kräfte suchen musste. Der metallische Geschmack kam ihr auf die Zunge und bewirkte verstärkten Speichelfluss.

Bereit, sich jetzt mit dem Jungen in Verbindung zu setzen, öffnete sie die Augen und sah die Decke des Fassgewölbes der Katakombe über sich. Verzweifelt stöhnte sie auf. Von dort oben starrten die gemalten Abbilder der T'En-Märtyrer der Paragianischen Garde auf sie nieder, die im Dienst der ersten Imoshen gestorben waren.

Männer und Frauen in altmodischen T'En-Rüstungen hatten die Hände an den Schwertgriffen. Die Granataugen in ihren bleichen Gesichtern schienen zu leben und Imoshen zu beobachten. Dies waren die T'En-Krieger, die ihr Leben für die Sicherheit der Strahlenden Insel gegeben hatten, jene, zu deren Gedenken die erste Imoshen das T'Elegos verfasst hatte.

Als Imoshen den in der T'En-Hochsprache niedergeschriebenen Namen desjenigen las, dessen Abbild sich direkt über ihr befand, erkannte sie ihn als einen der Parakletos wieder. Sie biss sich auf die Zunge, hätte die Gedanken am liebsten zurückgenommen. Ungebeten kamen die Worte des Totenrufs in ihren Kopf, und sie hatte Mühe, sie nicht laut auszusprechen. Aber offenbar genügte es, sie nur zu denken, denn eine große Last senkte sich auf sie nieder, füllte ihre Ohren mit tosender Stille, sodass sie die Geräusche ihres eigenen abgerissenen Atems nicht mehr hören konnte. Die Parakletos kamen, um ihre Seele zu holen. Panik erfüllte sie, und sie konnte sich nicht mehr rühren. Ihr Herz stolperte. Die Zeit dehnte sich aus. Sie konnte spüren, dass sie näher kamen und gierig nach ihr suchten. Bald würden sie sie entdeckt haben, und dann gab es kein Entkommen mehr.

Getrieben von Entsetzen brach sie die Trance, und mit einer letzten leidenschaftlichen Anstrengung riss sie sich aus ihrer Lähmung. Sie griff nach dem Leuchter und rannte. Die Flammen gingen eine nach der anderen aus, und als sie die oberste Treppenstufe erreicht hatte, brannte nur noch eine. Sie stolperte und fiel vornüber auf den Stein, schürfte sich die Hände auf. Die letzte Kerze rollte davon und erlosch beinahe.

Angst schüttelte sie. Plötzlich flackerte die Kerze wieder auf. Imoshen kam taumelnd auf die Beine und achtete darauf, das kostbare Licht zu schützen.

Keuchend vor Angst bemerkte sie, dass sie kaum mehr klar denken konnte. Sie hatte sich verirrt.

»Warum arbeitet hier niemand?«, fragte Tulkhan den Baumeister, der am Eingang zur Porträtgalerie stand.

»Wir haben einen alten Geheimgang entdeckt. T'Imoshen erforscht ihn gerade.«

Tulkhans Begleiter begannen, aufgeregt aufeinander einzumurmeln.

»Zeigt mir den Weg«, befahl der General.

Der Handwerker führte sie die Galerie entlang und blieb vor einer dunklen Öffnung stehen. Er entzündete ein paar Kerzen in einem Leuchter und reichte ihn Tulkhan. »Die werdet Ihr brauchen.«

»Gehen wir!«, rief Baron Fairbans jüngste Tochter.

»Es könnte dort alte Schätze geben«, flüsterte Cariah.

»Noch mehr Gold?«, fragte Jacolm und gab Harholfe einen Schubs.

Cariah lachte. »Viel Wertvolleres. Verlorenes Wissen.«

Jacolm runzelte die Stirn.

»Wartet, General«, sagte Baron Fairban. Aber Tulkhan hatte bereits den Kopf eingezogen und war die steile Treppe hinuntergegangen. Er hörte, dass die anderen ihm folgten und sich beschwerten, dass es nicht genügend Kerzen gab.

Die Stufen führten in einen Flur, dann eine weitere Treppe hinab, dann durch einen Bogengang.

»General, ich ...«, begann Baron Fairban. Dann zeigte er geradeaus und murmelte etwas in der T'En-Hochsprache.

Plötzlich erschien Licht am Ende eines langen Flures. Die

einzelne Kerzenflamme beleuchtete nur das Gesicht der Gestalt, sodass es aussah, als glitte ein körperloser T'En-Geist auf sie zu.

»Imoshen?«, rief Tulkhan unsicher. Sie blickte auf. Einen winzigen Augenblick lang sah er das Entsetzen in ihren Augen.

Dann lächelte sie. »Ich hätte nicht erwartet, dass ihr euch alle auf die Suche nach mir macht.«

»Ich wollte Baron Fairban und seinen Töchtern die Restaurierungsarbeiten vorführen«, erklärte Tulkhan und sah Imoshen, als sie näher kam, einen Moment länger in die Augen, als nötig gewesen wäre. Die Kerzenflamme flackerte, und er nahm ihr den Leuchter ab. Das Metall war so kalt, dass es ihm die Haut verbrannte. Etwas hatte Imoshen furchtbar erschreckt. »Was ist los?«

»Ja, wo sind wir hier?«, fragte Cariah.

»Es ist nur ein langer Flur, der zu ein paar alten Lagerräumen führt. Dort gibt es leider nichts Aufregenderes als Rattenlöcher.« Imoshen zuckte mit den Achseln. Sie nahm die erloschenen Kerzen aus dem Halter, entzündete sie und verteilte sie an die anderen. »Nehmt diese hier. Schließlich wollen wir uns nicht auf der Treppe das Genick brechen.«

»Ja, aber sollten wir nicht weiterforschen?«, fragte Jacolm.

»Hier gibt es nichts als Rattenlöcher und muffige Lagerräume«, wiederholte Imoshen. Tulkhan spürte etwas Zähes in seinem Kopf. »Gehen wir.«

Er fühlte sich plötzlich bedrängt. Er wollte unbedingt aus diesen engen Gängen herauskommen.

Leise vor sich hinmurmelnd drehten sich die anderen um und tasteten sich wieder die Treppe hinauf. Ihre Kerzen warfen unzählige Schatten auf die Wände. Imoshen war direkt hinter Tulkhan, als er von der Geheimtreppe wieder in die Porträtgalerie hinaustrat.

Der Baumeister grüßte sie.

Imoshen wandte sich ihm zu. »Ihr hattet Recht. Dort unten gibt es nichts Interessantes. Ersetzt die Täfelung und macht mit der Restaurierung weiter. Es muss inzwischen Zeit zum Abendessen sein.«

Sie hakte sich bei Cariah ein und ging auf den Ausgang der Galerie zu. Die anderen folgten ihr.

Der Baumeister warf Tulkhan einen grimmigen Blick zu. Tulkhan reichte ihm schweigend den Leuchter, dann eilte er seinen Männern hinterher. Er konnte Imoshens Worte hören, als er näher kam. Ihr Tonfall hörte sich ein wenig gezwungen an.

»Baroness Cariah, General Tulkhan wurde zum Schutzherrn der Hallen der Gelehrsamkeit erklärt, und ich bin Schutzherrin der Hospize, also müssen wir morgen dort hingehen. Dürfte ich Euch bitten, an unserer Stelle hier zu bleiben und die neuen Gäste zu empfangen?«

»Es wäre mir eine Ehre.«

Unten an der Treppe blieb Imoshen stehen. »Oh, das habe ich ganz vergessen! Es gibt noch etwas, das ich dem Baumeister sagen muss. Geht ihr schon vor.«

Tulkhan ging mit den anderen die Treppe hinauf, aber er ignorierte ihr Geschwätz. Irgendetwas war nicht in Ordnung. Auf dem Absatz blieb er stehen. Wharrd sah ihn an.

Tulkhan schüttelte den Kopf. »Geh schon, ich komme gleich nach.«

Bemüht, sich lautlos zu bewegen, kehrte er zum Eingang der Porträtgalerie zurück, von wo aus er Imoshen ungesehen beobachten konnte. Sie stand mitten in der Galerie in einer Lichtpfütze und hob die Kerze hoch, sodass der Baumeister die Täfelung wieder anbringen konnte. Tulkhan hob die Finger an den Mund und blies darauf. Sie brannten immer noch von dem kalten Metall. Die Strahlende Insel war wahrhaftig ein geheimnisvoller Ort, und Imoshen war das größte Geheimnis von allen.

»Sorgt dafür, dass er versiegelt wird. Und sagt Euren Leuten, dass es dort nichts weiter gibt als alte Lagerräume«, befahl Imoshen.

Der Baumeister ersetzte die Täfelung und verließ die Galerie dann durch den Dienerausgang.

Tulkhan wartete im Schatten, bis Imoshen an ihm vorbeikam, den Kopf nachdenklich gesenkt.

»Imo ...«

Sie fuhr herum, hatte plötzlich ein Messer in der Hand, und ihre Augen blitzten gefährlich.

Tulkhan hob beschwichtigend die Hände, und langsam ließ sie das Messer wieder sinken.

»Was war dort unten?«, fragte er.

»Nichts.«

»Seit wann hast du Angst vor nichts?«

Ein Lächeln umspielte Imoshens Mundwinkel. Die Flammen spiegelten sich in ihren Granataugen. Diese tanzenden Lichtpunkte verlockten Tulkhan, alles andere zu vergessen.

»Nun?«, fragte er und weigerte sich, sich ablenken zu lassen.

»Nichts ...«, flüsterte Imoshen. Als sie das Messer in sein Versteck unter ihrem Obergewand zurückschob, erhaschte er einen kurzen Blick auf einen bleichen Oberschenkel über der Messerscheide. »Nichts, was du wissen möchtest.«

»Das möchte ich lieber selbst entscheiden.«

Sie schüttelte schweigend den Kopf.

»Imoshen?«

»Es gibt Dinge, die sollte man nicht stören. Vertrau mir.«

»Wie kann ich dir vertrauen, wenn du so etwas vor mir verbirgst?«

»In dieser Sache musst du dich auf mich verlassen.« Sie berührte seinen Arm, und er verspürte die Verlockung ihrer T'En-Kräfte, die ihn drängten, sich in ihrer fremdartigen Schönheit zu verlieren, ihr zu vertrauen, sich ihr zu ergeben.

Er riss sich los. »Erspar mir deine T'En-Rätsel!«

»Das wollte ich nicht.« Sie senkte die Lider und wich seinem Blick aus. »Ich wollte nur ...«

»Du willst etwas verbergen. Sag es mir, oder ich werde die Täfelung wieder abreißen lassen und selbst nach unten gehen!«

»Narr!«, zischte Imoshen. »Nichts könnte mich dazu bringen, jemals wieder diese Katakomben zu betreten. Und wenn ich mich ihnen nicht stellen kann, wie willst du es dann tun?«

»Wem stellen?«

Sie lachte verbittert. »Ich sehe schon, du gibst keine Ruhe. Also gut, General. Tief unter uns liegen die Katakomben des ursprünglichen Palastes, der vor sechshundert Jahren erbaut wurde. Dort bettete man die reinblütigen T'En zur ewigen Ruhe, um sie vor Grabräubern zu schützen. Du wärest überrascht, wie viel Gold der sechste Finger eines reinblütigen T'En auf dem Festland bringen würde. Aber ich schweife ab. Dort unten liegt auch die legendäre Paragianische Garde – jene Männer und Frauen, die nach ihrem Tod zu den Parakletos wurden.« Bei diesem Wort senkte sie die Stimme, dann flüsterte sie atemlos und drängend weiter. »Ich dachte einmal, sie wären nur Legende, etwas, was die Kirche verbreitet, um die Bauern von sich abhängig zu machen, aber du warst bei mir, dort im Haus des Küfers, als sie auf meinen Ruf hin kamen. Und heute Abend ... heute Abend konnte ich ihnen kaum mehr entgehen. Sie haben mich gesucht. Sie gieren nach ...«

»Das möchte ich nicht hören.«

Sie trat ein paar Schritte zurück und verbeugte sich ironisch. »Wir sehen uns beim Abendessen, General.« Dann ging sie die Treppe hinauf und ließ Tulkhan im Dunkeln mit einer einzelnen Kerze und seinen Zweifeln zurück.

5

Imoshen verzog das Gesicht, als Kalleen ihr das Haar kämmte. Von dem Tag abgesehen, den sie zusammen in den Hallen der Gelehrsamkeit und den Hospizen verbracht hatten, war der General ihr aus dem Weg gegangen und hatte seine Zeit damit verbracht, gemeinsam mit seinen Ingenieuren die Außenbezirke von T'Diemn zu inspizieren.

»... und wer kann schon sagen, was diese ghebitischen Offiziere tun werden, sobald sie ihre neuen Landsitze erhalten haben?«, fragte Kalleen und riss dabei heftig an Imoshens Haar. »Erst gestern, als ich auf dem Markt war, belauschte ich ein altes Bauernpaar. Was für ein Gejammer! Man sollte glauben, dass sie all ihre Rechte verlieren, wenn der neue ghebitische Herr den Landsitz übernimmt, auf dem sie wohnen. Ich habe ihnen gesagt, dass es die Pflicht eines Adligen ist, seine Leute zu beschützen. Zumindest *sollte* ein Adliger das tun.« Kalleen runzelte die Stirn. »Aber wer weiß, was diese frisch in den Adelsstand erhobenen Ghebiten vorhaben?«

Imoshen drehte sich um und sah Kalleen an. Es war nur natürlich, dass die Bauern ihre neuen Herren fürchteten.

Kalleen experimentierte mit einer kunstvollen Frisur im Stil des alten Kaiserreiches. Sie zupfte Imoshen am Haar. »Haltet still. Sonst werden die Zöpfe schief!«

»Ich wäre auch mit der üblichen Flechttechnik vollkommen zufrieden.«

»Ich aber nicht. Ihr solltet hören, wie im Dienerflügel darüber debattiert wird, wie ich Euch ausstatte.«

»Was interessiert es dich? Morgen schon wirst du Baronin Kalleen von Windhafen sein und selbst eine Zofe haben.« Imoshen grinste. Kalleen betätigte sich immer noch als ihre Zofe, nachdem sie sich geweigert hatte, die Stellung aufzugeben. »Und ich hoffe, sie faucht dich an und zieht dich am Haar.«

»Ich würde nie …« Kalleen schaute erst entsetzt drein, dann reuig.

Imoshen lächelte und sah ihr im Spiegel in die Augen. »Nur ein wenig. Aber du hast mich auf eine Idee gebracht. Ich muss in die Bibliothek gehen und nachsehen, was ich dort über alte Zeremonien für die Erhebung in den Adelsstand finden kann.«

Ungeduldig sprang General Tulkhan auf. Der nicht enden wollende Monolog, der auf der Strahlenden Insel als Theatervorstellung durchging, war bestenfalls unverständlich gewesen.

Imoshen erschien neben ihm. »General? Gehen wir ein paar Schritte zusammen?« Sie hakte sich bei ihm ein und führte ihn zu einem Fenster, das auf den Hof hinausging.

Tulkhan betrachtete stirnrunzelnd die vielen kleinen Glasscheiben. Ein guter Axtschlag, und der Feind würde sich mitten im Palast befinden. Es war typisch für die T'En, so zu bauen, dass es zwar gut aussah, aber nicht verteidigt werden konnte. Dennoch, man hätte auch argumentieren können, dass wenn der Feind erst diesen privaten Innenhof erreicht hatte, der Palast ohnehin bereits eingenommen war.

Dann erkannte er, dass es sich hier um den Innenhof handelte, in dem die Männer seines Bruders die Bücher verbrannt hatten, die sie für ketzerisch hielten.

»War die Vorstellung so schlecht?«, neckte Imoshen.

Tulkhan nahm sich zusammen und versuchte es mit einem lässigen Tonfall. »Ich habe nie so viele letzte Worte gehört. Ich dachte schon, der arme Kerl würde nie sterben.«

»Dann sollte ich dich lieber darüber informieren, dass es sich dabei um einen der großen tragischen Augenblicke der T'En-Literatur handelte, aufgeführt von einem der besten Schauspieler der Gilde.«

Aber er wusste, dass sie mit ihm fühlte. Diesen seltenen Augenblick lang waren sie allein, nicht umgeben von Adligen aus Keldon und ghebitischen Offizieren. Er ergriff ihre Hände – bleiche Haut in seinen vernarbten, kupferfarbenen Fingern. Ihre Handflächen waren weich und nicht schwielig wie seine. Sie hatte noch nie in ihrem Leben schwer gearbeitet. Sie war ein typisches Beispiel ihres Volkes und des alten Kaiserreiches, das zu selbstzufrieden geworden war. Verachtung erfüllte ihn. Er hatte die ursprünglichen Festungsmauern des alten T'Diemn abgeschritten und gesehen, wo neue Gebäude die Mauer schwächten. Zu viel Frieden und Wohlstand schwächten ein Volk.

Als Imoshen aufblickte, erkannte er unwillkürlich das Verständnis in ihrem Blick. Sie hatte erraten, was er dachte.

»Ja?«

»Morgen wirst du deine treuen Männer mit Ländereien und Titeln belohnen.«

»Es gibt keinen Grund mehr, es noch weiter aufzuschieben. Die Adligen aus dem Hochland von Keldon sind alle eingetroffen.«

»Es gibt Leute, die dagegen sind ...«

Er schnaubte. Seine Männer waren davor zurückgehalten worden, ihre Rechte als Eroberer zu beanspruchen. Er öffnete den Mund, um genau das zu sagen, aber Imoshen kam ihm zuvor. Oder hatte sie etwa wieder seine Gedanken gelesen? Er hätte es nicht sagen können.

»Es stimmt. Der Eroberer hat das Recht zu plündern, aber wir versuchen, den Übergang so glatt wie möglich zu machen, General.« Sie lächelte bedauernd. »Ich habe mich über die alten Zeremonien der T'En zur Ernennung in den Adelsstand kundig gemacht. Ich denke, es würde vielleicht einige versöhnen, wenn wir uns dieser alten Zeremonien bedienten.«

»Eine gute Idee«, stimmte er ihr rasch zu, denn dass sie von »kundig machen« sprach, hatte ihn an etwas erinnert.

»Übrigens habe ich eine alte Geschichte darüber gehört, dass der Fluss aus seinem ursprünglichen Bett umgeleitet wurde, vorbei an den Mauern des alten T'Diemn. Das ist doch sicher nur eine Legende, oder?«

»Nicht im Geringsten. T'Diemn litt unter dem Hochwasser, also hat der Bruder der dritten Imoshen den Fluss Diemn so umgeleitet, dass er auf drei Seiten an den Mauern des alten T'Diemn entlangfließt. Gelehrte betrachten den Tag seiner Thronbesteigung als den Beginn des Zeitalters der Festigung. Er hat viel erreicht. Schleusen wurden gebaut, und der Hafen wurde durch die Umleitung verbessert.« Imoshen sah ihn mit blitzenden Augen an. »Aber das genügt für heute als Geschichtsstunde. Mit deiner Erlaubnis werde ich die Übergabe der Ländereien und Titel organisieren und dafür sorgen, dass die Amtsbänder und Urkunden bereit sind.«

»Eine T'En-Zeremonie und keine ghebitische?«, murmelte Tulkhan. »Nun gut. Es ist mir auch lieber, wenn die Männer auf etwas anderes schwören als auf das Königtum meines treulosen Halbbruders.«

Imoshens Finger schlossen sich fester um seinen Arm. »Ehre kennt keine Nationalität, General. Deine Männer dienen dir, weil sie dich achten.«

Ihre Worte wärmten ihn. »Du hast Recht, die Ehre eines Mannes kennt keine ...«

»Versteh mich nicht falsch«, korrigierte Imoshen ihn sanft. »Das vollständige Zitat lautet ›Ehre kennt keine Nationalität und kein Geschlecht‹.«

Tulkhan verzog das Gesicht. »Du lässt dir keine Gelegenheit entgehen, mich darauf hinzuweisen, dass du die Erbin von so viel T'En-Kultur bist. Gelehrte, die das Zeitalter der Festigung studierten. Der Diemn umgeleitet. Was kommt als Nächstes? Flugmaschinen?«

Imoshens Augen blitzten, und sie setzte zu einer Antwort an.

»General Tulkhan?«, unterbrach eine Stimme. »Wie wäre es mit einer Wette und einem Spiel?«

Er hätte sie gerne ignoriert und sich weiter mit Imoshen gestritten, aber er zwang sich, sich umzudrehen.

»Sahorrd«, sagte er. »Um was für ein Spiel geht es?«

Der hoch gewachsene Offizier grinste. »Eine T'En-Angelegenheit. Baroness Cariah organisiert die Mannschaften. Jacolm und ich haben zugestimmt mitzuspielen, solange der Verlierer kein Gedicht verfassen muss!«

Gegen seinen Willen musste Tulkhan lächeln. Er erinnerte sich an seine Verlegenheit, als er die unzähligen Fallen entdeckte, die sich in T'En-Spielen verbargen. Für seine ghebitischen Augen wirkten die Einzelheiten der T'En-Kultur häufig absurd.

Imoshen entzog Tulkhan ihre Hand und senkte die Stimme. »Mach mit. Ich habe vor der Zeremonie noch viel zu tun. Wenn ich die Pläne des alten T'Diemn finde, werde ich sie dir zeigen. Schleusen, Umleitung und noch viel mehr. Und dann spotte weiter über die T'En, wenn du kannst!«

Sie verbeugte sich, wie es sich gehörte. Ihre Herausforderung noch in den Ohren, dachte er darüber nach, dass Imoshen immer sorgfältig darauf bedacht war, ihm die Ehre seines ungekrönten Standes zu erweisen, solange andere zusahen, aber wenn es ihr passte, vergaß sie das alles schnell.

Tulkhan wackelte in seinen neuen Paradestiefeln mit den Zehen und verzog das Gesicht – Samt und Seide, und dabei war er doch ein einfacher Soldat! Aber die Leute erwarteten von ihm, dass er sich für die Verleihung der Ländereien und Titel an seine Offiziere wie ein König anzog. Ein kleiner Junge stand unruhig an Tulkhans Seite und hielt ein Silbertablett mit den ersten Bändern und Urkunden bereit.

Imoshen bat mit einer Geste um Schweigen in der großen Halle. Sie war in schlichtes Weiß gekleidet, die schwere Seide mit Silberfäden verstärkt. Ein kleiner, eng anliegender Kopfputz aus Silberdraht bildete ein Netz über ihrem Haar und endete in zarten Ketten mit Rubinen am Ende, die im Licht aufblitzten, wenn Imoshen den Kopf drehte. Ein einzelner Rubin hing ihr bis auf die Stirn und betonte die Farbe ihrer Augen.

Als sie die Arme hob, kam die helle Wintersonne hinter einer Wolke hervor, und ein Strahl bunten Lichts fiel durch das nächste Buntglasfenster und beleuchtete sie. Die Atmosphäre war angespannt und erwartungsvoll. Jeder, der sich einen Platz hatte sichern können, vom Gildemeister bis zum adligen Soldaten, vom Künstler bis hin zum Würdenträger der T'En-Kirche, war anwesend. Dann wurde es endlich still in der großen Halle.

Der kleine Junge an Tulkhans Seite machte ein merkwürdiges Geräusch tief in der Kehle, dann nieste er laut. Verlegenes Rot brachte seine glatten Wangen zum Glühen. Als Tulkhan dem Jungen beruhigend die Hand auf die Schulter legte, begegnete er Imoshens lächelndem Blick.

Der Erste, der in den Adelsstand erhoben wurde und seine Ländereien erhielt, war Wharrd. Dass Imoshen dem Veteranen und Wundarzt diese Ehre überlassen hatte, freute Tulkhan.

Wharrd kam die beiden Stufen zum Podium hinauf. Selbst von gleicher Höhe aus musste er zu Imoshen aufblicken. Tulkhan wartete darauf, die Treueide entgegenzunehmen. Es war nicht viel Zeit gewesen, um ihm seine Rolle bei der Zeremonie zu erklären. Pomp und Zeremonien hatten ihn schon immer gelangweilt, und seine Gedanken kehrten zurück zu der Herausforderung, T'Diemn uneinnehmbar zu machen, bis Imoshens Worte ihn wieder aufmerksam werden ließen.

»Ihr werdet in diese Stellung erhoben, um dem Volk der Strahlenden Insel zu dienen.« Dann listete sie weiter die

Anforderungen von Wharrds Position auf. Tulkhan lauschte mit wachsender Überraschung, während sein Wundarzt versprach, die Hospize und Schulen auf seinen Ländereien wieder aufzubauen – Institutionen, in denen niemand abgewiesen wurde.

Nun verstand er Imoshens Manöver. Es machte ihn zornig. Die letzte Prinzessin der T'En versuchte, die barbarischen Eroberer in ihren Sitten und Bräuchen zu unterrichten.

Wharrd unterschrieb die Landschenkungsurkunde. Anders als die meisten ghebitischen Männer konnte der Wundarzt lesen und schreiben. In der ghebitischen Armee wurden Eide vor Zeugen geschworen, denn nur wenige von Tulkhans Offizieren konnten mehr lesen und schreiben als ihre eigenen Namen. Das bedeutete hier auf der Strahlenden Insel, dass jeder Bauer, der auf den Feldern eines ghebitischen Adligen arbeitete, gebildeter war als sein Lehnsherr.

Sobald die Dokumente unterzeichnet waren, drapierte Imoshen das erste von drei verschiedenfarbigen Bändern über Wharrds Brust.

»Indem Ihr die Amtsbänder entgegennehmt, akzeptiert Ihr das, wofür sie stehen. Weiß für die Reinheit der Ziele, für den selbstlosen Dienst.« Ihre Stimme trug weit in die große Halle hinaus, als sie ihm das rote umhängte. »Rot für das Blut, das Ihr bereits vergossen habt und willig wieder vergießen werdet, um Eure Leute und das gesamte Volk der Strahlenden Insel zu schützen.«

Als sie das dritte Band nahm, ein schwarzes, sah Wharrd Tulkhan fragend an, aber der General wusste auch nicht, was er sagen sollte.

Imoshen fuhr unbeirrt fort. »Schwarz für den Tod, der zu uns allen kommt, ganz gleich, wie hoch wir in der Welt aufsteigen.«

Wharrd öffnete den Mund in lautloser Überraschung.

Bei ghebitischen Zeremonien wurde ein Mann bei seiner Beförderung nicht an seinen unvermeidlichen Tod erinnert. Dies hier war eine seltsam demütigende Angelegenheit.

»Und nun schwört dem General Treue«, flüsterte Imoshen Wharrd zu, der unsicher an den drei Bändern herumzupfte.

Der Veteran riss sich zusammen und ging zur Seite des Podiums, um dort vor Tulkhan auf ein Knie zu sinken. Er schwor ihm Treue, dann zögerte er. Auf einen Impuls hin zog der General sein Schwert und verschränkte die Hände über dem Knauf.

Wharrd berührte den Siegelring, den Tulkhan an seiner rechten Hand trug. Der Ring wies noch das Wappen von Tulkhans Vater auf, einen sich aufbäumenden Hengst. Es gab nur zwei solcher Siegelringe, und der andere befand sich an König Gharavans Hand.

Der ghebitischen Sitte folgend küsste Wharrd die Schwertklinge. Als der Mann sich erhob, wusste Tulkhan, dass seine Geste richtig gewesen war.

Kalleen trat vor, als Wharrd das Podium verließ. Es war klar, dass Imoshen vorhatte, Kalleen vor Tulkhans anderen Männern zu belohnen. Die Männer würden das als eine Beleidigung betrachten. Tulkhan sah Imoshen an und versuchte, sie lautlos zu warnen. Zwei rosige Flecken glühten auf ihren bleichen Wangen.

»Tritt vor, Kalleen«, sagte Imoshen. »Dein persönlicher Mut hat mir das Leben gerettet, als König Gharavan mich hinrichten lassen wollte. Nun möchte ich diese Schuld vor allen hier Versammelten anerkennen und meiner Verpflichtung dir gegenüber nachkommen. Wenn du oder die deinen je in Not sein sollten, dann werde ich an eurer Seite stehen.«

Dann wiederholte Imoshen zu Tulkhans Überraschung bei dem Bauernmädchen, das noch immer ihre Zofe war, dieselben Formalitäten, die sie mit Wharrd durchgeführt hatte. In den Augen von T'En-Kirche und Staat waren Kalleen und Wharrd gleichgestellt.

Ein Finger aus Sonnenlicht bewegte sich langsam über das Podium, während die Zeremonie weiterging. Endlich steckte Tulkhan sein Schwert ein und bot Imoshen den Arm. Sie nahm ihn und warf dem General einen Seitenblick zu, um seine Stimmung einzuschätzen. Er lächelte grimmig. Sie hatte den Inhalt der Schwüre ihren eigenen Zwecken angepasst. Ihre Leute hatten zwar ihre Waffen fallen lassen, als sie ihm ihre Festung übergab, aber der Kampf ging weiter – nur, dass sie nun mit dem Protokoll zuschlug.

Viel später, als man die Tische wegräumte und die Musiker in der hohen Galerie zu spielen begannen, sah sich Imoshen nach Kalleen um.

»Baronin?« Sie hob eine Hand an ihre Stirn und grüßte ihre ehemalige Zofe, wie die T'En Gleichgestellte grüßten, dann richtete sie sich auf und sah Kalleen an.

In den braunen Augen des Mädchens spiegelten sich Aufregung und Unglauben wider. Imoshen lächelte. Es war wie in einem der alten Gedichte: Das Bauernmädchen war erst zu Imoshens Zofe und dann zur Baronin Kalleen von Windhafen aufgestiegen. Kalleens Entzücken war allerdings vermischt mit Trauer. Als sie in T'Diemn eingetroffen waren, hatte Imoshen einen Reiter zu Kalleens Familie geschickt, damit sie ihr Glück mit ihren Verwandten teilen konnten, aber sie war nicht imstande gewesen, jemanden aus ihrem Dorf zu finden, der die ghebitische Invasion überlebt hatte.

Die ehemalige Zofe errötete und strich über ihre Bänder und das Siegel. »Wenn nur meine Eltern noch leben würden!«

»Nun bist du meine Familie, und ich die deine.« Imoshen umarmte sie.

Kalleen biss sich auf die Unterlippe, wischte zornig ihre Tränen weg und lächelte ein wenig zittrig. »Danach wird niemand im Dienstbotenflügel mehr mit mir reden wollen. Sie werden alle glauben, dass ich mir nun zu gut für ihre Gesellschaft bin!«

»Was interessiert es dich? Von diesem Tag an wirst du im Flügel der Adligen wohnen.« Imoshen nahm ihre Hand. »Aber du musst mir versprechen, dass du mir niemals sagst, was ich hören *will*, sondern immer das, was ich hören *muss*.«

»So spricht eine wahre Kaiserin«, meinte Cariah, die näher gekommen war.

»Jetzt sagt Ihr mir tatsächlich, was ich hören will!«, tadelte Imoshen spaßhaft.

Cariah lachte.

Imoshen wurde wieder ernst. »Ich mache mir Sorgen um die Offiziere des Generals. Sie werden Anleitung brauchen, wenn sie beginnen, ihre neuen Ländereien zu verwalten.

»Warum stellt Ihr ihnen nicht einen Würdenträger der Kirche zur Seite, um sie zu beraten?«, schlug Cariah vor.

Imoshen dachte nach. Sie wollte der Gesegneten nicht noch mehr Macht geben, als sie bereits hatte.

Von der anderen Seite der Galerie her beobachtete Tulkhan Imoshens ausdrucksvolles Gesicht. Der nun in den Adelsstand erhobene Jacolm stieß seinen General an, zog die dichten Brauen viel sagend hoch und machte eine Geste zu den drei Frauen hin. »Eine Frau wie diese Rothaarige da lässt einen Mann froh sein, dass er kein Eunuch ist!«

Tulkhan grinste.

»Für mich ist es Kalleen«, gab Wharrd zu. »Und so war es, seit wir die Festung einnahmen. Ich hätte sie auch ohne die Ländereien geheiratet. Soweit es mich angeht, können wir uns nicht bald genug miteinander verbinden.«

Er sagte das mit solchem Nachdruck, dass Tulkhan lächeln musste. Wenn er nur der Verbindung zwischen ihm und Imoshen mit derselben bedenkenlosen Begeisterung entgegensehen könnte!

»Normalerweise gefallen sie mir besser, wenn sie ein wenig mehr Fleisch auf den Rippen haben«, meinte Jacolm, als spräche er über eine Zuchtstute. »Aber dieses rote Haar verspricht ein Feuer, an dem ein Mann sich wärmen könnte!«

Wharrd kicherte. »Pass auf, dass du dich nicht verbrennst!«

Jacolm behauptete zu wissen, wie er sich verhalten müsse, und ihr Wortwechsel wurde selbst für Soldatenverhältnisse überdeutlich.

Tulkhan betrachtete die drei Frauen. Die kleine Kalleen war ein lebhaftes Ding, und die Adlige aus Keldon eine Schönheit, aber keine berührte ihn so wie Imoshen. Er fragte sich, worüber drei so unterschiedliche Frauen überhaupt reden konnten. Worüber sprachen die Frauen der Strahlenden Insel, wenn ihre Männer sich über Staatsangelegenheiten unterhielten?

In diesem Augenblick drehten sich Imoshen und ihre beiden Begleiterinnen um und schauten zu Tulkhan hin. Sie wirkten beunruhigend angespannt.

Imoshen sah ihm direkt in die Augen, und er spürte, wie das an ihm zerrte. Unwillkürlich stand er auf und ging auf sie zu, wobei er den Tanzenden ausweichen musste.

Imoshen trat ein paar Schritte von den anderen Frauen weg; sie schien es kaum erwarten zu können, mit Tulkhan zu sprechen. »General, ich möchte mit dir über deine Offiziere reden. Sie werden Hilfe brauchen, wenn sie ihre Ländereien übernehmen.«

»Mach dir keine Gedanken über meine Männer«, sagte Tulkhan. Er wandte sich der rothaarigen Schönheit zu. »Baroness Cariah, Ihr kennt doch sicher schon meinen besten Schwertkämpfer Jacolm, der heute in den Adelsstand erhoben wurde.« Wie er angenommen hatte, verlor Jacolm keine Zeit und forderte sie zum Tanz auf. Wharrd wirbelte mit Kalleen davon, und nun war Tulkhan allein mit Imoshen. Das war genau das, was er sowohl gewünscht als auch befürchtet hatte.

Imoshen legte ihm die Hand auf den Unterarm, und er reagierte sofort. Sie musste es doch auch spüren! War er ein offenes Buch für sie, so durchsichtig, dass sie über seine hoffnungslose Sehnsucht lachte?

Er nahm die Hand von seinem Arm, wollte sie von sich wegschieben, aber stattdessen zog er sie näher. »Tanzen wir.«

»Ich dachte, du hättest gesagt, du könntest nicht tanzen.«

»Ich habe gelogen.«

Imoshen lachte und schüttelte den Kopf.

Er starrte hinunter auf ihr Gesicht, das sie ihm zugewandt hatte, und spürte ein Lächeln auf seinen Lippen. Warum konnte das Leben nicht einfacher sein? Wäre er nur ein Soldat und sie eine aus dem Tross, dann würde er sie in eine abgelegene Ecke ziehen und sie dort verführen. Er spürte bereits, wie sein Körper auf den Gedanken an ihre Reaktion antwortete.

Tulkhan wusste, dass Imoshen ihn haben wollte. Er konnte es darin spüren, wie sie sich an ihn schmiegte. Wie sollte er nur auf den offiziellen Tag warten können, wenn sein Körper ihm zuschrie, sie sofort zu nehmen?

»Nur noch fünf Wochen bis Mittwinter«, flüsterte Imoshen.

Wütend trat Tulkhan einen Schritt zurück. Sie hatte es schon wieder getan. Sie war in seinen Geist eingedrungen.

»Was ist denn?«, fragte Imoshen plötzlich besorgt.

Sie wirkte so unschuldig. Hatte sie denn nicht gemerkt, was sie tat? »Ich habe keine Zeit für diese Dinge. Ich muss mich um Staatsangelegenheiten kümmern.«

Imoshen sah dem General nach, als er davonstolzierte, den Rücken starr vor Anspannung. Was war nur mit ihm los? Sie versuchte doch nur, seinen Männern zu helfen, ihre Ländereien zu verwalten, und er hörte ihr nicht einmal zu. Sie war zornig, aber dieser Zorn war mit Bedauern vermischt. Sie musste zugeben, dass sie vor Begierde fast berauscht gewesen war, als er sie in den Armen hielt. Und nun bebte ihr Körper von einer Gier, die seine Zurückweisung doppelt grausam machte.

Von Ungeduld angetrieben, schlich Imoshen durch das leere Vorzimmer zu Baroness Cariahs Schlafzimmer. Sie kratzte an der Tür, ihr Kamm schickte ihr die zarten, klaren Töne voraus, dann schob sie sie auf. »Geht es Euch besser, Cariah?«

Es war beinahe Zeit zum Mittagessen, und Cariah hatte sich in ihr Schlafzimmer zurückgezogen und das mit Kopfschmerzen begründet. Imoshen störte sie nur ungern, aber es war bereits ein Tag vergangen, seit sie darüber gesprochen hatten, wie die neuen Adligen auf ihren Landsitzen zurechtkommen sollten. Imoshen machte sich Sorgen um die Menschen, die auf diesen Ländereien lebten. Sie brauchten jemanden, der ihren neuen Oberherren ihre Sitten und Bräuche erklärte.

»Ich habe einen Kräutertee gegen Eure Kopfschmerzen, Cariah!«, rief Imoshen.

Cariah schob den zerzausten Kopf durch die Bettvorhänge und lachte. »Einen Augenblick.«

Sie kam ein paar Herzschläge später aus dem Bett, gekleidet in ein einfaches Unterhemd.

»Ich habe das selbst zubereitet.« Imoshen reichte ihr die Schale mit dem Heiltrank. »Das hat mir die Aayel immer gegeben, wenn ich Kopfschmerzen hatte. Und ich suchte eine Gelegenheit, um mit Euch über …«

»Wartet. Dazu müssen wir allein sein.« Cariah stellte die

Schale mit dem Tee beiseite und hob die Stimme. »Jacolm, zieh dich an. Ich sehe dich heute Abend.«

Imoshens Wangen brannten, als sie begriff, was sie hier unterbrochen hatte. Man hörte Gemurmel und Rascheln hinter den geschlossenen Bettvorhängen, bevor der Mann herauskam, immer noch damit beschäftigt, die Hose zuzuschnüren.

»Cariah, ich …«, setzte Imoshen an, aber die andere Frau bedeutete ihr mit einer Geste zu schweigen.

Jacolm starrte die beiden unter seinen dichten schwarzen Brauen her finster an, dann fasste er sich, deutete eine Verbeugung an und eilte mit flatternden Hemdschößen davon.

Nachdem die Schlafzimmertür geschlossen war, sank Imoshen auf einen Stuhl und schlug die Hände vor ihr glühendes Gesicht. »Oh, Cariah!«

Aber die andere lachte. »Still. Das wird es heute Nacht nur umso besser machen. Jacolm ist sich seiner ohnehin zu sicher.« Sie setzte sich neben Imoshen und ergriff deren Hand.

Imoshen spürte die Wärme von Cariahs Haut, sah, wie rosig sie war. Gegen ihren Willen bemerkte sie auch die subtile Veränderung in Cariahs Duft. Die Frau glühte vor Leben und Leidenschaft, und das bewirkte, dass Imoshen sich unerfahren und ungelenk fühlte.

»Es tut mir Leid.« Sie musste Cariahs wissendem Blick ausweichen. »Ich vergesse immer wieder die Sitten des Hofes. Ich war zuvor nur einmal hier zu Besuch. Den größten Teil der Zeit hat mich meine Familie sogar von meinen Verwandten fern gehalten.«

Cariah drückte ihr die Hand. »Ihr wolltet mit mir sprechen?«

Imoshen biss sich auf die Lippen. Selbstverständlich wollte Cariah nicht von ihrem Leben als Ausgestoßene hören. Die T'En-Züge, die Cariah selbst hatte, waren unauffällig genug, um sie als Echtmenschen durchgehen zu lassen. Einen Augenblick lang verspürte Imoshen Ablehnung gegen die andere, aber dann schob sie dieses Gefühl als unwürdig weg.

»Selbstverständlich«, erwiderte sie. »Ich habe nachgedacht, und ich möchte den neuen Adligen keine Priester als Berater mitgeben. Geringere Meister aus den Hallen der Gelehrsamkeit wären mir lieber«, sagte Imoshen lächelnd. »Als Übersetzer.«

Cariah lachte. »Unter diesen Umständen werden sie sich wohl kaum weigern können.«

Imoshen war erleichtert. »Dann muss ich jetzt also die Taktvollsten der Geringeren Meister für diese Posten auswählen.« Wieder zögerte sie. »Der General wird nicht glauben, dass so etwas notwendig ist, aber wenn es bereits arrangiert wurde ...«

»Ihr könnt gerne mein Zimmer benutzen, um dort mit ihnen zu sprechen.«

»Und dann?«, fragte Tulkhan. Seine Stimme war kalt, Schmerz saß wie ein festgezurrter Knoten in seiner Brust. Der Mann vor ihm zuckte bei seinem Tonfall zusammen, aber er fuhr fort. »Wie schon mehrere Tage zuvor ist Eure Verlobte dann ins Schlafzimmer von Baroness Cariah gegangen. Die Prinzessin blieb dort von einem Glockenschlag zum nächsten. Nachdem sie gegangen war, schlichen sich drei Männer davon.«

Tulkhan verzog das Gesicht. Der Gedanke, dass Imoshens schnell aufflackernde Leidenschaft von der Berührung eines anderen Mannes geweckt wurde, machte ihn zornig. Sein Magen zog sich vor Ekel zusammen. Er konnte es einfach nicht glauben.

»Lass mich allein!« Er schickte den Mann, einen Ghebiten, der auf vielen Feldzügen für ihn spioniert hatte, weg.

Tulkhan stand auf, denn er wusste, dass er sich für die Jagd vorbereiten sollte. Es war eine der wenigen Vergnügungen, die sowohl seine eigenen Leute als auch die Adligen aus Keldon genossen.

Er wusste, er sollte Imoshen bloßstellen, aber ... verbittert begriff er, dass er sich einfach der Wahrheit nicht stellen wollte.

»Er kommt«, zischte Kalleen, huschte an Imoshen vorbei und verschwand rasch um eine Ecke.

Imoshen richtete sich mit klopfendem Herzen auf. Das hier war lächerlich, aber jedes Mal, wenn sie versucht hatte, mit dem General zu sprechen, war er zu beschäftigt gewesen, um sie zu empfangen, und hatte sie damit gezwungen, zu diesem kleinen Trick Zuflucht zu nehmen. Sie hatte Kalleen gebeten, nach ihm Ausschau zu halten und ihr Bescheid zu sagen.

Sie hörte seine Schritte. Gut, er war allein. Es war so viel schwieriger, mit ihm zu sprechen, wenn seine Offiziere bei ihm waren.

Imoshen kam aus der Tür und stieß wie zufällig mit ihm zusammen, als er um die Ecke bog.

»General?«, keuchte sie.

»Imoshen.« Das war ein kalter Gruß.

Sie ignorierte seine Kühle und machte weiter. »Ich bin froh, dich zu sehen. Ich habe versprochen, dir die Pläne des alten T'Diemn zu zeigen. Komm mit.«

Einen Augenblick lang starrte er ins Leere, dann nickte er grimmig. Das ließ nichts Gutes erwarten. Sie hatte gehofft, wenn sie ihn von seinen Männern weglocken und ihm etwas Interessantes zeigen konnte, würde er seine Haltung vielleicht ändern.

Schweigend gingen sie zur Bibliothek des Palastes. Als der Hüter des Wissens davoneilte, um die Dokumente zu holen, räusperte sich Imoshen.

»Ich bin froh, dass du mich nach dem Diemn gefragt hast. Es ist mir gelungen ... ah, hier ist es.« Sie dankte dem alten Mann und legte einen umfangreichen Band auf den Tisch. »T'Diemn wurde ursprünglich auf mehreren Hügeln errichtet, an denen der Fluss vorbeiströmte. Beinahe jedes Jahr trat der Fluss über die Ufer, und viele Menschen und Tiere kamen um. Der jüngere Bruder der dritten T'Imoshen leitete den Fluss um und zähmte ihn auf diese Weise so, dass ein Seitenarm durch die Stadt selbst floss und frisches Wasser brachte, und der Hauptarm um die Stadtmauern herumgeleitet wurde. Dabei entwarf er auch den Ziersee des Palastes ...«

»Der See ist nicht natürlich?«

»Nein. Ebenso wenig wie der Wald. Dabei versuchte er, den ursprünglichen Entwurf des alten T'Diemn mit seinen konzentrischen Kreisen mit Straßen direkt vom Süd- zum Nord- und vom West- zum Osttor zu verbessern. Er baute die Ringstraße innerhalb der Stadtmauern, sodass Verstärkungstruppen schnell zu den Verteidigungsanlagen gebracht werden konnten, falls die Mauern brachen. Er entwarf auch die befestigte Brücke, über die wir den alten Teil der Stadt betreten haben.«

»Diese Brücke? Aber man kann vor lauter Läden und Häusern nicht einmal mehr die Sonne sehen!«

Imoshen nickte. »Das sind neuere Bauten. Ursprünglich war diese Brücke zur Verteidigung errichtet worden. Erinnerst du dich, dass sie auf einem L-förmigen Platz vor den äußeren und inneren Toren der alten Stadt endet? Wenn es Angreifern gelungen wäre, den Fluss zu überqueren, hätten sie dort festgesessen, direkt im Schussfeld der Verteidiger der Tortürme.«

Tulkhan schüttelte den Kopf. Immer wieder musste er sich wundern. Die T'En hatten solch hervorragende Verteidigungsanlagen und Festungen errichtet, die besser durchdacht waren als alles, was er bisher gesehen hatte, und dann hatten sie zugelassen, dass Ladeninhaber auf den Brücken bauten und die Schusslinien der Verteidiger störten.

»Ich dachte, du würdest das hier gerne sehen.« Imoshens Lächeln wärmte ihn.

Dennoch war er überrascht, als sie die letzten Seiten des Buches aufschlug, um kunstvolle, wenn auch verblasste Zeichnungen komplizierter Maschinen vorzuführen.

»Der Bruder der dritten Imoshen hat tatsächlich versucht, eine Flugmaschine zu bauen. Aber es ist ihm nie gelungen, damit einen Menschen für mehr als einen kurzen Gleitflug in der Luft zu halten. Und er hat das hier entworfen.«

»Ist das eine Art Belagerungsgerät?« Tulkhan betrachtete die Zeichnung. »Die Räder würden nur auf glattem Boden funktionieren. Die Metallplatten würden zwar verhindern, dass die Verteidiger die Maschine anzünden konnten, und sie würden die Männer schützen, die sich darunter duckten, aber das Gerät wäre auch sehr schwer und schwierig zu transportieren.«

»Ich glaube nicht, dass es je gebaut wurde. Reothe lebte zu Beginn des Zeitalters der Festigung, als es auf der Strahlenden Insel keine Bedrohung von innen her gab. Die T'En ...«

»Wie hast du ihn genannt?«

Imoshen hielt inne, holte tief Luft und sah ihm in die Augen. »Das war T'Reothe der Baumeister. Mein Verwandter Reothe wurde nach ihm benannt, ebenso wie man mich nach der ersten T'Imoshen benannte. Beides sind vollkommen geläufige Namen.«

Tulkhan starrte Imoshen an. Immer stand ihr Erbe zwischen ihnen, ihre T'En-Züge, ihr gebrochener Schwur, den sie dem Rebellenführer geleistet hatte.

»Hier.« Sie schob das alte Buch beiseite, griff nach einem anderen, schlug es auf. »Wenn du dir die Stammbäume ansiehst, wirst du sehen, dass dieselben Namen wieder und wieder auftauchen.«

Tulkhan starrte auf die unentzifferbare T'En-Schrift. Er

konnte nicht einmal die Daten erkennen. »Noch mehr Gekritzel.«

»Das ist unser Familienstammbaum. Hier ist Reothe, der Baumeister, mein Ahne.« Imoshen lächelte und blätterte weiter. »Er lebte zu Beginn des Zeitalters der Festigung, das etwa dreihundert Jahre dauerte. Das Zeitalter der Aufklärung begann mit der Steinigung des letzten abtrünnigen T'En vor hundert Jahren.« Sie blätterte noch zweimal, folgte einer Linie und zeigte dann auf einen Eintrag. »Und hier bin ich. Imoshen die Letzte.«

Dann blinzelte sie plötzlich, als hätte sie erst jetzt ihre eigenen Worte begriffen.

Aber Tulkhan hatte kein Mitleid für sie. Es fiel ihm schwer zu glauben, was er da vor sich sah – sechshundertsechzehn Jahre Geburten, Tode, Eheschließungen. Die schriftlichen Aufzeichnungen seiner königlichen ghebitischen Familie reichten nur bis zu seinem Großvater zurück. Davor war es der Geschichtenerzähler eines jeden Stammes gewesen, der die Geschichte und Tradition dieses nomadischen Volkes bewahrt hatte.

Nomaden schleppten keine schweren Gegenstände wie Bücher mit sich herum. Erst nachdem Tulkhans Vater schon geboren und sein Stamm in den Palast des ersten eroberten Königreiches gezogen war, hatten die Ghebiten begonnen, ihre Geschichte niederzuschreiben und von Zelten zu dauerhaften Behausungen überzugehen.

Nun spürte er, wie Imoshen ihn beobachtete, und zeigte auf die Seite. »Du hast in diesem Buch hier sechshundert Jahre Familiengeschichte vom Vater zum Sohn?«

Imoshen lachte. »Du denkst wie ein Ghebite, General. Dieses Buch selbst wurde vor vierhundert Jahren begonnen, zu Beginn des Zeitalters der Festigung. Was die frühere Zeit angeht, enthält es Abschriften fragmentarischer älterer Aufzeichnungen. Aber ja, es verfolgt die kaiserliche Linie von Kaiserin zu Tochter über sechshundert Jahre.

Männer erbten die Herrschaft nur, wie im Fall Reothes des Baumeisters, wenn die Kaiserin keine Töchter hatte. Kaiser Reothe verband sich mit einer entfernten Base, um die kaiserliche Linie zu stärken.«

Tulkhan wandte sich begierig wieder dem Buch mit den Kriegsmaschinen zu. »Das hier möchte ich mir näher ansehen, besonders die Teile, die mit der Verteidigung des alten T'Diemn zu tun haben. Lass es bitte in mein Schlafzimmer schicken.«

»Du kannst es jetzt mitnehmen, wenn du möchtest.«

»Nein. Ich bin schon spät dran. Man erwartet von mir, dass ich mir die Abschlussparade in den Hallen der Gelehrsamkeit ansehe.« Er konnte sein Widerstreben nicht verbergen und sah, wie sie mit einem Lächeln reagierte. »Könntest du diese Seiten bis morgen Nachmittag für mich übersetzen?«

»Nein. Ich habe etwas anderes zu tun.«

Zorn stieg in ihm auf. Traf sie sich wieder mit ihrem Liebhaber? »Dann sag es ab.«

»Das geht nicht. Ebenso wie du habe auch ich meine Verpflichtungen.«

Betrog ihn Imoshen tatsächlich? Nun, sie hatten noch keine Gelübde gesprochen, bisher hatten sie einander nur das Versprechen zu heiraten gegeben. Tulkhan verzog das Gesicht. Und immerhin hatte sie auch Reothe verraten, obwohl sie mit ihm verlobt gewesen war.

»Ich muss gehen.« Er stand auf und ging zur Tür.

»Ich lasse das Buch in deine Gemächer schicken.«

Er hätte ihr gern gesagt, wenn sie es nicht selbst bringen würde, könnte sie es auch gleich bleiben lassen. Aber er wusste nicht, was er wirklich sagen würde, wenn er nun den Mund öffnete, also ging er schweigend hinaus, und Imoshen schaute ihm verwirrt und gekränkt nach.

Wie konnte sie so unschuldig tun, wenn sie sich Liebhaber nahm? Wenn seine Männer glaubten, dass sie ihn betrog, würden sie von ihm erwarten, dass er Imoshen tötete, um seine Ehre wiederherzustellen.

6

Imoshen blieb an der Balkontür stehen und fuhr über die Gravuren im Glas. Tulkhan war noch nicht aus den Hallen der Gelehrsamkeit zurückgekehrt. Es war einer dieser klaren, kristallkalten Winterabende, und sie sehnte sich danach, aus dem Palast herauszukommen. Sie öffnete die Tür und ging auf den Balkon, der zur Stadt hinausführte. Plötzlich wünschte sie sich, selbst ein Lehrling zu sein, der sich zu seiner einjährige Wanderung aufmachte, oder eine Schülerin aus den Hallen der Gelehrsamkeit, deren Abschluss gefeiert wurde.

Bald schon würde es Mittwinter sein, und die Gelehrten hatten erklärt, die historische Verbindung der letzten T'En-Prinzessin mit dem ghebitischen General stellte das Ende des Zeitalters der Aufklärung und die Morgendämmerung eines neuen Zeitalters dar.

Imoshen hatte erst gestern mit den Graveuren der königlichen Münze gesprochen, um sich den Entwurf für ein neues Geldstück anzusehen, das zu Ehren ihrer Verbindung mit dem General geprägt wurde. Und sie hatte sich geärgert, weil Tulkhan zu beschäftigt gewesen war, um sie zu begleiten.

Nun drehte sie sich um, stützte die Ellbogen auf die Balustrade hinter sich und betrachtete den Palast, dessen Fenster hell in die Nacht leuchteten und dessen Türme sich vor den Sternen abzeichneten. Eine Bewegung auf Sards Turm weckte ihre Aufmerksamkeit. Sie verzog das Gesicht. Es sah aus, als wäre da oben der Hüter des Wissens dabei, mit einem unförmigen Gegenstand zu kämpfen. Neugierig ging

Imoshen wieder nach drinnen und eilte durch die lange Galerie bis zum Turm.

Inzwischen hatte der alte Mann seine Ausrüstung bereits aufgestellt und saß in eine Decke gewickelt auf einem Hocker und studierte die Sterne.

»Das dachte ich mir doch!«, rief Imoshen. »Darf ich mal sehen?«

Er erhob sich und grüßte sie freundlich. Sie nahm seinen Platz ein und spähte durch das Fernrohr.

»Verblüffend. Ich kann Muster auf dem großen Mond erkennen!«

»Berge.«

»Glaubt Ihr wirklich?« Sie sah noch einmal hin.

»Seht Euch den kleineren Mond an. Ich denke, die konzentrischen Kreise sind Bauwerke, vielleicht primitive Verteidigungsanlagen.«

Imoshen war sich da nicht so sicher. Sie drehte das Fernrohr in eine andere Richtung, um sich die Türme und Dächer von T'Diemn anzuschauen, auf der Suche nach etwas, das sie erkennen würde. Dann schrie sie leise auf. »Was ist das für ein Schimmer? Da brennt etwas!« Sie ließ das Fernrohr stehen, ging zum Geländer des Turms, und der Hüter des Wissens trat neben sie. »Dort.« Sie zeigte in die Richtung, aus der sie den Schein gesehen hatte. »Hinter der alten Stadtmauer brennt ein Haus.«

»Nein, das ist das Freudenfeuer im Haupthof der Hallen der Gelehrsamkeit. Dort feiern sie jetzt, bemalen sich die Gesichter und legen Masken an. Bald schon werden sie durch die Straßen toben und Unfug anrichten.«

»Ich habe gehört, dass sie sich sogar in den Straßen prügeln.«

Er lachte. »Im letzten Jahr haben sie sich in dieser Nacht einen der Gildemeister geschnappt, ihm die Schuhe ausgezogen und seine Füße rot angemalt. Aber das ist alles nur Schabernack. Es gab immer eine gewisse Rivalität zwischen den höheren und geringeren Gilden und den Schülern der Hallen der Gelehrsamkeit – man hat mit Besen und Farbpinseln Kämpfe ausgetragen und überall Gildezeichen oder die Fahnen der Schülerverbindungen angebracht. Ich kann mich noch gut an meinen eigenen Abschlusstag und die Nacht danach erinnern.« Wenn man dem Hüter glauben wollte, war alles nur ein gewaltiger Spaß, jugendlicher Übermut, der manchmal über die Stränge schlug. Wie zum Beweis erklang aus den Straßen des alten T'Diemn nun lautes Lachen, und Imoshen konnte hören, wie ein Lied angestimmt wurde.

Dann kam jemand durch die offene Falltür.

»Imoshen!«, rief Kalleen. »Ich habe schon den halben Palast nach Euch durchsucht. Ein Bote ist gekommen, und es ist dringend.«

»Dringend?« Imoshens Magen zog sich aus Angst um den General zusammen. Auf weichen Sohlen flog sie beinahe über das polierte Holz der Palastflure. Als sie die Tür zu ihren Gemächern öffnete und ein vertrautes Gesicht sah, war sie erleichtert. »Heiler Rifkin. Was ist geschehen?«

»T'Imoshen«, grüßte er sie förmlich. »Im Hospiz am Hafen wird Eure Heilkunst gebraucht.«

Als Schirmherrin der Heilergilde war sie verpflichtet zu helfen, aber es ging noch darüber hinaus. Sie konnte niemanden abweisen, der sich in Not befand. »Kalleen, mein Umhang.«

Es war gut, dass Kalleen T'Diemn nicht gut genug kannte, um zu begreifen, wie gefährlich es war, sich in dieser Nacht nach draußen zu wagen. Der Hüter mochte der Ansicht sein, dass die Umtriebe der Lehrlinge und Schüler nur harmlose Späße waren, aber anständige Leute blieben in dieser Nacht zu Hause und verriegelten Türen und Fensterläden.

Das Mädchen kam mit Imoshens und ihrem eigenen Umhang zurück. »Du kannst ruhig hier bleiben. Du brauchst deinen Schlaf nicht ebenfalls zu opfern«, sagte Imoshen. »Der Heiler wird mich begleiten.«

Kalleen sah sie zweifelnd an.

»Ich bin sicher, dass ich Wharrd in einer der großen Hallen gesehen habe. Warum rettest du ihn nicht vor den sich duellierenden Dichtern?«

Kalleen lachte. »Ihr solltet trotzdem eine Eskorte mitnehmen.«

Tulkhan hätte dasselbe gesagt und ihr die Elitegarde angeboten. Aber sie wollte nicht, dass Ghebiten sie auf jedem Schritt begleiteten. »Ich weiß. Ich werde Crawen mitnehmen, sie hat ohnehin heute Nacht Dienst an meiner Tür.«

General Tulkhan war froh, dass er das Dichterduell versäumt hatte. Die Fähigkeit dieser Männer und Frauen, einen Reim aus dem Nichts zu greifen und ihn wie eine Messerklinge zu schwingen, beunruhigte ihn.

Kalleen und Wharrd waren am anderen Ende des Zimmers beschäftigt, aber er sah keine Spur von Imoshen.

Cariah trat auf ihn zu, um ihn zu begrüßen. Instinktiv verschloss er sich. Begünstigte diese Frau Imoshens Untreue?

»General Tulkhan. Möchtet Ihr eine Lesung hören?«

Ganz bestimmt nicht. Er wusste nie, wann so etwas vorüber war. Die T'En-Adligen behaupteten, die Pausen seien ebenso wichtig wie die Worte. Man hielt Klatschen für primitiv, und wenn jemand an den falschen Stellen zustimmend mit den Fingern schnippte, führte das ebenfalls zu verlegenem Schweigen.

»Wo ist Imoshen?«

»Das weiß ich nicht. Vor einer Weile war sie noch hier.«

Ausweichend. Vielleicht war sie gerade jetzt mit ihrem Liebhaber zusammen. Der Zorn tobte durch seine Adern wie flüssiges Feuer. Er ließ Cariah stehen und ging zu Wharrd und Kalleen.

»Wo ist Imoshen, Kalleen?« Würde das Mädchen ihn ebenfalls anlügen?

Wie zur Antwort auf seine unausgesprochene Drohung erstarrte Kalleen. »Sie tut, was nötig ist, um ihrem Volk zu dienen.«

»Und was bedeutet das genau?«

»Man hat sie weggerufen, um bei einer Heilung zu helfen. Vielleicht ist sie schon wieder auf dem Rückweg.«

»Rückweg?«, bellte Tulkhan.

»Aus dem Hospiz.«

Tulkhan beugte sich ein wenig vor. »Imoshen hat in dieser Nacht den Palast verlassen?«

Kalleen nickte. »Ein Heiler aus dem Hospiz am Hafen hat sie geholt. Wo geht Ihr hin?«

»Ich werde sie in den Palast zurückeskortieren.«

Tulkhan wollte sich nicht von einer großen Truppe begleiten lassen, das würde nur Aufmerksamkeit erregen. Zum Glück waren Sahorrd und Jacolm in Hörweite, sie sahen sein Zeichen und folgten ihm nach draußen. Er war sich bewusst, dass viele neugierige Blicke ihm ebenfalls folgten.

Kalleen rannte hinter ihm her wie ein aufgeregter kleiner Vogel. »T'Imoshen ist …«

»In dieser Nacht allein da draußen.« Er packte Kalleen um das dünne Handgelenk. »Was, wenn jemand, der etwas gegen das alte Kaiserreich hatte, sie erwischt?«

»Sie hat eine von der Festungswache mitgenommen«, sagte Kalleen.

»Wen?«

»Crawen.«

Tulkhan fluchte. »Wenn Imoshen allein zurückkehrt, sag ihr, ich möchte mit ihr sprechen.« Er wartete nicht auf eine Antwort.

Eine einzelne Kerze brannte im offenen Eingang zum Hospiz und hieß jeden willkommen, der in Not war.

Imoshen hängte ihren Umhang an einen Haken. »Ich weiß nicht, wie lange es dauern wird, Crawen. Die Küche ist da hinten.«

Rifkin entzündete eine zweite Kerze und führte Imoshen eine schmale Treppe hinauf zu einer kleinen Tür. Er kratzte leise daran, bevor er beiseite trat.

Imoshen ging allein in das kleine Zimmer und schloss die Tür wieder hinter sich. Auf einem Tisch mit unzähligen Glastiegeln voll getrockneten oder pulverisierten Kräutern brannte eine Kerze. Der einzige Anwesende war ein Bettler, der auf der niedrigen Pritsche lag. Imoshen lächelte in sich hinein. Es kam ihr ganz richtig vor, dass die Höchsten gerufen wurden, um den Niedrigsten zu dienen. Das stand für alles, was im alten Kaiserreich gut und richtig gewesen war.

Imoshen hob die Kerze und trat näher. »Wie kann ich dir helfen, Großvater?«

Der Bettler blickte auf und erhob sich langsam, schien sich immer weiter zu erheben, bis er schließlich größer war als sie. Dann strich er die Kapuze seines Bettlerumhangs zurück, und Imoshen sah silbriges Haar, ausgeprägte Wangenknochen und weinrote Augen.

»Ich bin es, der gekommen ist, um dir zu helfen, Imoshen.«

»Reothe.« Sie hatte seinen Namen ausgesprochen, ohne es zu wollen. Sie bekam kaum mehr Luft. Hatte der Heiler sie betrogen? Aber Rifkin hatte vielleicht genau das gesehen, was sie als Erstes gesehen hatte – einen Bettler.

Der Rebellenführer trat vor, und seine Augen glitzerten im flackernden Kerzenlicht. Jedes Mal, wenn Imoshen Reothe sah, wurde sie an ihre eigenen T'En-Züge erinnert und daran, wie die Echtmenschen sie wohl sahen. Heute Abend wirkte er ätherisch und streng, inspiriert von einem inneren Feuer wie ein legendärer Krieger aus dem T'Elegos.

»Ich habe gehört, dass der General die Strahlende Insel

für sich beansprucht und dich gezwungen hat, ihn zu akzeptieren«, flüsterte Reothe eindringlich. »Diese Ghebiten haben keinen Respekt für die T'En-Frauen, sie haben überhaupt keinen Respekt vor Frauen. Komm mit mir, Imoshen.«

»Das kann ich nicht.«

Er griff nach ihrer freien Hand, hob sie an die Lippen. Sie spürte seinen warmen Atem auf ihren Knöcheln.

»Warum nicht? Das letzte Mal hast du dich geweigert, weil du sinnloses Blutvergießen vermeiden wolltest. Aber da der General von seinen eigenen Leuten verraten wurde, kann er nicht mehr auf Verstärkung aus Gheeaba zurückgreifen, um sich uns zu widersetzen. Komm heute Nacht mit mir, und wir werden ihn bis zum Mittsommer von der Insel verjagt haben und unser Verlobungsgelübde erfüllen.«

»Nein.«

»Denk doch nach, Imoshen! Gemeinsam könnten wir so viel mehr sein als getrennt«, drängte Reothe.

Seine Intensität ließ sie erbeben. Imoshen sah beinahe vor sich, was er mit seinen Worten heraufbeschwor. Die Strahlende Insel wieder in den Händen der T'En, Reothe als Mitherrscher an ihrer Seite. Plötzlich schien es nicht nur möglich, sondern die einzig erträgliche Lösung zu sein.

»Lass das!«, zischte sie und entzog ihm ihre Hand. »Ich werde nicht zulassen, dass du deine Gabe benutzt, um mich zu beeinflussen. Ich muss meine eigenen Entscheidungen treffen!«

Er kniff die Granataugen zusammen. »Die Logik sagt mir, dass General Tulkhan die Strahlende Insel nicht ohne Unterstützung aus Gheeaba halten kann. Die Logik sagt mir, dass das Volk sich hinter uns vereinen wird, wenn wir vereint sind. Würdest du dich mit einem ghebitischen Eindringling gegen dein eigenes Blut verbünden?«

Imoshen wurde schwindlig.

»Wir können es schaffen, Imoshen. Komm mit mir, noch heute Nacht.«

Reothes leidenschaftliche Willenskraft prägte seine Züge. Sie hätte in seinen Augen ertrinken können. Und noch schlimmer, sie befürchtete, dass er Recht hatte.

»Es war falsch von den Ghebiten, unsere friedliche Insel zu erobern«, flüsterte Reothe und streichelte mit dem Daumen über ihren Handrücken. »Sie haben unsere Zukunft gestohlen. In diesem Frühjahr hätten wir unsere Schwüre vor deiner Familie ablegen sollen.«

Imoshen stöhnte.

Tulkhan eilte durch die Straßen von T'Diemn, Wharrd und Jacolm an seiner Seite und Sahorrd, der als Einziger eine Laterne trug, hinter ihnen. Die breiteren Straßen waren bei Nacht beleuchtet, aber am Hafen würde es finster sein.

Als sie die befestigte Brücke überquerten, auf der zu beiden Seiten Läden und Häuser klebten, waren dort alle Fenster und Türen verschlossen und verbarrikadiert. Die oberen Stockwerke der Häuser stießen beinahe zusammen und schlossen das Licht des abnehmenden größeren Mondes aus.

»Das Hospiz am Hafen befindet sich in der übelsten Gegend der Stadt und beherbergt vor allem Seeleute«, sagte Wharrd, als sie unter dem Brückenturm durchkamen. »In den Tavernen am Hafen haben sich Fremde herumgetrieben und Fragen über Euch gestellt, General. König Gharavan wird keine Ruhe geben …«

»Du glaubst, meinen Halbbruder verlangt es nach Rache? Aber warum? Er hat den Rest des ghebitischen Reiches. Ich habe mir nur die Strahlende Insel genommen.«

»Und seinen Stolz. Ihr habt ihn vor seinem Gefolge gedemütigt und davonjagt!«

Tulkhan schüttelte den Kopf. Es fiel ihm immer noch

schwer, die Taten seines Halbbruders mit dem Jungen, dem er das Reiten beigebracht hatte, in Verbindung zu bringen.

Als sie aus dem Bogengang herauskamen, der unter dem Turm hindurchführte, rannten ein Dutzend Lehrlinge um die Ecke und begannen, sie anzurempeln. Die Betrunkenen lachten und fuchtelten mit Fackeln und mit farbgetränkten Besen herum. Sechs junge Leute tanzten um Tulkhan herum und sangen ein Lied, das die Silberschmiedsgilde pries und über andere spottete. Farbe tropfte auf Tulkhans Stiefel.

Plötzlich kam eine andere Lehrlingsbande mit anderen Masken aus der gegenüberliegenden Gasse, ebenfalls mit Pinseln und Besen bewaffnet. In dem Durcheinander verlor Tulkhan seine Männer aus den Augen.

Lachende Gesichter mit Masken, die verrutscht waren, versuchten ihn aufzuhalten, aber er drängte sich durch, weil die Angst um Imoshen ihn trieb.

Nachdem er die Menge hinter sich gelassen hatte, begann er zu rennen, eine Hand auf dem Schwertgriff. Bei seinen Versuchen, bessere Verteidigungsanlagen für die Stadt zu entwickeln, hatte er sich genügend mit dem Plan befasst, um das Hospiz auch allein finden zu können. Er hetzte schmale Gassen entlang, immer auf den Geruch von Brackwasser zu. Er bog um eine weitere Ecke und sah die offene Tür des Hospizes vor sich, trüb beleuchtet von der einzelnen Kerze.

Vielleicht irrte er sich ja, und die ganze Angelegenheit war vollkommen harmlos. Vielleicht wurde Imoshen wirklich nur als Heilerin gebraucht. Er hörte hinter einer geschlossenen Tür Lachen und marschierte den Flur entlang. Als er die Tür aufriss, fand er sich Crawen und einem Heiler gegenüber, die zusammen Glühwein tranken und Kuchen aßen. So viel also zur Sicherheit.

»Wo ist T'Imoshen? Ich bin hier, um sie in den Palast zurückzubegleiten.«

»Hier entlang.« Eilig stellte der Heiler seinen Wein weg. Crawen war aufgesprungen, eine Hand am Schwertgriff.

»Spar dir die Mühe«, fauchte Tulkhan.

»Sprich nicht von meiner Familie.« Imoshen schloss die Augen, um Reothe auszuschließen. Mit großer Willensanstrengung entzog sie ihm auch ihre Hand. »Sprich nicht von dem, was hätte sein können. Die Ghebiten sind hier. Die Strahlende Insel hat sich ergeben. Was du von mir verlangst, würde unserem Volk nur mehr Krieg bringen, Reothe, noch mehr Blutvergießen.«

»Es wäre wenigstens etwas, wofür es sich zu sterben lohnt. Es wäre nicht das erste Mal, dass die T'En ihr Leben für ihr Volk geben. Die Paragianische Garde opferte sich für die Sicherheit der Strahlenden Insel. Wir sind doch bestimmt ...«

»Reothe?« Imoshen packte seinen Arm. Sie sehnte sich danach, ihm von ihrer Begegnung mit den Parakletos in den Katakomben zu erzählen, aber sie schämte sich zu sehr, um von ihrer Feigheit berichten zu können. »Ich habe eine Totenzeremonie vollzogen. Ich habe die Parakletos gerufen. Als sie kamen ...« Sie schauderte. »Sie sind nicht die wohlwollenden Geschöpfe, von denen die Kirche spricht.«

Er lachte grimmig. »Sie haben in dieser Welt keine Macht. Aber sobald der Schleier gefallen ist, musst du vorsichtig sein, denn sie werden versuchen, dich mit sich in den Schatten des Todes zu ziehen.« Plötzlich hatte er einen gehetzten Ausdruck in den Augen. »Ich bin den Parakletos in ihrer Welt begegnet, und ...«

»Aber ich dachte, niemand könnte von dort entkommen?«

Er starrte sie an, und ein Schauder überlief sie, denn seine Augen waren Fenster zum Schatten des Todes. Dann war es wieder vorüber, und er lächelte grimmig. »Das

Meiste von dem, was die Kirche lehrt, ist verzerrt oder schlicht und ergreifend unwahr.«

»Das hatte ich bereits angenommen, aber ... ich kann einfach nicht glauben ...«

»Glaub mir. Es gibt so vieles, was ich dir zeigen könnte.« Er wurde vertraulicher. »Niemand kann dir geben, was ich dir geben kann, Imoshen.«

Sie konnte sich nicht von seinem Blick losreißen.

»Das hier ist unsere Chance. Wir können noch in dieser Nacht den Verlauf der Geschichte beeinflussen. Meine Rebellen haben sich in der Stadt versteckt und warten auf Befehle. Ich könnte uns in den Palast bringen, ins Schlafzimmer des ghebitischen Generals. Im Morgengrauen wäre er tot, seine Elitegarde gefangen, und der kaiserliche Palast würde wieder uns gehören. Stell dir das vor, Imoshen, wenn General Tulkhan nicht mehr da wäre ...«

»Aber das wäre Mord!«

Er lachte. »Wir sind im Krieg!«

Imoshen wandte sich ab, eine Vision von Tulkhan vor Augen, wie er ermordet in seinem Bett lag. Sein Blut floss auf die Laken, all seine Träume, seine Leidenschaft ausgelöscht. Tulkhan! Selbst jetzt glaubte sie, seine Stimme zu hören. Erschrocken ging sie zur Tür und riss sie auf. Sie war verblüfft, ihn zusammen mit dem Heiler auf der Treppe zu sehen. Die breiten Schultern des Generals füllten den engen Flur, beinahe, als hätte sie ihn mit ihren Gedanken heraufbeschworen.

»Eure Eskorte ist hier, T'Imoshen«, sagte Rifkin. »Wie geht es dem Bettler?«

Imoshen wusste nicht, was sie tun sollte.

Rifkin und Tulkhan warteten bereits darauf, dass sie beiseite trat und sie hereinließ. Der General stieß die Tür auf und spähte an ihr vorbei ins Zimmer. Schatten hingen in den Ecken des kleinen Raums, aber niemand verbarg sich dort.

»Er ist weg.« Imoshens Kehle war so trocken, dass sie kaum ein Wort herausbrachte. Sie zeigte auf den Tisch und die Gläser darauf. »Ich hatte gerade damit begonnen aufzuräumen.«

Tulkhan ging an ihr vorbei zum Fenster und schaute nach unten.

»Auf diese Weise ist er sicher nicht gegangen«, meinte Rifkin. »Da unten ist nur der Fluss. Er ist wohl hinausgeschlüpft, als ich mit Crawen in der Küche saß.«

Imoshen begriff, dass Reothe in den Fluss gesprungen war. In seiner Bettlerverkleidung konnte er höchstens ein Messer bei sich gehabt haben. Und woher hätte er wissen sollen, dass Tulkhan nicht von einem Dutzend Elitegardisten begleitet wurde?

»Dann kannst du jetzt gehen?« Tulkhan drehte sich zu Imoshen um. »Komm mit.«

Er drückte ihr die Kerze in die Hand und zog sie aus dem Zimmer.

Imoshen schützte die Flamme vor Zugluft, als sie die Treppe hinuntereilten. Am Eingang wartete Crawen schon auf sie. Tulkhan gestattete Imoshen kaum, sich von dem Heiler zu verabschieden, bevor er sie auf die Straße hinausführte, wo ihre einzelne Kerze nur eine kleine Lichtpfütze warf.

»Ich weiß wirklich nicht, was in dich gefahren ist, ausgerechnet in dieser Nacht allein herumzulaufen!«

»Man hat mich um meine Hilfe gebeten.«

»Was, wenn es ein Trick gewesen wäre?«

»Ich habe meine Wache mitgenommen. Außerdem habe ich Heiler Rifkin vertraut.« Ein Fehler, den sie wohl kaum wieder machen würde, dachte sie bei sich.

Plötzlich bog eine Gruppe Bewaffneter um die Ecke. Imoshen spannte sich an, nahm Kampfstellung ein.

»General!«, rief Wharrd. »Ihr hättet auf uns warten sollen.«

Fröhliches Lachen erklang auf der Straße, und die Antwort des Generals ging darin unter.

»Hier.« Tulkhan riss Imoshen die Kerze aus der Hand und löschte sie. Er griff nach Sahorrds Laterne und reichte sie ihr. »Trag du die Laterne, damit Sahorrd den Schwertarm frei hat. Komm.«

Imoshen war beschämt. Das war klar und deutlich gewesen. Tulkhan hielt sie für nutzlos, bestenfalls für fähig, die Laterne zu tragen, und Crawen ignorierte er vollkommen.

Als mehrere lachende Lehrlinge um eine Ecke bogen und auf sie zurannten, packte Tulkhan Imoshens freien Arm und riss sie mit sich.

Sie wollte erklären, dass der Sinn dieser Nacht nur darin bestand, Spaß zu haben und sich über die Autoritäten lustig zu machen. Aber der Schritt, den Tulkhan anschlug, war so gnadenlos, dass sie sich die Worte lieber sparte. Außerdem hörte sie Glas klirren und einen schrillen Schrei, der bewirkte, dass ihr Herz schneller zu schlagen begann.

Tulkhan bewegte sich so schnell, dass sie kaum mit ihm Schritt halten konnte. Nur die Tavernen und die etwas anrüchigeren Teehäuser hatten geöffnet und ergossen Licht und Gäste in die Straße hinaus. Liederfetzen und Gelächter erhoben sich in die ansonsten stille Nachtluft. Imoshen wusste nicht mehr, wo sie sich befand. Dann erkannte sie plötzlich einen Laden. Sie liefen auf die befestigte Brücke zu. Bald würden sie sich in den hell beleuchteten Straßen des alten T'Diemn befinden.

Aber noch bevor sie die Brücke erreichten, stürmten ein Dutzend oder mehr Feiernde, ihren Umhängen und Masken nach zu schließen Schüler, aus einer Gasse grölend auf sie zu.

»Lauf, Imoshen!« Tulkhan eilte vor ihr her.

Sie folgte ihm, halb taumelnd von ihren Bemühungen, sich noch mehr zu beeilen, und die Laterne schwankte hin und her. Dem Rufen und Lachen hinter ihnen konnten sie entnehmen, dass man die anderen festgehalten hatte. Vermutlich bemalte man ihnen die Gesichter oder andere Teile ihrer Anatomie.

Imoshens Stiefel trafen die Steinbrücke mit hohlem Klang, der von den Ladenfronten widerhallte. Als Tulkhan etwas langsamer wurde, nutzte sie die Gelegenheit, Atem zu holen. Eine Gruppe Maskierter kam aus dem dunklen Eingang eines Ladens und stolperte betrunken auf sie zu.

Als Tulkhan fluchte, wurden die Feiernden ärgerlich. Der General packte Imoshen wieder am Arm. Morgen würde sie blaue Flecken haben. Sie strengte sich an, die unteren Gesichtshälften der Maskierten zu erspähen.

Drei Schritte, zwei ...

Das Zischen von Schwertern, die gezogen wurden, erfüllte sie mit Entsetzen. Tulkhan hatte das Schwert bereits in der Hand. Sie konnte sich nicht erinnern, gesehen zu haben, wie er es zog.

»Bleib hinter mir.« Er schob sie in einen Eingang.

Imoshen holte ihr Messer heraus. Aber damit hatte sie nicht die Reichweite eines Schwerts, und wenn sie wagte, es zu werfen, hatte sie keine Waffe mehr.

Eine Gestalt griff an. Tulkhan parierte und schlug zu. Es gab keine Zeit für Feinheiten. Lachende, spöttische Masken über grimmigen Mündern, tänzelten ihre Angreifer mit tödlicher Absicht um sie herum.

Imoshen stach mit dem Messer nach einem besonders Eifrigen, dann schlug sie mit der Laterne zu, um Tulkhans ungeschützte Linke zu verteidigen. Der Gegenschlag des Angreifers riss ihr die Laterne aus den Fingern. Als sie auf den Boden fiel, trug das verspritzende Öl blaue Flammen mit sich, die sich gierig in die Kleidung des Mannes fraßen.

»*Feuer!*«, schrie Imoshen. Das würde helfen, die Einwohner der Brücke vor die Tür zu bringen. Häuser und Läden waren aus Holz gebaut. »*Feuer!*«

Tulkhan trat dem nächststehenden Angreifer gegen den Oberschenkel und sprang zur Mitte der Brücke.

»Jetzt, Imoshen! Lauf!«

Imoshen hatte freie Sicht und warf ihr Messer nach dem dritten Angreifer. Tulkhans Gegner kam wieder auf die Beine. Imoshen riss sich den Umhang ab und warf ihn dem Mann ins Gesicht, bevor sie floh. Die schweren Schritte von Tulkhans Stiefeln sagten ihr, dass er ihr folgte.

Sie rannte die dunkle Brücke entlang und auf die Lichtpfütze dahinter zu. Mondlicht beleuchtete einen Hof. Dahinter führte ein schmaler Gang durch das Tor zum alten T'Diemn.

Als sie sich umdrehte, wäre sie fast auf dem Kopfsteinpflaster ausgerutscht. Ihre Angreifer folgten ihnen, und hinter ihnen näherten sich noch weitere Gestalten – Imoshen hätte nicht sagen können, ob es die anderen Ghebiten oder feiernde Schüler waren.

»Schnell!« Tulkhan zog sie in einen dunklen Gang. Beinahe blind rannten sie auf den Halbmond von Licht am Ende des Tunnels zu.

Unter der Straßenlampe zögerten sie. Vor ihnen lagen zwei Wege, der eine führte auf die Ringstraße, die innen um die Mauer der alten Stadt verlief, der andere auf einen Platz, wo Fackeln und Menschen zu sehen waren.

»Hier entlang.« Sie wollte auf den Platz zurennen.

»Nein, Imoshen.«

Sie ignorierte ihn.

Zorn und Angst erfüllten Tulkhan. Er wollte keinen Platz voll potenzieller Attentäter betreten, voll maskierter Feinde, die sich hinter lachenden jungen Männern und Frauen verbargen. In dieser Menge konnte ihnen jemand zu nah kommen und ihm oder Imoshen ein Messer zwischen die Rippen stoßen. Aber ihre Angreifer hatten sie beinahe eingeholt, und seine Männer waren nirgendwo in Sicht. Fluchend über Imoshens Impulsivität folgte er ihr.

Sie betrat den Platz drei lange Schritte vor ihm, ihr Silberhaar schimmerte im Fackellicht. Ohne sich aufhalten zu lassen, brach sie durch eine Reihe von Tänzern und riss jemandem eine brennende Fackel aus der Hand. Eine Fackel war unter diesen Umständen keine schlechte Waffe. Tulkhan schubste einen jungen Mann beiseite und hastete weiter, um ihr zu folgen. Er griff sich ebenfalls eine Fackel. Aber die Tänzer waren stehen geblieben. Sie zeigten auf Imoshen, als diese auf den Rand des Brunnens sprang.

Tulkhan spürte die Ehrfurcht eines Volkes, dem man beigebracht hatte, die kaiserliche Familie der T'En beinahe für Götter zu halten.

»T'Imoshen!«, riefen die Leute. Freudig drängten sich die Feiernden vorwärts und zogen Tulkhan mit sich. Arme streckten sich nach Imoshen aus. Noch während der General zusah, hoben sie sie vom Brunnen und trugen sie hoch auf den Schultern. Jubelnde, tanzende Menschen umgaben ihn. Er sah, wie Imoshen sich in der Menge nach ihm umschaute und winkte ihr. Sie erwiderte sein Zeichen.

»Zum Palast!« Imoshen zeigte mit der Fackel in diese Richtung.

Tulkhan war beinahe überwältigt vor Erleichterung, als die Menge auf ihren Ruf hörte. Sie stimmten einen Gesang an und drängten sich durch die Straßen auf den Palast zu.

Der General starrte in die maskierten Gesichter, die ihn umgaben, und versuchte, die Masken ihrer Angreifer wiederzuerkennen. Eingezwängt wie er war, konnte er sich kaum bewegen, nicht einmal sein gezogenes Schwert einsetzen, aber zumindest brachte man Imoshen zurück in Sicherheit. Die singenden, lachenden Menschen trugen Imoshen über den Platz und setzten sie auf der Palasttreppe ab, wo sie ein weiteres Lied begannen, sich beieinander einhakten und hin und her schwankten, als wäre das eine Art von Ritual.

Tulkhan drängte sich durch die Menge bis zur Treppe hin. Er sah Überraschung auf den unmaskierten Gesichtern derjenigen, die ihnen am nächsten standen. Als Imoshen ihn an ihre Seite zog und ihn auf die Wange küsste, rissen mehrere ihre Masken ab, und warfen sie in die Luft.

Imoshen hob die brennende Fackel hoch und zischte ihm zu: »Lächle, General. Diese Menschen hier haben uns das Leben gerettet.«

»Mein Leben wäre überhaupt nicht in Gefahr gewesen, wenn du dich nicht allein davongemacht hättest!«

Mit zornig blitzenden Augen warf sie den Kopf zurück.

Er hätte sie am liebsten geschüttelt, um ihr klar zu machen, wie nah sie dem Tod gewesen waren.

»Du solltest mir vertrauen, General.«

Licht fiel auf die Palasttreppen, als die Tore zum Haupteingang aufgingen. Imoshen löste sich von Tulkhan, um mit den verblüfften Dienern zu sprechen, dann kehrte sie an seine Seite zurück und ergriff seine Hand. »Sing, General. Sie singen von ihrer Liebe für die Strahlende Insel.«

Er begriff, dass das, was er für ein Sauflied gehalten hatte, tatsächlich ein Tribut an ihre Heimat war. Bis zum nächsten Refrain war er imstande mitzusingen.

Dann verklangen die letzten Töne des Liedes, und die Menge blickte erwartungsvoll zu ihnen auf. Tulkhan spannte sich an. Menschenmengen waren nie so recht zu durchschauen. Dann hörte er Geräusche hinter sich.

»Gerade rechtzeitig«, murmelte Imoshen erleichtert. Sie ließ seine Hand los, um den Dienern Anweisungen zu geben. »Geht hinaus in die Menge und serviert ihnen, was ihr habt.«

Tulkhan sah zu, wie eine lange Reihe von Dienern an ihm vorbeizog, beladen mit Tabletts voll Essen. Die Feiernden jubelten und warteten mit erstaunlicher Höflichkeit, bis sie an der Reihe waren. Das Volk der Strahlenden Insel überraschte ihn immer wieder.

»Jetzt können wir uns davonschleichen«, flüsterte Imoshen und ging die Treppe hinauf.«

Er folgte. Ihre Schritte hallten in der marmorgetäfelten Eingangshalle wider. Tulkhan zog Imoshen in ein Vorzimmer, riss ihr die Fackel aus der Hand und warf sie neben seine eigene in den Kamin. »Wenn diese Angreifer auf der Brücke nicht auf uns gewartet haben, auf wen sonst?«

»Diebe, die eine Gruppe Betrunkener überfallen wollten?« Sie zuckte mit den Achseln. »Woher soll ich das wissen? Und was ändert es schon? Wir leben noch.«

Das aufgeschichtete Holz in der Feuerstelle begann zu brennen. Imoshen trat näher heran und streckte ihre Hände zur Wärme aus. Sie schauderte.

Selbstverständlich war ihr kalt. Sie hatte ihren Umhang einem Angreifer entgegengeschleudert, um Tulkhan Zeit zu verschaffen. Sie hatte an seiner Seite dem Tod ins Auge geschaut. Tulkhan musste sie gegen seinen Willen bewundern. Er wusste von keiner ghebitischen Frau, die sich so verhalten hätte oder die auch nur imstande gewesen wäre, so klar zu denken wie Imoshen. »Imoshen?«

Als sie zu ihm aufblickte, lag in ihren Augen noch der Schrecken über die Gefahr, der sie gerade entkommen waren. Bevor er sich bremsen konnte, breitete Tulkhan die Arme aus, und sie ging zu ihm. Es stimmte, sie war eine Dhamfeer, die vom Volk verehrte T'En-Prinzessin, aber sie war auch Imoshen und nicht annähernd so selbstsicher, wie sie vorgab.

»Imoshen? Bist du unverletzt?«

Mit einem leisen Schluchzen vergrub sie ihr Gesicht an seinem Hals. Ihr heißer Atem und ihre Tränen wärmten seine Kehle.

»Wie oft muss ich noch den Schatten des Todes durchqueren?«, flüsterte sie.

Darauf wusste Tulkhan keine Antwort.

Tulkhan hatte sich den Adligen aus Keldon und seinen ghebitischen Truppen angeschlossen, um sich einen sportlichen Wettkampf der T'En anzusehen. Er fand in einer Halle statt, die nur zu diesem Zweck errichtet worden war und in der sich auf drei Seiten Sitzgelegenheiten nach oben zogen.

Diese Sportart war ein weiteres Beispiel für die Absurdität der T'En. Gespielt wurde mit flachen Paddeln und Bällen, und die Regeln waren reichlich obskur. Es gab viele Erklärungen, wie die Punkte vergeben wurden, und höhnisches Lachen seiner eigenen Männer, die das alles für kindisch hielten.

Tulkhan bemerkte, dass Imoshen von einem Diener eine Botschaft entgegennahm. Würde sie jetzt gehen und sich mit ihrem Geliebten treffen?

Als sie davonschlüpfte, beschloss Tulkhan, dass es an der Zeit war, die Wahrheit herauszufinden. Die Hand auf dem Schwertgriff ging er die lange Galerie zu dem Flügel mit den Schlafzimmern entlang. Imoshen war weit vor ihm, glitt lautlos durch die Strahlen der Nachmittagssonne, die durch die schmalen Fenster hereinfielen. Selbst in diesem Verbindungsflur hatten die T'En ihrer Liebe zur Schönheit gefrönt. Lebensechte Landschaften mit fantastischen mythologischen Gestalten füllten jede Nische.

Imoshen betrat den Flügel mit den Schlafzimmern, und Tulkhan wartete, bevor er ihr folgte. Wenn sie ihm untreu war, dann wollte er sie auf frischer Tat ertappen, bei etwas, wofür sie keine Ausrede finden konnte.

Mit laut klopfendem Herzen marschierte er die Treppe hinauf, voller Angst vor dem, was er entdecken würde. Als Ghebite würde Tulkhan nicht mit der Ehrlosigkeit ihres Verrats leben können. Er würde erst sie und dann sich selbst töten müssen.

Als Imoshen Cariahs Schlafzimmer betrat, wandten sich drei junge Männer ihr zu.

»Ich habe hier die Empfehlungsschreiben«, sagte Cariah.

Imoshen griff nach den Dokumenten und sagte: »Eure Aufgaben als Übersetzer werden nicht leicht sein. Die Ghebiten …«

Die Tür wurde aufgerissen und krachte gegen die Wand. In der darauf folgenden Stille blieb General Tulkhan im Eingang stehen, das nackte Schwert in der Hand.

Imoshen blickte entsetzt auf. Er hatte doch sicher nicht angenommen, dass sie sich in Gefahr befand, nicht hier im Palast! Vielleicht gab es irgendeine Intrige, von der sie nichts wusste. Imoshen wurde kalt, als sie begriff, dass er die Tür aus den Angeln gerissen hatte. Offenbar hatte er wirklich um ihr Leben gefürchtet. Der General beäugte die anderen Anwesenden misstrauisch und steckte dann sein Schwert ein. »Was machst du hier, Imoshen?«

»Ich spreche mit Übersetzern.«

»In Baroness Cariahs Schlafzimmer?«

Imoshen sah Ärger voraus und wandte sich den jungen Männern zu. »Geht jetzt. Ich werde mich mit Euch in Verbindung setzen.«

Einer der Männer nahm ihr sein Empfehlungsschreiben aus der Hand. »Es war ein Missverständnis. Ich könnte nicht mit Leuten zusammenarbeiten, die …« Er warf Tulkhan einen Blick zu und huschte dann nach draußen, gefolgt von den beiden anderen.

Der General ging auf Imoshen zu und nahm ihr die restlichen Dokumente ab. Während er sie stirnrunzelnd betrachtete, warf sie Cariah einen nachdenklichen Blick zu.

Aber Cariah legte nur den Kopf schief, als die Glocken der Basilika erklangen. »Ist das schon die Halbstundenglocke? Ich muss gehen, sonst komme ich zu spät zu meiner Verabredung mit Sahorrd.«

»Sahorrd? Ich dachte, es wäre Jacolm«, murmelte General Tulkhan, aber Cariah war schon verschwunden.

»Was ihre Liebhaber angeht, komme ich nicht mehr mit«, sagte Imoshen.

Er sank auf den Stuhl. »Was sind das für Empfehlungsschreiben?«

»Ich habe versucht, taktvolle Übersetzer zu finden, die deinen Offizieren helfen können, wenn sie ihre Ländereien übernehmen.«

»Das war es, was du an diesen Nachmittagen immer gemacht hast?«, wollte er plötzlich wissen.

Sie zögerte, überrascht von seinem drängenden Tonfall. »Ich habe versucht, nach der Zeremonie mit dir darüber zu sprechen, aber ...«

»Warum hast du es mir nicht gesagt?«

Sie erkannte den Schmerz in seiner Stimme. Als Heilerin bestand ihre instinktive Reaktion darin zu trösten. Sie sah ihn an. »Du denkst doch sicher nicht, dass ich hier im Palast in Gefahr war? Oder hast du etwas von einer Verschwörung gegen mein Leben gehört?«

»Eine Verschwörung?«

»Du bist hier mit gezogener Waffe hereingestürzt ...«

Er unterdrückte ein verbittertes Lachen.

Nervös wich sie zurück. »Ich ... ich verstehe das nicht, General.«

Fluchend sprang er auf und marschierte auf die Tür zu.

Plötzlich wich ihre Verwirrung dem Zorn. »Im alten Kaiserreich haben wir Freundlichkeit nicht mit mürrischem Benehmen vergolten.«

Er drehte sich um. »So siehst du uns also? Als Barbaren, die Kindermädchen brauchen?«

»Nein!« Sie hatte den Schrei ausgestoßen, bevor sie sich bremsen konnte. »Hier ging es ebenso um mein Volk wie um deines. Deine Männer sind treue und fähige Offiziere, aber sie sind nicht wie du.«

»Und wie bin ich, Imoshen?«

Mit klopfendem Herzen holte sie tief Luft. Das hier war

ihre Chance. Sie hatte mit ihm sprechen wollen, frei von Gefolge und höfischem Protokoll, aber plötzlich fand sie seinen finsteren Blick Furcht einflößend.

»Was bin ich für *dich*, Imoshen?«, fragte er und trat wieder näher, um ihr ins Gesicht zu sehen.

Entschlossen begegnete sie seinem Blick. Wenn sie überhaupt noch etwas retten wollte, dann musste sie ehrlich sein. Als sie schließlich sprach, kamen ihre Worte aus einem tiefen Bedürfnis zu glauben, dass es sich um die Wahrheit handelte, denn wenn das nicht der Fall war, hatte sie all ihre Hoffnungen und Pläne auf Sand gebaut. Sie schluckte ihre Angst hinunter und ging näher zu ihm hin. »Du bist ein gerechter und guter Echtmann, der versucht zu tun, was für die gesamte Strahlende Insel das Richtige ist und nicht nur für deine eigenen ghebitischen Soldaten.«

So etwas wie ein Stöhnen kam über seine Lippen, als er sie an sich drückte.

In seiner Umarmung wurde ihr plötzlich warm. Früher einmal hatte sie gedacht, sie könnte ihn an sich binden, indem sie sein Kind empfinge, aber es war komplizierter als das. Sie konnte spüren, wie sein Herz unter ihrer Handfläche hämmerte, die sie auf seine Brust gelegt hatte. Im Augenblick wollte sie nichts anderes, als dass er sie weiter festhielt.

Aber sie musste Antworten hören. Sie entzog sich ihm. »Warum bist du so kalt zu mir gewesen? Was ist es, das du mir verschweigst?«

Seine Lippen fanden die ihren und erstickten ihre Fragen, erstickten alle zusammenhängenden Gedanken. Begierde flackerte in ihr auf. In diesem Augenblick wollte sie nur noch alles vergessen. Nur das hier war echt, diese Leidenschaft und dieser Mann.

Sie spürte, wie Tränen hinter ihren geschlossenen Lidern hervorquollen, aber das interessierte sie nicht. Alles, was auf ihr gelastet hatte – der Starrsinn der Adligen aus Keldon und ihre unausgesprochene Kritik an ihr, das Wissen, dass alles, was sie tat, von ausländischen Botschaftern genauestens beobachtet wurde, während sie darüber debattierten, ob sie den Rebellen T'Reothe oder den ghebitischen General unterstützen sollten ... Ob etwas richtig oder falsch war, kümmerte diese pragmatischen Politiker nicht – sie waren nur an Ergebnissen interessiert. Aber all das konnte sie ertragen, wenn sie nur wusste, dass der General ihr vertraute.

Imoshen ergab sich der Gier seines Kusses. Sie wusste, dass sie einander nicht so berühren sollten, jetzt, da ihre Bindungszeremonie kurz bevorstand, aber sie musste seine Begierde nach ihr einfach spüren. Er nahm ihren Kopf in beide Hände und streifte zärtlich ihre Wangen mit dem Daumen.

»Weinst du?«

»Nein.« Sie schüttelte den Kopf und hätte sich ihm entzogen, aber er hielt sie am Arm fest. Sie zuckte zusammen. Durch ihren geschlitzten Ärmel konnte er die blauen Flecke sehen.

»Habe ich dir letzte Nacht wehgetan?«

Sie wich seinem Blick aus.

»Verzeihst du mir?«, fragte er mit von Emotionen belegter Stimme.

Imoshen lachte. »Was denn? Ich kann dir doch nicht übel nehmen, dass du dich um meine Sicherheit gesorgt hast.«

Er schüttelte den Kopf, trat einen Schritt zurück. »Ich habe dich an ghebitischen Maßstäben gemessen. Ich hatte schlechte Ratgeber.«

»Die Gesegnete?« Das rutschte ihr raus, ehe sie sich bremsen konnte. Als er beinahe ruckartig zurückwich, biss sie frustriert die Zähne zusammen.

»Ich habe dir doch gesagt, du sollst dich aus meinem Kopf heraushalten.«

»Ich war nicht in deinem Kopf! Ich habe Augen. Ich kann sehen, und ich bin auch nicht dumm, obwohl deine Ghebiten mich so behandeln, als wäre ich das!« Sie hob die zitternden Hände an ihr Gesicht und wischte die verhassten Tränen ab. »Ach, General, gibt es noch Hoffnung für uns?«

»Für uns?«

Imoshen machte einen klägliche Rückzieher. »Für die Strahlende Insel? Dieser Frieden ist so zerbrechlich. Die Kelden beobachten deine Männer wie Falken, suchen nach dem geringsten Fehler, ob eingebildet oder echt. Deine Offiziere scheinen unaufhörlich mit ihrem Aufstieg zu prahlen. Cariah und ich sind hundertmal am Tag damit beschäftigt, die Gemüter zu besänftigen.«

Er schnaubte. »Ich habe gesehen, wie Cariah Gemüter besänftigt. Mit welchem meiner Offiziere war sie denn noch nicht im Bett?«

»Ich glaube mit Peirs. Und mit Wharrd«, erwiderte Imoshen automatisch, dann fragte sie sich, warum Tulkhan sie so wütend ansah.

»In Gheeaba würde sich eine Frau in ihrer Stellung keinen Liebhaber nehmen!«

»In Gheeaba ist eine Frau Besitz ihres Vaters, Mannes oder Sohnes. Kein Wunder, dass sie für Männer nichts übrig haben!«

Tulkhan schüttelte den Kopf, aber Imoshen glaubte, in seinen Augen Heiterkeit aufblitzen zu sehen.

»Ach, Imoshen, du hast keine Ahnung!«, sagte er.

Sie war erleichtert, aber dann nahm sie sich zusammen, denn es würde sie nur schwächen, wenn sie seine Zustimmung brauchte. »Dann erkläre mir, was ich nicht verstehe. Vielleicht weiß ich ja vieles über deine Kultur nicht, aber ich kann lernen. Mir nichts zu sagen, macht es uns beiden nur schwerer!«

Er seufzte. »Der Cadre würde behaupten, eine Frau unwissend zu lassen, sei die einzig wahre Freundlichkeit ihr gegenüber, da sie unfähig sei, mit komplizierten Dingen so gut umzugehen wie ein Mann.«

Imoshen lachte laut. »Dieser Cadre ist ein hervorragendes Gegenbeispiel. Er ist viel zu dumm, um die Gesegnete als das zu erkennen, was sie ist. Sie spinnt von der Basilika aus ein gewaltiges Netz der Macht.«

Tulkhan schnaubte, dann rieb er sich schuldbewusst das Kinn und sah Imoshen forschend an.

»Was ist?«, fragte sie und fühlte sich dabei seltsam unbeschwert.

Er schüttelte den Kopf und bot ihr höflich den Arm. »T'-Imoshen?«

Sie legte ihren Unterarm an seinen und ihre Finger auf seine Hand. Königlich neigte sie den Kopf. »General Tulkhan?«

»Ich glaube, im vorderen Hof ist eine Unterhaltungsveranstaltung im Gange, um die neu eingetroffenen Adligen und die Botschafter des Amirats zu begrüßen«, sagte er. »Man erwartet unsere Anwesenheit.«

»Wenn wir Glück haben, ist es fast vorbei, bis wir hinkommen«, flüsterte Imoshen und passte sich seinem Schritt an. Sie warf ihm einen raschen Seitenblick zu und bemerkte, dass er grinste.

»Du bist schrecklich, Imoshen.«

Sie seufzte tief. »Ja. Meine Mutter ist daran auch beinahe verzweifelt. Sie sagte, ich wäre zu wild für den Hof.«

Er drückte ihr die Hand. »Dann wirst du beweisen müssen, dass sie Unrecht hatte.«

Kummer trübte Imoshens gute Laune. Er hatte Recht. Sie würde in diesem kunstvollen Spiel des höfischen Lebens Erfolg haben müssen, denn das Schicksal der Strahlenden Insel würde sich hier entscheiden, zwischen den einzelnen Fraktionen. Aber sie sehnte sich zurück nach ihrem schlichten Leben in der Festung, das nun unwiederbringlich verloren war. Wenn die Ghebiten die Strahlende Insel nicht erobert hätten, dann hätte sie sich im Frühjahr mit Reothe verbunden. Der Gedanke bewirkte, dass sie errötete.

Würde Reothe es wagen, sich ohne ihre Unterstützung gegen Tulkhan zu wenden? Wegen der höfischen Etikette des alten Kaiserreiches hatte sie Reothe nicht so gut kennen lernen können, wie sie nun den General kannte, aber sie musste zugeben, dass sie sich zu ihm hingezogen fühlte. Sie teilten dasselbe Erbe, doch das allein erklärte nicht alles.

7

Als es an der Tür kratzte, schob Tulkhan seine Pläne für die Verteidigung der Hauptstadt verärgert beiseite. Er verfluchte die Palastdiener mit ihren kleinen metallenen Türkämmen, die auf leisen Sohlen umherschlichen und sich schmeichlerisch verbeugten, während sie hinter seinem Rücken über ihn spotteten. »Herein.«

Imoshen trat ein und legte einen Stapel Papiere auf seinen Tisch. »Ich habe fünfzehn Übersetzer ausgewählt, unter denen du deine Wahl treffen kannst.«

Tulkhan war nicht so recht davon überzeugt, dass seine Männer den Rat ihrer Übersetzer annehmen würden. Er selbst hätte gern Wharrds Meinung dazu eingeholt. Aber nach ihrer Bindungszeremonie und den darauffolgenden Feiern waren Kalleen und Wharrd dem Brauch gefolgt und hatten sich zu einem Besuch ihrer Ländereien aufgemacht.

Jeden Tag wurde Tulkhan Zeuge, wie Imoshen Botschafter sowohl vom Festland als auch vom Archipel für sich gewann und damit ihre Stellung festigte. Wenn er sich nur hätte sicher sein können, warum sie das tat!

Tulkhan studierte das oberste Dokument. Der Mann beherrschte drei Sprachen und deren Schrift. Im Gegensatz dazu konnten nur die wenigsten seiner Offiziere mehr als ihren eigenen Namen schreiben. Wenn er ihnen einen Gelehrten von der Strahlenden Insel aufdrängte, würden sie das zweifellos als Beleidigung empfinden.

»Du wirst feststellen, dass ich nur Männer ausgewählt habe, um deine Offiziere nicht vor den Kopf zu stoßen«, erklärte Imoshen eifrig, um ihn von ihrem Plan zu überzeugen, aber Tulkhan warf ihr einen misstrauischen Blick zu. »Glaub mir, General, auf der ganzen Strahlenden Insel gibt es niemanden, der treuer zu dir steht als ich!«

»Um des Wohls der Strahlenden Insel willen«, sagte er mit undurchdringlicher Miene.

»Was? Ja sicher, für das Wohl meines Volkes – und für deines.«

»Und wenn du der Ansicht wärest, dass T'Reothe eine bessere Chance hätte, die Insel zurückzuerobern, würdest du ihn ebenso leidenschaftlich und fantasievoll unterstützen wie mich?«

Sie schnappte nach Luft, setzte zum Widerspruch an, aber er schnitt ihr das Wort ab.

»Denk noch einmal darüber nach, bevor du mir antwortest, Imoshen«, warnte er sie. »Denn ich kann es riechen, wenn du lügst.«

Sie schluckte gekränkt.

»Er war dein Verlobter«, fuhr Tulkhan fort. »Du hast dein Keuschheitsgelübde gebrochen.«

»Ich hatte noch kein Keuschheitsgelübde abgelegt. Ich war nicht alt genug dazu!«

»Aber man hat es von dir erwartet.« Der General war unerbittlich. »Deine Ehre war dir jedoch nicht wichtig. Und dann hast du auch den Schwur gegenüber deinem Verlobten gebrochen.

Nun brach der Zorn aus ihr heraus. »Du hast mit einer

Armee vor den Toren meiner Festung gestanden. Du hast damit gedroht, meine Leute umzubringen. Was hätte ich deiner Ansicht nach tun sollen – ihre Seelen meiner persönlichen Ehre opfern?« Bebend holte sie Luft. »Ich habe den Weg des Friedens gewählt.«

»Also sagst du es selbst. Du unterstützt mich nur, weil es notwendig ist.« Er lächelte grimmig. »Und dann wunderst du dich, wieso ich deine Loyalität infrage stelle?«

»Du verdrehst mir die Worte im Mund!«, fauchte sie und starrte ihn wütend an. »Und was immer meine Gründe sein mögen, jetzt stehe ich an deiner Seite. Der Wurm des Zweifels nagt an dir, General, nicht an mir.«

Als er nicht reagierte, verbeugte sie sich höflich vor ihm und wandte sich ab, denn sie musste ihre Tränen verbergen.

»Ich habe von Wharrd gehört. Er und Kalleen haben vor, zu unserer Bindungszeremonie zurückzukehren«, sagte Tulkhan zu ihrem Rücken.

Imoshen zögerte, dann drehte sie sich wieder um. Er saß seitlich am Tisch, die langen Beine zum Feuer hin ausgestreckt. Noch im Sitzen beherrschte er den Raum.

Die Bindungszeremonie …

Er hatte bewusst angesprochen, dass sie einander demnächst näher kommen würden. Sie spürte, wie sie errötete. Bei so heller Haut war es unmöglich, diese Reaktion zu verbergen. Sie sah seinen forschenden Blick.

Herausfordernd starrte sie ihm in die Augen. Das Schweigen dauerte an. Sie spürte, dass er etwas von ihr wollte, wusste aber nicht, was.

Plötzlich reichte er ihr die Unterlagen zurück. »Nimm sie mit. Wenn meine Männer ihre Landsitze übernehmen, werde ich ihnen keine Wachhunde mitschicken.«

Diese Zurückweisung kränkte sie tief. Sie griff nach den Papieren, strich sie glatt. »Die Bauern haben eine ganz eigene Sprache.«

»Dann müssen sie jemanden finden, der die Handelssprache spricht.«

»Aber ...«

»Das genügt!« Er sprang auf und ging zur Tür. »Meine Männer haben nichts mit deinen überkultivierten Gelehrten gemeinsam!«

Zutiefst beunruhigt kehrte Imoshen in ihre Gemächer zurück und legte die Papiere auf ihren Schreibtisch. Wenn sie sich in dieser Sache geirrt hatte, wie konnte sie ihren Instinkten trauen? Sie war verzweifelt. Sie brauchte den Rat von Cariah, die immer einen klaren Kopf bewahrte.

Mit klopfendem Herzen blieb Imoshen an der offenen Tür des Spielsalons stehen, in dem sich die Menschen drängten. Dann holte sie tief Luft und schlenderte beinahe lässig an den Tischen vorbei.

Nachdem sie Cariahs Aufmerksamkeit auf sich gelenkt hatte, benutzte sie die Handzeichen des alten Kaiserreichs, um sie wissen zu lassen, dass sie mit ihr sprechen wollte. Mit großer Eleganz löste sich Cariah aus ihrer Gesellschaft und ging auf die Tür zu einem Nebenzimmer zu.

»Baroness Cariah«, rief Jacolm, »bleibt hier und bringt mir Glück! Sahorrd und ich verlieren ein Spiel nach dem anderen.«

»Später«, antwortete Cariah und ging zu Imoshen.

»Warum bittet er Euch nicht, ihn beim Spiel zu beraten? Dann hätte er vielleicht eine Chance zu gewinnen«, murmelte Imoshen.

Cariah verbiss sich ein Lachen. »Imoshen, Ihr wisst doch, er glaubt, dass dieses Kartenspiel viel zu kompliziert für meinen schwachen Geist ist!«

»Wie könnt Ihr das ertragen? Beweist ihm das Gegenteil!«

Cariahs Lächeln war so sinnlich wie das einer Katze. »Wenn ich dazu bereit bin. Nicht alles kann durch Konfrontation erreicht werden. Nun, was beunruhigt Euch?«

Durch das Fenster des kleinen Nebenzimmers konnte Imoshen auf einen Garten mit kniehohen Hecken und kunstvoll geschnittenen Bäumen hinaussehen – ein klassisches Beispiel für Ordnung und Förmlichkeit im Stil der T'En.

Jacolm und Sahorrd lachten laut; sie jubelten, weil ihre Pechsträhne endlich vorbei war. Das Geräusch machte Imoshen nervös, ließ sie beinahe die Beherrschung verlieren. Sie spürte, wie ihre T'En-Kräfte sich rührten, wie sie in ihr lauerten wie ein ruheloses Tier. Es war mehr, als sie ertragen konnte.

»Fürchtet Ihr Euer T'En-Erbe, Cariah?«, fragte sie abrupt. »Fürchtet Ihr, dass Ihr dabei versagen könntet, es ...«

»Still!« Cariah schloss die Verbindungstür, dann kehrte sie zu Imoshen zurück.

Das Licht, das durch das Buntglasfenster fiel, beleuchtete Cariahs Gesicht, als sie mit blitzenden Augen zu Imoshen herumfuhr. »Wie könnt Ihr da von Versagen sprechen? Bald werdet ihr Mitherrscherin der Strahlenden Insel sein. Ihr steht kurz davor, alles zu erreichen, was man sich wünschen kann. Ihr tragt sogar sein Kind.«

»Woher wisst Ihr das?«

Cariah blinzelte. »Kalleen hat es mir gesagt. Verzeiht mir, wenn ...«

»Kalleen hat es nicht gewusst.«

»Sie hat es aber angenommen. Also habe ich ...«

»Ihr habt was?«, bohrte Imoshen.

Cariah hob einfach die Hand und legte die Handfläche auf Imoshens immer noch flachen Bauch. »Ich habe das heranwachsende Leben gespürt«, sagte Cariah. »Dieses Kind wird Geschichte machen ...«

Imoshen legte ihre eigene Hand auf die der anderen Frau und öffnete ihre T'En-Sinne, zwang sich, dieses kleine Leben selbst zu spüren. Ihr Herz schlug schneller, und dann hatte sie diesen vertrauten Geschmack auf der Zunge, deutlich und beinahe brennend. Cariah keuchte und zog die Hand schnell weg.

»Was ist?«, fragte Imoshen. »Habt Ihr meine T'En-Kräfte gespürt?«

Cariah nickte. »Noch nie habe ich solche starken Kräfte erlebt! Aber Ihr seid auch die einzige reinblütige T'En, die ich kenne. T'Reothe war immer auf See, wenn ich bei Hof war, also bin ich ihm nie begegnet, obwohl ich Gerüchte gehört habe.« Sie schauderte. »Ich habe Gänsehaut bekommen.«

Imoshen lachte. »Wenn ich es nicht verberge, merkt sogar General Tulkhan, wenn ich meine Kräfte bei ihm einsetze, und er ist ein Ghebite! Ich wollte die Lebenskraft meines Kindes spüren. Habe ich es richtig gemacht? Zeigt es mir.«

Cariah schüttelte den Kopf. »Ich wurde nicht ausgebildet, was solche Kräfte angeht. Alles, was ich weiß, habe ich mir selbst beigebracht.« Sie griff nach Imoshens Hand und legte sie mit der Handfläche nach unten auf ihren Bauch. »Ich habe zufällig gespürt, wie sich Leben in Euch rührte, als wir einander berührt haben.«

Eine seltsame Spannung erfasste Imoshen, eine Wahrnehmung, die sie schaudern ließ. »Ihr habt also wirklich T'En-Kräfte!«

»Nein! Nur ein wenig. Sagt es niemandem, ich …«

»Cariah!« Imoshen fiel auf die Knie, drückte Cariahs Hände an ihr Gesicht, küsste ihre Handflächen. Tränen der Erleichterung schnürten ihr die Kehle zu. »Bringt mir bei, was Ihr wisst! Ich bin so allein, so verängstigt gewesen! Die Aayel ist gestorben, bevor sie mich unterrichten konnte. Ich spüre, wie sich die Kräfte in mir rühren. Ich habe Angst, dass ich sie nicht beherrschen kann.«

»Still! Das dürft Ihr nicht sagen.« Cariah kniete sich neben Imoshen und warf einen raschen Blick auf die geschlossene Tür. »Sie dürfen es nie erfahren.«

»Erfahren? Sie wissen, dass ich ein Rückschlag und mit diesen Kräften verflucht bin. Wie könnten sie es nicht wissen?«, fragte Imoshen. Dann erst sah sie Cariahs Miene und wurde sich der Doppeldeutigkeit ihrer Worte bewusst. Es waren ihre eigenen Kräfte, die Cariah nicht verraten wollte. Bis zu diesem Augenblick hatte Imoshen angenommen, dass nur reinblütige T'En sie überhaupt hatten. Es hieß, dass ihre Verwandten, die zum Teil T'En waren, es deutlicher merkten, wenn sie ihre Kräfte einsetzte, aber ... »Ihr lebt eine Lüge, Cariah. Ihr leugnet, was Ihr seid.«

»Ihr solltet mich nicht so rasch verurteilen, Imoshen!« Cariahs schönes Gesicht war von der Intensität ihrer Gefühle verzerrt. »Ich sah, wie meine Mutter krank wurde und starb, eingeschlossen in den Turm der Festung meiner Familie, denn sosehr mein Vater sie auch liebte, er fürchtete sie mehr. Ich will nicht Gegenstand von Angst und Hass sein!« Nun wirkte sie wieder entschlossener. »Ich könnte Euch höchstens beibringen, wie Ihr Eure Kräfte am besten verbergt, aber das wisst Ihr bereits.«

Imoshen fühlte sich schuldig. Wie oft hatte sie sich als Kind danach gesehnt, akzeptiert zu werden? Was hätte sie dafür gegeben, ihr Erbe verbergen zu können? Sie durfte kein Urteil über diese Frau fällen.

»Es tut mir Leid. Verzeiht mir, Cariah«, flüsterte sie. »Ich habe nicht daran gedacht, in welcher Situation Ihr Euch befindet.«

Tränen liefen Cariah über die Wangen. Sie musste sich anstrengen, ein Schluchzen zu unterdrücken.

Ihr Schmerz rührte Imoshen. Sie hob die Hand und wischte die Tränen von Cariahs weicher Wange. »Verzeiht meine grausamen Worte.«

»Das Leben ist grausam!« Cariah wandte sich ab und trocknete sich zornig ihr feuchtes Gesicht. Es überraschte Imoshen, wie verbittert sie war. »Wir müssen nehmen, was wir können, solange das möglich ist.«

»Das glaube ich nicht.« Imoshen packte Cariahs Schultern, drehte sie um, zwang die andere Frau, sich ihrem Blick zu stellen.

Cariah schüttelte mitleidig den Kopf. »Ihr seid noch so jung. Auch Ihr werdet es eines Tages erkennen.«

»Nein. Ich muss einfach daran glauben, dass es Hoffnung gibt«, flüsterte Imoshen eindringlich. »Wenn ich das nicht täte, könnte ich das Leben nicht ertragen. Alle meine Verwandten sind tot. Die Aayel ist gestorben, damit ich leben konnte. Ich muss daran glauben, dass wir zu Größe fähig sind …«

Cariah küsste sie.

Die Geste war so unerwartet, dass Imoshen erstarrte, als sie diese weichen Lippen, salzig von Tränen, auf den ihren spürte. Die Sanftheit, die Zärtlichkeit war nicht misszuverstehen. Cariah bot ihr Liebe an.

Imoshen keuchte und riss sich los.

Cariah sank auf die Fersen zurück. Ihr Mund zitterte, ungeweinte Tränen glitzerten in ihren flehenden Augen.

»Weist mich nicht zurück, Imoshen.«

Imoshen konnte sie nur verdutzt anstarren.

Cariah hob bittend die Hand.

»Ich …« Imoshen wusste nicht, was sie tun sollte.

Abrupt stand Cariah auf und stellte sich vor den Spiegel, der über dem Kaminsims hing. Im trüben Licht begann sie, ihr Haar zu richten und sich die letzten Tränenspuren aus dem Gesicht zu wischen. Mit ihnen wichen alle Gefühle.

»Ich habe Euch überrascht. Ihr kennt Euch mit solchen Dingen nicht aus. So ging es im alten Kaiserreich zu«, erklärte sie mit künstlicher Lässigkeit. »T'Ysanna war meine erste Geliebte. Sie teilte ihre Männer mit mir, brachte mir bei, das zu genießen, was Männer mir geben konnten, aber die wahre Liebe anderweitig zu suchen.«

Imoshen konnte hören, wie Cariah sich selbst ablenkte und abstritt, was zwischen ihnen geschehen war.

Lächelnd wandte sie sich Imoshen wieder zu und hielt ihr die Hand hin, um ihr beim Aufstehen zu helfen. »Kommt, richtet Euer Gesicht. Sie werden uns beobachten.«

Imoshen erhob sich ungelenk, umklammerte Cariahs Hand. Sie weigerte sich, sie loszulassen, stattdessen hob sie sie an die Lippen, küsste die weiche Haut. »Zieht Euch nicht von mir zurück, Cariah. Ich weiß nicht, was ich tun soll. Ich brauche Euren Rat.«

»In einem Atemzug verweigert Ihr Euch, im nächsten bittet Ihr.« Cariah schüttelte den Kopf. »Was Ihr von mir verlangt, ist grausam.«

»Da sind wir. Nur für Euch!« Der Hüter des Wissens strahlte Imoshen an und öffnete das erste der beiden Päckchen. »Ihr könnt Euch nicht vorstellen, was ich alles auf mich nehmen musste, um das hier vor König Gharavans Männern verbergen zu können!«

Imoshen hielt die Luft an. So etwas hatte sie noch nie gesehen. Die Kanten der Seiten waren dick vergoldet, aber es waren der Buchdeckel und der Rücken, die sie verblüfften. Sie strich über den dicken Samt, fuhr mit den Fingerspitzen über die eingelegten Edelsteine. »Das hier stammt sicher aus dem Zeitalter der Festigung!«

»Aus der mittleren Periode«, erwiderte der Hüter nickend und wickelte vorsichtig die Schutzhülle vom zweiten Band. »Das hier ist sogar noch großartiger.«

»Reines Gold?« Imoshen lachte.

»Es ist eine hervorragende Arbeit«, sagte er. »Seht doch das Filigrane, die feine Gravur. Das hier ist echte Kunst!«

Imoshen konnte ihm nur zustimmen. »Darf ich?«

Er zögerte und übergab ihr die Bücher nur mit sichtlichem Widerwillen.

»Ich werde vorsichtig sein«, versprach Imoshen. »Ihr wisst doch, wie hoch ich das Wissen schätze.«

Endlich ließ er sie allein, damit sie sich die Inhaltsverzeichnisse der Bücher ansehen konnte, aber sie wurde enttäuscht. Die Bücher selbst waren unschätzbare Kunstwerke, aber sie enthielten nicht mehr als eine Sammlung von Gedichten und eine Studie des Brauchtums im Hochland von Keldon. Dennoch, sie würde auch hier nach allen Hinweisen suchen, die ihr helfen konnten, ihre T'En-Kräfte zu verstehen.

Imoshen seufzte und wickelte die Bücher wieder ein. Sie fühlte sich so allein! Cariah hatte sich von ihr zurückgezogen, aber das konnte sie ihr nicht übel nehmen. Die Adlige hatte ihr bei den Unterhaltungsveranstaltungen geholfen, aber statt ihre Freizeit mit Imoshen zu teilen, verbrachte sie sie lieber mit ihren Liebhabern. Imoshen versuchte, sich nicht darüber zu ärgern, ebenso wie sie Cariah nicht um ihre Beliebtheit beneiden wollte. Es war seltsam. Baroness Cariah Fairban war ihren Schwestern ähnlich genug, um akzeptiert zu werden. Wenn sie sang und mit anderen von der Schauspielergilde tanzte, gab niemand zu, dass es ihr T'En-Erbe war, was sie in die Lage versetzte, alle zu Tränen der Freude zu rühren.

In diesen Tagen vor ihrer Bindung an General Tulkhan streifte Imoshen durch die Flure des Palastes und hatte niemanden, der ihr Freund war. Cariah mied sie demonstrativ, und der General zeigte ihr die kalte Schulter.

Das Essen schmeckte ihr nicht mehr, und das Leben war so grau wie die immer kürzer werdenden Wintertage. Im Frühling würde man ihr die Schwangerschaft ansehen können, und sie wäre noch isolierter, wenn jeder wüsste, dass sie sich nicht an die Traditionen gehalten hatte.

»Schon fertig?«, fragte der Hüter. »Wenn Ihr mir sagen würdet, was Ihr sucht ...«

Imoshen schüttelte den Kopf. Sie wagte nicht zu verraten, weshalb sie wirklich gekommen war. »Ich bin nur neugierig. Ich bin damit zufrieden, wenn ich mich einfach in der Bibliothek umsehen kann. Ihr dürft gehen.«

Sie wusste, dass der alte Mann gern seine Zeit in der Küche verbrachte, wo er sich dicht an den Ofen setzte, Glühwein trank und sich die Schmerzen aus den Knochen wärmte. Er war gern in der Gesellschaft der Köchin und langweilte die Küchenmädchen mit seinen Geschichten schier zu Tode.

Er nickte und lächelte. »Er war Euch sehr ähnlich und hat die alten Bände ausführlich studiert.«

Imoshen hob den Kopf. Nur eine andere Person war ihr ähnlich. »Reothe?«

»Es war eine Freude, ihn zu unterrichten.«

Imoshen wollte keine Geschichten aus Reothes Jungenzeit hören. Sie wollte nicht darüber nachdenken, wie einsam er gewesen sein musste. Sie wusste genug vom Hof, um sich vorstellen zu können, dass er dort häufig Gegenstand von Mitleid und Gelächter gewesen war. Sie bedauerte diesen Jungen, aber Reothe war inzwischen kein Kind mehr, das sich nicht verteidigen konnte, und sie täte gut daran, das nicht zu vergessen. »Ihr wart sein Lehrer?«

»Ja, bevor er in die Hallen der Gelehrsamkeit ging.« Der Hüter strahlte vor Stolz. »Ich bewahre immer noch eine Kopie der Abhandlung über Philosophie auf, die er mit fünfzehn geschrieben hat.«

Aber Imoshen hatte keine Zeit für Philosophie; stattdessen wagte sie zu fragen: »Gab es irgendetwas über die T'En, das er besonders gern gelesen hat?«

»Alles. Er verschlang alles, was es über die T'En gab. Dann zog er weiter in die große Bibliothek in den Hallen der Gelehrsamkeit. Er war enttäuscht, weil sie die T'En dort nicht studieren, aber seine Debatten waren berüchtigt. Wenn er seinen Platz auf T'Ashmyrs Stein einnahm, drängten sich die Zuhörer so dicht, dass nur noch rund um die Öfen der Bibliothek Stehplätze frei waren!«

Imoshen versuchte, ihre Enttäuschung nicht zu zeigen. »Könnt Ihr mir die Bücher über die T'En zeigen?«

Der alte Mann lachte. »Die T'En werden in jedem Buch erwähnt.«

Imoshen senkte den Blick. Sie hätte dem Hüter so gerne vertraut. Aber was würde er sagen, wenn sie verriet, dass sie lernen wollte, ihre Kräfte zu beherrschen?

»Ganz gleich, wie hoch er aufstieg, Reothe hat seinen alten Lehrer nie vergessen«, fuhr der alte Mann liebevoll fort. Er holte etwas aus seinem Wams und wickelte es aus. »Als er triumphierend von seiner ersten Reise zum Archipel zurückkehrte, brachte er mir das hier mit.«

»Was ist das?«, fragte Imoshen. »Ein religiöses Artefakt?«

»Ein geschrumpfter Menschenkopf.«

Imoshen schauderte. Wie primitiv die Bewohner des Archipels waren! Die Strahlende Insel war tatsächlich eine Insel der Kultur in einem Meer von Barbarei. Nein, sie würde es nicht zulassen, dass das Erbe ihrer T'En-Kultur in der Finsternis versank.

Tulkhan rieb sich müde die Augen. Es war durchaus möglich, die alte Stadt T'Diemn wieder besser zu verteidigen, denn dafür war sie ursprünglich entworfen, aber die neueren Stadtteile breiteten sich überall im Flussbecken aus und machten eine Verteidigung beinahe unmöglich.

Hätte er dem Problem all seine Zeit widmen können, dann wäre ihm inzwischen vielleicht eine Lösung eingefallen. Aber im Augenblick musste er seine Aufmerksamkeit den Botschaftern opfern und den Austausch zwischen ihnen beobachten, besonders zwischen den drei wohlhabenden Königreichen des Festlands, die er nicht erobert hatte.

Er konzentrierte sich auf die Vororte von T'Diemn und Umgebung. Jede Straße, jedes Tor, jede Quelle war eingezeichnet. Es war alles maßstabgerecht, und die Höhenunterschiede waren in verschiedenen Farben gekennzeichnet, sodass die Karte beinahe dreidimensional wirkte. Es hatte keinen Sinn, die neuen Viertel der Stadt zu befestigen, wenn er nicht den Hügel im Süden mit einschloss. Jeder General, der seinen Sold wert war, würde eine Offensive von diesem Hügel aus beginnen, aber das bedeutete, die Befestigungsanlagen entweder bis zum Hügel zu ziehen, da die Marktgärten der Stadt bis zu seinem Fuß reichten, oder die Menschen, die dort lebten, und ihren Lebensunterhalt aufs Spiel zu setzen. Jede Entscheidung war ein Kompromiss.

Die Tür zu seinem Kartenzimmer wurde aufgerissen. Imoshen stand vor ihm, in nichts als einem dünnen Nachthemd, mit bloßen Füßen, und das Haar fiel ihr offen über die Schultern. Sie war bleich, und ihre Brust hob und senkte sich, als wäre sie schnell gelaufen.

»Du konntest es wohl nicht vergessen, wie?«, fragte sie barsch. »Du glaubtest, du würdest es besser wissen!«

Tulkhan legte mit übertriebener Geduld die Feder nieder. »Ich habe keine Ahnung, wovon du sprichst.« Ihre Augen waren weit aufgerissen, als hätte sie Angst.

Tulkhan spürte ein Kribbeln zwischen den Schulterblättern. »Was ist los?«

Sie holte tief Luft. »Du solltest lieber mitkommen.«

Als Tulkhan sein Schwert mitnehmen wollte, das er über die Stuhllehne gehängt hatte, schnaubte sie.

»Was ist?«

»Kalter Stahl wird dir auch nicht helfen«, flüsterte sie, dann eilte sie davon.

Er folgte ihr und musste große Schritte machen, um sie einzuholen, während er sich den Schwertgürtel umschnallte. »Soll ich nach meiner Garde rufen?«

»Nicht für diese Sache.«

Die Unterhaltungsveranstaltungen des Abends waren schon lange zu Ende gegangen, und die Diener hatten aufgeräumt. Nur hin und wieder beleuchteten Kerzen den Weg.

Imoshen bewegte sich lautlos; Tulkhans Stiefel verursachten auf den Fliesen und dann auf dem Holzboden des älteren Palastflügels mehr Lärm. Als Imoshen die Treppe zur Porträtgalerie der Zeit der Unruhen hinabglitt, musste Tulkhan gegen eine schlimme Vorahnung ankämpfen.

Am Eingang zur Galerie blieb Imoshen stehen. Der Flur war leer bis auf einen Leuchter, der vor einem klaffenden Loch in der Täfelung auf dem Boden stand.

»Der Geheimgang wurde aufgebrochen!«

»Er ist geflohen«, flüsterte Imoshen. »Das kann ich ihm nicht übel nehmen.«

»Wer?«

»Der Diener, der das hier gefunden hat.« Imoshen sprach über die Schulter hinweg und eilte weiter den Flur entlang. »Er hat den Weg durch die Galerie als Abkürzung benutzt, um zu seiner Geliebten zu gelangen!«

Tulkhan griff nach dem Kerzenständer und spähte durch das Loch in der Täfelung in den Geheimgang. Die stickige Luft dahinter ließ ihn das Gesicht verziehen. Er richtete sich auf und sah Imoshen an. »Was soll ich tun? Woher weißt du überhaupt, dass es meine Leute waren? Es hätten auch deine Baumeister sein können.«

»Meine Baumeister wären nicht so dumm. Sie würden nicht auf die Idee kommen, die Vergangenheit zu stören, und selbst wenn, dann wären sie vorsichtiger gewesen. Wenn sie den Geheimgang erforschen wollten, hätten sie die Täfelung entfernt und sie danach wieder erneuert und nicht mit einer Kampfaxt eingeschlagen. Nein. Es ist einer deiner Männer oder mehrere von ihnen. Ich wette, es sind Harholfe und seine Freunde.«

Tulkhan runzelte die Stirn. »Dann sind sie auf der Suche nach Gold.«

»Genügt ihnen das Gold im Goldzimmer nicht?«

»Es geht ihnen um die Herausforderung.« Er grinste, dann wurde er ernst. »Was erwartest du jetzt von mir? Soll ich hinter ihnen herjagen wie hinter ungezogenen Jungen? Wahrscheinlich werden sie da drunten nichts anderes finden als Lagerräume und Rattenlöcher, genau wie du gesagt hast …«

»Das war nicht alles, was ich gesagt habe.«

»Nein.« Tulkhan hatte es nicht vergessen, er hatte nur versucht, zu leugnen, was er nicht wissen wollte. Er schüttelte den Kopf. »Wir müssen sie rausholen.«

Er duckte sich und zwängte sich mit einigen Schwierigkeiten durch die Öffnung. Seine Schultern waren zu breit. Er hatte vier Schritte zurückgelegt, bevor er bemerkte, dass Imoshen ihm nicht folgte. Er drehte sich um und schaute zu ihr zurück, sah ihr Gesicht gerahmt vom gesplitterten Holz. Sechs Kerzenflammen tanzten in ihren weit aufgerissenen Augen.

In Reaktion auf ihre Angst wurde auch Tulkhan nervös. Er tastete mit der freien Hand zum Schwertgriff. Aber Imoshen hatte gesagt, dass kalter Stahl ihm gegen das, was dort unten wartete, nicht helfen würde.

Er fluchte leise. »Es sind meine Männer und deine Ahnen. Du kannst dich jetzt nicht einfach abwenden, Imoshen!«

Er sah, wie die Angst dem Zorn wich. Dennoch zögerte sie.

»Wenn du erwartest, dass ich dich respektiere, dann musst du dir meine Achtung verdienen«, sagte er. »Ein guter General ist für seine Leute verantwortlich.«

»Ein guter Anführer versucht nicht, das Unmögliche zu tun.«

»Was? Was soll daran so unmöglich sein?«

»Tulkhan, ich weiß nicht, was hier los ist!« Sie hob die Hände in einer Geste lautlosen Flehens.

Er ließ nicht zu, dass er Mitgefühl empfand. »Mach, was du willst.«

Dann drehte er ihr den Rücken zu und ging die schmale

Treppe hinunter. Obwohl Imoshen sich beinahe lautlos bewegte, wusste er es, als sie ihn eingeholt hatte, denn er konnte spüren, wie ihre T'En-Kräfte erwachten. Es bewirkte, dass seine Schläfen pochten und ihm ein metallischer Geschmack auf die Zunge trat.

Als sie den langen Gang erreichten, packte Imoshen ihn am Arm. »Sie sind selber schuld, weil sie sich den Eintritt hier erzwungen haben. Wenn sie in die Katakomben hinuntergestiegen sind, müssen wir die Tür versiegeln und sie dort ihrem Schicksal überlassen.«

Kaltes Entsetzen schloss sich wie ein Schraubstock um seine Brust. »Du weißt, dass ich das nicht tun kann.«

Sie starrte ihn an, das Gesicht bleich und entschlossen. Plötzlich stieß sie eine Reihe von Flüchen – oder vielleicht war es auch ein Stoßgebet – in der T'En-Hochsprache aus und drängte sich an ihm vorbei. Immer noch vor sich hinmurmelnd nahm sie ihm die Kerzen aus der Hand und ging vor.

Tulkhan lächelte grimmig in sich hinein. Aber die Hand, mit der er an seinen Schwertgriff fasste, war schweißnass, als er ihr folgte.

Imoshen ging, ohne sich noch einmal umzudrehen, eine weitere Treppe hinab. Am Fuß der Treppe bemerkte Tulkhan, dass die Tür von einer zerbrochenen Kachel aufgehalten wurde. Sie gelangten in einen langen, schmalen Gang. Die Kerzen beleuchteten nur die nächstgelegenen Wände und einen Teil der Gewölbedecke. Ihre leisen Stimmen hallten wider.

»Siehst du den Gewölbestil? Die Bauten hier stammen noch aus der Zeit der Unruhen. Hier entlang.« Imoshen klang, als führte sie ihn auf eine Besichtigungstour durch den Palast, aber dabei zuckte ihr Blick unablässig über die Schatten.

Tulkhan folgte ihr, alle Sinne angespannt. Imoshens T'En-Kräfte waren nun nicht mehr so deutlich zu spüren.

Sie beherrschte sie wohl besser, denn sie war keinesfalls ruhiger geworden.

»Wie weit war es weg?«, murmelte sie. »Diese Bögen sehen alle gleich aus.«

Dann zerriss der Schrei eines Mannes die Luft. Imoshen blieb stehen. Tulkhan lauschte, während die Echos des Schreis verhallten. Er wollte gerade etwas sagen, als man Stiefeltritte auf dem Stein hörte.

»Hier entlang!« Imoshen lief los und versuchte dabei, die Kerzenflamme zu schützen.

Tulkhan drängte sich an ihr vorbei. Er konnte Licht und zuckende Schatten sehen, die aus einer schmalen Öffnung fielen. Er blieb stehen, als Sahorrd und Jacolm ihm entgegenstolperten.

»General?« Jacolm hob seine Kerze.

»Einer ist hinter Euch!«, warnte Sahorrd und sprang mit gezogenem Schwert vorwärts.

Tulkhan drehte sich um und zog die Klinge. Sahorrd zielte auf Imoshens Kehle. Sie parierte mit dem Kerzenhalter und entwaffnete den Mann, noch während Tulkhan die flache Seite seines Schwertes einsetzte. Sahorrd stürzte mit einem ungläubigen Grunzen nieder.

Jacolm fluchte. »Die Prinzessin.«

»Für wen habt ihr sie denn gehalten?« Tulkhan riss Sahorrd auf die Beine. Der Mann rieb sich den Kopf und wich Imoshens Blick aus, als sie ihm seine Waffe zurückgab.

»Es hätte Euch nicht viel genutzt, wenn ich das gewesen wäre, was Ihr glaubt«, zischte sie. »Lasst uns hier verschwinden. Aber zunächst muss ich die Katakomben versiegeln.«

Jacolm trat zwischen sie und den offenen Durchgang. »Harholfe ist noch da unten, General.«

Wütend starrte Tulkhan ihn an. »Ihr habt ihn zurückgelassen?«

»Er war direkt hinter mir!«, erklärte Jacolm.

»Harholfe hatte die Axt«, sagte Sahorrd. »Er hat sie benutzt, um den Deckel vom Sarg zu stemmen.«

Imoshen keuchte. Sie machte das Zeichen gegen das Böse, hob die linke Hand an die Augen, dann über den Kopf. »Mögen ihre Blicke über mich hinweggehen, über uns alle.«

»Deine längst verstorbenen T'En-Krieger?«, fragte Tulkhan. »Die Para...«

Mit einem Zischen schnitt sie ihm das Wort ab. Tulkhan sah sie um Erklärung bittend an.

»Namen haben Macht.« Imoshens Stimme bebte. »Wir rufen sie beim Namen, damit sie uns dienen.«

»Was ist mit Harholfe?«, knirschte Jacolm.

»Wir gehen runter«, sagte Tulkhan. »Ihr beiden bleibt hier und gebt uns Rückendeckung.«

Er sah Imoshen an. Sie wischte sich mit dem Handrücken über den Mund, dann ging sie auf die schmale Treppe zu. Er folgte ihr und merkte, dass Jacolm und Sahorrd ihnen entgegen seinem Befehl ebenfalls folgten. Das überraschte ihn nicht. Ganz gleich, wie tief ihr Schrecken war, sie würden ihren Schwertbruder nicht verlassen. Sich feige zu zeigen bedeutete Schande.

Imoshen wartete am Fuß der Treppe und hob den Kerzenhalter hoch, um eine weitere lang gezogene Gewölbekatakombe zu beleuchten. In den Nischen an der Wand standen schwere Steinsärge.

Wortlos zeigte Imoshen nach oben. Über ihnen befanden sich lebensgroße Abbilder der legendären Paragianischen Garde in voller Rüstung. Die Einlegearbeiten in Gold und Silber flackerten im Kerzenlicht.

Von Harholfe war nichts zu sehen.

»Hier entlang, General.« Nur das Glitzern von Sahorrds weit aufgerissenen Augen wies auf seine Angst hin, als er sie nach rechts führte. Das Licht der Kerzen fiel auf einen taillenhohen Sarkophag, der unter einer Inschrift in Hoch-T'En stand.

»Imoshen?« Tulkhan zeigte auf die Worte.

Sie hob die Kerzen: »*Hier liegt Aayel. Der Erste der Letzten.*«, übersetzte sie.

»Was bedeutet das?«, fragte Tulkhan.

»Es ist der Sarkophag des Neffen der ersten Imoshen, Aayel, erster Kaiser der Strahlenden Insel. Nachdem er zugunsten seiner Halb-T'En Tochter Abularassa abgedankt hatte, diente er der Kirche und dem Volk der Strahlenden Insel. Der Titel ›Aayel‹ wurde ihm zu Ehren geschaffen. Er war der Erste, der in diesem Amt diente, und der letzte reinblütige T'En-Mann, der noch im alten Land zur Welt gekommen war. Von denen, die mit der ersten Imoshen die Strahlende Insel erreicht hatten, waren nur Kinder, die auf der langen Reise geboren waren und solche, die zu jung waren, sich noch zu erinnern, zum Zeitpunkt seines Todes noch am Leben.« Sie berührte ihre Stirn in einem ehrfürchtigen Gruß an den ersten Aayel. »Das ist es beinahe wert ...«

»Aber wo ist Harholfe?« Jacolm machte zwei ungeduldige Schritte an ihnen vorbei und blieb dann stehen. Er hob die Kerze hoch und blickte zurück. »Kommt schon.«

Imoshen ignorierte ihn und betrachtete stattdessen den Deckel des Sarkophags. In den Deckel war die Gestalt eines älteren T'En-Mannes eingraviert. Er war in ein aufwändiges Staatsgewand gekleidet und trug keine Waffen, aber selbst die einzelnen Haare seines geflochtenen Bartes waren kunstvoll gemeißelt und dann in Silber eingelegt worden.

»Um Akha Khans willen, können wir jetzt vielleicht weitergehen?«, zischte Sahorrd. »Der Sarg ist gleich um die Ecke.«

»Der, den ihr so dumm wart zu öffnen?«, fragte Imoshen.

Sahorrd wich ihrem Blick aus.

»Ihr entweiht mein Erbe«, sagte sie. »Das hier sind die T'En der Legende, und ihr …«

»Imoshen!«, bellte Tulkhan. »Wir müssen Harholfe finden und hier verschwinden.«

Als er an Jacolm vorbeiging, spürte er das Entsetzen des Mannes und wusste, dass sein Offizier kurz davor stand, gewalttätig zu werden. Die Lichtpfütze von Tulkhans Kerze bewegte sich mit ihm, und bald fiel sie auf einen weiteren Steinblock. Der Deckel war entfernt und zur Seite gekippt worden.

»So klein?«, flüsterte Imoshen.

»Er enthält ein Kind«, erklärte Sahorrd, als sie näher kamen. »Die Steinmetzarbeiten auf dem Deckel waren mit kostbaren Metallen und Edelsteinen eingelegt. Deshalb haben wir …«

Imoshens Wimmern brachte ihn zum Schweigen. Sie schwankte, als würde sie ohnmächtig. Tulkhan hielt sie fest; ihre Haut war eiskalt, und sie war starr geworden.

Er spähte in den geöffneten Sarg und erwartete, ein Skelett zu finden. Stattdessen sah er ein vollkommen erhaltenes Kind vor sich, das nicht älter als zehn gewesen sein konnte. Das Mädchen war kostbar gekleidet in roten Samt, der mit Goldfäden bestickt war. Edelsteine waren auf den breiten Kragen genäht, der über ihren Schultern lag. Sie hatte die Augen geschlossen, und er konnte ihre Wimpern erkennen, die weiche Biegung ihrer Oberlippe. Ein einzelner Rubin lag auf ihrer Stirn. »Warum habt ihr hier nicht geplündert?«

Sahorrd und Jacolm starrten das Kind an, ihre Waffen hatten sie völlig vergessen. Dann blickte Sahorrd auf, wie ein verstörtes Reh dem Speer entgegenglotzt.

»Das verstehe ich nicht.« Seine Stimme war von Panik erfüllt. »Der Rubin …«

Tulkhan hatte plötzlich das Gefühl, als hätte sich die

Zeit verlangsamt, sodass er seinen eigenen Herzschlag hören konnte, der hohl in seinem Kopf dröhnte und alles andere übertönte.

»Imoshen?« Er musste sich zwingen, etwas zu sagen.

Sie blinzelte nicht.

Tulkhan spürte, wie ihn ein Schauder überlief. »*Imoshen?*«

Als sie ihn über ihre Schulter ansah, waren ihre Augen tränenfeucht. »Meine Tochter ...«

»Du hast keine Tochter. Wer ist das, Imoshen?«

Sie ging von ihm weg und um den Steinblock herum, um die Inschrift auf dem Deckel zu lesen, der gegen den Sarkophag gelehnt war.

»*Hier liegt Ysanna, getötet von Rebellen.*« Imoshen berührte die Inschrift. »Sie war sechs Jahre alt. Ich habe nie von ihr gehört.«

Wieder spähte Tulkhan in den Sarg und hatte das Gefühl zu stürzen. Er zwang seine Zunge, sich zu bewegen. »Was für ein T'En-Zauber ist das hier, und wo steckt Harholfe?«

»Er hat sich den großen Rubin genommen«, sagte Sahorrd.

»Aber aus irgendeinem Grund hat er ihn zurückgelegt«, murmelte Jacolm. Er hob die Hand, um nach dem kostbaren Stein zu greifen.

»Nein!« Plötzlich waren Imoshens Finger zwischen ihm und dem Stein, hielten den Rubin auf der Stirn des Kindes fest. Sie starrte ihn wütend an, ihre Züge streng, ihre Augen blitzend im Kerzenlicht.

»Fluch über deine Hexenaugen, Frau!«, fauchte Jacolm und hob drohend das Schwert.

»Das genügt«, sagte Tulkhan. »Wo steckt Harholfe?« Sie sahen sich um, aber sie fanden keine Spur von ihm, nur leere Steinmauern. »Sagt mir, was geschehen ist«, befahl Tulkhan.

»Sie haben sich auf uns gestürzt, nachdem er den Rubin genommen hatte.« Sahorrd schauderte. »Drei Dhamfeer in Kriegerrüstungen erschienen aus dem Schatten. Die Priester sagen, ein Echtmensch sollte seinen Blick von diesen schwarzen Künsten abwenden, und nun weiß ich warum. Diese Geschöpfe lassen einem das Blut in den Adern gefrieren. Nie zuvor war ich so erschrocken …« Er senkte beschämt den Blick, dann schaute er sie entschlossen wieder an. »Ich bin geflohen.«

»Ich rief: ›Zur Treppe!‹« Jacolm zeigte auf den Gang, aus dem sie gekommen waren. »Ich schwöre, dass Harholfe direkt hinter mir war.«

»Wo ist er also jetzt?« Tulkhan wandte sich Imoshen zu und sah, dass sie vollkommen starr dastand, die Augen geschlossen hatte und sich den großen Rubin an die Stirn drückte. Dann öffnete sie die Augen und legte den Rubin zurück. Als sie Tulkhan ansah, waren ihre Granataugen kalt und verächtlich.

»Ich dachte, du wolltest das Grab nicht entweihen.« Tulkhan musste gegen aufwallende Angst ankämpfen, als sie ihn einfach nur schweigend anschaute. »Wo ist Harholfe?«

Imoshen hob die linke Hand und schloss die Augen. Sie schien mit gespreizten Fingern die Luft zu ertasten.

»Was von ihm übrig ist, befindet sich hinter dem nächsten Sarg, gegen die Wand gelehnt.« Ihre Stimme war wohltönend und seltsam vertraulich.

Jacolm fluchte. Er schoss davon, die Kerze hoch erhoben, das gezückte Schwert in der Hand. Sie folgten ihm.

»Da ist nichts. Ich sehe nur seine Axt.« Jacolm fuhr herum, zeigte auf die Steinmauern und den Boden, wo außer der Waffe nichts zu sehen war. »Hier ist der Steinsarg, aber wo …«

»Wo ist seine Leiche, Imoshen?« Tulkhan wollte Imoshen am Arm packen, aber bevor er sie berühren konnte, spürte er einen Schlag, als hätte ihm jemand einen festen Klaps versetzt. Die Haut unter seinen Nägeln brannte höllisch. Er fluchte vor Schmerz.

Imoshen zeigte auf eine leere Mauer und hob die Kerze hoch. »Dort.«

Der Schein der flackernden Flamme fiel auf die glatte Steinfläche, die glitzerte und sich zum Umriss eines Körpers verdichtete.

Sahorrd schnappte so laut nach Luft, dass es in der Stille widerhallte. »Es ist sein Schatten. Ich meine ...« Aber er hatte keine Worte für das, was er sah.

Wie Öl auf Wasser erschien der Umriss eines Mannes auf den Steinen der Mauer. Tulkhan konnte Harholfes Gesicht erkennen, das vor Schreck erstarrt war. Ihm war kalt bis ins Mark. Als General hatte er Männer auf vielerlei Weise sterben sehen – in der Schlacht, voller Qual, rasend vor Fieber oder zu erschöpft, als dass es sie noch gekümmert hätte. Aber nie hatte er einen Mann in solcher Angst sterben sehen, dass sich sein letzter Augenblick des Entsetzens einem Stein einprägte.

»Wo ist Harholfes Leiche?« Jacolm fuhr zu Imoshen herum, das Schwert erhoben. »Seine Waffe liegt hier, und es ist kein Blut daran.«

»Selbstverständlich nicht. Stahl kann jene nicht töten, die schon tot sind.« Imoshen erwiderte seinen Blick, bis er die Waffe senkte. »Euer Gefährte hat den Schutz durchbrochen, der das Grab behütete. Damit war seine Seele verloren.«

»Spar dir die Rätsel, Dhamfeer!« Jacolms Stimme bebte vor Angst und Zorn. »Wo ist Harholfe?«

Imoshen schloss die Augen. Tulkhan spürte die Auswirkungen ihrer Kräfte und trat einen Schritt zurück. Seine Finger taten ihm immer noch weh. Sahorrd und Jacolm machten das ghebitische Zeichen gegen das Böse.

Als Imoshen die Augen wieder öffnete, schienen sie von

innen heraus zu strahlen. »Die Parakletos eskortieren ihn durch den Schatten des Todes ins Totenreich.«

»Ich dachte, du hättest gesagt ...« Tulkhan hielt inne. Plötzlich kam es ihm seltsam vor, dass Imoshen offenbar keine Angst mehr hatte und ihre T'En-Kräfte vollendet zu beherrschen schien. Ihre Miene war seltsam, und sie sah ihn an, als wäre er ein Fremder. Ein Schauder überlief ihn, als er begriff: Ein lange verstorbenes T'En-Wesen hatte von Imoshen Besitz ergriffen. »Ich glaube, es ist Zeit, zu gehen. Sahorrd, Jacolm?« Er benutzte die Schlachtfeldgeste für den Rückzug. Sie traten hinter ihn und wandten Imoshen dabei keinen Augenblick den Rücken zu.

»Wir können nicht gehen«, protestierte Jacolm. »Harholfe wurde nicht angemessen beigesetzt.«

Imoshen zeigte mit dem Finger auf ihn. »Du und deine beiden Freunde, ihr seid in einen heiligen Ort eingedrungen und habt das Grab einer Unschuldigen entweiht. Harholfe hat dafür bezahlt, also ist es zu Ende, aber zunächst muss der Stein zurückgegeben werden.«

Sie ging an ihnen vorbei, ohne sich um ihre Waffen zu kümmern. Tulkhan kam sie trotz ihrer bloßen Füße und ihres dünnen Nachthemdes, das ihr bis auf die schlanken Knöchel fiel, unverwundbar vor.

Er bückte sich, um nach der Axt zu greifen. Als er sich wieder aufrichtete, hörte er das Knirschen von Stein auf Stein, er hörte, wie seine Männer überrascht nach Luft schnappten, und als er sich umdrehte, richtete sich Imoshen gerade auf und schob den steinernen Deckel des Sarkophags wieder an Ort und Stelle.

Die Kerze, die noch hinter dem Sarg stand, beleuchtete sie von hinten, als sie sich über das steinerne Abbild auf dem Sarkophagdeckel beugte, um die kalten Kinderlippen zu küssen und etwas in der T'En-Hochsprache zu flüstern. Als sie sich den Staub von den Händen wischte, warf Tulkhan einen forschenden Blick auf den Steindeckel. Es hatte drei Männer gebraucht, um ihn zu bewegen. Er hatte schon mit Imoshen gekämpft, Schwert gegen Schwert. Er wusste, dass sie nicht die Kraft hatte, diese Platte zu bewegen.

Imoshen bückte sich, um die Kerze aufzuheben.

Der Augenblick dehnte sich weiter. Sie richtete sich nicht wieder auf.

Das Entsetzen ließ Tulkhans Bewegungen steif werden, als er um den Sarkophag herum zu Imoshen eilte, die auf dem Boden saß und ihn wie betäubt anstarrte. »General?«

Erleichtert bückte er sich und half ihr aufzustehen. Ihre Haut war weich und warm.

»Komm«, sagte er.

»Was ist mit Harholfe?«

»Tot.«

Das akzeptierte sie. Ohne ein weiteres Wort, die Stille nur gebrochen von den Geräuschen der ghebitischen Stiefel auf dem Stein, eilten sie auf den Sarkophag des ersten Aayel zu. Jacolm und Sahorrd bogen um die Ecke und nahmen ihre Kerzen mit. Plötzlich blieb Imoshen stehen. Sie entzog sich Tulkhans Griff und strich mit der Hand über den Sarkophag des Aayel.

»Was ist?«, fragte Tulkhan.

Imoshen sah sich voller Ehrfurcht und Staunen in der Katakombe um. »Wir bewegen uns auf dem Pfad der Geschichte. Sardonyx kam hier herunter und legte sich auf die Steinplatte, die für seine Leiche gedacht war.«

»Wir müssen gehen.«

»Es heißt, das hätte ihn den Verstand gekostet.«

Tulkhan ergriff ihre Hand, obwohl sich ihm alle Haare auf dem Arm sträubten. »Komm.«

»Seine eigenen Verwandten haben ihn zum Tode verurteilt.«

Tulkhan riss an ihrem Arm. »Die anderen warten.«

»Mein Erbe ist ein Erbe von Tragödien.«

»Nicht jetzt, Imoshen!« Tulkhan zog sie an den kalten Blicken längst verstorbener T'En-Krieger vorbei hinter sich her auf die Treppe zu.

Als sie wieder in den Hauptgang kamen, schauderte Imoshen. »Schließt den Durchgang, versiegelt die Katakomben. Niemand darf dort hinuntergehen!«

»Wie sollen wir den Gang verschließen?«, fragte Tulkhan.

»Der Schuh.« Imoshen zeigte auf einen alten Schuh, der im Türrahmen klemmte. »Vor langer Zeit hat ein Junge ihn benutzt, um die Tür offen zu halten.«

»Was für ein Junge?«, fragte Tulkhan.

»Ein Junge, der sich verirrt hatte. Ich weiß nicht mehr darüber.«

Tulkhan steckte das Schwert ein und arbeitete daran, den Schuh unter dem Stein hervorzuziehen. Endlich gelang es ihm, und die Steinplatte glitt an Ort und Stelle; Stein knirschte auf Staub. Die Tür schloss sich allerdings nicht vollkommen, sondern blieb einen Fingerbreit offen.

Er grunzte. »Das muss genügen. Verschwinden wir von hier.«

Jacolm und Sahorrd hatten sich bereits wieder in Bewegung gesetzt, aber Imoshen drückte beide Hände auf den Stein und versuchte, die Tür zuzuzwingen.

»Lass es sein, Imoshen«, drängte Tulkhan. »Wir werden den Geheimgang von oben versiegeln.«

Auf ihrer Miene spiegelte sich eine Mischung aus Bedauern und Angst.

»Was ist dort drunten geschehen? Erinnerst du dich daran, dass du das Kind gefunden hast?«

Sie riss die Augen weit auf, dann wandte sie sich ab und sagte: »Ich bin nicht sicher, ob es genügt, die Tür so zu lassen.«

»Ich bin mir gar nichts mehr sicher. Nicht, seit ich ...« Er hatte sagen wollen: ›Seit ich dich kennen gelernt habe.‹

»Seit ich auf der Strahlenden Insel bin, zweifle ich an allem.«

Sie warf ihm einen scharfen Blick zu.

»General?«, rief Jacolm vom Fuß der Treppe her.

»Wir werden den Eingang in der Porträtgalerie versiegeln. Das wird genügen müssen«, beschloss Tulkhan.

»Was ist mit Harholfes Leiche?«

Tulkhan wurde klar, dass sie sich nicht erinnerte. »Harholfe hat für seine Dummheit bezahlt. Es gibt keine Leiche.« Er fragte sich, wie er Harholfes Verschwinden seinen Männern erklären sollte. »Komm.«

Sie eilten hinter den anderen her und zwängten sich durch das Loch in der Täfelung zurück in die Porträtgalerie. Grimmig steckten Jacolm und Sahorrd ihre Waffen ein. Tulkhan wusste, schon am nächsten Abend würden sie betrunken zu prahlen beginnen und ihre Angst leugnen.

So viel war geschehen, seit er diesen Geheimgang betreten hatte, dass Tulkhan das Gefühl hatte, es müsste beinahe Morgen sein.

Imoshen inspizierte den Schaden, der mit der Axt angerichtet worden war. »Ich werde den Baumeister bitten, einen Steinmetz zu holen. Dann wird diese Öffnung sicher versiegelt und die Täfelung ersetzt werden.« Sie wandte sich Jacolm und Sahorrd zu. »Ihr habt nun gesehen, dass es dort unten nichts anderes gibt als Lagerräume und Rattenlöcher.«

»Aber ...« , meinte Jacolm.

»Nichts als Lagerräume und Rattenlöcher«, wiederholte Imoshen.

Tulkhans Schläfen pochten und sein Kopf schmerzte. Er sah, wie Sahorrd sich die Nasenwurzel rieb.

Jacolm runzelte die Stirn.

»Nichts«, drängte Imoshen. »Nichts, was das Leben eines Mannes wert wäre.«

»Harholfe!«, stöhnte Sahorrd.

»Harholfe ist in meinem Auftrag zum Festland gesegelt«, sagte Tulkhan. Es gab keine Leiche, die man beiseite schaffen musste, und keine Möglichkeit, seinen Tod öffentlich zu machen und ihn zu ehren. »Wir werden mit niemandem darüber sprechen.«

Jacolm und Sahorrd wechselten einen Blick.

Tulkhan entließ sie beide. Nachdem sie gegangen waren, wandte er sich Imoshen zu. »Nun?«

»Nun was?«, fragte sie.

»Was ist dort unten passiert?«

Sie zuckte mit den Achseln. »Sie haben eine heilige Stätte entweiht. Einer von ihnen hat mit seinem Leben dafür bezahlt. Die T'En halten ein schützendes Auge auf die ihren.«

»Was ist mit den Para …«

»Nicht!« Sie legte ihm einen Finger auf die Lippen, der noch voller Steinstaub war. »Zumindest nicht hier und nicht jetzt.«

»Du schienst keine Angst zu haben.« Tulkhan steckte sein Schwert ein.

»Unsinn. Ich habe mich die ganze Zeit gefürchtet.«

»Nachdem wir das Kindergrab gefunden haben …«

»Sprich nicht davon.«

Tulkhan runzelte die Stirn. »Erinnerst du dich an den Sarkophag des ersten Aayel?«

»Selbstverständlich. Und ich würde gerne die Katakomben weitererforschen, aber jedes Mal, wenn ich daran denke, werde ich von solcher Angst erfüllt, dass mir übel wird. Also sprich nicht mehr davon, und ich werde den Eingang morgen versiegeln lassen.« Sie runzelte die Stirn. »Ich kann mich an nichts erinnern, nachdem Jacolm versuchte, den Rubin zu nehmen. Woher weißt du, dass Harholfe tot ist, wenn ihr seine Leiche nicht gefunden habt?«

»Wir haben genug gefunden.« Tulkhan schauderte und schüttelte unbehaglich den Kopf. »Geh nicht wieder da runter, Imoshen.«

Sie lachte verbittert. »Du warst derjenige, der darauf bestanden hat. Glaub mir, nichts könnte mich je wieder in diese Katakomben bringen.« Tulkhan starrte sie an, weil er nicht wusste, ob sie sich nicht bewusst rätselhaft gab. »Wer war dieses Kind Ysanna? Du hast sie Tochter genannt.«

Sie verzog das Gesicht. »Manchmal können die Kräfte ein Fluch sein.«

Sie wich seinem Blick aus, und er wusste, dass sie jetzt lügen oder zumindest die Frage vermeiden würde. »Es gab viele Ysannas. Die letzte war die Tochter der Kaiserin und ihre Erbin. Wie all meine anderen Verwandten starb sie bei der Verteidigung der Strahlenden Insel. Einer nach dem anderen sind sie im Kampf gegen deine Armee gefallen, zogen es vor, lieber zu sterben als sich gefangen nehmen zu lassen.« Ihre stolze Miene erinnerte ihn daran, wie sie in den Katakomben ausgesehen hatte. »Warum schaust du mich so an?«

»Du bist müde. Geh ins Bett.«

»Ich war schon im Bett, falls dir das nicht aufgefallen ist«, sagte Imoshen.

»Oh, das habe ich bemerkt. Unter diesem Nachthemd hast du nichts an. Wenn ich den Knoten in dieser Schnur lösen und dir das Hemd über die Schultern ziehen würde, wärst du nackt in meinen Armen.«

Sie hob den Kopf. »Ich wäre vielleicht nackt, General, aber nicht in deinen Armen.« Sie nahm eine Kerze aus dem Halter. »Gute Nacht.«

Er sah ihr nach. Je mehr er von Imoshen erfuhr, desto weniger verstand er sie, und nach dieser Nacht war er auch nicht darauf versessen, weitere Fragen zu stellen.

Seufzend ging er zur anderen Seite der Galerie und setzte sich mit dem Rücken zur Wand hin, Harholfes Axt über den Knien. Er löschte alle Kerzen bis auf eine und bewachte die dunkle Öffnung zum Geheimgang.

Er glaubte eigentlich nicht, dass noch etwas die Treppe

hinaufkommen würde. Und wenn doch etwas kommen sollte, wusste er, dass kalter Stahl es nicht aufhalten würde, aber er würde keine Ruhe finden, bis der Eingang verschlossen und die Schatten der legendären T'En-Krieger dahinter versiegelt waren.

8

Als sie die anderen Passagiere der Kutsche als die Elite des keldonischen Adels erkannte, verbarg Imoshen ihr Unbehagen. Dies waren die Oberhäupter der mächtigsten Familien, verwandt durch Blut und Bindung, und vereint, wie sie fürchtete, in ihren Plänen für die Strahlende Insel. Was als ein Ausflug zu den Sehenswürdigkeiten von T'Diemn gedacht war, würde sich wahrscheinlich zum Verhör entwickeln.

»T'Imoshen«, grüßten sie sie.

»Großväter, Großmütter«, verwendete sie bewusst den vertraulicheren Ehrentitel. »Worüber wolltet ihr mit mir sprechen?«

»So ungeduldig«, murmelte Gräfin Holzrank, die Matriarchin mit dem eisengrauen Haar.

Baron Athlyng, klein, zierlich und mit T'En-Zügen, schüttelte den Kopf. »Die Kaiserin hat immer …«

»Die Kaiserin ist tot«, schnitt ihm Imoshen das Wort ab, »und das alte Kaiserreich ist mit ihr gestorben. Die Gelehrten sind überzeugt, dass mit dem ersten Tag des neuen Jahres ein neues Zeitalter beginnen wird. Wir müssen unseren Frieden damit schließen.«

Die Adligen wechselten Blicke.

»Zum Causare«, wies Baron Fairban den Fahrer an, der seine Pferde daraufhin antrieb.

Imoshen wand sich innerlich. In diesem Gebäude war

der Causare-Rat des alten Reichs zusammengetreten, um über Politik zu debattieren. Sie hatte bei ihrem ersten Besuch in der Hauptstadt eine solche Sitzung besucht, aber die langen Ansprachen hatten sie gelangweilt, und es hatte viel mehr Spaß gemacht, die Zuschauer auf der Galerie zu beobachten. Es hatte sie amüsiert zuzusehen, wie die Adligen beim Klang der Mittagsglocke einfach nach draußen gescheucht wurden, um Platz für die zweite Funktion des Causare als Handelsumschlagplatz zu machen.

Von Sonnenaufgang bis Mittag diente das Gebäude dem Rat, vom Mittag bis zur Abenddämmerung den Händlern. Es waren Kaufleute, Kapitäne, Gildemeister – jeder, der glaubte, hier Profit machen zu können. Nach der Mittagsglocke wurde der Causare Schauplatz wilden Kaufens und Verkaufens von noch nicht verdienten Profiten. Händler kauften und verkauften Anteile an geplanten Reisen zum Archipel und den Häfen des Festlandes. Es hieß, ein kluger Causare-Händler könnte dreimal Profit aus einer Traubenernte schlagen, bevor auch nur eine einzige Pflanze gewachsen war, vom Ernten, Pressen und Gären einmal ganz abgesehen.

Imoshen bewahrte Schweigen, während die Kutsche durch die Straßen des alten T'Diemn ratterte und schließlich vor dem Causare stehen blieb. Dann führte sie die Gruppe die breite Treppe hinauf und durch das Doppeltor, das mit Symbolen des Reichtums der Strahlenden Insel beschlagen war.

Aber im Hauptsaal zögerte sie plötzlich. Die Gesegnete, begleitet von vier hochrangigen Priestern, darunter auch Murgon, nickte ihr zu. Imoshen erwiderte das knappe Nicken. Sie hatte erwartet, nur die anderen Anführer aus Keldon hier zu treffen, aber in der Versammlung befanden sich offenbar auch Kirchenobere und die Elite von T'Diemns Geldadel. An ihrer kunstvollen Kleidung und dem persönlichen Stil identifizierte sie Kaufleute, Bankiers, Gildenmeister und ein paar Kapitäne – eine seltsame Versammlung, wenn man bedachte, dass es noch nicht Mittag war.

Lord Fairban holte sie ein und führte sie zur Bank der Kaiserin, die nicht anders aussah als alle anderen. Im Causare hatten angeblich alle Stimmen das gleiche Gewicht. Aber Jahre der Gewohnheit hatten diese Bank zum Sitz der Macht gemacht. Die Gesegnete ließ ihre Begleiter stehen und nahm zu Imoshens Linken Platz, beanspruchte damit das höchste Vorrecht nach der Kaiserin. Fairban zog sich wieder zu seiner Gruppe zurück, und längere Zeit konnte man nur Füßescharren hören, als alle ihre Plätze im Kreis der Bänke fanden.

Die Gesegnete schwieg. Imoshen schwor sich, ihr nicht die Befriedigung zu verschaffen, zu fragen, was hier los sei. Als ein Sonnenstrahl durch das Kuppelfenster weit oben fiel, blickte Imoshen auf. Es gab keine Zuschauer in der Galerie im ersten Stock. Das Licht fiel bis ins Erdgeschoss hinab, dessen Boden aus einem Mosaikbild der Strahlenden Insel und der bekannten Welt bestand. Ohne die Händler wären an diesem Tag viele Ratssitze leer gewesen.

Einer nach dem anderen ließen sich die Anwesenden nieder, und Imoshen wartete. Ihr Gesicht war zu einer gleichgültigen Maske geworden. In der folgenden Stille erhob sich die Gräfin aus Keldon würdevoll. »T'Imoshen, anders als andere …« Gräfin Holzrank hielt inne, um bestimmte Personen anzustarren, »werde ich Euch nicht als Kaiserin ansprechen, denn diesen Titel habt Ihr nicht verdient. Wir haben zwei Fragen, die Ihr dem ghebitischen General vorlegen werdet. Erstens: Wann wird der Causare wieder eröffnet, um dem Volk der Strahlenden Insel zu dienen? Und wenn dies geschieht, wer wird uns führen?«

»Ja!« Eine Händlerin war eilig aufgesprungen. »Krieg ist schlecht fürs Geschäft. Ich habe eine ganze Schiffsladung von Festlandobst verloren, weil …«

»Und ich habe die Profite meiner letzten Handelsreise noch nicht gesehen, weil die Banken ihre Gelder eingefroren haben!«, rief jemand anders.

Nun wurde es wirklich laut, als die Banker erklärten, wenn sie nicht die Gelder eingefroren hätten, hätte die verängstigte Bevölkerung das Land in den Ruin getrieben, und die Kaufleute zornig über die Wirksamkeit dieser Politik diskutierten. Ein Lächeln umspielte Imoshens Mundwinkel. Man konnte sich immer darauf verlassen, dass das Volk der Strahlenden Insel sich eher um Profite sorgte als um Politik, oder war das einfach nur eine von zwei Seiten, die notwendig zusammenhingen?

Die Doppeltore wurden aufgerissen, und General Tulkhan trat in die Mitte des Causare, die Schritte seiner gestiefelten Füße dröhnten laut in der plötzlichen Stille. Seine Elitegarde marschierte in einer Reihe, um sich hinter den höchsten Bänken aufzustellen, wo sie mit den Händen an den Schwertgriffen stehen blieb. Ein halbes Dutzend Offiziere des Generals bildeten eine feste Mauer an den geöffneten Toren.

Kein Laut hallte mehr in der großen Kuppel wider, niemand regte sich. Imoshen fürchtete, dass das Mosaik bald in Blut ertränkt würde.

»Was für ein Verrat soll das hier sein?«, brüllte Tulkhan. Er zeigte auf die Adligen aus Keldon. »Ihr habt mir Treue geschworen. Und Ihr!« Er wandte sich den Händlern zu. »Auch Ihr habt geschworen. Und dennoch trefft Ihr Euch im Geheimen!«

»General Tulkhan.« Imoshen verließ den Platz der Kaiserin und ging auf ihn zu. »Hier geschieht kein Verrat. Dieses Gebäude ist der Causare. Während des alten Reiches hat der Rat der Strahlenden Insel hier debattiert, und Händler haben sich getroffen, um über die Finanzierung ihrer Unternehmen zu sprechen.« Sie ergriff seine Hand, spürte die Spannung in ihm. »Komm, hör sie dir an.«

Als Tulkhan ihr gestattete, ihn wegzuführen, war Imoshen beinahe schwindlig vor Erleichterung. Er hatte den Causare als General betreten, aber es würde einen Staatsmann brauchen, um aus dieser Situation wieder herauszukommen.

»Wir müssen Blutvergießen verhindern, General. Vertrau mir«, flüsterte sie und setzte sich neben ihn. Dann bat sie mit einer Geste um Schweigen und erhob sich wieder. »So habe ich den Rat nicht in Erinnerung.« Tatsächlich war es mehr wie die Händlerbörse des Nachmittags gewesen. »Ihr wollt wissen, wann der Causare wieder eröffnet wird? Nun, sagen wir heute.« Die Händler schnippten zustimmend mit den Fingern, und einige gingen sogar so weit, den offiziellen Erfolgsruf der Kaufleute auszustoßen.

»Das sind nichts als Worte.« Gräfin Holzrank hatte sich wieder erhoben. »Aber was ist mit dem Rat? Wir müssen mitreden können!«

»Was ist mit den Banken?«, unterbrach sie ein Kaufmann. »Wir verlieren Geld!«

»Wir retten euer Gold!«, erklärte ein Bankier.

Abermals explodierte die Versammlung.

Imoshen wandte sich der Gesegneten zu, die zufrieden dreinschaute. Tulkhans angewiderte Miene ließ sie lächeln. Sie beugte sich so dicht zu ihm, dass ihre Lippen sein Ohr streiften. »Das Alltagsgeschäft auf der Strahlenden Insel hat wieder begonnen, doch die größeren Unternehmen, bei denen mehr Kapital auf dem Spiel steht, werden aufgehalten, bis die politische Situation stabiler ist. Die Kaufleute können nicht reisen, solange die Banken weiter ihr Geld einfrieren.«

»Was schlägst du vor, Imoshen?«

»Gib das Kais ... gib dein königliches Siegel den Banken. Wenn sie wissen, dass sie die Ressourcen des königlichen Hauses hinter sich haben, werden sie das Geld wieder freigeben.«

»Aber ich bin bis zur Krönungszeremonie nicht der offizielle Herrscher der Strahlenden Insel.«

»Der Causare wird sich erst wieder im neuen Jahr treffen. Bis dahin können die Händler in den Tavernen und Teehäusern verhandeln und dann ihre Übereinkünfte offiziell anerkennen lassen, sobald der Causare seine Tore öffnet.« Imoshen zögerte und beobachtete Tulkhan genau, während er diesen Plan durchdachte.

Die Gesegnete erhob ihre Stimme über den allgemeinen Lärm. »General, die Strahlende Insel darf ihre Position als Handelszentrum nicht verlieren.«

»Das hört sich vernünftig an.«

»Und das überrascht dich?«, wagte Imoshen zu necken. Erfreut setzte sie sich wieder hin.

Es wurde still im Causare, als die Leute begriffen, dass der General nun sprechen würde.

»Hört mich an.« Tulkhan hob die Hände. »Nach der Krönungszeremonie werde ich die Banken mit den Beständen des königlichen Hauses unterstützen ...«

Lautes Geschrei übertönte seine Stimme, als jeder Kaufmann, Bankier, Kapitän und Gildemeister seine letzten Pläne herausbrüllte und die Geschäftsverhandlungen auf der Stelle begannen.

Gräfin Holzrank verließ ihren Platz, um auf den General zuzumarschieren. Fairban und Athlyng schlossen sich ihr an. Imoshen nahm den Arm des Generals, sich bewusst, dass sie nur einen Teil der ursprünglichen Frage beantwortet hatten. Sie bemerkte, dass die Gesegnete sich an die andere Seite des Generals gestellt hatte.

Tulkhan schüttelte den Kopf, verblüfft von dem Ausmaß des Lärms. Dann sah er die kriegerischen Kelden an, die vor ihm standen, und machte sich bereit, ihren Angriff abzuwehren, aber sie drängten sich um Imoshen.

»Sehr klug, T'Imoshen«, zischte Holzrank durch zusammengebissene Zähne. »Ihr habt uns unsere Unterstützung genommen, indem ihr den Händlern gegeben habt, was sie wollten. Aber der Causare ist nicht nur ein Handelsforum. Wir stehen für den alten Adel, wir haben ein Recht, im Rat zu sitzen und die Politik der Strahlenden Insel zu leiten. Wir werden nicht ruhen, ehe dieses Recht anerkannt wird.«

»Alle Rechte sind verdient, auch das Recht zu dienen«, erwiderte Imoshen.

»Stimmt das?«, erwiderte Tulkhan. Die Arroganz dieser Leute hier verblüffte ihn. Er hatte zwar keine Beweise dafür, aber er wusste, dass sie Reothe und seine Rebellen unterstützten. Es wäre sein Recht gewesen, ihnen ihre Titel und Ländereien abzunehmen. Diese Kelden konnten froh sein, dass sie noch lebten. »General Tulkhan wird sich Eure Petitionen nach den Feierlichkeiten im neuen Jahr anhören«, sagte Imoshen rasch. »Bis dahin wird es im Palast von Adligen und Botschaftern vom Festland nur so wimmeln. Wir müssen ihnen eine geeinte Front zeigen.«

»Nur um der Strahlenden Insel willen«, drängte die Gesegnete.

Tulkhan bemerkte, dass Imoshen und die Gesegnete einen Blick wechselten. Er nahm Imoshens Arm und führte sie aus dem Causare. Seine Männer folgten ihm.

Imoshen hätte gern etwas gesagt, aber er bedeutete ihr zu schweigen, stieg auf sein Pferd und bot ihr die Hand. Sie stellte den Fuß auf seinen Stiefel, sprang nach oben und setzte sich auf seine Oberschenkel. So würde ihr Gespräch nicht belauscht werden.

Nachdem die Tore sich vor der lärmenden Szene drinnen geschlossen hatten, lenkte Tulkhan sein Pferd auf die Straße zum Palast. »Das Volk der Strahlenden Insel verblüfft mich immer wieder«, murmelte er.

»Warum?«

Er gab keine Antwort.

Einen Augenblick später räusperte sich Imoshen. »Ich

wusste, dass du es unverschämt finden würdest, dass die Adligen aus Keldon den Causare-Rat wieder eröffnen wollen.«

Er lachte.

Sie zögerte. »Wenn du in den Krieg ziehst, dann berätst du dich mit deinen Offizieren, du hörst dir an, was die Ortsansässigen zu sagen haben, du denkst darüber nach, was du gehört hast, und dann triffst du darauf basierend deine Entscheidungen, oder?«

Er nickte.

»Die Strahlende Insel zu beherrschen ist nicht anders. Du würdest dir den Rat deiner Offiziere anhören. Unter den Adligen aus Keldon sind Menschen, die achtzig Jahre Geschichte miterlebt haben. Ihr Rat ist doch zweifellos einiges wert?«

»Das stimmt, aber haben sie dieselben Ziele wie ich?«, entgegnete Tulkhan grimmig.

Er lenkte sein Pferd durch die Tore zum Palastgelände, das sie inzwischen erreicht hatten.

»Es gibt ein T'En-Sprichwort, das sich grob übersetzen lässt mit ›Jemand, der nichts besitzt, wird alles aufs Spiel setzen‹«, sagte Imoshen. »Gib deinen Offizieren und den Adligen aus Keldon einen Anteil an der Herrschaft über die Strahlende Insel. Wenn die Insel unter deiner Führung wieder blüht, werden auch sie zu mehr Wohlstand gelangen, und auf diese Weise werden deine Ziele zu den ihren.«

»Die T'En sind tatsächlich ein tückisches Volk.«

Imoshen sprang von seinen Oberschenkeln und landete leichtfüßig auf dem Pflaster. »Es gibt noch ein weiteres T'En-Sprichwort: ›Benutze nicht die Kampfaxt, um eine Fliege zu töten.‹« Sie grinste. »In Hoch-T'En klingt es viel poetischer.«

Er merkte, dass er lächelte. »Das hier sind gefährliche Fliegen.«

Imoshen verbeugte sich knapp und ging davon. Tulkhan

schwang ein Bein über den Pferderücken und sprang aus dem Sattel. Bedauernd sah er hinter Imoshen her, als sie den Palast betrat. Wie sehr hätte er diese Vertraulichkeiten begrüßt, wäre sie nur keine reinblütige T'En gewesen.

In den Tagen, bevor sie offiziell miteinander verbunden werden sollten, dachte Tulkhan viel über Imoshens Worte nach. Als sein Vater noch König gewesen war, hatte er fähige Männer um sich gesammelt und sie belohnt, um sich ihre Treue zu sichern. Diese Methode hatte großen Wert, aber Tulkhan wusste nicht, wie er so etwas einführen konnte. Seine eigenen Männer würden dem Rat einer Frau nicht folgen. Er selbst litt nicht unter solchen Vorurteilen. Er fühlte sich nur wirklich am Leben, wenn er in Imoshens Gesellschaft war. Er war entsetzt festzustellen, dass er ihre Gegenwart brauchte wie eine Droge.

Nun blieb er kurz vor ihrem Kartentisch stehen. Die älteren Adligen aus Keldon hatten sich zurückgezogen, als die Gesegnete den Palast verließ, und nur die jüngeren Mitglieder des Hofes waren zurückgeblieben. Von den anderen Tischen waren Gespräche zu hören; die Spieler dort waren Adlige aus den Königreichen des Festlandes, politisierende Würdenträger der Kirche und mehrere bizarr gekleidete Personen von den Inseln des Archipels.

Die Unterhaltungsveranstaltung dieses Abends hatte länger gedauert als üblich, und Tulkhan war gelangweilt und gereizt. Imoshen langweilte ihn nie.

Imoshen war mit einem T'En-Kartenspiel beschäftigt, bei dem sechs Partner miteinander spielten und es offenbar mehr um Gelächter als um Fähigkeiten ging. In Gheeaba war Glücksspiel eine ernsthafte Sache, die einen Mann seine Ehre kosten konnte. Wenn er Pech hatte, konnte er seine Ländereien und seine Frauen verlieren. Manchmal war dann Selbstmord der einzige Ausweg. Imoshen und ihr Partner traten gegen das Team Wharrd und Kalleen, die gerade von der Besichtigung ihrer Ländereien zurückgekehrt waren und aussahen wie Katzen, die Sahne getrunken hatten, auf der einen Seite und Cariah und Jacolm auf der anderen an.

»Meine Gesegnete und Hochkaiserin sind mehr wert als eure niederen Adligen!«, rief Jacolm gerade triumphierend.

Tulkhan ging um den Tisch herum und stellte sich hinter Imoshen, sodass er ihre Karten sehen konnte. An den langen Winterabenden hatte er die Grundlage dieses Spiels gelernt und verstand das System von Verbündeten gegen Verbündete, bei dem man versuchte, seinen Partner zu unterstützen und die anderen Mannschaften zu bluffen.

Er nutzte die Gelegenheit, um Imoshen zu beobachten; die Wölbung ihrer Wange, die Linie ihres bleichen Halses, die unbewusste Anmut einer jeden Bewegung. Sein Mund war trocken vor Begierde.

Nachdem die Runde beendet war, schob man Imoshen die Karten zu. Ihr Partner Sahorrd griff danach, aber sie war schneller. Tulkhan wusste, sie hatte es nicht bemerkt, aber sie hatte den Offizier beleidigt, als sie die Karten an sich genommen hatte. Geschickt mischte sie und teilte aus. Tulkhan beobachtete weiter das Spiel und suchte nach einer Möglichkeit, ihr einen Rat zu geben, nach irgendeiner Ausrede, sie zu berühren, selbst wenn es in einem Zimmer voller Menschen war. Aber sie hatte gewonnen und gewann auch die nächsten drei Spiele, spielte mit einer erstaunlichen Fähigkeit, die Allianzen ihrer Gegner zu erraten.

Wieder wurde gemischt und ausgeteilt. Jacolm wurde zusehends gereizter, dann feindselig, als er seine neuen Karten bekam. Endlich warf er sie angewidert hin.

Tulkhan erstarrte. Würde sein Offizier Imoshen des Betrugs bezichtigen? In Gheeaba führte eine solche Anschuldigung unweigerlich zu einem Ehrenduell.

Schweigen.

Imoshen legte die Karten hin, die Bilder nach unten. »Gibt es ein Problem, Baron Jacolm?«

»Kein Problem. Ich hätte es einfach besser wissen sollen, als mit einer Dhamfeer zu spielen!«

Tulkhan sah sich um. Die Ghebiten in Hörweite waren plötzlich still geworden.

»Wenn Ihr etwas zu sagen habt, sprecht es aus«, sagte Imoshen leise.

Tulkhan bemerkte, wie Jacolms Schwertbruder Sahorrd ein wenig das Gewicht verlagerte und seine Schulter von seiner Spielpartnerin abwandte. Mit dieser Bewegung entzog er Imoshen seine Unterstützung.

»Nun, Jacolm?«, drängte Imoshen, einen Arm lässig-elegant auf der Stuhllehne. Beleidigte sie ihn bewusst, indem sie seinen neuen Titel wegließ?

Der Mann zog die dunklen Brauen zusammen und drehte seine Karten um. »Seht doch. Ich hatte immer denselben Mist, und das vier Runden lang. Ich habe sogar wieder den abtrünnigen T'En!«

»Der Fall der Karten …«

»Die Karten fallen immer so, dass Ihr siegt.« Jacolm beugte sich vor. »Wie sonst solltet Ihr wissen, was andere Spieler in der Hand haben?«

Die Zuschauer keuchten entsetzt. Tulkhan spürte, wie sie Imoshen neugierig betrachteten. Vielleicht war es ja tatsächlich möglich, dass sie ihre Gaben benutzte, um beim Kartenspiel zu täuschen. Der General fragte sich, ob er sich einmischen sollte.

Mehrere seiner Männer spähten an Imoshen vorbei zu ihm hin und erwarteten offenbar von ihrem General, dass er reagierte. In zwei Tagen würde Imoshen seine Frau werden, und jede Beleidigung ihrer Ehre stellte auch eine Kritik an ihm dar. Dennoch ignorierte er den instinktiven Drang, sie für unschuldig zu erklären.

Wenn in Gheeaba ein Mann des Betrugs bezichtigt wurde, dann war es seine Angelegenheit, seine Ehre zu beweisen, aber Imoshen war eine Frau und von daher nicht in der Lage, Jacolms Herausforderung anzunehmen oder ihn selbst herauszufordern. Tulkhan zögerte. Es gab keine Beispiele, nach denen er sich hätte richten können.

»Ihr habt Unrecht, Jacolm«, erklärte Imoshen mit eisiger Stimme. »Ich würde meine T'En-Kräfte nie für solch erbärmliche Zwecke benutzen.«

Tulkhan sah, wie der Mann zusammenzuckte.

»Das behauptet Ihr«, höhnte Jacolm.

Imoshen machte ein ungeduldiges Geräusch in der Kehle. »Cariah, habe ich irgendetwas anderes eingesetzt als meinen Geist?« Tulkhan sah, wie die rothaarige Schönheit schluckte und das Kinn hob. Er wusste, dass sie lügen würde.

»Woher soll ich das wissen?«, meinte Cariah, als würde die ganze Geschichte sie nur langweilen. »Ich habe nicht gesehen, dass Imoshen etwas anderes tat, als die Karten zu zählen und aus der Art, wie ihre Gegner spielten, zu erraten, was sie noch in Händen hatten.«

»Danke für Eure Unterstützung«, sagte Imoshen trocken.

Tulkhan merkte an ihrem Tonfall, dass Imoshen Cariah tadelte, aber er wusste nicht wofür. Wenn Imoshen nicht betrog, warum log Cariah dann? Bevor Tulkhan noch weiter darüber nachdenken konnte, erhob sich Jacolm und vermittelte damit seine Absicht, Imoshen herauszufordern. Dies gegenüber einer Frau zu tun, würde Jacolm selbst erniedrigen, aber Tulkhan begriff nun, dass Jacolms Ehre ihm nicht gestattete, seine Worte zurückzunehmen.

Die gesamte Szene schien sich zu verlangsamen. Betrug oder nicht, er musste Imoshens Ehre verteidigen. Er musste die Herausforderung auf sich umleiten.

Bevor Jacolm noch etwas sagen konnte, trat Tulkhan vor. »Sollte das eine Beleidigung sein?«

»Niemand ist beleidigt worden«, warf Wharrd beruhigend ein. Genau genommen entsprach das der Wahrheit: Es war noch keine förmliche Herausforderung ausgesprochen worden, weil Tulkhan sich eingemischt hatte, bevor es so weit hatte kommen können.

Imoshen ignorierte Wharrd. Sie stand auf und schaute von Tulkhan zu Jacolm. »Was ist hier los?«

»Ich frage diesen Mann nur, ob er jemanden herausfordern will«, knirschte Tulkhan.

Jacolm sah den General ablehnend an.

»Wenn hier jemand beleidigt wurde, dann ich und nicht du«, fauchte Imoshen.

»Eine Beleidigung meiner Frau ist eine Beleidigung meiner Ehre. Eine Herausforderung«, erwiderte Tulkhan. Dann wandte er sich wieder Jacolm zu und versuchte zu erahnen, was der Mann als Nächstes tun würde.

Schweigend erhob sich Sahorrd und ging um den Tisch herum, um sich neben seinen Schwertbruder zu stellen.

Mit jeder Faser seines Wesens wünschte sich Tulkhan, dass Imoshen ruhig bliebe. Alles, was sie nun sagen würde, würde Jacolm nur mehr reizen. Imoshen war nur einen Herzschlag von ihrem Tod entfernt, denn Jacolm war einer seiner besten Schwertkämpfer. In der Wange des Mannes zuckte ein Muskel. Tulkhan spürte, dass er kurz davor stand, die Beherrschung zu verlieren. Es gab hier keine Möglichkeit zu einem förmlichen Duell. Er kannte Jacolm und er wusste, dass er die Soldatenlösung bevorzugen würde – eine Herausforderung, die angenommen und ein Duell, das sofort ausgefochten werden würde.

»Es gibt keinen Grund dazu, keinen Grund zur Herausforderung.« Wharrd erhob sich. »Ich habe die Karten beobachtet. Niemand kann einen Veteranen wie mich betrügen.«

Dieser Versuch, die Angelegenheit mit Heiterkeit zu lösen, führte zwar nicht zu Gelächter, veränderte aber die Atmosphäre ein wenig.

Imoshen holte tief Luft. »Und ich fühle mich nicht beleidigt. Jacolm kennt mich nicht. Ich würde nie meine T'En-Kräfte für solche Kleinigkeiten benutzen – um ein Leben zu retten, ja, aber doch niemals, um ein Glücksspiel zu gewinnen!«

Mit ein paar kurzen Sätzen hatte sie klargemacht, dass der Mann sich geirrt und sie ihm verziehen hatte. Tulkhan fühlte mit Jacolm, als der sich sträubte.

Auch Cariah stand auf. »Das Essen wird serviert.«

Das plötzliche Eintreten von Dienern mit Tabletts brach die Starre. Imoshen wandte Jacolm entschlossen und lässig den Rücken zu, aber ihre Miene, als sie Tulkhans Blick begegnete, war alles andere als entspannt.

Sie war wütend. Nicht auf Jacolm, sondern auf ihn.

Warum? Er hätte sie verteidigt, auch wenn das bedeutet hätte, einen seiner besten Männer zu verlieren.

Sein Körper brannte vor ungelöster Spannung, als er Imoshen zu dem Tisch begleitete, an dem die Diener das Essen aufgestellt hatten. Jedes Gericht war ein Meisterstück der Präsentation, die Delikatessen geformt wie Tiere, fliegende Vögel oder kunstvolle T'En-Gebäude. Jeder Bissen war eine hinreißende Überraschung für den Gaumen.

Imoshens Finger zitterten ein wenig, als sie ihnen beiden Wein eingoss, obwohl Tulkhan der Einzige war, der das bemerkte.

Rings um sie herum unterhielten sich die Gäste lebhaft, aber ihr Schwatzen war ein wenig zu schrill, ihr Lächeln gezwungen. Sie wichen Tulkhan und Imoshen aus, und das mit unterwürfigen Gesten. Gleichzeitig wusste der General, dass alle ihre Ohren spitzten, um ihr Gespräch zu belauschen, und jeder boshafte Blick auf sie gerichtet war, um die Unterströmungen ihrer Gesten wahrzunehmen.

»Wein, General?« Imoshen bot ihm einen Kristallkelch an.

Seine Finger kribbelten, als sie ihre Hand streiften, und seine Schläfen schmerzten, als gäbe es bald ein Gewitter. Die Erfahrung sagte ihm, dass ihre Kräfte geweckt waren.

»Seit wann gehört meine Ehre nicht mehr mir selbst?« Sie sprach so leise, dass nur er es hören konnte.

Diese beinahe geflüsterte, leidenschaftliche Frage verblüffte ihn. »Übermorgen wirst du meine Frau sein ...«

»Deine Partnerin. Dir gleichgestellt!«, zischte sie, und wandte den Zuschauern den Rücken zu. In einer Geste, die zärtlich aussah, hob sie die Hand und strich eine Haarsträhne von seiner Kehle.

Sein Körper reagierte auf ihre Berührung, aber das verstörte ihn nur noch mehr, weil er nun bemerkte, dass in Imoshens Blick eiskalter Zorns stand. Sie verbarg entschlossen den Inhalt ihres Gesprächs vor jenen, die sie beobachteten. Wieder musste er sie bewundern, sie begehren – und sie fürchten.

»Ich werde an deiner Seite stehen, nicht hinter dir, General. Wenn man mich beleidigt, dann werde *ich* damit zurechtkommen, und nicht du.« Ihre Augen blitzten vor unterdrückter Wut. »Ich bin nicht dein Schoßhündchen, das du hätscheln und vor der wirklichen Welt beschützen kannst.«

Ihre Worte trafen ins Ziel. Einen Augenblick lang versetzte sich Tulkhan an ihre Stelle. Gegen seinen Willen begann er, sie zu begreifen.

Mit einem zufriedenen Nicken wandte Imoshen sich ab und ging anmutig an der Tafel entlang. Sie knabberte hier und probierte dort, blieb stehen, um mit Kirchenwürdenträgern zu sprechen, dann mit Baroness Cariahs beiden Schwestern und den jungen ghebitischen Offizieren, die den Damen kaum von der Seite wichen. Jene, mit denen sie Höflichkeiten austauschte, lächelten, aber Tulkhan sah, wie erleichtert diese Leute dreinschauten, wenn Imoshen weiterging. Etwas in ihm zog sich zusammen. Plötzlich hatte er Mitleid mit Imoshen, der bestimmt war, für immer eine Außenseiterin zu sein.

Mitten in dem allgemeinen Gesprächslärm bemerkte er Jacolms Stimme. Der Mann war immer noch zornig. Sahorrd und ein paar andere standen bei ihm und unterhielten sich, die Blicke auf Imoshen gerichtet.

Wharrd näherte sich Tulkhan zusammen mit Kalleen. Der General grüßte beide, und sie schauten hinüber zu der zornigen Gruppe.

»Jacolm ist ein Hitzkopf«, murmelte Wharrd. »Eines Tages wird er es schon lernen.«

»Oder es wird ihn umbringen«, erwiderte Tulkhan.

Wharrd begegnete Tulkhans Blick in schweigender Zustimmung. »Er hat Glück, dass T'Imoshen es nicht als Beleidigung gewertet hat«, sagte Kalleen.

Wieder spürte Tulkhan diese unangenehme Verschiebung seiner Wahrnehmung. Für Kalleen war das eine Kurzfassung des Vorfalls. Was sie betraf, war Jacolm nur deshalb noch am Leben und überhaupt in der Lage, sich zu ärgern, weil er nicht den Zorn einer reinblütigen T'En auf sich gezogen hatte.

Tulkhan erinnerte sich daran, wie wenig er von diesem Ort und diesen Menschen wusste. Das Gefühl, dass aus alldem nur Unheil entstehen konnte, ließ ihn schaudern. Wozu war eine Dhamfeer fähig, wenn sie entsprechend verärgert war?

Er hatte Imoshen wütend gesehen, er hatte sie verängstigt gesehen, aber niemals hatte sie die Beherrschung verloren. Oder doch? Er erinnerte sich plötzlich an ein Bild, so intensiv, dass es vor seinem geistigen Auge glühte – zwei Kampfhähne, die im Feuer explodierten.

Imoshen hatte sich geweigert, über den Hahnenkampf zu sprechen, aber er wusste, diese Barbarei hatte sie über alle Maßen wütend gemacht. Als sie entdeckt hatte, dass seine Männer auf einen Kampf bis zum Tod gewettet hatten, war sie äußerlich erschreckend ruhig geblieben. Er sah sie nun vor sich, wie sie auf der anderen Seite des Kampfplatzes gestanden hatte, mit leidenschaftlich blitzenden Augen. Dann waren die Vögel plötzlich in Flammen aufgegangen. War das ein Beispiel dafür, was geschah, wenn Imoshen die Beherrschung verlor?

Tulkhan wollte sie suchen, wollte sie vor Jacolms aufbrausendem Charakter warnen, erklären, warum Ehre für seinen Offizier so wichtig war. Er spähte über die Köpfe der Anwesenden hinweg, konnte aber Imoshens auffälliges Silberhaar nicht entdecken. Ungeduld trieb ihn weiter. Er verabschiedete sich von Wharrd und Kalleen, ging durchs Zimmer und musste dabei mehrere Male stehen bleiben und ein paar Worte sagen. Er bemerkte, dass er sich ebenso lässig gab wie Imoshen zuvor.

Dann stellte er sich entschlossen neben Jacolm, legte ihm die Hand auf die Schulter und wechselte ein paar harmlose Worte. Die wirkliche Bedeutung wurde in der Weise übermittelt, wie er neben seinen Männern stand. Er bot ihnen Solidarität, und er sah, wie die Männer das begriffen und wie sich die Erleichterung in ihren Blicken spiegelte.

Dann verließ er den überfüllten Raum und ging in die relative Stille des Flurs hinaus. Er spürte die kühle Luft auf seinen Wangen. Ein Mitglied von Imoshens Festungswache stand an einer Tür. »Wo ist Imoshen hingegangen?«

Der junge Mann nahm Habachtstellung an und nickte mürrisch nach links. Tulkhan ging in diese Richtung und wunderte sich, ob er den Soldaten irgendwie beleidigt hatte.

Er bog um eine Ecke, sah Imoshen aber nicht. Ein Diener kam näher. »Hast du Imoshen gesehen?«

Der Mann deutete in die Richtung, aus der er gekommen war. »T'Imoshen ist mit Baroness Cariah fortgegangen.«

Tulkhan lächelte. Er sagte sich, dass es ein gutes Zeichen war, dass der alte Mann sich in seiner Gegenwart sicher genug fühlte, um ihn dafür zu tadeln, dass er Imoshens Namen nicht mit dem zugehörigen Titel ausgesprochen hatte.

Imoshen hatte ihren Zorn mühsam gebändigt und war bei der ersten Gelegenheit aus dem Saal geschlüpft, um mit Cariah zu sprechen, die bereits vor ihr gegangen war. Als sie um die Ecke bog, sah sie die andere Frau vor sich. »Cariah, wartet!«

Cariah drehte sich um, und Imoshen erkannte an ihren Bewegungen, dass sie die Konfrontation bereits befürchtet hatte.

Ein Diener näherte sich mit einem Essenstablett. Imoshen nickte zu einer offenen Tür hin, und die beiden Frauen traten in den dunklen Raum dahinter.

Das einzige Licht kam aus dem gegenüberliegenden Gebäude. Es fiel durch die deckenhohen Fenster auf den polierten Boden und beleuchtete ein Saiteninstrument. Als würde sie magnetisch davon angezogen, glitt Cariah hinüber und strich über die sinnliche Wölbung des Holzes. Imoshen folgte ihr.

»Ihr allein hättet mich gegen Jacolms Anklage verteidigen können, Cariah. Ihr habt Euch entschieden, das nicht zu tun.« Sie versuchte, sich nicht anmerken zu lassen, wie verraten sie sich fühlte.

Cariah drehte sich nicht um, stattdessen schaute sie aus dem Fenster, und ihre Stimme war nur noch ein Flüstern. »Was hätte ich denn tun sollen?«

»Bestätigen, dass ich meine Gaben nicht benutzt habe, um bei einem dummen Kartenspiel zu betrügen.«

»Ihr wolltet, dass ich bekenne, was ich bin, und vielleicht ausgestoßen werde – wofür?«, wollte Cariah wissen. Ihre tränenfeuchten Augen reflektierten das Licht, flehten um Imoshens Verständnis. »Und warum sollten sie mir glauben, wenn sie Euch nicht glaubten?«

Imoshen begriff. Sie wollte weiter auf Cariah wütend sein, wollte sich über die Ungerechtigkeit beschweren, aber ... »Ihr habt Recht.«

Cariah ließ die Schultern hängen.

Imoshen trat näher zu ihr, legte ihr die Hand auf die Schulter. »Es tut mir Leid. Ich werde Euer Geheimnis nicht verraten.«

Cariah schüttelte den Kopf. Sie schob Imoshen weg und setzte sich auf den Platz neben dem Musikinstrument. »Ihr macht es mir schwer, Euch nicht zu lieben.«

Imoshen schnappte nach Luft. »Ich bitte Euch nur darum, meine Freundin zu sein.«

Cariah lachte verbittert. Sie wischte sich die Tränen ab, dann fuhr sie mit den Händen über die senkrechten Saiten des Instruments, zupfte zerstreut daran, und leise Töne stiegen auf.

Imoshen betrachtete Cariahs anmutige Hände, die elegante Linie ihrer Kehle. »Wie könnt Ihr Eure T'En-Kräfte so gut verbergen?«

»Jahre der Übung.«

Angespanntes Schweigen hing zwischen ihnen. Dann seufzte Cariah. »Meine Kräfte sind unbedeutend, daher war es nicht schwierig. Als meine Mutter starb, schwor ich mir, nie das Ausmaß meines T'En-Erbes zu enthüllen. Könnt Ihr Euch vorstellen, wie es war, in meiner eigenen Festung zu leben und ununterbrochen von Vater und den Dienern beobachtet zu werden, in dem Bewusstsein, dass ein einziger Fehler mich zur Gefangenen machen würde, eingeschlossen, wie man meine Mutter eingeschlossen hatte?«

»Es tut mir Leid.«

»Mir ebenfalls.« Cariah strich über die Saiten. »Ich habe nur eine einzige akzeptable Kraft, und ich benutze sie sparsam.«

Imoshen berührte ihre Finger. »Spielt für mich, Cariah.

Erst so, als würdet Ihr für andere spielen, und dann für mich allein.«

Cariah sah sie an, dann nickte sie.

Tulkhan ging den trüb beleuchteten Flur entlang. Der Palast war so kompliziert, dass er wusste, wenn er Imoshen nicht bald fand, würde er sie nicht eher finden können, als sie es wollte.

Er erstarrte, als aus einem dunklen Zimmer leise T'En-Musik erklang. Lautlos schob er sich durch die halb offene Tür. Die beiden Frauen im Zimmer waren zu versunken, um ihn zu bemerken. Neugierig trat er in tieferen Schatten.

Imoshen war eine hoch aufragende Silhouette vor dem Fenster. Cariah spielte ein elegantes Saiteninstrument. Einen Augenblick lang ließ sie die Finger angespannt über den Saiten schweben, dann beendete sie das Stück mit einem Triller. Tulkhan wusste inzwischen genug, um zu begreifen, dass die Pausen so wichtig waren wie die Töne.

»Diesmal spiele ich für Euch allein«, flüsterte Cariah. Sie strich mit den Fingern über die Saiten und schuf dabei Tonwellen, die so süß waren, dass sie wie Wasser über Tulkhans Haut rannen und ihm Tränen in die Augen trieben. Er fühlte sich, als zupfte sie die Saiten seiner Seele.

Da hielt Cariah inne, und Stille folgte. Endlich seufzte Imoshen tief. »Wie könnt Ihr das zurückhalten?«

Schweigend blickte Cariah zu Imoshen auf. Tulkhan konnte ihr Gesicht nicht sehen, nur ihren Hinterkopf.

»Etwas so Schönes kann nicht schlecht sein«, flüsterte Imoshen.

Cariah erhob sich. Als sie sprach, war ihre Stimme kühl und leidenschaftslos. »Ich habe meinen Weg gewählt.«

»Aber kann es richtig sein, Euch selbst zu etwas so viel Geringerem zu machen, als Ihr wirklich seid, um akzeptiert zu werden?«

Cariahs Lachen klang so scharf wie splitterndes Glas.

»Ihr habt leicht reden«, zischte sie.

Tulkhan sah, wie Imoshens Schultern starr wurden. Die beiden Frauen standen einander nun gegenüber. Er begriff nicht, worüber sie sich stritten.

»Ich weiß nicht, was ich tun soll.« Imoshen hob flehentlich die Hände. »Ich bitte nur um Eure Freundschaft und Euren Rat.«

Cariah schüttelte langsam den Kopf. Dieselbe Hand, die diese bestürzend schöne Musik aus den Saiten hervorgebracht hatte, streichelte nun zart Imoshens Wange. Die Intimität der Berührung ließ Tulkhan zusammenzucken. Als er befürchtet hatte, dass Imoshen sich Liebhaber nahm, hatte er nie daran gedacht, dass es eine Frau sein könnte.

»Ist das alles? Fragt Ihr Euch wirklich noch, wieso ich mich weigern muss?«

»Cariah«, flehte Imoshen.

»Nein. Ihr bittet um mehr, als ich geben kann!« Abrupt drehte sie sich um und ging zur Tür, von Tränen geblendet. Tulkhan hatte die junge Frau nie sonderlich gemocht, aber nun tat sie ihm Leid.

Als ihre Schritte verklungen waren, wandte Tulkhan seine Aufmerksamkeit Imoshen zu. Sie richtete sich auf, nahm sich sichtlich zusammen, dann ging sie auf ihn zu, ohne ihn zu bemerken. Als sie in das trübe Licht trat, bewegte sich Tulkhan und warf die Tür zu. Seine Augen hatten sich an die Dunkelheit gewöhnt, Imoshen hatte zum Licht hingeschaut, aber das plötzliche Schließen der Tür bewirkte, dass sie zur Seite sprang.

So schnell, wie er sich bewegt hatte, war sie verschwunden. Während er sich anstrengte, sie zu erkennen, spürte er diesen vertrauten metallischen Geschmack. Angst krallte eine kalte Hand um sein Herz. »Imoshen?«

»Tulkhan?«

Er entdeckte ihre dunkle Gestalt im Schatten, wo er sie einen Augenblick zuvor noch nicht hatte sehen können. Seine Haut kribbelte unangenehm.

Schweigen hing zwischen ihnen. Er fühlte sich verwundbar, schutzlos gemacht durch die Schönheit der Musik und die Intimität der Szene, deren Zeuge er geworden war. Als er sich nicht regte und nichts sagte, kam sie einen Schritt näher.

»Warum bist du hier, General?«

Er ging zu ihr und hob eine Hand zu ihrer Wange, wie Cariah es getan hatte. Er wollte sie mit einem Kuss von träger, dauerhafter Intensität für sich beanspruchen, ihre Lippen schmecken, ihre Reaktion spüren. Sie legte die Hand auf seine, dann nutzte sie sanften Druck, um den Kontakt zu brechen. »Nein. Ich kann nicht klar denken, wenn du mich berührst.«

Das ließ sein Blut rasen. »Ich auch nicht.«

Die Qual in seiner Stimme überraschte ihn selbst. Er hörte, wie Imoshen die Luft anhielt. Er wollte sie atmen hören, wollte sie keuchen hören, wenn er sie berührte. Wild suchte er ihre Lippen. Nur ein Kuss, sagte er sich.

Aber als sie sich seiner Berührung ergab, wusste er, es würde nie genug sein. Sie war das Elixier seines Lebens, berauschend und wild.

Mit einem leisen Stöhnen löste sich Imoshen von ihm. »Warum bist du mir gefolgt, General?«

Er wusste, er hätte sie jetzt vor Jacolm warnen sollen, aber er wollte die Intimität dieses Augenblicks nicht stören. Dennoch mussten Fragen beantwortet werden. »Was ist zwischen dir und Baroness Cariah?«

Sie wandte sich von ihm ab.

»Imoshen?«, fragte er sanft.

Sie seufzte. »Nichts, was ich mit dir teilen könnte.«

»Aber du teilst etwas mit ihr? Was für unnatürliche Geschöpfe ihr seid!«

Sie schnaubte ungläubig. »Und die Liebe, die deine Männer als Schwertbrüder teilen, ist etwas Natürlicheres?«

Als er nicht antwortete, setzte sie dazu an, an ihm vorbeizugehen. Er packte sie am Arm, kämpfte gegen den Drang an, sie an sich zu ziehen und ihren Willen mit der Leidenschaft seiner Begierde zu brechen. »Welche Intrigen schmiedest du mit Cariah? Antworte mir!«

Ihre Augen waren dunkle Pfützen in ihrem bleichen Gesicht. Sie antwortete nicht, sie stritt nichts ab.

Er packte sie fester. »Imoshen, du sagst, ich sollte dir vertrauen. Wie kann ich das?«

Traurig tat sie, was er zuvor getan hatte, legte ihre Hand an seine Wange. Sie senkte die Lider, beugte sich weit genug vor, um seine Lippen mit den ihren zu streifen. »Vertrauen muss gegeben werden.« Ihr Atem berührte sein Gesicht.

Er erwiderte den Kuss. »Verdient, nicht gegeben. Ich lasse nicht zu, dass es zwischen uns Geheimnisse gibt.«

Sie wich zurück. »Das sagst du so leicht. Aber dieses Geheimnis ist nicht das meine, und daher kann ich es nicht mit dir teilen. Lass mich gehen, General.«

Er hätte es ihr am liebsten verweigert. Als ob sie das spürte, drehte sie den Arm und entzog sich seinem Griff.

»Wir von den T'En brechen unser Wort nicht«, sagte sie.

»Du sprichst in Rätseln. Du kannst nicht von mir erwarten, dir blind zu vertrauen. Ich war bereit, dich heute Nacht gegen meinen eigenen Offizier zu unterstützen.«

»Dieser Jacolm bringt nur Ärger. Und es ist meine Sache, meine eigene Ehre ...«

»Alles, was du tust oder sagst, fällt auf mich zurück«, widersprach er.

»Ich könnte dasselbe behaupten. Wie wäre dir zumute, wenn ich deine Kämpfe für dich austragen würde?«

Er spannte sich an. »Das hast du. Du hast nicht einmal

mit mir gesprochen, bevor du diese Übersetzer ausgewählt hast.«

Ihr verblüffter Blick amüsierte ihn trotz seines Zorns. Einen Augenblick lang sagte sie nichts. Dann hob sie das Kinn, als müsse sie sich etwas Unangenehmem stellen. »Ich verstehe. Wenn ich dich beleidigt habe, tut es mir Leid, General Tulkhan. Aber ich bin daran gewöhnt, meine eigenen Entscheidungen zu treffen und dementsprechend zu handeln. Ich hatte nur dein Bestes im Sinn.«

»Ich könnte dasselbe sagen. Du weißt nicht, was Ehre für einen ghebitischen Mann bedeutet.«

»Und sie bedeutet nichts für eine ghebitische Frau, oder für irgendeine Frau?«, flüsterte sie.

Hilflos hob er die Hände.

Imoshen ging zur Tür. Als sie sie öffnete, umfing sie das Kerzenlicht mit seinem goldenen Schein. Als sie noch einmal zu ihm zurückschaute, hätte er ihr am liebsten die Sorgenfalte von der Stirn geküsst.

»Übermorgen werden wir unsere Schwüre ablegen, General. Eine solche Verbindung ist keine trockene juristische Transaktion. Es ist kein Austausch von Eigentum, bei dem ein Mann sich eine Frau anschafft, die ihm als Zuchtstute dienen wird.« Ihre Stimme war beinahe vollkommen erstickt. Er konnte die Tränen in ihren dunklen Augen sehen. »Diese Verbindung ist eine Verbindung der Seelen. Ich kann nur beten, dass wir es nicht bereuen werden.«

Und mit diesen Worten war sie verschwunden.

Er wollte sie zurückrufen, wollte ihr erklären, dass seine Gefühle für sie nichts mit politischen Notwendigkeiten zu tun hatten. Aber wie konnte er ihr das klarmachen, wo er sich selbst bereits versprochen hatte, sich zwar an ihrem Körper zu erfreuen, aber sein Inneres von ihren Kräften abzugrenzen?

Einen ghebitischen Soldaten verband die engste Freundschaft mit seinesgleichen, mit seinem Schwertbruder. Gemeinsam stellten sie sich dem Tod auf dem Schlachtfeld. Er vertraute seinem Schwertbruder mit seinem Leben. Ein ghebitischer Soldat teilte erheblich weniger mit seinem Weib, das er kaum zu sehen bekam – immerhin war sie nur eine Frau.

Tulkhan war schwindlig. Imoshen erwartete, dass er sie als seinesgleichen betrachtete. Aber konnte er seine Seele mit ihr teilen? Und würde sie sich mit weniger zufrieden geben?

9

Imoshen verbarg ihre Überraschung, als Tulkhan sich bei ihr einhakte und sie von den anderen wegzog.

»In Gheeaba ist es Brauch, dass ein Mann seiner zukünftigen Frau am Tag vor der Hochzeit ein Geschenk macht«, sagte er.

Es lag Imoshen auf der Zunge, ihn zu verbessern – sie würde nie »seine Frau« – sein, aber sie wollte einen solch seltenen Augenblick der Gemeinsamkeit nicht stören.

Sie war sich der missbilligenden Blicke von Holzrank und Athlyng bewusst, als Tulkhan sie aus dem Salon führte. Den alten Bräuchen entsprechend fastete ein Paar vor der Verbindung, es war eine Zeit der Läuterung, in der die Verlobten keinerlei Kontakt miteinander hatten. Aber noch vor der ghebitischen Invasion hatten sich nur altmodische Leute wie Imoshens Verwandte und die Adligen im Hochland von Keldon an die Bräuche gehalten. Bei Hof hatte man nur noch von Mitternacht an gefastet, und das hatte Imoshen auch vor.

Tulkhan öffnete die Tür zu seinem Kartenzimmer und zu dem Tisch, der ausnahmsweise nicht voller Landkarten war. Vier geheimnisvolle Gegenstände befanden sich darauf. »Als Erstes«, sagte er und griff nach dem Buch Reothes des Baumeisters, »möchte ich dir für die Übersetzung der Stellen über die Verteidigung von T'Diemn danken. Was für ein genialer Geist, und er lebte bereits vor vierhundert Jahren!«

Imoshen musste lächeln.

Tulkhan schob das Buch beiseite und wickelte ein dickes Seidentuch auf, um das längste Schwert zu enthüllen, das Imoshen je gesehen hatte. »Ich möchte, dass du dies siehst. Ich weiß, du hältst mein Volk für barbarisch, weil wir keine schriftlichen Aufzeichnungen haben, die hunderte von Jahren zurückreichen. Das hier ist das Schwert meines Großvaters, das mir übergeben wurde. Wie du siehst, ist die Scheide nicht sonderlich dekoriert, aber der Griff ist eine andere Sache.« Er zeigte ihr den Griff des Schwertes. Er war mit Emaileinlegearbeiten versehen, die überraschend anmutig ein stilisiertes, sich aufbäumendes Pferd zeigten. »Das ist meine Größe – ein Anderthalb-Hände-Griff. Ich bin meinem Großvater Seerkhan dem Riesen oder dem Großen sehr ähnlich. In unserer Sprache sind ›Riese‹ und ›groß‹ dieselben Worte. Zu Zeiten meines Großvaters hing das Leben eines Mannes von seinem Schwert und seinem Pferd ab. Man hat mich gelehrt, dieses Schwert nie zu ziehen, ohne Blut zu fordern. Der Große Akha Khan verlangte diesen Tribut. Komm näher. Ich möchte, dass du es siehst.«

Beinahe gegen ihren Willen ging Imoshen auf ihn zu. Er stellte sich hinter sie und streckte die Arme um sie herum aus, Imoshens Rücken an seine Brust gedrückt. Seine tiefe Stimme umhüllte sie. Ihr wurde warm bis ins tiefste Innere.

»Dieses Schwert sollte nicht im direkten Sonnenlicht gezogen werden.« Ohne ein weiteres Wort zog er es aus der pelzgefütterten Scheide und hielt es vor sich, sodass Imoshen die Klinge bewundern konnte. »Hauche auf die Klinge und sieh, wie Akha Khans Schlange zum Leben erwacht.«

Imoshen holte tief Luft und atmete aus. Als ihr Atem sich über die Klinge bewegte, wurde dort ein Muster sichtbar, das den Variationen auf einer Schlangenhaut ähnelte. Sie stieß einen erstaunten Ruf aus und streckte die Hand aus, um die Klinge zu berühren.

»*Nein!*«, zischte Tulkhan. »Sie ist Akha Khan geweiht.«

Es juckte Imoshen in den Fingern, die schimmernde Klinge zu berühren, weil sie feststellen wollte, ob sie die Kraft identifizieren konnte, die das Metall belebte.

»Wie wurde sie hergestellt?«

»Diese Waffe ist ein Kunstwerk. Die Klinge wurde in drei Stufen geschaffen: Erst kalt umeinander gewunden, geschmiedet, dann wieder gewunden und abermals geschmiedet. Dann wurde sie aufs Sorgfältigste geschliffen und poliert. Das ist nicht das Werk eines barbarischen Volkes.«

Er ließ Imoshen los, und sie trat beiseite. Er sah sie an. Sie schaute zu, wie er mit dem Finger über die Klinge fuhr und eine Blutspur zurückließ.

Ohne den Blick von Tulkhan zu nehmen, legte Imoshen die Spitze ihres sechsten Fingers an die Schneide. Sie wusste, sie konnte mit ihrer Heilgabe eine Wunde versiegeln. Nun konzentrierte sie sich darauf, eine Wunde zu schaffen. Ein Blutstropfen bildete sich auf ihrer Fingerkuppe, fiel und rann dann über das glitzernde Metall. Tulkhan riss seine dunklen Augen auf. Kein Wort fiel, aber sie verstanden einander.

Tulkhan säuberte die Klinge, bevor er sie wieder in die Scheide steckte.

»Ich danke dir, dass du das mit mir geteilt hast«, sagte sie. »Es ist ein Geschenk, das ich immer hoch schätzen werde.«

Er lachte. »Dein Geschenk ist greifbarer als das.« Mit

großer Geste öffnete er einen flachen Kasten auf dem Tisch. »Das ist dein Geschenk, ein Reif aus reinem Gold, passend zu meinem Zeremonialgürtel.«

Imoshen starrte das Halsband an. Die Linie war elegant genug, eine Halbmondform. Das war es nicht, was sie störte. Es war das Thema der Filigran- und Emailarbeit.

»Siehst du.« Tulkhan wies auf seinen Zeremonialgürtel, der aus rechteckigen Platten aus Gold bestand, die dasselbe Muster zeigten. »Lass mich sehen, wie dir der Reif passt.«

Imoshen öffnete den Mund um zu widersprechen, aber dann schwieg sie. Tulkhan legte ihr den schweren Goldreif um den Hals und trat dann zurück, um die Wirkung zu studieren.

Imoshen hob die Hand zu dem Reif, er fühlte sich an wie ein Sklavenjoch, das sie an Tulkhans Vorstellungen einer Ehefrau band. Sie öffnete den Verschluss und nahm den Reif langsam wieder ab, legte ihn zurück auf sein Samtbett.

»Was ist, Imoshen?«

»Deine Männer schmücken sich mit Gold.«

»Das ist unsere Art. Wir tragen unseren Wohlstand mit uns. Es ist noch nicht allzu lange her, dass wir ein Nomadenvolk waren, und alte Gewohnheiten sind schwer abzulegen.

Imoshen seufzte. Wieder hatte er sich in Verteidigungsstellung begeben. »Was ist das dort auf dem Reif, General?«

Tulkhan runzelte die Stirn, denn er ging davon aus, dass es offensichtlich war. »Der große Akha Khan in Gestalt eines schwarzen Hengstes.«

»Aber was tut er?«

»Er vernichtet die Feinde seines Volkes.« Noch während er es aussprach, begriff er, worauf sie angespielt hatte. »Es spielt auf einen Mythos an, in dem er sich in einen Hengst verwandelt und seine Gegner niedertrampelt.«

»Tod und Blutvergießen!« Sie nahm den schweren Reif von seinem Ruheplatz und hielt ihn ihm vor Augen. Ihre Stimme war blechern vor Zorn. Ihre Insel war von Akha Khans Hengst zertrampelt, ihre Familie getötet worden. Wie konnte er erwarten, dass sie so etwas trug? Tränen brannten in ihren Augen. »Das hier ist eine hervorragende Arbeit, aber sie erzählt von Blut und Tod. Ist der ghebitische Geist so durchtränkt von Gewalt, dass er keinen Frieden, keine Schönheit um ihrer selbst willen schaffen kann?«

»Du nimmst mein Geschenk nicht an?«

»Ich werde dein Geschenk voller Hochachtung annehmen. Aber ich werde nie ›deine Frau‹ sein und ein Sklavenjoch tragen.« Imoshen legte den Reif zurück und sah ihn verzweifelt an. Plötzlich griff sie nach dem großen Schwert in seinem Samtbett. »Dass du dies mit mir geteilt hast, ist mir wichtiger als alles andere!«

Diese Erklärung wärmte Tulkhan. Er nahm ihr das Schwert aus der Hand und wickelte es vorsichtig wieder in das Tuch. »Jeden Morgen, wenn ich aufwache, frage ich mich, womit wird Imoshen mich heute verstören?«

Schweigen hing zwischen ihnen, schwer von so vielen Worten, die ungesagt geblieben waren.

Imoshen berührte seinen Arm. »Keiner von uns hat einen leichten Weg, General. Wir werden uns miteinander verbinden und am letzten Tag des alten Jahres gekrönt werden. Wenn die Sonne übermorgen aufgeht, wird es das erste Morgengrauen eines neuen Zeitalters auf der Strahlenden Insel sein.«

Er legte die Hand auf ihre. »Ich wollte dich mit meinem Geschenk nicht beleidigen.«

»Es sind die Geschenke, die man nicht sehen kann, die ich am höchsten schätze.«

Er schüttelte den Kopf. »Du bist eine ganz besondere Frau, Imoshen.«

Sie lächelte. »Wir sehen uns heute Abend beim Fest.«

Erst als sich die Tür hinter ihr schloss, bemerkte Tulkhan, dass sie den Reif nicht mitgenommen hatte. Er würde ihn zu ihrem Zimmer schicken lassen.

Er ging zur Feuerstelle, stocherte in den Kohlen herum, dann setzte er sich vors Feuer, Seerkhans Schwert über seinen Knien. Sein Herz schlug schneller, als er sich an Imoshens Worte erinnerte. Übermorgen würde die Sonne zu einem neuen Zeitalter für die Strahlende Insel aufgehen, einem Zeitalter, geprägt von Gefahr und Herausforderung. Einem Zeitalter, das als das seine gelten würde!

Imoshen bewegte sich ungeduldig, und ihre neue Zofe ließ den Kamm fallen. »Entschuldige, Merkah.«

Das Mädchen errötete, und Imoshen nahm an, dass sie nicht daran gewöhnt war, dass sich Mitglieder der kaiserlichen Familie entschuldigten.

»Es wird heute Abend ein großartiges Fest geben«, meinte Merkah.

Imoshen nickte. Dies war ihr letzter ungebundener Abend. Der nächste Tag würde am Morgen die Bindungszeremonie und nach dem Mittagessen die doppelte Krönung bringen. Sie wäre sich gerne sicher gewesen, dass ihre Verbindung mit Tulkhan der Strahlenden Insel den Frieden bringen würde, und es quälte sie, nicht zu wissen, was aus Reothe werden sollte. Sie fühlte sich ungeheuer versucht, in die Zukunft zu schauen, aber dazu fehlte es ihr an Beherrschung.

Und immer noch wusste sie nichts über ihre Kräfte. Der Hüter des Wissens hatte ihr zwar eine Unmenge alter Dokumente zur Verfügung gestellt, aber sie konnte keine Geschichte ihres Volkes und keine Abhandlung über die T'En-Kräfte finden. Wäre doch nur das T'Elegos, das Tagebuch der ersten Imoshen, nicht zerstört worden!

»Fertig, T'Imoshen.« Merkah trat mit einem zufriedenen Lächeln zurück und verharrte erwartungsvoll hinter Imoshen.

Imoshen betrachtete ihr Spiegelbild. Sie sah sich nicht sonderlich ähnlich. Die Zofe hatte eine Frisur geschaffen, die für den kaiserlichen Hof angemessen war. Imoshens Haar war an ihrem Hinterkopf über Polster gezogen worden und bildete dort einen silbernen Fächer. Ein einzelner dunkelblauer Saphir hing in der Mitte ihrer Stirn. Imoshen hatte sich gegen ein Diadem aus Zirkonen ausgesprochen und die Schlichtheit dieses einzelnen Steins vorgezogen, der das dunkle Blau ihres Unterkleides wieder aufnahm.

»Ich sehe so ... herrschaftlich aus«, sagte Imoshen. »Ich danke dir.« Aber sie wusste, das war nicht die Reaktion, auf die Merkah gehofft hatte.

Das Mädchen war von Kalleen empfohlen worden und eine fähige Zofe, aber Imoshen konnte ihr Misstrauen ihr gegenüber nicht ablegen. Sie sehnte sich nach der Gesellschaft ihrer alten Freundin.

»Du hast dann den Rest des Abends frei.« Imoshen stand auf.

»Sehr wohl, T'Imoshen.« Eindeutig enttäuscht kniete Merkah nieder, um Imoshens Brokatübergewand zurechtzuzupfen, das mit den feinsten Fäden gesponnenen Silbers bestickt war. Es hing über dem samtenen Unterkleid bis zu Imoshens Knien.

Als Merkah aufstand, stolperte sie. Imoshen packte das Mädchen am Arm, aber sie entzog sich rasch. Ebenso rasch entschuldigte sie sich mit einer tiefen Verbeugung. »Verzeiht mir, Herrin.«

»Das macht nichts«, flüsterte Imoshen. Aber das stimmte nicht. Es tat ihr weh, wenn sich Menschen vor ihrer Berührung fürchteten, als könnte sie sie mit einer Seuche anstecken.

Sie tat so, als zupfte sie ihren Ausschnitt zurecht. Es war unangenehm, mit der Wirklichkeit ihrer Stellung konfrontiert zu werden. Wenn sie verzweifelt waren, wandten sich die Menschen vielleicht an sie um Hilfe, aber im Alltagsleben war sie eine Ausgestoßene. In diesem Zeitalter der Aufklärung war eine Gruppe von den Auswirkungen aufgeklärten Denkens ausgeschlossen: die T'En. »Du darfst gehen, Merkah. Feiere mit den anderen.«

Die Zofe vollzog die traditionelle Verbeugung, ohne dabei Imoshens Blick zu begegnen, und zog sich dann schweigend zurück.

Imoshen ging im Zimmer auf und ab. Sie war zu früh fertig, weil sie beschlossen hatte, nicht an den Unterhaltungsveranstaltungen des Nachmittags teilzunehmen. Sie hatte geglaubt, Zeit zu brauchen, um sich für diesen Abend und den nächsten Tag zu fassen, aber nun war sie ruhelos.

Es würde doch sicher nicht stören, wenn sie ein wenig im Palast umherstreifte? Sie könnte so tun, als wolle sie bei der Organisation der Festlichkeiten letzte Hand anlegen. Sie ging auf den langen Flur hinaus und machte sich entschlossen auf den Weg. Die tausend Zimmer des Palastes waren voll belegt. Die Adligen aus Keldon hatten ihre eigenen Gefolge mitgebracht, und in den Dienstbotenquartieren waren Künstler aller Art untergebracht. Botschafter vom Festland und Adlige waren während der letzten zehn Tage in Massen eingetroffen. Das war für sich genommen ein gutes Zeichen. Es bedeutete, dass ihre Herrscher bereit waren, General Tulkhan als Souverän der Strahlenden Insel anzuerkennen. Aus Gesprächen mit unterschiedlichen Gruppen hatte Imoshen erfahren, dass der General wohl bekannt und hoch geachtet war. Selbst die Botschafter jener Länder, die von Gheeaba erobert worden waren, sprachen gut von ihm.

Sie hatte sehr diplomatisch sein müssen, als sie die Botschafter der drei Festlandreiche begrüßte. Als die Kaiserin sich an diese südlichen Königreiche gewandt und sich auf ihre alte Allianz berufen hatte, hatten sie behauptet, ihre

Armeen nicht rechtzeitig gegen die ghebitische Invasion mobilisieren zu können. Aber nun präsentierten sie sich dreist, als wäre diese Ausrede nicht papierdünn gewesen.

Imoshen nahm an, dass die kupferhäutigen Männer aus dem Norden des Festlands Tulkhan auch Neuigkeiten über seinen Halbbruder gebracht hatten. Soweit sie wusste, hatte sich Gharavan zurückgezogen, um seine Wunden zu lecken, aber niemand war aus Gheeaba geschickt worden, um sie über den Stand der Dinge zu informieren. Wenn dieses Fehlen eines Botschafters aus seiner Heimat Tulkhan beunruhigte, zeigte er es nicht – jedenfalls nicht Imoshen gegenüber.

Eine vertraute arrogante Stimme erklang von der großen Treppe der marmornen Eingangshalle. Imoshen wurde eiskalt. Sie wagte kaum zu atmen und spähte um eine Säule. Kinraid der Vaygharier. Dieser tückische Verräter höchstpersönlich!

Dies war die Schlange, die Gharavan dazu überredet hatte, Imoshen und Tulkhan gefangen zu nehmen. Widerwillig erinnerte sie sich an diese schrecklichen Tage. Als sie nicht in ihrer Festung gewesen war, um den ghebitischen König und seinen vaygharischen Berater zu begrüßen, hatten die beiden sie zur Rebellin erklärt. Tatsächlich war sie von Drake, einem von Reothes Männern, entführt worden. Sie war entkommen und in ihre Festung geflüchtet, wo sie den König und seine Ghebiten beim Festmahl in ihrer großen Halle vorgefunden hatte. Nur kurze Zeit später war auch Tulkhan aus dem Hochland von Keldon zurückgekehrt, wo es ihm nicht gelungen war, Reothe festzunehmen. Kinraid hatte seine Chance erkannt und behauptet, wäre der General wirklich loyal zu König Gharavan, dann würde er sofort umkehren und weiter Rebellen jagen.

Als sich Tulkhan geweigert hatte, dies zu tun, bevor der Schnee auf den hohen Pässen geschmolzen war, war Kinraid in Tulkhans Schlafzimmer marschiert, wo Imoshen und der General eng umschlungen gelegen hatten. Kinraid hatte gelacht, als seine Männer Tulkhan vor Imoshens Augen zusammenschlugen. Aber, so dachte sie nun lächelnd, als Kinraid ihre nackte Haut berührt hatte, hatte sie seinen Tod vorhergesehen. Der Vaygharier würde in Flammen sterben.

Kinraids Stimme riss sie aus ihren Erinnerungen, und sie schaute hinunter und sah ihn in den Staatsgewändern der Vayghar inklusive geflochtenem Haar und sorgfältig geöltem und geschnittenem Bart. Er wurde von mehreren Männern in den gleichen kunstvollen Gewändern des vaygharischen Kaufmannsadels begleitet. Sie hielten sich selbstsicher, überzeugt von ihrer eigenen Bedeutung. Imoshen hatte bei anderen Botschaftergruppen dieselbe Haltung bemerkt.

Sie wurde rot. Wie konnte Kinraid es wagen, sich auf die Immunität eines Botschafters zu verlassen und in ihren Palast einzudringen? Sie musste den General warnen. Rasch verließ sie die obere Galerie und eilte zum Salon.

Als sie das vertraute Profil Tulkhans entdeckte, musste sie lächeln. Er sah sich eine Vorstellung an, von der sie wusste, dass er sie unerträglich langweilig finden musste. Ein Zuschauer würde sehr viel über die ritualisierte Lied- und Tanzkunst wissen und Kenntnisse der T'En-Geschichte haben müssen, um die Andeutungen zu verstehen.

Als es ihr nicht gelang, Tulkhan auf sich aufmerksam zu machen, wurde Imoshen nervös. Sie musste ihn warnen, aber es verstieß gegen alle Traditionen ihres Volkes, eine solche Vorstellung zu unterbrechen. Sie musste seine Aufmerksamkeit mit anderen Mitteln auf sich lenken.

General Tulkhan sah sich das Stück an und fragte sich im Stillen, wie irgendjemand mit unbeeindruckter Miene solch lächerliche Kostüme tragen konnte. Wieso sie auf einem Bein balancierten und dabei zarte Armbewegungen vollführten, war etwas, das er einfach nicht begriff. Als schließlich eine Zimbel erklang, schnippten die Adligen aus Keldon anerkennend mit den Fingern.

Mehrere seiner Männer sahen den General an. Er verbiss sich ein Lächeln und dachte an den nächsten Tag. Bald würde Imoshen rechtmäßig ihm gehören. Trotz seiner Ungeduld schlich sich auch Furcht in sein Herz, denn kein Echtmann hatte sich seit über sechshundert Jahren mit einer reinblütigen T'En-Frau verbunden. Was hatte Imoshen die Erste mit ihrem Keuschheitsgelübde zu verbergen versucht?

Etwas berührte seine Sinne. Es fühlte sich an, als strichen seidige Finger über seine Haut. Diese Berührung war so sinnlich, dass er schlucken musste. Es kribbelte auf seinen Lippen. Er hatte das intensive Bedürfnis, Imoshen zu suchen und sie zu küssen. Seine Nackenhaare sträubten sich. Sehr langsam drehte er sich um.

Dort war sie, stand im Eingang und starrte ihn an. Verflucht sollte sie sein!

Sie winkte, und er erkannte die Unruhe in ihren Augen.

Er sprang auf, drängte sich an den eng stehenden Tischen und Stühlen vorbei, eilte auf sie zu wie ein Hund, den sein Herr gerufen hat. Zorn stieg in ihm auf.

Wharrd schaute ihn an, wartete auf ein Zeichen, ihn begleiten zu dürfen. Tulkhan schüttelte den Kopf. Er wollte nicht, dass jemand wusste, wie die Dhamfeer an seiner Leine gerissen hatte.

»General«, flüsterte Imoshen. Sie ergriff seine Hand und zog ihn mit sich, eilte über den breiten Flur zu einer Fensternische, wo sie in Ruhe sprechen konnten. Sie strahlte Zorn aus, aber dieser Zorn hatte offenbar nichts mit ihm zu tun.

»Ich habe Kinraid gesehen«, fuhr sie leise fort. »Er hat es doch tatsächlich gewagt, als Botschafter von Vayghar hierher zu kommen! Was sollen wir tun?«

Bevor Tulkhan antworten konnte, wurden sie vom

gleichmäßigen Tritt bestiefelter Füße auf dem Parkettboden des Flurs unterbrochen. Tulkhan trat aus der Nische und entdeckte einen wichtigtuerischen Diener, der fünf aufwändig gekleidete Vaygharier auf ihn zuführte, darunter auch Kinraid.

Er spürte Imoshen an seiner Seite, und ihre Gegenwart wärmte ihn. Es überraschte ihn festzustellen, dass er ihre Unterstützung irgendwie tröstlich fand.

Kinraid trat vor seine Genossen und verbeugte sich höflich. Er hielt eine versiegelte Schriftrolle in seiner ausgestreckten Hand. »So sehen wir uns wieder, General Tulkhan. Ich bin Botschafter der Vayghar, und dies sind die Söhne des Handelsrates – Fürsten, die gekommen sind, um Eure Krönung zu feiern.«

Tulkhan nahm die Rolle entgegen, brach das Siegel und las. Imoshen spähte ihm über die Schulter.

Sie konnten Kinraid als Botschafter Vayghars ein Willkommen nicht verweigern, ohne diese Handelsnation zu beleidigen. Die jungen Fürsten waren anwesend, um seiner Position weiteres Gewicht zu verleihen. Tulkhan wollte sich nicht eines der mächtigsten Reiche des Festlandes zum Feind machen. Er spürte Imoshens angespannte Hand an seinem Rücken.

»Willkommen, Vaygharier.« Er nickte ihnen so knapp zu, dass es gerade eben noch als höflich zu betrachten war, dann schaute er Imoshen an. »T'Imoshen, würdest du bitte angemessene Gemächer für diese Herren finden und ihnen Plätze für die morgige Zeremonie sichern?«

Er wusste, Imoshen würde verstehen, dass es notwendig war, die Vaygharier aufzunehmen, aber es war klar, dass es ihr nicht gefiel. Er packte sie am Arm, versuchte, ihr zu vermitteln, dass sie sich auf sein Urteil verlassen sollte. Wenn er die Vaygharier am Vorabend seiner Krönung vertrieb, wie würden die anderen Botschafter reagieren?

Erst an diesem Morgen hatte er Nachrichten erhalten,

die bestätigten, dass sein Halbbruder Rachepläne schmiedete. Es genügte Gharavan nicht, dass er das ausgedehnte ghebitische Reich geerbt hatte und den Nutzen aus Tulkhans jahrelangen treuen Diensten zog. Er wollte auch die Strahlende Insel haben.

Tulkhan fürchtete seinen Halbbruder aus gutem Grund. Er kannte die Stärke der Armee, die Gharavan aufstellen würde. Wäre er an der Stelle des Königs gewesen, dann hätte er eine massive Streitkraft mobilisiert, indem er sich auf Allianzen und Hilfstruppen aus eroberten Ländern berief. Er hätte schnell und gnadenlos zugeschlagen. Die Rebellion musste erstickt werden, bevor sie sich ausbreiten konnte. Nur eine Generation trennte die eroberten Königreiche Gheeabas von der Freiheit, und sie trugen ihr Joch nicht sonderlich willig.

Wenn Tulkhan nicht zusehen wollte, wie die fruchtbaren Felder und wohlhabenden Städte der Insel vernichtet wurden, musste er den vaygharischen Botschafter willkommen heißen. Politik widerte ihn an.

Imoshen warf dem General einen scharfen Blick zu, dann wandte sie sich den Vaygharieren zu und grüßte sie höflich auf die Art der T'En. »Willkommen. Bitte nehmt ein paar Erfrischungen zu Euch und seht Euch die Vorstellung an, während ich Eure Gemächer vorbereite.«

Sie begleitete sie in den Salon, dann kehrte sie rasch an Tulkhans Seite zurück. Er stand am Fenster und schaute in den Schnee hinaus. Es dämmerte schon beinahe, und er wirkte müde und deprimiert, als fehlte ihm seine warme Heimat. Imoshen fühlte sich ihm sehr nahe. Sie hatte ihre Familie verloren, aber indem er die Strahlende Insel eroberte, hatte der General seine Familie *und* seine Heimat aufgegeben. Sie hätte es ihm so gerne leichter gemacht.

»Ich weiß, du musst Kinraid aus politischer Notwendigkeit willkommen heißen, aber ich kann nicht vergessen ...«

»Glaubst du denn, dass ich es könnte? Wegen Kinraids

Lügen hasst mein Halbbruder mich!« Tulkhan seufzte zornig. Er kam ihr älter vor als üblich und mehr als nur ein wenig zynisch. »Ich weiß, was Kinraid ist, Imoshen. Es ist mir lieber, er befindet sich hier, wo ich ihn beobachten kann, als wenn er anderswo Ärger macht.«

»Er wird dem ghebitischen König Bericht erstatten.«

Tulkhans Wolfsgrinsen bewirkte, dass ihr Herz sich zusammenzog.

»Ja, er wird Gharavan Bericht erstatten. Und er wird ihm sagen, was ich ihn wissen lassen möchte.«

Imoshen spürte, wie ein Abbild von Tulkhans Lächeln ihre Mundwinkel umspielte, aber sie war immer noch unruhig. Sie legte ihre Hand auf den Arm des Generals, suchte Trost, Kontakt. »Es gefällt mir nicht.«

Er richtete sich auf und sah ihr ins Gesicht, seine Obsidianaugen undurchdringlich. »Glaubst du etwa, dass es mir gefällt?« Er lächelte grimmig. »Mein Vater hat mir vieles beigebracht, aber eines vor allem: Behalte deine Feinde in deiner Nähe, wo du sehen kannst, was sie vorhaben.«

Kalte Angst ließ Imoshen frösteln. Wollte Tulkhan ihr damit sagen, dass sie sein liebster Feind war, den er am nächsten bei sich wissen wollte, so nah, dass er sie mit ins Bett nahm?

Angewidert von dem Gedanken wandte sie sich ab. »Es gibt Dinge, um die ich mich kümmern muss; bitte entschuldige mich, General.«

Viel später an diesem Abend löste Imoshen ihre kunstvolle Frisur und massierte sich die pochenden Schläfen. Es hatte keine Gelegenheit gegeben, etwas zu essen oder sich zu entspannen, und schon gar nicht, in Ruhe mit General Tulkhan zu sprechen. Die Vaygharier mussten in ihrer Bedeutung entsprechenden Gemächern untergebracht werden, und sie hatte ihnen außerdem angemessene Plätze für die morgigen Zeremonien verschaffen müssen. Sie war erschöpft.

Als sie einen Kräutertrank gegen ihre Kopfschmerzen zu sich nahm, blieb ihr der bittere Geschmack im Mund hängen, also spülte sie ihn mit einem Kelch Wein weg. Sie musste an diesem Abend schlafen, denn sie durfte am nächsten Tag keine Schwäche zeigen. Imoshen starrte ins Feuer und beobachtet seine springenden Muster.

Zu denken, dass sie sich den Tag ihrer Bindung einmal als Tag großer Freude und spiritueller Bedeutung vorgestellt hatte – die Verbindung ihrer Seele mit der Seele Reothes!

Verträumt zog sie das Spitzenoberkleid aus und legte es über den Stuhl, gefolgt vom samtenen Unterkleid. Sie trat ihre bestickten Schuhe weg und kniete sich nackt auf das Fell vor dem Kamin. Ihr Haar glitt wie ein Seidentuch über ihre Schultern und ihren Rücken. Sie spürte die Wärme des Feuers auf ihrer nackten Haut.

Das Fell war dicht und so fein, dass es sie verlockte, es zu streicheln. Sie sank in seine Umarmung und begriff vage, dass der Kräutertrank eine starke Wirkung hatte, da sie ihn mit Wein gemischt und auf leeren Magen getrunken hatte. Sie ließ sich davondriften, fühlte sich zumindest im Augenblick sicher. Morgen würde sie sich dem Feind stellen.

Zunächst hastete ihr überarbeiteter Geist weiter, zeigte ihr Bilder wie glitzernde Edelsteine – Fetzen von Gesprächen, ein Lachen, die flackernden Kerzen, die Wärme schwitzender, parfümierter Körper, die dicht gedrängt standen – dann verschwand alles, und sie fühlte sich angenehm leer.

Ihre Glieder wurden leicht, ihr Körper wurde ein substanzloses Ding, an das sie nicht mehr gebunden war. Es kam ihr vor, als glitte sie schmerzlos aus dieser körperlichen Hülle und triebe nach oben. Sie drehte sich um und sah ihre schlanke Gestalt, die so unschuldig auf dem Fell vor dem Kamin lag. Sah sie tatsächlich so aus – wie eine Alabasterskulptur, ihre Haut von blauen Äderchen durchzogen wie feiner Marmor?

Dieser unkörperliche Zustand war so friedlich, dass sie bezweifelte, je wieder zurückkehren zu wollen. Was hatte dieser Körper schon zu bieten außer Verantwortung und grausamen Entscheidungen? Sie war zufrieden.

Im Augenblick wünschte sie sich nichts weiter, als alle Gedanken aufgeben zu können, und sie überließ sich diesem warmen Schweben.

»Du hattest also nie das Gefühl, irgendwo hinzugehören?«, fragte ihr Begleiter.

Sie träumte, aber ihre Beinmuskeln arbeiteten, als sie den Abhang hinaufgingen. Rings um sie her flatterten gelbe Herbstblätter abwärts, und bereits vertrocknetes Laub knisterte unter ihren Füßen.

»Du etwa?«, fragte Imoshen Reothe. Nun erkannte sie Ort und Zeit. Sie führten ihre Pferde durch den Wald. Er hatte sie gerade gebeten, sich mit ihm zu verbinden, und sie hatte ja gesagt.

Seltsame Erregung belebte sie. Jedes Mal, wenn sie ihn ansah, konnte sie kaum mehr atmen. Es war etwas Unbekanntes in seinem Blick, eine Vorwegnahme ihrer Verbindung, die etwas Aufregendes, Gefährliches versprach.

Dennoch fühlte sie sich sicher in seiner Gegenwart. Er war derjenige, der sich zurückgehalten hatte, als sie nach ihren Küssen weiter gegangen wäre. Er hatte gelacht, entzückt über ihre Reaktion. Sie spürte, wie sie abermals errötete, und bemerkte sein wissendes Lächeln.

Verärgert, weil er sie so leicht durchschauen konnte, wandte sie sich von ihm ab und ging weiter. »Erzähl mir doch nicht, die Kaiserin und der Kaiser hätten dich nicht mit offenen Armen willkommen geheißen.«

»Du vergisst, dass ich nur ein zehnjähriger Junge war. Als meine Eltern sich umbrachten, war ich es, der ihre Leichen fand. Als mein Vormund hat die Kaiserin versucht, mich dafür zu entschädigen und mich mit ihren eigenen Kindern zusammen aufgezogen. Weil sie mir gegenüber offen war, war es leicht, sie zu überzeugen.«

Als Imoshen diese Worte zum ersten Mal gehört hatte, hatte sie sie wörtlich genommen, aber diesmal verstand sie. Reothe sprach darüber, den Schlüssel zur Kaiserin gefunden zu haben. Sie war der Mittelpunkt des Palastes, der Kaiser liebte sie abgöttisch, alle verehrten sie. Reothe war nur ein Junge gewesen. Er hatte sie auf seine Seite ziehen müssen, um sich zu schützen. Imoshen konnte beinahe glauben, dass er instinktiv gehandelt hatte. Er musste tatsächlich begabt sein, wenn er diese T'En-Kraft bereits mit zehn Jahren hatte nutzen können. Ihre Heilkräfte waren erst mit der Pubertät erwacht.

Als ob schon der Gedanke an sie diese Kräfte wiedererweckte, warnte sie ein Kribbeln ihrer Haut nun vor Gefahr. Was war das für ein Geruch? Talgkerzen?

Plötzlich war Reothe neben ihr, und sie spürte seinen festen Körper.

»Du hast etwas geschworen«, flüsterte er heiser.

Er legte ihr die Hände um die Taille, nackte Handflächen auf nackter Haut. Ein vertrautes Begehren ließ ihren Körper aufflammen, als er sie berührte.

Sie wollte ihn haben. Warum sollte sie sich zurückhalten? Sie waren gerade übereingekommen, sich miteinander zu verbinden. Ihre Eltern würden sich um die Verlobungszeremonie kümmern …

Ihre Eltern waren tot, und dies alles war eine Lüge, ein unmöglicher Traum.

»Nein!«

Unter Schmerzen verschwand die Illusion. Reothe hielt sie immer noch, aber sie war nackt in seinen Armen. Verzweifelt versuchte sie, sich zu orientieren. Sie war in einer trüb beleuchteten Höhle. Dicke Teppiche bedeckten den Boden und hingen an den Wänden, aber das einzige Möbelstück war ein grob gezimmerter Tisch. Auf seiner unebenen Dielenplatte standen Kristallkelche und eine passende Karaffe mit Rotwein.

»Wo bin ich?«

Reothe lachte.

Instinktiv riss sie das Knie hoch, aber er war schon zurückgewichen, und sie geriet aus dem Gleichgewicht. Warum war ihr nicht kalt? Sie befanden sich in einer warmen Höhle. Die heißen Quellen!

»Antworte mir. Was hast du getan, Reothe?«

Er lächelte triumphierend. »Ich habe eine Theorie bewiesen.«

»Theorie? Ich bin eine Theorie?« Sie fühlte sich verwundbar, weil sie die Reaktion ihres Körpers auf ihn nicht verbergen konnte.

Er lachte entzückt, riss sich das einfache Leinenhemd über den Kopf und warf es ihr zu. »Hier, zieh das an, wenn es sein muss.«

Sie fing das Hemd auf, und am liebsten hätte sie es ihm ins Gesicht geworfen. Reothes Miene sagte ihr, dass er ihr Dilemma bemerkte und sich darüber amüsierte. Trotzig zog sie das Kleidungsstück über die Schultern. Reothes Duft umgab sie. Das feine Material war noch warm von seinem Körper. Es streifte ihre nackte Haut wie ein Streicheln.

Dann bemerkte sie die Muster, die mit getrocknetem Blut auf seine Brust gezeichnet waren. Sie war nicht vertraut mit ihrer Bedeutung, erkannte die Symbole aber als die der Alten.

»Deine Brust.« Sie schmeckte die Luft auf der Zunge. »Blut und Tod?«

»Mach dir keine Sorgen, es ist nicht mein eigenes Blut. Ich musste den Pakt besiegeln.«

»Mit einem Tod?«

»Das war notwendig. Die Alten verlangten ein wenig Blut und Tod. Sie sind eine gierige Bande.« Er lächelte und sie begriff, dass dieses schöne Geschöpf nicht mehr Echtmensch war als ... als sie selbst. Nein, sie war nicht so.

»Welche Spiele hast du hier gespielt, Reothe?« Ihr Herz donnerte vor Angst, aber sie würde es ihm nicht zeigen. Sie stellte sich trittsicherer hin und spürte die Unebenheiten der Steine unter den Teppichen. »Wie bin ich hierher gekommen?«

»Ich habe dich zu mir gebracht. Wir haben unsere Schwüre ausgetauscht und waren so gut wie verbunden. Dein Körper ruft nach meinem.«

»Du hast heute Nacht getötet, um das zu tun!« War sie tatsächlich auf eine Art, die sie nicht begriff, mit ihm verbunden? Sie befürchtete es.

»Es war nur ein Schneeleopard.«

»Dennoch. Die Lebenskraft eines Geschöpfs wurde ausgelöscht, und zu welchem Zweck?«

»Um uns zu vereinen.«

Ein Rinnsal aus Furcht fand seinen Weg über ihren Rücken und ließ sich in ihrem Bauch nieder. War er nun genial oder wahnsinnig oder beides?

Reothe goss zwei Kelche Rotwein ein, hielt sie vor die Kerzen, drehte sie hin und her.

»Deine Augen flackern ebenso, rote Flammen wie Wein. Komm, trink, Imoshen. Feiern wir unsere Bindung.« Seine heisere Stimme berührte all ihre Sinne.

Plötzlich stand sie neben ihm, ihre Hand am Kristallstiel des Kelches, und dennoch erinnerte sie sich nicht, sich bewegt zu haben. Sie fühlte sich träge, ihre Zunge war belegt.

»Morgen werde ich mich mit General Tulkhan verbinden. Es ist schon alles organisiert.« Aber es war ungeheuer anstrengend zu sprechen.

»Nein. Heute werden wir beide den Eid ablegen. Du hast doch nicht geglaubt, dass ich zuließe, dass du dich mit einem anderen verbindest? Wir sind die letzten T'En. Wir sind es unseren Ahnen schuldig. Und wir schulden es einander.«

Sie wurde von köstlicher Erwartung und von einem Gefühl der Vollendung erfüllt, als wäre dies schon immer vorbestimmt gewesen.

Er hob den Kristallkelch und trank den Wein; sie bemerkte, wie ihr Körper es ihm nachtat. Der Wein schmeckte säuerlich. Enthielt er Drogen?

Angst legte sich wie ein festes Band um ihren Kopf. Was würde General Tulkhan denken, wenn sie ihn an diesem Tag verließ? Er würde ihr niemals glauben, dass man sie gegen ihren Willen entführt hatte. Panik breitete sich in ihr aus.

»Trink«, flüsterte Reothe.

Sie stellte den Kelch so hastig hin, dass Wein auf den Tisch spritzte.

Er lachte leise und trank noch einen Schluck. Sie sah den Wein auf seinen Lippen glitzern, sah ihn aber nicht schlucken. Irgendwie wusste sie, was er vorgehabt hatte, schon bevor er auf sie zukam, um ihr Gesicht in seine Hände zu nehmen, aber sie konnte sich nicht verweigern. Die Berührung seiner Lippen auf den ihren war wie Samt, warme, nach Wein schmeckende Küsse. Und dann schmeckte sie den Wein auf ihrer Zunge und schluckte instinktiv, trank aus seinem Mund.

Imoshen stöhnte. Dies war das Verbindungsritual in seiner primitivsten Form. Bei der modernen Zeremonie würden sie und General Tulkhan aus demselben Kelch trinken, ihre Lippen dieselbe Stelle berühren.

Reothe trat einen Schritt zurück und gab ein kehliges Knurren von sich. Imoshen wich instinktiv zurück.

»Wie kannst du an *ihn* denken, wenn du mich küsst?«

Sie schüttelte den Kopf, unfähig zu erklären. »Ich werde es nicht tun, Reothe. Ich habe mein Wort gegeben ...«

»Ja, und zwar mir!« Er schlug sich mit der Faust auf die Brust. Er starrte sie an, dann schüttelte er den Kopf und hob versöhnlich die Hand. »Unser Schwur ist älter als dein Wort an den General. Lass uns dies jetzt vollenden.«

Er beugte sich zu ihr, schloss die Augen und atmete ihren Duft ein. Als er sprach, war seine Stimme heiser vor Begierde und bewirkte, dass sie instinktiv reagierte. Sie wollte ihn haben, sie hatte ihn immer schon haben wollen.

»Ich verspreche, es wird mit nichts zu vergleichen sein, das du je mit ihm gekannt hast. Ich habe gehört, dass er dich am Abend des Erntefestes wählte.« Er legte die Hände auf ihre Schultern und umklammerte sie schmerzhaft. »Und dennoch bist du in dieser Nacht zu mir gekommen, seinen Geruch noch auf deiner Haut. Warum quälst du mich so?«

Imoshen wollte es leugnen. In dieser Nacht war sie allein und verängstigt auf die Mauer ihrer Festung hinaufgestiegen. Ihr Bedürfnis nach etwas Vertrautem hatte sie von dort zu Reothe getragen, aber sie wusste nicht, wie das geschehen war. Sie hatte ihn niemals quälen wollen. Was würde Reothe sagen, wenn er wüsste ...

»Was?« Er riss die Augen auf, die erschreckend lebendig waren. Die dunklen Pupillen waren groß, und die zuckenden Kerzenflammen spiegelten sich in ihnen.

»Ich liebe den General.« Sie hatte das Erstbeste gesagt, was ihr eingefallen war, aber noch als sie die Worte aussprach, wusste sie, dass sie der Wahrheit entsprachen.

Er lachte. »Du meinst wohl, du kannst ihn beherrschen. Du kannst nichts anderes lieben als deinesgleichen. Sieh!« Er hob seinen Arm. Ungläubig beobachtete sie, wie sich die Narbe seiner alten Wunde öffnete. Er atmete heftiger, als das Blut herausquoll und über seinen Unterarm lief.

Jeder Instinkt drängte Imoshen zur Flucht, und dennoch

war sie nicht imstande, ihren Körper zu beherrschen. Wie in einem Traum sah sie sich selbst den Arm heben und ebenfalls ihre Wunde entblößen. Die Narbe war so gut verheilt, dass sie fast nicht mehr zu sehen war.

»Das hast du getan«, flüsterte er. »Glaubst du, du könntest unsere Bindung auslöschen, indem du einfach die Haut heilst?«

Sie schüttelte den Kopf.

Er verschlang seine Finger mit ihren, Handfläche an Handfläche, Handgelenk an Handgelenk. Sie konnte sein heißes Blut auf der empfindlichen Haut der Arminnenseite spüren.

Er starrte ihr in die Augen. »Verbinde dich mit mir. Verbinden wir unser Blut, unsere Körper, dann unsere Seelen. Wir können das, was wir im Herbst begonnen haben, nicht mehr zurücknehmen.

»Nein.«

»Teile die Haut, öffne dich für mich.«

Etwas in ihr bewegte sich warm und willig.

Sie stieß einen Schrei aus. Die alte Narbe brannte.

Er lächelte. »Dein Körper will mich haben.«

»Nein. Du bist es, der das bewirkt.«

»Das brauche ich nicht zu tun.«

Und Imoshen wusste, dass er Recht hatte. Ihr Körper hatte ihn immer haben wollen, hatte ihn erkannt, bevor sie selbst das tat. Sie fiel in einen Abgrund.

»Wie sich unser Blut mischt, so wird …«

»Nein!« Sie würde die Worte der Bindung nicht sprechen.

Ein Schrei zerriss die Luft. Einen Augenblick lang glaubte Imoshen, sie selbst habe geschrien, aber Reothes verblüffte Miene sagte ihr, dass dieser Schrei so unerwartet wie unwillkommen war.

»Sprich die Worte!« Er drückte ihre Finger.

»Nicht, solange ich noch atmen kann!«

Ein weiterer Schrei ertönte. Diesmal erkannte sie ihn. Es war der Todesschrei einer großen Katze. Plötzlich waren mehr Geräusche in der Höhle zu hören. Männer und Frauen brüllten Befehle, ihre Stiefel trafen auf Stein, Metall klirrte auf Metall.

Reothe fluchte. Er ließ ihre Hand fallen, zog einen Wandbehang beiseite, hinter dem sich ein Durchgang befand, und verließ sie ohne ein Wort.

Imoshen folgte ihm, sein Hemd flatterte um ihre nackten Oberschenkel. Im Laufen nahm sie das Handgelenk an den Mund und leckte die alte Wunde. Mehr brauchte es nicht, um die Haut zu heilen.

Ihre Füße trugen sie durch einen kurzen Tunnel und durch eine von Fackeln beleuchtete Öffnung in die Nacht hinaus. Flackernde Flammen halfen wenig gegen den Nebel. Menschen rannten an ihr vorbei. Dann hörte sie einen weiteren schrecklichen, wilden Schrei, aber diesmal war es ein Angriffsschrei, dicht gefolgt von dem Kreischen eines Menschen, der in schrecklicher Angst starb. Sie brauchte es nicht zu sehen, um zu wissen, dass die Katze den Bauch ihres Opfers mit den Klauen an ihren kräftigen Hinterbeinen zerfetzte.

Ein weißer Leopard sprang aus dem Nebel auf sie zu. Imoshens Herz setzte beinahe aus. Sie sah sich um, aber es befanden sich keine Waffen in Reichweite.

Das wunderschöne Tier wurde langsamer und glitt näher, und aus seiner Brust stieg ein Grollen auf. Es schnupperte, denn es musste ihre Angst gerochen haben, und dennoch hob es den Kopf, als lauschte es. Dann bemerkte sie das Fell unter seiner Kehle. Entsetzt sah sie die klaffende Halswunde. Kein Blut floss dort mehr, weil es bereits vergossen war. Ein Prickeln, halb Ehrfurcht, halb Entsetzen, zuckte über ihre Haut. Wenn das Tier tot war, was hatte es dann wiederbelebt?

Instinktiv suchte sie nach der Kraft, die der Katze Leben

gab. Nun, da sie danach tastete, spürte sie sie, eine unbekannte Kraftquelle, zornig und archaisch.

Schreie und Reothes gebrüllte Befehle sagten ihr, dass seine Leute irgendwo im Nebel kämpften.

Das Tier sah ihr in die Augen, uralte Intelligenz erhellte seine katzenhaften Züge. Sie wusste, dieses wilde Geschöpf war gefährlicher als ein hungriger Schneeleopard. Dies musste das Tier sein, das Reothe getötet hatte, um sie hierher zu bringen.

Trotz ihrer Angst kniete sich Imoshen in einer demutsvollen Geste nieder und streckte die Hand aus. Die Katze kam mit für ein solch riesiges Tier ausgesprochen zierlichen Bewegungen näher. Sie hob ihre Schnauze. Kiefer, die einen Knochen hätten zermalmen können, streiften Imoshens Haut. Sie sah zu, wie die Nüstern sich bewegten, als die Katze sie beschnupperte, sie identifizierte. Dann raspelte die Zunge des Leoparden über ihre Haut.

»Wenn man dir Unrecht getan hat, werde ich es wieder gutmachen«, bot Imoshen an.

Die Schreie des Sterbenden brachten sie auf die Beine. Die Katze packte ihre Hand federleicht zwischen die massiven Kiefer und führte sie weg, die hohen Schultern streiften ihre nackten Oberschenkel. Mithilfe der Katze fand sie die Angegriffenen.

Der Schneeleopard trat mit ihr in den warmen Nebel einer Lichtung. Mehr als ein Dutzend Menschen standen mit dem Rücken gegen eine Felsklippe. Einige schwangen flackernde Fackeln, andere Waffen aus Stahl. In der ersten Reihe stand Reothe mit nackter Brust, nur in Reithosen und Stiefeln, sein Haar offen. Er tanzte mit dem Tod in Gestalt mehrerer weißer Katzen, die sich lautlos und schnell bewegten. Imoshen wusste, es war nur eine Frage der Zeit, bis sie ihn niederreißen würden.

Er blutete bereits, oder war es das Blut des Tieres, das er getötet hatte? Er hielt eine flammende Fackel in der Hand und eine Axt in der anderen. Die große Katze ließ ihre Hand los, dann hob sie den Kopf und stieß einen unheimlichen Schrei aus. Auf dieses Zeichen hin hörten die anderen Katzen auf anzugreifen. Als hätte man sie gerufen, gingen sie hinüber zu Imoshen und dem großen Tier an ihrer Seite.

Reothes Begleiter starrten die Szene mit offenem Mund an; einige machten das Zeichen gegen das Böse, andere fielen auf die Knie, senkten die Köpfe, beide Hände in einer Geste der Unterwerfung an die Stirn gedrückt.

Reothe ließ die Waffe fallen. Die Axt traf mit einem Klirren auf den Stein. Seine Miene kündete von Hoffnung. »Imoshen?«

»Nein, Reothe. Ich habe versprochen, den Schaden wieder gutzumachen.« Die große Katze drängte sich an sie und sie trat vor, das Tier an ihrer Seite. Sie sah, wie Reothe die Augen weit aufriss, als er den Schneeleoparden erkannte.

»Ich denke, du weißt, was zu tun ist«, sagte sie ihm, obwohl sie selbst keine Ahnung hatte.

Angst spiegelte sich in seinen Zügen. Dann beherrschte er sich, reichte die flammende Fackel einem anderen Rebellen. Unbewaffnet sank Reothe auf die Knie, dem Tier gegenüber. Sein Kopf war auf gleicher Höhe wie der Katzenkopf, die Reißzähne keine Atemlänge von Reothes Kehle entfernt. Die Katze hätte diesen schlanken Hals gedankenschnell zerreißen können.

Imoshen konnte das hektische Flattern von Reothes Puls sehen. Sie krallte die Finger in das dichte Fell des Tieres, als wollte sie es aufhalten. Ein Blitz reiner Energie zuckte über ihren Arm, riss sie beinahe einen Schritt zurück. Das Tier drehte sich zu ihr um, ein leises Knurren drang aus seiner Kehle, aber sie hielt weiter fest.

Warum tat sie das? Wenn die Alten diesen Leoparden benutzten, um Reothe zu töten, dann wäre sie frei von ihm. Widerwillig ließ Imoshen los.

Sie setzte sich Reothe gegenüber, der sie weiterhin anstarrte.

Er kommunizierte mit den Alten. Hatte er, als er das Blut der großen Katze vergoss, die Macht gestohlen, die es gebraucht hatte, um Imoshen hierher zu bringen? Vielleicht hatten die Alten die Katzen geschickt, um nach Wiedergutmachung zu verlangen.

Abrupt hob der eigentlich tote Schneeleopard die Tatzen und zog die Krallen über Reothes Brust.

Eine Spur brennenden Schmerzes verlief zwischen Imoshens Brüsten. Sie taumelte rückwärts. Drei parallele Furchen erschienen auf Reothes Haut. Einen Augenblick lang schienen sie blutlos, dann wurden sie dunkel, als sich das Blut sammelte. Reothe schwankte, hielt sich aber aufrecht.

Das Tier leckte das Blut. Imoshen schauderte, als spürte sie selbst die raue Zunge zwischen ihren Brüsten, wie sie ihre Lebenskraft trank.

Sie öffnete die Augen – sie hatte nicht einmal gemerkt, dass sie sie geschlossen hatte – und sah, wie Reothe sie anschaute. Er hob die Hand, um den Kopf der großen Katze zu kraulen. In diesem Augenblick ließ die Spannung nach.

Imoshen konnte kaum glauben, dass man sie so leicht hatte davonkommen lassen. Sie beobachtete, wie die Lebenskraft den Körper der Katze verließ. Langsam brach sie zusammen und blieb tot vor Reothes Füßen liegen. Er schwankte, dann sackte er über ihr zusammen.

Imoshen stürzte vorwärts und fing ihn auf, bevor sein Kopf auf den Stein prallen konnte. Sein Körper war schlaff und kalt in ihren Armen. Die anderen standen reglos und verdutzt da.

»Helft mir!«

Unter ängstlichem Murmeln kamen die Rebellen auf sie zu. Zusammen trugen sie Reothe zurück in die Höhle und bauten ihm ein Lager. Imoshen schickte jemanden aus, um Felle und Kräuter zu holen.

Sie war nicht überrascht, Drake unter den Rebellen zu entdecken. Sie hatte ihn nicht mehr gesehen, seit er versucht hatte, sie zu entführen. Er sagte ihr, die Anwesenden seien Reothes vertrauteste Helfer. Der Rest der Rebellen hatte sein Lager zwei Tagesreisen entfernt in einer Schlucht aufgeschlagen.

Drake und die anderen behandelten sie mit der Ehrerbietung, die sie einer Vision erwiesen hätten, und wagten kaum, ihren sechsten Finger in der gewohnten Suche nach Glück zu berühren.

»Es ist gut, dass Ihr hier seid, um Euch um ihn zu kümmern«, sagte Drake zu ihr.

Imoshen kam sich vor wie eine Betrügerin, als sie die Felle zurechtzupfte, um Reothe warm zu halten, und ihm einen Heiltrank vorbereitete, den er trinken konnte, wenn – falls – er aufwachte. »Lass mich allein, Drake.«

Er gehorchte ohne Frage. Sie schämte sich.

Wie betäubt kniete Imoshen neben dem Strohsack, auf dem Reothe lag, und zog die Felle zurück. Die parallelen Klauenspuren bluteten immer noch. Imoshen wusste, dass es sich nicht um normale Wunden handelte.

Sie zu waschen machte nur deutlicher, dass die Haut ohne ihre Hilfe nicht heilen würde.

Sie strich das feuchte Silberhaar aus Reothes Stirn. Seine Haut fühlte sich heiß an, und Imoshen sah, dass sein Körper von Fieber geschüttelt wurde. Sie beschwor ihre Heilkräfte herauf und strich ihm mit den Fingerspitzen über die Stirn.

Seine geschlossenen Lider bebten. Was sah er vor seinem geistigen Auge? Verfolgte ihn in diesen Visionen immer noch die Macht der Alten?

Er tat ihr Leid. Es gefiel ihr nicht, dass er das Blut der Schneekatze vergossen hatte, um sich der alten Mächte zu bedienen, aber sie bewunderte seine Willenskraft, die ihn zu diesem verzweifelten Akt getrieben hatte. Er war viel mutiger als sie.

Gegen besseres Wissen war sie unfähig, sich von ihm zu distanzieren. Er war ihr Verwandter und der Letzte ihrer Art. Niemand außer ihr würde imstande sein, ihn zu retten. Sie konnte nicht einfach zurücktreten und ihn davonwandern lassen, gefangen in einer anderen Welt.

Imoshen ballte die Hände zu Fäusten. Sie war nicht einmal ausgebildet, und nun musste sie gegen etwas Uraltes und unendlich Mächtiges ankämpfen. Die Angst hinterließ einen bitteren Geschmack auf ihrer Zunge, spannte ihre Nerven zum Zerreißen an.

Reothe atmete schaudernd, aber seine Brust regte sich kaum. Er war kurz davon, ihr zu entgleiten.

Sie würde es tun müssen, sie hatte keine Wahl.

Sie schloss die Augen, legte ihre Finger auf die erste lang gezogene Krallenwunde und stellte sich vor, wie die Haut heilte. Die Haare an ihrem Körper sträubten sich protestierend. Ein seltsamer Geschmack kam ihr in den Mund, ließ ihre Zähne schmerzen. Reothe spannte sich unter ihren Händen an. Seine Haut war glitschig vor Schweiß. Auch sie geriet ins Schwitzen und schauderte trotz der warmen Luft in der Höhle. Sie konnte die Phantomklauenspuren auf ihrem eigenen Fleisch brennen spüren, als sie sich gleichzeitig mit Reothes sichtbarer Wunde schlossen.

Mit dem Versiegeln jeder Wunde spürte sie eine Spur juckenden Schmerzes an ihrer eigenen Brust. Die Luft selbst wurde schwer vor Spannung. Diese schlichte Heilung strengte ihre Konzentration so an, dass sie sich fühlte wie ein gespannter Bogen. Dennoch zwang sie auch die letzte Wunde zu und ignorierte ihren eigenen Schmerz bis zum letzten Augenblick.

Als sie fertig war, schien etwas in ihr zu zerreißen, und sie fühlte sich schwindlig vor Erleichterung.

Nun war nichts Ungewöhnliches mehr in der Luft zu spüren. Vorsichtig zog sie den Ausschnitt des feinen Leinenhemdes tiefer und entblößte die bleiche Haut zwischen ihren Brüsten. Nichts war zu sehen. Für ein Menschenauge war ihre Haut makellos. Dennoch konnte sie spüren, wie die Wunden brannten.

Reothe seufzte. Er schien tief zu schlafen. Imoshen hockte sich auf die Fersen und betrachtete seine Brust. Purpurfarbene Schwielen erhoben sich, wo zuvor noch die Wunden geblutet hatten. Sie nahm an, er würde diese Narben bis zum Tod tragen, ebenso wie sie ihre unsichtbaren Gegenstücke.

Er lag so reglos da. Zuvor war seine Haut zu heiß gewesen, nun war sie kalt. Der Instinkt riet ihr, ihn mit ihrer eigenen Hitze zu wärmen, aber sie fürchtete, wenn sie ihn freiwillig berührte, würde er Körper und Seele in Besitz nehmen.

Sie beugte sich vor und berührte seine geschlossenen Lider in lautlosem Segen. Dann zog sie die Felle über ihn und stand auf.

Ihn hier hilflos zurückzulassen, tat ihr mehr weh, als sie zugeben wollte. Das Bedürfnis, sich neben ihn zu legen und ihn in die Arme zu nehmen, war beinahe überwältigend. Verzweifelt wandte sie sich ab und verließ die Höhle. Sie schaute nicht zurück. Als sie hinaustrat, wurde der Himmel bereits hell, aber die Fackeln brannten noch.

»Wird er überleben, T'Imoshen?«, fragte Drake nervös.

Reothes Leute beobachteten sie erwartungsvoll. Was konnte sie sagen? Sie hatte seinen Körper geheilt, aber welchen Preis würde Reothe dafür zahlen, sich mit den Alten eingelassen zu haben?

Plötzlich begannen die Leute zu lächeln, und Imoshen spürte etwas hinter sich.

»T'Reothe«, flüsterten seine Anhänger ehrfurchtsvoll, grüßten ihn in der alten Sprache mit Sätzen, die Imoshen nie zuvor laut ausgesprochen gehört hatte. Es klang wie eine Litanei.

Imoshen erstarrte, unfähig sich zu bewegen, unfähig,

sich auch nur umzudrehen und ihn anzusehen. Sie hatte Reothe unterschätzt. Erstarrt vor Angst spürte sie, wie er näher kam. »Siehst du«, flüsterte er. Sein Atem streichelte ihren Nacken, seine Worte rieben wie warmer Samt über ihre Sinne.

»Wir sind bereits verbunden.« Er schlang die Arme um ihre Schultern, sie spürte seine festen Oberschenkel an ihrem Po, seine Brust an ihren Schultern. »Du hast die Alten gezähmt. Du hast meine Anhänger und dann mich gerettet.«

Seine Leute fielen einer nach dem anderen auf die Knie und grüßten sie wie Kaiser und Kaiserin, beide Hände an der Stirn. Nur Drake wagte es, den Kopf zu heben und sie anzusehen.

Reothes Worte waren wie ein Zauberbann. »Sie lieben uns. Sie würden für uns sterben.«

Imoshen war angewidert. Es war falsch, die unschuldige Liebe eines verzweifelten Volkes zu manipulieren.

Reothe hielt sie fester, seine Stimme überzeugend. »Sie wollen etwas anbeten, Imoshen. Es liegt in ihrer Art. Warum also nicht uns? Wir sind die letzten reinblütigen T'En. Unsere Kräfte sind die wahre Quelle der Macht der Kirche. Schon zu lange hat die Kirche versucht, uns zu vernichten ...«

»Nein.« Aber das Wort war nur ein Flehen, und sie verachtete sich für ihre Schwäche.

»Zusammen könnten wir ...«

Sie duckte sich, um sich seiner Umarmung zu entziehen. Sie warf sich nach vorn, dann machte sie mehrere Schritte und fuhr zu ihm herum. Die schnelle Bewegung bewirkte, dass das leichte Material seines Hemdes ihren Körper streichelte. Sein Duft drang ihr in die Nase, eine spöttisch intime Erinnerung.

Sie riss sich das Hemd vom Leib und warf es ihm vor die Füße. »Ich will damit nichts zu tun haben, Reothe.«

Er lächelte und blickte auf, als die Vögel zur Begrüßung

des Sonnenaufgangs zu singen begannen. »Unser Bindungstag dämmert. Glaubst du, der ghebitische General wird dir verzeihen, dass du ihn verlassen hast?«

Imoshen war verzweifelt. Tulkhan war nie so heimtückisch gewesen. Er versuchte immer, ihr auf halbem Weg entgegenzukommen. Er hörte zu, er lernte. Plötzlich war ihre Sehnsucht nach ihm eine körperliche Qual. Sie hob ihre Hand zu den parallelen Streifen des Schmerzes zwischen ihren Brüsten, bemerkte, dass sie mit ihren Fingerspitzen spüren konnte, was ihre Augen nicht sahen. Narbengewebe.

»Ich habe nicht darum gebeten, hierher zu kommen«, flüsterte sie. Sie beschwor die Macht der Alten herauf und zerkratzte ihr Fleisch, kratzte es entlang der Narben blutig. »Lass mich gehen!«

Trübe hörte sie einen Schrei und sah, wie Reothe auf sie zusprang, aber er war viel schwächer, als er vorgegeben hatte, und fiel auf die Knie. Verzweifelt warf er sich mit ausgestreckten Armen vorwärts.

Ihr Herz zog sich zusammen, und sie keuchte von der Intensität ihrer Gefühle für ihn. Voller Angst, dass seine Berührung ihre Entschlossenheit schwächen würde, wandte sie sich um und floh. Und dann stolperte sie und fiel vornüber …

10

Imoshens Hände und Knie brannten, als sie auf das polierte Holz prallte. Sie schrie vor Schmerz auf, sie fühlte sich schwindlig, ein wenig elend und sehr verängstigt. Wo war sie?

Dieser Männergeruch? Tulkhan! Ungläubige Freude erfüllte sie. Die Alten hatten ihr Flehen erhört.

»Bist du hergekommen, um mich im Schlaf zu ermorden?«, fragte Tulkhan leise, als er zusah, wie Imoshen sich mit tierhafter Anmut umdrehte.

Tulkhan hatte im Sessel am Fenster seines Schlafzimmers gesessen und in die kalte Winterdämmerung hinausgeschaut, sie mit anderen feuchten Morgendämmerungen in seiner Heimat verglichen, als es plötzlich warm und drückend im Zimmer geworden war.

Selbst die Luft hatte einen seltsamen Duft gehabt und ihn vor unsichtbarer Gefahr gewarnt. Er hatte gerade die Waffe ziehen wollen, als mit einem spürbaren Nachlassen der Spannung die Dhamfeer aus dem Nichts erschienen war, nackt und verwirrt. Sie blutete aus drei parallelen Kratzern auf ihrer Brust.

Nun starrte sie ihn an, als glaubte sie, ihn nicht richtig verstanden zu haben. Welchen anderen Grund sollte sie haben, unangekündigt in seinem Schlafzimmer aufzutauchen? Es sei denn, sie wollte mit ihm schlafen. Spannung, genährt von Wochen der Frustration, surrte durch seinen Körper. »Du bist entweder hier, um mich zu töten oder um zu mir ins Bett zu kommen. Was von beidem ist es?«

Mit dem Begreifen wuchs der Zorn, und Imoshen kam auf ihn zu, wunderbar und wütend. Ihr langes Haar umhüllte ihren Körper wie ein Umhang. Jeder Instinkt riet ihm zu fliehen. Nur große Willenskraft führte dazu, dass er äußerlich ungerührt blieb.

»Du willst mich provozieren, Tulkhan. Habe ich dir nicht wieder und wieder meine Treue bewiesen?«

Er starrte ihr ins Gesicht. Erschrocken bemerkte er die Tränen in ihren Augen.

»Warum bist du dann hier?«

Ihre Hände zitterten, als sie sich, leise vor sich hinmurmelnd, das Haar aus dem Gesicht strich. Er brauchte keine T'En-Hochsprache zu verstehen, um zu wissen, dass sie ihn verfluchte.

Sie drehte sich auf dem Absatz um und stolzierte davon, trotz ihrer Nacktheit nichts als gekränkte Würde. Er war auf den Beinen, bevor er es noch selbst wusste, sprang vor, um sie um die Taille zu fassen. Ihre Haut war eiskalt. Sie bog sich gegen ihn, ihr Körper ein Ausruf lautloser Wut. Ihre drahtige Kraft überraschte ihn.

Er nahm ihre Reaktion vorweg, hob sie hoch und warf sie aufs Bett. Sie drehte sich in der Luft wie eine Katze, landete auf Händen und Knien, das Haar in einem Bogen um sie herum ausgebreitet.

Ein Schaudern instinktiver Ehrfurcht durchzuckte ihn. Nie war sie mehr Dhamfeer gewesen als in diesem Augenblick!

Er zerrte an seinem Wams. Es war ein kunstvolles Brokatkleidungsstück, und die dünnen Schnüre rissen leicht.

Sie starrte ihn an. »Was machst du da?«

Er antwortete nicht. Das Wams landete auf dem Boden.

Imoshen sprintete über das Bett, aber er riss sie nieder, bevor sie die andere Seite erreicht hatte.

Sie rangen miteinander.

Tulkhan bemerkte, dass sie ihm nicht wehtun wollte. Sie setzte ihre Kraft nur ein, um ihn abzuwehren, hielt aber die tödlichen oder schmerzhaften Schläge gegen Augen und Kehle zurück, von denen er wusste, dass sie sie leicht hätte führen können.

Als sie unter ihm lag, atmeten beide schwer vor Anstrengung, und ihre Gesichter waren nur eine Handbreit voneinander entfernt.

»Das ist eine Lüge«, sagte er und senkte den Kopf, um ihren Duft einzuatmen. Er traf ihn wie ein körperlicher Schlag und machte seine Stimme heiser. »Du hättest mich blenden und fliehen können. Du bist hier unter mir, weil du genau dort sein möchtest.«

Sie stöhnte und hob ihm ihr Gesicht entgegen. Er spürte ihre glatte Wange an seiner Kehle, ihre weichen, offenen

Lippen, als sie mit der Zunge an seinem Kinn entlangfuhr. Ein unwillkürliches Schaudern reiner Begierde durchzuckte ihn und löste bei ihr die gleiche Reaktion aus. Sein Herzschlag beschleunigte sich noch weiter.

»*Imoshen.*« Ihr Name war wie ein Bannspruch, wurde ihm gegen seinen Willen entrissen.

Seine Lippen suchten die ihren, und stattdessen fand er eine tränennasse Wange. Verblüfft stützte er sich auf die Ellbogen und betrachtete ihr angespanntes Gesicht. Was er sah, ließ ihn lächeln. Ihr Blick war wütend, leugnete die Tränen auf ihren Wangen und das Zittern ihres Kinns.

Plötzlich setzte er sich hin, sodass sie frei war, aus dem Bett zu steigen, aber sie warf sich in seine Arme. An der Ehrlichkeit dieser Umarmung war nicht zu zweifeln. Er roch Feuer und Ruß an ihrem Haar. »Wo bist du diese Nacht gewesen, Imoshen?«

Sie schüttelte den Kopf, entweder unfähig oder unwillig zu antworten.

Er wiegte sie an seiner Brust, zog die Decke über ihren kalten Körper.

»Was ist geschehen?«

»Frag nicht.«

Es lag so viel Kummer in ihrer Stimme, dass er sich tatsächlich zurückhielt. Er umarmte sie einfach nur fest, bis sie aufhörte zu zittern.

Tulkhan bemerkte, dass er auf Ghebitisch vor sich hinmurmelte, Dinge die seine Mutter gesagt hatte, wenn sie ihn beruhigen wollte, Dinge, die er längst vergessen geglaubt hatte. Aber nun erinnerte er sich an die Hände seiner Mutter, die ihn berührten, ihre Liebe, als er noch zu klein war, ihre Seite zu verlassen und bei den Männern zu wohnen. Wie seltsam – Imoshen hatte ihn gezwungen, sich der Trauer um seine Mutter zu stellen, und indem er dies getan hatte, hatte er sie wiedergefunden.

Imoshen entzog sich ihm und wischte sich die Tränen ab.

Das Licht aus dem offenen Fenster war heller geworden, und Tulkhan wusste, dass die Diener bald kommen würden. Sie durften sie nicht in seinen Gemächern finden.

Als er sie warnen wollte, legte sie ihm die Finger auf die Lippen. »Still.« Sie war so müde, dass sie dunkle Ringe unter den Augen hatte. Wieso schaute sie so gehetzt drein?

»Wir haben nur wenig Zeit«, flüsterte sie. »Du musst eines wissen, Tulkhan von den Ghebiten, ich werde mich heute an dich binden.«

Er musste lächeln. Die ganze Strahlende Insel wusste dies bereits.

»Nein.« Sie sah ihn ernst an. Sie griff nach seiner Hand und legte seine Handfläche auf ihre Brust, wo er spürte, wie ihr Herz kräftig klopfte. »Ich binde mich hier und jetzt an dich. Ich schwöre es. Wir brauchen weder die Kirche noch tausend Adlige, um Zeugen zu sein. Es geht nur um dich und mich.«

Tulkhan verstand. Die vollkommene Schlichtheit von Imoshens Schwur traf ihn direkt ins Herz.

Er hob ihre freie Hand, küsste ihren sechsten Finger. Was war das für ein Geruch?

Er starrte sie an. »Imoshen von den T'En. Von diesem Tag an binde ich mich an dich.«

Vorsichtig löste sie seine Finger von ihren und fuhr mit der Hand in sein Hemd. Er spürte ihre kalte Handfläche über seinem Herzen. Seine eigene Hand ruhte auf ihrer Brust, spiegelte die Geste. Es war, als hielte er ihr rasch schlagendes Herz in seiner Hand. Und als sie ihm in die Augen sah, spürte er, wie sich der Rhythmus seines Herzens veränderte, bis sie beide wie eines schlugen, laut und kräftig.

Imoshen nickte zufrieden, dann stand sie auf. »Ich muss gehen.« Aber sie zögerte und sah ihn an.

Sie kam ihm in diesem Augenblick so zerbrechlich vor! Tulkhan wollte sich jetzt nicht von ihr trennen, wollte nicht den Rest des Tages damit verbringen, sie anzusehen, ohne sie berühren zu dürfen und solche Vertrautheit erneut erfahren zu können, bis spät in der Nacht die letzte Zeremonie vorüber war.

Ein Geräusch im Flur ließ ihn zusammenzucken. »Pass auf, die Diener kommen.«

Ein süßes, trauriges Lächeln erhellte ihr Gesicht. »Sie werden mich nicht sehen.«

Er wusste, dass sie Recht hatte. Er musste verrückt sein, eine Dhamfeer zu lieben.

Der Tag des Mittwinterfestes dämmerte hell und kalt, als Kalleen und Cariah Imoshen halfen, sich auf die Zeremonie vorzubereiten.

»So!« Cariah trat zurück und bewunderte Imoshens Haar. Ein goldener Reif mit gelben Amethysten ruhte auf ihrer Stirn und ein dünnes, goldenes Netz mit Amethysten darin hielt ihr Haar. Ein zweites Gewand lag auf ihrem Bett schon für die Krönung bereit, die am Nachmittag stattfinden sollte.

Imoshen rückte Tulkhans Geschenk zurecht. »Ich werde von dem Gewicht dieses Reifs sicher schon mittags Kopfschmerzen haben.«

Kalleen fuhr mit schlanken Händen über Imoshens Gewand aus wunderbarer Goldspitze, das sie über einem Unterkleid aus schwarzer Seide trug. »Was für ein Glück, dass Ihr so groß seid. Man sieht das Kind noch nicht.«

»Weiß es eigentlich *jeder*?«, fragte Imoshen verärgert.

Kalleen zog die Nase kraus. »Es ist der richtige, angemessene Weg, zu einer Bindung zu gehen, Herrin.«

Imoshen zuckte mit den Schultern, um die Spannung zu bekämpfen. Kalleen sprach sie immer noch als ›Herrin‹ an, obwohl es sich nun eher wie ein Kosename anhörte.

Nach diesem Tag würde sie wohl Kaiserin sein, obwohl General Tulkhan sich nach ghebitischem Brauch als König bezeichnen würde, was sie dann zur Königin machen würde. Imoshen verzog das Gesicht. Sie fühlte sich nicht königlich. Sie fühlte sich schwindlig vor Angst.

»Eure Hände sind so kalt.« Kalleen rieb sie zwischen ihren und hauchte auf die eiskalten Finger. »Was ist denn los?«

Imoshen zuckte mit den Achseln. Sie spürte Cariahs scharfen Blick auf sich ruhen. Sie hatte sich Reothes Geruch von der Haut gewaschen, aber er blieb in ihren Gedanken. Es fühlte sich an, als hätte sie ein Stück von sich in diesem Lager bei den heißen Quellen zurückgelassen, egal, wie sehr sie versuchte, es zu rationalisieren, sie hatte Reothe nicht zurücklassen wollen. Es war eine grausame Entscheidung gewesen. Dennoch hielt sie es für das Beste. Bei all seinem Gerede von Gleichheit drohte Reothe sie auf eine Art zu beherrschen, wie Tulkhan es nie tun würde. Sie hatte das Gefühl, ein jüngeres, naiveres Ich zurückgelassen zu haben, als sie Reothe in der letzten Nacht verließ.

Aber noch an diesem Morgen hatte Tulkhan geschworen, sich mit ihr zu verbinden, und sie wusste, er würde zu seinem Schwur stehen. Und im Verlauf des Tages würde er sich zweifellos wieder von ihr entfernen. Wenn sie ihm nur nah sein könnte, ganz nah! Sie wusste, wenn sie in seinen Geist eindringen könnte, während er in ihren Körper eindrang, dann würde sie sich ihm aufprägen und ... aber nein, das wäre nicht richtig. Wozu war Liebe gut, wenn sie nicht freiwillig gegeben wurde?

»Was beunruhigt Euch, Imoshen?«, flüsterte Cariah.

»Tulkhan liebt mich nicht!« Das war ihr herausgerutscht, bevor sie sich bremsen konnte.

»Er begehrt Euch«, sagte Kalleen. »Ich habe gesehen, wie er Euch anschaut. Ihr werdet Euch verbinden ...«

»Ihr sprecht von Verbindung auf die alte Art des Landvolkes«, warf Cariah ein. »Bei politischen Verbindungen kann man bestenfalls darauf hoffen, miteinander auszukommen, und wenn Ihr großes Glück habt, noch auf ein wenig Zuneigung. Seid nicht verzweifelt, Imoshen, die Liebe wird vielleicht noch kommen, besonders, da sein Körper ihn zu Euch hinzieht. Ihr solltet es nutzen.«

Cariahs Worte, die so sehr nach dem alten Kaiserreich klangen, ließen Imoshen zusammenzucken. »Meine Eltern haben mich mit den alten Werten erzogen. Ihre Bindung ging über das Fleisch hinaus und umfasste auch ihre Seelen. Nach all dem, was ich inzwischen vom Leben am Hof der Kaiserin weiß, bin ich froh, dass meine Eltern es vermieden haben, zu oft hierher zu kommen.«

»Ihr könnt Eurer Verantwortung nicht ausweichen«, sagte Cariah.

»Das genügt, Cariah!« Kalleen drückte Imoshen die Hände. »Es ist für alle das Beste. Ich habe gesehen, wie sehr Wharrd sich verändert hat, seit wir uns verbunden haben. Der General wird Euch schon lieben lernen.«

Imoshen seufzte. »Ich bin einfach nur dumm. Verzeiht mir. Wie Cariah schon sagte, es geht hier um Politik. Manchmal, wenn ich dem General in die Augen sehe, denke ich, dass er mich ebenso hasst, wie er mich begehrt.«

Kalleen und Cariah wechselten einen Blick, und ihr Schweigen war quälend. Imoshen schluckte ihre Verzweiflung hinunter, und dann hörte sie auch schon draußen auf dem Flur die Schritte der adligen Frauen, die sie zur großen Halle begleiten würden.

»Sie kommen«, sagte Cariah. »Steht aufrecht. Lasst es sie nicht ahnen.«

Kalleen umarmte Imoshen. »Ich wünsche Euch Glück. Ihr seid so gut zu mir gewesen.«

Dann kamen die Frauen herein, und für den Rest des Tages, das wusste Imoshen, würde sie keinen Frieden finden.

Die Bindungszeremonie fühlte sich vollkommen unwirklich an, als geschähe es jemand anderem. Zum einen dauerte es länger als üblich, denn beide Kirchen spielten eine Rolle. Der Cadre spielte seine nur unwillig, denn man hatte ihn dazu verdammt, seinen Segen zu geben, bevor die Gesegnete den Austausch der Schwüre bei einer Verbindung nach Art der Strahlenden Insel beaufsichtigen würde.

Tulkhan, der neben Imoshen stand, kam ihr in seinem barbarischen Glanz fremd und distanziert vor. Er trug den Zeremonialgürtel über einem roten Samthemd mit schwarzem Zobelbesatz. Das lange Haar fiel ihm offen über den Rücken, aber an seinen Schläfen waren zwei Zöpfe geflochten und mit feinen Goldperlen geschmückt.

Als die beiden einander die Hände reichten und die Gesegnete ein schmales rotes Band um ihre Handgelenke zog, erinnerte sich Imoshen daran, dass Reothe die alte Bindungsform benutzt hatte, bei der die Haut tatsächlich aufgeschnitten und die Handgelenke aufeinander gedrückt wurden. Als sich ihr Blut mischte, hatte sie sich geweigert, die Worte des Schwurs auszusprechen. Demnach waren sie nach den Gesetzen ihrer Kirche nicht gebunden. Aber ihr widerspenstiger Körper hatte auf Reothe reagiert und die alte Bindungsnarbe geöffnet. Sie schauderte.

Die Hände immer noch verbunden, nahmen Imoshen und der General den Kelch entgegen. Imoshen bot ihn Tulkhan an. Nachdem er einen Schluck getrunken hatte, reichte er ihn ihr und drehte ihn dabei so, dass ihre Lippen dieselbe Stelle berührten, die seine berührt hatten. Die Erinnerung daran, von Reothes Lippen getrunken zu haben, bewirkte, dass ihr ein wenig schwindlig wurde.

Die Gesegnete nahm ihnen den Kelch wieder ab, dann kam der Augenblick, in dem Imoshen ihren Schwur ablegte, im Angesicht der versammelten Adligen und Würdenträger. Es war eine Erleichterung, die Worte auszusprechen. Dieser letzte Schritt war unwiderruflich. Er befreite sie von Reothes Anspruch. So musste es einfach sein!

Dann stand ihnen immer noch die lange Nachmittagsfeierlichkeit und die Krönungszeremonie bevor, aber am Abend, wenn sie sich zu General Tulkhan legte, würde das alle Gedanken an ihren ehemaligen Verlobten auslöschen.

Als die bleiche Wintersonne hinter der großen Kuppel der Basilika unterging, knieten Tulkhan und Imoshen vor der Gesegneten nieder, bereit, die Krönungsinsignien von Kaiserin und Kaiser entgegenzunehmen.

Sie hatten den großen Platz überquert und die Basilika als Bittsteller betreten, barfuß und barhäuptig, aber nach der Zeremonie würden sie sie in ihrem Krönungswagen verlassen, wie es ihren neuen Rollen entsprach.

Es war dieser Aspekt ihrer Bindung, der General Tulkhan am meisten beunruhigte. Diese Krönung bewirkte, dass er sich zutiefst unbehaglich fühlte. Er war sicher, die Adligen aus dem Hochland hielten ihn für einen barbarischen Emporkömmling, und er fühlte sich mit all diesem Pomp und diesen Zeremonien von seinen eigenen Männern entfernt. Er wünschte sich, dass das T'En-Ritual schon vorüber wäre. Aber zunächst musste Imoshen von der Glaskugel akzeptiert werden, bevor sie die Streiterin der Wahrheit sein konnte.

Mit großer Ehrfurcht legte die Gesegnete Handschuhe an, damit ihre Haut den heiligen Gegenstand nicht besudelte. Sie öffnete einen kunstvoll geschmiedeten Käfig und holte die Glaskugel heraus. Die Legende erzählte, dass diese Kugel noch aus dem Land hinter der aufgehenden Sonne stamme. Tulkhan starrte das zerbrechliche Glas an und fragte sich zynisch, wie oft sie in den letzten sechshundert Jahren der Reisen und Kämpfe schon ersetzt worden war.

Imoshen schien nervös zu sein. Sie war bleicher als gewöhnlich und hatte sich im Stil des alten Kaiserreichs geschminkt, was ihre T'En-Züge hervorhob. Der Reif, den er ihr gegeben hatte, war jetzt nicht zu sehen, tatsächlich war ihre gesamte Kleidung vollkommen anders als das Gold und Schwarz der Bindungszeremonie am Morgen. Nun trug sie ein weißes Unterkleid mit feiner Silberspitze darunter. Das Haar fiel ihr auf die Schultern wie ein Seidenumhang, und ihr Kopf war bloß wie der seine, bereit, die Krone aufzunehmen.

Sie schloss einen Augenblick die Augen, als müsse sie sich vorbereiten. Tulkhan schmeckte ihre T'En-Kräfte auf seiner Zunge und fragte sich, woher wohl die Kraft der Glaskugel rührte.

Imoshen hob die Hände, um die Kugel anzunehmen. Die Gesegnete ließ sie los, und die Kugel fiel in Imoshens Hände. Sobald ihre Finger die Glasoberfläche berührten, blitzte sie hell auf, was Tulkhan überraschte. Aus der Menge hinter ihnen erklang ehrfürchtiges Seufzen. Die Kugel hatte auf Imoshens T'En-Blut reagiert.

Die Gesegnete nahm die Kugel wieder an sich und legte sie zurück in den Schrein. Dann wandte sie sich abermals dem Paar zu, bereit, die Krönung zu beenden.

Ehrfürchtiges Schweigen senkte sich herab, als die Gesegnete die beiden Kronen zur öffentlichen Segnung erhob.

Steif, weil er sich so lange nicht bewegt hatte, wartete Tulkhan voller Ungeduld, und Imoshen wartete an seiner Seite. Selbstverachtung regte sich in ihm. Ob er sich nun König oder Fürst nannte, man würde ihn nie so achten wie die Herrscher des alten Kaiserreiches. Er knirschte mit den Zähnen.

»Was ist denn?«, flüsterte Imoshen beinah lautlos, schaute aber weiterhin geradeaus.

»Ich kann das nicht.« Seine eigenen Worte überraschten ihn. »Ich werde nicht behaupten, etwas zu sein, das ich nicht bin.«

»Wie meinst du das?« Verblüfft wandte sich Imoshen ihm zu.

Er hatte erbliche Herrschaft schon immer verachtet, denn sie zählte die Geburt eines Mannes höher als seine Fähigkeiten. Die Gesegnete kam auf sie zu, ihre Helferin trug die beiden Kronen auf ihrem Samtbett.

Abscheu stieg in Tulkhan auf. »Ich bin kein König. Ich bin ein Soldat!«

»Wenn du eine Armee führen kannst, kannst du auch eine Insel führen.«

Tulkhan wusste, dass sie Recht hatte. Plötzlich erhob er sich und zog Imoshen mit sich. Die Gesegnete trat einen Schritt zurück, ihre Miene eine Mischung aus Ärger und Verwirrung.

»Vertraust du mir?«, fragte Tulkhan Imoshen.

Sie sah ihm in die Augen, dann lächelte sie. »Ja.« Er spürte, wie sein eigenes Lächeln seine Leidenschaft anfachte, und drehte sich zur Menschenmenge um.

»Ich bin nicht euer Kaiser, und ich werde es niemals sein.« Seine Worte hallten laut in der großen Kuppel wider. Es war kaum überraschend, dass nach dieser Ankündigung verwirrtes Gemurmel erklang. Tulkhan hob die freie Hand und bat um Schweigen. »Ich bin auch nicht König der Ghebiten. Ich bin einfach ein Soldat, der erste Sohn der zweiten Frau eines Königs. Ich beanspruche keine königlichen Privilegien für mich. Und ich bin ein General. Ich werde niemanden, sei es Adliger, Gildemeister, Bauer oder Soldat, über den anderen erheben.« Die Erhebung seiner Offiziere in den Adelsstand fiel ihm wieder ein. »Wie meine Offiziere bin ich hier, um der Strahlenden Insel zu dienen.«

Er hielt inne, um das Meer von Gesichtern zu betrachten, auf denen sich Emotionen zwischen Empörung und Staunen abzeichneten. Bestimmte Gruppen würden ihn für das, was er getan hatte, verachten. Zum Beispiel die Adligen aus Keldon, aber er hatte bereits ihre Rechte anerkannt, ebenso wie die Gesetze ihrer Kirche.

»Ich erkläre mich selbst zum Generalprotektor der Strahlenden Insel, und das hier ist Imoshen, die Beschützerin des Volkes.« Er hob Imoshens Hand und legte sie auf seinen Unterarm, sodass ihre Finger seine berührten.

Zögernder Jubel erklang aus den Reihen seiner Männer und sagte ihm, dass er den richtigen Instinkt bewiesen hatte. Die Bewohner der Strahlenden Insel waren schwerer zu durchschauen. Die Menge flüsterte hektisch und diskutierte erstaunt darüber, was es wohl zu bedeuten hatte, dass er die Kaiserkrone zurückwies.

Imoshen schlang ihre Finger um seine. Er hatte erwartet, dass sie zornig sein würde, aber es war reine Freude, die ihr dieses strahlende Lächeln entlockte.

»Gebt den Musikern und dem Chor das Zeichen«, befahl Imoshen über die Schulter hinweg der Gesegneten. »Wir werden die Münzen verteilen und nun im Triumph um den Platz reiten.«

»Der Bußeid!« zischte die Gesegnete. »Ihr müsst jetzt diesen Eid ablegen, oder die Bindung und die Krönung sind nichts wert!«

»Das hatte ich nicht vergessen«, flüsterte Imoshen, immer noch der Menge zugewandt.

Tulkhan drückte ihre Hand, als der Chor mit dem eingeübten Stück begann und die Stimmen hoch in die Kuppel aufstiegen, wie Wolken lebendigen Klangs.

»Bist du enttäuscht?«, fragte Tulkhan im Schutz des Liedes.

Imoshen lächelte. »Nein, Generalprotektor. Du hast meinen Glauben an dich auf unerwartete Weise bestätigt.«

»Gut.« Er lächelte und freute sich an ihrer Zustimmung.

Sie traten vom Podium herab und gingen den Mittelgang entlang, bis sie direkt unter der Kuppel standen. Dort war ein alter Steinkreis in den Boden eingelassen, so alt, dass die Gravuren darauf beinah abgetragen waren.

Vor aller Augen sank Imoshen auf die Knie und legte die linke Hand in die Kerben im Stein. Ihre sechs Finger passten vollkommen hinein.

Als sie ihr Bußegelübde ablegte und versprach, dem Volk der Strahlenden Insel ohne Angst und ohne Bevorzugungen zu dienen, bemerkte Tulkhan die gespannte Miene des Mannes, der ihr gegenüberstand. Er trug ein Gewand in dunkler Maulbeerfarbe, und seine weinroten Augen glitzerten, als er Imoshens gesenkten Kopf fixierte.

Einen Augenblick lang konnte sich Tulkhan nicht erinnern, wer er war. Dann fiel es ihm wieder ein. Murgon, Anführer der Traktarianer, jenes Zweigs der Kirche, der sich der Verfolgung abtrünniger T'En widmete.

Imoshen erhob sich wieder, und der Chor begann ein weiteres Preislied. An den Toren der Basilika knieten zwei Priesterschüler, um Imoshen und Tulkhan beim Anziehen der Schuhe zu helfen. Sie hatten die Basilika barfuß und barhäuptig betreten; sie verließen sie mit ihren Amtsumhängen geschmückt. Die Kronen allerdings waren auf ihrem Samtbett geblieben.

»Wenn man nur dem Pomp einer solchen Stellung so leicht entgehen könnte wie Kronen und Titeln«, flüsterte Imoshen, als hätte sie seine Gedanken gelesen.

Tulkhan hätte am liebsten gelacht. Aber sie hatte Recht. Es lagen immer noch Stunden der Förmlichkeit vor ihnen, in denen sie das Krönungsfest eröffnen und danach die Urkunden unterzeichnen würden, die den drei größten Banken die königliche Unterstützung sicherte.

Als sie nach draußen kamen, begrüßte sie die Menge mit Gesang. An den Stufen der Basilika entlang bildeten zwei Reihen von Menschen eine Ehrengarde. Es waren hochrangige Adlige – darunter Tulkhans Männer –, Würdenträger und ganz gewöhnliche Bürger, die durch Lose ausgewählt worden waren.

Die Priesterschüler reichten Tulkhan und Imoshen ihre Truhe mit frisch geprägten Münzen. Der General hielt inne und betrachtete die Münze mit den beiden Köpfen. Imoshens Profil zierte eine Seite, das seine die andere. Das Jahr darauf war sechshundertsiebzehn, obwohl das neue Jahr erst am nächsten Tag beginnen würde.

»Zeit, unseren Wohlstand zu teilen«, sagte Imoshen. »Diese Münzen werden in späteren Jahren Sammlerstücke sein.«

Sie verteilten die Münzen und akzeptierten endlose Glückwünsche. Endlich reichten sie die leeren Truhen zurück und stiegen in ihren offenen Krönungswagen.

Die Anwohner von T'Diemn und den umliegenden Bauernhöfen drängten sich auf den großen Platz, denn alle wollten Zeugen dieses historischen Ereignisses werden. Der Wagen fuhr langsam rund um den Platz, die beiden Pferde von einem Stallknecht geführt. Dann blieb er direkt vor dem Haupteingang des Palastes stehen, wo sich die beiden hohen Türme wie arrogante Wachtposten erhoben.

Imoshen legte ihre Hand auf Tulkhans. »Jetzt wirst du sehen, was ich dir versprochen habe.«

Ein kleiner alter Mann eilte auf sie zu und reichte Imoshen mehrere Gegenstände.

»Das hier wollte ich immer schon einmal selbst ausprobieren«, gestand sie, zog einen Lederhandschuh an und griff nach dem Zylinder.

Das Zeug sah nicht besonders beeindruckend aus. Tulkhan hatte Juwelen und Gold erwartet.

Der kleine Mann öffnete einen ledernen Kohlensack, blies darauf, um die Flamme hervorzulocken und warnte: »Haltet es vom Körper abgewandt, Herrin.«

Imoshen hielt den Docht des Zylinders in die Flamme. Er erwachte Funken sprühend zum Leben, heller, als wenn man auf einen Feuerstein schlug. Ein Feuerschweif schoss aus dem Zylinder und in die Luft hinauf. Schnell wie ein entflogener Vogel bog er sich über den Himmel und zog Lichtfunken hinter sich her, um dann oben über dem Palast sternförmig zu zerbersten. Tulkhan blinzelte, verblüfft über das Nachbild, ebenso wie über die Unmöglichkeit dessen, was er gesehen hatte. Aber die Menge war nicht überrascht. Die Menschen jubelten entzückt und schwiegen dann wieder erwartungsvoll.

»Sieh zu den Türmen hin«, flüsterte Imoshen. Sie streifte den Handschuh ab und gab ihn dem kleinen Mann zurück.

Tulkhan spähte nach oben. Ein Funke flackerte auf dem nächstgelegenen Turm auf, gefolgt von einem weiteren. Die Menge keuchte, als gleich darauf Wasserfälle von glühenden Funken von den Turmspitzen fielen.

»Der ganze Palast wird niederbrennen!«, murmelte Tulkhan.

»Nicht im Geringsten. Die Mitglieder der pyrotechnischen Gilde brauchen Jahre, um ihr Handwerk zu lernen. Du hast doch sicher schon von den T'En-Lichtfontänen gehört?«

Das hatte Tulkhan, aber er hatte es als Legende abgetan, ebenso wie die Gerüchte über die Dhamfeer-Kräfte. Ehrfürchtig sah er zu, wie sich von sämtlichen Türmen herab Kaskaden grünen Lichts ergossen und den Palast beleuchteten. Die Menge auf dem Platz bewunderte das Spektakel atemlos.

»Woraus bestehen diese Fontänen?«

»Die Gilde hält ihr Wissen selbstverständlich geheim. Aber es ist ziemlich harmlos.«

Tulkhan staunte. Wie konnte Imoshen so lässig darüber sprechen? »Ich werde die Geräte inspizieren, die diese Fontänen herstellen, und den Sternenvogel, den du in die Luft geschossen hast.«

Imoshen lachte leise. »Das würde bedeuten, dass du den Gildemeister überzeugen müsstest, und das wird keine leichte Aufgabe sein. Sie müssen schon als Lehrlinge ein Gelübde ablegen, die Geheimnisse der Gilde zu wahren.« Sie drehte ihn so, dass er ihr gegenüberstand und drängte sich an ihn. Wildes Lachen tanzte in ihren Augen. »Küss mich unter den Fontänen goldenen Lichts, General.«

Und General Tulkhan von den Ghebiten umarmte Imoshen, die letzte Prinzessin der T'En, und genoss die Unmöglichkeit dieses Augenblicks.

Gegen Ende des Krönungsfestes reckte sich Tulkhan, um die Spannung in den Schultern loszuwerden. Imoshen gehörte nun gesetzmäßig ihm, und bei den Göttern, er begehrte sie.

»Auf ein Wort, Generalprotektor?«

Tulkhan drehte sich um und fand sich dem aufgeplusterten ghebitischen Priester gegenüber. Er nahm sich zusammen, zeigte seinen Ärger nicht und trat ein paar Schritte zurück, sodass ihr Gespräch vertraulicher sein würde. »Ja, Cadre?« Der kleine Mann warf über die Schulter hinweg einen Blick zu Imoshen, die mit einem jungen Adligen aus Keldon in ein kompliziertes Spiel vertieft war.

Die Komplexität und Anzahl von Spielen, die die Bewohner der Strahlenden Insel kannten, erstaunte Tulkhan immer wieder. Er nahm an, sie hatten eine Möglichkeit finden müssen, sich zu beschäftigen. So viel Frieden, dachte er säuerlich.

»Wusstet Ihr, dass sie die Unterlagen über alle Besitzverhältnisse archiviert hat?«

Tulkhan verzog das Gesicht. Der Cadre sprach offenbar nicht von Imoshen. »Das war immer Aufgabe der T'En-Kirche.«

»Sie wird von einer Frau geführt!«

»Das ist ihre Art.«

»Es ist nicht unsere Art!«

Tulkhan schaute den empörten Priester an. »Und das hier ist nicht unser Land. Aber wir werden es dazu machen.«

»Denn gebt der Gesegneten ein geringeres Amt. Übertragt mir die Aufgabe, und ich werde ihre Kirche neu organisieren.«

Tulkhan hätte beinahe gelacht. »Warum sollten sie aufgeben, was sie haben?«

Der Cadre erstarrte. »Die Hälfte von ihnen sind Frauen, nur Frauen!«

Diesmal lachte Tulkhan tatsächlich. Er schaute zu Imoshen hin, die eine kunstvolle Sequenz von Bewegungen ausführte, die durchaus ein Tanz hätten sein können. »Da gibt es kein ›nur‹!«

Der Cadre starrte zornig zurück. »Ihr lasst Euch von Eurer Lust lenken!«

»Ihr lasst Euch von Eurem Zorn lenken!«, fauchte Tulkhan. Der Cadre begann sich zu entschuldigen, aber der General winkte ab. »Nein. Geht jetzt. Wir sprechen später weiter.«

Tulkhan verschränkte die Arme und lehnte sich an die Wand. Halb verborgen im Schatten beobachtete er das Spiel, und er begriff endlich, um was es ging. Imoshen und ihr Gegner vollzogen eine Reihe von Tanzbewegungen. Am Ende jeder Sequenz fügten sie eine weitere Bewegung hinzu. Die beiden Spieler mussten sich an die gesamte Sequenz erinnern, sie nachvollziehen und jeweils eine Bewegung hinzufügen. Der Erste, der einen Fehler machte, hatte verloren.

Tulkhan wünschte sich, das Spiel würde endlich vorüber sein, damit er Imoshen wegführen konnte. Sie hatte ihre Pflicht erfüllt. Sehnte sie sich nicht ebenso sehr nach ihm wie er sich nach ihr?

»Generalprotektor?«

»Gesegnete.« Er blickte auf und verbarg sein Unbehagen.

Sie entgegnete seinen Gruß mit der kunstvollen Verbeugung, die man gegenüber Kaiser und Kaiserin vollzog. Wollte sie ihn verspotten, oder suchte sie seine Nähe, weil sie gesehen hatte, dass er mit dem Cadre sprach?

Aber sie sagte nichts. Stattdessen folgte ihr Blick dem

seinen, und er begriff, dass er an ihr vorbei weiter zu Imoshen hingeschaut hatte.

»T'Imoshen ist wirklich bezaubernd. Leider ist es eine Illusion. Verzeiht mir meine offenen Worte. Ihr seid Ghebite und ein Echtmann. Lasst Euch nicht einlullen. Imoshen ist keine von uns. Die T'En sind gleichzeitig mehr und weniger als Echtmenschen.«

An diesem Abend wollte Tulkhan nichts darüber hören. Er wollte den Teil von Imoshen, der nur zu echt und fraulich war – ihre Quecksilberleidenschaft. Aber er musste das Oberhaupt der T'En-Kirche beruhigen. Er sah die Gesegnete an und erwartete weitere vage Warnungen vor Imoshens Kräften. Was würde sie schon sagen können, woran er nicht in dunklen, einsamen Nächten bereits selbst gedacht hatte?

»Die Flamme leuchtet hell und verlockt die Motte. Wenn Ihr ihr zu nahe kommt, werdet Ihr verschlungen. Ihr glaubt vielleicht, Ihr könntet Euch an Imoshens Feuer wärmen und unversehrt entkommen. Aber die T'En unterminieren nur Eure Wachsamkeit. Glaubt mir, ich weiß es.« Die Gesegnete legte ihm die Hand auf den Arm. Ihr Lächeln war verzerrt von schmerzlicher Selbsterkenntnis. »Reothe und ich waren Geliebte. Er hat mich geschult, hat mir geholfen, diese Position zu erreichen.«

Tulkhan war verblüfft. Eine verheiratete ghebitische Frau würde zum Tode verurteilt, wenn sie so etwas zugäbe. Eine unverheiratete ghebitische Frau würde sich selbst töten, wenn sie von einem Mann geschändet worden wäre.

»Ich ging in die große Bibliothek der Hallen der Gelehrsamkeit, um Reothe dort debattieren zu hören. Seine Leidenschaft für Wissen und Wahrheit war inspirierend. Ich war fasziniert von seinem genialen Geist. Ich fühlte mich so intensiv zu ihm hingezogen, dass ich gehen musste.« Sie schüttelte den Kopf. »Ich nehme an, das war der Grund, wieso er mir folgte. Es verärgerte ihn, dass jemand einfach wegging, während er noch sprach. Als er mir folgte, hätte ich wachsam sein sollen, aber ich habe mich selbst belogen. Er war erst siebzehn. Ich beinahe zehn Jahre älter. Ich gestattete mir zu glauben, dass ich ihn genießen und trotzdem Abstand wahren könnte.« Sie seufzte. Tulkhan wollte es nicht hören, aber er wusste, sie würde es ihm nicht ersparen. »Zu diesem Zeitpunkt war ich intensiv damit beschäftigt, mich in der Kirchenhierarchie weiter nach oben zu arbeiten. Ausgehend von dem, was ich inzwischen weiß, glaube ich, er erkannte meine Fähigkeiten und suchte für die Zukunft nach einer Person mit einer machtvollen Stellung in der T'En-Kirche, die er benutzen konnte. Reothe plant langfristig, und er ist dabei vollkommen gnadenlos.« Sie sah Tulkhan in die Augen. »Er stand unter dem Schutz der Kaiserin, blutsverwandt mit ihr und ihren Erben, aber das genügte ihm nicht.«

Tulkhan schwieg. Er nahm an, die Gesegnete würde fortfahren, bis sie die Reaktion erhielt, die sie von ihm wünschte.

»Ihr wisst, dass er und Ysanna, die Erbin der Kaiserin, Geliebte waren. Reothe wollte die kaiserliche Familie beherrschen.« Die Gesegnete zuckte mit den Achseln. »Die Kaiserin liebte ihn, als er als Kind zu ihnen kam. Sie zog ihn mit ihren eigenen Kindern auf. Ysanna spielte ihre Bewerber gegen Reothe aus. Konnten sie ebenso gut segeln, reiten, jagen oder Gedichte schreiben wie er? Er hat sich Ysanna gegenüber niemals verpflichtet, denn es gab viele, die ihn nicht als Partner der künftigen Kaiserin sehen wollten. Als er Imoshen bat, sich mit ihm zu verbinden, war das das geringere von zwei Übeln – so glaubte man zumindest.« Wieder starrte sie ihn an.

»Ihr wisst, wozu die T'En in der Lage sind. Mit jeder Berührung festigen sie ihre Herrschaft über Euch, gleiten tückisch in Euren Geist und suchen dort nach dem, was sie für ihren Zweck nutzen können.«

Tulkhan nickte widerstrebend. Als er diesmal die Gesegnete ansah, begriff er, was sie trotz allem noch für Reothe empfand.

»Und welch besseren Weg gibt es, jemanden zu beherrschen, als durch Liebe?« flüsterte sie.

Etwas in ihm zog sich zusammen. Hatte Imoshen nicht genau dasselbe gesagt?

»So ist sie nicht.« Das war instinktives Leugnen.

Die Gesegnete lächelte tolerant. »Imoshen ist eine T'En. Sie schützen sich. Reothe war ein junger Mann in einem Palast voller Intrigen, der nach einem Weg suchte, für seine Sicherheit zu sorgen. Man kann ihnen alles verzeihen. Ich weiß, dass ich es getan habe.«

Tulkhan spürte eine Bewegung. Das Spiel war zu Ende gegangen und Imoshen kam auf ihn zu, Lachen in ihren Augen. Er sah, wie diese Freude dem Misstrauen wich, als sie seine Miene deutete.

Bevor er noch etwas tun konnte, glitt die Gesegnete auf Imoshen zu, sagte ein paar Worte, verbeugte sich dann und ging.

Imoshen blieb vor ihm stehen, gerade weit genug entfernt, dass er sie nicht berühren konnte. »Nun, General?«

»Generalprotektor.«

Sie sah ihn nachdenklich an. Er wusste, sie versuchte, ihn zu verstehen. Eine Echtfrau hätte gehofft, seinem Gesicht, seiner Haltung etwas zu entnehmen, Imoshen griff auf ihre T'En-Gabe zurück. Der Überfluss dieser Kräfte bewirkte, dass er eine Gänsehaut bekam, aber er begehrte sie immer noch.

»Bett.« Das Wort kam ihm ungebeten auf die Lippen.

»Ja.«

11

Im allgemeinen Durcheinander konnten sie sich unbemerkt davonstehlen. Tulkhan wusste, dass Imoshen sie mithilfe ihrer T'En-Kräfte vor den anderen verbarg, aber es war ihm gleich. Er war wie wahnsinnig.

Der Flur war lang, und die Geräusche der Feiernden hallten von den Wänden wider. Die Diener und sogar die Festungswache hatten ihre Posten verlassen.

Imoshen fühlte sich wie betrunken. Ihre Füße schienen geradezu über den schimmernden Parkettboden zu fliegen. Sie konnte dieselbe seltsame Erregung in Tulkhans Blick erkennen. Es war wunderbar, den Zwängen ihrer offiziellen Rollen zu entkommen. Sie hatte sich zu lange in Geduld üben müssen.

Plötzlich konnte sie nicht mehr warten. Mit einem herausfordernden Ruf begann sie zu laufen. Sie hörte, wie der General ihr folgte, lachte, rannte schneller.

Die Gewohnheit führte sie zu ihrer eigenen Schlafkammer, obwohl sie nun eigentlich in der großen Suite des Kaisers und der Kaiserin hätten wohnen sollen.

In ihrem Zimmer war kein Feuer, kein Licht. Imoshen sprang auf eine Seite der Tür und drückte den Rücken gegen das Holz. Ihr Herz dröhnte, hallte im Gleichschritt mit Tulkhans Stiefen. Der General stieß die Tür auf, stürzte hinein und trat dann sofort aus dem hereinfallenden Lichtkegel. Sie sah, wie er reglos dastand und nach ihr lauschte. Er war der vollendete Krieger, zu jeder Zeit auf einen Angriff gefasst. Er war unwiderstehlich – sie musste es einfach tun.

Lautlos zog sie sich die Schuhe aus, dann warf sie die Tür zu und die Schuhe in verschiedene Richtungen, wodurch Tulkhan es gleich mit drei Bewegungs- und Lärmquellen zu tun hatte.

Sie hörte, wie er herumwirbelte, hörte seinen unterdrückten Fluch.

Lachend sprang sie ihm auf den Rücken. Er taumelte unter dem Aufprall, bevor er sein Gleichgewicht wiederfand.

Sie hielt ein eingebildetes Messer an seine Kehle. »Ergib dich, du bist mein Gefangener, General!«

»Niemals!« Er riss sie über seine Schulter nach vorn.

Sie krachte auf den Boden, und die Luft entwich aus ihren Lungen. Funken trieben in ihr Gesichtsfeld, und es tat weh zu lachen. Dann spürte sie eine echte Klinge an ihrer Kehle und erstarrte.

Ihre Welt stand Kopf. Hatte er vor, sie zu töten und Attentätern die Schuld zu geben?

»Ich dachte, wir hätten das hinter uns?« Imoshen versuchte, Zeit zu gewinnen. Sie hörte ihn leise lachen, aber es war eine Spur Zorn darin. Instinktiv umklammerte sie seinen nackten Arm, suchte nach seiner Motivation.

Der General wich zurück und fluchte auf Ghebitisch. Sie hörte, wie er auf den Kamin zuging, wo alles für ein Feuer vorbereitet war. Einen Augenblick später hatte er eines entfacht.

Sie rollte sich zusammen, duckte sich und sah zu, wie er auch die Kerzen auf dem Sims entzündete. »Was hat die Gesegnete gesagt?«

Die breiten Flächen seines ghebitischen Gesichts waren von den flackernden Flammen beleuchtet, aber seine Miene verriet nichts. Als er auf sie niederschaute, waren seine dunklen Augen halb geschlossen, was seinen Ausdruck noch weiter verbarg. Wieder spürte Imoshen den Drang, ihn zu berühren und seine Gedanken zu entdecken.

»Es wird Zeit, dass ich eines klarstelle«, sagte er.

Sie fühlte sich unbehaglich, erwiderte aber scheinbar leichthin: »Und was wäre das, General?«

»Wir sind nicht mehr Jäger und Gejagte. Komm her.«

Sie war auf einen Kampf des Geistes vorbereitet, aber ihr

verräterischer Körper wartete einzig auf ihn. Jedes Streicheln ihres Seidenunterkleides war ein Vorgeschmack auf seine Berührung.

Sie konnte die undurchdringlichen Schichten seiner Furcht erregenden Willenskraft spüren, die sie ausschloss. »Sprich, General.«

Er verzog das Gesicht. »Warum berührst du mich nicht einfach und findest heraus, was du wissen musst?«

»Es gefällt dir nicht, wenn ich das tue.«

»Nein. Und dennoch kann ich nicht leben, ohne dich zu berühren.«

Das war ein verblüffendes Eingeständnis. Etwas in ihr zog sich gierig zusammen.

»Ich weiß. Es geht mir ebenso.« Ihre Wangen brannten. Es war schwer, das einem so distanzierten Tulkhan zu sagen. Sie hätte ihn lieber umarmt und ihn spüren lassen, wie sehr sie ihn begehrte.

»Du sagst, dass du bereits mein Kind trägst. Ich bräuchte dich nie wieder anzurühren. Ich könnte dieses Zimmer verlassen, und unsere Verbindung wäre nichts weiter als eine politische Ehe«, sagte er, aber seine Stimme vibrierte vor unterdrückter Leidenschaft.

Der Stolz ließ Imoshen eine unergründliche Miene bewahren und ein amüsiertes Lächeln aufsetzen. »Du könntest es versuchen, aber ich bezweifle, dass es funktionieren würde.«

»Nein. Diese drei Wochen haben es bewiesen. Ich könnte dich nicht jeden Tag sehen und dich so begehren, wie ich es tue. Nicht ohne …«

Triumph durchzuckte sie, aber ihr wurde klar, dass er immer noch zornig war.

»Dann musst du mich einfach so nehmen, wie ich bin, General.«

»Nein! Entweder, du schwörst, nie wieder in meinen Geist einzudringen und deine T'En-Kräfte bei mir zu benutzen, oder ich werde mich von dir abwenden.« Seine Miene war unerbittlich. »Ich werde dich zur Gesegneten eskortieren lassen. Umgeben von tausend Priestern und bewacht von den Traktarianern werden dich die Rebellen nicht erreichen und nicht benutzen können. Das Volk wird wissen, dass du in Sicherheit bist, und ich werde nicht mit ständigen Erinnerungen an deine Gegenwart gequält!«

»Murgons Traktarianer!« Wie sie diese Priester hasste, Verräter ihrer eigenen Art. Tiefer Zorn brodelte in ihr. War sie ein so hassenswertes Geschöpf, dass man sie einsperren musste? Sie wollte den General schlagen, wollte ihn denselben Schmerz ertragen lassen, den sie ertrug. Er hatte zugegeben, dass er sich nach ihrem Körper sehnte, aber im nächsten Atemzug hatte er erklärt, wie sehr ihn ihre T'En-Züge anwiderten.

Instinktiv dachte sie über die Möglichkeiten nach. Körperlich war er stärker als sie, aber kam seine Willenskraft gegen die ihre an? Wenn es wirklich darum gehen sollte, würde nur einer von ihnen überleben, und sie würde niemals aufgeben.

Dennoch ... sie konnte sich nicht dazu überwinden, ihm wehzutun. Der Gedanke daran, General Tulkhan Schmerz zu verursachen, verursachte ihr Schmerz. Ihre Gefühle für ihn schwächten sie, und sie hasste sich dafür, ihr Herz in dieser Weise geöffnet zu haben.

Imoshen holte Luft, spürte, wie das Einatmen ihre Zähne und Zunge kühlte. Wie hatte es so weit kommen können?

»Hast du das verstanden?«, wollte er wissen. »Ich werde nicht zulassen, dass du in meinen Geist eindringst.«

Sie nickte wie betäubt. Ja, sie verstand diese Angst nur zu gut. Aus genau diesem Grund fürchtete sie Reothe. Aber sie hatte nicht versucht, Tulkhan zu manipulieren, und das sollte er wissen. Es war die Drohung, eingesperrt zu werden, die sie am tiefsten traf. Der General würde nicht davor zurückschrecken, die Waffen der Strahlenden Insel gegen sie zu wenden – die Gesegnete und die Traktarianer!

»Du hast mich falsch eingeschätzt, Tulkhan.« Sie war kaum fähig, diese Worte herauszubringen, weil der Kummer ihr die Kehle zuschnürte. »Ich hätte dir diesen Schwur vielleicht freiwillig gegeben. Aber …«

»Aber?«

Sie wollte ihm trotzen, wollte erklären, dass sie sich nicht schikanieren ließe. Sie wollte, dass er seine Worte zurücknahm. Dann begriff sie, dass sie eigentlich wollte, dass er sie ohne Vorbehalte akzeptierte. Aber er war ein Ghebite, ein Echtmann, mit all den Einschränkungen seiner Geburt und seiner Kultur.

»Imoshen?« Sein Flüstern war kaum hörbar. »Ich werde nicht deine Marionette sein.«

Nun verstand sie seine größte Angst, und indem sie sie verstand, war sie in der Lage, Mitgefühl mit ihm zu empfinden. »Du unterschätzt dich selbst und mich. Wenn es dich beruhigt, werde ich versprechen, außer in Notfällen nicht in deinen Geist einzudringen. Ich werde aber nicht zulassen, dass dir etwas geschieht, wenn ich dich retten kann.«

Als sie ihm in die Augen sah, glaubte Imoshen ein gewisses Maß an Bedauern zu erkennen.

»Das würdest du schwören?«, fragte er schließlich.

Sie nickte.

Er nahm ihre Hand und legte sie mit der Handfläche nach unten auf ihren Bauch. »Schwöre bei diesem Leben.«

Imoshen spürte ein seltsames kleines Aufflackern in sich. »Ich schwöre bei dem Leben meines – unseres ungeborenen Kindes, deinen Geist nicht zu berühren, es sei denn, in einem Notfall.«

»Und auch keine anderen T'En-Kräfte – keine Zwänge, keine Tricks irgendwelcher Art«, drängte er.

Imoshen knurrte protestierend.

Tulkhan hatte das Gefühl, dass sich ein Messer in seine Seele senkte. Er hätte nicht geglaubt, dass es ihm so schwer fallen würde. Er konnte sehen, wie sehr er sie gekränkt hatte. Mit diesem Schwur hatte er das, was sie hätten teilen können, ungemein eingeschränkt. Aber er brauchte einfach seinen Frieden. »Nun?«

»Du leugnest, was ich bin!«

»Wenn ich dir nicht trauen kann, werde ich dich nicht anrühren.« Er weigerte sich, sich von ihrem Schmerz ins Wanken bringen zu lassen. »Die Wahl liegt bei dir!«

Es war ein Bluff, aber Imoshen konnte das nicht wissen. Er hatte keine Wahl, was sie anging. Sie war wie eine Sucht, die ihn in den Wahnsinn trieb.

»Du willst, dass ich mich selbst verleugne, damit ich mit dir zusammen sein kann? Willst du das wirklich?« Sie sah ihn mit gequältem Blick an.

Er wollte es abstreiten, wollte ihr sagen, dass sie ihm alles bedeutete und der Rest der Strahlenden Insel zum Teufel gehen konnte. Aber selbst jetzt konnte er nicht sicher sein, dass diese Gefühle nicht auf irgendwelche T'En-Tricks zurückzuführen waren. »Schwöre, oder wir werden nichts mehr gemeinsam haben.«

»Ich werde schwören, General.« Imoshen schauderte. »Aber der Schwur wird bis zu dem Tag, an dem du mich von ihm befreist, zwischen uns stehen!«

Trotz der Wärme des Feuers schauderte er. Er konnte sich keinen Tag vorstellen, an dem er sich freiwillig ihren Kräften öffnen würde. »Schwöre!«

»Ich schwöre beim Leben unseres ungeborenen Kindes, meine T'En-Kräfte nicht bei dir zu verwenden, es sei denn in schweren Notfällen.« Sie verzog den Mund zur Parodie eines Lächelns. »Bist du jetzt zufrieden, General Tulkhan?«

Er konnte spüren, wie zornig sie war. Sein Körper war vollkommen auf ihren eingestellt, und er spürte, wie die Macht sich aufbaute.

»Du bist wütend auf mich. Ich werde dich jetzt allein lassen.« Er hob ihre Hand und streifte die Innenseite ihres Handgelenks mit seinen Lippen. Es war eine Geste, die er bei den Kelden gesehen hatte – eine Geste, die entweder sehr förmlich oder sehr intim sein konnte.

Jeder Instinkt schrie ihm zu, zu bleiben, aber er zwang sich davonzugehen. Wenn der Zeitpunkt gekommen war, wollte er sich freudig mit ihr vereinen.

»Tulkhan!«

Er drehte sich um und sah sie vor dem Feuer stehen, in all ihrem Putz, ihr Gesicht angespannt, Tränenspuren in der Schminke. Er wartete.

»Soll ich etwa betteln?« Sie entrang sich die Worte nur mit großer Mühe.

Ihre Verzweiflung sprach etwas ganz Urtümliches in ihm an. Ja, er wollte, dass sie bettelte, dass sie ihn willkommen hieß. Er gierte nach ihr.

Sie hob flehend die Hand.

Als er näher kam, wandte sie sich ab, unwillig, ihre nackte Gier zu enthüllen. Er packte ihre Schultern, spürte die Anspannung in ihrem Körper. Seine war nicht geringer.

Er bemerkte die zarte Spitze ihres Oberkleides, die nun zerrissen war, und das erinnerte ihn daran, wie er sie über die Schulter auf den Boden geworfen hatte. Er verzog das Gesicht; er würde zweifellos blaue Flecken auf ihrer zarten Haut finden, wenn sie ihre Gewänder auszog. Wie konnte er sie so grob behandeln, wenn sie doch schwanger war? Dennoch verlangte sie, dass er sie nicht schonte, und sie schien sich an solchen Dingen nicht zu stören.

Schweigend hob er ihr dichtes Haar, um die Verschnürung in ihrem Nacken zu lösen. Das silberne Obergewand glitt von ihren Schultern und lag dann glitzernd im Feuerlicht zu ihren Füßen. Als er ihr Haar losließ, glitt es wie Seide durch seine Finger. Er konnte sich nicht bremsen, sondern streichelte ihr weiter übers Haar, spürte, wie ihre

Anspannung nachließ. Langsam sank sie gegen ihn, den Rücken an seine Brust gedrückt.

Er schlang die Arme um sie, drückte sie fester an sich, sodass sie seine wachsende Begierde spüren konnte. In einer unmissverständlichen Geste drängte sie ihr Becken an ihn.

Nackte Begierde ließ ihn sofort reagieren.

»Die Bedürfnisse des Körpers sind mächtig«, flüsterte sie, aber er hatte keine Zeit für Worte.

Imoshen hatte vor, sich zurückzuhalten. Tief in ihr schrie ein kleiner Knoten der Ablehnung danach, zum Ausdruck zu kommen, aber als er ihr Kinn mit unendlicher Zärtlichkeit hob und sie küsste, verspürte sie so etwas wie Erfüllung.

Die Liebe, die sie so gerne geleugnet hätte, wurde übermächtig und überflutete all ihre inneren Schutzmauern, so dass sie sich vollkommen dem Augenblick und seiner Leidenschaft ergab.

Rasch drehte sie sich in seinen Armen zu ihm um, schob die Hände in sein Hemd, ergötzte sich an seiner heißen Haut, den festen Flächen seiner Brust. Sein großes Herz hämmerte und bestimmte das Tempo ihres eigenen.

Ungeduldig riss sie an den Verschnürungen seines Hemdes, zog es ihm über die Schultern, um seine kupferfarbene Haut zu entblößen, die überzogen war von feinen, silbernen Narben alter Wunden. Zu denken, dass eine dieser Wunden hätte tödlich sein können, und dann hätte sie ihn nie gekannt! Plötzlich war er unsäglich kostbar, war ihr so wichtig wie jeder Atemzug. Der Augenblick strahlte in seiner Intensität.

Er fuhr ihr mit seinen schwieligen Händen über die Schultern, dann kämpfte er mit den Schnüren ihres Unterkleids. Fiebrig kam sie ihm zu Hilfe, und sie zogen ihre Staatsgewänder aus.

Nachdem ihr Kleid am Boden lag, trat er zurück, ein heiseres Stöhnen auf den Lippen. Plötzlich schüchtern, spürte sie seinen Blick auf sich wie etwas Körperliches, wie ein Licht, das sie anstrahlte. Sie war kaum imstande zu atmen, dann wagte sie, ihren Blick zu seinem zu erheben. Nackte Begierde überschwemmte seine Züge.

Wortlos breitete sie die Arme aus, und er kam zu ihr. Sie zog ihn vor das Feuer, nahm ihn auf, noch während sie auf das Fell sank. Es gab nichts als diesen Augenblick, nichts als diesen Mann.

Viel später, als sie auf den Fellen vor dem Feuer lagen, fiel Tulkhan auf, dass sie sich eine recht primitive Umgebung ausgesucht hatten, um ihre Vereinigung als neue Herrscher der Strahlenden Insel zu vollziehen. Sie hatten die kaiserlichen Gemächer ignoriert, die an Bequemlichkeit und Ausstattung unendlich viel mehr boten.

»Warum lächelst du?« Imoshens Haut war rosig, von ihrer Schminke war nur ein Farbfleck geblieben, ihr Haar war feucht und wirr, ein Aufruhr heller Seide.

Tulkhan schüttelte bedächtig den Kopf, und sie errötete. Es hätte einfach nicht perfekter sein können. Die Erinnerung daran erfüllte ihn beinahe mit Ehrfurcht. Wie konnten zwei Menschen bei ihrer Vereinigung solche Ekstase empfinden und dennoch Fremde bleiben?

Diesen ganzen langen Tag und die vergangenen Wochen hatte er auf diese Nacht gewartet. Nachdem es endlich geschehen war, ließ die Spannung nun nach.

Imoshen hörte, wie sein Atem tief und regelmäßig wurde. Sie stützte sich auf einen Ellbogen und beobachtete ihn, als er einschlief.

So entspannt sah er viel jünger aus. Sein dunkles Haar mischte sich mit dem dunklen Fell, auf dem sie lagen. Sie beugte sich näher heran, um seinen warmen Atem auf ihrem Gesicht zu spüren. Jedes Mal, wenn er ausatmete, atmete sie seinen Atem ein und wünschte sich, dass er ein Teil von ihr würde. Köstliche Trägheit überfiel sie, als sie dieses

Wesen in sich aufnahm, sich auf seine Essenz konzentrierte. Ein kribbelndes Bewusstsein ihrer beiden getrennten Wesenheiten tauchte vor ihrem geistigen Auge auf, und sie …

Die kalte Wirklichkeit schreckte sie aus dieser angenehmen Intimität. Sie hatte geschworen, ihre Kräfte nicht zu benutzen. Widerstrebend löste sie den Kontakt. Sie hatte nicht gewusst, dass sie ihn an sich hatte binden wollen. Es war instinktiv geschehen.

Sie zog sich ein wenig zurück und betrachtete, wie vollendet sein schlafendes Profil aussah. Wann waren diese breiten Wangenknochen, diese Kupferhaut zu ihrem Ideal männlicher Schönheit geworden? Das war nach und nach geschehen, eine Veränderung ihrer Wahrnehmung.

Ein kleiner Wurm des Zorns wand sich in ihr. Wie hatte Tulkhan es wagen können, sie zu bedrohen? Sie suchte im Geist nach dem Auslöser und erinnerte sich an seine steinerne Miene, als sie auf ihn zugekommen war, während er neben der Gesegneten stand.

Was hatte die Gesegnete ihm erzählt?

Er rührte sich im Schlaf. Sie hätte in seinen schlafenden Geist eindringen können, ohne dass er es wusste. Warum sich zurückhalten? Warum keine Gedanken, Zwänge, selbst Misstrauen einpflanzen, das sie später benutzen könnte?

Es war bitter zu erkennen, wie gedankenlos sie sich ihrer Kräfte bedient hatte. Aber es war auch so leicht, es zu versuchen, und viel zu einfach, es zu rechtfertigen. Immerhin beschützte sie sie beide nur vor den Manipulationen der Gesegneten.

Sie kämpfte gegen den Drang an, ihre Kräfte einzusetzen, und zitterte dabei vor Anstrengung. Endlich ließ es nach.

Kein Wunder, dass General Tulkhan ihr nicht traute – sie traute sich ja selbst kaum!

Sie setzte sich hin, schlang die Arme um ihre Knie und starrte in die niederbrennenden Flammen. Es sah so aus, als wäre dem General und ihr nur vergönnt, die Art von Verbindung zu teilen, wie sie Echtmenschen hatten, eine, die auf der physischen Ebene sehr tief ging, aber die Berührung des Geistes ausschloss. Würde das genügen?

Er begehrte sie. Er brachte ihren Körper zum Singen. Sie hoffte sogar, dass General Tulkhan sie lieben lernen könnte. Aber er erwartete, dass sie ein halbes Leben führte. Konnte sie sich damit zufrieden geben?

Nein.

Imoshen wusste mit vollkommener Sicherheit, dass sie alles haben musste. Tulkhan musste nicht nur ihre T'En-Kräfte akzeptieren, er musste sie als Ganzes annehmen, oder sie würde ihn mit der Zeit verachten und sich selbst dazu. Anders als Cariah konnte sie nicht weniger sein, als sie war.

Tulkhan wünschte, er hätte sich mit Imoshen davonstehlen können, wie Wharrd es mit Kalleen getan hatte, um ihre Verbindung in einer abgeschiedenen Umgebung zu vertiefen, aber königliche Verbindungen verlangten Feiern, und ihre Pflichten ließen niemals nach.

Er sah zu, wie Imoshen die kunstvolle Weinzeremonie durchführte. Vor jeder Person stand ein kleiner Porzellanbecher, geschmückt mit zarten Symbolen der T'En-Hochsprache. Der warme, gewürzte Wein dampfte in die Luft. Es war Zeit, das Wort zu ergreifen.

Als Imoshen ihn ansah, bemerkte er ihren warnenden Blick. Seit den Festlichkeiten hatten sie wenig Zeit gehabt, über den Causare-Rat zu sprechen, und nun stand er den Delegierten Holzrank, Athlyng, Fairban und anderen Anführern der höheren und geringeren adligen Familien des Hochlands von Keldon gegenüber.

Er hatte ihre Bitte um ein Gespräch nicht abgelehnt und sie in seinem Kartenzimmer empfangen. Sie saßen um den großen runden Tisch, und ihre Gesichter spiegelten sich in der schimmernden Oberfläche, ihre Weinbecher standen unberührt vor ihnen.

Imoshen hob ihren Porzellanbecher mit aller Förmlichkeit des kaiserlichen Hofs und trank einen Schluck. Alle taten es ihr nach. Tulkhan ließ den Wein über seine Zunge rinnen. Er war süß und gewürzt, nicht wirklich nach seinem Geschmack. Er stellte den Becher beiseite.

»Wir haben bisher Geduld gezeigt, Generalprotektor«, begann Fairban.

»Kein uneiniges Wort ist von unseren Lippen gekommen, solange die Spione vom Festland hier waren«, sagte Holzrank. »Wann werdet Ihr den Causare-Rat wieder zusammenrufen?«

Der alte Athlyng hob die Hand. »Es gibt Hitzköpfe unter uns, die am liebsten sehen würden, dass alles noch vor dem Frühjahr in Ordnung gebracht wird. Aber auch die Strahlende Insel wurde nicht über Nacht geschaffen. Gebt uns einfach ein Zeichen, dass Ihr …«

»Ich habe mit meinen Offizieren gesprochen«, sagte Tulkhan. »Sie begreifen den Gedanken hinter diesem Rat, obwohl so etwas in Gheeaba einen anderen Namen hat. Der Causare-Rat wird wieder zusammentreten, aber mit einigen Veränderungen.«

Unbehagliches Gemurmel war zu hören.

»Habt Ihr dabei nichts zu sagen?«, wollte Holzrank von Imoshen wissen. »Wird es Frauen verboten werden, ihren Platz im Rat einzunehmen?«

Imoshen legte die Hände zu beiden Seiten des Weinbechers flach auf den Tisch. »Wir halten uns an den Brauch, damit alle Stimmen gehört werden können, und es wird einen neuen Causare-Rat mit Delegierten aus dem alten Reich und dem neuen geben. Sechs Offiziere des Generals werden ihre Plätze im Rat einnehmen. Ihr müsst aus Euren Rängen ebenfalls sechs Vertreter wählen.«

»Ihr scherzt!,« rief Holzrank.

Tulkhan sah Imoshen an, während die Adlige gegen diese Einschränkung argumentierte. Er hatte bewusst die Männer ausgewählt, denen er am meisten vertraute und bei denen man davon ausgehen konnte, dass sie einen kühlen Kopf bewahrten. Sie würden es hassen, über Staatsangelegenheiten mit Menschen diskutieren zu müssen, die vor kurzem noch ihre Feinde gewesen waren, und dazu auch noch mit Frauen. Für Imoshen war es einfach ein akzeptierter Brauch, für seine Männer war es eine Beleidigung. Er konnte nicht mehr als sechs seiner Offiziere in einem solchen Rat trauen. Außerdem wollte er, dass die Gruppe von beherrschbarer Größe war.

Ein Argument löste das andere ab.

Als Imoshen sich erhob, schwiegen alle.

Tulkhan sah, wie sie die Hand hob, elegant wie einen Fächer.

»Sechs aus dem alten Reich.« Sie hob die andere Hand. »Sechs aus dem neuen.« Dann senkte sie die Hände wieder, die Handflächen nach oben. Sie sah einen nach dem anderen mit ihren strahlend dunkelroten Augen an. »Denkt darüber nach.«

Es war zwei Wochen nach Mittwinter, und man hielt den zugefrorenen See für sicher genug zum Schlittschuhlaufen. Dies war der letzte Abend der Unterhaltungsveranstaltungen, und dafür war Imoshen zutiefst dankbar. Es würde eine Erleichterung sein, die Mehrheit der Besucher vom Festland morgen zu verabschieden. Nur die Botschafter und ihre Adjutanten würden bleiben. Imoshen wollte, dass jene, die die Strahlende Insel verließen, berichteten, die neuen ghebitischen Oberherren hätten die T'En-Kultur nicht zerstört, und daher hatten sie und Cariah für diesen Abend ein Eisballett organisiert, um diesen Eindruck zu verstärken.

Kalleen packte Imoshens Arm, als sie lachend vorbeisegelte. Dann verlor sie den Halt auf den hölzernen Schlittschuhen und riss sie beide von den Beinen. Kalleen hatte als Bauernmädchen gelernt, auf dem Dorfteich Schlittschuh zu laufen, aber dabei war dieser kunstvolle Schritt, den sie gerade versucht hatte, nicht vorgekommen.

Am Ufer spielten die Musiker, und die Adligen kreisten in Paaren über den See und mieden Imoshen und Kalleen angestrengt, was alles nur noch lächerlicher aussehen ließ.

Die meisten ghebitischen Offiziere hatten sich geweigert, Schlittschuh laufen zu lernen. Sie saßen in einem großen Zelt am Ende des Sees, tranken und sahen zu.

Kalleen winkte Wharrd zu und kümmerte sich nicht um die Verachtung der anderen Eisläufer. Imoshen wünschte sich nur, sie könnte ihre Rolle als Beschützerin der Strahlenden Insel vergessen und alberne Dorfspiele spielen.

Ihr Magen knurrte. Auf Öfen am Ufer wurde Essen vorbereitet. Der würzige Duft wurde von der leichten Brise herangeweht, die auch die bunten Laternen bewegte.

Lachend kam Cariah vorbei und verlangsamte ihren Lauf. »Ihr schockiert meine Schwestern, Kalleen!«

Imoshen fragte sich, ob Cariah vorhatte, die Beschützerin der Strahlenden Insel unauffällig zu kritisieren.

Kalleen verdrehte die Augen. »Ich werde nicht so tun, als wäre ich etwas anderes, als ich bin, und mir selbst den Spaß verderben!«

»Diesen Luxus können wir uns nicht alle leisten«, erklärte Cariah merklich kühler, und es war nur zu klar, worauf sie damit anspielte.

Imoshen verzog das Gesicht und kam auf die Beine. »Habe ich mich daneben benommen?«

Cariah sah sich ungeduldig um. »Es gibt welche, die würden Euer Verhalten auch dann kritisieren, wenn Ihr im Zelt säßet und nichts tätet. Das Leben ist zu kurz, um sich um solche Leute Gedanken zu machen.«

»Helft mir hoch!«, befahl Kalleen herrisch.

Imoshen lachte. Was würde sie nur tun, wenn sie Kalleen nicht hätte, die sie immer wieder auf den Boden der Vernunft zurückholte? Wenn sie nur den Bruch zwischen sich und Cariah heilen könnte! Zusammen zogen sie die ehemalige Zofe auf die Beine.

Imoshen bemerkte, wie General Tulkhan sich an den Kreisenden vorbeidrängte und auf sie zukam, und ihr Herz begann bei seinem Anblick schneller zu schlagen.

»Die Künstler sind bereit«, sagte Tulkhan und kam mit überraschender Anmut zum Stehen.

»Dann sollten wir sie nicht warten lassen.« Imoshen hob den Arm, um sich bei ihm einzuhaken.

»Ich sollte lieber meinen Platz einnehmen.« Cariah schlüpfte davon.

Die Musiker hörten auf zu spielen, und die Eisläufer gingen hinüber zum Zelt. Die Klappe war hochgerollt worden, um ihnen einen Blick auf den See zu geben, der Boden war mit Teppichen bedeckt, auf denen niedrige Tische standen. Heute Abend folgten sie dem alten Brauch, auf Teppichen und Kissen zu sitzen.

Imoshen sank nieder und zog ihre Schlittschuhe aus. Es enttäuschte sie zu sehen, dass sich die Botschafter und die Adligen vom Festland zwar unter die keldonischen Adligen und die Ghebiten mischten, sich die beiden Gruppen, von denen sie am meisten erhoffte, aber störrisch weigerten, etwas miteinander zu tun zu haben.

Dann wurde es still. Eisläufer, von denen jeder eine Lichtfontäne trug, bildeten eine lange, sich windende Schlange, die zum wachsenden Tempo der Musik schneller wurde. Imoshen warf einen Blick zum General hin. Er war gebannt.

Lord Fairban beugte sich stolz vor. »Hier kommt meine Cariah.«

Anmutig schwebte sie über den See.

Imoshens Herz schwoll vor Stolz. Cariah glitt am Zelt

vorbei, nahm einen weiten Bogen, der ihr Zeit ließ zu springen, sich zu drehen und wieder zu landen. Vor dem Hintergrund funkelnder Lichtfontänen tanzte sie das Eisballett. Es war eine Kunst, der wenig gleichkam.

Wieder nutzte Cariah ihre nicht eingestandenen T'En-Kräfte insgeheim zu ihrem Vorteil, während Imoshen die ihren als ein zweischneidiges Schwert empfand. Aber sie hatte vor, den Geboten des T'Enchiridion zu entsprechen. Indem sie den Echtmenschen der Strahlenden Insel diente, hoffte sie, ihr Vertrauen zu gewinnen. Eines Tages würden Menschen wie Cariah ihre Fähigkeiten nicht mehr verbergen müssen.

Als der Tanz vorüber war, applaudierten die Zuschauer wild, und diesmal fand Imoshen die lauten Beifallsbezeugungen der Ghebiten nicht peinlich.

Die Künstler verließen die Eisfläche, und nun kamen Diener mit dem Essen. Imoshen fragte sich, was wohl geschehen würde, wenn einer von ihnen das Gleichgewicht verlor.

Ein Lächeln umspielte ihre Mundwinkel, und sie sah Tulkhan an. Als er grinste, wusste sie, dass er dasselbe gedacht hatte. Ihr wurde warm vor Glück. Es war angenehm zu wissen, dass er ihren Sinn für Humor teilte.

Es gab eine leichte Unruhe, als Cariah zurückkehrte. Sie drückte einen liebevollen Kuss auf den kahlen Kopf ihres Vaters und sank anmutig auf die Kissen, mitten zwischen die Kelden und die Ghebiten.

Während jene, die in ihrer Nähe saßen, ihr gratulierten, beobachtete Imoshen, wie Cariah den Kopf zurücklegte und lachte. Mehrere von Tulkhans Offizieren versuchten, ihre Aufmerksamkeit zu erregen. Sahorrd spielte mit ihrer Hand und tat so, als versuchte er, ihren sechsten Finger zu erkennen.

»Ihr habt T'En-Blut in der Familie«, sagte Imoshen zu Baron Fairban.

»Von der Seite meiner Partnerin. Sie hat mir drei wunderschöne Töchter geschenkt, aber nur meine Älteste ist ihr ähnlich. Übrigens, habt Ihr es schon gehört?« fragte er Imoshen strahlend. »Cariah ist als Vollmitglied in die Schauspielergilde aufgenommen worden.«

»Eure Tochter gehört zu einer Gilde?«, fragte Tulkhan. »Aber sie ist die Tochter eines Adligen!«

Imoshen wusste, dass der General Baron Fairban nicht beleidigen wollte – seine Reaktion entsprang echter Neugier.

»Die Aufnahme in die Schauspielergilde hängt von Begabung und Fähigkeit ab. Jeder kann lernen, Schuhe herzustellen, und ob man als Adliger geboren wird oder nicht, hängt vom Glück ab. Aber nur wenige Menschen sind wirklich kreativ. Von einer der kreativen Gilden aufgenommen zu werden, ist eine große Ehre«, sagte sie zu Tulkhan.

»Ich verstehe.« Er sah Baron Fairban an. »Ich bitte um Entschuldigung. In Gheeaba sind die Dinge anders. Ein Künstler ist ein Handwerker, den man bezahlt, seine Arbeit zu machen, und nicht mehr.«

Der alte Mann kniff die Lippen zusammen und Imoshen begriff, dass Tulkhans entschuldigende Worte den Baron nur noch mehr beleidigt hatten. Tulkhan sah sie fragend an, aber sie zuckte beinahe unmerklich mit den Schultern. Es gab Intoleranz auf beiden Seiten. Zumindest hatte der General es versucht.

Die üppige Mahlzeit wurde fortgesetzt. Zwischen den Gängen führten Eis laufende Clowns ihre Scherze auf. Das war mehr nach dem Geschmack der Ghebiten. Cariah drängte mehrere ghebitische Offiziere, ein Lied in ihrer Heimatsprache zu singen.

Imoshen schloss aus Tulkhans Miene, dass der Text eher anstößiger Natur war, aber da die meisten Adligen diese Sprache nicht verstanden, zählte das wenig. Als das Essen zu Ende ging, verließen alle ihre Plätze, um sich weiterzuunterhalten. Kalleen ging zu Imoshen und Cariah, goss sich noch einen Wein ein und sagte: »Man könnte wirklich glauben, dass eine Frau nicht imstande ist, ein Gespräch zu führen!«

Imoshen lächelte. »Ich bin sicher, dass Wharrd nicht dieser Ansicht ist.«

»Warum unterhält er sich dann mit den ghebitischen Männern und ist nicht hier bei mir?«

In Kalleens Beschwerde lag eine gewisse Wahrheit. Imoshen war unbehaglich zumute. Kallen war dazu erzogen worden, die alten Werte zu achten. Es würde ihr nicht gefallen, wenn ihre Verbindung auf die seichte Parodie reduziert wurde, die Imoshen am Hof erlebt hatte.

Cariah trank ihren Wein und zeigte auf die jungen Ghebiten, die Wetten auf das Ergebnis eines Armdrückwettkampfs abschlossen.

»Sie sind so animalisch«, schnurrte sie. »Welchen von ihnen werde ich heute Abend ins Bett nehmen?«

Imoshen betrachtete die Männer amüsiert. »Sind sie nicht ein wenig …?«

»Ungeschliffen?«, meinte Cariah. »Ja, aber auch sehr eifrig. Dieser Große da, Sahorrd, ist ausgesprochen leidenschaftlich. Der Haarige hat gewaltiges Durchhaltevermögen, und Jacolm ist sehr gut ausgestattet.«

Kalleen legte den Kopf schief. »Warum nicht alle drei zusammen?«

Imoshen stieß einen kleinen Schrei entzückten Entsetzens aus.

Cariahs Lachen erklang über den Lärm im Zelt wie das Lied eines schönen Vogels. Die Ghebiten schauten zu ihr hinüber. Imoshen musste sich ein Lächeln verbeißen.

Cariah tätschelte Kalleens Arm. »Ihr seid ein Mädchen nach meinem Herzen. Aber nun muss ich mich noch entscheiden, ob ich sie einem nach dem anderen haben will oder alle drei gleichzeitig!«

»Imoshen?«, zischte Tulkhan.

Sie setzte sich auf, verblüfft von seinem Tonfall. Seine finstere Miene trug ebenfalls nicht dazu bei, sie zu beruhigen. Er streckte die Hand aus, die Imoshen ergriff, und zog sie mit solcher Kraft hoch, dass sie gegen seine Brust fiel.

»Sieh dir mit mir die Tänzer an.«

Es war ein Befehl. Sie wurde ärgerlich. Er schob sie aufs Eis hinaus, um die Ecke des Zeltes herum, und stürzte sich sofort auf sie. »Lass mich dich nicht noch einmal erwischen, wenn du darüber sprichst, mit drei Männern zu schlafen!«

Sie lachte, weil es so absurd war. »Was bedeutet es dir, General? Cariah ist ungebunden. Sie kann tun, was sie will. Es ist der Brauch für eine Frau …«

»Es ist kein ghebitischer Brauch!«

»Sind es denn auch keine ghebitischen Männer, mit denen sie schläft?«, fragte Imoshen unschuldig.

»Für eine Frau ist es anders.«

»Anders? Warum?«

Er zog sie an sich. Sie spürte, wie er sie begehrte, und das löste bei ihr eine ähnliche Reaktion aus, die von ihrem Zorn eher noch verstärkt wurde.

»Imoshen!«

»Macht es ghebitischen Frauen keinen Spaß, mit ihren Männern zu schlafen?«, fragte sie.

»Du brauchst wirklich eine Lektion!«, knurrte er.

»Und du bist mein Lehrer?«

Er packte sie fester.

Mit einem Lachen ließ sie sich nach unten sacken und entzog sich seinen Händen. Dann schoss sie an ihm vorbei und über das Eis hinter das Zelt. Er war ihr dicht auf den Fersen, als sie das verschneite Ufer hinaufstapfte. Er riss sie um, und sie fielen beide auf der anderen Seite des Ufers in eine Senke, wo tiefer Schnee lag.

Wortlos hielt er sie fest, suchte ihre Lippen. Imoshen erwiderte seinen Kuss mit gleicher Leidenschaft. Ihre Verbindung konnte einfach nicht versagen. Es war zu gut, zu schön. Wenn er doch nur akzeptieren könnte, dass sie eine T'En war!

Verzweiflung erhöhte ihre Leidenschaft noch.

Als er aufhörte, sie zu küssen, konnte sie nicht widerstehen und fragte: »Bist du nicht froh, dass ich keine seufzende ghebitische Maid mit Leidensmiene bin?«

»Bei den Göttern, ja!«

Sie lachte und streckte die Hände nach ihm aus. Er zuckte zusammen, als sie die Schnüre seiner Hose löste.

»Du hast kalte Hände.«

Sie musste lachen.

Das Oberkleid aus Brokat fiel in der Mitte auseinander. Wie es dem Brauch entsprach, hatten ihre gerafften Hosen keinen Mittelsaum. So dick, wie sie eingepackt waren, begegnete sich nur ein Minimum ihrer Haut, aber das war genug. Sie wanden sich im Schnee, glühend erhitzt von ihrer Gier. Es war ein köstlicher gestohlener Augenblick.

Als Tulkhan wieder klar denken konnte, zog er seine Kleidung zurecht und sah zu, wie Imoshen sich erhob und ihre Gewänder mit kundigen Fingern arrangierte.

»Die Frauenkleidung auf der Strahlenden Insel hat wirklich ihre Vorteile«, sagte er.

Sie lachte und hielt ihm die Hand entgegen. Am liebsten hätte er sie wieder in den Schnee hinabgezogen, aber man würde sie sicher bald vermissen. Sie stapften das Ufer entlang und blieben hinter dem Zelt noch einmal stehen, um sich zu sammeln.

»Sehe ich präsentabel aus?«, fragte Imoshen.

Ihre Wangen waren rosig, ihre Lippen geschwollen von seinen Küssen.

»Du siehst aus, als gehörtest du ins Bett«, sagte er ihr.

Sie versetzte ihm einen kräftigen Schubs gegen die Brust, dann kehrten sie ins Zelt zurück.

Er wollte sie immer noch. Tulkhan war dankbar für die

dicke Überjacke. Er wartete einen Augenblick, dann kehrte er zu den anderen zurück.

»Ich dachte schon, dass ich dich hier finden würde«, sagte Tulkhan laut.

Imoshen zuckte schuldbewusst zusammen. Nachdem sie ihre offiziellen Pflichten hinter sich gebracht hatte, war sie in die Bibliothek geflohen. Es war ein Tag des Abschieds gewesen. Die Adligen vom Festland waren mit der Morgenflut in See gestochen, und nur die Botschafter und ihre Diener waren im Palast zurückgeblieben. Die Adligen aus Keldon würden ebenfalls noch bleiben und sich die schwierige Reise über die verschneiten Pässe ersparen. Am späteren Morgen hatten auch Wharrd und Kalleen sich verabschiedet.

Kalleen hatte versprochen zurückzukehren, wenn das Kind fällig war, aber Imoshen wusste nicht, wann das sein würde. Je länger die Schwangerschaft dauerte, desto mehr T'En würde das Kind sein. Sie seufzte.

»Ja, General?« Sie schob ihr Buch beiseite.

»Drei weitere Stallknechte haben das Winterfieber«, sagte er ihr, obwohl sie seinem Tonfall anhörte, dass er nicht deshalb gekommen war.

»Ich werde mich darum kümmern. Übrigens, Baron Athlyng hat mit mir gesprochen. Er hat den Adligen aus Keldon geraten, den neuen Causare-Rat zu akzeptieren. Ihnen zu sagen, dass sie nur sechs Vertreter auswählen dürften, war meisterhaft. Sie werden sich darauf konzentrieren, unter sich um das Vorrecht zu kämpfen.« Sie lächelte. »Hast du schon von Fairban oder Holzrank gehört?«

»Noch nicht. Es gibt etwas …«

Sie wartete, aber er fuhr nicht fort. »Was ist, General?« Er antwortete nicht sofort und zupfte stattdessen an dem Buch herum, bis sie es wegschob, um es vor seinem ziellosen Tasten zu retten.

»Es geht um Baroness Cariah. Du musst mit ihr sprechen«, sagte Tulkhan schließlich.

»Ich dachte, sie leistet gute Arbeit dabei, die Adligen aus Keldon und die Würdenträger der Stadt mit deinen Männern zusammenzubringen. Die jüngeren, flexibleren Leute haben schon Freundschaften geschlossen.«

Tulkhan verzog unbehaglich das Gesicht. »Es geht um ihre Liebhaber.«

Imoshen biss sich auf die Unterlippe, um nicht lächeln zu müssen. Für einen so leidenschaftlichen Mann konnte der General seltsam prüde sein. »Das ist doch sicher ihre eigene Angelegenheit?«

»Nicht, wenn es um meine Männer geht.«

»Dann ist es deren Angelegenheit.«

Der General verzog das Gesicht. »Dann wirst du nichts unternehmen?«

»Ich kann nichts tun.«

Er seufzte und schob ihr eine schriftliche Einladung über den Tisch. »Die Gesegnete möchte, dass ich am nächsten Fürbittetag mit entscheide, aber ich weiß nichts über die T'En-Gesetze.«

Imoshen wählte ihre Worte sehr sorgfältig. »Wir haben ein sehr verzweigtes Gesetzessystem, das sich, wie ich annehme, von dem in Gheeaba sehr unterscheidet. Wenn Streitigkeiten zwischen Gilden oder Einzelnen nicht von den Priestern am Fürbittetag geschlichtet werden können, wenden sich beide Parteien an den Kaiser und die Kaiserin. Demnach würde man sich nun also an uns wenden, um das Urteil zu fällen.« Tatsächlich war es die Kaiserin, der das letzte Wort zufiel, aber das erwähnte Imoshen lieber nicht. »Am Anfang solltest du dich mit den Eigentums- und Erbschaftsgesetzen vertraut machen.«

»Noch mehr Gekrakel?« Er seufzte spöttisch.

Imoshen schluckte. Der neckende Ton in seiner Stimme wärmte sie. »Ich könnte es dir beibringen.«

Tulkhan verdrehte die Augen. »Von einer Frau unterrichtet zu werden!«, beschwerte er sich. »In Gheeaba lesen und schreiben Frauen nicht.«

Sie erstarrte.

»Sei nicht böse auf mich, Imoshen. Ich habe die Regeln nicht gemacht.«

»Ihr ghebitischen Männer seid für viel Unheil verantwortlich!«

Er lächelte entwaffnend. »Ich bin deiner Gnade ausgeliefert. Mach mit mir, was du willst.«

Es war klar, was er meinte. Imoshen spürte, wie ein Lächeln ihre Mundwinkel umspielte.

»Also gut.« Sie holte ein Stück Notizpapier heraus und tauchte die Feder in die Tinte. »Der erste Buchstabe des T'En-Alphabets sieht so aus.«

Tulkhan ächzte, aber er setzte sich neben sie. Imoshen spürte die Wärme seines Körpers durch ihre Kleidung hindurch. Es brauchte große Selbstdisziplin, die Unterrichtsstunde überhaupt zu Ende zu führen.

Dies waren die Augenblicke, die sie genoss – wenn niemand da war, um sie zu beobachten und ein Urteil über sie zu fällen, und ihre Differenzen plötzlich nicht mehr wichtig waren. Selbst Tulkhan das T'En-Alphabet beizubringen, war ein sündhaftes Vergnügen, an das sie sich klammerte, bevor sie ihn wieder der Palastpolitik überlassen musste.

12

Imoshen lächelte, denn das war offensichtlich. »Dann vergesst es doch einfach. Cariah hat ihre Stellung als unabhängige Adlige, nicht zu reden von der Unterstützung der Schauspielergilde. Niemand kann sie zwingen, etwas gegen ihren Willen zu tun. Selbst wenn sie ein armes Bauernmädchen wäre, wäre es ihre Entscheidung und ihre allein, wen sie zum Partner will.«

Baron Fairban nickte, aber er schien nicht überzeugt. Imoshen wurde ungeduldig. Was erwartete er von ihr?

Sie schob diesen Gedanken als unwürdig beiseite. Der alte Mann hatte sich an sie gewandt, und daher war sie es ihm zumindest schuldig, sorgfältig über die Situation nachzudenken. Aber es fiel ihr schwer, klar zu denken. Bis spät in die Nacht und schon wieder seit dem Morgengrauen hatte sie sich um die Kranken gekümmert. Das Winterfieber hatte sich erst unter den Dienern ausgebreitet und auch auf die Adligen übergegriffen. Wahrscheinlich war es unvermeidlich, wenn man davon ausging, wie viele Menschen hier im Palast wohnten. Um ihre eigene Kraft zu schonen, hatte sie ihre Heilkräfte nur bei den schlimmsten Fällen verwendet und sich für die Mehrheit auf grundlegende Kräuterkunde verlassen. Trotzdem fühlte sie sich erschöpft.

Um endlich den Krankenzimmern zu entkommen, war sie auf den Balkon hinausgegangen, von dem aus man den Hof sehen konnte, in dem die Ghebiten ihre Schwertkämpfe übten.

Sie hatte sich darin verlieren wollen, General Tulkhan zu bewundern, aber das war ihr nicht gestattet gewesen, denn Baron Fairban war auf sie zugekommen. Sie wünschte, der alte Adlige würde verschwinden und seine Probleme mitnehmen und sie in Frieden zusehen lassen, wie der General kämpfte.

Die Ghebiten hatten alle nackte Oberkörper, und sie dampften in der Kälte. Imoshen fühlte, wie ihr Blick unwiderstehlich zu Tulkhan hingezogen wurde. Er trank zwischen zwei Kämpfen gerade einen Schluck Wasser, und Imoshen wäre am liebsten nach unten gestürmt und hätte ihn herausgefordert. Vielleicht würde sie später, wenn die Männer weg waren, zu ihm gehen, ihre Röcke hochbinden und ihn noch einmal bitten, sie im Gebrauch der ghebitischen Waffen zu unterrichten.

Schwertübungen gehörten zu der endlosen Reihe ghebitischer Bräuche, die Frauen verschlossen waren. Imoshen nahm an, dass sich diese Traditionen vor allem entwickelt hatten, damit die Männer sich fester aneinander banden. In einer Gesellschaft, wo für einen Mann seinesgleichen immer ein anderer Mann war, war es nicht überraschend zu sehen, dass die Beziehungen der Männer untereinander oft über reine Freundschaft hinausgingen. König Gharavan war diesem Brauch gefolgt, als er den Vaygharier zum Geliebten nahm.

Plötzlich schlug die Stimmung der Kämpfer unten im Hof um und riss Imoshen aus ihren Gedanken. Es gab Ärger. General Tulkhan mischte sich ein. Die beiden Kämpfer standen einander gegenüber wie tollwütige Hunde.

»Das sind sie«, flüsterte Lord Fairban, und Imoshen zuckte zusammen. Sie hatte den alten Mann vollkommen vergessen. »Sahorrd ist gestern Abend zu mir gekommen. Er sagte, er möchte Cariah heiraten. Ich habe ihm gesagt, dass Verbindungen keine Angelegenheit wären, die man mit den Eltern bespricht, und dass er sie selbst fragen müsse. Wenn sie ihn haben will, könnten wir uns zu dritt um die Zusammenlegung ihrer Ländereien kümmern. Dann kam später an diesem Abend Jacolm zu mir und hatte dieselbe Bitte.

»Cariah hat sie beide abgelehnt?«, fragte Imoshen.

Er nickte. Imoshen war nicht überrascht. Sich mit einem eifersüchtigen Ghebiten zu verbinden, würde Cariahs Freiheit gewaltig einschränken.

Zornige, laute Stimmen füllten den Hof und hallten von den Mauern wider. Imoshen hörte, wie Cariahs Name mit dem rauen Akzent der Soldaten ausgesprochen wurde. Tulkhan stand zwischen den beiden Männern. Sie erwartete halb, dass er ihnen mit Schlägen Vernunft beibrachte, aber stattdessen folgte eine hitzige Diskussion. »Wenn Cariah sie beide abgelehnt hat, worüber streiten sie sich noch?«, fragte Imoshen Baron Fairban. Er wusste keine Antwort. Noch während sie zusahen, schien man zu einer Entscheidung zu kommen. »Der General schickt nach jemandem oder etwas.«

Jacolm und Sahorrd wurden inzwischen von ihren Kameraden zu entgegengesetzten Ecken des Hofs geführt.

Tulkhan kam auf Imoshens Balkon zu. »Es gibt ein Duell. Schick nach Baroness Cariah. Sie sollte anwesend sein, den Sieger zu grüßen.«

»Ich werde sie suchen«, sagte Baron Fairban.

Er trat aus Tulkhans Blickfeld und wandte sich nervös Imoshen zu.

»Tut es«, flüsterte sie. »Ich schwöre, es wird ihr nicht schaden.«

Nachdem er weg war, beugte sie sich über die Balkonbrüstung und sprach so leise, dass nur Tulkhan es hören konnte. »Was ist los, General?«

Er verzog das Gesicht. »Cariah steht zwischen Sahorrd und Jacolm. Wären sie keine Schwertbrüder, dann wäre es nicht so schlimm, aber jeder von ihnen ist entschlossen, sie für sich zu gewinnen.«

»Das ist ihre Entscheidung! Halte es auf, bevor …«

»Sei doch vernünftig, Imoshen! Ich kann einen Mann nicht bitten, sich selbst vor seinen Waffenbrüdern zu entehren.«

Imoshen setzte dazu an, etwas zu sagen, aber dann kam ein Mann auf Tulkhan zu.

»Ah, die Duellschwerter. Keine Lektion jetzt, Imoshen, ich habe keine andere Wahl.« Tulkhan ging wieder zu seinen Männern.

Verärgert darüber, einfach weggeschickt zu werden, sah Imoshen zu, wie Sahorrd und Jacolm ihre Waffen wählten. So gerne sie auch etwas unternommen hätte, sie wusste, sie sollte sich nicht einmischen. Sie konnte nur hoffen, dass die Duellanten ihre Missgunst ohne zu viel Blutvergießen abarbeiten würden.

Die Ghebiten berührten die Spitzen ihrer Waffen, verbeugten sich, dann traten sie zurück und warteten grimmig.

Imoshen erstarrte. Das da waren scharfe Waffen. Es würde doch sicherlich nicht weiter als bis zum ersten blutigen Kratzer gehen?

»Imoshen?«, fragte Cariah, die selbst verwirrt und in Eile nichts von ihrer Anmut verlor. Ihr Vater folgte ihr ein wenig zögernd.

»Baroness Cariah!«, rief Tulkhan.

Imoshen schaute in den Hof hinab und sah, wie beide Männer Cariah salutierten und dann Kampfstellung einnahmen.

»Was soll das?«, begann Cariah, aber ihre Worte gingen in dem Lärm unter, als die Männer aufeinander zusprangen und ihre Schwerter klirrten. Cariah trat näher zu Imoshen. »Noch mehr Übungen? Warum hat man mich gerufen?«

»Keine Übungen. Ein Duell!«

»Diese Dummköpfe!«

»Sie kämpfen um Euch wie Hunde um einen Knochen«, sagte Imoshen verächtlich.

Metall kratzte über Metall, obszön laut in der angespannten Stille. Es war nicht zu übersehen, wie konzentriert die Schwertkämpfer waren.

»Es geht doch sicher nicht bis zum Tod?«, fragte Cariah unbehaglich.

»Ich hoffe nicht«, antwortete Imoshen. »Der General wird sie schon aufhalten, bevor es dazu kommt.«

Cariah legte die Hand auf Imoshens und vermittelte ihr damit deutlich, wie bedrückt sie war.

»Was hoffen sie, damit zu erreichen? Ich werde meine Ansicht nicht ändern«, murmelte Cariah.

»Vielleicht wird es ihre Hitzköpfigkeit lindern, wenn sie

ein wenig Blut vergießen«, hoffte Imoshen. Sie hörte, wie Baron Fairban unbehaglich von einem Fuß auf den anderen trat, und warf ihm einen Blick zu. Er hatte die Lippen zusammengekniffen und verzog das Gesicht beim Geräusch der klirrenden Schwerter, das von den Hofmauern widerhallte.

Und nun rief er: »Einer ist gestürzt!«

Imoshen starrte in den Hof und wusste plötzlich mit Übelkeit erregender Sicherheit, dass dies für Sahorrd und seinen Schwertbruder ein Kampf bis zum Tod sein würde.

Die Zeit verging quälend langsam. Sahorrd, der auf einem Knie lag, stieß unter die Deckung seines Gegners vor und zielte auf Jacolms Oberschenkel. Aber Jacolm sprang zurück, um dem tödlichen Schlag auszuweichen, und vergab sich damit die Gelegenheit, den Kampf zu beenden.

»Einer von ihnen wird sterben.« Imoshen hatte eigentlich nicht laut sprechen wollen.

»Wisst Ihr wer?«, fragte Cariah.

Imoshen wusste es nicht. Sie betrachtete die Gegner und fragte sich, ob es auch zu ihren Kräften gehörte, den Tod einer Person vorhersagen zu können.

Ihr Blickwinkel veränderte sich ein wenig, als sie nach Anzeichen Ausschau hielt. Die seltsam anmutigen Bewegungen der Männer wurden langsamer, und das Klirren von Metall auf Metall hing in der Luft wie in sichtbaren Klangbögen.

»Imoshen?«, flehte Cariah, und ihre Stimme störte Imoshens Wahrnehmung.

»Ich …« Sie zuckte hilflos mit den Schultern. Beide Männer waren von einer Aura vibrierender Luft umgeben, aber was dies bedeutete, hätte sie nicht sagen können.

»T'Imoshen?«, drängte Cariah, die in ihrer Verzweiflung förmlich wurde. Imoshen sah sie an. Bei diesem flüchtigen Blick bemerkte sie dieselbe Aura um Cariahs schönes Gesicht. Angst legte sich wie ein kaltes Band um ihr Herz.

»Was ist? Was habt ihr gesehen?«, wollte Cariah wissen.

Der heisere Schrei eines Mannes zerriss die Luft.

Erschrocken drehte sich Imoshen um und sah Sahorrd am Boden, die Hände auf eine Bauchwunde gedrückt. Sie wusste, ohne ihn untersucht zu haben, dass es eine tödliche Wunde war. Selbst mit ihren Fähigkeiten konnte sie so viel Blut nicht stillen und solch zerstochene Organe nicht heilen.

Cariah murmelte leise Sahorrds Namen und wurde plötzlich bleich.

Tulkhan trat vor und nahm Jacolm, der wie erstarrt dastand, die Waffe ab. Der Mann wehrte sich nicht, als der General ihn zum Balkon führte und seinen Arm zum Siegeszeichen hob.

»Jacolm wird Euch dann aufsuchen, Baron Fairban, um Eure Tochter für sich zu beanspruchen«, verkündete der General.

Der alte Mann schüttelte den Kopf und sah Imoshen an, damit sie das Missverständnis aufklärte, aber es war Cariah, die antwortete.

»Das ist nicht die Angelegenheit meines Vaters. Es ist meine Entscheidung, und ich werde ihn nicht nehmen!« Ihre Stimme erhob sich zornig. »Du hast ohne Grund getötet, Jacolm. Du bist ein Mörder!«

Imoshen zog Cariah in den Schatten des Balkons und außer Sichtweite der Männer unter ihnen. »Still. Bedenkt, was Ihr da tut!«

Aber Cariah konnte nicht mehr klar denken. Ihre wütende Stimme erklang bis in den Hof hinunter. »Ich verachte sie alle. Ghebitische Barbaren!«

»Das mag sein, aber wir sind ihrer Gnade ausgeliefert«, zischte Imoshen und drang damit endlich durch Cariahs Kummer. Sie legte der Frau den Arm um die Schultern, um sie zu stützen, dann ging sie zur Balustrade, um sich wieder den Ghebiten zu stellen.

»Baroness Cariah hat bereits beide Männer abgelehnt, wie es ihr Recht ist«, sagte Imoshen ihnen. »Auf der Strahlenden Insel achten wir den freien Willen des Einzelnen. Dieses Duell ändert daran nichts!«

Noch während sie das sagte, spürte Imoshen Hitze, und die Kraft von Cariahs Zorn ließ sie erzittern. Es war ein seltsam verführerisches Gefühl. Es rief nach ihr, warb mit dunkler Leidenschaft um sie. Sie wollte in diesem Zorn baden. Verstört ließ Imoshen Cariahs Arm los und trat von ihr weg.

Der General starrte wütend zu ihnen hoch. »Jacolm hat um sie gekämpft.« Seine Stimme klang gezwungen, als versuchte er mühsam, Vernunft zu wahren. »Sie gehört …«

»Ich bin kein Turnierpreis!«, fauchte Cariah.

Tulkhan zeigte auf Sahorrds Leiche. »Dieser Mann da ist tot!«

»Und wer hat ihn getötet?«, fragte Imoshen hitzig. Sie würde nicht zulassen, dass man Cariah die Schuld am Tod des Mannes gab.

Mit einem unartikulierten Schrei lief Cariah über den Balkon und zur Tür.

Einen Augenblick lang herrschte verblüfftes Schweigen, dann rief einer der Ghebiten: »Wegen dieser Hündin ist ein Mann gestorben!«

»Nein! Er ist gestorben, weil er nicht zugeben wollte, dass sie eine Wahl hatte.« Aber Imoshens Stimme ging in den wilden Schreien der Ghebiten unter, und selbst wenn sie zugehört hätten, hätten sie sie vermutlich nicht verstanden.

Wortlos schüttelte General Tulkhan den Kopf und wandte sich seinen Männern zu. Nur Jacolm blieb und starrte blicklos zu Imoshen hoch. Ihr Herz war kalt von unguten Vorahnungen.

Der aufgeregte Baron Fairban packte Imoshens Arm und zog sie in den Schatten. »Ihr hättet es verhindern müssen!«

Ungeduldig zeigte Imoshen auf den Hof, wo die Ghebiten in ihrem Zorn brodelten wie ein Kochtopf, der vor dem Überkochen steht. »Wie hätte ich das aufhalten sollen?«

»Aber Ihr seid die Kaiserin!«

»Für sie bin ich nichts als eine verhasste Dhamfeer und vor allem eine Frau!« Imoshen hörte, wie verbittert ihre Worte klangen und sah, wie er die Wahrheit begriff.

»Barbaren ...«

»Wir müssen retten, was zu retten ist. Kommt, Baron. Ein Mann ist tot, und die angemessenen Worte über seine Leiche müssen gesprochen werden.« Sie nahm den Arm des alten Mannes. »Sahorrds Tod ist das Ergebnis eines Missverständnisses, und die Ghebiten werden es begreifen, wenn sie sich ein wenig abgekühlt haben.« Aber ihre Worte kamen ihr selbst hohl und leer vor.

Imoshen lehnte die Stirn ans Fensterglas und genoss die Kühle auf ihrer Haut. Die Gemächer der Kaiserin waren ausgedehnter als ihre eigenen, und sie waren so eingerichtet, dass sie Frieden und Gelassenheit fördern sollten. An diesem Tag nützte das allerdings alles nichts.

Ihre Augen schmerzten bei jedem Herzschlag. Sie hatte das Gefühl, dass ihre Haut bis zum Zerreißen gespannt war. Sie wusste, sie würde dasselbe Fieber bekommen wie so viele andere. Sie hatte schon einen Kräutertrank bereit stehen, war aber zu erschöpft, um sich zu bewegen.

Seit dem Duell an diesem Morgen war der Palast in Aufruhr. Mehrere Streitigkeiten hatten im Unterhaltungsflügel begonnen, als Adlige aus Keldon und Ghebiten darüber stritten, wer schuld war. Es hatte große diplomatische Fähigkeiten erfordert, diese Auseinandersetzungen zu schlichten. Am Ende hatte sich Imoshen in ihre Gemächer zurückgezogen, zu bedrückt und erschöpft, um sich noch regen zu können. Es wurde dunkel, und entsprechend dem ghebitischen Brauch mussten die Worte für die Toten vor der Abenddämmerung gesprochen werden. Ganz gleich, wie müde sie war, sie musste an der Zeremonie für Sahorrd teilnehmen, um den angemessenen Respekt zu demonstrieren.

Jemand kratzte an ihrer Tür und kam dann herein, bevor Imoshen die Kraft aufbringen konnte zu sagen, dass sie niemanden sehen wollte.

»Ich muss mit Euch sprechen«, begann Cariah. »Ich frage mich immer wieder, ob es meine Schuld war ...« Sie hielt inne und ließ verzweifelt die Schultern hängen. »Eigentlich möchte ich nur noch allein sein. Ich bin gekommen, um zu fragen, ob ich mich vielleicht besser auf meinen Landsitz zurückziehen sollte.«

»Wenn Ihr jetzt ginget, würde es wie ein Eingeständnis von Schuld aussehen, und dabei habt Ihr nur auf Euren Rechten bestanden.«

Cariah seufzte. »Mein Gildemeister ist derselben Ansicht. Er hat mir geraten zu bleiben. Ich muss wohl.« Sie versuchte ein Lächeln. »Obwohl all meine Instinkte mir raten davonzulaufen. Ich fühle mich von jedem Flüstern, jedem Blick bedroht. Diese Ghebiten würden mich mit Blicken töten, wenn sie könnten.«

Imoshen legte Cariah den Arm um die Schulter und bot wortlosen Trost. Gegen ihren Willen atmete sie den Duft von Cariahs Haar ein. Sie konnte den Schmerz der anderen Frau spüren und wollte ihn instinktiv lindern. »Wir dürfen kein Zeichen der Schwäche zeigen. Ich werde zu Euch halten.«

Cariah schauderte. »Es ist dieses Flüstern, das Beobachtetwerden. Ich kann es nicht ertragen.«

»Ihr spürt die Kraft ihrer Gefühle. Das ist Eure T'En-Fähigkeit. Wenn das hier vorüber ist und ich ...«

Cariah wich zurück. »Ich spüre nichts.« Sie sah Imoshen in die Augen. »Mit solchem Gerede macht Ihr mir nur Angst. Ein Teil von mir möchte auch vor Euch fliehen.«

Imoshen fühlte sich, als hätte man sie geschlagen. Sie wandte sich ab. Wenn selbst Cariah, die mehr T'En war als die meisten, sie fürchtete, welche Hoffnung bestand dann, dass andere sie akzeptieren und lieben konnten?

»Jacolm! Warum hat er Sahorrd nur getötet?«, rief Cariah plötzlich. »Er hat ihn geliebt.«

»Wer weiß schon, was Liebe für sie bedeutet?«, murmelte Imoshen, dann zuckte sie selbst über ihre herzlosen Worte zusammen.

Cariah ging weiter auf und ab. »Ich hätte es anders machen sollen.«

Imoshen zügelte ihre Ungeduld. »Wenn man schon Euch nicht zugestehen will, einfach nein zu sagen, wenn ein Ghebite Euch bedrängt, welche Chance haben dann andere Frauen – Frauen, die nicht unabhängig und reich sind und aus einer adligen Familie stammen, Frauen, die nicht die Macht einer Gilde hinter sich haben? Tadelt Euch nicht, Cariah. Es geht hier um mehr als nur um Euch, Jacolm und Sahorrd. Es geht um das Recht aller Frauen der Strahlenden Insel, ein unabhängiges Leben zu führen.«

»Ich dachte nicht …«

»Geht jetzt.« Imoshen war zu müde, um weiterzusprechen.

»Verzeiht mir, T'Imoshen, Ihr seht weiter als ich.« Cariah verbeugte sich höflich, und Imoshen wurde sich einer subtilen Veränderung im Gleichgewicht ihrer Beziehung bewusst. Als sich Cariah zurückgezogen hatte, blieb Imoshen stehen und starrte blicklos in die Flammen. Es war einfach zu grausam – selbst Cariah fürchtete sie. Sie fühlte sich überwältigt von den Ereignissen. Alles fiel ihr aus den Händen.

Ihre Muskeln schmerzten von dem beginnenden Fieber, und sie legte mehr Holz aufs Feuer, um sich zu wärmen.

Plötzlich wurde die Tür aufgerissen, und Tulkhan stürmte ohne einen Gruß herein. Imoshen richtete sich auf. Er vibrierte schier vor unterdrücktem Zorn. Verzweifelt wandte sie sich von ihm ab.

»Sieh mich wenigstens an, Imoshen!« Tulkhans Stimme war heiser.

Sie drehte sich zu ihm um.

»Bring diese Frau dazu, Jacolm zu akzeptieren.«

Sie lachte verbittert. Er fluchte. »Ist das so unmöglich?«

»Was glaubst du denn?« Sie starrte ihn an, eine gewaltige kulturelle Kluft zwischen ihnen. »Cariah hatte bereits beide Männer abgewiesen.«

Tulkhan verzog gereizt das Gesicht. »Er würde ihr seinen Namen geben.«

Imoshen schnaufte. »Sie hat einen eigenen Namen.«

»Seinen Schutz.«

»Sie braucht keinen Schutz. Sie ist ein geachtetes Mitglied der Schauspielergilde und verfügt über eigene Ländereien. Warum sollte sie sich mit Jacolm oder irgendeinem anderen Mann zusammentun, solange sie es nicht will?«

»Warum hat sie sich dann mit ihnen hingelegt, mit ihnen beiden?«

Imoshen musste lachen. »Warum glaubst du wohl? Macht es ghebitischen Frauen etwa keinen Spaß, mit Männern zu schlafen?«

Tulkhan wurde rot. Imoshen schüttelte staunend den Kopf. »Warum hast du das Duell nicht verhindert?«

Er machte eine ungeduldige Geste. »Du verstehst nicht, was Ehre uns bedeutet.« Aber sie sah auch die Trauer in seinem müden Gesicht.

Imoshen hatte Kopfschmerzen, und ihr Hals fühlte sich wie zugeschnürt an. Sie konnte kaum denken, und sie hatte immer noch Sahorrds Begräbniszeremonie vor sich. »Bitte lass mich jetzt allein. Ich werde mich anziehen. Auf der Strahlenden Insel tragen wir unsere besten Kleider, um die Toten zu ehren, aber ich möchte dein Volk nicht beleidigen. Was wäre angemessen, um Sahorrd zu ehren?«

Er schüttelte staunend den Kopf. »Imoshen.«

»Was?«

»Der Cadre wäre entsetzt, wenn eine Frau zum Begräbnis eines Mannes käme.«

»Ich verstehe.« Zorn machte ihre Stimme hart, aber das war nicht der geeignete Augenblick, um sich Tulkhan zu widersetzen. »Meine Leute werden erwarten, dass ich das Richtige tue. Jemand von der Strahlenden Insel muss anwesend sein, um Sahorrd im Tod zu ehren.« Es gab nur einen einzigen Mann von Rang, der dem ihren entsprach, und Reothe konnte sie wohl kaum bitten. »Da im Moment alles so aufgewühlt ist, kann ich wohl keinen der Adligen aus Keldon bitten. Die Gesegnete wäre ideal, wenn sie keine Frau wäre.«

»Was ist mit Murgon, dem Traktarianer?«, schlug Tulkhan vor.

Ihr erster Impuls bestand darin, dem Mann diese Ehre zu verweigern. Von allen Würdenträgern der Kirche war er der Letzte, von dem sie sich vertreten lassen wollte. Es würde nur dazu führen, dass die Ghebiten ihn für wichtig hielten.

»Hast du einen besseren Vorschlag?«, fragte Tulkhan.

Sie seufzte. »Ich werde an die Gesegnete schreiben und ihn als meinen Delegierten benennen. Es wird eine ziemliche Herausforderung sein, diese Botschaft zu formulieren, ohne sie zu beleidigen.«

Tulkhan lächelte müde, und Hoffnung regte sich in Imoshen.

»Du siehst, es braucht nur einen kleinen Kompromiss«, sagte Tulkhan. »Wenn du nur mit Cariah sprechen würdest.«

»Das genügt! Was du als einen Kompromiss bezeichnest, würde die Frauen der Strahlenden Insel zu Eigentum machen. Ich werde es nicht tun, General.« Dann legte sich ihr Zorn wieder, und ihr war nur noch schwindlig. Sie streckte die Hand nach dem Kaminsims aus und griff daneben.

Verblüfft fing Tulkhan sie auf, hob sie hoch. Ihre Haut glühte an seiner. Sofort bereute er seine barschen Worte. »Du hast Fieber.«

»Die Gesegnete«, murmelte Imoshen. »Ich muss ...«

»Ich werde mit ihr sprechen. Du gehörst jetzt ins Bett.«

»Was Besseres fällt dir nie ein«, flüsterte sie.

Er grinste und trug sie in die Schlafkammer. »Kann ich dir etwas bringen?«

Imoshen sah ihn stirnrunzelnd an, die Augen glasig vor Fieber, als sie sich in die Kissen zurücklehnte. »Bring den Kräutertrank.«

Imoshen schlief schon beinahe, als er zurückkehrte, aber dann richtete sie sich noch einmal auf, um die Medizin zu trinken.

Er setzte sich neben ihr auf das Bett und zog die Decken hoch.

Sie schob seine Hände weg. »Das kann ich doch selbst tun.«

»Ich weiß. Aber ich will es so.«

Eine Träne lief ihr über die Wange. »Ach, General! Alles geht immer schief, und dabei strenge ich mich doch so an!«

»Das tun wir beide.« Er strich ihr das fieberfeuchte Haar aus der Stirn.

Imoshen bemühte sich, die Augen offen zu halten.

»Schlaf jetzt.«

»Aber ...«

»Es gibt immer ein Morgen, Imoshen. Vertrau mir.«

Sie streckte die Hand aus und tastete nach seiner. Tulkhan hielt sie fest, bis sie eingeschlafen war.

»General Tulkhan?« Baron Fairban näherte sich nervös.

Tulkhan hatte eine ruhelose Nacht verbracht, in der er immer wieder über die Ereignisse um Sahorrds Tod nachgegrübelt und sich immer wieder gefragt hatte, was er hätte anders machen können.

»Fairban.«

»Der Meister der Schauspielergilde sagt mir, dass meine Tochter verschwunden ist. Sie hat sich heute früh nicht mit ihm getroffen, wie es abgesprochen war, und ihre Schwestern haben sie auch nicht gesehen.« Lord Fairban begann ganz ruhig, aber seine Stimme gewann an Intensität, als er weitersprach. »Falls sie nicht bei T'Imoshen Zuflucht gesucht hat, fürchte ich um ihre Sicherheit. Wo ist Euer Offizier Jacolm?«

Tulkhan knirschte mit den Zähnen, als er sah, dass die Vaygharier den Salon betraten. Alle schauten zu ihm hin und taten nicht einmal so, als ob sie sich höflich unterhielten. Das fatale Duell und Cariahs Zurückweisung des Siegers hatten dem Hof ein ganzes Fest der Spekulationen beschert.

»Kommandant Peirs?«, rief Tulkhan dem Veteranen zu. »Schickt nach Jacolm.«

Um den Schein der Normalität zu wahren, beteiligte Tulkhan sich an einem Glücksspiel, aber er schaute immer wieder zur Tür zurück. Als er Peirs entdeckte, stand er auf, und die anderen gaben sich nicht mal mehr die Mühe so zu tun, als setzten sie das Spiel fort.

Peirs salutierte. »Was ist, Mann?« Tulkhan konnte selbst die Anspannung in seiner Stimme hören.

»Wir können Jacolm nirgendwo finden. Sein Bett ist unbenutzt.«

Baron Fairban fluchte.

Tulkhan befahl mit einer Geste Ruhe. »Peirs, organisiere eine Durchsuchung des Palastes und des Geländes. Sucht nach Jacolms Pferd und seiner Ausrüstung.«

»Das habe ich überprüft. Das Pferd steht im Stall, die Ausrüstung ist noch in seinem Zimmer. Unberührt.«

Baron Fairban erbleichte. »Wenn dieser Ghebite ...«

»Bewegt euch!« Tulkhan trieb seine Männer zusammen. Die Adligen aus Keldon beobachteten ihn schweigend.

Niemand sagte ein Wort, aber der General konnte beinahe spüren, wie sie sich von ihm zurückzogen.

Tulkhan fuhr sich mit der Hand durchs Haar. Er musste Cariah und Jacolm finden, bevor ein Unglück geschah. Verzweifelt dachte er an Imoshen und dieses Silbertablett, das sie benutzte, um in die Zukunft oder in die Ferne zu schauen. Ohne ein Wort ging er aus dem Zimmer und zu ihren Gemächern.

Imoshen würde begreifen, dass er ihre Kräfte dieses eine Mal wirklich brauchte. Er konnte nur hoffen, dass es ihr gut genug ging.

Die neue Zofe keuchte überrascht, als er die Tür aufriss.

»Wo ist sie?«

Das Mädchen warf einen Blick zur Tür des Schlafzimmers der Kaiserin.

Er ging an ihr vorbei und stieß die Tür auf. Das Bett war leer.

»Suchst du mich, General?«

Er fuhr herum und sah, wie sich Imoshen, in eine Decke gewickelt, vor dem Feuer erhob. Zwei rote Flecke glühten auf ihren weißen Wangen. Ihre bleiche Schönheit war rosig geworden vom inneren Brennofen eines Fiebers.

»Es geht dir nicht besser.«

»Was ist los?«

Plötzlich hätte er es ihr am liebsten verheimlicht.

»Geht es um Cariah?« Imoshens Stimme war nur ein Krächzen.

»Sie ist verschwunden.«

»Und der Ghebite?«

»Auch Jacolm ist nirgendwo zu finden.«

»Hat er sie entführt?«

»Sein Pferd und seine Ausrüstung sind noch hier.«

Imoshen musste sich an eine Stuhllehne klammern.

Er versuchte, sie zu trösten. »Ich lasse den Palast durchsuchen.«

Sie sank vor dem Feuer auf die Knie. »Es ist meine Schuld. Cariah wollte davonlaufen, aber ich habe ihr befohlen zu bleiben.«

»Nein, es ist meine Schuld. Ich hätte Jacolms Reaktion vorhersehen sollen. Welcher Mann kann schon solche Schande überstehen?«

»Was für eine Schande?«

Tulkhan hatte keine Zeit für Erklärungen. Er zog Imoshen auf die Beine. »Wir müssen sie finden, bevor es zu spät ist. Geht es dir gut genug, mithilfe deiner Kräfte nach ihr zu suchen?«

Sie erstarrte. »Du hast darauf bestanden, dass ich sie nicht benutze!«

»Es stehen Leben auf dem Spiel.«

»Du bedienst dich also meiner T'En-Kräfte, wenn es dir passt?«

»Ja!« Warum zögerte sie noch?

»Wenn ich das tue, was hält dich davon ab, mich einschließen zu lassen wie ein unreines Ding?«

»Mach schon!« Er hörte die Zofe erschrocken keuchen. »Du, Mädchen! Ich weiß, dass du an der Tür lauschst. Bring diesen Silberteller!«

Imoshen schloss die Augen und stand vollkommen reglos da. Tulkhans Hände kribbelten. Das Kribbeln lief weiter seine Arme hinauf. Entsetzt ließ er sie los und wich zurück.

»Du brauchst den Teller also gar nicht?«

»Er hilft mir, mich zu konzentrieren. Die Aayel sagte, es sei alles eine Sache der Disziplin und Konzentration. Ich fürchte …« Imoshen verzog das Gesicht. »Sie sind nicht im Palast. Es ist schwer festzustellen, überall laufen Leute herum. Es gibt so viel Spannung.«

»Durchsuche das Gelände.«

»Das tue ich.«

Merkah kehrte mit dem Teller zurück, aber Tulkhan winkte ab. »Verschwinde und bleibe draußen.«

»Ich kann keine hellen Lebensspuren erkennen, nur …« Imoshens Knie gaben nach, und sie taumelte. Tulkhan fing sie auf. Im selben Augenblick wurde ihm übel. Tobende, finstere Emotionen verschleierten sein Gesichtsfeld. Imoshen stöhnte. »Fieberträume. Der Geschmack von Tod auf meiner Zunge.«

Tulkhan fluchte. Sie delirierte. Er sollte nach der Zofe rufen und Imoshen von ihr ins Bett bringen lassen.

»Jetzt begreife ich die Visionen«, stöhnte Imoshen. »Ich hielt sie für Fieberträume, aber es war Cariah, die versuchte, mich zu erreichen.«

»Wie meinst du das?«, wollte Tulkhan wissen.

Imoshen schüttelte den Kopf und drängte sich an ihm vorbei. Tulkhan sah, wie sie unsicher durchs Zimmer ging. »Wo willst du hin?«

»Ich muss sie sehen.«

Er kam hinter ihr her, hob sie hoch. »Du kannst kaum laufen.«

Einen Augenblick lang gab sie die Gegenwehr auf. »Der Ort, den ich spüre, liegt hinter dem See. Du kannst mich nicht so weit tragen.«

»Wir werden reiten.«

Bis sie den Stall erreicht hatten, folgte ihnen schon der halbe Hof, darunter auch Baron Fairban und seine beiden jüngeren Töchter.

»Sattle mein Pferd«, rief Tulkhan einem Stallburschen zu und ignorierte alle Forderungen nach Erklärung. Er stieg in den Sattel und streckte den Arm nach Imoshen aus. Sie umklammerte seinen Unterarm, stellte einen nackten Fuß auf seinen Stiefel und ließ sich in seine Arme ziehen.

Ihr Gesicht war kreidebleich. Ihre Augen glitzerten seltsam, und noch mit der Decke zwischen ihnen konnte er den Überfluss ihrer T'En-Kräfte spüren, die von ihrer Haut ausstrahlten wie die Hitze aus einer Schmiede. Es brachte sein Herz zum Rasen. Und obwohl Tulkhan wusste, dass er seine Seele vermutlich in alle Ewigkeit verdammen würde, wurde ihm auch klar, dass ihm das Gefühl gefiel.

Imoshen führte sie hinter den Ziergarten zum See und dem Wald. Tulkhan ritt um das Wasser herum. Seit dem Eisballett waren zwar nur ein paar Tage vergangen, aber er war nicht vollkommen sicher, ob das Eis ein galoppierendes Pferd mit zwei Reitern tragen konnte. Hinter sich hörte er Hufschlag, als die anderen folgten.

»Hier entlang.« Mit geschlossenen Augen führte Imoshen sie zielsicher durch den winterkahlen Wald.

Auf dem unsicheren Boden zügelte er das Pferd; hier waren Unebenheiten unter Schneeverwehungen verborgen.

»Wohin jetzt?« fragte Tulkhan. Die anderen hatten sie eingeholt und stolperten durch den dichten Schnee.

Sie zuckte zusammen. »Du musst noch fragen?«

Dann sah er einen dunklen Fleck, der bereits vom leicht fallenden Schnee halb überzogen war.

Imoshen wand sich aus seinen Armen und fiel fast vom Pferd. Barfuß taumelte sie durch die Schneeverwehungen. Er sprang aus dem Sattel. Als er sie einholte, lag sie auf den Knien vor den Gestalten.

Es hätte die Umarmung von Liebenden sein können. Schnee lag auf ihren Köpfen und ihrer Kleidung. Cariah lag in Jacolms Armen, ihr Gesicht geschwollen und verzerrt.

Tulkhan wusste sofort, dass Jacolm sie stranguliert hatte; dann hatte er ihre Leiche im Arm gehalten, während er sich die Unterarme bis zum Ellbogen aufschnitt. Sein Blut durchtränkte beide, ein großer, schwarzer Fleck.

»Armer Jacolm«, flüsterte Tulkhan. »Er konnte nicht mit der Ehrlosigkeit leben. Er liebte sie …«

»Liebe?« Imoshen sprang auf und riss sich die Decke ab. Sie trug nichts weiter als ein dünnes Hemd, und ihr Haar war offen. Ein Hauch pulverfeinen Schnees lag bereits auf ihrem Kopf und ihren Wimpern.

»Liebe?« wiederholte Imoshen. »Liebe tötet nicht, was sie nicht haben kann!«

Baron Fairban sprang von seinem Pferd und stieß einen Schrei der Trauer aus. Seine schluchzenden Töchter wateten durch den Schnee an seine Seite und versuchten, ihn zurückzuhalten.

»Cariah!«, schrie er außer sich vor Schmerz.

Tulkhan schaute über ihre Köpfe hin zu einer Gruppe seiner Männer, die auf Befehle warteten. Sie würden die Leichen zum Palast bringen und für die Beisetzung vorbereiten müssen. Welche Kirche würde das Vorrecht erhalten – oder würde jeder nach seiner eigenen Religion bestattet werden?

Es war ein Albtraum.

»Ihr!« Baron Fairban wandte sich anklagend Tulkhan zu. »Ihr hättet das aufhalten können. Cariah hatte beide Männer bereits abgewiesen. Es hätte niemals so weit kommen müssen!«

»Der Augenblick, in dem sie sie abgewiesen hat, hat dazu geführt! Begreift ihr denn nicht? Jacolm konnte mit der Schande nicht leben. Kein Ghebite wäre dazu imstande gewesen!« Tulkhan spürte, wie seine Stimme vor Zorn bebte. Warum begriffen diese Leute das nicht? So sehr er es hasste, ein Leben so sinnlos zu verlieren, er verstand es doch.

Baron Fairban stürzte sich auf Tulkhans Kehle. Der General packte die zu Klauen verkrümmten Hände des alten Mannes und zog sie von sich weg. Vollkommen aufgelöst in seiner Trauer, kämpfte Baron Fairban mit manischer Wut, doch Tulkhan versuchte nur, ihn sich vom Leib zu halten. Selbst in seinen besten Jahren hätte der Mann nicht gegen ihn ankommen können.

Baron Fairbans Töchter und Diener eilten herbei, um den alten Mann festzuhalten. Auch die Ghebiten stürzten sich in das Durcheinander, schubsten Leute, die ihnen im Weg standen, einfach in den Schnee, und zogen die Waffen.

Tulkhan brüllte Befehle heraus, befahl ihnen, die Schwerter einzustecken, aber seine Stimme ging in dem Geschrei unter. Bald würde Blut vergossen werden, und damit würde dann der gefährdete Friede endgültig zerbrechen.

Hektisch suchte Tulkhan in der Menge nach Imoshens hellem Kopf, fürchtete, sie würde niedergeschlagen und aus Versehen getötet werden oder bewusstlos im Schnee liegen. Krank wie sie war, würde schon die Kälte genügen, um sie umzubringen.

Er stieß Menschen beiseite, war sich vage bewusst, dass Baron Fairban von drei Ghebiten weggezerrt wurde. Inmitten der ringenden Gestalten entdeckte er Imoshen. Einsam kniete sie vor den Leichen.

Gerade als er sich vorwärtsbewegte und sie trösten wollte, prallte eine Frau gegen ihn. Die Wucht des Stoßes ließ ihn in die Knie gehen, und er konnte sie beide gerade noch davor retten, unter die Hufe eines sich aufbäumenden Pferdes zu geraten.

Imoshen starrte die toten Liebenden an, sah winzige Einzelheiten. Ohne es zu wollen, erlebte sie die Augenblicke vor ihrem Tod wieder. Zuerst hatte Cariah versucht zu argumentieren, aber Jacolm hatte ihr Recht, sich einen Mann zu wählen, nicht anerkannt. Dann spürte Imoshen Cariahs Entsetzen, als sie begriff, dass er sie töten würde. Sie erlebte mit, wie ihre Freundin um ihr Leben kämpfte und besiegt wurde. Sie nahm Cariahs Seele wahr, die hilflos tobte, nicht imstande, den Schauplatz ihres Mordes zu verlassen.

Zur selben Zeit spürte sie auch die vollkommene Verzweiflung das ghebitischen Offiziers. Er hatte seinen besten Freund und Schwertbruder getötet, nur um sich dann von der Frau, die er abgöttisch liebte, öffentlich gedemütigt zu finden. Noch während er sie erwürgte, hatte er ihr gesagt, dass er sie liebte. Aber ehrlos wie er war, hatte er keine andere Wahl. Jacolms Seele war von diesem Ort verschwunden, seit er seinen Tod akzeptiert hatte.

Imoshens Herz war erfüllt von leidenschaftlichem Mitleid. Verzweiflung senkte sich auf sie herab wie ein gewaltiges Gewicht. Sie trauerte nicht nur um Cariah und Jacolm, sie trauerte um ihr ganzes Volk und auch um Tulkhans Männer. Dies war eine schreckliche Lektion, die sie alle nie wieder vergessen durften.

In diesem Zustand konnte Imoshen alle spüren, die hinter ihr kämpften, eine brodelnde Masse von Echtmenschen. Ihr Zorn, angefacht von Trauer, erhob sich wie eine Flutwelle der Qual und drohte, sie zu verschlingen. Der Strudel all dieser Leidenschaft zog sie tief abwärts. Imoshen bündelte die aufgewühlten Emotionen und nutzte diese Verwirrung starker Gefühle, um ihre T'En-Kräfte damit zu verstärken.

Als Imoshen Cariahs sechsten Finger berührte, sah sie, wie die Züge der jungen Frau friedlicher wurden und alle Spuren eines gewaltsamen Todes von ihr wichen. Nun lag Cariah in Jacolms Armen, als hätte er sie nur liebevoll umarmt. Bestäubt mit Schnee, waren sie eine Insel der Reglosigkeit in einem Meer von Emotionen.

Cariahs ungeduldige Seele fraß sich in Imoshens Bewusstsein, forderte Gerechtigkeit, verlangte Anerkennung. Die Worte für die Toten flossen von Imoshens Lippen. Diesmal würde sie sich von den Parakletos nicht bluffen lassen, diesmal würde sie sie an ihren Willen binden. Zorn schnürte ihr beinahe die Kehle zu, sodass sie die Worte kaum laut herausbrachte. Es war gleich – sie brauchten nur in ihrem Geist Gestalt anzunehmen, und die Parakletos erschienen. Begierig. Imoshen fürchtete sich nun nicht mehr, sie war ein Instrument des Zorns der Lebenden. Gefühle, die sich unmöglich zügeln ließen, verschlangen sie. Ihr Herz war wie Stein. Stein war unsterblich, ein zeitloses Denkmal, und die Parakletos waren ihre Steinmetze. Sie gaben Cariahs gequälter Seele den Frieden, und mit dem Frieden kam das Akzeptieren. Nachdem ihre Aufgabe beendet war, kehrten die Parakletos in den Schatten des Todes zurück, und Cariahs Seele begleitete sie.

Tulkhan spürte gewaltigen Druck in seinem Kopf, ein Tosen, das jeden Lärm übertönte, dann schien etwas zu zerreißen, und er taumelte vor Erleichterung. Rings um ihn her trennten sich die Ringenden, einige fielen auf die Knie. Eine Frau blieb stehen und starrte ins Leere. Er schob die verwirrten Menschen beiseite und ging zu Imoshen. Auf seine Berührung hin sackte sie seitwärts in eine Schneewehe, so steif und reglos wie eine Leiche. Entsetzt fiel er auf die Knie und zog sie in die Arme. Ihre Haut war kalt, ihre Lippen blau. Er fürchtete, sie und seinen Sohn auf einen Schlag verloren zu haben.

»Imoshen!«

Reue erfüllte ihn. Verzweifelt hob er Imoshen hoch und trug sie zu den Pferden. Seltsam. Einen Augenblick zuvor noch hatten alle nichts anderes im Sinn gehabt als Rache, nun standen sie so verdutzt da, als wären ihre verzweifelten Gefühle zu Rauch vergangen.

Er ließ Peirs die bewusstlose Imoshen festhalten und stieg in den Sattel. »Reich sie mir rauf.« Tulkhan konzentrierte sich darauf, Imoshen hochzuziehen, packte sie so bequem wie möglich auf seine Oberschenkel und wickelte sie in die Decke, die jemand aufgehoben hatte. Er hätte das nicht von ihr verlangen dürfen. Er nickte Peirs zu. »Bringt die Leichen mit und bereitet sie für die Beisetzung vor.«

»Nein!«, rief Cariahs jüngste Schwester. »Das kann nicht sein!«

»Was ist denn jetzt los?«, murmelte Peirs.

»Seht selbst.« Das Mädchen taumelte rückwärts, und ihre Schwester bewegte sich nach vorn, begleitet von neugierigen Dienern.

Es wurde still, als sie die Leichen untersuchten. Plötzlich stieß ein Diener ein Stoßgebet an die T'En aus.

»Steinhart gefroren«, staunte Cariahs Schwester.

»Was ist das für ein Fluch?«, fragte Peirs unruhig.

»Ich kann sie nicht bewegen. Sie hat sich in Stein verwandelt!«, rief der Diener, einer Panik nah.

»Unmöglich!«

»Sie sind gefroren, das ist alles«, sagte Peirs und machte sich selbst daran, die Leichen zu inspizieren.

Die verblüfften Bemerkungen schwappten über Tulkhan hinweg. Aber noch während die anderen versuchten, ihre Neugier zu befriedigen, breitete sich eine seltsame Sicherheit in seinem Herzen aus. Imoshens Haut war kalt wie Stein gewesen, als er sie berührt hatte, und glatt wie Marmor.

Als er sein Pferd vorwärtsdrängte, wichen die anderen zurück.

Schweigend schaute Tulkhan auf die Leichen nieder, die für immer in der kalten Umarmung des Steins gefangen saßen. Selbst die dünne Schneeschicht war verwandelt worden. Es war, als hätte man Tulkhan ein Messer in den Bauch gestoßen und es umgedreht. Imoshen hatte dafür gesorgt, dass Cariah und Jacolm zu einem ewigen Mahnmal seines Versagens wurden.

»Weißer Marmor«, flüsterte er.

Jemand fluchte. Cariahs jüngste Schwester erklärte es zum Wunder. Baron Fairban murmelte etwas in der T'En-Hochsprache. Bei seinen Worten schwiegen die anderen plötzlich und wandten sich Tulkhan und der bewusstlosen Imoshen zu.

Der General schlang die Arme fester um sie, und sein Pferd verlagerte unruhig das Gewicht, als es die Feindseligkeit und die Angst der Menge spürte. Tulkhan sah zu, wie sie zurückwichen und sich gegen das Unbekannte zusammentaten. Selbst die Adligen aus Keldon wandten sich ab und hoben die linke Hand an die Augen und dann weiter hoch, um das Böse abzulenken, damit es sie verschonte.

Seine eigenen Männer starrten ihn mit solcher Ehrfurcht und solcher Angst an, dass Tulkhan spürte, wenn er Imoshen jetzt nicht sicher in den Armen gehalten hätte, hätten sie sie vielleicht angegriffen und zerrissen. Jahrelange Erfahrung sagte ihm, dass er keinen Augenblick verschwenden durfte.

Er hob die Stimme, zeigte auf die zu Stein gewordenen Leichen. »Dies wird eine dauerhafte Erinnerung für uns alle sein. Sie haben den Preis dafür gezahlt, den Preis für unser Versagen dabei, einander zu verstehen. Sorgen wir dafür, dass nicht noch mehr Leben so sinnlos geopfert werden.«

Dann ritt er davon und tat so, als erwartete er kein Messer in seinem Rücken. Aber er wusste, dass nur Jahre der ghebitischen Disziplin auf dem Schlachtfeld und die natürliche Ehrfurcht der Adligen vor den T'En die Menge davor zurückhielt, sich wie ein Wolfsrudel auf ihn und Imoshen zu stürzen.

13

Tulkhans Hände, in denen er die Zügel hielt, zitterten. Was hatte Imoshen sich nur gedacht? Dann kam ihm ein vertrauter Gedanke. Mehr als einmal hatte er sich gefragt, ob ihre T'En-Kräfte eher ein Reflex waren und nicht eine Fähigkeit, die sie bewusst beherrschen und einsetzen konnte.

Er sah ihr ins reglose Gesicht. Sie war bleicher als üblich, aber es war der blaue Schimmer ihrer Lippen, der bewirkte, dass sich sein Herz zusammenzog. Diesmal hatte sie sich überanstrengt. Er konnte nur hoffen, dass Wärme und sanfte Berührung ihr helfen würden, aus diesem Zustand wieder zu erwachen.

Die äußeren Gebäude des kaiserlichen Palastes lagen direkt vor ihnen. Stallburschen und Diener eilten heran, um das Pferd des Generals zu übernehmen, als er mit Imoshen in den Armen aus dem Sattel sprang und dabei unter dem zusätzlichen Gewicht leicht in den Knien einknickte.

Rings um ihn her wollten alle erfahren, was geschehen sei. Er gab den Dienern nur eine kurze Erklärung und betrat dann den Palast.

Noch während er mit Imoshen in den Armen den langen Flur entlangeilte, befahl er, in ihren Gemächern ein Feuer zu machen, um sie zu wärmen. Außerdem sollte sofort ein warmes Bad eingelassen werden. Er musste wieder Farbe in Imoshens Wangen bringen.

Er trat die Schlafzimmertür auf und legte sie sanft aufs Bett. Die Zofe erschien an seiner Seite, starrte die bewusstlose Imoshen aus großen Augen und mit einer Mischung aus Ehrfurcht und Entsetzen an.

»Wird sie sterben?«, flüsterte Merkah.

»Nein, sie ist einfach nur erschöpft«, erklärte er und hoffte, dass dies der Wahrheit entsprach. »Lass uns allein.«

Nachdem das Mädchen gegangen war, hielt er die Wange dicht an Imoshens Mund und versuchte, ihren Atem zu spüren. Er fühlte nichts. Verzweifelt riss er ihr dünnes Hemd auf und drückte das Gesicht an ihre bleiche Brust. Einen quälenden Augenblick lang hörte er nichts, dann spürte er einen einzigen trägen Schlag und nichts weiter. Was war da draußen im Schnee mit ihr geschehen?

Ein Diener kam herein, um Tulkhan zu sagen, dass das Bad bereit sei. Tulkhan ließ nicht zu, dass andere sich um Imoshen kümmerten. Er zog ihr das Hemd aus und ließ die schlaffe Gestalt ins warme Wasser gleiten. Das brachte zwar ein wenig Farbe auf ihre Haut, weckte sie aber nicht.

Bevor das Wasser abkühlen konnte, trug er sie wieder ins Bett und steckte sie zwischen die Decken, die von gewärmten Steinen aufgeheizt waren. Dann nahm er ihre Hände zwischen seine und wartete.

Bis zur Abenddämmerung hatte er Imoshens Seite nicht verlassen, und sie hatte sich nicht gerührt. Wenn überhaupt, schien sie noch weniger zu reagieren als zuvor. Tulkhan schwitzte von der Hitze im Zimmer, aber Imoshens Haut war wie Porzellan, kühl und leblos.

Der ghebitische Wundarzt, der an Wharrds Seite ausgebildet worden war, war vorbeigekommen und wieder gegangen. Er verstand sich auf das Richten von gebrochenen Knochen, das Nähen von Wunden. Das hier war keine Verletzung oder Krankheit, wie sie bei Echtmenschen üblich war.

Tulkhan drückte sich die Handwurzeln an die schmerzenden Augen, während er darauf wartete, dass die Gesegnete einen Priester schickte, der als Heiler geschult war. Jemand kratzte an der Tür, und er erhob sich hoffnungsvoll. Aber es war die Gesegnete selbst, die hereinkam.

»General Tulkhan«, grüßte sie leise. Ihr wacher Blick glitt an ihm vorbei zu Imoshens regloser Gestalt, und sie näherte sich langsam und wie gegen ihren Willen dem Bett. Vorsichtig legte sie die Hand an Imoshens bleiche Wange.

»Habt Ihr je so etwas gesehen?«, flüsterte er, denn er sehnte sich verzweifelt nach einem Wort des Trostes.

»Nein. Wie könnte ich auch? Die reinblütigen T'En sind beinahe ausgestorben. Und selbst als sie noch lebten, hielten sie das Ausmaß und den Nutzen ihrer Kräfte streng geheim.« Die Gesegnete sah ihn an. Er spürte, dass sie ihn erforschte, Möglichkeiten abwog. »Wenn sie nicht bald aufwacht, wird sie sterben. Das Kind ist vielleicht schon tot. Das wäre sicher das Beste. Keine reinblütige T'En-Frau …«

Das Kind! Wie hatte er seinen Sohn vergessen können? Er war so sehr mit Imoshen beschäftigt gewesen, dass er nicht einmal an das Wohlergehen des Kindes gedacht hatte.

Er sank zu einer Seite des Bettes nieder. Sein Sohn war vielleicht tot, aber er spürte nichts. Sein ganzes Wesen war auf Imoshen konzentriert.

In diesem Augenblick wusste er, dass sie ihm inzwischen mehr bedeutete als das Leben selbst. Dieses Kind, das sie trug, war seine Zukunft auf der Strahlenden Insel, aber er würde all das aufgeben, wenn Imoshen nur erwachen wollte.

Die Gesegnete breitete die Arme aus und drückte seine Stirn an ihre Brust, bot wortlosen Trost.

Er wandte sich ab und flüsterte »Sahorrd, Jacolm und Cariah, alle tot! Ich habe einfach nicht darüber nachgedacht, habe es nicht früher erkennen können. Und nun das hier!«

Die Gesegnete gab ein Geräusch von sich, als wollte sie ihn beruhigen, und er blickte auf, sah ihr ins Gesicht. Ihre grünbraunen Augen schimmerten vor Mitgefühl. Sie verstand ihn. Hatte sie ihm nicht bereits gestanden, dass sie Reothe gegen besseres Wissen geliebt hatte?

»Das hier ist eine T'En-Krankheit, General. Es braucht einen T'En, um sie zurückzuholen.«

»*Reothe!*« Tulkhan sprach den Namen mit allem Hass aus, den er für den Anführer der Rebellen empfand.

Die Gesegnete wich zurück, als Tulkhan ungeduldig aufsprang. Er ging zum Feuer. Wenn er Reothe in den Palast einladen würde, damit er Imoshen half, welche Chance würde er, ein einfacher Echtmann, dann noch gegen diesen Dhamfeer haben? Reothe beherrschte seine T'En-Kräfte derart perfekt, dass er mit einer einzigen Berührung töten konnte. Schaudernd erinnerte sich Tulkhan daran, wie einer seiner Männer gestorben war, nachdem er eine Botschaft von Reothe ausgerichtet hatte, genau wie es der Rebellenführer vorausgesagt hatte.

Tulkhan tobte innerlich. Er hätte genauso gut die Strahlende Insel und Imoshen gleich an Reothe übergeben können! Aber wenn er nun zögerte, würde sie vielleicht sterben, und mit ihr auch sein ungeborenes Kind. Daran durfte er nicht einmal denken.

»General Tulkhan?«

»Ich nehme an, Ihr könntet Euch mit Reothe in Verbindung setzen?« Er wusste, dass er sie bat, sich selbst zu beschuldigen. Er war die ganze Zeit davon ausgegangen, dass die Gesegnete ein doppeltes Spiel spielte, indem sie sowohl um seine als auch um die Gunst des Rebellenführers warb, um ihre eigene Macht zu sichern.

Ihre Augen wurden groß, und sie sprach langsam und bedächtig, als wäre sie überrascht, dass er auch nur daran dachte, sich an seinen Erzfeind zu wenden. »Das wäre vielleicht möglich. Ich habe Leute, die beobachten und berichten. Aber es wäre gefährlich, Reothe hierher zu holen. Ihr solltet lieber der Natur ihren Lauf lassen. Nein, hört mich an!« Sie packte Tulkhans Hemd, als könnte sie ihn mit körperlicher Kraft auf ihre Seite ziehen. »Ihr könnt nicht alles, was Ihr erreicht habt, um ihretwillen opfern. Imoshen hat Euch bereits verraten. Ich hörte, dass sie in der Nacht, bevor ihr euch aneinander gebunden habt, in Reothes Lager war.«

»Was sagt Ihr da?«

Die Gesegnete zuckte zusammen, als er ihre Schultern packte. Tulkhan lockerte den schraubstockartigen Griff beinahe sofort und bedauerte bereits, dass er sich so hatte gehen lassen. Er würde sich nicht manipulieren lassen. »Nur Gerüchte und Spekulationen.«

»Nicht unbedingt.« Vorsichtig bewegte sie die Schultern und blickte abschätzend zu ihm auf. »Es heißt, sie sei bis zur Morgendämmerung bei Reothe gewesen. Die Leute behaupten, sie hätte ihm das Leben gerettet, nachdem ein Schneeleopard ihn angefallen hatte.«

Tulkhan erinnerte sich daran, wie Imoshen plötzlich nackt und desorientiert in seinem Schlafzimmer aufgetaucht war.

»Aber es gibt noch mehr«, fuhr die Gesegnete fort. »Es heißt, Imoshen und Reothe planten, einen Überraschungsangriff auf den Palast zu führen und zuzuschlagen, wenn Ihr es nicht erwartet. Wenn Reothe mit Imoshen an seiner Seite in T'Diemn einmarschieren würde, würde das Volk die Waffen niederlegen und sich ihm anschließen. Nur Eure ghebitischen Soldaten würden weiter treu zu Euch stehen.«

Das war nichts weiter als die bittere Wahrheit. Der Stratege in Tulkhan wusste, dass es besser wäre, Imoshen sterben zu lassen.

Welche Chance hätte er schon, wenn sich Imoshen und Reothe gegen ihn zusammentaten? Er würde nie imstande sein, die Strahlende Insel zu halten. Diese verfluchte Insel hatte ihn bereits seinen Vater und seinen Halbbruder gekostet.

Er schaute hinüber zu Imoshen, die bleich und reglos im Bett lag. Wie sehr er sich trotz allem danach sehnte, ihr vertrauen zu können!

Unfähig, seine eigenen Gedanken zu verstehen, ging er im Zimmer auf und ab, sich bewusst, dass die Gesegnete ihn scharf beobachtete. Vielleicht hoffte diese Frau, von Imoshens Tod zu profitieren. Glaubte sie, er würde sich um Trost an sie wenden? Niemals! Aber wenn Imoshen starb, würde er die Unterstützung der Gesegneten brauchen, um die Strahlende Insel halten zu können …

Er stand am Bett und starrte auf Imoshen nieder. Es war inzwischen dunkel geworden, und er hatte keine weiteren Kerzen angezündet. Imoshen sah selbst in den weißen Laken bleich aus. Er spürte, je länger sie sich in diesem Zustand befand, desto schwieriger würde es sein, sie zu wecken. Er musste eine Entscheidung treffen.

»Lasst uns allein.«

»General Tulkhan?«

»Geht einfach!« Er wollte mit seinen Gedanken allein sein. »Ich werde Euch rufen, wenn ich bereit bin.«

Schweigend zog sich die Gesegnete zurück.

Tulkhan zündete methodisch alle Kerzen an. Dann kehrte er zum Bett zurück, zog sich das verschwitzte Hemd und die Stiefel aus. Nur in Reithosen glitt er unter die Decke und rollte die Wärmsteine auf den Boden.

Trotz der Wärme, die sie gespendet hatten, war Imoshens Haut kalt, und sie fühlte sich schlaff an. Mit unendlicher Sanftheit schob er seinen Arm unter ihre Schultern und zog sie an sich, sodass sie nun auf ihm lag, ihr Gesicht in seiner Halsbeuge. Er führte ihre reglose Hand an seine Lippen und küsste ihre Finger, sogar den sechsten. Der Schmerz verzehrte ihn beinahe.

Er rieb ihr Handgelenk gegen seinen Mund, atmete ihren süßen Duft ein.

Seltsam. Er hob ihre Hand, um ihr linkes Handgelenk zu betrachten. Warum hatte er diese Narbe nie zuvor bemerkt? Sie war kaum zu sehen, aber dennoch ... er drückte das Handgelenk an seine Lippen, spürte den dünnen Hautwulst, wo die Wunde sich geschlossen hatte. Die Narbe war deutlicher zu spüren, als zu sehen. Vielleicht hatte es damit zu tun, dass ihre Haut so fein war.

Imoshen starb, und er sollte sie sterben lassen, obwohl sein Herz dagegen antobte. Tränen brannten ihm in den Augen. Ein gewaltiger Knoten von Traurigkeit breitete sich in seiner Brust aus.

Ihr kalter Körper entzog ihm trotz der vielen Decken die Wärme. Er schloss die Augen, als schreckliche Müdigkeit ihn überfiel. Seine Gedanken wurden verschwommener und träger. Es war eine grausame Entscheidung. Er wollte, dass sie lebte ...

Schlafen, dann entscheiden.

Als er davondriftete, spürte er nichts als tiefsten Kummer. Er war so weit gekommen, und nun würde er alles wieder verlieren. Dann spürte er, wie das Vergessen sich seiner bemächtigte, und hieß es willkommen.

Tulkhan schreckte aus dem Schlaf. Das Feuer, das er entzündet hatte, war beinahe niedergebrannt, und die Kerzendochte flackerten in Wachspfützen. Er hatte nicht vorgehabt, so lange zu schlafen, trotzdem war er nicht von selbst erwacht. Etwas hatte ihn aufgeweckt.

Sein ganzer Körper schrie ihm Warnungen zu. Durch halb geschlossene Lider sah er, wie die Luft am Fußende des Bettes flirrte. Etwas nahm im flackernden Kerzenlicht Gestalt an.

Die Angst ließ Tulkhan beinahe erstarren. Er wagte nicht mehr zu atmen.

Der letzte T'En-Krieger stand vor dem Bett und starrte die beiden Gestalten, die dort lagen, an. Seine Miene war undurchdringlich.

Tulkhan schloss die Augen ganz und hoffte, dass Reothe nicht begreifen würde, dass er wach war. Hatte die Gesegnete ihn verraten? Aber selbst wenn sie Reothe einen Boten geschickt hätte, hätte er nicht so schnell eintreffen können, wenn er sich nicht direkt vor der Stadt aufgehalten hätte.

»Ich weiß, dass Ihr mich bemerkt habt«, flüsterte Reothe leise. »Wie fühlt es sich an, hilflos dazuliegen?«

Erst bei diesen Worten stellte Tulkhan fest, dass er gelähmt war.

Reothe lachte leise. »Eure Angst tut mir gut. Ich könnte sie in einem Schluck trinken. Schaut nicht so entsetzt drein. Ihr haltet Imoshen in den Armen, und dennoch kennt Ihr ihr wahres Wesen nicht? Ihre Kräfte wachsen, nähren sich von Euch allen, von den Ängsten und Hoffnungen so vieler kleiner Leben. Die T'En dienen den Echtmännern und -frauen, weil ihr uns dient.«

Einen Herzschlag lang schwieg er, dann lächelte er liebenswürdig. »Ich kann die Gesegnete im Nebenzimmer spüren. Sie hat vor, Euch zu trösten, sobald Imoshen gestorben ist. Sie begehrt Euch, bewundert Eure Männlichkeit. Aber wenn ich jetzt zu ihr hinginge, würde sie mich in ihre Arme nehmen, würde mich in ihrem Körper, ihrem Herzen aufnehmen. Es ist das Schicksal von euch so genannten Echtmenschen, den T'En um der Liebe willen zu dienen.«

Tulkhan tobte innerlich gegen die Wahrheit in Reothes Worten an.

»Wie kann das sein?« Seine Stimme war nur ein Krächzen, aber immerhin hatte er sprechen können. »Wie seid Ihr hergekommen? Und warum jetzt?«

Reothe betrachtete ihn erstaunt. »Ihr seid ein sehr entschlossener Mann. Ich könnte mich lange an Eurem Widerstand erfreuen, bevor ich ihn breche.«

Angst schnürte Tulkhan die Kehle zu, als Reothe um das Bett herumging und sich neben ihn hockte, sodass ihre Gesichter nun auf gleicher Höhe waren. Er konnte sich nicht einmal selbst vor diesem fremdartigen Geschöpf schützen und erst recht nicht Imoshen.

»Ihr wollt wissen, wie ich hierher gekommen bin?«, fragte er mit einem Lächeln. »Ihr habt mich gerufen. Heroisch, nicht wahr?«

Tulkhan vermochte den Kopf nicht zu bewegen. Er konnte seinen Peiniger nur aus dem Augenwinkel erspähen. Die Anstrengung bereitete ihm Kopfschmerzen und verzerrte sein Blickfeld, sodass es aussah, als flackerten die glühenden Kohlen durch Reothes Züge.

»Euch gerufen? Niemals!«, keuchte er.

»Aber genau das habt Ihr getan. Ihr müsst verstehen, dass Imoshen und ich aneinander gebunden sind, verlobt nach der alten Weise. Vor ein paar Stunden habe ich gespürt, wie Imoshens Lebenskraft nachließ. Als Ihr unsere Bindungsnarbe berührt habt, habt Ihr mich gerufen.« Reothe hielt inne und sah Tulkhan ins Gesicht. »Hat sie es Euch nicht erzählt? In der Nacht, bevor sie sich mit Euch verbunden hat, verband sie sich mit mir. Wir mischten unser Blut und unseren Atem, um zu vollenden, was wir letzten Herbst begonnen haben. Seht her.« Er hob den linken Arm und entblößte eine Narbe, die ganz ähnlich war wie Imoshens. »Alles, was sie mit Euch geteilt hat, war eigentlich für mich bestimmt.«

Tulkhan konnte es nicht glauben. Er wollte es nicht glauben!

»Ihr könnt es ruhig abstreiten.« Reothe packte Imoshens linken Arm und hielt ihr Handgelenk vor Tulkhans Gesicht. »Sie hat die Wunde wieder geheilt. Sie kann die Existenz dieser Narbe vor Euch verbergen, aber das ändert nichts an dem, was geschehen ist.«

Vor diesem Tag war ihm die Narbe nie aufgefallen. Imoshen hatte sie verborgen. Hatte sie ihn betrogen, hatte sie ein doppeltes Spiel gespielt? Nein, das war unmöglich, sie war so offen und ehrlich zu ihm gekommen – aber vielleicht war sie sich nicht einmal bewusst gewesen, dass … nein. Er konnte es nicht glauben.

»Das ist wirklich entzückend!«, triumphierte Reothe. »Der Kummer zerreißt Euch ja schier. Lasst mich Euren Schmerz lindern.«

Wenn Tulkhan gekonnt hätte, hätte er geschrien, aber er hatte keine Gewalt über seinen Körper. Er konnte nur daliegen und sich im Geiste winden, während Reothe die Finger seiner linken Hand über sein Gesicht spreizte.

Instinktiv schloss der General die Augen, aber statt Haut auf seiner Haut waren es sechs kühle Punkte, die seine Sinne streichelten. Beruhigend sanken sie tiefer in sein Bewusstsein, saugten das Entsetzen auf, das drohte, seinen Geist vollends zu verwirren. Er war sich eines Andersseins bewusst, das Reothe war. Es war nicht unangenehm, nur … anders.

Er wusste, er hätte entsetzt sein müssen, halb tot vor Angst, aber die Angst war nur eine entfernte Erinnerung. Als sich diese Präsenz, die Reothe war, zurückzog, tat es ihm beinahe Leid, den Kontakt zu verlieren. Er hatte noch nie so intim die Gegenwart eines anderen Wesens verspürt. Als er die Augen öffnete, war es eine grausame Trennung. Bis zu diesem Moment hatte er nie gewusst, wie wirklich allein er war.

Reothe stand wieder auf. Er lachte entzückt, als er die Decke zurückzog.

»Seht, was Ihr für mich getan habt. Von Euren Gefühlen werde ich fester.«

Nun begriff Tulkhan endlich, dass dieser Reothe nur eine Projektion war. Es war etwas eisig Unschuldiges in der Freude des T'En-Kriegers. Es war, als wäre er so weit entfernt von einem Echtmenschen, dass die Regeln, nach denen Tulkhan lebte, ihn überhaupt nicht mehr berührten.

Ein Teil des Generals wusste, er sollte beschämt sein, so hilflos vor seinem gefährlichsten Feind zu liegen, aber die Gedankenberührung hatte bewirkt, dass er nun seltsam distanziert war, sodass er nur teilnahmslos beobachten konnte, wie Reothe seinen Körper, der mit Imoshens verschlungen war, betrachtete.

Reothes sechsfingrige Hand strich über Imoshens Oberschenkel. Die Berührung war besitzergreifend. Instinktive Ablehnung stieg in Tulkhan auf. Aber er spürte auch Hoffnung aufkeimen. Konnte Reothe Imoshen helfen?

»Ihr könnt jede erdenkliche Belohnung von mir erhalten.« Tulkhans Worte waren nur ein heiseres Flüstern.

»Jede?« Reothe beugte sich näher heran, als wäre er gegen seinen Willen fasziniert. »Es gibt nichts, was Ihr mir geben könnt, Echtmensch, Nur-Mensch. Im nächsten Winter um diese Zeit werde ich diesen Palast, Imoshen und die Strahlende Insel besitzen. Ihr verwaltet sie nur für mich.« Er strich mit der Hand über Tulkhans Gesicht und ließ sie schließlich an Imoshens Schläfe ruhen. Dann runzelte er unwillig die Stirn. »Warum habt Ihr so lange gewartet? Es könnte zu spät sein, sie aus dem Schatten des Todes herauszuführen.«

»Aber Ihr werdet es versuchen?«

Reothe lachte auf, und seine Granataugen glitzerten wie die Edelsteine, denen sie in der Farbe so ähnlich waren. Er starrte Tulkhan forschend an. »Wusstet Ihr, dass Imoshen mir das Leben gerettet hat, als wir das letzte Mal zusammen waren?«

Tulkhan hätte das nur zu gerne abgestritten. Reothes zufriedenes Lächeln sagte ihm, dass der Dhamfeer seine Reaktion genoss. Instinktiv versuchte er, seine Gefühle zu beherrschen. Aber wie konnte er Reothe täuschen, wenn der T'En doch imstande war, seine Gefühle zu spüren, vielleicht sogar seine Gedanken zu lesen?

Er hatte durch Reothes geistige Berührung genug begriffen, um nun zu wissen, dass jedes Wort des T'En eine Waffe war, geschmiedet, um ihn zu verwunden. Er erinnerte sich an den alten Kinderreim über die Dhamfeer und versuchte, sich gegen Reothes Tricks zu stemmen.

»Die Verbindung zwischen Imoshen und mir ist von einer älteren, tieferen Art als Eure, *Ghebite.*« In Reothes Mund wurde das Wort zu einer Beleidigung. »Eines Tages wird sie in Eure Echtmannaugen sehen und erkennen, was Ihr seid: Ein Nur-Mann. Imoshens Platz ist an meiner Seite, und daher werde ich sie retten, aber nicht für Euch, sondern für diesen Tag. Und wenn es dann so weit ist, werdet Ihr Euch an diesen Augenblick erinnern.«

Der General schloss die Augen. Es fühlte sich an, als hätte Reothe ihm eine große Wahrheit enthüllt, etwas, das Tulkhan immer gewusst, aber nie wirklich akzeptiert hatte. Dennoch, er glaubte nicht an Schicksal, glaubte nicht, dass es Imoshen vorberstimmt war, sich an Reothe zu binden. Jeder schuf seine eigene Zukunft.

»Es könnte ein bisschen wehtun. Ich habe so etwas noch nie getan«, warnte Reothe.

Tulkhan sah Reothe in die Augen und entdeckte dort etwas, das er nicht akzeptieren wollte. Statt Spott, statt Zynismus sah er die nackte Seele eines Mannes, der sich bewusst dem Tod stellte, und dafür empfand er widerwillige Hochachtung.

Der Dhamfeer war nun nackt. Schmale, parallele Narben liefen über seine Brust, und frisches Blut drang heraus. War Reothe schon verwundet hier eingetroffen? Tulkhan konnte sich nicht daran erinnern. Die glühenden Kohlen des niedergebrannten Feuers flackerten durch Reothes Körper, als würde er von ihnen verschlungen.

Ein Teil von Tulkhan wollte vor dem Kontakt zurückweichen, als Reothe sich neben ihm auf dem Bett ausstreckte. Er spürte den fragenden Blick des T'En.

»Was ist?«, murmelte Tulkhan.

Diese unkörperlichen Finger drückten seine Lippen zu.

»Betet zu Euren Göttern, dass ich Erfolg habe, Ghebite. Wenn ich versage, kann es sein, dass Ihr uns beide verliert und vielleicht auch Euer eigenes Leben, denn ich werde mich in Euch verankern. Konzentriert Euch auf diese brennende Kerze, lasst sie nicht los und ignoriert mich, selbst wenn Ihr verstörend findet, was ich tue.«

Tulkhan wollte zusehen, wollte wissen, was geschah, aber die Worte waren wie ein Zwang, und er konzentrierte seinen Blick auf die Flamme der Kerze am Ende des Bettes. Er war sich flüchtig Reothes Präsenz an seiner Seite bewusst, und dann bewegte sich der substanzlose Körper über seinen eigenen und ließ sich auf Imoshen nieder.

Dann verschwamm die Kerzenflamme, und Tulkhans Herz schlug ihm bis zum Hals. Er fühlte sich leicht, schwindlig und ein wenig vage. Angst schloss sich um sein pochendes Herz. Er durfte diese Flamme nicht aus den Augen verlieren. Wenn er das tat, waren sie alle verloren.

Er spürte, wie Imoshen schwerer wurde, wie Hitze durch ihre Glieder strömte. Sie keuchte wie im Schmerz. Hoffnung stieg in ihm auf und sank wieder, als sie in den alten traumlosen Zustand zurückverfiel.

Die Flamme flackerte und teilte sich in zwei Lichtpunkte. Wie die reflektierenden Augen einer großen, weißen Katze starrten sie ihn an. Tulkhan war von Entsetzen erfüllt. Er konnte nicht schreien, konnte sich nicht verteidigen. Schweiß brach ihm aus.

Eine böswillige Intelligenz verfolgte ihn. Er wollte die Augen schließen, wollte den Tod, der immer näher kam, verdrängen, aber er wusste, dass der Tod noch schneller kommen würde, wenn er diesen Kontakt brach. Er wagte nicht einmal zu blinzeln. Seine Augen brannten, er atmete hechelnd, seine Kehle war trocken.

Abrupt zerbarsten die Zwillingsflammen zu tausend Funken, wie Sonnenlicht auf Wasser, und blendeten ihn. Als Tulkhan die Augen öffnete, war es bis auf das matte Glühen der Kohlen im Feuer dunkel. Die Kerzen waren alle ausgebrannt. Er fühlte sich so schwach, dass er sich kaum bewegen konnte. Aber Imoshen lag warm in seinen Armen, ihr Körper mit seinem verflochten, biegsam und weich. Voller Freude erinnerte er sich daran, wie sie so dagelegen hatten, nachdem sie sich geliebt hatten.

Vorsichtig hob er die Hand und strich ihr über den Rücken. Ihre Haut fühlte sich nicht länger an wie Marmor. Die Hoffnung gab ihm neue Kraft.

»Imoshen?« Er stützte sich auf einen Ellbogen, legte ihr die Hand auf die Wange. »Antworte mir, Imoshen.«

Sie verzog das Gesicht, und Tulkhan war entzückt. Was immer Reothe getan haben mochte, er hatte damit Erfolg gehabt. Imoshen wachte auf.

Zitternd vor Erleichterung setzte er sich auf und nahm sie in die Arme. Reine Freude erfüllte seine Seele und brachte sie zum Strahlen. Er strich Imoshen übers Haar, streichelte ihre Wangen, küsste ihre Schläfen, die Höhlung unter ihrem Kinn.

Das leise, protestierende Geräusch, das sie von sich gab, war ein Segen. Er lachte und spürte Tränen auf seinen

Wangen. »Imoshen«, hauchte er und suchte ihre Lippen. Sie war zu ihm zurückgekommen!

Ihr Mund bewegte sich unter seinem, ihr Atem vermischte sich. Er hätte ewig von ihren Lippen trinken können. Er spürte, wie sie lächelte.

Ihm war schwindlig vor Erleichterung. Er schaute in ihr Gesicht, nahm ihre vertrauten Züge in sich auf, aber ihre weinroten Augen spotteten über ihn. Dieses traurige Lächeln war nicht das ihre.

Kaltes Erkennen zog Tulkhans Magen zusammen. »Nein!«

Angewidert stieß er sie von sich. Die Intelligenz, die in Imoshens Augen blitzte, war nicht ihre eigene.

Das Zimmer drehte sich. Er musste sich am Bettrahmen festhalten. Immer noch schwindlig, sah er zu, wie sich Reothes unkörperliche Gestalt von Imoshen löste. Sie selbst sank aufs Bett zurück.

Dann sah Tulkhan zwei T'En – die schlafende Gestalt von Imoshen und Reothe, der kaum mehr als ein Schatten war und über ihr kniete.

Tulkhan fühlte sich so schwach, dass er kaum schlucken konnte. Was er in dieser Nacht gesehen hatte, war etwas, das kein Echtmensch je erfahren sollte. Dennoch konnte er den Blick nicht abwenden, als Reothe Imoshens Gesicht streichelte. Es gelang ihm nicht, mit seinen körperlosen Fingern eine Haarsträhne wegzustreichen. Tulkhan sah zu, wie er den Kopf senkte, seine bleichen Lippen auf Imoshens Mund drückte.

Diese Geste war zu vertraulich, als dass ein anderer hätte Zeuge sein dürfen. Er wandte den Blick ab. Als er wieder hinschaute, hatte sich Reothe ihm zugewandt, sein Gesicht eine tödliche Maske. Tulkhan taumelte aus dem Bett und wich zurück, aber seine Beine wollten ihn kaum mehr tragen. Er wünschte sich, eine Waffe zu haben, obwohl er wusste, dass sie ihm nichts nutzen würde.

Als der Dhamfeer auf ihn zukam, bemerkte er aus dem Augenwinkel, dass das Bett und Imoshens schlafende Gestalt deutlich durch Reothe hindurch zu erkennen waren. Vielleicht waren die Kräfte des T'En erschöpft. Tulkhan hoffte es zumindest. Es wäre eine Erleichterung zu wissen, dass auch dieses Geschöpf Grenzen hatte.

Reothe blieb vor ihm stehen. »Ich habe mich den Parakletos gestellt, ich habe im Schatten des Todes nach ihr gesucht und sie zurückgebracht.«

Tulkhan konnte kaum atmen. »Ich danke Euch.«

»Ich habe es nicht für Euch getan.«

»Das weiß ich.«

Reothe warf einen Blick auf Imoshen. Er sagte etwas in der T'En-Hochsprache. Es klang wie eine Zeile aus einem Gedicht oder einem Lied.

Dann wandte der Dhamfeer seine Aufmerksamkeit wieder Tulkhan zu, ein Lächeln in seinen fremdartigen Augen. Es war ein Lächeln schmerzlichen Wissens. »Ihr habt nicht gefragt. Es bedeutet: ›*Jene, die wir lieben, haben die größte Macht, uns zu verwunden.*‹«

»Reothe.« Tulkhan wollte ihn berühren, aber seine Hand glitt durch die geisterhafte Gestalt. »Können wir keinen gemeinsamen Boden finden?«

»Ihr würdet einen Kompromiss schließen?« Reothe schüttelte bedauernd den Kopf. »Glaubt mir, Ihr wollt keinen Handel mit mir abschließen, Echtmensch! Ich habe meine Seele bereits verkauft.«

Er hob den Kopf, als suchte er etwas hinter Tulkhan. Dann zuckte er zusammen, als die Wunden auf seiner Brust tiefer wurden und das Blut schneller floss.

Dennoch spürte Tulkhan, dass es etwas in Reothe gab, etwas, das er erkannte, weil etwas Ähnliches auch in ihm existierte. Es musste nicht so sein. Das wollte er dem letzten T'En-Krieger sagen, aber Reothe war bereits verschwunden.

Verblüfft sah sich Tulkhan im leeren Zimmer um, aber

seine Sinne sagten ihm, dass er wieder mit Imoshen allein war.

Müde ging er zum Bett. Es war der dunkelste Teil der Nacht, die Zeit, in der kranke Menschen starben und Kinder zur Welt kamen, kurz vor der Dämmerung eines Wintermorgens.

Wie immer, wenn sie erwachte, drehte sich Imoshen herum und reckte sich. Als sie die Augen öffnete, lächelte sie, als erinnerte sie sich an einen angenehmen Traum. Unwillkürlich gab Tulkhan ein Geräusch von sich, und sie sah ihn an.

Keinerlei Erkennen stand in ihren Augen.

Hatte Reothe ihr die Erinnerung genommen? Aber nein, nun erkannte sie ihn, und mit der Erinnerung kam auch der Schmerz zurück.

Sie setzte sich auf. »Jacolm und Cariah!«

Tulkhan verzog das Gesicht. Er hatte gehofft, Freude in ihren Augen zu sehen, keinen Kummer. War es denn ihr Schicksal, einander nichts als Schmerz zu verursachen?

Diese Fragen brannten danach, gestellt zu werden, aber er war nicht sicher, ob er in dieser Nacht die Antworten ertragen könnte.

Imoshen holte tief Luft, dann zuckte sie zusammen. Ihre Brust tat weh. Jeder einzelne Muskel in ihrem Körper schmerzte, als hätte sie sich an den Rand ihrer körperlichen Fähigkeiten getrieben. Sie erinnerte sich nur noch daran, im Schnee vor den Leichen Cariahs und Jacolms gekniet und die Worte für die Toten gesprochen zu haben.

»Wie bin ich hierher gekommen?«

»Ich habe dich getragen. Du warst den ganzen Tag und den größten Teil der Nacht bewusstlos.«

Tulkhan beobachtete sie. Er sah müde aus und sie spürte eine Veränderung an ihm, als wäre er von etwas berührt worden, was über das Verständnis eines Echtmenschen hinausging. »Was verschweigst du mir?«

Er zuckte mit den Achseln, als wisse er nicht, wo er anfangen sollte.

»Du bist müde! Komm ins Bett.« Aber er blieb stehen. »Was ist los, Tulkhan?«

»Du verbirgst Dinge vor mir.«

Seine Miene erschreckte sie. »Warum siehst du mich so an?«

Er ließ sich aufs Bett sinken, und sie sehnte sich danach, dass er sie in die Arme nahm.

»Du hast die Leichen von Cariah und Jacolm in Stein verwandelt.«

»Das ist unmöglich!« Aber noch während sie es leugnete, wusste sie, dass er die Wahrheit sprach.

»Es hätte dich beinahe umgebracht. Als ich dich hierher zurückbrachte, warst du kalt wie Stein.«

Sie schauderte und streckte die Hand nach ihm aus, aber er reagierte nicht. »Warum nimmst du mich nicht in die Arme?«

»Warum fragst du nicht, wieso du noch lebst?«

Sie schüttelte den Kopf, rutschte ein Stück zurück, um ihm besser ins Gesicht sehen zu können. In seinen Augen stand ein tiefer, glühender Zorn, der ihr Angst machte.

Er packte ihre linke Hand und drehte den Arm herum, sah sich ihr Handgelenk an und hielt es ihr dann vors Gesicht. »Du sagst, du benutzt keine Tricks gegen mich, aber warum ist dann die Narbe deiner Verbindung mit Reothe wieder verborgen?«

Imoshen runzelte die Stirn. Sie fuhr mit den Fingern ihrer freien Hand über die Narben, die die Klauen des Schneeleoparden zurückgelassen hatten. In jener Nacht, als sich Reothe der Macht der Alten bedient hatte, um sie zu entführen, hatte sie sich die Brust zerkratzt und von den alten Mächten verlangt, sie in den Palast zurückzubringen. Die kleinen Wunden, die ihre Fingernägel zurückgelassen hatten, waren geheilt, weil sie körperlicher Art waren, aber die Markierungen der Alten konnte ein Echtmensch wie Tulkhan nicht sehen. Es kam ihr so vor, als hätte sie mit der Heilung ihrer Narbe unbewusst alle Spuren verborgen. »Diese Narbe ist nicht das, als was sie erscheint ...«

Tulkhan wurde bleich und ließ ihren Arm fallen. »Jetzt, wo du es zugibst, ist sie wieder deutlicher zu sehen.«

»Das mache ich nicht bewusst. Ich wollte nichts vor dir verbergen.«

»Warst du in der Nacht vor unserer Verbindung in Reothes Lager? Hast du ihm das Leben gerettet?« Imoshen wurde kalt, und sie setzte dazu an, es abzustreiten, aber sie konnte ihn nicht anlügen.

»Antworte mir!« Tulkhan packte sie an den Schultern und schüttelte sie.

Tränen brannten in ihren Augen.

Plötzlich ließ er sie los. »Ich muss den Verstand verloren haben!«

Sie zog sich in sich selbst zurück, gequält von seiner Verachtung. Sie brach in Schluchzen aus. Der General würde ihr niemals vertrauen.

»Imoshen«, stöhnte er und nahm sie in die Arme. »Ich dachte, du wärst tot!«

Sie spürte seine Lippen auf ihrer Stirn, spürte seine Erleichterung. »Das verstehe ich nicht. Warum tut es weh, wenn ich einatme? Was ist heute Nacht hier geschehen?«

Tulkhan senkte den Blick, denn er wollte nicht zugeben, dass er vollkommen nutzlos gewesen war, während Reothe sein Leben aufs Spiel gesetzt hatte, um sie zu retten. Bevor er es gestehen konnte, beugte sich Imoshen vor und leckte ihm über den Hals.

Ihre Augen wurden groß. »Ich kann Reothe auf deiner Haut spüren.«

»Er war hier.«

»Das ist unmöglich. Er hätte Tage gebraucht, um hierher zu reiten.«

»Er ist nicht hergeritten. Er war nicht körperlich hier.« Tulkhan zuckte mit den Achseln. Er fand nicht die richtigen Worte. »Reothe sagte, er hätte gespürt, wie deine Lebenskraft nachließ, da du auf irgendeine T'En-Weise mit ihm verbunden seiest. Er war es, der dich gerettet hat. Ich – ich konnte nichts für dich tun.«

Imoshen erbebte, und Tulkhan erkannte ihre Reaktion als Angst.

»Reothe sagte, dass ich dich nur für ihn verwalte«, fuhr Tulkhan grimmig fort. »Bis er bereit ist, dich für sich zu beanspruchen.«

»Du darfst das nicht glauben.« Imoshens Atem streichelte seine Kehle. Dann spürte er ihre Hände auf sich, drängend und gierig. Als sie die Lippen über seinen Hals bewegte, lockerte sich der Knoten des Versagens, der sich in ihm so fest gespannt hatte, langsam. »Reothe kann die Wahrheit sagen und es so klingen lassen, als wäre es eine Lüge, sodass du an deinem eigenen Urteilsvermögen zweifelst.«

Tulkhan hätte sie gerne gefragt, ob sie imstande wäre, dasselbe zu tun. Aber das Gefühl ihres warmen Atems auf seiner Haut war überwältigend. Es erstickte alle Vorsicht. Imoshens Begierde war groß und bewirkte ein ebenso leidenschaftliches Drängen in ihm. Er wollte sich nur noch in ihr vergraben, alles vergessen außer ihrer Berührung. Sie war Balsam für seine verwundete Seele. Und dennoch ...

»Wie konntest du dich mir anschwören, wenn du das da schon hattest?« Er packte ihr linkes Handgelenk.

Imoshen schnaubte. »Reothe hat unsere Handgelenke aufgeschnitten, ehe ich ihn aufhalten konnte. Als er versuchte, die Worte zu sprechen, um den Schwur zu vollenden, habe ich mich geweigert.« Sie sah Tulkhan in die Augen. »Ich bin dir treu gewesen. Das schwöre ich.«

Er wollte ihr so unbedingt glauben! »Ich muss den Verstand verloren haben.«

Er fühlte sich, als hätte Reothe ihm etwas Ungreifbares genommen. Nur Imoshens Berührung half gegen dieses Gefühl der Leere, und nun gab er sich dieser Berührung hin.

14

Als Imoshen spät am nächsten Morgen aufwachte, war das Bett leer, obwohl der Duft ihrer Leidenschaft noch an ihrer Haut hing. Als sie sich zitternd dazu zwang, sich anzuziehen, war jede Bewegung anstrengend.

Sie hatte lange nachgegrübelt, aber sie konnte sich an Reothes Anwesenheit nicht erinnern. Tulkhan hatte ihr erzählt, dass sich der T'En-Krieger in den Schatten des Todes gewagt, dass er sich dem Zorn der Parakletos gestellt habe, um sie zu retten. Sie war ihm verpflichtet, und sie hasste es.

»T'Imoshen!«, rief Merkah. »Ihr seid ja schon angezogen. Warum habt Ihr nicht nach mir geschickt?«

»Wo ist der General?«

»Er lässt Euch ausrichten, Ihr sollt zu ihm kommen, sobald Ihr bereit seid.«

Imoshen nickte. Ihre Arme schmerzten so sehr, dass sie sie nicht über den Kopf heben konnte. Sie bat Merkah, sie zu frisieren, und setzte sich vor den Spiegel.

Als sich die Zofe an die Arbeit machte, erklärte sie erfreut: »Es war eine solche Überraschung, als der General uns sagte, Ihr hättet Euch schon erholt. Die Gesegnete konnte es nicht glauben! Sie war sicher, dass das Kind tot sei ...«

Imoshen riss die Augen auf.

Merkah begegnete ihrem Blick im Spiegel.

»Ich nehme an, es hat sich schon überall herumgesprochen.« Imoshen legte die Hand auf den Bauch, plötzlich verängstigt, dass dieses zerbrechliche Leben in ihr vergangen sein könnte.

Steif kam sie auf die Beine.

Merkah eilte sich, die Tür zu öffnen.

»Wo ist General Tulkhan?«, fragte Imoshen.

Bevor Merkah noch antworten konnte, trübte grauer Nebel Imoshens Sicht. Sie spürte, wie ihre Beine nachgaben, und als sie wieder klar denken konnte, saß sie auf dem Boden.

»Bleibt hier, ich hole einen Heiler«, sagte das Mädchen.

»Unsinn. Es geht mir gut.« Aber sie stand nur langsam wieder auf und wartete einen Augenblick, um sicher zu sein. Sie konnte sich jetzt keine körperlichen Schwächen leisten. »Wo ist der General?«

Merkah zögerte. »Ich werde Euch begleiten.«

»Also gut.«

Auf ihrem Weg durch die Flure des Palastes bemerkte Imoshen, dass nur wenige Diener unterwegs waren und diese wenigen rasch davonhuschten. »Wo sind die anderen?«

»Im Wald, wo sie sich die wunderschöne Statue der Liebenden ansehen. Die halbe Stadt ist heute auf dem Palastgelände gewesen, die Schlange reicht bis vors Tor.« Merkah blieb an einem Fenster stehen. »Ihr könnt sie von hier aus sehen.«

Imoshen spähte über die Schulter ihrer Zofe. Eine dunkle Linie von Menschen schlängelte sich über den weißen Schnee.

Sie gingen schweigend weiter. Imoshen hatte den Beweis erhalten. Bis zu diesem Augenblick hatte sie es nicht wirklich geglaubt. Sie hatte die toten Liebenden tatsächlich in Stein verwandelt. Sie hatte Cariah nicht nur in ihrer Not allein gelassen, sondern auch noch gegen ihren Willen ihre Kräfte gezeigt, und das würde nun dazu führen, dass die Echtmenschen sie noch mehr fürchteten.

»Wir sind da.« Die Zofe kratzte an der Tür.

Als von drinnen Tulkhans tiefe Stimme erklang, begann Imoshen zu glühen, denn sie erinnerte sich noch zu deutlich daran, wie sie sich geliebt hatten. Dann hob sie den Kopf und ging hinein. Der General stand hinter einem großen Tisch, der mit Landkarten bedeckt war. Weinflaschen, Becher und mehrere Tintenfässer dienten als Papierbeschwerer.

Merkah ging wieder nach draußen und schloss die Tür.

»Ja?« Imoshen berührte die Oberlippe mit der Zungenspitze, schmeckte die Luft. Jemand, der sie nicht mochte, war vor kurzem in diesem Zimmer gewesen.

Als Tulkhan sie ansah, war sein Blick kalt, seine Züge angespannt. Sie begriff nicht, warum er sich schon wieder von ihr distanziert hatte.

»Ich habe stundenlang wach gelegen und nachgedacht. Du hast nicht abgestritten, dass du in Reothes Lager warst.«

Imoshen war verzweifelt.

»Du sagst, du stündest treu zu mir«, sagte Tulkhan. »Beweise es. Zeig mir, wo sein Lager ist.«

Sie schaute auf die Landkarten hinunter. »Das war vor drei Wochen! Wenn Reothe auch nur annähernd der Taktiker ist, für den ich ihn halte, hat er das Lager inzwischen längst verlegt.«

Das schien Tulkhan nicht sonderlich zu enttäuschen. Er holte etwas unter der Landkarte hervor und warf es vor ihr auf den Tisch. Das Silbertablett drehte sich und schepperte. »Dann versuch, das Lager damit zu finden.«

Imoshen starrte die matte Oberfläche des Tabletts an. Sie hatte diesen Gegenstand von der Aayel geerbt. Es ärgerte sie zu wissen, dass Tulkhan Merkah gebeten hatte, es zu holen, während ihre Herrin schlief. »Du hast mich schwören lassen, meine Kräfte nicht zu gebrauchen.«

»Das hier ist eine Ausnahme. Mach schon!«

Imoshen war entsetzt. Er wollte sie benutzen wie ein Werkzeug, um die Rebellen zu töten, aber er hatte sich vollkommen vor ihr abgeschottet. War das wirklich noch derselbe Mann, der sie letzte Nacht so zärtlich in seinen Armen gehalten hatte?

»Wenn du dich weigerst, werde ich …«

»Mich einschließen?«, flüsterte Imoshen. »Mir mein Kind stehlen und mich irgendwo im Palast einmauern und mich dort verhungern lassen?«

Tulkhan sah sie entsetzt an. »Glaubst du wirklich, dass ich dazu fähig wäre?«

Imoshen schüttelte den Kopf und griff nach dem Tablett. Ihre innere Ablehnung bewirkte, dass sie ein Schauer überlief. Vorsichtig hob sie die Finger ans Gesicht und schnupperte. »Der Vaygharier war hier. Hast du deshalb Zweifel an mir, General? Hast du so schnell vergessen, wie er den Geist deines Halbbruders vergiftet hat?«

»Es fällt mir nicht schwer, Kinraid zu durchschauen. Außerdem ist er nicht meine einzige Informationsquelle.« Er wies mit dem Kinn auf das Tablett. »Such nach dem Rebellenlager, Imoshen. Betrachte es als eine Prüfung. Es wäre dumm von mir, ein solches Werkzeug zur Verfügung zu haben und es nicht zu benutzen.«

»Ich kann nicht.«

»Du meinst, du *willst* nicht.«

»Nein. Ich kann es nicht. Die Aayel wollte es mir einmal erklären, als ich noch nicht genug wusste, um sie zu verstehen. Du wirst es wahrscheinlich auch nicht verstehen, aber ich versuche es.« Sie seufzte. »Reothe ist sehr viel geschickter als ich, was die Anwendung der Kräfte angeht. Ich bin gerade erst dabei, meine zu entdecken. Im Geist nach etwas zu suchen oder in die Zukunft zu schauen, ist keine exakte Wissenschaft. Wenn ich dieses Tablett nehmen, mich vorbereiten und versuchen würde, Reothe zu finden, könnte es mir nur zu gut gelingen. Ich will ihm keinen Zugang zu meinem Geist gewähren.« Sie schauderte und schlang die Arme um den Oberkörper. »Ich will es nicht. Bitte ... ich habe Angst.«

Tulkhan rieb sich nachdenklich das Kinn. »Sehen wir mal, ob ich das richtig begriffen habe. Du und er, ihr seid beide Magier.«

»Nein, wir ...«

»Das ist das ghebitische Wort für jemanden, der Kräfte hat, über die ein Echtmensch nicht verfügt. Ich kann dich nennen, wie ich will.« Als Imoshen nicht mehr widersprach, fuhr er fort. »Und obwohl ihr beide die T'En-Kräfte benutzt, bist du schwächer als er. Willst du mir damit sagen, dass ich mich mit dem schwächeren von zwei Magiern verbündet habe?«

Imoshen nickte. Was ihre Kräfte anging, war sie noch ein Kind.

Der General sah sie forschend an. Wieder einmal wurde sie sich seiner scharfen Intelligenz bewusst.

»Und was hält dich davon ab, dich von mir abzuwenden und dich Reothe anzuschließen?«, fragte Tulkhan. »Ihr gehört demselben Volk an. Letzte Nacht hat er sein Leben aufs Spiel gesetzt, um dich zu retten. Du warst mit ihm verlobt und ... er liebt dich.«

Imoshen spürte, wie ihre Wangen glühten. Sie versuchte nicht, Tulkhans Einschätzung zu widerlegen.

»Warum bleibst du dann hier, Imoshen? Spielst du ein doppeltes Spiel mit mir und gibst insgeheim Informationen an Reothe weiter? Bist du in der Nacht vor unserer Verbindung zu ihm gegangen und dann mit falschen Versprechungen zu mir zurückgekehrt? Wieso spielst du diese Farce immer weiter?«

Sie hörte den Schmerz in seiner Stimme und hätte ihn gern getröstet, aber er ließ es nicht zu. War es Reothe gelungen, Tulkhan Zweifel einzupflanzen?

Sie war zu müde, um sich zu verstellen. »In der Nacht,

bevor wir uns miteinander verbunden haben, hat Reothe einen Pakt mit den Alten geschlossen. Er hat ihnen einen Schneeleoparden geopfert und mich zu sich gezogen. Ich hatte keine andere Wahl. Aber als es möglich wurde, habe ich mich entschieden, zu dir zurückzukehren.«

General Tulkhan war nicht überzeugt.

Entschlossen und trotzig klemmte sie sich das Tablett unter den Arm. »Ich gehe jetzt in die Bibliothek. Du kannst mich gerne bewachen lassen. Ich weiß allerdings nicht, was die Diener davon halten werden. Ich bin ehrlich mit dir, General Tulkhan. Wenn es hier Zweifel gibt, dann leben sie in dir, nicht in mir!«

Warum wollte der Mann nicht sterben? Tulkhans Schwertarm schmerzte. Sein Atem rasselte in seinen Lungen. Und dennoch griff der Mann wieder an. Jeder tödliche Schlag, den Tulkhan führte, ging ins Leere, und er spürte, wie er stetig müder wurde. Schweiß brannte ihm in den Augen. Der Schwertkämpfer war, als er ihn zum ersten Mal getötet hatte, nicht so schwer zu schlagen gewesen. Jetzt erst erkannte Tulkhan, dass es sich um einen Traum handelte. Er erlebte noch einmal, wie er zum ersten Mal auf dem Schlachtfeld einen Menschen getötet hatte.

Mit siebzehn hatte Tulkhan diesen Mann ohne einen weiteren Gedanken ins Grab geschickt.

Plötzlich glitt er auf dem blutigen Boden aus, fiel auf ein Knie, wie es im wirklichen Leben nicht geschehen war. Er musste einen Treffer unter dem Arm entgegennehmen, oberhalb des Harnischs der Rüstung. Die Klinge drang tief in seine Brust und brannte dort wie Feuer. Jeder Atemzug verursachte ihm unglaubliche Schmerzen, und sein Atem wurde flacher, als er in seinem eigenen Blut ertrank.

Er blickte auf zu seinem Gegner, der sich gegen die Sonne abzeichnete. Der Schwertkämpfer setzte den Helm ab.

Reothe!

Tulkhan erwachte keuchend, schweißgebadet und mit heftig klopfendem Herzen. Als er aufstand, zitterten seine Knie. Er taumelte ans Fenster und riss es auf. Der Geruch von Tod und Verzweiflung hing noch in seiner Nase. Er fühlte sich vollkommen leer.

Er hörte Imoshen hinter sich seufzen und unterdrückte den Impuls, zu ihr zurückzukehren. In ihren Armen zu liegen wäre ein Segen, aber jedes Mal, wenn er das tat, spürte er, wie ihn die Leidenschaft fester an sie band. Tulkhan konnte den Augenblick nicht vergessen, in dem Reothe ihm die Narbe gezeigt hatte, die er mit Imoshen teilte.

In der Nacht zuvor hatte er ihr geglaubt, aber sie hatte schließlich immer Ausreden. Und als sie sich heute geweigert hatte, nach Reothes Lager zu suchen, hatte Tulkhan geschworen, sich nie wieder zu ihr zu legen. Stattdessen hatte er in den Privatgemächern des Kaisers eine Decke vor dem Kamin ausgebreitet.

Nun ging er zu diesem Kamin und schürte das Feuer, das die Nacht fern hielt. Irgendwie wusste er, dass seine Verzweiflung auf Reothe zurückzuführen war und dass er mit jedem Atemzug dagegen ankämpfen musste, aber er konnte die finstere Vorahnung nicht abschütteln, dass seine Zeit mit Imoshen mit seinem Tod enden würde.

Imoshen erwachte aus leichtem Schlaf. Es war der Tag vor dem Frühlingsanfang, obwohl draußen noch immer hoher Schnee lag. Sie blinzelte und erinnerte sich daran, dass sie an den Plänen für das Fest gearbeitet hatte, bevor sie eingeschlafen war.

Von der Tür ertönte ein Kratzen. Imoshen erkannte den Ton des Metallkamms nicht.

Sie rieb sich das Gesicht und zupfte ihr Haar zurecht. »Herein.«

Baron Fairbans jüngste Tochter betrat das Zimmer. »T'-Imoshen.«

»Baroness Miryma.« Imoshen stand auf. Sie und Miryma waren im selben Alter, aber es lagen Welten zwischen ihnen. Diese Frau war die jüngste Tochter eines Vaters, der sie verwöhnte, während Imoshen das gesamte Gewicht der Strahlenden Insel auf ihren Schultern trug.

Wie auch die anderen Adligen aus Keldon bereiteten sich die Fairbans nun, da der schlimmste Schnee geschmolzen war, darauf vor, auf ihre Ländereien zurückzukehren.

»Mein Vater möchte, bevor wir aufbrechen, noch einmal mit Euch sprechen«, sagte Miryma.

»Das wäre mir eine Ehre.«

»Ihr braucht einen Umhang. Vater möchte ungestört mit Euch reden.«

Das wiederum gefiel Imoshen überhaupt nicht. Sie hatte eigentlich angenommen, dass sich Baron Fairban, soweit das überhaupt möglich war, mit Cariahs Tod ausgesöhnt hatte.

Sie folgte der jungen Frau durch den Palast und in den Garten.

»Weiter werde ich Euch nicht begleiten. Vater wartet in der Mitte des Irrgartens auf Euch«, sagte Miryma.

Imoshen dankte ihr und ging weiter. Die Luft war ruhig, frisch und kalt. Alle Geräusche trugen weit. Sie hörte ein Horn und das Bellen einer Hundemeute. Die Ghebiten jagten wieder im Wald. Imoshen fragte sich angewidert, was für ein Tier sie wohl diesmal aufgescheucht hatten. Sie hatten schon fast alles Wild aus dem Palastwald getötet. Nun sprachen sie sogar davon, einige der Tiere aus der Menagerie freizulassen. Das wäre tatsächlich grausam, denn es handelte sich um seltene Tiere, die dem Palast geschenkt und dort seit Generationen gezüchtet worden waren.

Sobald Imoshen um die letzte Ecke des verschneiten Irrgartens bog, waren ihre zierlichen Schuhe, die nicht für Wanderungen draußen gedacht waren, schon nass. Baron

Fairban sah ihr entgegen. An den Spuren im Schnee erkannte sie, dass er auf und ab gegangen war.

Als er sie bemerkt hatte, war er stehen geblieben. Er war seit Cariahs Tod sehr gealtert. Aber als er Imoshen nun ansah, zeichnete sich stählerne Entschlossenheit in seiner Miene ab.

Sie wartete, dann richtete sie das Wort an ihn. Ihre Füße wurden langsam taub. »Ich bin gekommen, weil Ihr mit mir sprechen wolltet, Baron Fairban.«

Er zeigte auf den Steinsitz und wischte den Schnee der letzten Nacht von der Oberfläche.

»Setzt Euch zu mir, T'Imoshen. Man hat mich zum Sprecher gemacht, und es ist an der Zeit, dass wir Euch unsere Pläne enthüllen.«

Imoshen befürchtete das Schlimmste. »Fahrt fort.«

»Es mag schmerzlich für Euch sein, aber ich muss ganz offen sprechen. Ihr seid für den ghebitischen General nichts weiter als ein Werkzeug, eine Kriegsbeute, die er benutzt, um seine Stellung auf der Insel zu festigen. Selbst das Kind, das Ihr tragt, ist wichtiger für seinen Zugriff auf die Strahlende Insel als für den Euren. General Tulkhan braucht Euch. Ihr braucht ihn nicht.«

Imoshen zog die Brauen hoch. Offenbar wussten schon alle von ihrer Schwangerschaft.

Baron Fairban nickte vor sich hin. »Ich bin hierher gekommen, um diesen ghebitischen General zu sehen, und ich muss zugeben, dass ich angenehm überrascht war. Für einen Ghebiten ist Tulkhan ein guter Mann. Aber die Ereignisse haben bewiesen, dass wir nicht mit diesen Leuten zusammenleben können. Sie sind Primitive.«

Er griff nach Imoshens Hand und tätschelte sie freundlich. Imoshen spürte seine Ehrlichkeit deutlich. Baron Fairban glaubte an das, was er nun sagen wollte.

»Es gibt andere, die ebenso empfinden. Wir wollen Euch und T'Reothe im Palast sehen. Hätte die kaiserliche Familie aus reinblütigen T'En bestanden, wie es eigentlich sein sollte, dann wäre die Strahlende Insel nie zur Beute ghebitischer Invasoren geworden.«

Imoshen war überwältigt von seiner Vision einer Zukunft mit einer machtvollen Herrscherkaste von T'En, die die Echtmenschen der Strahlenden Insel beschützten. Sie entzog ihm ihre Hände, zu verzweifelt, um etwas erwidern zu können.

Er schien es nicht zu bemerken. »Ich werde wieder ins Hochland gehen und mich mit T'Reothe in Verbindung setzen und ihn unterstützen. Wenn er bereit ist, werden wir in T'Diemn einmarschieren, wo Ihr auf ihn wartet.«

Imoshen wagte nicht, ihm zu sagen, wie sie wirklich empfand. Wenn sie sich seinen Plänen widersetzte, würde Baron Fairban ihr Feind werden, denn er musste sicherlich wissen, dass das, was er ihr gerade enthüllt hatte, mit seinem Tod und dem all seiner Verbündeten enden würde.

»Ich wusste ja, dass Ihr nur abwartet und versucht, Zeit zu gewinnen, bis es zur Konfrontation kommt«, fuhr er zufrieden fort. »Meine Töchter und ich werden morgen sofort nach dem Fest aufbrechen. Es wird Zeit, dass wir in Keldon klare Positionen beziehen.«

»Baron Fairban, ich flehe Euch an, seid vorsichtig!«

»Das ist nicht notwendig. Ich weiß, dass Eure Hände im Augenblick gebunden sind. Aber im richtigen Moment werdet Ihr im Namen der Strahlenden Insel zuschlagen und die Invasoren in Stein verwandeln!«

Imoshen sackte ein wenig zusammen und spürte, wie die Kälte durch Umhang und Kleid drang.

»Meine Cariah hat Euch bewundert, Imoshen. Ich habe eine Tochter verloren. Ihr habt Eure Familie verloren. Lasst meine Töchter Eure Schwestern sein, und mich die Stelle Eures Vaters einnehmen.«

Sie war so verblüfft, dass sie ihn nur noch anstarren konnte. Er strahlte absoluten Glauben an sie aus, und sie wusste, dass er ein gutes Herz hatte. Imoshen war entsetzt. Was konnte sie tun? Sie wollte nicht zum Tod von Cariahs Vater und der Vernichtung der letzten Reste des alten Adels der Strahlenden Insel beitragen.

»Ich werde als Erster gehen«, erklärte er. »Ihr wartet ein wenig, und dann folgt Ihr mir nach draußen. Es gibt hier überall Spione.«

Imoshen sah ihm nach, dann schlug sie die Hände vors Gesicht. Zu denken, dass es so weit gekommen war! Ihr wurde schwindlig, wenn sie an die möglichen Folgen dachte. Die Adligen aus Keldon glaubten, dass sie imstande wäre, die ghebitische Armee in Stein zu verwandeln. Sie glaubten, dass Imoshen und Reothe die Ghebiten vertreiben könnten. Natürlich wären sie nur zu glücklich, sich gegen die Invasoren erheben zu können. Zu wissen, dass ihre eigenen unbedachten Handlungen zu dieser Entwicklung geführt hatten, war wirklich bitter.

Imoshen stand auf, steif vor Kälte und Schrecken. Sie hatte keine Ahnung, wie viel Zeit vergangen war. Wie betäubt vor Kummer folgte sie den Fußabdrücken wieder aus dem Irrgarten. Erst als sie um die letzte Biegung kam, bemerkte sie, dass diese Abdrücke von mehr als nur zwei Personen stammten. Eine dritte Person hatte versucht, in ihre Fußabdrücke zu treten, aber ihr Schritt war nicht so lang wie Imoshens eigener.

Ihr Herz hätte beinahe ausgesetzt.

Wer hatte sie belauscht?

Einer von Tulkhans Spionen? Denn seit er nicht mehr ihr Bett teilte, ließ er sie überwachen. Oder vielleicht war es einer der Botschafter, einer ihrer Diener, die überall im Palast zu finden waren ...

Imoshen sank auf die Knie, legte die nackte Hand in den Fußabdruck und hob sie dann an die Nase.

Diesen Gestank kannte sie. Vaygharier!

Bis zum Abend würde Kinraid sicher schon mit Tulkhan

gesprochen und ihm sein Gift eingeträufelt haben. Wenn der General doch nur zuließe, dass sie ihn berührte! Sie wusste, wenn sie nackt neben ihm liegen würde, wäre sie imstande, seine Zweifel und Ängste zu beruhigen.

Aber diese Chance würde sie nicht erhalten. Sie war frustriert. Sie wollte Tulkhan nicht verraten. Irgendwie musste sie ihn davon überzeugen, und dabei gleichzeitig Baron Fairban beschützen.

Wieder erklang das Horn.

Imoshen atmete tief ein und schmeckte die Blutgier der ghebitischen Jäger, die mit dem Wind zu ihr geweht wurde. Tulkhan war bei ihnen. Ohne nachzudenken, drehte sie sich auf dem Absatz um und rannte auf den Wald zu.

Ein Gefühl von Schwere unten in ihrem Bauch erinnerte sie an das Baby, verlangsamte sie aber nicht. Es wurde allerdings schwieriger, sich fortzubewegen, nachdem sie erst im Wald war, wo der Schnee in hohen Verwehungen lag. Sie konzentrierte sich darauf, Tulkhan zu finden. Irgendetwas wurde durch den Wald gejagt. Der Geruch männlicher Erregung hing in der Luft. Sein unangenehmer Nachgeschmack legte sich auf Imoshens Zunge.

Sie rannte weiter, ließ sich vom Instinkt führen. Bald schon befand sie sich auf einer Erhebung, jagte die Jäger. Sie bewegten sich zu Pferd, parallel zu ihr. Der dichte Wald verlangsamte auch die Ghebiten.

Sie erkannte die breiten Schultern des Generals. Er wollte nicht, dass sie ihre Kräfte einsetzte, aber sie musste ihn veranlassen, sie zu bemerken und zu ihr zu kommen. Wohin sie sich auch wandte, man versuchte, einen Keil des Misstrauens zwischen sie und Tulkhan zu treiben, und sie musste sich gegen dieses Geflüster wehren.

Tulkhan verlagerte das Gewicht im Sattel. Er hatte ein seltsames Gefühl, ein Kribbeln im Genick, das ihm sagte, dass man ihn beobachtete. Er schaute den Hügel hinauf. Jemand in einem Umhang erschien zwischen den Bäumen und spähte zu ihm hinab. Er kannte diese bleiche Gestalt, diese dunklen Augen.

Ein Gefühl, das zu gleichen Teilen aus Angst und Faszination bestand, ergriff ihn. In diesem Augenblick sah Imoshen vollkommen fremd aus, gehüllt in ein T'En-Geheimnis. Keiner seiner Männer schien sie zu bemerken.

Tulkhan schauderte. Hatte er ihre Anwesenheit gespürt, weil er sowohl von Imoshen als auch von Reothe berührt worden war? Es schien, als würde er empfindsamer gegenüber ihren Kräften. Verwundbarer.

Zorn rang mit einem Drängen, das nicht sein eigenes war. Er begriff, dass sie ihn rief, und kämpfte gegen den Zwang an, zu ihr zu gehen. Aber es war überwältigend. Sich ihr zu stellen war die einzige Möglichkeit, der Anziehung zu widerstehen. Er ließ die anderen vorbeireiten und wendete dann sein Pferd zu dem Hügel, wo sie wartete. Ihr roter Umhang hob sich deutlich gegen den weißen Schnee ab, ein obszönes Leuchten wie ein Spritzer frischen Blutes.

Endlich stand er ihr gegenüber. Ihre Brust hob und senkte sich, als wäre sie gelaufen.

»Nun?«, fragte er und machte sich nicht die Mühe abzusteigen.

Sie setzte dazu an, einen Schritt auf ihn zuzugehen, hielt aber inne, als er an den Zügeln des Pferdes zerrte und das Tier von ihr weglenkte.

»Ich habe gerade von einer Verschwörung erfahren, die Reothe helfen soll«, sagte sie.

Das war so unerwartet, dass er schnaubte. »Und warum erzählst du mir das?«

Sie verzog das Gesicht. »Man wird dir erzählen, dass ich mich mitverschworen habe, und das stimmt nicht. Lass nicht zu, dass sie uns das antun, General!«

Der Schmerz in ihren Worten drang durch seinen Zorn, aber Tulkhan hielt weiterhin Abstand. Wenn er in seiner Wachsamkeit nachließ, würde sie seine Seele verschlingen, und dann, so nahm er an, war es nur eine Frage der Zeit, bis sich Reothes Prophezeiung erfüllte. Seit jener Nacht, in der der Rebellenführer Imoshen gerettet hatte, hatte Tulkhan in jedem Traum Visionen seines eigenen Todes gehabt.

Langsam gelangte er zu der Überzeugung, dass es ihm nie gelingen würde, die Strahlende Insel zu beherrschen, dass er nie erleben würde, wie sein Sohn zum Mann heranwuchs. Es war alles nur ein Traum. Das Blut seiner ghebitischen Männer würde den Boden der Strahlenden Insel fruchtbarer machen, und die Erinnerung an ihn würde ein Kneipenwitz sein, nichts weiter. »Dann erzähl mir von dieser Verschwörung«, sagte er kühl.

»Warum sollte ich mein eigenes Volk verraten? Es ist doch offensichtlich, dass du mich nur verachtest!« Imoshen wandte sich von ihm ab, und ihr roter Umhang schwang in einem trotzigen Bogen, als sie unter den silbrigen Bäumen davonging.

Tulkhan drängte sein Pferd vorwärts und folgte ihr. Imoshen wurde von knietiefem Schnee aufgehalten. Er ließ sich Zeit, sie einzuholen, ließ sie wissen, wer hier das Sagen hatte. Als sie über die Schulter blickte, bemerkte er ein Blitzen in ihren Augen, und er fragte sich, ob er ihr nicht in die Hände spielte.

Verärgert holte er sie ein. Als sie auf gleicher Höhe waren, beugte er sich vor, packte ihren Umhang und zog sie von den Beinen. Sie wand sich, widerstand ihm mit überraschender Kraft. Er musste sie entweder gehen lassen oder vom Pferd springen. Er schwang sein Bein über den Sattel und warf sich nach vorn. Sie stürzten beide ins Unterholz, während das Pferd weitergaloppierte.

Fluchend bemerkte Tulkhan den Zorn in Imoshens Blick, bevor sie im Schnee aufprallten und er sie unter sich begrub. Die Wucht des Sturzes trieb ihm die Luft aus den Lungen. Er sah Sterne.

Sie kam früher wieder zu sich als er. Nur indem er die Muskeln anspannte, war er imstande zu verhindern, dass sie ihn abschüttelte.

Sie murmelte erbost vor sich hin.

Er zog sie an die Brust, hielt ihre Arme fest. »Wer hat diesen Plan geschmiedet?«

Sie bog sich in schweigendem Widerstreben von ihm weg, dann gab sie plötzlich auf und schmiegte sich an ihn. Ebenso plötzlich spürte er das flüssige Glühen des Begehrens in seinem ganzen Körper.

»Versuch nicht, mich abzulenken.«

»Ich tue überhaupt nichts. Wenn du mich begehrst, ist das deine Schwäche und nicht meine.«

»Behaupte nicht, dass du nicht weißt, was du tust.«

Sie fuhr ihn an: »Wenn du zur Abwechslung mal mit deinem Kopf denken würdest, würdest du dich fragen, wieso ich hergekommen bin, um dich zu warnen!«

»Du meinst wohl, um mich abermals zu betrügen? Du glaubst wohl, du kannst dir mein Vertrauen mit Halbwahrheiten verdienen?«

»Du bist ein ... ein ghebitischer Hund!«, fauchte sie und keuchte vor Zorn. »Du hast nichts als deine Gier im Sinn und ...«

Er lachte. »Fällt dir nichts Besseres ein?«

»Tulkhan, hör mir zu! Wegen dem, was mit Cariah und Jacolm passiert ist, wollen die Adligen aus Keldon jetzt Reothe unterstützen. Sie wollen sich von ihm zur Stadt führen lassen, und ich soll mich ihnen anschließen. Sie erwarten von mir, dass ich dich und deine Armee in Stein verwandle.«

»Als ob du das könntest! Du würdest schon bei dem Versuch sterben.«

»Es genügt, wenn sie *denken*, dass ich es kann.«

»Wer denkt so etwas?« Er packte sie fester. »Wer, Imoshen? Nenne ihre Namen, und ich lasse sie verhaften und ihre Ländereien konfiszieren.«

»Ja, genau«, keuchte sie. »Das ist genau das Richtige, um dir das Vertrauen der anderen zu gewinnen!«

»Was erwartest du denn von mir?«

Keine Antwort.

»Nun?«

Sie schwieg störrisch.

Endlich lockerte er seinen Griff, gestattete ihr, sich hinzusetzen und ihn anzusehen.

»Die Adligen haben sich also gegen mich verschworen. Was soll ich tun, Imoshen?«

»Ich weiß es doch auch nicht!«

Die Verzweiflung in ihrer Stimme rührte ihn. »Imoshen?«

»Sie schüttelte den Kopf und wischte sich gereizt die Tränen ab. »So viel steht gegen uns, General. Manchmal ...« Sie schluchzte.

Er zog sie an sich. Ihre Tränen auf seinen Lippen waren salzig, ihr Atem heiß an seiner Haut. Wie konnte ihre Berührung eine verräterische Lüge sein?

Ernst entzog sie sich ihm. »Wir müssen stark sein, miteinander stark sein, um unseres Volkes willen, und wegen ...« Sie nahm seine Hand und führte sie an ihren Bauch, wo er eine kleine, feste Wölbung spürte.

Es war sein Kind, das dort sicher in ihr ruhte. Sie lächelte beinahe schüchtern. Tiefe Freude erfüllte ihn. Er küsste ihr die Tränen von den Wangen. Es kam ihm so vor, als hätte ihn sein ganzes Leben zu diesem Augenblick in der kalten, reinen Luft geführt, in dem er Imoshen in den Armen hielt. Sie erwiderte seine Umarmung mit wilder Leidenschaft. Tulkhan wollte nicht zum Palast zurückkehren, zu seinen Beratern, die versuchten, ihn davon zu überzeugen, dass Imoshen sein Untergang wäre. Er wollte sie jetzt, auf der Stelle, aber das würde bedeuten, sich ihr zu öffnen. Er begehrte sie so sehr, dass er nicht mehr klar denken konnte.

Plötzlich erstarrte sie.

»Was ist?«

»Das ist unmöglich!« Sie schnupperte in die Luft und riss die Augen auf. »Was habt ihr gejagt?«

»Eine große weiße Katze. Meine Männer haben sie freigelassen, um sie zu jagen.«

»Einen Schneeleoparden?« Sie zog die Nase kraus, als röche sie das Raubtier.

Er schnupperte ebenfalls, dann erstarrte er, denn auch er konnte es jetzt riechen.

»Beweg dich nur langsam«, riet Imoshen.

Tulkhan kam auf die Beine und sah sich um. Sein Pferd stand nur ein paar Schritte entfernt. Es verdrehte ängstlich die Augen, rannte aber nicht davon, denn es war ausgebildet, diesem Instinkt zu widerstehen. Dann sah Tulkhan auch die Katze, einen Fleck von dunklerem Weiß, der sich durch die Schneewehen bewegte.

»Sie ist dort unten und auf dem Weg hierher.«

Imoshen kam auf die Knie hoch. Sie zog den Umhang aus und wickelte ihn um den rechten Unterarm. »Hast du eine Waffe?«

»Nur einen Zeremonienspeer. Es hätte eine saubere Angelegenheit sein sollen, Mann gegen Tier.«

Imoshen murmelte etwas Abfälliges in der T'En-Hochsprache, dann war sie auf den Beinen und wich den Hügel hinauf zurück. Tulkhan redete beruhigend auf sein Pferd ein, als er nach den Zügeln griff.

»Könnten wir ihr zu Pferd entkommen?«, fragte er.

»Nicht zu zweit auf einem einzigen Pferd durch diese Schneeverwehungen.«

»Dann steig auf«, drängte er. »Ich werde hier bleiben und sie ablenken.«

»Nein.«

»Imoshen, widersprich mir nicht. Ich habe immer noch den Speer.«

Sie lachte. »Ich würde gerne sehen, wie du mit deinem Speer mit einer Schneekatze fertig wirst. Ich habe gesehen, wozu sie in der Lage sind!«

»Steig aufs Pferd, Imoshen. Du musst einfach. Du musst an das Kind denken.«

»Selbstverständlich!«, fauchte sie, und ihre weinroten Augen glühten vor Zorn. »Das vergesse ich immer wieder. Das ist alles, was ich für dich bin – eine Zuchtstute.«

Er packte sie um die Taille und wollte sie aufs Pferd heben. Die plötzliche Bewegung erschreckte das Tier, und es bäumte sich auf und drückte sie beide beiseite. Der Huf traf Tulkhans Oberschenkel mit unglaublicher Kraft, und sein Bein knickte unter ihm ein. Trotz zusammengebissener Zähne gab er einen leisen Schmerzensschrei von sich, als er umfiel.

Imoshen befreite sich von ihm. Sie sah ihm ins Gesicht, betastete sein Bein. »Der Knochen ist nicht gebrochen, aber ...«

Wütend auf sich selbst schob er sie weg und kam mühsam auf ein Knie hoch. Sein Beinmuskel protestierte, als er versuchte aufzustehen. In ein paar Tagen würde er nur noch ein wenig hinken und einen blauen Fleck haben, aber diese Tage hatte er nicht. »Steig aufs Pferd, Imoshen. Verschwinde von hier.«

»Nein.« Sie sah ihm fest in die Augen. »Ich werde dich nicht allein lassen.«

Das Pferd tänzelte und zitterte vor Angst. Tulkhan rief leise nach ihm, aber es sprang davon und nahm den Speer mit. Fluchend nahm er seinen Umhang ab und wickelte ihn sich um den Unterarm.

Als Imoshen ihre Schulter unter seine schob und ihn um die Taille packte, war er vollkommen frustriert. Hier war er – ohne eine Waffe, verwundet und unfähig, sich selbst oder Imoshen zu verteidigen.

»Hier entlang«, sagte sie.

Jedes Mal, wenn er auch nur ein wenig Gewicht auf sein Bein verlagerte, brach ihm Schweiß auf der Stirn aus.

Der Wald wurde dünner, als sie sich der Hügelkuppe näherten, wo Tulkhans Pferd wartete. Es wieherte nervös. Es stand am Rand eines Steilhangs; dahinter war nur noch Himmel.

»Warte hier.« Imoshen führte ihn zu einem kleinen Gebäude, wo er dankbar auf die Treppe sank.

Als Schutz war das Gebäude sinnlos. Es hatte ein Dach, einen Kreis eleganter Säulen und keine Mauern. Tulkhan konnte sich gut vorstellen, wie die Höflinge des alten Reiches durch die Wälder geritten waren, um von hier aus die Aussicht zu genießen, während Diener ihnen Essen brachten und Künstler sie unterhielten. Was für eine seltsame Welt diese T'En doch geschaffen hatten – eine Welt, in der Form wichtiger war als Inhalt.

»Gibt es einen Weg abwärts?« Er konnte selbst hören, wie angespannt er klang.

Imoshen ging zum Rand des Abgrunds und schaute hinab. »Es gibt keinen Weg. Drunten ist der Fluss, aber am unteren Rand des Steilhangs gibt es Felsen, und wir würden es mit einem Sprung niemals schaffen.«

»Gut. Ich möchte auch nicht springen. Ich kann nämlich nicht schwimmen.«

Sie kam zurück zu ihm und grinste bedauernd. Sie hockte sich hin und legte ihre Hand auf seine. »Wir sitzen in der Falle, General.«

»Du hättest das Pferd nehmen und fliehen sollen, solange noch Zeit war!«

Sie lächelte zärtlich. »Als ob ich so etwas tun würde.«

»Heile mich.«

Sie runzelte die Stirn.

»Das ist ein Notfall. Ich bitte dich nicht, deinen Schwur zu brechen.«

»Bedeutet das, dass du meine T'En-Seite akzeptierst?«

»Nicht jetzt, Imoshen. Heile mich«, drängte er. »Dann kann ich uns zumindest gegen die Katze verteidigen.«

»Ihr habt sie freigelassen, um sie zum Sport zu töten. Sie tut nur das, was Wildkatzen eben tun, sie folgt ihrem Wesen.« Wütend starrte sie ihn an. »Du willst, dass ich mein Wesen verleugne, aber Gebrauch von mir machen, wenn es dir passt.«

In diesem Augenblick sah Imoshen so fremd aus, dass Tulkhan gegen seine Furcht ankämpfen musste. Dann bemerkte er, dass das Pferd näher gekommen war. »Hol meinen Speer.«

Sie schaute den Hang hinab zu dem Schneeleoparden hin. »Dort ist sie. Die perfekte Mordwaffe.«

Das Tier war nun auf offenem Gelände, duckte sich aber so in den Schnee, dass es kaum zu sehen war.

»Wenn sie angreift, wirst du sie nicht einmal kommen sehen«, flüsterte Imoshen, als wäre sie ganz fasziniert von dem Gedanken.

»Wenn du mich schon nicht heilen willst, dann flieh wenigstens. Spring aufs Pferd und flieh. Die Katze wird mir folgen, ich bin die leichtere Beute.«

Traurig sah sie ihn an. »Für dich ist es immer töten oder getötet werden, wie?«

»Imoshen!«

Aber sie ignorierte ihn und ging stattdessen der Katze entgegen.

»Nein, Imoshen!« Ächzend kam er auf die Beine. Aber die kurze Ruhepause in der Kälte hatte seinen verletzten Muskel noch mehr verkrampft, und er konnte nicht stehen. Er fiel auf ein Knie, hilflos und wütend. »Imoshen, ich verbiete es!«

Ihr leises, spöttisches Lachen hing in der Luft zwischen ihnen und erinnerte ihn an Reothe.

Er hätte vor Frustration über seine Machtlosigkeit aufheulen können. Er suchte nach der weißen Katze im

Schnee. Er konnte sie nicht finden. Das Tier hatte sich bewegt.

Imoshen hob die Hände zum Hals. Als das Geräusch zerreißenden Stoffes die Luft durchschnitt, antwortete die Katze mit einem Schrei. Dieser urtümliche Laut weckte in Tulkhan eine ebenso urtümliche Reaktion: Angstschweiß trat ihm auf die Haut, bewirkte, dass ihm kalt wurde.

Er stöhnte hilflos, als Imoshen auf die Knie fiel, ihre Brüste dem Tier entblößte, den Kopf zurücklegte, die Arme ausbreitete.

Verzweifelt sah sich Tulkhan um. Leise pfiff er nach seinem Pferd. Er packte den Sattelgurt, versuchte, sich auf die Beine zu ziehen. Der Speer war festgeschnallt. Mit zitternden Fingern löste er die Schnallen. Er erwartete jeden Augenblick, Imoshens Schrei zu hören, wenn die Katze angriff. Das Blut rauschte ihm in den Ohren.

Ungeschickt, weil er sich am Sattel festhalten musste, um aufrecht stehen zu können, drehte er sich wieder um und hob den Speer, bereitete sich darauf vor, nur einen einzigen, sauberen Wurf zu haben.

Zu spät – das Tier war schon über ihr.

Nein. Was machte es da?

Verblüfft versuchte Tulkhan zu begreifen, was er da sah. Der große weiße Leopardenkopf schmiegte sich an Imoshens Hals, dann trat das Tier zurück, setzte sich hin, schaute sie an und wirkte ganz wie ein zahmes Hauskätzchen.

Imoshen kam unsicher auf die Beine und vergrub ihre Hand im dichten Winterfell am Nacken der Katze.

Als sie sich umdrehte, hielt er die Luft an.

Zwischen Imoshens kleinen Brüsten waren drei parallele Kratzer zu sehen – blutige Krallenspuren. Ein Teil seines Geistes sagte ihm, dass er schon einmal so etwas gesehen hatte. Aber er konnte nur daran denken, dass es ihr irgendwie gelungen war, die Katze zu zähmen.

Imoshen hob eine zitternde Hand an die Kehle. »Ich habe ihr und ihrem Gefährten freies Geleit aus der Stadt versprochen.«

»Kannst du jetzt auch mit Tieren sprechen?«

Sie starrte ihn mit ihren anderweltlichen Augen an und ließ sich von seinen Witzeleien nicht beeindrucken. »Du darfst nicht zulassen, dass deine Männer sie töten. Ich kann mein Versprechen nicht brechen.«

»Ein Versprechen an eine Schneekatze?« Er hörte das Horn erklingen, dann das Bellen der Hunde.

»Steig auf dein Pferd, Tulkhan.«

»Ich glaube nicht, dass ich das kann.«

»Versuch es.« Imoshen kam den Hang hinauf. »Ich werde dir helfen.«

Ihre Hände rochen intensiv nach dem Raubtier. Der Geruch erinnerte ihn an etwas. Er hatte es schon einmal an ihr wahrgenommen. Er verzog das Gesicht, als er sich daran erinnerte, dass dies am Morgen ihres Verbindungstages gewesen war. Diese Krallenspuren waren dieselben wie jene, die Reothe auf der Brust hatte.

»Was haben diese Kratzer zu bedeuten?« Er packte sie an der Schulter.

Sie schüttelte den Kopf. »Steig auf.«

Mit einem schmerzerfüllten Grunzen schwang er sein verletztes Bein über den Pferderücken. »Ich kann die Hunde nicht aufhalten, Imoshen. Sie folgen ihrem Instinkt.«

Schon jetzt konnte er das Rudel sehen, das auf sie zukam. Die Sonne brach durch die niedrigen Wolken und überzog sie mit ätherischem Silberschimmer.

Imoshen stand an Tulkhans Seite. Sie griff nach ihrem Umhang, schwang ihn über ihre Schultern, bedeckte ihre nackten Brüste. Die große Katze kam zu ihr und ließ sich zu ihren Füßen nieder. Tulkhan spürte, wie sein Pferd vor Angst zitterte.

Pferde und Männer folgten den Hunden, brachen durch

das Unterholz, kamen den Hügel hinauf. Tulkhan erwartete, dass die Hunde angriffen, aber sie rannten am Rand der Baumlinie hin und her, heulten und wagten nicht, näher zu kommen.

Die Ghebiten zügelten ihre Pferde und starrten über die Lichtung zu dem General hin. In diesem Augenblick wusste Tulkhan, dass er nicht mehr zu ihnen gehörte. Wegen seiner Erfahrung mit Reothe und seiner Gefühle für Imoshen hatte er eine unsichtbare Grenze überschritten. Er mochte vielleicht mit seinen Männern noch jagen und scherzen, aber im Herzen würde er allein sein, weil ihn die T'En berührt hatten.

»General?«, rief einer seiner Männer unsicher. »Ist alles in Ordnung?«

»Ich bin unverletzt. Die Jagd ist vorbei.«

»Hexe!«, zischte einer.

Tulkhan hob die Stimme. »Mein Pferd hat mich abgeworfen und mich ans Bein getreten. Imoshen hat die Katze gezähmt.« Das wurde mit einer Runde unbehaglicher Bemerkungen begrüßt.

»Sie hat sich mit dem Bösen verbündet!«, rief einer.

Tulkhan glaubte, einen vaygharischen Akzent zu hören.

»Das Böse gibt es nur in den Herzen der Menschen.« Imoshen sprach leise, aber ihre klare Stimme trug weit.

Tulkhan verzog das Gesicht. Das war typisch Imoshen – eine Wahrheit auszusprechen, die seine Männer nicht hören wollten.

Ihr Gemurmel wurde lauter.

»Die Jagd ist vorbei. Reitet zum Palast zurück.« Tulkhan drängte sein Pferd vorwärts, begierig, die Gruppe aufzulösen, bevor sie Zuflucht zu Gewalttätigkeiten nahm.

Imoshen ging neben seinem Pferd her, ihr Kopf auf gleicher Höhe wie Tulkhans Knie. Die Katze passte sich ihrem Schritt an, wich nicht von ihrer Seite.

Es war ein langer Weg zurück zum Stall. Imoshen und

Tulkhan trennten sich am See von den Jägern und gingen zur Menagerie.

Als die Tierpfleger sahen, dass ihr Schneeleopard unverletzt zurückgebracht wurde, weinten sie vor Freude. Tulkhan schämte sich bei dem Gedanken, dass er und seine Männer bereit gewesen waren, das Tier zum Sport zu töten.

Die Tierpfleger folgten Imoshens Anweisungen, holten einen Käfigwagen, und Imoshen stieg mit beiden Schneeleoparden hinein.

»Wir werden die Katzen aus der Stadt bringen und sie in weiter Entfernung von den Bauernhöfen freilassen. Von dort aus werden sie ihren Weg ins Hochland finden«, sagte Imoshen zu Tulkhan.

Er hätte sie am liebsten versprechen lassen, dass sie nicht zusammen mit den Schneeleoparden nach Süden gehen würde, aber sein Stolz ließ das nicht zu. Er zögerte, war unsicher, was er sagen sollte. Imoshen war zu ihm gekommen, um ihn vor einer Intrige zu warnen. Sie hatte Recht – so vieles stand gegen sie.

»Imoshen, pass auf dich auf.«

Sie lachte leise. »Du hast gesehen, was ich tun kann, und dennoch sagst du mir, ich soll aufpassen?«

»Ich weiß, wie viel du wagst.« Ohne Rücksicht auf seinen eigenen Arm streckte er ihn durch die Käfigstangen, um Imoshens Hand zu ergreifen. »Du hast dich zwar geweigert, mich zu heilen, aber du hast mich nicht verlassen.«

Imoshen sah ihn an. »Vergiss das nicht, wenn sie kommen und dir von meinem Verrat erzählen, General!«

Als Tulkhan in den Palast zurückkehrte, sprachen dort alle von Imoshens letzter Eskapade. Die Diener flüsterten, dass selbst T'Reothe nicht so sehr wie ein T'En gewirkt hatte, dass diese Imoshen ein echter Rückschlag auf die erste T'Imoshen war.

Gestaltwandler, zischten seine Männer. Weißes Haar, weiße Katze, weiße Hexe. Das war der Stoff für Legenden, und die ghebitischen Krieger waren ebenso bereit wie die Palastdiener, die Geschichte weiterzuverbreiten.

15

An diesem Abend lag Imoshen allein in ihrem Bett und lauschte auf Tulkhans Schritte, entschlossen, die Kluft zwischen ihnen zu überbrücken. Sie waren einander wieder näher gekommen, als sie vor der Schneekatze flohen, und sie war sicher, dass er sich ihr öffnen würde, aber dann hörte sie, wie er an ihrem Zimmer vorbeiging.

Sie schlug die Decke zurück, schlich zur Verbindungstür und spähte hindurch, während Tulkhan sich wieder sein schlichtes Bett vor dem Kamin baute. Sie wäre gern zu ihm gegangen, aber sie fürchtete, abgewiesen zu werden.

Als er grübelnd auf der Decke lag, hörte Tulkhan ein leises Geräusch, und als er aufblickte, sah er Imoshen, beleuchtet von den flackernden Flammen des Feuers. Einen Augenblick lang fragte er sich, ob seine Begierde nach ihr sie herbeigerufen hatte.

Sie kniete sich ihm gegenüber. »Wie geht es deinem Bein? Lass mich …« Sie wollte seinen Oberschenkel berühren, aber er wich zurück, überzeugt, dass er verloren wäre, wenn sie ihn anfasste.

Imoshen zuckte zusammen. »Warum weichst du mir aus?«

Er blickte zu ihr auf. Tränen glitzerten in ihren Augen, das Haar hing ihr offen auf die Schultern. Sie sah so verwundbar aus.

Er schluckte. »Du hast dieselben Narben auf deiner Brust wie Reothe.«

»Nicht freiwillig. Ich habe dir doch gesagt, dass er die Alten gerufen hat, um mich zu sich hinzuziehen.«

Tulkhan riss seinen Blick von ihr los. Wenn er sie weiterhin ansah, wäre er verloren. Wenn sich Imoshen mit all ihren Kräften schon nicht gegen Reothe wehren konnte, welche Chance hatte er dann, der Nur-Mensch? Ja, er war wirklich bereits tot, obwohl er noch aufrecht ging.

Nach einer ganzen Ewigkeit hörte er, wie Imoshen aufstand und in ihr Zimmer zurückkehrte. Wieder allein, schlug Tulkhan die Hände vors Gesicht, um vor sich selbst zu verbergen, wie leer seine Seele war.

Imoshen versuchte, so zu tun, als wäre sie nicht verletzt, wenn die Leute sich weigerten, ihr ins Gesicht zu sehen. Seitdem sie die Schneekatze befreit hatte, waren weniger als drei Wochen vergangen. Niemand hatte mit ihr über das Thema gesprochen, aber die Gerüchte schadeten ihr mehr als direkte Konfrontation. Klatsch zerstörte auf viel subtilere Weise.

Tulkhan füllte seine Tage mit fiebriger Hektik, und nachts hörte sie ihn auf und ab gehen, verschlungen von etwas, das sie nicht begriff und das sie nicht lindern konnte, weil er sich von ihr fern hielt.

»T'Imoshen?«

Als sie aufblickte, sah sie eine Palastdienerin vor sich, die sie verlegen anschaute. Die Frau verbeugte sich.

»Ja?« Imoshen richtete sich auf und legte ihre Lektüre beiseite. Aus dem Nachbarzimmer war ein unterdrückter Ruf zu hören, und mehrere Personen schoben sich an der Dienerin vorbei ins Zimmer. Imoshens Hand zuckte zu ihrem Dolch, aber noch während sich ihre Finger um den Griff schlossen, erkannte sie, dass diese Menschen keine Bedrohung darstellten.

»Wir lassen uns nicht aussperren. Die Kaiserin hätte uns angehört!«, erklärte eine kräftige Matrone.

»Das werde ich ebenfalls tun«, sagte Imoshen freundlich, stand auf und ging auf sie zu.

Einen Augenblick lang starrten die Frau und ihre drei Begleiter sie einfach nur an.

Dann erholte sich die Matrone als Erste und verbeugte sich tief. »Es ist unser Recht, angehört zu werden.«

Imoshen lächelte über ihren kriegerischen Ton. »Dann sprecht. Ich höre.«

»Meine Familie lebt seit beinahe dreihundert Jahren in unserem Heim. Wir wollen nirgendwo anders wohnen. Sagt ihm, dass wir kein anderes Haus wollen.«

Die anderen schlossen sich ihr lautstark an.

»Wartet.« Imoshen hob die Hand. »Wer verlangt von euch, dass ihr eure Häuser verlasst?«

»Der ghebitische General. Er reißt unsere Häuser ab.«

»Wie bitte?« Imoshen schüttelte den Kopf. »Wann war das?«

»Gerade jetzt. Man hat uns am Tag nach dem Frühlingsfest Bescheid gesagt. Die Gesegnete wollte mit ihm sprechen, aber heute früh kamen seine Männer und begannen, unsere Häuser zu zerstören.

»Das muss ich selbst sehen!«

Imoshen verließ den Palast mit einer Eskorte zorniger Bürger. Noch mehr warteten auf dem Platz auf sie.

Schon von weitem hörte Imoshen verzweifelte Schreie und die Geräusche von Bauarbeiten. Sie bog um eine Straßenecke und hatte die Ursache des Ärgers vor sich. Ghebitische Soldaten hatten die Habe all dieser Familien aus einer Reihe von Häusern getragen und sich daran gemacht, die Häuser zu demolieren.

»Was ist hier los?«, fragte Imoshen barsch den ersten Ghebiten, den sie sah. Er zuckte bei ihrem Ton zusammen. »Wir folgen einem Befehl des Generals.«

»Und wo ist General Tulkhan?«

Er zeigte die Straße entlang, und Imoshen ging weiter,

gefolgt von einer Menschenmenge. Kleine Kinder rannten vor ihr her und riefen ihren Freunden aufgeregt die Neuigkeiten zu.

Imoshen fand den General neben einem Küchentisch, der zwischen Stapeln von Töpfen und Pfannen auf dem Pflaster stand. Der Tisch war mit großen Zeichnungen bedeckt, und Tulkhan war dabei, angeregt mit zwei Männern zu diskutieren.

»General?« Imoshen grüßte ihn, sich wie immer bewusst, dass seine ghebitischen Begleiter sie verachteten. »Ich möchte allein mit dir sprechen.«

»Selbstverständlich.«

Ein Junge lief seinem zahmen Schwein hinterher und rief ihm laut zu, zurückzukommen. Mehrere Kinder folgten, begierig zu helfen. Der General sah Imoshen an, und sie lächelte. Aber sie wartete nur, bis Tulkhans Männer sich entfernt hatten. »Warum wirfst du diese Leute aus ihren Häusern?«

»Man hat sie rechtzeitig informiert. Sie werden umgesiedelt.«

»Das habe ich nicht gefragt. Warum machst du das?«

»Ich sichere T'Diemn«, sagte Tulkhan schlicht. »Sieh dir das an.«

Imoshen warf einen Blick auf die Pläne für T'Diemn. »Was hat das mit meiner Frage zu tun? Du kannst Menschen nicht aus ihren Häusern werfen!«

Tulkhan tippte auf die Zeichnung. »Dieser Reothe war ein hervorragender Ingenieur. Sieh nur, wie er die Straßen des alten T'Diemn entworfen hat, sodass man die Verteidiger sofort zu jedem der vier Tore bringen konnte, um Angreifer fern zu halten. Er hat auch dafür gesorgt, dass die Innenseite der Mauer nicht zugebaut wurde, sodass Verstärkungstruppen schnell über die Ringstraße geleitet werden konnten, wenn der Feind irgendwo durchgebrochen war. Aber im Lauf der Jahre haben die Leute schließlich doch alles zugebaut, und der Zugang besteht nicht mehr.«

Tulkhan rollte die Pläne zusammen. »Ich entferne die Häuser, die die Verteidigungsfunktion der Mauer stören.«

»Aber diese Häuser sind das Zuhause von Menschen, General! Familien haben hier seit hunderten von Jahren gewohnt.«

»Ich werde ihnen neue Häuser bauen.«

»Das ist nicht dasselbe.« Sie sah, dass er es nicht begriff. »Diese Leute sind Teil einer ganzen Nachbarschaft, sie kennen einander seit der Geburt, ihre Eltern kannten die Eltern ihrer Nachbarn. Du nimmst ihnen mehr als ihre Häuser, du nimmst ihnen ihr Erbe.«

»Man wird sie großzügig entschädigen.«

»Tulkhan, Gold löst nicht jedes Problem! Denk doch an die Menschen!«

»Genau das tue ich ja!« Er sah sie wütend an, dann schien er sich zusammenzunehmen. »Diese Stadt hier kann so, wie sie ist, nicht verteidigt werden, Imoshen. Es ist absurd, hervorragende Verteidigungsanlagen verfallen zu lassen, weil einige ihre Häuser an den falschen Stellen gebaut haben. Ich versuche, T'Diemn sicherer zu machen, damit die Stadt bei einer Belagerung bestehen kann!«

»Aber was ist mit all den Leuten, die außerhalb der alten Mauer wohnen? Was wird aus ihnen?«

»Dazu komme ich noch. Meine Ingenieure und ich arbeiten daran.«

Er war so begeistert und so entschlossen, dass Imoshen seufzte. »General Tulkhan, wir sind nicht im Krieg. Die Rebellen befinden sich im Hochland von Keldon. Ganz T'Diemn akzeptiert dich als seinen Generalprotektor. Ist dieser Abriss denn wirklich nötig?«

Er betrachtete sie mit undurchdringlicher Miene. »Du stehst hier vor mir, Prinzessin eines eroberten Volkes, und fragst mich das immer noch? Ich habe die Strahlende Insel eingenommen, weil dein Volk zu selbstzufrieden wurde. Niemand wird mir diese Insel wieder abnehmen!«

Imoshen verzog das Gesicht.

Tulkhan fuhr fort. »Bald schon werden die Rebellen die fruchtbaren Ebenen überfallen und meinen Offizieren, die Ländereien im Süden besitzen, Schwierigkeiten machen.« Er drängte sie auf eine Gasse zu, die direkt zur alten Mauer führte. Eine Leiter stand dort angelehnt. »Komm rauf und sieh dir an, was ich vorhabe.«

Sie folgte ihm auf die Mauern des alten T'Diemn. Oben war Platz genug, dass vier Personen nebeneinander hergehen konnten. Imoshens Ahnen hatten gut geplant. Im Westen sah sie den Fluss in der Sonne schimmern, wie er seinen Weg über Land zog, Schleuse um Schleuse immer tiefer, bis hin zur Gezeitenebene und zum Meer. Näher lag der neuere Teil der Stadt, Massen von spitzen Dächern und Türmen. Es war eine wohlhabende, stolze Stadt.

Eine selbstzufriedene Stadt?

»Sieh doch, wie sich T'Diemn vor uns ausdehnt – die Stadt ist hoffnungslos unterbefestigt. Wo sind die Gräben, Wälle, Palisaden? Bei der Größe der Bevölkerung und dem Wohlstand dieser Stadt hätten die neuen Viertel längst befestigt werden können. Sie hätten das ganze letzte Frühjahr und den Sommer gehabt, um sich vorzubereiten. Aber nein. Sie haben hier gesessen, und sich gegenüber meiner Armee blind gestellt.«

»Und gegen welche Armee willst *du* dich verteidigen?«

Tulkhan sah sie stirnrunzelnd an. »Hast du die Bedrohung durch Reothe und die Adligen aus Keldon vergessen? Das hier sind Grundlagen der Kriegskunst, Imoshen. Bluff und Gegenbluff. Du leidest unter vierhundert Jahren Frieden! Dein Volk hat seine Kriege auf dem Festland geführt, Handelskriege und diplomatische Kriege. Aber am Ende muss das, was mit Gewalt genommen wurde, auch mit Gewalt gehalten werden.«

Imoshen holte tief Luft, um sich wieder zu beruhigen. »Willst du nicht noch einmal darüber nachdenken, General? Warum neue Verteidigungsanlagen für die ganze Stadt? Du wirst die Menschen nur gegen dich aufbringen, wenn du ihre Häuser zerstörst. Ist die Sicherheit des alten T'Diemn für dich wichtiger als der gute Wille der Städter?«

Traurig schüttelte er den Kopf. »Ich wusste, dass du es nicht verstehen würdest. Das hier ist einfach notwendig, Imoshen.«

»Wirst du dann die Läden und Häuser auf den befestigten Brücken ebenfalls abreißen lassen? Wann wird das ein Ende haben?«

»Wenn ich überzeugt bin, dass ich T'Diemn verteidigen kann!«

»Dann sorge dafür, aber lass die alte Stadt in Ruhe.«

»Das ist unvernünftig, Imoshen. Was, wenn der äußere Verteidigungsring gebrochen wird? Selbst wenn eine eindringende Armee den ganzen neueren Teil T'Diemns einnimmt, können sich die Leute dann immer noch in die alte Stadt zurückziehen und dort gegen die Angreifer aushalten.«

»*Falls* sie angegriffen würden. Du legst all diese Anstrengung in eine Verteidigungsanlage für den letzten Notfall. Warum, glaubst du, hat die Strahlende Insel vierhundert Jahre des Friedens *erleiden* müssen? Wir haben uns statt der Gewalt der Diplomatie bedient.«

»Und was ist passiert, als die Diplomatie nicht mehr genügte? Ein kluger Kommandant plant vor. Ich habe geschworen, Generalprotektor dieser Strahlenden Insel zu sein, und ich halte mein Wort!«

Imoshen suchte in seinem Gesicht nach irgendeinem Zeichen von Nachgiebigkeit. Er sah angestrengt und müde aus, aber auch vollkommen entschlossen. »Ich glaube, du machst einen Fehler, General. Es ist nicht das Ausmaß der Verteidigungsanlagen, sondern das Herz der Verteidiger, was den Feind in Schach hält. Wenn du die Herzen der Menschen verlierst, könntest du auch gleich die Tore öffnen und Reothe eine Einladung schicken. Bitte denk noch einmal darüber nach.«

Er verschränkte die Arme und schaute auf die Stadt hinaus. »Ich tue, was ich für richtig halte, Imoshen.«

Es war klar, er würde sich nicht umstimmen lassen, und sie befürchtete, dass er Recht hatte. Sie würde ihr Volk überreden müssen, sein Vorhaben zu akzeptieren.

Imoshen stieg die Leiter wieder hinunter, aber Tulkhan blieb oben stehen und starrte auf die Stadt hinaus. Tausende von Menschen verließen sich darauf, dass er sie verteidigte. Er konnte sie nicht verraten, nur weil ein paar Familien nicht umziehen wollten.

Dann stieg auch er wieder von der Mauer. Als er aus der Gasse kam, hörte er das ungeduldige Gemurmel der Städter und Imoshens klare Stimme. Wenn sie die Menschen gegen ihn aufwiegelte, würde er sie erwürgen!

»Dann würdet ihr zu mir kommen und jammern, wir haben alles verloren, weil Ihr uns nicht verteidigt habt«, erklangen Imoshens Worte. Überrascht blieb Tulkhan stehen. Sie stand dort auf dem Küchentisch, fuchtelte mit den aufgerollten Bauplänen. »Vor vierhundert Jahren hat T'Reothe der Baumeister dafür gesorgt, dass unsere Stadt sicher war, aber wir sind zu selbstzufrieden geworden. Mit diesen Plänen wird es uns gelingen, T'Diemn so auszubauen, dass es gegen eine Invasionsarmee verteidigt werden kann. Nie wieder werdet ihr Feinden wie König Gharavan ausgeliefert sein. Nie wieder werden Kinder und alte Menschen durch die Straßen von T'Diemn gejagt und niedergemetzelt werden.

Ich gratuliere jenen, die ihr Zuhause zum Wohl der Stadt aufgeben. Wir müssen sie loben und dafür sorgen, dass sie sich in ihren neuen Häusern wohl fühlen. Und ich danke General Tulkhan dafür, dass er vorausplant und an die Sicherheit aller Einwohner von T'Diemn denkt!« Imoshen wies mit offener Hand auf den näher kommenden General, und die Menschen wandten sich ihm zu. Jene, die umziehen mussten, sahen ihn immer noch ablehnend an, aber die anderen jubelten. Sie drängten sich um Tulkhan, sodass er sich kaum mehr weiterbewegen konnte. Nur langsam löste sich die Menschenmenge auf, und er war imstande, sich dem Tisch zu nähern. Imoshen war hinuntergesprungen und stand nun da, auf beide Ellbogen gestützt, und sah sich die Pläne an.

Sie richtete sich auf und begrüßte ihn mit einem Lächeln.

»Danke«, sagte er, so leise, dass nur sie es hören konnte. »Selbst wenn du deine T'En-Kräfte benutzt hast, um sie umzustimmen.«

Sie kniff die Lider ein wenig zusammen. »Du verstehst mein Volk nicht, General. Je höher wir aufsteigen, desto mehr dienen wir. Zu dienen ist gleichbedeutend mit Erhöhung. Ich habe diese Menschen aufgefordert, dem größeren Ganzen zu dienen, und sie werden es tun, weil sie zu Ausgestoßenen würden, wenn sie ablehnten.«

»Wieso hast du deine Meinung plötzlich geändert?«

»Ich gebe zu, dass du Recht haben könntest«, sagte sie lächelnd. »T'Diemn ist eine wohlhabende Stadt. Wir können uns starke Verteidigungsanlagen leisten. Es wird dazu beitragen, dass sich die Menschen sicherer fühlen. Die Herrscher des alten Kaiserreiches waren zu stolz. Ich werde nicht denselben Fehler machen.«

Tulkhan sah ihr in die blitzenden Augen und wusste, dass sie die Wahrheit sprach. Hätte er mit seinem Angriff auf die Strahlende Insel so lange gewartet, bis Imoshen und Reothe sich verbunden hatten, dann wäre ihm die Eroberung niemals gelungen.

Imoshen bot ihm ihren Arm. »Geh ein Stück mit mir, General. Es ist gut, wenn die Leute uns zusammen sehen.«

Tulkhan hakte sich bei ihr ein, aber er blieb wachsam.

Während sie durch die Straßen schlenderten und dabei immer wieder stehen blieben, um mit den Menschen von T'-Diemn zu sprechen, beobachtete er staunend, wie Imoshen Metzgerjungen ebenso bezauberte wie Gildemeister.

»Die Menschen scheinen bereit zu sein, dir die steinernen Liebenden und sogar die gezähmten Schneekatzen zu verzeihen«, meinte er, als sie wieder allein waren.

Sie blickte zu ihm auf, und plötzlich sah sie sehr verwundbar aus. »Wann wirst du mir verzeihen? Mein Bett ist kalt und leer. Ich höre, wie du im Zimmer des Kaisers auf und ab gehst. Was beunruhigt dich, Tulkhan?«

Aber er schüttelte nur den Kopf. Sosehr er sich auch danach sehnte, seine Ängste mit ihr zu teilen, er war nicht dazu imstande.

Imoshen studierte Tulkhans Entwurf für die äußeren Verteidigungsanlangen von T'Diemn. Sie musste zugeben, dass er das natürliche Gelände, die Hügel und Flussschleusen gut ausgenutzt hatte.

Aber im Augenblick war es nicht die Verteidigung der Hauptstadt, die ihr Sorgen bereitete. Es war Frühling, und Reothes Rebellen bedrohten den zerbrechlichen Frieden. In den Wochen seit der Schneeschmelze auf den Pässen von Keldon waren die Rebellen dreist geworden.

Reothe überfiel keine Bauern oder schwer arbeitenden Dorfhandwerker; stattdessen griff er die Kaufleute an, deren Beschwerden schnell in die Hauptstadt gelangen würden. Jene, die die Verluste am besten verkraften konnten, beschwerten sich am lautesten.

Die Ghebiten sprachen davon, Reothe gefangen zu nehmen und hinzurichten. Dabei ging es ihnen vor allem darum, ihre Waffenbrüder zu rächen, denn bei drei Gelegenheiten hatte Reothe Ghebiten auf ihren neuen Landsitzen überfallen, sie niedergemetzelt und jeweils nur einen Zeugen am Leben gelassen, der von dem Überfall berichten sollte. Reothe prahlte mit seiner Fähigkeit, kommen und gehen zu können, wie er wollte, geschützt von den Bewohnern des Landes.

Viele ghebitische Offiziere waren auf ihre Landsitze gereist, aber andere waren bereit, den General in das Hochland von Keldon zu begleiten, um auf Reothes Herausforderung zu reagieren. Imoshen wusste, dass Tulkhan etwas unternehmen musste, wenn er nicht die Hälfte des Bodens verlieren wollte, den er im vergangenen Sommer eingenommen hatte. Aber sie fürchtete, dass Reothe die Armee nur wieder auf eine sinnlose Suche durch das Hochland führen und dabei einen Mann nach dem anderen umbringen würde.

Tulkhan kam ins Zimmer, strahlend in seiner Kampfrüstung, und ihr Herz zog sich vor Sehnsucht zusammen.

»Wir sind bereit zum Aufbruch«, sagte der General. »Ich werde dir Peirs und eine Kompanie von Männern hier lassen, damit du T'Diemn im Notfall verteidigen kannst. Du bist meine Stimme. Solange ich weg bin, musst du dich um den Bau der neuen Verteidigungsanlagen kümmern.«

»Ich weiß, was ich tun muss.« Imoshen stand auf. »Willst du es dir nicht noch einmal überlegen? Benutze mich, um Reothe aus seinem Versteck zu locken. Ich werde ihm eine Nachricht zukommen lassen, dass ich es mir anders überlegt habe, und ihn bitten, mich irgendwo zwischen hier und dem Hochland zu treffen. Aber ich muss tatsächlich hingehen, oder er wird die Falle wittern. Ich bin bereit.«

»Ich aber nicht!« Tulkhan fürchtete, sobald Imoshen erst einmal in Reothes Gewalt war, würde sie sich seiner seltsamen Anziehung ergeben. »Ich werde nicht riskieren, dich und das Kind zu verlieren.«

»Nicht einmal, um die Strahlende Insel zu halten?«

Er starrte ihr in die Augen.

»Dann könntest du auch alles verlieren!«

Tulkhan hob abwehrend die Hände. »Ich werde zur Geburt des Kindes wieder da sein.«

Imoshen öffnete den Mund, als wollte sie etwas sagen, dann flüsterte sie: »Es könnte sein, dass du nie zurückkehrst!«

Beide schwiegen.

Tulkhan breitete die Arme aus, und sie rannte zu ihm. Er spürte, wie ihre Schultern von lautlosem Schluchzen bebten. Er küsste sie und umarmte sie mit aller Kraft. Wenn er doch nur alles andere beiseite schieben könnte – aber das war unmöglich. Imoshen würde ihm nicht wirklich gehören, ehe Reothe tot war, aber er reiste mit dem Wissen ins Hochland, dass er als Nur-Mensch kaum eine Hoffnung hatte, einen T'En-Krieger zu besiegen.

Er schottete sich von Imoshen ab und löste sich von ihr.

»Hast du kein freundliches Wort für mich, bevor du gehst?«, fragte Imoshen leise und sah ihn forschend an.

»Ich bin ein Krieger, kein Höfling.« Er verschloss sich ihrer Enttäuschung, drehte sich um und ging hinaus.

Imoshen starrte die Stelle an, an der Tulkhan noch einen Augenblick zuvor gestanden hatte. Die Luft dort schien immer noch von der Kraft seiner Persönlichkeit zu vibrieren und von den Worten, die sie nicht ausgesprochen hatten.

Dann eilte sie zum Fenster und beobachtete die Männer im Hof vor dem Stall, die auf ihre Befehle warteten. Sie wusste, wenn Tulkhan auf dem Schlachtfeld umkam, würde sie die Ghebiten nicht halten können. Wenn der General starb, würden sich seine Offiziere gegen die Bewohner der Insel wenden, würden wie hungrige Wölfe über sie herfallen, sich in Gruppen aufspalten und untereinander um die Kriegsbeute kämpfen. Das konnte sie nicht zulassen. Wenn Tulkhan fiel, würde sie sich mit Reothe zusammentun müssen, um die Strahlende Insel vor den restlichen Ghebiten zu retten.

Diese Erkenntnis erschreckte sie. Es stimmte, sie fürchtete Reothe, fürchtete, dass er versuchen würde, sie mit seinen überlegenen T'En-Kräften zu beherrschen. Aber am meisten erschreckte sie, dass sie in Wahrheit nichts dagegen hatte, an seiner Seite zu stehen – vielleicht gehörte sie tatsächlich dorthin. Wenn Tulkhan tot wäre und sie alles getan hätte, was sie konnte, um einen weiteren Kriegssommer zu verhindern, dann bliebe ihr keine andere Wahl, als sich dem letzten T'En-Krieger anzuschließen. Sie wusste, dass eine Allianz mit Reothe keine kalte politische Verbindung wäre. Und dieser Gedanke war ihr willkommener, als ihr lieb war.

An Tulkhans Tod zu denken, war ihr eine Qual, aber sie musste der Möglichkeit ins Gesicht sehen. Hatte sie wirklich erst im letzten Herbst noch geglaubt, dass es so etwas wie Falsch und Richtig gab? Tränen des Selbstmitleids wegen der Unschuld, die sie einmal besessen hatte, brannten ihr in den Augen. Bittere Erfahrung hatte ihr inzwischen beigebracht, dass es so etwas wie Richtig und Falsch nicht gab, nur Entscheidungen, die auf sich ständig bewegendem Boden getroffen werden mussten, um das wichtigste Ergebnis – das Überleben – zu sichern.

Der Befehl erklang. Die Männer im Hof setzten sich in Bewegung.

Eine Hand unter den Bauch gedrückt, um das Gewicht des Kindes auszugleichen, eilte sie aus dem Zimmer und den Flur entlang.

Bevor sie auf den Balkon trat, blieb Imoshen noch einmal stehen, um ihr Haar glatt zu streichen, und eine königliche Haltung einzunehmen. Sie sah zu, wie die Männer sich in disziplinierten Reihen aufstellten, Berittene auf einer Seite, Fußsoldaten auf der anderen, alle in den traditionellen rot-schwarzen ghebitischen Umhängen. Imoshen zog die Nase kraus. Sie würde mit Tulkhan über eine eigene Standarte und neue Farben sprechen müssen. Es störte sie, dass seine Männer immer noch König Gharavans Farben trugen.

Die Reihen von Tulkhans Männern, die sich auf dem Platz aufstellten, boten einen großartigen Anblick, aber ihre Disziplin würde ihnen im Hochland von Keldon nicht viel nützen. Die Rebellen kannten die gefährlichen Schluchten genau, und tückische Fallen erwarteten jeden, der sich mit ihnen anlegen würde. Kavallerie war nutzlos. Schlachtengestählte Kampfrösser konnten auf diesem Gelände mit den drahtigen Bergponys nicht mithalten. Imoshen zerriss es fast das Herz vor Mitleid. Nur wenige dieser Männer würden nach T'Diemn zurückkehren.

Als General Tulkhan in Sicht kam, hielt sie den Atem an. Auch um ihn trauerte sie bereits. Er sprach mit seinen Männern, aber der Wind trug seine Worte weg von ihr. Sie sah zu, wie er sein Pferd rückwärts gehen ließ. Das stolze schwarze Tier bäumte sich auf und tänzelte auf den Hinterbeinen. Die Männer jubelten.

Imoshen musste lächeln. Tulkhan liebte solche Zurschaustellungen. Er hatte seine wichtigsten Jahre bei der Armee verbracht, mit dem Anführen von Männern. Er war mit Leib und Seele Soldat und Kommandant.

Das Pferd kam wieder auf alle viere, drehte sich, und Tulkhan entdeckte Imoshen auf dem Balkon. Sie hob den Arm zum Gruß, und er stellte sich in den Steigbügeln auf und winkte zurück.

Ihr Herz schlug schneller. Imoshen liebte ihn, aber das würde er ihr wohl nie glauben. Sie senkte den Arm und legte instinktiv die Hand auf ihren Bauch.

Er drückte die geballte Faust an die Brust über seinem Herzen und hob ihr dann die offene Hand entgegen.

Ihr wurde warm von der Bedeutung dieser Geste. Wie konnte er sie lieben, obwohl er sie kannte, obwohl er wusste, wie anders sie war? Tränen traten ihr in die Augen, als sie die Hand hob, um sie auf ihr eigenes, pochendes Herz zu legen. Tulkhan war ihr so lieb geworden wie jeder einzelne Atemzug.

Die Männer begannen mit einem ghebitischen Lied.

Tulkhan wendete sein Pferd und ritt an den Reihen entlang. Dann führte er seine Armee durch die Straßen der Stadt auf die befestigte Brücke zu.

»Gibt es etwas Neues, Merkah?«, fragte Imoshen wie an jedem Tag in den vergangenen vier Wochen.

Die Zofe blickte von ihrer Handarbeit auf. Sie kannte ihre Herrin gut genug, um sich nicht mehr die Mühe zu machen, jedes Mal aufzustehen und sich zu verbeugen, wenn Imoshen hereinkam. »Nein, T'Imoshen.«

»Also gut. Ich bin dann in der Bibliothek.« Imoshen reichte Merkah ihren Reitumhang. Sie war gerade von einer Besichtigung der östlichen Verteidigungsanlagen der Stadt zurückgekehrt.

Als sie den Flur entlangging, fiel das schräge Licht der Nachmittagssonne herein und ließ das polierte Holz schimmern. Der Anblick hätte sie erfreuen sollen, aber sie fühlte sich distanziert und kalt. Sie hatte nichts mehr von Tulkhan gehört, seit er ihr kurz nach dem Abschied einen Brief geschickt hatte. Aber sie hätte es doch sicher gespürt, wenn er tot wäre? Er sollte zum Mittsommerfest wieder in der Stadt sein und bleiben, weil das Kind dann jederzeit zur Welt kommen konnte.

Und was, wenn es nicht so früh geboren wurde? Was, wenn ihr Sohn mehr T'En als Echtmensch war und sie bis zum Erntefest hochschwanger blieb? Das Kind musste auch ein wenig vom General in sich haben, aber sie wusste nicht wie viel. Sie konnte sich nur nach den offiziellen Aufzeichnungen richten, doch wegen des Keuschheitsgelübdes hatte seit sechshundert Jahren keine andere reinblütige T'En-Frau ein Kind zur Welt gebracht.

Als sie die Bibliothek erreichte, atmete sie schwer vor Erschöpfung, denn das Baby lag wie eine reife Sommerfrucht in ihrem Körper. Der Hüter des Wissens war nicht da, um sie zu begrüßen. Sie nahm an, dass der alte Mann im Küchenhof saß, sich mit der Köchin stritt und Apfelwein trank. Nicht, dass sie es ihm übel nahm – das Wetter war eigentlich zu schön, um im Haus zu bleiben.

Imoshen ging zu ihrem Lieblingsplatz, einem breiten Sofa. Auf dem niedrigen Tisch davor befanden sich Tinte und Papier. Sie machte eine Liste von Büchern, auf die in Werken der Bibliothek Bezug genommen wurde, die aber nicht mehr vorhanden waren. Es war der Schlüssel zu einem Rätsel, das sich nach und nach aufgetan hatte. Gedichtbände und Abhandlungen, die eigentlich jeder kannte, existierten offenbar nicht mehr. Warum nicht?

Imoshen versenkte sich in ihre Notizen, verglich die Zitate und ihre Quellen. Nur die Bewegung der Lichtfinger aus den Bibliotheksfenstern zeigte an, wie die Zeit verging.

Nach einer Weile ließ sie die Schriftrolle fallen, bog den Rücken und schloss die Augen. Sie war müde. Auch diese Tätigkeit hatte sie nicht lange ablenken können, und nun kehrte ihre Unruhe zurück.

Wo war der General?

Plötzlich wurde ihr eine Hand auf den Mund gedrückt. Angst ließ sie erstarren, als eine kalte Klinge ihren Hals berührte. Ein Attentäter? Ihr Angreifer erhöhte den Druck, zwang sie in die Kissen.

»Still, Imoshen. Ich bin es nur.«

Reothes vertraute Stimme trug nicht dazu bei, sie zu beruhigen. Als sie nickte, ließ er sie los. Ungläubig richtete sie sich auf und starrte ihn an. Reothe schob die Papiere beiseite und hockte sich auf den niedrigen Tisch.

»Nur du? Soll mich das etwa beruhigen?« Imoshen war erfreut, dass ihre Stimme nicht zitterte. Reothe belohnte sie mit einem echten Lächeln. Sie verfluchte sich dafür, dass es sie überhaupt interessiert hatte.

Als sie wie zufällig die Hand an die Brust hob, schloss Reothe sofort die Finger um den Griff des Messers, das sie nun zwischen den Brüsten trug, um es leichter erreichen zu können.

Langsam und entschlossen zog er die Klinge weg. »Zierlich, aber tödlich, wenn sie in den richtigen Händen liegt.« Er gab ihr die Waffe nicht zurück.

»Ich muss einfach fragen.« Sie versuchte, Zeit zu gewinnen, versuchte, herauszufinden, was er wollte. Sein feines Silberhaar reichte ihm nun bis zur Mitte des Rückens, und er trug saubere, aber alte Bauernkleidung. Er roch nach frischen Kräutern und Staub. Staub? Sie durfte sich nicht ablenken lassen. »Wie bist du hier hereingekommen?«

Er lachte leise. »Du vergisst, dass ich im Palast aufgewachsen bin. Ich bezweifle, dass es hier auch nur einen einzigen Geheimgang gibt, den ich nicht kenne. Unsere Ahnen waren große Ränkeschmiede. Alle Teile des Palastes, die vor dem Zeitalter der Aufklärung gebaut wurden, wimmeln nur so von Geheimgängen.«

Er sah hagerer aus. Seine Züge, die Imoshens eigenen so ähnlich waren, waren nun ausgeprägter, als hätte er sowohl geistig als auch körperlich am Rande des Erträglichen gelebt. Sie hatte ein seltsames Gefühl des Wiedererkennens, und eine recht unwillkommene Vorahnung wärmte sie. Reothe hatte ihr das Leben gerettet. Er wusste so viel mehr über seine T'En-Kräfte als sie. Sein Wissen erfüllte sie mit Ehrfurcht, machte ihr aber auch Angst. Und plötzlich spürte sie, wie ihre T'En-Kräfte sich regten. Sie spürte, dass Reothe angespannt war wie eine Bogensaite, wie eine mächtige Feder. Sie reagierte darauf, indem sich ihr Herzschlag beschleunigte.

»Warum bist du hier?«

Er strahlte sie erfreut an. »Nicht aufhören.«

»Womit?«

Er sah ihr in die Augen. »Deine Berührung ist wunderbar.«

»Ich habe dich nicht ...« Die Worte erstarben ihr auf den Lippen. »Ich wollte nicht ...«

»Nein.« Er glitt vom Tisch, um sich neben sie auf den Boden zu knien. »Weise mich nicht ab, Imoshen.«

Sie wich zurück, und das ließ ihn lächeln.

»Traust du mir nicht, oder traust du dir selbst nicht?«

Seine weinroten Augen glitzerten intensiv und verstörend. Er lächelte noch immer und klang recht vernünftig, sogar nachgiebig, aber sie spürte tiefen Zorn in ihm. Sein Blick schweifte zu den Schnüren ihres Unterkleides, wo sich der Stoff über ihren Bauch spannte. Sie hatte sich keine neue Kleidung schneidern lassen und beschränkte sich zum größten Teil auf weite Oberkleider. Jetzt, nur im Unterkleid, fühlte sie sich verwundbar.

»Das erklärt vieles«, flüsterte Reothe. Er zeigte mit dem Messer auf ihren Bauch.

»Reothe«, warnte Imoshen.

»Das hätte unser Kind sein sollen, Imoshen. Du hast seine Existenz vor mir verborgen. Ich habe nicht geglaubt, dass du so heimtückisch sein könntest.«

Sie schüttelte den Kopf. Sie wusste, dass ihr der Schutz ihres Kindes wichtiger war als alles andere. Dennoch, als Reothe die Schnüre durchschnitt, wehrte sie sich nicht. Ihr Unterkleid teilte sich, entblößte ihren gewölbten Bauch, ihre von der Schwangerschaft geschwollenen Brüste. Ihre helle Haut war von feinen bläulichen Adern durchzogen wie Marmor.

Reothe holte tief Luft. Er schluckte und steckte ihr Messer in seinen Stiefel. Als seine Hand dicht über ihrem Körper verharrte, kribbelte Imoshens Haut vor Erwartung. Ein lustvolles Sehnen ergriff sie.

Imoshen senkte den Blick und verfluchte sich lautlos. So war es immer mit Reothe.

»Was wirst du tun, wenn der Ghebite das Kind verleugnet?«, fragte er. »Es könnte beinahe ein reines Dhamfeer-Kind sein.«

»Er könnte auch mehr Echtmensch sein.«

»Es ist also ein Junge.«

Sie nickte und bedauerte, so viel verraten zu haben.

»Ich habe ein Gerücht gehört. Es heißt, der General könne keine Kinder zeugen«, lächelte er. »Es heißt, das Kind sei von mir.«

Sie errötete und versuchte aufzustehen, aber das Gewicht des Kindes hatte sie träge werden lassen. Reothe hatte lässig den Arm über die Sofalehne gelegt. Sie wollte ihn nicht berühren, also blieb sie, wo sie war, halb zurückgelehnt. »Aber du weißt, dass das nicht stimmt.«

Reothe sah ihr amüsiert in die Augen. Sie begriff, dass er die Menschen gerne glauben ließ, dass das Kind von ihm war. Zorn flackerte in ihr auf. Das wäre die ultimative Ironie für Tulkhan – endlich ein Kind gezeugt zu haben, von dem dann doch keiner glaubte, dass es tatsächlich seines war.

Reothe beugte sich näher zu ihr und atmete ein. »Du riechst anders. Das gefällt mir.«

Imoshen schluckte. »Tu das nicht.«

Er schmiegte die Wange an die schwere Wölbung ihrer Brust. »Sag mir doch, dass ich aufhören soll.«

»Hör auf.«

Sie spürte sein Lächeln, seine Wange an ihrer Haut. »Das hast du nicht ernst gemeint.«

Verzweiflung kämpfte mit Begehren. Als er sie zum ersten Mal berührt hatte, hatte er etwas in ihr erweckt, etwas, das nun ihm gehörte, und keine Logik der Welt konnte verhindern, dass ihr Körper auf ihn reagierte.

Sein Atem kitzelte ihre Kehle, ihre Wangen, als er den Kopf hob, sie weiter erforschte. Sie spürte seine Lippen an ihrem Kinn, über ihrem Mund. Sie konnte sich abwenden oder sich ihm zuwenden.

Sie entschied sich, nichts zu tun.

Unendlich zart knabberte er an ihrem Mund, seine Zunge streifte ihre Lippen. »Öffne dich mir.«

Sie spürte seine Worte mehr, als sie sie hörte. Der Impuls war vorhanden, aber sie zügelte ihn, weigerte sich. Jetzt nachzugeben wäre fatal.

Er seufzte, und Imoshen öffnete die Augen und sah, wie er sie gereizt, aber zärtlich anschaute.

»Du bist ein unmögliches Geschöpf, Imoshen. Woher weißt du nur, dass ich nicht mit Gewalt nehmen werde, was du mir verweigerst? Ich weiß, dass du dich nach mir sehnst.«

Sie schluckte, denn wenn sie geantwortet hätte, hätte sie mehr zugegeben, als ihr lieb war.

Er lehnte sich zurück, griff nach den Papieren, die auf dem Tisch lagen. Zerstreut überflog er eine Seite. Imoshen hätte ihn gern aufgehalten. Dass sie mit ihren Kräften nicht recht umgehen konnte, war ein Defizit, das er vielleicht gegen sie einsetzen würde.

Reothe blickte auf und sah sie an. »Du suchst nach Informationen über die T'En.«

Sie nickte. »Unsere Kräfte werden hin und wieder erwähnt, aber ...«

»Ich weiß. Ich bin bereits denselben Weg gegangen. Ich kann dir sagen, wieso unsere Ahnen hierher kamen. Ich kann dir verraten, was bewusst vor uns verborgen wurde.«

Eifrig setzte sie sich auf. »Ja?«

Er lächelte. »Komm mit mir. Dein ghebitischer General streift durch das Hochland, getrieben von meinen Leuten. Du und ich, wir könnten ihn besiegen.«

»Und dann würdest du dein Wissen mit mir teilen?«, fragte Imoshen verbittert.

»Ich würde alles mit dir teilen.«

Es war unmissverständlich, was er damit meinte. Leidenschaftliches Sehnen erfasste sie. Der Drang, zu ihm zu gehen, war beinahe überwältigend. Sie kämpfte dagegen an, verzweifelt bemüht, eine Art Gleichgewicht zu wahren. Als sie die Augen öffnete, beobachtete Reothe sie vollkommen fasziniert.

»Es ist nur eine Frage der Zeit«, sagte er ihr. »Und der General weiß das. Er hetzt sich dort im Hochland ab, weil er verzweifelt versucht, das zu leugnen. Komm jetzt mit mir. Erlöse ihn aus seinem Elend. Er ist nur ein Mensch und ein barbarischer Ghebite, aber ich muss zugeben, dass ich eine gewisse Bewunderung für ihn empfinde. Wie ein Fisch, der schon am Haken hängt, kämpft er gewaltig, aber am Ende ist es unvermeidlich. Er hat es wirklich nicht verdient.«

Etwas in Imoshen Brust schlang sich zu einem festen Knoten. Tulkhan verdiente es wirklich nicht, ständig so gequält zu werden.

»Er hat uns gerettet«, sagte Reothe leise. »In der Nacht, als ich hierher kam und du im Schatten des Todes umherwandertest, hat er uns verankert. Ich habe seine Kraft benutzt, und ohne sie wären wir beide dem Untergang geweiht gewesen.«

Imoshen erbebte. Sie erinnerte sich nicht an diese Zeit, aber die T'En-Kirche lehrte, dass ohne die Führung der Parakletos eine Seele eine Ewigkeit im Schatten des Todes verbringen konnte, als Beute der rachsüchtigen Wesen, die dort ebenfalls gefangen saßen.

Ihre Wangen glühten. »Du hast mich gerettet und dabei deine eigene Seele in Gefahr gebracht. Ich ...«

»Mach das, was wir miteinander teilen, nicht dadurch geringer, dass du mir dankst.« Zornig verzog er das Gesicht.

Imoshen verstand ihn nur zu gut. »Wir teilen überhaupt nichts!«

»Du streitest es ab, aber du weißt, dass es wahr ist. Außerdem habe ich den Blick. Ich habe unsere Zukunft gesehen. Ich habe dich schon an dem Tag erkannt, als wir uns zum ersten Mal sahen.«

Imoshen war verzweifelt. »Es wäre so viel leichter, wenn ich dich hassen könnte!«

»Und es wäre so viel leichter, wenn ich dich töten könnte.« Sein Lächeln war bitter.

Imoshen begriff sofort. Wenn Reothe sie jetzt tötete und es so darstellte, als wären die Ghebiten schuld, würde Tulkhan die Insel niemals halten können. Ihr Tod wäre ein einfacher Weg für den T'En-Krieger, die Insel zurückzuerobern.

»Warum tötest du mich dann nicht?«

Er verschränkte seine Finger mit ihrer linken Hand und hob sie hoch, sodass ihre Unterarme einander berührten. Die Verbindungsnarben berührten einander ebenfalls.

Reothe drückte ihre Knöchel an seine Lippen. »Weil ich dann ewig allein sein würde.«

»Es gibt andere Frauen – zahllose willige Frauen, nach allem, was ich gehört habe.«

Sein Lächeln ließ sie wünschen, dass sie sich ihre eifersüchtige Zunge lieber herausgeschnitten hätte.

»Das stimmt, und ich hatte viele von ihnen.« Er warf ihr einen boshaften Blick zu. »Aber nur du teilst mein T'En-Erbe. Im Augenblick glaubst du, dass dir das genügt, was du mit diesem Ghebiten hast. Vielleicht liebst du ihn sogar ein wenig. Aber er ist ein Nur-Mensch. Du weißt nicht, was du haben könntest!«

»Das genügt, Reothe.« Sie schob ihn beiseite und stand auf, ging von dem Sofa weg.

»Dann lauf doch davon, Imoshen. Doch der Wahrheit wirst du nicht entkommen.«

Sie konnte spüren, wie er sie beobachtete, während sie hin und her ging. Die Wärme des Spätnachmittaglichts konnte den Knoten kalter Angst, der sich um ihr Herz gebildet hatte, nicht auflösen. Sie wickelte ihr Unterkleid fest um sich. »Warum bist du hier, Reothe? Warum setzt du dein Leben aufs Spiel, nur um mich zu verhöhnen?«

Er stand ihr gegenüber am anderen Ende des Zimmers, aber sie spürte seine Gegenwart so intim, als hätte sein Atem ihre Haut berührt. Sie wusste, dass er seine T'En-Kräfte bei ihr einsetzte.

»Lass das!«

»Warum? Weil es dir nicht gefällt? Du hast doch sicher nicht vergessen, was für ein Tag heute ist?«

Sie starrte ihn entsetzt an. Niemand sonst hatte sich erinnert.

»Es ist der Jahrestag deiner Geburt«, sagte Reothe. »Heute wirst du achtzehn Jahre alt, und an diesem Tag hätten wir uns miteinander verbinden sollen.«

Sie schloss die Augen bei diesem Schlag – eine grausame Erinnerung an die Entscheidung, zu der sie gezwungen gewesen war.

Sie spürte, wie Reothe auf sie zukam. Als sie die Augen wieder öffnete, schien die Sonne heller ins Zimmer und warf Schatten auf sein Gesicht. Sie erkannte Misstrauen in seinen Zügen. Er sah sie berechnend an, und Imoshen mutmaßte, dass er die Gefühle manipulierte, die sie ihm und Tulkhan entgegenbrachte. »Ich werde nicht mit dir gehen, Reothe, und du kannst mich wohl kaum gegen meinen Willen aus dem Palast zerren, ganz gleich, wie viele Geheimgänge du kennst. Irgendjemand würde es bemerken.«

Trotzige Worte, aber Imoshen wusste, dass sie der Verzweiflung entsprangen, und er wusste es ebenfalls.

»Ich habe dir ein Geschenk mitgebracht.«

»Ich will nichts von dir.«

»Das hier wirst du wollen. Es ist das Letzte, was meine Eltern mir gegeben haben, bevor sie sich umbrachten.« Er holte einen schmalen Band aus seiner Weste. Das Buch war halb so groß wie das T'Enchiridion. »Es gehört den T'En.«

Gegen ihren Willen streckte Imoshen die Hand aus.

Er kam auf sie zu. Das Buch sah nicht sonderlich bemerkenswert aus, aber der abgegriffene Kalbsledereinband zeugte von seinem hohen Alter.

Imoshen nahm es, drehte den Buchrücken ins Licht.

»T'Endomaz – die T'En-Gesetze«, übersetzte sie und ihr Herz klopfte laut vor Aufregung. Ihre Finger zitterten, als sie auf die Titelseite blätterte, auf der in Kinderschrift ein Name geschrieben war. »T'Ashmyr? Ist es möglich, dass es Ashmyr dem Ersten gehörte, als er noch ein Junge war?«

»Er war ein reinblütiger T'En wie wir«, sagte Reothe.

Imoshens Mund war so trocken, dass sie kaum sprechen konnte. Stammte dieses Buch tatsächlich aus der Zeit der Unruhen? Fünfhundert Jahre! Ehrfürchtig blätterte sie weiter. Und dann hätte sie vor Enttäuschung beinahe geweint. »Der Text ist verschlüsselt!«

»Du kennst den Code nicht? Ich dachte, die Aayel hätte ihn dir vielleicht beigebracht.«

»Nein. Meine Eltern haben ihr verboten, mich irgendetwas zu lehren, was mit den T'En zu tun hat.« Die Bitterkeit zerriss sie beinahe. »T'Endomaz. Eine verschlüsselte Gesetzesschrift. Woher weißt du, dass es Gesetze sind, die auf uns zutreffen? Das hier sieht ganz ähnlich aus wie das T'Enchiridion, das für alle gilt. Und Ashmyr ist ein beliebter Name.«

»Schließ die Augen, Imoshen. Halte das Buch in der linken Hand. Dann sag mir, was du fühlst. Nein. Nicht mit deinen T'En-Sinnen. Das habe ich versucht. Es ist, als hätte jemand die Vergangenheit des Buches gelöscht. Du musst dich auf deinen Tastsinn verlassen.«

Sie verzog unwillig das Gesicht, tat aber, was er sagte. Was sollte sie da spüren? Er hatte Recht, ihre T'En-Sinne nahmen nichts wahr, wenn sie das Buch berührte, obwohl sie doch, wenn man das Alter bedachte, zumindest dies hätte spüren müssen. Das an sich war schon verdächtig.

»Taste mit den Fingerspitzen«, flüsterte er. Dann verstand sie. Sie riss die Augen auf. »Es gibt sechs glatte Flecke auf dem Einband. Dieses Buch wurde häufig benutzt, und zwar von einer linkshändigen Person mit sechs Fingern!«

»Ein T'En.« Er nickte. »Es gehört uns, Imoshen.«

»Aber wir können es nicht lesen.« Sie hätte weinen mögen.

Er legte die Hände über ihre und klappte das Buch zu. Seine Züge sprachen jetzt von der Leidenschaft eines Predigers. »Ich gebe dir das T'Endomaz. Und ich beauftrage dich damit, den Code zu entschlüsseln und unser Erbe zu enthüllen.«

Plötzlich hatte Imoshen Angst vor dem, was sie erfahren könnte. »Nein. Behalte es. Ich will dir nicht dankbar sein müssen.«

Sie schob ihm das Buch wieder zu und hätte sich abgewandt, aber er packte sie am Arm. Angesichts seines mühsam beherrschten Zorns überlief sie ein Schauder.

»Wie kannst du leugnen, was du bist, Imoshen?«

Sie riss sich los und wandte sich ab. Dabei streifte ihn ihr Bauch, und sie schauten beide nach unten.

Imoshen spürte, wie das Baby protestierend trat.

Reothe legte die freie Hand auf ihren Bauch, an eine Stelle, wo ihr Hemd offen war, sodass seine Haut die ihre berührte. Er sah so erwartungsvoll aus, dass sie die Zähne zusammenbiss. Sie holte hörbar Luft.

»Wehr dich nicht!«, zischte er.

In diesem Augenblick verschwand die Mauer, die sie um sich errichtet hatte. Sie spürte eine Welle der Anspannung in ihrem Körper, und beinahe hätten ihre Knie nachgegeben. Das Kind bewegte sich in ihr.

Imoshen schwang die Arme in einem Bogen hoch und brach dadurch den Körperkontakt mit ihm. »Ich werde nicht zulassen, dass du …«

Er lachte. »Du hast seltsame Vorstellungen von mir.«

»Ich habe überhaupt keine Vorstellung«, gab sie kühl zu.

»Ich versuche nur, mein Überleben zu sichern, ebenso wie du!«, sagte er. »Mach schon. Ruf die Wachen. Du hättest sie jederzeit rufen und mich festnehmen oder auf der Flucht töten lassen können. Du solltest dich vielleicht einmal fragen, warum du es nicht getan hast!«

Imoshen holte Luft, um nach den Wachen zu schreien, aber Reothe zog sie an sich und drückte ihr die freie Hand auf den Mund.

Sein Lachen ließ sie zusammenzucken. »Das hatte ich verdient.«

Sie hasste ihn, aber sie erkannte sich auch in ihm wieder.

»Ich gehe jetzt, Imoshen«, flüsterte er. »Und weil ich nicht zulassen kann, dass du meine Geheimnisse verrätst, werde ich etwas tun müssen.«

»Was?« Das Wort kam nur gedämpft unter seiner Hand vor, aber deutlich genug.

»Küss mich und finde es heraus.«

Seine Hand glitt von ihrem Mund abwärts, erfasste ihr Kinn. Dann ließ er die Finger zu ihrem Nacken gleiten, zu ihrem Hinterkopf.

»Warum sollte ich?«

»Weil es uns beiden wehtun wird, wenn du dich wehrst. Ich werde dir nur ein paar Minuten stehlen.«

Dazu war er fähig? Was für ein nützlicher Trick – einer, den sie gerne gekannt hätte.

Imoshen tat so, als würde sie nachdenken. »Also gut.«

Er wirkte ein wenig verblüfft, als hätte er nicht erwartet, dass sie zustimmte.

Imoshen schaute gleichgültig drein, aber innerlich lächelte sie. Sie war sicher, dass Reothe nicht tun konnte, was er angekündigt hatte, ohne dass sie die Methode entdeckte. Sie würde all seine Geheimnisse erfahren. Aber nein – sie durfte nicht daran denken, sonst würde er …

Sie hob den Kopf und spürte seinen Atem auf ihrer Haut. Und in diesem Augenblick wusste sie, dass sie sich zum Narren hielt. Sie wollte Reothe wirklich küssen, hatte es immer gewollt.

»Imoshen«, flüsterte er.

Ihr Herz klopfte heftig.

Dann berührten seine Lippen die ihren, und die Süße dieser Berührung machte alles Denken unmöglich. Es war das Elixier des Lebens, es strömte durch ihren Körper, unerträglich süß und zerbrechlich.

Sie hörte Reothes Stimme in ihrem Kopf. Aber es waren nicht seine Lippen, die die Worte bildeten. »Das ist nur ein Vorgeschmack dessen, was wir haben könnten, Imoshen. Aber ich kann dir nicht all meine Tricks beibringen, du bist schon viel zu schlau.«

Dann wurde ihr schwarz vor Augen.

16

Schreien. Jemand schrie, und sie wünschte sich, sie würden aufhören.

»Lass mich los!«, protestierte Imoshen. Sie war verwirrt und ihr wurde übel, weil sie so plötzlich aus tiefem Schlaf aufgewacht war.

»T'Imoshen!«, rief Merkah. »Ihr seid zu uns zurückgekehrt!«

Sie lag auf dem Sofa, und jemand hatte einen Schal über sie geworfen. Die Seide bedeckte ihre nackten Brüste, und das erinnerte sie daran, wie Reothe die Verschnürung ihres Unterkleids aufgeschnitten hatte. Als sie versuchte sich hinzusetzen, fiel ein Buch von ihrem Schoß auf den Boden. Reothes Geschenk.

Sie hob es auf, schob es unter das Tuch. Sie sah sich um.

Ein Dutzend Ghebiten und Palastdiener drängten sich um etwas nahe dem Fenster. Angst erfüllte sie. War Reothe verletzt?

»Was ist passiert?«

»Er hat ihn umgebracht«, erklärte Merkah, und das half wenig. Imoshens Welt wurde grau. »Wer? Wen?«

»T'Reothe hat den Hüter des Wissens getötet.«

»Nein«, leugnete Imoshen instinktiv. Reothe würde so etwas nicht tun. Der Hüter war ein alter Mann, der sich nicht verteidigen konnte. Aber Imoshen konnte es sich nicht leisten, den Rebellenführer in Schutz zu nehmen. »Was ist passiert? Ich ... ich ... kann mich nicht erinnern.«

Merkah schien ihr das zu glauben. »Der Hüter wollte auf seinen Posten zurückkehren. Als er die Tür öffnete, sah er T'Reothe mit Euch. Er war ...« Merkah errötete.

Imoshen drückte das Seidentuch an sich. »Sag es mir. Ich muss es wissen.«

»Der Hüter sagte, T'Reothe hätte sein Gesicht an Eure nackte Haut geschmiegt.«

Imoshen presste die Hand auf ihren Bauch. Angst schlang ein kaltes Band um ihr Herz. »Und dann?«

»Der Hüter war an der Tür. Er rief nach Hilfe. Bevor jemand kommen konnte, zerrte T' Reothe ihn nach drinnen und tötete ihn.«

»Aber woher wisst ihr das?«

»Der Hüter hat es uns gesagt.«

»Aber du sagtest doch, er sei tot.«

»Beinahe tot.«

»Lebt er noch?«

»Ja, aber ...«

»Das genügt.« Wütend stand Imoshen auf. Trotz Merkahs Protesten eilte sie zu der Gruppe am Fenster hinüber. Sie hoben den alten Mann gerade hoch. Um die Ghebiten nicht in Verlegenheit zu bringen, band sie das Tuch über ihre Brüste.

»Hier gibt es zu viel Schatten. Bringt Kerzen her. Legt ihn hier auf den Tisch«, befahl Imoshen. Sie bemerkte, dass Kinraid, der Vaygharier, sie beobachtete, aber sie hatte nicht die Zeit, sich darüber aufzuregen, dass ausgerechnet er gekommen sein sollte, um sie zu retten.

Imoshen packte die Hand des alten Mannes. Ja, er würde sterben, aber sein Blick wurde klarer, als sie ihm in die Augen schaute.

»Was ist passiert?«

Er lächelte. »Er war so ein kluger Junge. Niemand sonst hat sich für die alten Manuskripte interessiert, aber er hat sie alle gelesen.«

»Reothe?«

Er nickte. Jemand stellte Kerzen auf den Tisch, beleuchtete die Züge des alten Mannes.

»Was ist passiert?«, drängte Imoshen. »Sie sagen, er hätte Euch verletzt.« Sie sah dem Hüter ins Gesicht und bemerkte, wie schlaff eine Gesichtsseite war. Er hatte einen Schlaganfall erlitten. Reothe hatte nichts getan, es sei denn, die Überraschung, ihn zu sehen, hatte diesen Anfall ausgelöst.

»Ich musste nach Hilfe rufen. Ich wollte nicht …« Er versuchte, sich zu fassen. »Reothe packte mich, zog mich ins Zimmer. Er berührte meinen Hinterkopf, dann verspürte ich plötzlich diesen unglaublichen Schmerz in meiner Brust. Ich konnte nicht atmen. Ich wusste nichts mehr, bis ich am Boden wieder zu mir kam.«

Imoshen nickte. »Ich werde Euch einen Kräutertrank bereiten, der Euch helfen wird zu schlafen.«

Aber nichts würde ihm helfen können. Bei ihrer Arbeit als Heilerin hatte sie den Tod oft genug gesehen, und sie wusste, was sie hier vor sich hatte. Innerhalb von ein oder zwei Tagen würde der Hüter einen weiteren Anfall haben, und sein Herz würde einfach aufhören zu schlagen.

»Bevor Ihr geht, Herrin.« Kinraid tauchte vor ihr auf.

»Die Männer und ich wollen wissen, wie Reothe hier hereingekommen ist. Und wie er fliehen konnte.«

»Das kann ich Euch auch nicht sagen.« Imoshen wusste, dass man ihr die Abneigung gegen den Vaygharier ansah. »Reothe packte mich, drückte mir etwas aufs Gesicht, und dann weiß ich nichts mehr, bis ich hier aufwachte und ihr alle da wart.«

»Dann habt Ihr ihn nicht kommen oder gehen sehen?«

»Nein.« Das war die Wahrheit.

»Dann habt Ihr nichts dagegen, wenn wir die Bibliothek durchsuchen?«

Widerspruch stand auf den bläulichen Lippen des Hüters, und Imoshen musste lächeln.

»Ihr dürft suchen, aber wagt es nicht, die wertvollen Manuskripte zu beschädigen. Und jetzt muss ich gehen und den Trank für den Hüter brauen. Lasst den Mann in sein Zimmer tragen.«

Gefolgt von Merkah kehrte sie in ihre eigenen Gemächer zurück. »Ich muss mich auf meine Heilarbeit konzentrieren. Lass mich allein.« Sobald die Tür geschlossen war, zog sie das kleine Buch, noch warm von ihrem Körper, unter dem Tuch hervor. T'Endomaz – die Gesetze der T'En. Imoshen wollte unbedingt glauben, dass es dem jungen Kaiser T'Ashmyr gehört hatte, dem größten aller T'En-Herrscher.

Was, wenn jemand das Buch stahl, bevor sie es übersetzen konnte? Sie ging zu ihrer Truhe und riss sie auf, aber das war ein zu offensichtliches Versteck. Ihr Blick fiel auf das T'Enchiridion der Aayel. Die Tradition hätte gefordert, dass das Buch mit ihr verbrannt wurde, aber Imoshen hatte es behalten, denn sie wusste, dass sie ihre Erinnerung an die Worte für das Herbstfest auffrischen musste.

Schnell holte sie das T'Enchiridion heraus. Es war doppelt so groß wie das T'Endomaz. Sie nahm ihr Messer aus seinem Versteck und bemerkte erst in diesem Augenblick, dass Reothe es wohl zurückgesteckt haben musste. Sie schnitt die Rückseite des Einbands von innen auf und schob das T'Endomaz hinein. Wenn niemand ihre Ausgabe des T'Enchiridions genau untersuchte, würde man es nicht finden.

Reothe hatte ihr mehr als nur ein Buch gegeben. Er hatte ihr einen Schlüssel zur Beherrschung ihrer Kräfte gegeben. Gegen ihren Willen verglich sie dieses Geschenk mit dem, das sie von Tulkhan erhalten hatte. Wie gut er sie kannte! Dennoch würde sie sich nicht mit Reothe verbinden. Er mochte vielleicht behaupten, die Zukunft gesehen zu haben, aber der Blick war oft irreführend.

Sie hatte sich an Tulkhan gebunden, und daran konnte nichts etwas ändern, nicht einmal Reothes Verlockung einer so mächtigen Gemeinschaft, dass sie alle Geheimnisse ihrer Kräfte entdecken könnte.

Es war Stadtgespräch in T'Diemn. Reothe habe sich ungesehen in den Palast gestohlen, habe T'Imoshen verführt und ein Dutzend Männer getötet, bevor er in einem hellen Lichtblitz verschwunden sei. Es brachte Tulkhan in weniger als zwei Wochen in die Stadt zurück.

Er tauchte plötzlich spät an einem Abend auf, nachdem Imoshen sich schon in ihre Gemächer zurückgezogen hatte. Sie saß lesend am Feuer, als er hereinkam. Sein Anblick bewirkte, dass ihr Herz vor Freude hüpfte, aber dann bemerkte sie, wie er sie ansah, und verzweifelte.

Tulkhan warf seinen Umhang und die Handschuhe auf den Tisch und ging dann auf Imoshen zu. Sie kam ihm schöner vor als je zuvor, ihre feinen Züge von der Blüte neuen Lebens weicher gemacht. So spät in ihrer Schwangerschaft hätte sich eine ghebitische Frau vor allen anderen als den Frauen in ihrem Haus verborgen. Statt sich von ihrem veränderten Körper abgestoßen zu fühlen, hätte Tulkhan sie am liebsten überall berührt, er wollte jede reife

Wölbung genießen. Aber zuerst musste er die Wahrheit wissen.

»Stimmt es, was sie sagen? Hat er dich vergewaltigt?«

Sie lachte, und er hätte sie am liebsten erwürgt.

»Selbstverständlich nicht. Das ist eine ghebitische Sitte.«

Tulkhan ignorierte die Beleidigung. »Dann hast du dich ihm freiwillig hingegeben?«

»Ich war nicht bei Bewusstsein, als der Hüter mich mit Reothe fand.«

»In jedem Dorf, auf jedem Landsitz eines Adligen höre ich dieselbe Geschichte«, knurrte Tulkhan. »Sie sagen, das wäre nicht das erste Mal gewesen. Sie sagen, das Kind, das du trägst, wäre seins, und ihr beiden würdet mich umbringen, wann es euch passt.«

Imoshen drückte sich aus dem Sessel hoch. Das zusätzliche Gewicht des Babys verlangsamte ihre Bewegungen, machte sie aber kein bisschen weniger anmutig. Es tat ihm weh, sie anzusehen und dabei an diese Gerüchte denken zu müssen. Wenn man ihnen Glauben schenkte, war sie Fleisch gewordener Verrat.

Sie ging auf ihn zu, die Hände ausgestreckt, die Handflächen nach oben, die Miene sanft und ein wenig spöttisch, aber er glaubte, dahinter ein Drängen zu erkennen, das sie nicht ganz verbergen konnte.

»General, wie kannst du dir darüber Gedanken machen, was sie sagen, wenn du doch weißt, dass du für mich der Erste und Einzige warst?«

Er wusste, dass das stimmte. Er zog sie an sich, spürte die feste Wölbung mit dem Baby zwischen ihnen. Ein paar rasche Tritte sagten ihm, dass seinem Sohn der Druck nicht gefiel. Erschrocken sah er Imoshen an. Sie lächelte. Er würde nun bald Vater sein. Der Beweis dafür hatte ihn gerade getreten. Tulkhan lachte entzückt.

»Unser Sohn ist ein lebhaftes kleines Geschöpf«, meinte

sie. »Sag, wie viele Männer hast du beim Kampf gegen die Rebellen verloren?«

Dieser abrupte Themenwechsel verblüffte Tulkhan. Einen Augenblick war sie noch ganz Frau, im nächsten dachte und sprach sie wie ein Mann. Das beunruhigte ihn mehr, als er je zugeben würde.

Müde schüttelte er den Kopf. »Für das, was wir erreicht haben, sind zu viele gestorben. Genug, um mir deutlich zu machen, dass du Recht hattest. Die Rebellen verbergen sich, schlagen dann ohne jede Vorwarnung zu und verschwinden anschließend wieder in den Schluchten, sodass wir sie nicht verfolgen können. Wenn wir es doch tun, werden meine Männer voneinander getrennt und einer nach dem anderen getötet.« Diese Tode lasteten schwer auf ihm. »Aber ich werde es auch nicht auf deine Art probieren.«

»Was hast du also vor?«

»Darüber denke ich noch nach.«

Sie drückte ihr Gesicht an seinen Hals. Ihr Atem war warm auf seiner Haut, und sein Körper reagierte auf ihre Berührung. Sie musste die Hüften drehen, sodass das Kind seitlich zu liegen kam. Das hier war sein Sohn, und Reothe hatte ihn ihm gestohlen, ohne Imoshen auch nur zu berühren!

»Warum hast du nicht um Hilfe gerufen?«, wollte er wissen. »Dann hätten wir ihn gefangen nehmen können!«

Er spürte, wie sie seufzte. »Zieh deine Sachen aus, du riechst nach Pferd und Schweiß. Lass mich dich baden.«

Sie ging ins Badezimmer, wo sie sich um den Ofen kümmerte und das Ventil öffnete. Wasser strömte dampfend in die taillenhohe Wanne.

Tulkhan sah ihr ehrfürchtig nach. Er lebte noch nicht so lange im Palast, dass er diese ungewöhnlichen T'En-Erfindungen für selbstverständlich hielt, vor allem nicht, nachdem er wochenlang im feindseligen Hochland unterwegs gewesen war.

Imoshen kam näher, bereit, ihm beim Ausziehen zu helfen. Der Gedanke daran, dass sie ihre Hände über seinen eingeseiften Körper gleiten lassen würde, erregte ihn trotz des ghebitischen Verbots solcher Dinge. Nach ghebitischen Gesetzen hätten sie sich im letzten kleinen Mond ihrer Schwangerschaft keinerlei Intimitäten gestatten dürfen. Und Imoshen versuchte entschieden, ihn abzulenken. Reothe war hier gewesen, hier im Palast.

Er packte ihre Hände, bevor sie ihn berühren konnte. »Gibt es etwas, das du mir verschweigst?«

Sie sah ihn an. Ihre Miene wirkte ein wenig berechnend, aber das könnte auch an der Art liegen, wie das Licht auf ihr Gesicht fiel.

»Ich habe Reothe nicht hierher eingeladen, aber er ist hier aufgewachsen. Er kennt die Geheimgänge.«

»Er ist nicht einfach nur erschienen?«

»In einem Lichtblitz? Nein.« Sie schüttelte den Kopf und lächelte Tulkhan zärtlich an.

»Dann war er also wirklich hier. Er wird langsam arrogant.«

»Ich weiß nicht, wie er ungesehen hinein- und herausgekommen ist, aber ich bin froh, dass er das getan hat, denn es hat dich nach T'Diemn zurückgebracht.« Sie grinste ihn herausfordernd an, dann zupfte sie an den Schnüren. »Wirst du jetzt hier bleiben?«

»Ich weiß es nicht. Meine Männer sind auf dem Rückzug …«

»Sie sammeln sich.«

»Es sieht aus wie eine Niederlage. Es stinkt nach Niederlage.«

»Du bist erst besiegt, wenn du tot bist«, erwiderte Imoshen. »Und vorher nicht!«

»Das ist wahr.« Er bewunderte ihre Haltung.

Imoshen drehte ihm den Rücken zu. »Löse die Schnüre.«

Sein Herz klopfte laut und seine Finger zitterten, als er an dem Knoten nestelte. Tulkhan schluckte.

»Warte«, flüsterte Imoshen.

Sie ging zur Tür und verriegelte sie, dann wandte sie sich ihm zu und ließ das Gewand von den Schultern gleiten. Als er ihre nackte Schönheit mit Blicken trank, wusste er, dass er alle Gesetze, mit denen er aufgewachsen war, beiseite schieben würde, um sie haben zu können. Gab es etwas, das er nicht für sie tun würde?

Am nächsten Tag stand Tulkhan in seinem Kartenzimmer und studierte die Karten des Hochlands von Keldon. Wenn er Festungen baute, um die beiden Pässe in der Region zu sichern, würde das die Bewegungsfreiheit der Rebellen einschränken. Er überlegte gerade, wie die stolzen Adligen dort auf eine solche Maßnahme reagieren würden, als er das Kratzen eines Kammes an der Tür hörte.

Merkah kam mit der Tinte und der Feder herein, um die er gebeten hatte.

»Schließ die Tür«, sagte Tulkhan.

Sie legte die Dinge auf den Tisch.

»Und?«, fragte Tulkhan.

»T'Imoshen hat jeden Tag nach Nachrichten von Euch gefragt.«

»Hatte sie irgendwelche Besprechungen mit Besuchern, die unerwartet eintrafen?«

Das Mädchen starrte ihn verwirrt an.

»Einer der Adligen aus Keldon oder ein Bote von ihnen?«

Merkah schüttelte den Kopf.

»Also ist nichts Ungewöhnliches geschehen?«

»Nun, da war dieser Tag, an dem T'Reothe ...«

»Davon abgesehen.« Tulkhan fragte sich, was sich das Mädchen wohl davon erwartete, seine Herrin zu verraten. Sie begriff doch sicher, dass er ihr nie vertrauen würde, und wenn Imoshen jemals entdecken sollte, was Merkah tat, würde sie ihre Stellung verlieren.

»Nein, General.«

Er schickte sie weg und wandte sich wieder den Karten zu. Seine Männer erwarteten, dass er sie zum Sieg führte, auch wenn im Grunde keine Chance dazu bestand. Aber Reothe folgte nicht den üblichen Regeln der Kriegsführung. Er kam, schlug zu und verschwand dann wieder, geschützt von mürrischen Bauern, die behaupteten, nichts gesehen zu haben. Ein Klopfen an der Tür riss Tulkhan aus seinen Gedanken.

»Ja?«, antwortete er und erwartete, einen seiner Männer zu sehen.

Ein Diener, den er nicht kannte, kam mit einem Tablett mit Essen herein. »Ich ...« Dann bemerkte er den Mann, der den Diener begleitete.

»Kommt herein, Kinraid, und esst mit mir.« Er hörte selbst, wie gekünstelt er klang, und fragte sich, wie sehr er sich wohl schon verändert hatte.

Der Vaygharier hatte ihm schon zweimal zuvor Nachrichten übermittelt. Tulkhan wollte ihn glauben lassen, dass er sich mit dieser Information sein Vertrauen erworben hatte. Außerdem hörte er Kinraids Lügen lieber aus dem Mund der Schlange selbst als von Menschen, denen er vertraute.

»Du darfst gehen«, sagte Tulkhan zu dem Diener.

»Nein, er sollte bleiben. Er hat etwas zu erzählen, das Euch betrifft«, widersprach Kinraid.

Tulkhan nickte, schob die Landkarten beiseite, um Platz auf dem Tisch zu machen, setzte sich wieder hin und streckte die langen Beine aus. Er wusste, dass er lässig und entspannt wirkte. Es war Täuschung.

Der Diener goss Tulkhan und seinem Herrn Wein ein.

»Sprecht, Kinraid.« Tulkhan nahm den Wein entgegen.

»In diesem Palast wimmelt es von Geheimgängen«, verkündete er. »Auf diese Weise hat Reothe es geschafft, unbeobachtet hereinzukommen.«

»Das hat Imoshen mir bereits gesagt.«

»Sie behauptet auch, bewusstlos gewesen zu sein. Aber mein Diener hörte, wie sie mit dem Rebellenführer sprach.«

»Sie haben miteinander gesprochen?« Misstrauisch sah er die beiden Männer an. »Hat er verstanden, was sie sagten?«

Kinraid schüttelte den Kopf. »Ihre Worte wurden von der Tür gedämpft, Generalprotektor. Aber sie unterhielten sich eine ganze Weile, bevor der Hüter zurückkehrte und sie dabei erwischte, wie er sie verführte.«

Tulkhan wandte den Blick ab. Der Raum vor ihm begann, sich zu drehen.

»Mein Diener war einer der Ersten, die ins Zimmer kamen«, fuhr Kinraid unaufhaltsam fort. »Er fand den Hüter am Boden, und Eure Gemahlin schien bewusstlos zu sein. Sie war beinahe nackt. Der Hüter sagte, er hätte sie dabei erwischt, wie sie sich umarmten ...«

»Wenn sie bewusstlos war, dann war es Reothe, der sie umarmte«, verbesserte Tulkhan.

Kinraids spöttisches Schweigen ließ tausend Möglichkeiten offen. Imoshen war nicht dumm. Was wäre besser geeignet, um einen Verdacht von sich abzulenken, als sich ohnmächtig zu stellen?

»Ob sie nun bewusstlos war oder nicht«, fuhr Kinraid fort, »es ist klar, dass sie die Möglichkeit hatte, um Hilfe zu rufen. Wir hätten den Rebellenführer festnehmen können, und er würde jetzt im Kerker auf Euch warten!«

Die Vorstellung von Reothe in einem Kerker war angenehm. Aber Tulkhan bezweifelte, dass eine einfache Kerkerzelle den T'En-Krieger lange festhalten konnte.

Der General wusste nicht, was er tun sollte. Wie sollte er Reothe besiegen können? Kein Zeitgenosse kannte das Ausmaß der Dhamfeer-Kräfte. Keiner außer Imoshen.

Der Gedanke trieb ihn zum Handeln.

»Wohin wollt Ihr?«, fragte Kinraid.

Tulkhan war wütend. Er hatte es nicht nötig, einem Mann, dessen Handwerk der Verrat war, zu erklären, was er tat.

Kinraid sah die Miene des Generals, wich abrupt zurück und verbeugte sich entschuldigend.

In den Fluren waren ungewöhnlich viele Diener unterwegs. Nein, Imoshen war nicht in der Bibliothek. Nein, sie war auch in keinem der öffentlichen Räume. Auch nicht in der Küche oder in einem Vorratsraum. Irgendwer hatte gesehen, wie sie sich zu einem Spaziergang aufmachte.

Tulkhans Stiefel knirschten auf dem feinen weißen Kiesweg zum Palastgarten. Was hatte Reothe gesagt? Jene, die du liebst, haben die größte Macht, dich zu verwunden. Tulkhan spürte ein bitteres Lächeln auf den Lippen. Liebe. Er hatte keine Zeit für Gefühle, die ihn nur schwächten. Er würde vollkommen ruhig bleiben und ihr die Wahrheit heimtückisch entlocken. Dort war sie, unter den Bäumen.

Imoshen legte den Kopf schief und betrachtete den Obstbaum. Die Gärtner behaupteten, dass dieser blütenreiche Baum Unmengen Steinobst produzierte. Wenn sie nun einen Zweig nehmen und ihn auf einen der Obstbäume in der Festung zu Hause pfropfen …

»Imoshen!«

Als sie sich zu Tulkhan umdrehte, war sie erschüttert von seiner Miene. Aber äußerlich blieb sie ruhig und brach einen Zweig voller Blüten ab, bevor sie ihn begrüßte. »Ich denke, ich werde ein paar dieser Zweige mit zurück zur Festung nehmen. Es heißt, dieser Baum sehe nicht nur im Frühjahr wunderbar aus, sondern brächte auch hervorragendes Obst.«

»Imoshen!« Er packte sie an den Schultern. »Du hast mich belogen. Du sagtest, Reothe hätte dich bewusstlos geschlagen, aber nun erzählt man mir, dass du mit ihm gesprochen hast.«

»Haben deine Spione so lange gebraucht, um dir Bericht zu erstatten?«

Er starrte sie wütend an, und sie verfluchte ihre boshafte Zunge.

»Du hast gelogen, Imoshen!«

»Ich habe es einfach nicht erwähnt. Reothe hat mich wirklich bewusstlos gemacht, und ich habe keine Ahnung, wie er es getan hat.« Das ärgerte sie immer noch. »Aber zuvor haben wir uns unterhalten.«

»Worüber?«

Die Zeit für die Wahrheit war gekommen. Mit einem Ruck riss sie sich los und rieb sich den Abdruck seines Zorns von der Haut ihrer Schultern. »Es war mein achtzehnter Geburtstag, der Tag, an dem ich mich mit Reothe hätte verbinden sollen. Er ist gekommen, um mich zu sehen, und wollte mich bitten, mit ihm zu kommen.«

Tulkhan blinzelte. Sie sah ihm an, dass er die Wahrheit unangenehm fand, aber er schien nicht überrascht.

»Wie lautete deine Antwort?«

»Ich bin hier, oder?« Imoshen stieß ihn fest genug vor die Brust, um ihn wissen zu lassen, wie wütend sie war.

Tulkhan nahm den Schlag gelassen hin, aber es schien, dass nichts seine schlechte Stimmung durchdringen konnte.

»Warum hast du nicht um Hilfe gerufen?«, wollte er wissen. »Wir hätten Reothe festnehmen können, und er würde jetzt schon auf seine Hinrichtung warten.«

»Das bezweifle ich.«

»Du denkst also, ein Nur-Mensch könnte keinen von deiner Art festhalten?«

Imoshen zögerte. Sie hatte Tulkhan noch nie so wütend erlebt. Warum bezeichnete er sein Volk als Nur-Menschen? Dann erinnerte sie sich daran, dass Reothe diesen Begriff ebenfalls benutzt hatte. Hatte Reothe die Saat des Zweifels in den Geist des Generals gesät, damit sie dort wuchs und ihn schließlich vernichtete?

Instinktiv hob sie die Hände, wollte sie auf Tulkhans Wangen legen, aber er packte sie und zog ihre Arme wieder nach unten. Seine Kraft, verstärkt von Zorn, drohte, die zierlichen Knochen ihrer Handgelenke zu brechen. Sie biss die Zähne zusammen.

»Hör auf, deine Dhamfeer-Spielchen mit mir zu spielen, Imoshen!«

»Im Gegenteil, ich denke, dass Reothe vielleicht ein Spielchen mit dir gespielt hat.« Sie versuchte, so ruhig wie möglich zu wirken. »Ich hatte vor nachzusehen, ob er dir Zweifel eingepflanzt hat. Sie spürte, wie er angewidert schauderte, bevor er ihre Handgelenke losließ.

»Ich bin nicht dein Feind«, erklärte sie.

»Wenn du mich davon hättest überzeugen wollen, dann hättest du Reothe festnehmen lassen.«

»Du hast leicht reden.« Warmer, samtiger Zorn durchzuckte sie und hinterließ einen metallischen Nachgeschmack auf ihrer Zunge. »Ich habe nicht dieselben Kräfte wie Reothe. Wie viele Männer wären bei dem Versuch, ihn hier festzunehmen, umgekommen?«

»Sie wären mit Freude für mich gestorben!«

»Ich bin nicht so schnell, wenn es darum geht, den Tod anderer zu befehlen!«

Tulkhan verzog das Gesicht.

Sie hob die Hände, die Handflächen nach oben. »General?«

»Was hatte er vor, als du nackt in seinen Armen lagst?« Die Qual in seiner Stimme rührte sie.

»Ich war nicht nackt. Die Schnüre meines Unterkleides waren zerschnitten.«

Tulkhan schnaubte.

»Ich weiß nicht, was Reothe getan hat. Ich war nicht bei

Bewusstsein. Er hat seine Kräfte benutzt. Vielleicht hatte er vor, mich durch den Geheimgang wegzuschleppen. In diesem Fall solltest du froh sein, dass der Hüter uns gefunden hat.«

Der General trat einen Schritt zurück.

»Tulkhan, bitte«, flehte sie.

»Dir gehen die Antworten zu leicht von der Zunge, Imoshen. Von diesem Tag an werde ich nicht mehr in dein Bett kommen. Ich traue dir nicht mehr.«

Das war der letzte Schlag. »Dann bist du verloren, denn ich bin die Einzige, der du trauen kannst. Ich liebe dich.« Das hatte sie beinahe gegen ihren Willen ausgesprochen.

Sie sah, wie er zusammenzuckte. War ihre Liebe etwas so Schreckliches? Die Zurückweisung war beinahe ein körperlicher Schlag. Sie taumelte. »General?«

Er drehte sich auf dem Absatz um und ging davon.

Imoshen konnte nur verschwommen durch ungeweinte Tränen zusehen, wie Tulkhan steif davonging. Als er um die Ecke bog und die blühenden Bäume ihn verbargen, gaben ihre Knie nach und sie sank auf den Kiesweg. Der Schmerz in ihren Knien war nichts verglichen mit dem in ihrer Brust.

Sie konnte nichts mehr tun. Der General würde ihr nie mehr trauen. Indem er sich von ihr zurückgezogen hatte, hatte er sein Schicksal besiegelt und Reothes Prophezeiung seines Todes so gut wie erfüllt.

Sie starrte den Kies an. Der Zweig war ihr unbemerkt aus den Händen gefallen, und zerdrückte Blüten lagen rings um sie herum. Sie waren auf ihnen herumgetrampelt und hatten die feinen Blütenblätter zerstört. Alles, woran Imoshen gearbeitet, was sie geplant hatte, würde vielleicht vernichtet sein, bevor der Baum abermals blühte. Wenn Tulkhan starb, würde es sie nicht mehr kümmern, ob sie noch die Blüten des nächsten Frühjahrs erleben würde.

Als Imoshen in den Palast zurückkehrte, müde und verzweifelt, fand sie den General in ihrem Schlafzimmer. Diener eilten umher und packten seine Sachen.

Sie hatte nicht vor, diese Leute Zeugen ihrer privaten Auseinandersetzungen werden zu lassen. Quer durch das Zimmer hinweg sah sie Tulkhan an.

»Ich ziehe wieder in mein altes Schlafzimmer. Ich werde nur lange genug hier bleiben, um zu sehen, wie mein Sohn zur Welt kommt«, informierte der General sie kühl.

Imoshen leckte sich die Lippen. »Komm mit mir zu einem Spaziergang im Hof.«

Er hätte sich geweigert, aber es war ihm klar, dass ihre Bitte nicht von ungefähr kam. Sie war sich der neugierigen Blicke der Diener sehr bewusst, als sie ihn nach draußen führte.

»Nun?«, fragte er, als sie nicht sofort weitersprach.

»Ich habe dies zuvor nicht erwähnt, weil ich nicht sicher bin.«

»Keine T'En-Rätsel jetzt, Imoshen. Sag, was du zu sagen hast!«

Sie fuhr zu ihm herum. »Ich bin nicht deine ghebitische Frau, die du einfach schikanieren kannst.« Sie hielt inne und holte tief Luft, um sich zu beruhigen. »Ich will ganz ehrlich sein: Ich weiß nicht, wann dein Sohn zur Welt kommen wird. Meine Mutter war ein ganzes Jahr mit mir schwanger. Dein Sohn ist zum Teil T'En, also könnte es …«

»Willst du behaupten, es sei möglich, dass er nicht vor dem Erntefest zur Welt kommt?«

Imoshen nickte und sah Tulkhan in die Augen. Seine ghebitischen Züge verbargen seine Gedanken zu gut. »Rückschläge wie ich selbst brauchen ganze acht kleine Mondzyklen, um sich zu entwickeln.«

»Die Kinder von Echtmenschen brauchen etwa sechs«, meinte Tulkhan. »Du behauptest also, je länger es dauert, desto mehr T'En wird mein Sohn sein?«

Imoshen bemerkte, wie angewidert er war, aber sie wollte ihm nicht die Befriedigung geben, ihn wissen zu lassen, wie sehr sie das schmerzte.

Tulkhan wandte sich ab und überraschte damit die Diener, die ganz offen durch die Glastüren zusahen. Er gestikulierte ihnen zornig, und sie eilten zurück an die Arbeit.

Der Sommer hatte bereits begonnen. Sein Sohn hätte, wenn er ein Echtmensch wäre, jederzeit kommen sollen. Tulkhan verzog das Gesicht. Warum hatte er das Offensichtliche geleugnet? Wenn das Kind Imoshen ähnlich war, würde es ein halber T'En sein – ein fremdartiges Geschöpf wie Reothe. Sein Sohn hätte genauso gut der seines Feindes sein können.

Tulkhan ging auf die Tür zu.

»Wo willst du hin?«, rief Imoshen.

Er antwortete ihr nicht, sondern riss die Tür auf.

»Ihr könnt euch das Umräumen sparen«, sagte er den Dienern. »Ich werde zu meinen Männern zurückkehren.«

Sie starrten erst ihn und dann Imoshen an. Eilig fassten sie sich, dann verbeugten sie sich rasch und überließen das Paar sich selbst.

Tulkhan wollte nicht mit Imoshen allein sein. Sie nur anzusehen war quälend.

»Willst du mich wirklich verlassen?« Ihre Stimme war heiser.

Er warf ihr einen kalten Blick zu und schottete sich vor ihrem Schmerz ab. »Ich werde gehen, sobald ich bereit bin.«

Imoshen hätte sich beinahe eine gewisse Hoffnung zugestanden, als Tulkhan sie ins Kartenzimmer rufen ließ, aber als sie seine grimmige Miene sah, wusste sie, dass er sich immer noch vor ihr verschlossen hatte.

»Ich habe die Pässe eingezeichnet. Gibt es noch andere?«, wollte er wissen und zeigte auf eine Karte des Hochlands von Keldon.

Sie verbarg ihre Enttäuschung und betrachtete die Landkarte. »Nur diese beiden. Der Größere Pass führt direkt nach T'Diemn, und die meisten Handelskarawanen ziehen dort entlang. Der Geringere Pass ist eine längere, schwierigere Route und wird nur von kleinen Gruppen genutzt. Die Schluchten im Hochland sind steil, tief und verräterisch. Ein Reisender kann sich leicht verirren. Was hast du vor?«

»Befestigungen. Wenn ich erst einmal die Pässe kontrolliere, kann ich die Bewegungen der Adligen aus Keldon überwachen und sie vom Handel abschneiden. Das Hochland ist weder reich noch fruchtbar. Wenn es sein muss, kann ich diesen Leuten das Leben sehr schwer machen. Sollen sie doch zwischen frischen Vorräten und ihrer Unterstützung für die Rebellen wählen!«

Imoshen zögerte. »Sie sind ein stolzes Volk und an ein karges Leben gewöhnt.«

»Wozu würdest du raten, Imoshen? Soll ich den Fehler deiner Ahnen wiederholen, in eines ihrer Dörfer marschieren und verlangen, dass sie Reothe und seine Rebellen ausliefern? Soll ich die Dorfleute hinrichten lassen, bis die Überlebenden mit mir zusammenarbeiten?«

Entsetzt schüttelte sie den Kopf.

»Dann ist das da die Alternative. Es sei denn, du hast es dir anders überlegt, was das Auffinden seines Lagers angeht. Nein?« Seine Miene war berechnend. »Dann werden wir tun, was du vorgeschlagen hast. Reothe eine Botschaft schicken. Die Botschaft wird besagen, dass du dich mit ihm treffen willst, aber ich werde an deiner Stelle dort sein. Ich werde ihn in einem Hinterhalt gefangen nehmen, bevor er den Treffpunkt erreicht. Er braucht nicht einmal herauszufinden, dass du ihn verraten hast.«

In diesem Augenblick begriff Imoshen, dass sie Reothe nie verraten würde. Sie fürchtete ihn, sie misstraute ihm, aber er war ihr Verwandter, der Letzte ihrer Art. Sie konnte ihn nicht in den Tod locken.

»Es würde nicht funktionieren. Reothe würde es wissen, wenn ich nicht auf ihn warte.«

»Aha.« Grimmig rollte Tulkhan die Karte auf. »Wenn ich die Pässe schließe, kann ich die Überfälle der Rebellen beenden. Das wird dafür sorgen, dass sich die Menschen südlich von T'Diemn in Sicherheit befinden. Ich reite nun.« Aber er blieb immer noch stehen und sah sie schweigend an.

Imoshen hob die Hände. »Wenn du mir nur vertrauen würdest!«

Sie zuckte zusammen, als er laut zu lachen begann.

»Ich bin vielleicht ein Barbar, Imoshen, aber das heißt nicht, dass ich dumm bin. Bring mir Reothes Kopf in einem Korb, dann vertraue ich dir!«

Ihr wurde übel.

Mit einem Fluch war Tulkhan verschwunden.

Sie setzte sich hin, zu erschüttert, um klar denken zu können. Zerstreut strich sie über die Feder, mit der Tulkhan gespielt hatte, und spürte seine Entschlossenheit. Sollte Reothe wirklich dumm genug sein, die Festungen mit einer großen Streitmacht anzugreifen, würde keine Seite etwas erreichen. Aber warum sollte Reothe damit warten, bis die Befestigungen gebaut waren? Warum nicht angreifen, solange die Ghebiten verwundbar waren?

Imoshen wusste, dass Tulkhan nicht vorhatte zurückzukehren, bis die Festungen vollendet und bemannt waren. Das würde bis zum Herbst dauern, vielleicht sogar bis zum Beginn des Winters. Sie konnte kaum glauben, dass der General sie wirklich noch vor der Geburt ihres Sohnes verlassen wollte, aber man hatte ihr auch gesagt, dass die Ghebiten sich in dieser ›unreinen‹ Zeit ohnehin von ihren Frauen fern hielten. Wie sehr sie doch alles Ghebitische hasste!

17

Tage, dann Wochen vergingen in einem beinahe betäubten Zustand. Während Imoshen mechanisch schlief und aß, bewegte sich das Kind unruhig in ihr, als wartete es ungeduldig auf die Freiheit. Es hatte den höchsten Punkt unter ihrem Brustkorb erreicht, musste sich aber noch senken, damit sie ein wenig Erleichterung von dem Druck verspüren würde. Sie war ununterbrochen müde.

Imoshen schlief und träumte, wieder in der Festung zu sein, wo ihre Familie die bevorstehende Geburt feierte. Es würde ein großes Ereignis werden. Die Aayel hatte ihr weise Ratschläge über die Wehen gegeben. Plötzlich hatte sie eine schreckliche Vorahnung, und sie erwachte mit laut klopfendem Herzen.

Würde bei der Geburt etwas schief gehen? Warum hatte sie solche Angst?

Sie brauchte das Silbertablett, um sich konzentrieren zu können. Sie fühlte sich hin und her gerissen zwischen ihrem Bedürfnis, etwas zu wissen, und ihrer Angst davor. Dann siegte das Vorgefühl. Sie ging zu ihrer Truhe, dem einzigen Gegenstand im ganzen Palast, der wirklich ihr gehörte, und suchte darin.

Merkah hätte das Tablett wirklich nicht anrühren dürfen. Verärgert drückte Imoshen es an die Brust. Dann nahm sie es mit ins Badezimmer, um ein wenig Wasser darauf zu gießen. Sie stach sich mit dem Dolch in den Daumen und drückte zwei Blutstropfen ins Wasser. Einer für ihre Seele, der andere für die ihres Sohns. Sie trafen auf die Wasseroberfläche und breiteten sich in Wirbeln aus.

Die Spirale feinen Blutes zog ihren Blick an. So hatte es nie zuvor ausgesehen. Sie sollte sich lieber auf die Geburt konzentrieren, aber die Bilder, die sie sah, bannten sie. General Tulkhan! Sie sah ihn zu Pferd sitzen, wie er die Erdarbeiten der Festung überwachte. Der Boden war verräterisch, der Pass steil. Er schwang sich aus dem Sattel, um mit den Ingenieuren zu sprechen.

Imoshen sah, wie sein dunkles Haar im Wind wehte. Sie hätte ihn gerne berührt. Es war ein intensives, körperliches Bedürfnis. Aber sie durfte dem nicht nachgeben. Sonst würde er sie vielleicht spüren.

Die Wasseroberfläche schimmerte. Immer noch sah sie Tulkhan vor sich, aber diesmal stand er dem Tod gegenüber. Die Soldaten rings um ihn fielen, kaum geschützt vor ihrer halb vollendeten Festung. Warum versuchten sie nicht, sich zu verteidigen? Rebellen sprangen über die Mauern und brüllten Reothes Namen.

Reothe! Zu spät, sie konnte den Gedanken nicht aufhalten. Das Tablett schimmerte bereits. Imoshen wusste, sie sollte nicht hinsehen, aber eine schreckliche Faszination ging von dem Bild aus. Reothe stand an einer heißen Quelle. Er schien allein zu sein, bis auf ein Kind von etwa acht Jahren. Aus diesem Blickwinkel war es schwer zu sagen, ob das Kind männlich oder weiblich war.

Plötzlich hielten beide inne und drehten sich zu ihr um. Reothe kniff misstrauisch die Lider zusammen. Aber es war der Blick des Kindes, den Imoshen nicht ertragen konnte. Es waren die ältesten Augen, die sie je gesehen hatte. Mit kaltem Entsetzen wusste sie, dass sie in die Augen einer der Alten schaute.

Sie klammerte die Finger um das Tablett. Sie musste den Kontakt abbrechen. Mit dem letzten Rest ihrer Willenskraft schleuderte sie das Tablett beiseite und blieb atemlos stehen. Die Silbertafel flog aus ihren Händen, drehte sich in der Luft und brach durch eines der Buntglasfenster.

Das Geräusch zerbrechenden Glases riss sie aus ihrer Trance. Wie hatte sie so dumm sein können? Sie war zu unerfahren, um in die Zukunft zu schauen. Dieses Vorgefühl musste eine Warnung vor Tulkhans Tod gewesen sein, nicht vor dem ihres Kindes.

»T'Imoshen, seid Ihr verletzt?« Merkah riss die Tür auf und starrte dann entsetzt das zerbrochene Fenster an. Blei reckte sich wie gebrochene Finger in den leeren Himmel. »Was ist passiert?«

Imoshen hatte keine Ahnung, was sie sagen sollte. Sie richtete sich auf. »Pack meine Sachen. Lass mein Pferd satteln. Ich will ausreiten.«

»Aber ...«

»Sofort!«

Merkah duckte sich. Imoshen bemerkte das Aufflackern von Ablehnung in ihren Augen. Sie war zu streng mit dem Mädchen gewesen. Obwohl sie es versucht hatte, war der Kontakt zu ihrer neuen Zofe nie so eng geworden wie der zu Kalleen.

Imoshen ging zu ihren Gemächern, wo Merkah bereits mit Packen beschäftigt war. »Nein, nichts Aufwändiges. Ich reise zum General. Ich brauche Reitkleidung.«

Das Problem bestand darin, dass nichts über ihren Bauch passen wollte. Sie warf die Kleider beiseite und zog ein Paar Reithosen an, die sie nur bis unter ihren Bauch zuband. Eines von Tulkhans Hemden war weit genug. Es fiel ihr bis auf die Oberschenkel und war für einen Ritt durchaus angemessen, wenn auch nicht für den Hof. Sie nahm auch ihren Umhang mit, als Bettdecke.

»Wer wird Euch begleiten, Herrin?«

»Niemand. Allein komme ich schneller weiter.« Und verkleidet. Sie wollte nicht, dass Reothes Leute ihm Bericht erstatteten.

Sie spürte nun beinahe so etwas wie Vorfreude. Wenn sie Tulkhan rechtzeitig erreichen würde, um ihn vor dem Angriff zu warnen, musste er einfach glauben, dass sie treu zu ihm stand. Und wenn sie ihn nicht warnte, würde er sterben.

Das Bedürfnis, endlich loszureiten, verzehrte sie.

»Aber Herrin, Ihr könnt doch nicht allein gehen!«

»Nein? Ich brauche keine Zofe und keine Diener. Ich bin nicht unfähig!« Imoshen zuckte selbst über ihren Tonfall zusammen. Merkah erstarrte und zog sich hinter eine Mauer beleidigter Würde zurück.

»Ich habe es eilig, Merkah«, sagte Imoshen sanfter. »Lass die Köchin Vorräte für mich packen. Ich werde keine Zeit zum Jagen haben.«

Schon bald war sie im Stall und befestigte die Satteltaschen. Einen Augenblick später spürte sie, dass jemand sie beobachtete. Sie schaute über die Schulter.

Der Vaygharier. Zorn flackerte in ihr auf.

Er hob die Hände zu einer beruhigenden Geste. »Das ist wirklich unklug, Herrin. Der General hat mir befohlen, über Euch zu wachen.«

Sie schnaubte. »Es stinkt hier geradezu nach Lügen!«

»Nehmt wenigstens eine Eskorte mit«, gab er nach. »Eine Frau in Eurem Zustand kann nicht allein reisen.«

Einen Augenblick lang dachte sie daran, ein paar Leute von ihrer Festungswache mitzunehmen, aber das würde ihre Identität verraten. Sie gab sich nicht die Mühe, dem Vaygharier zu antworten, sondern griff nach den Zügeln und wollte das Tier aus dem Stall führen.

Der Vaygharier packte sie am Arm.

Gedankenschnell riss sie sich los, zog ihr Messer und hielt es ihm an die Kehle. Das Pferd wieherte unruhig und tänzelte ein paar Schritte. Sie hätte beinahe gelacht, als Kinraid sich nervös umsah.

»Ich versuche nur, Euch zu dienen.«

»Ich weiß, wem Ihr dient.« Sie kam näher. »Ich weiß, was Ihr seid. Vergesst nicht, dass ich in Eure Seele geschaut und Euren Tod gesehen habe!«

Er wurde blass. Sie roch die Angst auf seiner Haut. Angewidert verzog sie das Gesicht. »Wenn Ihr noch hier seid, wenn ich zurückkomme, werde ich Euch persönlich die Kehle durchschneiden!«

»So sollte die Herrin der Strahlenden Insel einen Botschafter von Vayghar nicht behandeln.«

»Nein.« Sie lächelte. »So behandle ich einen Verräter. General Tulkhan möchte, dass man ihn für zivilisiert hält, aber mir ist es gleich, was die Leute denken!«

Sie ließ ihn stehen und griff nach den Zügeln des Pferdes. Schweigend führte sie das Tier nach draußen. Ein Dutzend Stallknechte und Palastdiener hatten sich im Hof versammelt und sahen nervös zu, aber niemand wagte, sich ihr in den Weg zu stellen. Sie fragte sich, wem diese Leute wohl im nächsten Sommer dienen würden.

Sie machte sich keine Sorgen wegen der Reise. Sie hatte gesehen, wie Bauersfrauen arbeiteten, bis die Wehen begannen, und hatte ihnen geholfen, ihre Kinder in ärmlichen Hütten zur Welt zu bringen. Sobald die angemessenen Worte gesprochen waren, waren diese Frauen auch schon wieder auf den Beinen und bereiteten das Abendessen für ihre Familien.

Imoshen hatte auch keine Illusionen über die Geburt. In ihrem Reisegepäck befand sich Pulver von einer schmerzlindernden Pflanze. Sie hatte vor, sich einen Sud daraus zu kochen und diesen während der schlimmsten Schmerzen zu trinken.

Sie zog die Kapuze des Umhangs über ihr Silberhaar und führte ihr Pferd durch die stillen Straßen von T'Diemn. Sie musste all ihre Energie darauf konzentrieren, den General rechtzeitig zu erreichen, bevor es zu spät sein würde.

Nach vier Tagen im Sattel hatte Imoshen vollkommen genug vom Reiten. Es war nichts, was sie jemandem im fortgeschrittenen Stadium der Schwangerschaft empfehlen würde. Die Bewegungen des Pferdes lösten in ihren Hüften heiße Schmerzwellen aus, die ganz plötzlich ihre Beine entlangschossen. Und noch schlimmer: Wenn sie abstieg, konnte sie kaum mehr laufen.

Als sie T'Diemn verlassen hatte, hatte sie ein Pferd hinter sich galoppieren hören und war in ein Gehölz geritten, um der Verfolgung zu entgehen. Es war Crawen, die Anführerin der Festungswache, die gekommen war, um sie zu eskortieren. Imoshen war versucht gewesen, sich ihr anzuschließen, aber am Ende hatte sie sie vorbeireiten lassen.

Sie hatte sich darauf konzentriert, mittels ihrer T'En-Kräfte ihr Aussehen zu verbergen. Als sie auf der anderen Seite des Gehölzes herausgekommen war, wusste sie, dass die vaygharischen Spione, die ihr folgten, sie nicht erkennen würden. Sie würden sie vermutlich nicht einmal bemerken. Sie hatte die Gestalt eines umherwandernden T'En-Priesters, eines Mannes, gewählt.

Aber es brauchte tiefe Konzentration, um die Illusion aufrechtzuerhalten, und sobald Crawen enttäuscht zurück nach T'Diemn geritten war, ließ Imoshen in ihrer Vorsicht nach. Es würde genügen, sich in eine Illusion zu hüllen, wenn sie Menschen begegnete, und sich an die weniger benutzten Wege zu halten.

Nun war sie froh, denn nach ihrer Berechnung würde sie Tulkhan bald erreicht haben. Sie befand sich in den Ausläufern des Hochlands von Keldon. Hier waren die Menschen Fremden gegenüber misstrauisch, aber sie würden doch sicher eine müde Reisende nicht abweisen. Sie lenkte ihr Pferd zu einer Rauchfahne, die in den Perlmuttschimmer des Dämmerungshimmels aufstieg. Bald schon hatte sie die Quelle des Rauchs erreicht, eine kleine Bauernhütte aus Feldsteinen mit einem Moosdach. Der Duft von Eintopf ließ ihr das Wasser im Mund zusammenlaufen.

Imoshen duckte sich hinter den Farn und beobachtete einen alten Mann beim Holzhacken und eine alte Frau, die die Hühner und eine einzelne Ziege für die Nacht einsperrte. Für sie war das Leben ein stets gleicher Kreis von Jahreszeiten. Imoshen beneidete sie beinahe um ihren Platz in der Welt. Die Hütte würde für die Nacht eine sichere Zuflucht bieten. Im spärlicher werdenden Licht näherte sie sich der Tür und kratzte daran.

Der grauhaarige kleine Mann öffnete die Tür einen Spaltbreit. »Was wollt Ihr?«

»Grüßt man so in Keldon eine müde Reisende?«

»Viele Fremde kommen und gehen hier«, murmelte die alte Frau hinter ihrem Mann. Mit scharfen Augen betrachtete sie Imoshens schwangeren Bauch.

Imoshen hatte festgestellt, dass die fortgeschrittene Schwangerschaft bei anderen Frauen Hilfsbereitschaft auslöste. An diesem Abend hatte sie nur ihre T'En-Züge verborgen, denn mehr wäre ihr in ihrem erschöpften Zustand zu schwer gefallen.

»Das Kind wird bald kommen. Herein mit Euch«, sagte die Frau.

Imoshen musste sich ducken, um die Hütte zu betreten. »Es hat sich noch nicht gesenkt.«

Die alte Frau gab ein glucksendes Geräusch von sich und klang ganz wie die missbilligenden Hühner, die am anderen Ende der Hütte Zuflucht gesucht hatten. Auch die Ziege hatte etwas dazu zu sagen.

Imoshen war beinahe schwindlig vor Erschöpfung. »Ich kann für Unterkunft und Essen zahlen.«

Die Frau schnaufte beleidigt.

»Als ob wir Euer Geld nehmen würden!«, murmelte der alte Mann.

»Ich danke Euch, Großmutter und Großvater.« Imoshen benutzte den respektvollen Titel für Dorfälteste. Sie sah zu, wie die alte Frau umherhuschte und im Eintopf rührte. Als sie aber bemerkte, dass sie den Strohsack aufschüttelte, sagte Imoshen: »Nein, Großmutter. Ich werde auf dem Boden vor dem Feuer schlafen. Ich will Euch nicht aus Eurem Bett vertreiben.«

Sie sehnte sich jedoch nach warmem Wasser, um sich den Dreck abzuwaschen. Sie wollte sauber sein, wenn sie Tulkhan entgegentrat. Das war ihr einziges Zugeständnis an ihre Eitelkeit.

Trotz der Schmerzen in ihren Hüften ging Imoshen nach draußen, um sich um ihr Pferd zu kümmern. Alles fiel ihr schwer – den Sattel abzunehmen, das Pferd abzureiben. Das Tier hatte nichts dagegen, angepflockt zu werden, und hätte Raubtiere gewittert, wenn welche in der Nähe gewesen wären. Ausnahmsweise fühlte sich Imoshen einigermaßen sicher.

Als sie zurückkehrte, hatte die alte Frau einen schmackhaften Eintopf und Brot mit knuspriger Kruste aufgetischt. Imoshen aß dankbar. Dann wurde sie von Erschöpfung überwältigt. Es gelang ihr gerade noch, dem alten Paar für seine Gastfreundschaft zu danken, bevor sie sich vor der Feuergrube auf den Boden legte, die Arme um den Bauch geschlungen und den Kopf auf der Satteltasche.

Ihr war so heiß, und der Raum fühlte sich erdrückend an. Sie hatte vorgehabt zu warten, bis ihre Gastgeber zu Bett gingen, aber der Drang zu schlafen war unwiderstehlich. Als sie das Bewusstsein verlor, spürte sie, wie die Illusion, die sie erzeugt hatte, verschwand, und wusste, dass man sie nun erkennen würde. Sie würde den alten Leuten vertrauen müssen.

Sie hatte einen schrecklichen Geschmack im Mund.

Imoshen versuchte zu schlucken und würgte. Jemand hielt ihr einen Becher Wasser an die Lippen. Es schmeckte wunderbar. Sie trank gierig. Grausamerweise wurde ihr das Wasser wieder entzogen, bevor sie fertig getrunken hatte.

Es war immer noch dunkel. Hatte sie Fieber? Sie durfte nicht vergessen, dem alten Paar dafür zu danken, ihr Wasser gebracht zu haben. Zumindest hatte sie tief geschlafen.

Seit Beginn dieser Reise war sie kaum imstande gewesen, eine Nacht durchzuschlafen, weil ihre Hüften so wehtaten.

»Danke.« Die Worte waren ein Krächzen. »Hatte ich Fieber?«

»Nein. Man hat Euch betäubt.«

Imoshen kannte diese Stimme. Sie versuchte sich aufzusetzen. Der Mann neben ihr hätte ihr geholfen, aber sie schubste seine Hände weg. »Warum ist es immer noch dunkel?«

»Es ist der Abend des nächsten Tages. Die alte Frau war ziemlich freigiebig mit den Schlafkräutern. Sie wollte nicht, dass Ihr aufwacht und Euren Zorn an ihr auslasst.«

Imoshen befeuchtete die Lippen. »Drake, du könntest auch eine Kerze anzünden. Ich weiß, wer du bist.«

»Das stört mich nicht. Wir haben geschlafen. Aber ja, ich werde ein Licht anzünden.«

Er stocherte in den Kohlen herum, dann entlockte er einer Talgkerze eine Flamme. Imoshen roch den brennenden Docht. Sie sah sich um. Sie waren immer noch in der Bauernhütte oder in einer ganz ähnlichen Behausung.

»Wo bin ich?«

»In den Ausläufern des Hochlands.«

Man hatte sie also an einen anderen Ort gebracht, als sie betäubt gewesen war. »Die Bauern haben mich betrogen.«

Drake lachte. »T'Reothe hat Euch über die Ebene kommen sehen, leuchtend wie ein Feuer. Er hat uns losgeschickt, um das alte Paar vorzuwarnen und Euch zu ihm zu bringen.«

»Wie?«

»Wir reiten. Morgen schon werdet Ihr Euren Verlobten sehen.«

»Nein. Ich meinte, wie konnte er mich kommen sehen?«

Drake legte den Kopf schief. »Ihr habt Eure Kräfte benutzt, um Euch zu verbergen, damit jene, die Euch folgten,

Euch nicht entdecken konnten. Jedes Mal, wenn Ihr Eure Kräfte eingesetzt habt, hat T'Reothe es gespürt.«

Imoshen ließ den Kopf hängen. Sie wusste, dass Reothe ihre Kräfte spüren konnte, wenn er in der Nähe war, aber wenn er so empfindsam war, wie Drake behauptete, musste er wirklich große Macht haben. Verzweiflung ergriff sie.

Reothe glaubte, sie habe sich aus der Hauptstadt davongestohlen, um zu ihm zu kommen, nicht, um den General zu warnen. Oder etwa nicht? Wenn er das wirklich glaubte, dann hätte er nicht befohlen, sie zu betäuben. Tulkhan würde annehmen, sie hätte ihn um Reothes willen verlassen. Sie musste den General vor dem Angriff warnen, und das bedeutete, Drake ein zweites Mal zu entkommen.

»Reothe vertraut dir«, sagte sie zu Drake. Er war in ihrem Alter, kam ihr aber trotz all seiner Forschheit viel jünger vor.

Er nickte erfreut. »Ich habe ihm meine Treue bewiesen.«

Imoshen rutschte unbehaglich hin und her. »Das Kind drückt. Kann ich ein wenig Abgeschiedenheit haben?«

»Ihr werdet nach draußen gehen müssen, wie wir anderen auch.«

Als Imoshen aufstand, fiel ihr Blick auf ihre Stiefel.

»Ihr werdet sie nicht brauchen.«

Imoshen zuckte mit den Achseln. Es war klug von Drake, ihr nicht zu trauen. Sie bog den Rücken durch und kratzte sich den Bauch. Die Haut juckte. »Ich habe Hunger. Gibt es etwas zu essen?«

»Ich werde Euch ein Stück Braten abschneiden«, bot er an.

Sie dankte ihm lächelnd und stieg über seine schnarchenden Kumpane hinweg, um hinaus in die Nacht zu gelangen.

Der große Mond war am Abnehmen und der kleine noch nicht aufgegangen, also wusste sie, dass die Dämmerung nicht mehr fern sein konnte. Es war hell genug, um einen angemessenen Busch zu finden. Sie hatte auch keine Ausrede benutzen müssen – das Kind saß jetzt sehr tief.

Imoshen entnahm dem Stand der Sterne, dass sich der Größere Pass im Nordosten befinden musste, also würde Drake vermuten, dass sie in diese Richtung geflohen war. Sie würde sich nach Süden wenden und dann in ihren eigenen Spuren zurückkommen. Das würde er vermutlich auch voraussehen, aber sie war ein Landmädchen und wusste, wie man Spuren verwischte. Ohne Pferd und ohne Stiefel würde sie allerdings nicht sonderlich schnell vorwärts kommen.

Reothe war hoffentlich zu beschäftigt mit seinem Angriff gewesen, um sich weiter um sie zu kümmern. Wenn sie den ghebitischen General schon getötet hätten, hätte Drake sicherlich über diesen Triumph gesprochen. Und wenn Imoshen die Rebellen damit beschäftigte, nach ihr zu suchen, würde es ihr vielleicht Zeit geben, Tulkhan zu erreichen.

Die gezwungene Ruhe hatte ihren schmerzenden Hüften gut getan, aber es war nicht leicht, barfuß durch ein Land zu gehen, das sie nicht kannte. Zuerst störte sie das nicht. Dann knurrte ihr Magen, und sie erinnerte sich daran, dass Drake ihr ein Stück Fleisch hatte abschneiden wollen. Armer Drake. Sie hoffte nur, dass Reothe ihn nicht bestrafen würde.

Als die Vögel mit ihrem Dämmerungschor begannen, machte Imoshen Rast, um etwas zu trinken. Das Wasser war nicht so kalt, wie sie erwartet hätte, was bedeutete, dass sie sich nahe einer heißen Quelle befand.

Zumindest bewegte sie sich mit jedem Schritt weiter von Reothe weg. Zufrieden badete sie ihre wunden Füße im Bach, rieb sich Dreck und Blut weg. Es war so erfrischend, dass sie sich gerne ausgezogen und ihren gesamten schmerzenden Körper gebadet hätte, aber sie wagte es nicht. Die Rebellen würden schon bald nach ihr suchen.

Sie stieg ins Wasser und watete bachaufwärts, um die Duftspur zu unterbrechen. Ein Tümpel lag vor ihr. Als sie noch dastand und überlegte, ob sie hindurchwaten oder ihn umkreisen sollte, hatte sie ein seltsames Gefühl. Der Kopf des Kindes drängte sich zwischen ihre Hüften. Sie konnte beinahe spüren, wie er sich an den Knochen rieb, sich tief nach unten bohrte. Ihre Knie zitterten, und eine Spur von Angst trieb durch ihren Körper. Das Kind durfte nicht jetzt kommen, nicht, wenn sie ihren Verfolgern entfliehen musste.

Mit diesem Gedanken machte sie sich daran, quer durch den Teich zu waten. Das Wasser war warm und klar, sodass sie die großen, runden Steine am Rande erkennen konnte. Es war beruhigend und säuberte ihre schmutzige Haut. Als das Wasser ihre Brust erreichte, begann sie zu schwimmen.

Der erste Schmerz traf sie mitten im Teich. Er war so intensiv, dass sie kaum den Kopf über der Oberfläche halten konnte. Schreckliche Angst erfasste sie.

Endlich ließ der Schmerz nach, löste seine Ranken widerstrebend wie ein Geliebter von ihrem Körper. Die wiederkehrende Energie brachte sie rasch ans Ufer.

Triefend stand sie auf einem Stein und versuchte, zu überlegen, welche Möglichkeiten sie nun hatte. Wie weit würde sie noch kommen? Wie viel Zeit hatte sie noch? Die nächste Wehe rollte heran wie ein Sommergewitter, unvermeidlich und heftig.

Imoshen versuchte, mit der Wehe zu gehen und sich nicht zu wehren. Als der Schmerz zu Ende ging und ein Nachbild seiner Wut auf Geist und Körper zurückließ, stellte Imoshen sich der Wahrheit. Das Kind würde bald zur Welt kommen. Es würde keine bessere Zeit, keinen besseren Ort geben.

Voller Sehnsucht dachte sie an das Schmerzmittel in ihren Satteltaschen. All ihr Vorausdenken hatte nichts geholfen. Aber nun musste sie rasch einen sicheren, warmen Ort finden. Aus der Intensität und dem Tempo der Wehen erkannte sie, dass es eine kurze, heftige Geburt sein würde.

Sie wusste auch, dass das Kind desto schneller kommen würde, je mehr sie sich bewegte, aber sie konnte nicht hier im offenen Gelände bleiben. Getrieben von dieser Überlegung ging sie auf der Suche nach einem Unterschlupf weiter bachaufwärts.

Sie hatte keine andere Möglichkeit, die Zeit zu berechnen, als zu zählen. Also begann sie den Abstand zwischen den Wehen auszuzählen, ebenso wie die Dauer einer jeden Wehe, und merkte sich all diese Zahlen, um eine Vorstellung zu bekommen, wie viel Zeit sie noch hatte. Es half ihr zu glauben, dass sie zumindest dies noch beherrschte.

Dann bog sie um einen vorspringenden Felsen, blieb stehen und starrte entsetzt auf die Szene vor sich. Sie war auf eine heiße Quelle gestoßen, auf einen Ort, der nach den Alten roch. Das Wasser in den Teichen dampfte, und Nebel hing über der engen Schlucht.

Imoshen war verzweifelt. Sie wollte ihr Kind nicht an einem Ort bekommen, der den Alten gehörte, aber sie wusste auch, dass Drake und seine Männer diesen Ort meiden würden.

Plötzlich wurde sie von einer weiteren Wehe geschüttelt. Es wurde nun schwieriger, sie zu ertragen. Ihre stetig wachsende Angst sagte ihr, dass sie bald vollkommen von diesen Schmerzen überwältigt sein würde. Aus der Erfahrung wusste sie, dass es einen Punkt gab, an dem der Körper die Kontrolle übernahm und der Geist einfach mitmachen musste. Sie wollte in Sicherheit sein, bevor sie dieses Stadium erreichte.

Auf Steinen, die von den heißen Quellen gewärmt wurden, ging sie weiter in die nebelverhangene Schlucht hinein. Ihre feuchten Kleider waren nach der Durchquerung des

Sees beinahe wieder trocken gewesen, aber nun klebten sie an ihr. Ein Schauder überlief sie.

War das dort ein Riss in den Felsen? Imoshen ging vorsichtig über rutschige Steine, um ihn sich näher anzusehen. Es war der Eingang zu einer Höhle. Plötzlich spürte sie, wie der Druck größer wurde und das Fruchtwasser floss, ihr heiß über die Beine lief. Ihre Knie hätten beinahe nachgegeben. Sie wollte schreien, aber sie verbiss es sich.

Zitternd und kaum mehr imstande weiterzugehen, tastete sie sich in die Höhle hinein. Es wurde heller, dann befand sie sich in einer natürlichen Kammer mit einem Teich in der Mitte. Ein Strahl Sonnenlicht fiel durch ein Loch in den Felsen über ihr. Dampf schimmerte über der Wasseroberfläche. Es war ein angenehmer Ort, ein guter Ort.

Imoshen spürte, wie ihre Muskeln sich fest anspannten, als müsste sie husten. Jetzt schon? Sie hechelte und kämpfte gegen den Drang zu pressen an. Sie suchte sich eine Stelle, wo sie den Rücken gegen den Felsen lehnen konnte, zog sich die nassen Reithosen aus und hockte sich in der Geburtshaltung hin.

In diesem Augenblick entdeckte sie das Geschöpf, das dort leicht schimmernd im Nebel stand. Es war so groß wie ein Kind und weder männlich noch weiblich – das Kind mit den uralten Augen.

Imoshen hätte aufgeschrien, aber der Drang zu pressen war zu heftig. Sie hielt den Atem an und gab nach. Der Kopf des Babys hatte sich bewegt. Sie hatte kaum Zeit, Luft zu holen, bevor der Drang wiederkam. Sie spürte, wie sich das Kind abermals bewegte und nahm an, dass nun der Kopf herauskommen würde. Ihre Haut dehnte sich unmöglich weit.

Hechelnd blickte sie auf. Das uralte Geschöpf war immer noch da. Es bedrohte sie nicht, es sah nur zu.

Abermals krampften sich ihre Muskeln zusammen. Sie spürte, wie ihre Haut riss, als der blutige Kopf in ihre Hände sackte. Sie tastete nach der Nabelschnur. Sie war nicht um den Hals gewickelt.

Schnell holte sie noch einmal Luft, dann kam die letzte Wehe. Sie hatte vorgehabt, das Kind zu bewegen, erst die eine Schulter, dann die andere durch die Öffnung zu führen, aber ihr Körper wollte es einfach nur loswerden. Die Kraft des Pressens zerriss sie weiter, als die Schultern auftauchten.

Dann kam der Körper des Kindes, rutschte ihr in die Hände. Verblüfft starrte sie den kleinen Jungen an, kaum fähig zu glauben, dass das ihr Sohn war, ihr Fleisch und Blut. Die Nabelschnur pulsierte vor Leben. Noch waren sie eins.

Er wand sich in ihren Händen, bewegte sich, schwarzes Haar klebte an seinem Kopf.

Imoshen geriet in Panik. Der Alte beobachtete sie immer noch.

Sie musste hier weg.

Imoshen hob das Baby an die Brust, biss die Nabelschnur durch, drückte sie zu. Sie konnte es nicht wagen, ihre Heilkraft einzusetzen, weil das vielleicht Reothe auf ihre Spur bringen würde, also band sie die Nabelschnur mit einem Stoffstreifen ab.

Das Baby holte tief Luft und brüllte in die Welt hinaus. Es öffnete den Mund weit, streckte die Arme, spreizte die Finger. Imoshen lachte.

Sechs Finger.

Sie war stolz. Er war mehr T'En als Echtmensch.

Würde er je aufhören zu schreien und sie ansehen? Sie wollte seine Augen sehen. Das Haar war ganz Tulkhan.

Dummer Mann. Er hätte hier sein sollen, um seinen Sohn zu begrüßen. Imoshen verzog das Gesicht, als eine weitere Wehe sie schüttelte. Die Nachgeburt. Es tat nicht so weh wie das Baby.

Ihrer Ausbildung folgend überprüfte sie, ob alles in Ordnung war. Sie hatte keine Lust, an Kindbettfieber zu sterben. Das T'Enchiridion der Aayel war sicher in ihrer Truhe im Palast geblieben, aber sie brauchte es nicht, um die richtigen Worte zu sprechen. Imoshen schauderte. Sie würde einen sicheren Ort finden, um die Nachgeburt ihres Sohnes zu begraben und dann die Worte zu sprechen, um seine Seele zu binden. Aber im Augenblick ruhte sie sich aus, lehnte den Kopf gegen die Felswand. Es tat so gut, keine Schmerzen mehr zu haben.

Dennoch, während sie da hockte und den warmen, glitschigen Körper ihres Babys wiegte, ließ sie den Alten nicht aus den Augen. Was wollte dieses Geschöpf von ihr? Beobachtete es sie nur, weil sie in den heiligen Ort eingedrungen war? Ein grimmiges Lächeln trat ihr auf die Lippen. Es war zweifellos genug Blut geflossen, um das Geschöpf zufrieden zu stellen.

Eine Geburt war eine schmutzige Angelegenheit. Sie hätte sich und das Baby gerne in den warmen Quellen gewaschen, aber die Gegenwart des Alten beunruhigte sie. Sie nahm die Nachgeburt und ihre Kleidung, kam auf die Knie und dann auf die Beine. Das warme Bündel in ihren Armen tröstete sie. Immer noch mit einem Auge auf dem Alten, ging sie zum Eingang der Höhle, bewegte sich vorsichtig über die glatten Steine. Ihr Gleichgewichtsgefühl hatte sich verändert.

Plötzlich setzte sich der Alte in Bewegung. Ohne sonderlich bedrohlich zu wirken, erhob er sich von der Wasseroberfläche und schwebte auf den Steinboden hinaus, ohne dass seine Füße je etwas davon berührt hätten. Das Geschöpf stellte sich zwischen Imoshen und den Funken Tageslicht.

Imoshen drückte ihren Sohn an die Brust, und ihr Herz klopfte so heftig, dass sie befürchtete, sich übergeben zu müssen. »Zurück!«

Es war ihre Stimme, aber sie hatte sie nie so wild, so leidenschaftlich, so voll unterdrückter Gewalttätigkeit gehört. Es machte ihr Angst.

Der Alte sagte nichts.

Imoshen sah sich in der Höhle um. Der einzige andere Weg nach draußen war das Loch in der Decke direkt über dem Teich. Es wäre vollkommen unmöglich, diesen Weg mit dem Baby in den Armen zu nehmen. Sie hatte keine Wahl.

Sie konnte zwar spüren, wie die Macht des Alten von ihm ausstrahlte wie Hitze von einem Ofen, zwang sich aber, näher heran und ein wenig zur Seite zu gehen, in einem Versuch, sich vorbeizudrängen.

Das Geschöpf bewegte sich, blockierte ihren Weg abermals und streckte die Arme aus, die Handflächen nach oben.

Imoshen stöhnte. »Ihr könnt ihn nicht haben!«

Das Geschöpf bewegte eine Hand und zeigte auf die Nachgeburt.

Imoshen keuchte. Sie konnte ihren Sohn nicht zu einem Leben ohne Seele verdammen! Bestenfalls würde er ein herzloser Mörder werden, schlimmstenfalls innerhalb eines Tages sterben. »Nein. Die Seele muss an …«

In ihrem Kopf hörte sie, wie die Aayel Passagen aus dem T'Enchiridion rezitierte. Nur, dass es nicht die Worte zur Geburt waren, sondern der Beginn der Totenlitanei. Sie zwang sie aus ihrem Kopf. Auf gar keinen Fall durfte sie jetzt die Parakletos rufen. Aber sie verstand die Botschaft des Alten – er würde entweder die Lebenskraft ihres Sohnes nehmen oder seine Seele.

Es war ihre Entscheidung.

Hätte der Alte ihr eigenes Leben gefordert, dann hätte sie es gerne gegeben, aber sie konnte es nicht über sich bringen, sich von diesem neuen Leben zu trennen.

Tränenblind reichte sie dem Geschöpf die Nachgeburt.

Die Alten hatten ihren Sohn für sich beansprucht. Sein ganzes Leben lang würde er ihnen gehören.

Tulkhan warf einen Blick zum Ausguck. Die Abenddämmerung stand kurz bevor, und die Kochfeuer brannten schon. Der Geruch von Eintopf hing über der halb fertigen Festung.

»Was ist los?«, rief er.

»Das solltet Ihr Euch lieber selbst ansehen.«

Dieser Tonfall gefiel ihm nicht. Etwas hatte den Wachtposten verstört.

Tulkhan ging am nächsten Lagerfeuer vorbei. Er gab sich Mühe, jede Spur von Angst zu verbergen. Seine Männer mussten einfach an ihn glauben können. Früher einmal war ihm das so leicht vorgekommen, weil er von sich selbst überzeugt gewesen war. Aber alle Regeln hatten sich verändert, seit er Imoshens Festung eingenommen hatte, und nun zweifelte er alles an, seine eigenen Entscheidungen am meisten.

Leichtfüßig kletterte er die Leiter zum Wachturm hoch. Die Knöchel seiner rechten Hand schmerzten, wo er sie bei Holzarbeiten verletzt hatte. Als er nach unten schaute, sah er Imoshen. Sie stand da, gekleidet in eines seiner Hemden, und hielt etwas im Arm. Sein Herz zog sich zusammen. Sie war zu ihm gekommen, weil sie sich von Reothe abgewandt hatte! Tulkhans erster Impuls war, sie hereinzulassen. Aber dann nahm er sich zusammen. Sie hatte kein Pferd, keine Begleiter.

Das konnte nicht Imoshen sein. Es war ein Trick. Reothe verlockte ihn mit einer Illusion. Der Angriff, den er erwartet hatte, hatte bereits begonnen.

»Soll ich das Tor öffnen, General?«, fragte der Wachtposten.

»Nein. Bereitet euch auf einen Angriff vor. Das da ist nicht meine Frau.«

»Du Dummkopf!«, rief Imoshen. »Ich bin müde und hungrig. Ich bin einen Tag und eine Nacht barfuß gelaufen, um dir dienen Sohn zu bringen. Lass mich herein!«

Er musste grinsen. Das klang tatsächlich nach Imoshen.

»Wer weiß schon, wann mein Sohn zur Welt kommt, Gestaltwandler!«

»Kinder kommen, wenn sie dazu bereit sind. Wenn ich nicht bald etwas zu essen bekomme, falle ich um!«

Tulkhan starrte in Imoshens Gesicht, hin und her gerissen zwischen seinem Bedürfnis zu glauben, dass sie tatsächlich dort war, und der schieren Unmöglichkeit ihres Auftauchens. Wie konnte es Imoshen sein? Sie war im Palast. Sie wäre nicht ohne Gefolge zu ihm gekommen. Tatsächlich hatte er es ausdrücklich verboten. Auch darüber musste er lächeln – Imoshen etwas zu verbieten bedeutete nicht, dass sie es nicht tun würde.

Dennoch, er musste sicher sein. »Wie ist meine Mutter gestorben?«

»Sie starb allein, am Fieber, ohne dass man ihr etwas gegeben hätte, um ihr Dahinscheiden zu erleichtern, und jetzt lass mich rein, General.«

Das war Imoshen. Nur sie nannte ihn in diesem Tonfall General, und nur sie wusste von seinen geheimen Schuldgefühlen wegen des Todes seiner Mutter. »Öffnet das Tor.«

Tulkhan drehte sich um und kletterte eilig nach unten. Er schoss durch das Tor, bevor es noch recht geöffnet war und hob Imoshen hoch.

»Sei vorsichtig, sonst tust du dem Kind weh!«, warnte sie.

Er schaute nach unten und sah ein winziges Gesicht, das gerade den Mund öffnete, um zu schreien. Er war schockiert, obwohl Imoshen gesagt hatte, dass sie das Kind dabeihatte.

»Schließt das Tor.« Er ging quer durchs Lager, Imoshen in seinen Armen, die wiederum das schreiende Kind trug. Seine Männer hielten bei ihren Arbeiten inne, rissen Augen und Münder auf. Jene, die ihm am nächsten standen, reckten die Hälse, um zu sehen, was los war.

»Setz mich ab. Er muss gestillt werden«, drängte Imoshen.

Er ließ sie neben seinem Feuer herunter. Es gab hundert Fragen, die er hätte stellen wollen, aber das Baby hatte Vorrang. Es fuchtelte mit seinen winzigen Armen, spreizte fordernd die Finger.

Das dichte, dunkle Haar stand hoch in die Luft.

»Er ist wirklich meiner!«

»Selbstverständlich!«, murmelte Imoshen und versuchte, sich mit einer Hand ihr Hemd aufzuschnüren.

»Du kannst ihn hier nicht stillen. Meine Männer werden es sehen!«

»Ich werde ihn stillen, wo ich will. Er hat Hunger, und wenn es deinen Männern nicht gefällt, können sie ja wegschauen. Außerdem waren sie selbst alle einmal Kinder!«

Tulkhan erkannte, wie erschöpft sie war. »Also gut.«

»Ich brauche deine Erlaubnis nicht!« Fluchend versuchte sie, die Verschnürungen zu lösen und nestelte an einem Knoten herum.

Als er ihr seinen Sohn abnahm, schrie der Junge so empört, dass Tulkhan grinsen musste. Der da war unmissverständlich ein Ghebite. Sollte Reothe doch versuchen, ihn für sich zu beanspruchen! Er drehte sich um und hielt das Kind hoch, dass seine Männer es sehen konnten. Das nackte Bündel zappelte in seinen Händen und brüllte laut. Jubel brach aus.

»Bist du jetzt vielleicht fertig?« Imoshen hatte sich neben ihn ans Feuer gekniet.

Er reichte ihr das Baby, und sie lehnte sich an die Wand des Gebäudes hinter ihnen. Instinktiv stellte sich Tulkhan zwischen Imoshen und seine Männer, um sie vor ihren Blicken zu schützen. Er musste unwillkürlich hinsehen, als das Baby sich zu ihrer Brust drehte, den Mund weit geöffnet. Ohne dass Imoshen den Kleinen angeleitet hätte, fand er ihre Brustwarze und saugte wild.

Wie konnte er so klein sein und dennoch schon wissen, was zu tun war?

»Meine Füße«, flüsterte Imoshen. »Und Essen.«

Er kniete nieder und sah ihre Füße an. Sie waren mit Blut und Schlamm bedeckt. »Wie bist du in diesem Zustand hierher gekommen?«

»Ich bin gelaufen. Ich will etwas von diesem Eintopf. Es ist mir gleich, ob er fertig ist oder nicht.« Sie redete weiter, während er ihr eine Schale Eintopf schöpfte. »Um Reothes Leuten zu entkommen, musste ich meine Stiefel und das Pferd zurücklassen.«

»Was? Reothe hat dich aus dem Palast entführt? Wie ist das passiert?«

»Ich war auf dem Weg hierher. Ich will auch Brot.« Sie nahm die Schale entgegen und wischte die Soße mit dem festen Brot auf. Das Baby hielt sie dabei weiter in der Armbeuge, und beide aßen vollkommen konzentriert.

»Wie lange ist es her, seit du zum letzten Mal etwas gegessen hast?«, fragte Tulkhan.

»Vor drei Tagen, am Abend. Der da kam gestern im ersten Morgengrauen zur Welt.« Mit scharfen weißen Zähnen riss sie einen Bissen Brot ab und kaute heftig. »Ich bin gekommen, um dich zu warnen. Es wird dir nicht gefallen, aber ich habe versucht, in die Zukunft zu sehen. Ich sah dich bei der Verteidigung dieser Festung fallen. Ich wollte dich warnen, dass Reothe angreifen wird.«

Das war genau, was er hören wollte – ein Beweis ihrer Treue –, aber seltsamerweise fragte er sich dennoch, ob sie mit Reothe im Bund war und sich hier eingeschmuggelt hatte, um dem Feind die Tore zu öffnen, wenn er ihm den Rücken wendete.

»Du glaubst mir nicht.« Imoshen war müde und empört. »Warum habe ich mir überhaupt die Mühe gemacht?«

Über das Feuer hinweg starrte er sie an. Sie hatte dunkle Ringe unter den Augen, in denen jetzt ungeweinte Tränen schimmerten. Noch während er zusah, begannen sie, über ihre Wangen zu laufen und glitzerten im Feuerlicht.

Bevor er sich bremsen konnte, war er ums Feuer herumgegangen und kniete vor ihr. Mit den Daumen wischte er ihr die Tränen ab.

Sie blinzelte und drehte den Kopf, um seine Hände abzuschütteln.

Tulkhan rieb sich das Kinn und spürte die Borsten des Bartes, den er nicht rasiert hatte, seit er T'Diemn verlassen hatte. »Wenn du gesehen hast, dass ich hier sterben werde, was macht es für einen Unterschied, ob du mich warnst?«

Sie zuckte mit den Achseln. »Diese Blicke in die Zukunft sind nie vollkommen exakt. Das habe ich dir schon öfter gesagt. Ich bin hierher gekommen, und das Kind ist geboren worden, also sind die Dinge nicht mehr genauso, wie ich sie vorhergesehen habe. Was ich gesehen habe, war ein möglicher Weg, und nun befinden wir uns auf einem anderen – ich hoffe auf einem, der nicht zu deinem Tod führen wird. Halt das hier fest.«

Sie reichte ihm die halb leere Eintopfschale und legte das Baby an die andere Brust. Der Kleine protestierte heftig, beruhigte sich aber wieder, nachdem er die Brustwarze gefunden hatte.

Tulkhan musste die zielgerichtete Entschlossenheit seines Sohnes wirklich bewundern.

»Mein Essen.« Imoshen streckte die Hand aus. »Das hier ist eine gute Stelle für eine Festung, aber im Augenblick sind wir noch verwundbar. Wenn ich Reothe wäre, würde ich jetzt zuschlagen und uns alle loswerden.«

Tulkhan versuchte, sich darauf zu konzentrieren, was sie sagte. Es fiel ihm schwer, in dieser Situation mit Imoshen über Taktik zu sprechen. Eine ghebitische Frau würde nie mit ihrem Mann über solche Dinge reden, erst recht nicht, während sie seinen Sohn stillte. In Gheeaba betrachtete man Frauen als unrein, solange sie Milch hatten, genau wie zu den Zeiten, wenn sie ihre Periode hatten oder schwanger waren. Selbst ihre normalen Plätze in den Tempeln waren ihnen dann verboten, denn die Priester behaupteten, dass sie in dieser Situation böse Geister beherbergten.

»General, hörst du mir zu? Ich habe diesen ganzen Weg nicht hinter mich gebracht, um bei einem Überraschungsangriff zu sterben.« Imoshen sah ihn zornig an.

Tulkhan konzentrierte sich auf ihr Gesicht. Imoshen war nicht von bösen Geistern besessen. Er hatte zu viele Religionen erlebt, die den Menschen nicht dienten, um noch an das glauben zu können, was ghebitische Priester sagten.

»Hast du Leute außerhalb der Befestigungsanlangen postiert, die Alarm geben können?«, fragte sie.

Er nickte.

Zärtlich schaute sie nach unten. Das Kind war an ihrer Brust eingeschlafen. »Kann ich eine Decke haben, um ihn einzuwickeln?«

Tulkhan nahm seine eigene Decke und legte sie auf den Boden. Sie wickelte das Kind darin ein und reichte es ihm dann.

»Was soll das?« Was sollte er mit einem Baby anfangen?

»Halt ihn fest. Ich will mich waschen und mich um meine Füße kümmern und dann etwas zum Anziehen finden.«

Zimperlich nahm Tulkhan das schlafende Bündel entgegen. Imoshen rief nach warmem Wasser und Ersatzkleidung, dann ging sie in das Gebäude am Fuß des Hauptturms.

Tulkhan sank neben das Feuer und erfreute sich am Anblick seines zwei Tage alten Sohns. Wer hätte das gedacht? So viel schwarzes Haar und ein so vollendetes kleines Gesicht.

Das Kind wimmerte und spreizte die Finger. Tulkhan blinzelte und griff nach einer kleinen Hand. Die Finger des Babys schlossen sich um seinen Finger und hielten ihn fest.

Sechs Finger.

Sein Sohn war halb Dhamfeer. Anders wäre es auch nicht möglich gewesen.

Tulkhan versuchte, seinen Finger wegzuziehen. Der Kleine packte fester zu. Er war ein entschlossener Bursche. Der General war von Stolz überwältigt. Sein Sohn hatte nicht das ganze Jahr von der Empfängnis bis zur Geburt gebraucht, aber er war immer noch halb Dhamfeer. Dann sollte es wohl so sein.

Tulkhan lehnte sich an die Mauer und blickte hinauf zum Sternenhimmel. So weit im Süden waren die Sternbilder anders, aber er hatte sie auf seinem Weg über die Strahlende Insel kennen gelernt. Das hier war nun seine Insel, und er würde hier bleiben. Sein Sohn war hier zur Welt gekommen, halb Ghebite, halb T'En. Er war die Zukunft.

Den Finger immer noch fest im Griff seines Sohns, spürte Tulkhan, wie die bittere Saat des Misstrauens, die sein Leben so viele Monate erschwert hatte, sich auflöste. In diesem Augenblick erkannte er auch das Wesen und die Herkunft dieser Saat. Reothe hatte ihm diese Selbstzweifel, dieses Misstrauen eingepflanzt. Aber nun war es verschwunden, und die Welt gehörte ihm.

Vorsichtig ging Imoshen um den Feuerkreis herum. Ihre Füße waren empfindlich, und sie war immer noch zerrissen von der Geburt. Als der General ihr das Baby zurückgab, nahm sie den Kleinen vorsichtig entgegen. Auch ihre Brüste schmerzten. Sie hatte keine Reserven mehr, um sich selbst heilen zu können.

Sie wollte einfach nur dasitzen und ihren Sohn halten. Es war verblüffend, wie gut es sich anfühlte, ihn an sich zu drücken. Die Wärme des Feuers durchdrang sie. Sie war unvorstellbar müde.

Die Ausläufer des Hochlands mit dem Baby zu durchwandern, war eine schwere Prüfung gewesen. Sie hatte kaum gewagt innezuhalten, aus Angst, einzuschlafen und von den Feinden eingeholt zu werden.

Es tat so gut, endlich in Sicherheit zu sein. Unter fast geschlossenen Lidern heraus beobachtete sie, wie Tulkhan das Lagerfeuer verließ, um mit seinem Festungskommandanten zu sprechen. Als der General ihr das Kind zurückreichte, hatte sie gespürt, dass sich etwas in ihm verändert hatte. Tulkhan war nicht mehr so bedrückt gewesen, hatte mehr Selbstvertrauen ausgestrahlt. Sie wusste nicht warum, aber sie war erleichtert.

Die vertrauten Laute der ghebitischen Sprache hingen in der Luft. Es gab etwas an der Stimme des Generals, das sie sehr angenehm fand.

»Imoshen?«

Erschrocken blickte sie auf. War sie eingeschlafen?

Tulkhan reichte ihr die Hand zum Zeichen, dass sie aufstehen sollte.

»Können wir nicht sitzen bleiben?«

Er hockte sich mit der Leichtigkeit eines Mannes, der an ein Leben im Freien gewöhnt war, hin. »Die Männer sind unruhig, Imoshen. Nach ghebitischen Bräuchen ist eine Frau unrein, solange sie ein Kind stillt. Normalerweise würde kein Mann außer dem Ehemann einer Frau sie zwei Monde nach der Geburt sehen, und selbst er würde sie nicht berühren.« Er hüstelte entschuldigend. »Du beunruhigst sie.«

Sie schnaubte. »Man sollte glauben, sie hätten sich selbst zur Welt gebracht und aufgezogen!«

Tulkhan grinste. »Es mag dir so vorkommen, ja. Aber diese Männer sind einfache Soldaten. Es fällt ihnen schwer, anders zu denken als in der Art, wie man sie aufgezogen hat.«

»Du bist auch ein Soldat, aber du kannst die Dinge anders sehen«, sagte sie.

Er nickte widerstrebend, dann zuckte er mit den Schultern und fuhr fort. »Als erster Sohn einer zweiten Frau habe ich viele Jahre am Rand gestanden und zugesehen.« Er blickte auf, ein bedauerndes Lächeln in den Augen.

Imoshen verspürte so etwas wie Wiedererkennen. Auch sie wusste, was es bedeutete, ausgestoßen zu sein.

Tulkhan nahm sich wieder zusammen. »Und um es noch schlimmer zu machen, haben sie Angst vor einem Angriff. Sie wissen, dass du Jacolm und Cariah in Stein verwandelt hast, und sie fürchten, dass ihnen der Rebellenführer vielleicht noch Schlimmeres antut. Kannst du mir sagen, wie Reothe zuschlagen wird?«

»Ich kann dir nicht helfen. Ich würde es gerne tun, aber man hat mich nie in den T'En-Kräften unterrichtet. Wenn die Aayel länger gelebt hätte, hätte ich vielleicht mehr erfahren. Ich muss mir meinen Weg selbst erst ertasten. Ich weiß nicht, wozu Reothe fähig ist. Es macht mir ebenfalls Angst.«

Seine Enttäuschung war spürbar.

»Es tut mir Leid, General.« Ihr eigenes Bedauern bewirkte, dass Imoshen sich eher barsch gab, dann berührte sie seine verschränkten Hände. »Das hier ist meine Gabe.«

Sie berührte seine blau geschlagenen Knöchel, wollte sich seiner eigenen Willenskraft bedienen, um diese Abschürfungen zu heilen, weil sie selbst zu erschöpft war. Seltsamerweise brauchte sie das nicht. Das Essen und die Ruhe hatten sie offenbar wieder zu Kräften gebracht.

Er hob die Hand, drehte sie, bewegte die Finger und machte eine Faust. Die Haut war vollkommen geheilt.

»In Friedenszeiten ist das etwas Gutes«, sagte sie ihm. »Aber im Augenblick kann ich nicht viel helfen.«

»Das stimmt nicht.« Er drückte ihre Hand. »Wir werden dich hinterher gut brauchen können.«

Imoshen nickte, unfähig, ihm zu sagen, dass sie, selbst wenn Reothe ihnen ein »Hinterher« gestattete, nicht wusste, ob sie die Kraft haben würde, mehr als die kleinsten Wunden zu heilen.

Er strich ihr mit dem Knöchel über die Wange. »Mach dir keine Gedanken.«

Es war eine sanfte Geste und hätte beinahe dazu geführt, dass sie zusammenbrach. Die Müdigkeit überwältigte sie, und sie schlief im Sitzen ein, zu erschöpft, sich zu bewegen.

18

Ein Schrei stieg auf, ein furchtbares Aufheulen reinen Entsetzens.

Imoshen schob sich das Haar aus der Stirn und versuchte aufzustehen. Ihr zerschlagener Körper protestierte. Rings um sie rum sprangen die Männer auf, wie betäubt vom Schlaf, aber die Waffen schon in der Hand.

Tulkhan eilte ums Feuer herum zu ihr und zog sie auf die Beine. Sie schnappte nach Luft, als die unzähligen kleinen Schnitte an ihren geschwollenen Füßen wieder aufbrachen.

»Geh nach oben und such dort Schutz.« Er schob sie auf den Turm zu.

Sie drückte das Baby an die Brust. »Gib mir ein Messer. Reothes Leute haben meines genommen.«

Er sah ihr verblüfft ins Gesicht. Imoshen fluchte. Glaubte er, sie wäre eine nutzlose Ghebitenfrau?

Weitere Schreie gellten, erhoben sich über den hektischen Rufen der Männer.

Wortlos zog Tulkhan sein eigenes Messer aus der Scheide und gab es ihr.

Imoshen packte es mit einer Hand, dann drehte sie sich um.

»Imoshen?«

Sein Tonfall ließ sie innehalten.

Man sah ihm an, wie schwer ihm diese Worte fielen. »Du bist gekommen, um mich zu warnen. Ich danke dir.«

»Danke mir nicht. Ich habe sie wahrscheinlich nur hergeführt und den Grund für den Angriff geliefert.«

»Das ist mir gleich.«

Mit einem Schritt durchmaß er die Entfernung zwischen ihnen und legte ihr die Hand an den Hinterkopf. Er küsste sie leidenschaftlich. Ihr Herz begann schneller zu schlagen. Ihr Körper erkannte die Geste als das, was sie war.

Ein Bekenntnis.

Sie erwiderte den Kuss mit all ihrer so lange beherrschten Leidenschaft. Tränen brannten in ihren Augen. Tulkhan würde in dieser Nacht vielleicht eine tödliche Wunde hinnehmen müssen. Vielleicht würde sie nie wieder die Chance haben, ihn im Arm zu halten. So vieles stand gegen sie. Aber in diesem Augenblick wusste sie, dass er ihr gehörte, Körper und Seele. Wilde Freude erfüllte sie. Falls sie diese Nacht überlebten, würde sie ihn in die Arme nehmen und ihn mit jeder Faser ihres Körpers lieben.

Er riss sich los. Die Begierde in seinem Blick wärmte sie bis ins Mark.

»Später«, versprach er. »Falls es ein Später gibt.«

»Das wird es geben. Es muss einfach so sein!«

Dann war er weg.

Imoshen stieg die Leiter hinauf und zog sie dann hinter sich hoch. Im Erdgeschoss des Turmes gab es keine Türen und Fenster, im ersten Stock keine Läden, um die schmalen Fenster zu schließen, und keine Tür. Sie eilte die Wendeltreppe zum nächsten Stockwerk hinauf. Hier gab es kein Dach.

Während sich draußen die Schreie zu einem Crescendo erhoben, baute sie ein Nest in der dunkelsten Ecke, wickelte das Kind schnell neu mit Stofffetzen und band es dann mit einer Schlinge an ihre Brust.

Ihre Hände flogen, aber ihr Geist eilte noch schneller daher. Wie viele Rebellen griffen an? Welche Stelle der halb vollendeten Festung hatten sie gewählt? Was taten sie, um diese schrecklichen Schreie auszulösen? Sie kannte die Geräusche, die körperlicher Schmerz hervorrief, aber das da war mehr. Das war reine Seelenqual.

Angstschweiß klebte ihr an der Haut. Der Schmerz von den Schnitten in ihren Füßen interessierte sie nicht mehr, als sie sich darauf vorbereitete, um ihr Leben und das ihres Sohnes zu kämpfen.

Sie schlich zu einem Fenster. Rauch hing über den Lagerfeuern. In ihrer Nase und ihrer Kehle brannte es. Das hier war kein gewöhnlicher Rauch. Im trüben Licht sah sie, wie die Männer die Gesichter in gedankenlosem Entsetzen verzerrten. Einige waren zu Boden gefallen, mit Schaum vor dem Mund, während andere umherrannten und wild um sich schlugen, obwohl kein Gegner zu sehen war. Bei ihren wahnsinnigen Angriffen schlugen sie ihre eigenen Kameraden nieder. Andere wieder standen einfach nur da und schrien.

Imoshen zitterte vor Angst um Tulkhan. Sie konnte sehen, wie die Rebellen über die Palisaden kletterten und methodisch allen die Kehlen durchschnitten, denen sie begegneten. Ihre hilflosen Opfer fielen nieder und vergossen ihr Blut auf den Boden. Wenn es in die Erde sickerte, dampfte das Blut, was den Nebel noch dichter werden ließ. Es war Nebel, kein Rauch.

Die Alten.

Welch bösen Pakt hatte Reothe mit ihnen geschlossen, um die Festung einnehmen zu können? Sie öffnete ihre T'En-Sinne und suchte nach Reothe, sah aber stattdessen die Parakletos. Wunderschön in ihrer vollen T'En-Kampfrüstung schritten sie unkörperlich, aber unwiderstehlich durch das Gemetzel. Einige knieten sich neben die Toten und warteten darauf, dass sie ihren letzten Atemzug taten, andere rissen die sterbenden Seelen weg, noch während sie um ihr Leben kämpften.

Angewidert schauderte Imoshen. Das Entsetzen riss ihr

den Atem aus der Brust und schien sie an den Boden zu nageln. Dennoch, Reothe hatte gesagt, die Parakletos hätten keine Macht in dieser Welt. Irgendwie hatte er ihnen einen Weg geöffnet und ihnen ein Festmahl beschert.

Imoshen würgte, brachte aber nichts hervor. Tränen trübten ihren Blick. Sie holte tief Luft und blinzelte. Tulkhans Echtmenschen hatten keine Möglichkeit, sich gegen die Parakletos zu verteidigen. Sie schienen sich der Gefahr bewusst, waren aber geblendet und sahen die Rebellen nicht, die sich unter ihnen bewegten. Wo war Tulkhan?

Sie entdeckt ihn unter sich, wie er auf den Turm zutaumelte. Er fiel auf die Knie.

Verzweifelt lief sie die Wendeltreppe hinab und schob die Leiter nach unten. Sie kletterte abwärts. Tulkhan lag auf den Knien, die Hände vors Gesicht geschlagen, vornübergebeugt und zitternd. Sie kniete sich neben ihn.

Sie nahm den Kopf des Generals in die Hände und suchte seine blicklosen Augen. Was war nur los? Dann spürte sie es im Nebel – überwältigendes Entsetzen. Es nahm ihr den Atem, es raubte ihr die Vernunft. Aber nein. Es war nicht echt.

»Es ist nicht echt!«, zischte sie. »Es ist eine Illusion!« Aber das war es nicht. Die Parakletos waren echt, und sie warteten gierig darauf, die Seele der Menschen mitzunehmen. Die Rebellen töteten für die Parakletos.

Imoshen packte zwei Hände voll von Tulkhans Haar. Sie riss an seinem Kopf. Der Schmerz bewirkte, dass er sich auf sie konzentrierte. Sie holte tief Luft und blies ihm in den Mund, um den giftigen Nebel herauszutreiben, der ihn für die Illusionen so empfänglich machte.

Hustend riss er sich los.

»Imoshen?«

Sie stand wieder auf und zog auch ihn nach oben. »Die Rebellen sind da. Deine Männer sterben, ohne auch nur eine Klinge zu heben.«

Verblüfft sah er sich um, dann fluchte er und brüllte dem nächsten Mann, der sich halb bewusstlos am Boden wand, einen Befehl zu.

»Er kann dich nicht hören. Der Nebel umwölkt seinen Geist.«

»Dann sind wir verloren – es sei denn, du kannst etwas dagegen tun.« Er fuhr zu ihr herum.

Imoshen schüttelte den Kopf. Sie konnte nichts tun. Es waren zu viele. Man hätte die Männer getötet, bevor sie genug von ihnen ins Bewusstsein zurückgerufen hätte. Der nächststehende Parakletos hielt inne, als er sich über einen sterbenden Mann beugte. T'En-Augen, die viel zu viel Entsetzen gesehen hatten, begegneten Imoshens Blick. Imoshen wandte sich ab, konnte es nicht ertragen.

Ein paar Schritte weiter entfernt weinte eine andere Parakletos, während sie einen Mann sterben sah. Sie riss die Augen auf, als sie Imoshen erkannte, und hob die Hand zu einem demütigen Gruß. Imoshen fiel auf, dass nicht alle Parakletos kalt und grausam waren, sie waren nur an ihren alten Schwur gebunden, und an diesem Abend dienten sie Reothe.

»Imoshen!« Tulkhan riss sie zu sich herum.

Bebend holte sie Luft. »Du musst Reothe finden. Schlag ihn nieder, und all das hier wird verschwinden.«

Tulkhan sträubte sich, als sie ihn auf die Mauern zuschob. »Aber wenn er das hier tun kann, wie könnte ich ihn besiegen?«

»Das hier zu bewirken, kostet ihn große Kraft. Er wird sich nicht verteidigen können. Finde ihn, und ich werde hier tun, was ich kann.«

Imoshen machte sich an die Arbeit und kümmerte sich nicht mehr darum, ob er ihrem Rat folgte oder nicht. Sie suchte nach dem Festungskommandanten. Ihn würde sie als Ersten zurückholen. Zusammen würden sie vielleicht die Flut aufhalten können.

Tulkhan drehte sich gerade noch rechtzeitig um, um zu sehen, wie einer seiner Männer mit durchschnittener Kehle vom Torturm fiel. Wütend kletterte er die Leiter hinauf und stach den Rebellen nieder, der dafür verantwortlich war. Der Mann fiel, landete auf der Leiche des Ghebiten. Ihr Blut mischte sich am Boden, dampfte, warf Blasen.

Jemand sprang auf Tulkhans Rücken. Sein Instinkt errang die Überhand. Er warf den Angreifer über die Schulter und brach ihm das Genick, bevor seine Füße auf die Dielen trafen. Etwas Unsichtbares nahm das Gewicht des Mannes aus Tulkhans Armen.

Unwillig, etwas mit anzusehen, das ein Echtmensch nicht sehen sollte, schaute sich Tulkhan ein letztes Mal auf dem Festungsgelände um, wo die Rebellen bereits das Tor öffneten. Soviel zu ihren Verteidigungsanlagen. Tulkhans Späher waren ohne Vorwarnung getötet worden, und die Rebellen hatten ihre Leitern direkt an die Mauern legen können. Das Tor ging auf. Rebellen stürmten herein, um die ghebitischen Soldaten niederzumetzeln, die so sehr mit ihren schrecklichen, finsteren Visionen beschäftigt waren.

Drei Männer standen an Imoshens Seite. Tulkhan kämpfte gegen den Drang, ihr zu Hilfe zu eilen. Er musste Reothe töten. Er stieg die Leiter auf der Außenseite der Festungsmauer hinunter. Wo war der Dhamfeer? Ein leuchtender Riss in der Felsmauer im Süden des Passes erregte seine Aufmerksamkeit. Der Rebellenanführer suchte Schutz in einem schmalen Schluchtende, um von dort seinen bösen Zauber zu wirken. Tulkhan rannte, seine Füße flogen über den unebenen Boden an ein paar drahtigen Bergponys vorbei. Drei Rebellen zogen ihre Waffen, als er dem schimmernden Felsriss näher kam. Hinter ihnen, getaucht in unnatürliches Licht, kniete Reothe in Trance. Imoshen hatte Recht gehabt, Reothe war jetzt verwundbar.

Der erste Leibwächter griff Tulkhan mit erhobenem Schwert an. Der General wehrte den Angriff ab und wollte sein Messer ziehen, erinnerte sich dann aber daran, dass er es Imoshen gegeben hatte. Er rang mit dem Rebellen, benutzte den Körper seines Feindes, sich vor den beiden anderen zu schützen. Wütend auf sich selbst, packte Tulkhan die Hand des Mannes und wendete sein eigenes Messer gegen ihn, warf den Rebellen auf den zweiten Angreifer. Der dritte näherte sich. Das war nicht die Zeit für Feinheiten. Tulkhan parierte den Schlag, war so nah, dass der Mann ihn nicht mehr abwehren konnte, drosch ihm den Ellbogen in die Kehle und überließ ihn seinem letzten Atemzug. Der zweite Rebell kämpfte sich unter seinem Genossen hervor, bereit anzugreifen. Es war eine Frau.

Tulkhan zögerte. Sie nicht.

Sie sprang vor, riss die Waffe hoch. Er taumelte rückwärts, blockierte den Angriff ungeschickt. Der unebene Boden bewirkte, dass er stürzte, und sie fiel auf ihn. Bevor sie noch einmal zuschlagen konnte, hatte er ihr das Genick gebrochen. Dann schob er die Leiche beiseite und stand auf.

Das Überraschungselement war verschwunden, ebenso wie das unheimliche Schimmern. Reothe war aus seiner Trance erwacht, aber er wirkte immer noch desorientiert und versuchte nun ungeschickt, seine Waffe zu ziehen. Dann wurden seine Bewegungen sicherer, und er hob das Schwert.

»Sie hat dich geschickt, oder?«, fragte Reothe und winkte Tulkhan mit der freien Hand zu sich.

»Bist du diesmal wirklich da?« Tulkhan schlug zu und war entzückt, die Wucht von Metall auf Metall zu spüren, als Reothe abblockte.

Die freie Hand des T'En-Kriegers zuckte vorwärts und brachte ein schlankes Messer ins Spiel. Tulkhan wich zurück, umkreiste seinen Gegner. Reothe tat es ihm Schritt für Schritt nach, ein langes, schmales Schwert in einer Hand, das Messer in der anderen.

Das war der T'En-Stil des Schwertkampfs. Tulkhan bedauerte es nun, nicht öfter mit Imoshen trainiert zu haben, um mehr über diese Technik zu erfahren. Sein Gegner konnte mit dem schmalen Schwert die schweren Schläge seiner eigenen Waffe zwar schlechter abwehren, aber Reothes Klinge hatte den Vorteil der Länge und war erstaunlich beweglich.

»Sie spielt ein doppeltes Spiel, Ghebite. Begreifst du nicht, dass es gleich ist, wer von uns überlebt? Am Ende wird sie alles haben.«

Tulkhan ignorierte Reothes Provokation.

Er hätte gern einen Umhang gehabt, um ihn um die freie Hand zu wickeln oder über Reothe zu werfen, um diesen Dolch aus dem Spiel zu bringen. Er wusste, er konnte durch Reothes Verteidigung brechen, aber nicht ohne eine Messerwunde zu riskieren.

»Ich habe dir deinen Sohn genommen, ich habe ihn gestohlen, bevor er noch geboren war!«

Im selben Augenblick, als Tulkhan versuchte zu begreifen, was sein Gegner damit meinte, griff Reothe an.

Instinkt half dem General, das Schwert abzuwehren – seine Klinge glitt daran entlang und schlug gegen den Handschutz –, aber gegen das Messer konnte er nichts tun. Er drehte sich, um einen Stich unter den Rippen her ins Herz zu vermeiden, und wurde stattdessen in den Bauch getroffen.

Dann schloss er die freie Hand um den Messergriff.

Reothe lächelte und trat zurück.

Der General taumelte, versuchte weiter wachsam zu sein. Er wusste, wenn diese Wunde nicht bald behandelt würde, würde er verbluten. Aber es war immer noch besser, an Blutverlust zu sterben als an einer entzündeten Bauchwunde.

Seine Hände und Beine kribbelten. Ein Knie gab nach, aber er ließ in seiner Wachsamkeit nicht nach.

»Es ist zu viel Arbeit, dich sofort zu töten. Ich würde gerne hier bleiben, bis du stirbst, und zusehen, wie die Parakletos deine Seele nehmen, aber ich muss gehen. Meine Leute brauchen mich.« Reothe betrachtete Tulkhans Gesicht aus sicherer Entfernung, und er wirkte dabei seltsam konzentriert. »Du solltest wissen, dass du gut gestorben bist, Nur-Mann. Aber du hattest keine Hoffnung zu siegen.«

Er richtete sich auf und ging davon.

Tulkhan bewegte sich. Ein stechender Schmerz ließ ihn aufstöhnen. Wenn er die Klinge herauszog oder versuchte, sich zu bewegen, würde er nur schneller verbluten. Aber er konnte auch nicht hier bleiben und sterben.

Er blinzelte Tränen des Schmerzes weg. Das Blut seiner drei Gegner sickerte in den Boden, aber hier stieg kein Nebel auf. Der Zauber, den Reothe gewirkt hatte, war vergangen, als Tulkhan ihn ablenkte.

Imoshen!

Selbst wenn es ihr gelungen war, seine Männer wieder in den Kampf gegen die Rebellen zu schicken, war Reothe nun höchstpersönlich auf dem Weg. Tulkhan spürte die Last des Versagens schwer. Aber Reothe hatte gesagt, Imoshen würde siegen, ganz gleich, wer von ihnen überlebte. Dann hörte er Imoshens Stimme, die ihm erklärte, dass Reothe die Wahrheit sprechen und es klingen lassen könnte wie eine Lüge. Oder hatte sie gesagt, er könnte lügen und es klingen lassen wie die Wahrheit?

Tulkhan wurde schwindlig. Er musste sich bewegen. Er konnte nicht.

Er hätte an ihrer Seite stehen sollen, um sich Reothe mit ihr gemeinsam zu stellen. Verzweiflung, die mehr schmerzte als die Messerwunde, erfasste ihn.

Imoshen wusste, in welchem Augenblick Tulkhan Reothe gefunden hatte, denn der Nebel verschwand plötzlich, und mit ihm die Parakletos. Sobald die Wirkung des Nebels aufgehört hatte, hatten die Ghebiten einen festen Kern des Widerstandes gebildet; ihre Ausbildung hatte sich schnell wieder als wirksam erwiesen. Als der Kommandant nach Tulkhan fragte, erklärte Imoshen, er habe sich auf die Suche nach Reothe gemacht. Aber Tulkhan war nicht zurückgekehrt, und sie musste ihre Angst verbergen.

Obwohl zahlenmäßig unterlegen, hielten die Ghebiten die Rebellen in Schach. Der Kampf war unentschieden. In diesem Moment blickte Imoshen auf und sah Reothe durchs Tor reiten. Sein silbernes Haar wehte in der Morgenluft, als er auf den Kampf herniederschaute.

Imoshen wusste, sobald die Ghebiten ihn sahen, würden sie den Mut verlieren. Wenn es doch nur Tulkhan gewesen wäre!

Sie zeigte nach vorn, riss den Kommandanten aus dem Scharmützel. »General Tulkhan ist zurückgekehrt.«

Der Kommandant folgte mit dem Blick ihrer Geste und sah, was sie wollte, dass er sah. Er stieß den ghebitischen Kampfschrei aus. Seine Männer taten es ihm nach, riefen Tulkhans Namen und griffen mit erneuter Kraft an. Die Rebellen wichen zurück.

Imoshen blickte zu Reothe auf. Selbst aus dieser Entfernung sah sie, wie wütend er war. Sie spürte beinahe, wie die Luft zwischen ihnen knisterte. Sie wagte kaum zu atmen. Sie wiegte das Kind zwischen ihren Brüsten und spornte die Ghebiten an. In diesem Augenblick verloren die Rebellen den Mut, drehten sich um und rannten davon. Tulkhans Männer folgten ihnen. Aber kein Ghebite versuchte, Reothe aufzuhalten, als er vom Pferd stieg und auf sie zukam.

Imoshens Magen zog sich zusammen. Beinahe wäre sie in die Knie gebrochen. Mit laut klopfendem Herzen blieb sie stehen. Das Kind war ein vertrauensvolles Geschöpf, war sich keiner Bedrohung oder Verwundbarkeit bewusst.

Reothe blieb eine Armeslänge von ihr entfernt stehen. Imoshen konnte kaum atmen. Sie erwartete, dass er sie mit einem Schlag töten würde. Sie konnte sich nicht gegen einen T'En-Krieger verteidigen, der mit den Alten feilschte und die Parakletos an seinen Willen band. Sie sah Reothe in dem Wissen an, dass er nun begriffen hatte, wo ihre Loyalität lag, und sie töten würde.

Und was zählte das schon? Tulkhan musste tot sein. Ansonsten hätte Reothe hier nicht mit blitzenden Augen vor ihr gestanden. Sie hatte alles auf eine Karte gesetzt und verloren. Das Kind erwachte und bewegte sich an ihrem Körper. Sie wiegte seinen warmen Kopf, spürte den zerbrechlichen Schädel unter dem pulverfeinen Haar und der dünnen Haut.

Warum zögerte Reothe?

Vielleicht wollte er das Kind nicht verletzen. Aber wie konnte sie so naiv sein? Er war der ultimative Pragmatiker. Er würde nicht zögern, Tulkhans Sohn zu töten, bevor der Junge alt genug wurde, um Ärger zu machen.

Eine Flut von Zorn durchströmte sie. Solange noch Leben in ihr war, würde niemand ihr Kind anrühren. Reothe betrachtete sie immer noch reglos. Unter all diesen fliehenden, kämpfenden Gestalten standen sie still.

»Sehr klug, Imoshen. Diesmal hast du gewonnen, aber es war nur ein Scharmützel.«

Die Spannung sang in ihren Gliedern. Sie begriff nicht, wieso er noch nicht zugeschlagen hatte.

»Tulkhan ist tot«, fuhr er fort. »Willst du wirklich alleine gegen mich stehen?«

Als sie ihm jedoch in die Augen sah, entdeckte sie ein Bild von Tulkhan, der zwar blutete, aber noch lebte. Sie war erleichtert, verbarg dies aber sorgfältig vor Reothe.

»Denke darüber nach, Imoshen, und dann komm zu mir. Ich werde nicht lange so geduldig sein.«

Er drehte sich um und ging ungerührt und unbelästigt an

den Ghebiten vorbei, die sich um die Verwundeten kümmerten.

Imoshen sank schwindlig vor Erleichterung auf die Knie. Tulkhan lag irgendwo da draußen, verwundet und allein. Wie sie Reothe kannte, würde er jetzt zu ihm zurückkehren und ihm den Todesstoß versetzen.

Tulkhan! rief sie lautlos und öffnete ihre T'En-Sinne, um nach ihm zu suchen.

Ein winziges Flackern seines Wesens kribbelte am Rand ihres Geistes. Sie spürte seine schwindende Kraft. Er lag irgendwo da draußen im Sterben, und sie war nicht bei ihm. Als sie aus dem Tor herausrannte, riefen die Ghebiten ihr etwas hinterher, aber sie ignorierte sie.

Tulkhan hatte sich an einen Felsvorsprung gestützt, von wo aus er den Eingang zu der schmalen Schlucht überblicken konnte. Die Dämmerung hatte den Himmel heller werden lassen, sodass er vage Umrisse erkennen konnte.

Er erwartete, dass Reothe erst die Festung sichern und dann mehrere Rebellen hierher schicken würde, um sich zu überzeugen, dass sein Gegner tot war. Tulkhan umklammerte immer noch das Schwert, aber er hob es nicht, weil er es vorzog, seine Kraft zu sparen. Er würde mindestens einen oder zwei Rebellen mitnehmen, bevor Reothes Vorhersage sich bewahrheitete.

Nun hörte er rasche Schritte, Rufe. Das war es.

Aber sie liefen an ihm vorbei. Er hörte Hufschläge, und plötzlich stand eine Gestalt im Eingang. Es war Reothe.

»Bist du selbst gekommen, um mir ein Ende zu machen? Ich fühle mich geehrt«, grunzte Tulkhan. Er hob das Schwert zum Gruß.

»Du bist schwierig zu töten, Ghebite.«

Reothe trat vor und zog sein Schwert. Tulkhan wusste, das Ende war unvermeidlich, aber er würde nicht gehen, ohne sich zur Wehr zu setzen.

Und in diesem Augenblick kamen drei seiner eigenen Männer in die Schlucht gerannt. Sie schauten von ihm zum Rebellenführer. Reothe fuhr herum, sah sich zu vielen Gegnern gegenüber und zögerte. Einen Augenblick lang regte sich niemand, dann ließ Reothe die Waffe fallen und sprang. Mit erstaunlicher Behändigkeit kletterte er beinahe senkrecht den Felsen hinauf.

Die Ghebiten stürmten ihm hinterher, aber keiner von ihnen konnte klettern. Sie fluchten ausgiebig. Tulkhan blickte auf und sah Reothes Stiefel verschwinden.

Die Männer des Generals kehrten zu ihm zurück und erkannten, wie schwer verwundet er war. Er sah ihnen an, dass es keine Hoffnung für ihn gab. Wie war es Imoshen und seinen Soldaten gelungen, den Angriff abzuwehren?

Beinahe so, als ob dieser Gedanke sie heraufbeschworen hätte, glitt Imoshen durch die Öffnung in die schmale Schlucht. Vorsichtig kam sie auf ihn zu und murmelte dabei etwas über den Gestank nach der Gier der Alten.

»Wir sind zu spät. Er stirbt«, sagte ein Mann zu ihr.

»Du vergisst, mit wem du sprichst«, meinte ein anderer. »Diese Dhamfeer kann heilen.«

Als sie sich neben Tulkhan hockte, bemerkte er das Baby, das zwischen ihren Brüsten schlief.

»Mein Sohn hat das alles verschlafen?«, fragte er, seine Stimme heiser zwischen Lachen und Schmerz.

Imoshen lächelte, dann sah sie sich seine Wunde an. Ihre Hoffnung sank. Er hatte Blut auf den Lippen, und bei jedem Atemzug kam mehr – ein sehr schlechtes Zeichen.

Was konnte sie tun, so erschöpft, wie sie war? Sie sah dem General in die Augen. Schweiß, durch die Schmerzen hervorgerufen, stand auf seiner grauen Haut, aber er sah ihr mit vollkommenem Vertrauen entgegen. Er glaubte, dass sie ihn retten könnte.

Es war zu grausam.

Sie holte tief Luft. Der Gestank von Reothes Zauberei

war so widerwärtig, dass sie sich beinahe übergeben hätte, aber die Ghebiten schienen ihn nicht zu bemerken.

Tulkhan hustete. Es war ein schreckliches Geräusch. Imoshen war entschlossen, ihn nicht zu verlieren.

Sie drückte die Wange auf seine Brust, wo sie spüren konnte, wie schwer sein Herz arbeitete. Das Gewicht des Babys verursachte ihr Rückenschmerzen, und sie richtete sich auf.

»Ich habe versagt«, flüsterte Tulkhan. »Wie hast du ihn besiegen können?«

»Nein. Ihr habt gesiegt!«, sagte einer seiner Männer. »Als Ihr am Tor auftauchtet, sind die Rebellen davongerannt.«

»Das verstehe ich nicht«, krächzte Tulkhan.

Imoshen geriet in Panik. Seine Stimme war fast nur noch ein Hauch.

Sie sah ihm in die Augen und suchte nach einem Flackern von etwas, das sie nicht benennen konnte. Es war reiner Instinkt. Als sie seine abgeschürften Knöchel geheilt hatte, hatte sie sich zum Teil seiner eigenen Willenskraft bedient und nur einen kleinen Teil ihrer Gaben benutzt, aber hier ging es um etwas viel Schwierigeres. Es würde all ihre Reserven erschöpfen, und diesmal würde Reothe nicht kommen, um im Schatten des Todes nach ihr zu suchen.

»Wenn das hier vorüber ist, General, musst du mich nach Hause bringen.«

»Selbstverständlich.«

»Es könnte weh tun«, warnte sie.

»Glaubst du denn, es tut jetzt nicht weh?«

Das ließ sie lächeln.

Imoshen schloss die Augen und bediente sich der leidenschaftlichen Willenskraft des Generals. Was immer es sie kosten würde, sie würde ihm helfen, sich selbst zu heilen.

Es war das Zweitschwerste, was sie je getan hatte.

Tulkhan erwachte aus unruhigem Schlaf, sein Geist ein Durcheinander halb erinnerter Bilder – der Kampf mit Reothe, die Wunde, Imoshen, die kam, um ihn zu retten.

»Durst.«

Als der Wundarzt einen Becher an Tulkhans Lippen hob, war es das süßeste Wasser, das er je geschmeckt hatte.

Dann blickte er auf und sah die Dachbalken über seinem Kopf, die sich deutlich vor einem endlos blauen Himmel abzeichneten. Über ihm sangen seine Männer beim Anbringen der Holzschindeln.

»Lasst bloß keine auf meinen Kopf fallen«, versuchte Tulkhan zu rufen, aber nur ein Krächzen kam heraus. Er richtete sich auf. »Wie lange habe ich geschlafen?«

»Einen Tag.«

»Wo ist Imoshen?«

Der Mann trat zur Seite und Tulkhan sah, dass sie auf der anderen Seite des Raumes auf einem Strohsack schlief.

»Was, sie schläft am hellichten Tag?« Tulkhan lachte und kam auf die Beine. Die Bewegung verursachte ihm Schmerzen in der Brust, seine Muskeln taten weh, seine Gelenke knackten, aber er war entschlossen, Imoshen aufzuwecken.

Der Mann packte Tulkhan am Arm und warf ihm einen warnenden Blick zu.

Tulkhan verspürte Angst – inzwischen ein vertrauter Begleiter. So vorgewarnt, kroch er über den Boden und kniete neben Imoshen nieder. Sein Sohn schlief an ihrer Brust, die Brustwarze noch in seinem Mund. Imoshen lag vollkommen reglos, ihr Gesicht bleich.

Er erkannte die Zeichen, aber diesmal konnte er sich nicht um Hilfe an Reothe wenden.

»Wie ist das geschehen?«

»Je mehr Farbe in Eure Haut kam, desto bleicher wurde sie.«

»Aber sie ist eine Heilerin, das ist ihre T'En-Kraft.«

Der Mann zuckte mit den Achseln. »Vielleicht hat selbst sie Grenzen. Vergesst nicht, in Gheeaba würde eine Frau einen kleinen Mond nach der Geburt nicht einmal aufstehen und ihre normalen Pflichten noch einen weiteren Mond lang nicht ausüben. Sie würde sich von den anderen Frauen bedienen und nur ihr Kind zum Stillen bringen lassen. Diese Dhamfeer ist barfuß bis hierher gelaufen. Sie ist einen Tag und eine Nacht zu Fuß gegangen, um hierher zu gelangen. Sie hat die Schrecken der Finsternis verscheucht, als die Festung beinahe gefallen wäre …«

»Und dann hat sie mich gerettet.« Tulkhan ließ den Kopf hängen. Er hatte begonnen, das Unmögliche von Imoshen zu erwarten. Das Kind erwachte und öffnete die weinroten Augen. Es schaute von Tulkhans Brust auf zu seinem Gesicht. Es stand kein Gruß, kein Erkennen in diesen Augen, nur gleichgültiges Desinteresse.

»Hier, General.« Der Wundarzt hob das Kind hoch. »Ihr müsst ihm einen Namen geben.«

»Ein Name?« Tulkhan hatte an so etwas noch nicht gedacht, konnte nicht daran denken, während Imoshen so reglos dalag. Er würde eine Amme finden müssen. »Warum trinkt das Kind immer noch bei ihr?«

»Die Milch fließt. Hin und wieder richtet sie sich auf, isst ein wenig, trinkt ein wenig …«

»Was?« Dann war es nicht so wie beim letzten Mal. Es gab noch Hoffnung.

Als der Wundarzt sich daranmachte, das Kind zu waschen und zu wickeln, ergriff Tulkhan Imoshens Hand. Er streichelte ihr die Wange. »Imoshen, wach auf und sag mir, wie wir unseren Sohn nennen sollen.« Tulkhan grinste. Sein Vater würde sich im Grab umdrehen. Bei den Ghebiten wählte immer der Vater den Namen eines Jungen. »Ich kann ihn doch nicht immer ›Kind‹ nennen.«

Er sah, wie sie ihre Lippen ein winziges Bisschen bewegte, als wollte sie lächeln. Er war unendlich erleichtert. Er strich ihr das helle Haar aus der Stirn und beugte sich näher heran.

»Du kannst mich hören. Gibt es etwas, was ich für dich tun kann?«

Unter großen Anstrengungen bildeten ihre Lippen ein Wort. »Nach Hause.«

Tränen der Erleichterung brannten Tulkhan in den Augen, und er küsste ihre geschlossenen Lider. »Bleib ganz ruhig liegen, ich bringe dich nach Hause.

Sie zogen eine Plane über den Nachschubwagen, damit Imoshen auf diesem Gefährt reisen konnte. Nach Tulkhans normalen Maßstäben kamen sie nur langsam voran, aber er war froh. Jeden Tag wurde Imoshen kräftiger, und das Kind wuchs.

Am Tag vor dem Mittsommerfest standen sie auf den Hügeln vor T'Diemn. Tulkhan ließ die Karawane anhalten und stieg in den Wagen.

»Wir sind zu Hause«, sagte er zu Imoshen und hob sie hoch, sodass sie es sehen konnte. »Da!«

Er sah ihr ins Gesicht, als sie über T'Diemn hinwegstarrte. Es war eine der schönsten Städte, die er je gesehen hatte. Die Türme und Kuppeln flirrten in der Hitze.

Imoshen sah aus, als würde sie anfangen zu weinen.

»Was ist?«

Rasch wandte sie den Blick ab. »Die Festung ist mein Zuhause.«

Er verstand. Was konnte er jetzt noch sagen?

»Wo ist dein Zuhause, General?«

Er würde nie nach Gheeaba zurückkehren können. Das wusste er jetzt.

»Mein Zuhause ist, wo du bist«, sagte er schlicht. »Er sah, wie sie begriff. Ihre leidenschaftliche Umarmung wärmte sein Herz.

Dann löste sie sich von ihm. »Da wir nun schon einmal

hier sind, müssen wir das Beste daraus machen. Die Leute werden uns und unseren Sohn Ashmyr sehen wollen.«

Imoshen hatte darauf bestanden, dass sie den Jungen Ashmyr nannten. Sie sagte, T'Ashmyr hätte die Inseln im Zeitalter der Unruhen an sich gebunden und T'En und Ortsansässige vereint, und nur das Hochland von Keldon hatte sich ihm widersetzt. So trug sein Sohn den Namen eines T'En-Kaisers, und Tulkhan störte sich nicht daran.

»Meinst du, du solltest reiten?« Tulkhan war nervös. Außer, wenn sie ein Nachtlager aufschlugen, hatte sie kaum auch nur aus dem Wagen herausgespäht.

»Nein. Aber du könntest mich tragen, und ich könnte das Kind halten. Das würde den Bürgern von T'Diemn gefallen.«

Als sie in die Stadt ritten, bereitete man ihnen ein begeistertes Willkommen. Die Menschen feierten die Geburt des Kindes und den Sieg über die Rebellen, eine Geschichte, die durch die Verbreitung von Gerüchten immer heroischer geworden war. Die Städter kamen aus ihren Häusern und Läden, um zu jubeln. Und am allerlautesten jubelten sie Tulkhans Sohn zu.

»Du willst nicht noch einmal darüber nachdenken?«, fragte Imoshen.

Tulkhan sah sie an. Sie genossen einen seltenen Augenblick des Alleinseins im Garten. Zarte Blüten hingen von dem Spalier über ihnen. Es war ein Ort ätherischen Sonnenlichts und süßer Düfte.

In der ghebitischen Gesellschaft wurde nichts um seiner Schönheit willen geschätzt. Ghebiten liebten Wohlstand und militärische Macht, nicht Ästhetik. In seiner Jugend hätte Tulkhan diese Verschwendung verachtet, aber nun konnte er eine Kultur nur bewundern, die Zeit hatte, sich der Schönheit um ihrer selbst willen zu widmen.

»Nein. Nun, da wir das Mittsommerfest hinter uns haben, muss ich in den Süden zurückkehren. Die Festung am Größeren Pass ist beinahe vollendet, und ich muss noch die andere fertig bauen, die den Geringeren Pass sichert, und zwar vor der Ernte. Sollen die Adligen in Keldon den Winter doch ohne frische Vorräte überstehen.«

»Es gefällt mir nicht«, meinte Imoshen. »Es ist eine statische Verteidigung. Es gibt den Rebellen Gelegenheit, die Befestigungsanlagen zu studieren und viel darüber zu erfahren, wie die Wachen aufgestellt sind. Irgendwann werden sie eine Schwachstelle finden und zuschlagen.«

Tulkhan wusste das. Reothe konnte einfach nicht zulassen, dass der Generalprotektor die Festungen vollendete. Sämtliche Handelskarawanen mussten die Pässe benutzen. Wenn Tulkhan das Hochland von Keldon tatsächlich abriegelte, würde dies Reothes Ruf unendlich schaden. Seine Anhänger würden Gefangene auf ihren eigenen Landsitzen sein.

»Ich muss gehen.« Er setzte sich zu ihr. »Ich bin nur noch wegen des Mittsommerfestes hier geblieben.«

Sie schaute nach unten und spielte mit den Händen des Babys. Imoshen ließ den Kleinen nie weit von ihrer Seite weg. Tulkhan hatte bemerkt, wie oft sie nachts aufstand, um nach dem Jungen zu sehen.

»Sie werden deine Leute angreifen«, flüsterte sie.

»Ich erwarte nicht, dass Reothe mich enttäuscht.«

»Was wirst du ohne mich machen?«

Tulkhan seufzte. Er wusste, dass das letzte Mal nur Imoshens Kräfte ihn und seine Männer gerettet hatten. Sie wollte zwar nichts weiter über diese Nacht sagen, aber sie erwachte oft schweißgebadet und murmelte in der T'En-Hochsprache vor sich hin. Er hatte dabei nur das T'En-Wort Parakletos erkannt.

Oh, er brauchte Imoshen wirklich, aber sie wollte das Kind nicht bei einer Amme lassen.

»Ich werde nicht dein Leben und das des Babys aufs

Spiel setzen. Du kannst dich verteidigen. Mein Sohn kann es nicht.«

»Und ich werde ihn nicht zurücklassen.« Sie stand auf, die Wangen vor Zorn gerötet. Der leichte Sommerwind spielte mit Strähnen ihres hellen Haares, sodass es aussah, als hätte es ein Eigenleben entwickelt. Zorn und das Erwachen ihrer T'En-Kräfte hingen in der Luft und bewirkten, dass Tulkhans Herz zu rasen begann.

Er sehnte sich nach ihr, aber sein Wundarzt hatte ihm erklärt, dass es einen guten Grund gab, wieso die ghebitischen Männer ihre Frauen zwei kleine Monde nach der Geburt nicht anrührten. Seine Beschreibung der Verletzungen bei einer ganz normalen Geburt hatte Tulkhan entsetzt. Nein, er würde sich Imoshen nicht aufdrängen, ehe sie bereit war. Aber das hatte große Zurückhaltung gekostet.

»Wir sind miteinander verbunden«, sagte Imoshen zu ihm und weigerte sich, sich auf einen Streit einzulassen. »Und obwohl ich deine Wünsche respektiere, werde ich tun, was ich für das Richtige halte. Anders könnte ich nicht mit mir leben.«

»Dann kommen wir nicht weiter«, erwiderte Tulkhan und ließ sie allein.

Imoshen schaute ihm nach. Erst gestern hatte Ashmyr ihr in die Augen gesehen und sie erkannt. Er war mehr als einen kleinen Mond vor der Vollendung eines ganzen Jahres geboren, aber sie war nicht sicher, ob es nicht die Anstrengung und die Gefahr gewesen waren, die zu seiner verfrühten Geburt geführt hatten. Aber es ging ihm gut und ihr ebenfalls. Aber während sie sich körperlich erholt hatte, fühlte sie sich innerlich verwundbarer als je zuvor. Reothe war bereit, mit den Alten zu feilschen und die Parakletos zu rufen, auch wenn ihn das seine eigene Seele kosten konnte. Um Reothe zu besiegen, würde sie seine Grenzen erkennen müssen.

Die Palastbibliothek war keine Hilfe. Sie musste in die

Basilika gehen und dort die Archive durchsuchen. Irgendwie würde es ihr gelingen, das T'Endomaz zu übersetzen und es gegen Reothe zu benutzen.

Es war eine grausame Ironie, dass er ihr das Wertvollste gegeben hatte, was er besaß – das letzte Geschenk seiner Eltern –, und sie würde es benutzen, um ihn zu vernichten. Tränen brannten ihr in den Augen. Aber es war offenbar ihr Schicksal, sich schrecklichen Entscheidungen gegenüberzufinden, wie es schon das Schicksal der ersten Imoshen gewesen war. Diese hatte ihre T'En-Krieger mit Schwüren an sich gebunden, die selbst über den Tod hinausgingen.

Imoshen schob diese finsteren Gedanken beiseite, reckte sich und bog den Rücken durch. Heute war ihr letzter Abend mit dem General. Das leichte Ziehen an ihren Brustwarzen sagte ihr, dass Milch aus einer ihrer Brüste floss. Sie drückte sie, um den Milchfluss zu beenden. Ihr ganzer Körper kribbelte. Sie dachte voll Sehnsucht an Tulkhans schwielige Hände. Wenn er sie nur endlich wieder berühren würde! Sie war sicher, dass sie sich über alle Skrupel hinwegsetzen könnte, mit denen er sich zurückhielt.

Tulkhan lag auf dem Bett und sah zu, wie Imoshen ihren Sohn stillte. Er und seine Männer waren bereit aufzubrechen. Es blieb nur noch diese eine Nacht mit Imoshen. Er sehnte sich danach, sie in den Armen zu halten, aber er wusste nicht, ob das nicht dazu führen würde, dass er mehr wollte.

Das Kind trank gierig. Tulkhan konnte ihn schlucken hören.

Er grinste. »Mein gieriger Sohn wird Blähungen bekommen und dich die ganze Nacht wach halten.«

»Ach ja?« Imoshen sah ihn spöttisch an. »Du bist also ein Experte. Ich wette, ghebitische Männer kümmern sich nie um ihre Kinder.«

»Das stimmt nicht.« Tulkhan lehnte sich gegen das Betthaupt und verschränkte die Hände hinter dem Kopf. »Als ich sechs Jahre alt war, verließ ich das Frauenquartier und zog zu den Männern. Dort wurde ich von den Männern, die meinem Vater dienten, aufgezogen. Sie bildeten mich in der Kriegskunst aus und bereiteten mich auf meine Rolle als erster Sohn der zweiten Frau des Königs vor.« Er bemerkte, dass sie ihn beobachtete, sah ihre entsetzte Miene.

»Willst du damit sagen, dass du danach nie mehr mit deinen weiblichen Verwandten zusammengelebt hast? Wie traurig.«

Ihre Reaktion verblüffte ihn. »Warum?«

Imoshen schüttelte den Kopf. »Kein Wunder, dass ghebitische Männer Frauen für eine andere Spezies halten!«

Sie nahm das müde Baby von der Brust und steckte den Kleinen in den Korb an ihrem Bett, bevor sie sich vor Tulkhan hinsetzte. Ein Tropfen Milch hing immer noch an ihrer Brustwarze. Er bemerkte, dass er diesen Tropfen anstarrte und an nichts anderes mehr denken konnte.

Imoshen kam auf die Knie, ihre Brüste quälend dicht an seinem Gesicht. »Hast du Durst?«

Quälende Begierde zerriss ihn beinahe. Sie schlug doch nicht wirklich vor ... das ging gegen alles, was man ihn gelehrt hatte, aber es war eine so große Versuchung ...

Er riss seinen Blick von ihren weißen Brüsten los. »*Imoshen!*«

Sie legte den Kopf schief, ein kleines Lächeln auf den Lippen.

»Benehmen sich alle Frauen der Strahlenden Insel so?« Seine Stimme war heiser.

Imoshen seufzte und schloss ihr Mieder. »Ich weiß es nicht. Es wurde in meinen Lektionen darüber, wie ich einem Mann Freude bereiten kann, nie erwähnt.«

»Man hat dich darin unterrichtet, wie du ... wie du ...«

»In der körperlichen Liebe?« Imoshen lachte. »Aber

selbstverständlich. Alle erhalten diesen Unterricht. Zumindest alle Gebildeten. Ich weiß nicht, wie es bei den Bauern ist.« Sie verzog spöttisch die Lippen. »Ich nehme an, ihre Ausbildung ist eher praktischer als theoretischer Art.«

»Wie kannst du darüber scherzen?« Tulkhan rutschte quer über das Bett und zog die Decke mit sich, um zu verbergen, wie erregt er war. »Imoshen, das ist widernatürlich!«

»Wie kannst du so etwas sagen? Haben diese Männer, die dich aufgezogen haben, nicht dafür gesorgt, dass du lernst, wie man bei einer Frau liegt?«

Er konnte sich nur zu gut daran erinnern, wie sie eine bestimmte Art Frau in sein Zimmer gebracht hatten, als er sechzehn gewesen war. Es war eine angenehme Ausbildung gewesen, eine, die er regelmäßig genossen hatte, bis er sich kurz nach seinem siebzehnten Geburtstag der Armee anschloss.

Tulkhan verschränkte die Arme. »Das war etwas anderes.«

»Etwas anderes?«

Einen Augenblick lang glaubte er, dass sie zornig war. Ihre Augen glitzerten wie Edelsteine.

»Imoshen?«

»Wie kannst du mich zurückweisen, wenn es doch so deutlich zu sehen ist, dass du mich haben willst?«

Das Kind wimmerte in Reaktion auf ihren Tonfall. Imoshen schaute zu dem Korb hin, dann sah sie Tulkhan wieder an.

»Ich verstehe dich nicht«, flüsterte sie.

Er schüttelte langsam den Kopf. »Ich dich auch nicht.« Aber es hielt ihn nicht davon ab, sie zu begehren.

»Sie werden dich töten!«, rief sie plötzlich. »Reothe will dich nur ins Hochland locken, damit er dich umbringen kann.«

»Was soll ich denn tun?«, fragte Tulkhan. »Wenn ich die

Adligen in Keldon bedrohe, damit sie mir Reothes Versteck verraten, werden sie mich hassen. Aber ich kann auch nicht zulassen, dass er meine Herrschaft unterminiert. Ich habe keine andere Wahl.«

»Du gehst in deinen Tod!« Tränen liefen über Imoshens Wangen. Sie schlug ihm mit geballten Fäusten gegen die Brust, schlug im gleichen Rhythmus wie sein Herz.

Er zog sie an sich, drückte ihre Arme an seine Brust und küsste sie auf die Stirn. Er wusste nicht mehr, was er sagen sollte.

Er spürte, wie sie zitterte, spürte, wie ihn dasselbe Schaudern überlief. Er wollte sie unbedingt haben.

Er konnte ihren heißen Atem und die Feuchtigkeit ihrer Tränen an seiner Kehle spüren. Das Bedürfnis, sie zu trösten, ging ihm bis ins Mark.

»Liebe mich.« Ihre Lippen bewegten sich an seiner Haut.

Er schlang die Arme fester um sie. »Das kann ich nicht. Es würde dir so bald nach der Geburt nur wehtun.«

Sie lachte und entzog sich ihm. »Ich bin geheilt. Und wie kommst du auf die Idee, dass mich ein wenig Schmerz stören würde?«

»Ich werde vorsichtig sein.«

Sie lächelte und breitete die Arme aus.

19

Als der General diesmal abmarschierte, stand Imoshen mit Ashmyr auf dem Arm auf dem Balkon. Die zärtlichen Stunden mit Tulkhan hatten bewirkt, dass sie sich jetzt schon nach ihm sehnte und vorsichtig auf die geringste Veränderung seiner Stimme achtete.

Der Kummer schnürte ihr einen festen Knoten in der

Brust, als er sie zum Abschied grüßte. Sie durfte nicht daran denken, was auf ihn wartete. Als der letzte Soldat aus ihrem Blickfeld verschwunden war, wandte sie sich ab. Es gab so viel, was sie von ihren Ängsten ablenken würde, darunter auch ihr Plan, die Grenzen von Reothes Kräften zu entdecken.

Imoshen verließ den Palast und ging zur Basilika. Betont lässig schlenderte sie durch das große Doppeltor, immer noch mit Ashmyr in den Armen. Die Priesterinnen und Priester drängten sich um sie, entzückt und geehrt von ihrem Besuch, und gaben sich sehr interessiert an dem Baby, das sie alle mit neugierigen Augen betrachteten.

»Er ist so ernst!«, lachten sie.

Imoshens unschuldige Bitte, das Gebäude besichtigen zu dürfen, rief eine begeisterte Reaktion hervor, und sie hatten bereits die Hälfte der Vorratsräume und Küchen hinter sich, als die Gesegnete sie einholte.

Imoshen wusste, dass das Oberhaupt der T'En-Kirche sie nur äußerst ungern hier inmitten ihrer Bastion der Macht sah, aber das Protokoll verlangte, dass sie T'Imoshen aufs Freundlichste willkommen hieß.

»In diesem Teil der Basilika kann es eigentlich wirklich nichts geben, was Euch interessieren sollte«, meinte die Gesegnete. »Lasst mich Euch begleiten.«

Imoshen lächelte. Sie wusste, die Gesegnete würde sie nicht aus ihrem Blickfeld lassen, aber das würde sie nicht davon abhalten, die Archivarin kennen zu lernen und in ihren Geist einzudringen.

»In unserer Basilika werden viele große Schätze für die Nachwelt aufbewahrt«, erklärte die Gesegnete und führte Imoshen weg von ihren Schülerinnen. »Aber als Erstes müsst ihr die Oberhäupter jeden Zweiges kennen lernen.«

Als die Gesegnete besonderen Wert darauf legte, die Gemächer der Traktarianer vorzuführen, hatte Imoshen das Gefühl, ein Schlangennest betreten zu haben. Die in maulbeerfarbene Gewänder gekleideten Priester hörten einer nach dem anderen mit ihren Tätigkeiten auf und drehten sich schweigend um, um sie zu beobachten. Murgon erhob sich und verzog das hagere Gesicht, um Worte des Willkommens zu sprechen, aber Imoshen sah die Verachtung in seinen Augen. Ein Schauder überlief sie. Dieser Mann war selbst halb T'En, und dennoch war er offensichtlich von ihr angewidert.

»Ich werde Euch gerne begleiten«, sagte Murgon und bot ihr den Arm.

Imoshen wich einen Schritt zurück, unfähig, ihre eigene Abscheu zu verbergen. Sie konnte sich nicht dazu bringen, ihn zu berühren.

Als die Gesegnete diese Reaktion sah, erreichte das Lächeln endlich auch ihre Augen.

Imoshen spürte, wie ihr Farbe in die Wangen drang. Sollten sie doch glauben, dass sie sich von dieser Zurschaustellung von Macht einschüchtern ließ. Das würde es noch leichter machen, sie zu hintergehen.

Die Gesegnete führte sie weiter, und nachdem sie zahllose Kriegstrophäen und Tribute längst vergangener Festlandskönigreiche bewundert hatte, kamen sie ins Archiv.

Imoshen gab sich bewusst nicht sonderlich interessiert. Die Archivarin und einige der ihr Unterstellten gingen auf sie zu.

»Willkommen im Archiv der Basilika, T'Imoshen«, grüßte die Archivarin sie. »Ihr werdet feststellen, dass unsere Bibliothek sogar noch größer ist als die des Palastes.«

Während Imoshen so tat, als bewunderte sie die Sammlung, suchte sie nach etwas Neutralem, worauf sie sich konzentrieren konnte. Eine Glasskulptur mit vielen Facetten stand unter einem Fenster. Sie verwandelte reines Sonnenlicht in Regenbogen.

»Faszinierend. Wie ist das möglich?« Ihr Entzücken war durchaus echt.

Sie ging hinüber, bewegte ihre Finger und sah zu, wie die Farben auf ihre helle Haut fielen.

»Das ist ein Prisma, eigentlich nur ein Kinderspielzeug.« Die Archivarin legte eine Hand auf die Glasskulptur.

»Wir hatten keine solchen Spielzeuge in der Festung«, meinte Imoshen in einem Versuch, die zerbrechliche Verbindung zwischen ihnen zu benutzen, um den Geist der Frau zu durchstöbern. Wieder und wieder drehte sie die Hand, spürte das Licht, tastete damit gleichzeitig die Ränder des Geistes der Archivarin ab. Sie hatte nie versucht, mit einer so schwachen Verbindung zu arbeiten.

»Das liegt daran, dass Eure Festung eine der frühesten war, die von der ersten Imoshen gebaut wurden. Während des Zeitalters der Unruhen hatte man keine Muße für solche Dinge. So viele Aufstände mussten niedergeschlagen werden.«

Imoshen spürte, wie angespannt die Gesegnete plötzlich war, aber was konnte sie schon tun? Imoshen berührte die Archivarin nicht einmal. Sie musste nur dafür sorgen, dass die Frau weitersprach, während sie sich selbst darauf konzentrierte herauszufinden, wo die ältesten Bände aufbewahrt wurden. Sie würden den Schlüssel zum T'Endomaz liefern. »Ich habe immer eine gewisse Verwandtschaft mit der ersten Imoshen verspürt, weil ich selbst ihren Namen trage. Was für eine Schande, dass das T'Elegos verloren ging, als der Palast niederbrannte.« Die Archivarin lächelte in sich hinein. Imoshen spürte ihre Reaktion, als wäre es ihre eigene. Die Frau fühlte sich überlegen, weil Imoshen sich geirrt hatte. Das T'Elegos war nicht verloren gegangen. Es war sicher in der Basilika verborgen, und zwar genau in diesem Raum!

Imoshens Gedanken überschlugen sich. Sie erstarrte, verzweifelt bemüht, nicht erkennen zu lassen, was sie da gerade tat.

»... Sardonyx' Revolte von vierundsechzig«, sagte die

Archivarin gerade. »Einige Werke, die vor der Eroberung verfasst wurden, hatten die Seereise überlebt, gingen aber, wie das T'Elegos der ersten Imoshen, der Nachwelt verloren. Während des Zeitalters der Unruhen wurde nicht nur der Palast niedergebrannt, sondern auch Eure eigene Festung zweimal geplündert.«

»Was für eine Schande«, sagte Imoshen leise. Als sie das Gefühl hatte, ihren Triumph sicher im Herzen verbergen zu können, blickte sie auf und lächelte. »Ich hätte gerne eines dieser Prismen für Ashmyr, wenn er erst älter ist. Es würde ein Kind sicher erfreuen, mit solchen Regenbogen spielen zu können.«

»Aber selbstverständlich«, stimmte die Gesegnete rasch zu. »Möchtet Ihr nun gerne noch den Musikflügel sehen, in dem der Chor probt?«

Imoshen nickte und klammerte sich an ihre unmögliche Entdeckung. Freude und Empörung mischten sich. Sie verstand nicht, warum die T'En-Kirche das T'Elegos vor dem Volk der Strahlenden Insel verborgen hatte, aber sie wusste nun, dass sie dicht daran war, den Code zu knacken, mit dem das T'Endomaz verschlüsselt war.

Selbst die Anwesenheit von Murgon und mehreren anderen Traktarianern während der Chorprobe störte sie nicht mehr. Die Priester beobachteten Imoshen misstrauisch, aber es gab nichts zu sehen.

Trotz ihrer Ungeduld wartete Imoshen bis zum Fürbittentag. Das würde ihr die beste Gelegenheit liefern, unbemerkt in die Basilika zu schlüpfen. Alle vierzehn Tage wurde die Diskussionshalle geöffnet, in der jeder, vom Landarbeiter bis zum reichsten Gildemeister, die Priester konsultieren konnte, die in Angelegenheiten der T'En-Gesetze und ihrer Interpretation ausgebildet waren.

Wenn ein Streitfall nicht geschlichtet werden konnte, baten die Hilfesuchenden um die Assistenz eines Kirchenvertreters, um ihren Fall der Kaiserin vorzulegen. Daher gab es immer eine lange Reihe von Bittstellern, die auf die Anhörung in den öffentlichen Räumen der Basilika warteten.

Spät an diesem Nachmittag stillte Imoshen Ashmyr und band ihn sich in einem Tuch zwischen die Brüste. Sie hätte ihn gern in seinem kleinen Korb gelassen, aber sie traute niemandem. Die Angst vor den Alten verließ sie nie vollkommen.

Imoshen zog die Kapuze des Umhangs über ihren Kopf und mischte sich in die Menschenmenge. Sie hatte nicht vor, ihre Kräfte zu benutzen, denn das könnte die Aufmerksamkeit Murgons und seiner Traktarianer auf sie lenken. Unerkannt ging sie durch die öffentlichen Räume, in denen sich geschäftige Priester drängten, alle von ihrer eigenen Wichtigkeit erfüllt. Die Aufregung ließ sie schneller werden, als sie die große Treppe hinaufschlich. Als sie das erste Mal die Marmorbalustrade gesehen hatte, war sie von ihrer Schönheit überwältigt gewesen, nun bemerkte sie den schimmernden Stein kaum. Dank ihres Besuches in der Basilika kannte sie nun den Weg zum Archiv, das an diesem Tag vollkommen verlassen war. Ihre weichen Stiefel trugen sie lautlos über den Mosaikboden.

Sie ging direkt zu der falschen Holztäfelung, die sie aus der Erinnerung der Archivarin wiedererkannte. Die Frau hatte ihr sogar das Wissen geliefert, wie man dieses Paneel öffnete. Imoshen schämte sich nicht, solche Methoden angewandt zu haben. Nach ihrer Ansicht war das T'Elegos ihr Erbe. Die Kirche hatte kein Recht, es ihr vorzuenthalten. Das Kind rührte sich an ihrer Brust, und sie murmelte beruhigend vor sich hin, während sie mit den Fingern über die Schnitzereien im Holz und die Einlegearbeiten aus Gold und Elfenbein fuhr. Vor ihrem geistigen Auge sah sie, wie die Archivarin den Mechanismus bediente, und tat es ihr nach. Es fühlte sich genauso an, wie die Frau sich erinnert hatte. Wie seltsam, die Tasterinnerungen einer anderen Person zu haben!

Das Paneel klickte, und das Schloss sprang auf. Imoshen war entzückt. Endlich würde sie die Geheimnisse der ersten Imoshen ergründen können. Sie würde wissen, was Reothe wusste, wie sie seine Schwächen entdecken und ausnutzen konnte, und sie würde den Schlüssel haben, um den Code des T'Endomaz zu knacken.

Sie schob das Holzpaneel beiseite und spähte in den staubigen Geheimschrank. Dann blinzelte sie verblüfft.

Nichts?

Ihr Herz setzte einen Augenblick aus.

Nein, das war unmöglich. Das Geheimfach war leer.

Hatte sie sich verraten? Hatte die Gesegnete das T'Elegos mitgenommen?

Imoshen sank auf die Knie. Dort auf dem Steinboden entdeckte sie einen Staubrand, wo jemand einen Krug abgestellt hatte. Das passte zu dem, was sie wusste. Wenn man den Legenden und historischen Berichten glauben durfte, hatte Imoshen die Erste den letzten Winter ihres Lebens an einer langen Pergamentrolle gearbeitet. Sie war entschlossen gewesen, die Geschichte der Odyssee der T'En für die Nachwelt zu bewahren und ihre Krieger auf diese Weise zu ehren. Imoshen wusste, dass der beste Weg zur Aufbewahrung einer einzelnen alten Pergamentrolle darin bestand, sie in einem irdenen Krug mit Öl aufzubewahren. Auf diese Weise wurde das kostbare Material vor Insekten und Feuchtigkeit geschützt.

Das T'Elegos hatte sich beinahe in ihrer Reichweite befunden! Imoshen ballte die Hände zu Fäusten.

Wer sollte es genommen haben, und warum? Hatte sich die Gesegnete entschlossen, das Versteck zu ändern? Und wenn es nicht die Gesegnete gewesen war, wer sonst hatte Zugang und Motiv? Die Archivarin glaubte mit Sicherheit, dass sich das T'Elegos noch in diesem Versteck befand.

Imoshen richtete sich auf und musste dabei die Beinmuskeln wegen des zusätzlichen Gewichts des Babys mehr anspannen. Sie lehnte sich an die Wand und starrte in den leeren Geheimschrank hinein. Ihr Geist wurde leer, und sie konnte nur noch undeutlich sehen.

Kerzenlicht tanzte über die Wände. Jemand stand mit dem Rücken zu ihr und rollte einen schweren Krug herum. Dann kniete die Person nieder, um ihn aufzuheben, und drehte sich dabei zu ihr herum.

Reothe!

Die Vision verblasste. Imoshen blinzelte erstaunt und erschrocken. Sie hatte nicht vorgehabt, ihre Kraft einzusetzen. Nie zuvor war es ihr gelungen, ein Bild nur mit einem Wunsch heraufzubeschwören. Aber sie hatte es auch nie zuvor versucht.

Reothe hatte das T'Elegos gestohlen! Zorn stieg in Imoshen auf. Hatte er sich den Krug mit der Zustimmung der Gesegneten genommen oder sie betrogen? Imoshen wusste, dass er imstande gewesen wäre, hier viel leichter hereinzuschlüpfen als sie selbst.

Warum hatte noch niemand in der Basilika den Verlust entdeckt? Imoshen hatte von der Archivarin den deutlichen Eindruck erhalten, dass dieses Dokument zu gefährlich war, um es zu lesen, aber zu kostbar, um es zu zerstören. Seit Generationen hatte man es daher verborgen, hatte die Einsichten der ersten Imoshen in die T'En-Geheimnisse vor neugierigen Augen geschützt. Als Reothe ihr das T'Endomaz gab, musste er gewusst haben, dass sie seine Geheimnisse nicht ohne das T'Elegos lüften konnte. So wütend sie auf ihn war, es fiel ihr dennoch schwer, Reothe zu verurteilen. Vielleicht enthielt das T'Elegos Informationen, die gegen reinblütige T'En verwendet werden konnten.

Es gab zweifellos Echtmenschen, die die reinblütigen T'En hassten. Murgon von den Traktarianern war ihr größter Gegner. Imoshen schauderte und fühlte sich plötzlich sehr verwundbar.

Sie schloss die Tür zu der Geheimkammer wieder. Bevor sie noch wusste, was sie tat, strich sie über das geschnitzte Holz und löschte alle Erinnerungen an ihre Berührung. Nun würde niemand, der über T'En-Kräfte verfügte, herausfinden können, dass sie hier gewesen war. Das ließ sie innehalten. Woher hatte sie gewusst, wie sie ihre Spuren verwischen sollte?

Einfache Logik hatte es ihr gesagt. Wenn bestimmte Handlungen etwas bewirkten, dann konnte sie die Spuren verwischen, indem sie sie umkehrte. Merkwürdig, zuvor hatte ihr Geist nicht so funktioniert, und sie hatte sich anstrengen müssen, ihre geringen Kräfte zu konzentrieren.

Sie verfluchte sich leise – vielleicht hatte sie sich jetzt verraten. Die Traktarianer waren nur zur Hälfte T'En. Sie waren zwar ausgebildet zu spüren, wenn jemand die Kräfte benutzte, aber soweit Imoshen wusste, war sie selbst die einzige Person in der Basilika, die die Möglichkeit hatte, ihren Aktionen zu folgen.

Imoshen kehrte zur Treppe zurück. Plötzlich spürte sie Gefahr. Ihr wurde beinahe übel vor Schreck, als sie die Gruppe maulbeerfarben gewandeter Priester am Eingang entdeckte. Und dort schlenderte Murgon lässig durch die Besuchermenge.

Irgendwie war es diesen Verrätern gelungen, ihre Anwesenheit zu bemerken. Murgon drehte sich um und schaute direkt zur Treppe. Imoshen erstarrte, zwang sich, so gewöhnlich wie möglich zu erscheinen, und begriff dann, dass genau das Murgon anziehen würde. Angst verhinderte jeden klaren Gedanken. In diesem Augenblick kamen drei Gerichtspriester an ihr vorbei, die laut über einen Fall stritten.

Imoshen ging mit ihnen die Treppe hinauf. Von der Galerie aus spähte sie nach unten und entdeckte, dass Murgon zwei Priester zu sich gerufen hatte und mit ihnen sprach, bevor er selbst auf die Treppe zuging. Imoshen floh.

Die Basilika war ein wahres Labyrinth, und Imoshen hatte nur eine recht allgemeine Idee des Bauplans. Sie musste den nächsten sicheren Ausgang finden. Sie wagte, sich schnell mithilfe ihrer T'En-Sinne umzusehen. Der Irrgarten von Fluren und Räumen nahm in ihrem Kopf ein dreidimensionales Bild an, als sie einen Fluchtweg suchte, der nicht von den Traktarianern benutzt wurde.

Dann spürte sie, wie sie nach ihr suchten. Sie waren schwach, aber in der Überzahl. Verstreut wie Ameisen auf einem Abfallhaufen suchten sie sich ihren Weg durch die Schlacke, suchten nach der Quelle von Macht, die sie anzog wie Honig. Imoshen mochte vielleicht imstande sein, ein oder zwei von ihnen zu zerdrücken, aber gegen alle zusammen konnte sie nichts ausrichten.

Wieder wurde ihr übel. Sie hatte sich und Ashmyr ganz umsonst dieser Gefahr ausgesetzt. Diese Traktarianer würden sie finden, und sie hatte keine Ausrede, wieso sie sich an einem solchen Tag in der Basilika aufhielt. Wie sehr die Gesegnete triumphieren würde!

Dann wurde ihre T'En-Kraft stärker. Sie war sich jedes einzelnen Zahns in ihrem Kopf bewusst, ebenso wie der gewaltigen Masse von Emotionen, die von den Echtmännern und -frauen in den Räumen ringsumher ausgingen. Ihr Instinkt riet ihr, ihre Kräfte zur Flucht zu benutzen.

Sie schlüpfte in einen verlassenen Vorratsraum und kämpfte gegen ihren Impuls an, zügelte ihre T'En-Sinne, selbst wenn sie sich danach verwundbarer fühlte. Ohne ihre Kräfte konnte sie allerdings auch nicht feststellen, wo sich die Traktarianer aufhielten und ob sie näher kamen. Wie ein Tiger in der Falle roch sie ihre eigene Angst.

Ashmyr regte sich und wimmerte leise im Schlaf.

Imoshen lehnte sich gegen die kalte Steinmauer des unordentlichen Raums und zwang sich, ruhiger zu atmen.

Sie hob eine zitternde Hand ans Gesicht und wischte sich den Schweiß von der Oberlippe. Sie lauschte aufmerksam. Weit entfernt konnte sie das Klirren aus der großen Küche hören und das Essen riechen, das dort vorbereitet wurde.

Die Küche!

Das war der beste Fluchtweg. Die Küche jedes großen Gebäudes war stets voller Unruhe, Menschen kamen und gingen, es gab Lieferanten, schäkernde Küchenmädchen und freche Stallknechte, die versuchten, frisch gebackene Pasteten zu stehlen.

Imoshen wagte kaum, an ihre Pläne zu denken, als sie den Schutz des Lagerraums verließ. Sie folgte dem Geruch von Gewürzen, Braten, eingelegtem Gemüse und gekochtem Obst zur Küche. Jeden Augenblick konnte sie von einem Diener entdeckt und den Traktarianern übergeben werden ...

Was dachte sie denn nur? Man hatte sie doch nicht zur Abtrünnigen erklärt.

Niemand außer den Traktarianern wusste, dass sie sich unerlaubt in der Basilika aufhielt. Solange nicht einer von ihnen an jeder Tür der großen Küche Wache hielt, hatte sie eine Chance zu fliehen.

Sie trat in den Schatten eines Flures und beobachtete das Hin und Her von Menschen innerhalb der riesigen Küche. Hier mussten über tausend Personen ernährt werden, und das Küchenpersonal war dementsprechend eine gut ausgebildete Armee. Einige waren mit Gemüse putzen beschäftigt, die Köpfe gesenkt, die Hände arbeitsam über langen Tischen; andere holten Brote aus tiefen Backöfen und schoben sie auf Abkühlbleche. Der Geruch nach frischem Brot ließ Imoshen beinahe würgen.

Eine Priesterin in maulbeerfarbenem Gewand stand an der Tür an der gegenüberliegenden Küchenseite. Das Personal wandte den Blick ab, wenn sie an ihr vorbeikamen. Seltsam, die Leute mochten diese Priesterin nicht. Galt das für alle Traktarianer oder nur für diese eine Person?

Mit klopfendem Herzen stahl sich Imoshen davon, bevor die Priesterin sie spüren konnte. Ihr Haar, ihre Augen, ihr sechster Finger, all das wies sie deutlich als T'En aus. Ihr Hass auf die Verfolger wurde beinahe übermächtig. Imoshen eilte auf den vertrauten Geruch von Seife und frischer Luft zu. Die Waschküche war verlassen, die Kupferbottiche leer. Niemand bewachte diese Tür, denn sie führte zu einem abgeschlossenen Innenhof, in dem nichts weiter zu sehen war als flatternde Priestergewänder, die in der Sonne trockneten.

Ein maulbeerfarbenes Gewand erregte Imoshens Aufmerksamkeit, und plötzlich hatte sie eine Idee. Sie ging über die geschrubbten Fliesen der Waschküche in den Hof hinaus. Niemand war in der Nähe. Wer würde auch schon trocknende Wäsche bewachen? Rasch riss sie ein Gewand von der Leine und warf es sich über die Schultern. Sie zog die Kapuze über den Kopf, um ihr Haar zu verbergen.

Mit vor Angst trockenem Mund ging Imoshen wieder hinein. Nun bemerkte sie, dass die anderen Priester es vermieden, ihr ins Gesicht zu schauen. Dass es unter der Priesterschaft eine Hierarchie geben könnte, war Imoshen bisher nicht in den Sinn gekommen, aber unter diesen Umständen war sie dankbar dafür.

Sie versuchte, sich so vertraut wie möglich zu geben, als sie durch die Küche ging. Die Traktarianerin an der Tür warf ihr einen kurzen Blick zu. Imoshen zwang sich, ruhig zu bleiben und hoffte inständig, dass ihr Sohn schweigen würde.

»Keine Spur?«, fragte die Frau in der T'En-Hochsprache.

Imoshen begriff plötzlich, dass sie die alte Sprache am Leben erhielten, um andere auszuschließen. Sie schlüpfte so leicht in diese Gewohnheit, wie sie in das maulbeerfarbene Gewand geschlüpft war. »Nein. Ich habe die Wagen überprüft.«

»Gute Idee.«

Eine Hand an Ashmyrs Kopf gelegt, ging sie davon, sorgfältig bemüht, nicht eilig zu wirken. Sobald sie sich in einem äußeren Hof befand, war es leicht, einem der vielen Lieferwagen durch eine Gasse und hinaus in den Sonnenschein des alten T'Diemn zu folgen.

Ihr war beinahe schwindlig vor Erleichterung. An diesem Tag hatte sie viel gelernt. Sie hatte innerhalb der T'En-Kirche mehr als nur einen Feind. Wenn die Gesegnete eine tückische Katze war, dann war Murgon ein gieriger Wolf, der sein Rudel anleitete, sie zu verfolgen.

Rasch entfernte sie sich von der Basilika und schlüpfte in eine Seitengasse, um sich das maulbeerfarbene Gewand auszuziehen. Ohne Bedauern warf sie es auf den Abfallhaufen, den ein Ladenbesitzer angezündet hatte. Sie schürte die Kohlen bis das Material Feuer fing. Während sie zusah, wie der Stoff brannte, schwor sie sich, nie wieder den Traktarianern gegenüber eine Schwäche zu zeigen.

Sie hatte heute so viel aufs Spiel gesetzt – und wofür?

Reothe hatte das T'Elegos. Aber sie konnte nicht länger warten. Tulkhan war in Gefahr, und sie fand sich der schwierigsten Entscheidung ihres Lebens gegenüber.

Erschöpft von ihrer knappen Flucht schlief Imoshen den ganzen Rest des Nachmittags bis weit in den Abend hinein. Später packte sie dann ihre Sachen. Anschließend überlegte sie, wie sie ihre Botschaft an Kalleen und Wharrd formulieren sollte. Sie wagte nicht, ihre Pläne zu verraten, also berief sie sich stattdessen auf die Freundschaft der beiden und bat sie, so schnell wie möglich zu ihr in die Festung zu kommen.

Als sie Ashmyr ansah, der in seinem Korb schlief, traten ihr Tränen in die Augen. Gerade weil sie ihn so leidenschaftlich liebte, musste sie ihn in Sicherheit bringen, denn sie ging davon aus, dass die unvermeidliche Konfrontation zwischen ihr und Reothe ihre letzte sein würde. Sie würde Tulkhan nicht allein sterben lassen. Sie musste an seiner Seite stehen, und sollten sie wie durch ein Wunder überleben, würde Kalleen ihnen Ashmyr zurückbringen. Aber sollte sie an Tulkhans Seite fallen, würden Kalleen und Wharrd wissen, wie sie von der Strahlenden Insel fliehen könnten. Es verlangte viel von ihrer Freundschaft, die beiden zu bitten, ihren Sohn aufzuziehen, aber wenn Reothe die Insel zurückeroberte, würden auch Kallen und Wharrd alles verlieren – ihre Ländereien, ihre Titel, und wenn sie nicht flohen auch ihr Leben.

Verborgen in der Festung von Imoshens Familie befanden sich große Reichtümer. Zusammen mit ihrer Großtante hatte sie alles im Frühjahr und Sommer der ghebitischen Invasion gesammelt und verborgen, falls sie ihre Verwandten von den Ghebiten loskaufen müsste. Nun würde das einem anderen Zweck zukommen. Mithilfe dieses Schatzes würden Kalleen und Wharrd zusammen mit Ashmyr in eines der Königreiche des Festlands fliehen können, weit weg von Reothes Einfluss und weit weg von den Alten.

Unbekannt und in Sicherheit würde ihr Junge in Frieden aufwachsen. Sie würde Kalleen und Wharrd bitten, ihn niemals zu ermutigen, die Strahlende Insel zurückzuerobern. Er konnte nichts dadurch gewinnen, sein Leben mit sinnloser Rache zu verbringen. Sie wünschte sich nur, dass er glücklich würde.

Imoshen lächelte. Vielleicht würde er als Erwachsener nach Osten reisen und seinen T'En-Ursprung entdecken. Aber in Wahrheit war es ihr gleich, was Ashmyr tat, solange er frei von Angst und frei von Reothe aufwachsen würde. Imoshen versiegelte den Brief mit ein wenig Wachs und dem Abdruck ihres sechsten Fingers.

Sie konnte nicht widerstehen und kniete sich neben ihren schlafenden Sohn. Ihr Herz floss über vor Liebe, als sie sein dichtes, dunkles Haar streichelte.

»Merkah?« Imoshen blickte auf, als das Mädchen mit einem Arm voll Kleidung vorbeikam. »Solch aufwändige Sachen werde ich nicht brauchen, nur meine Reisekleidung. Und du brauchst auch deine.«

»Diesmal darf ich also mitkommen?« Merkah nahm ihr ihren letzten Aufbruch immer noch übel.

»Bis zur Festung. Aber bevor du weiterpackst, schicke bitte nach Crawen.«

»Jawohl, Herrin.« Merkah eilte davon, die Augen vor Neugier blitzend.

Imoshen hob ihren Sohn aus dem Korb und legte seinen weichen Kopf an ihre Wange. Sie würde ihn keinem Risiko aussetzen. Und sie selbst würde sich erst in Gefahr begeben, wenn sie wusste, dass er in Sicherheit war. Wenn sie und Tulkhan besiegt würden, würde sie Ashmyr niemals aufwachsen sehen. Er würde nie erfahren, wie sehr sie ihn geliebt hatte. Sie spürte seinen Kopf an ihrer Wange, spürte, wie er den kleinen Mund öffnete und nach Milch suchte.

Sie hielt ihn ein Stück von sich weg, um sich seine Züge einzuprägen. Tränen liefen ihr über die Wangen. Er würde nie erfahren, was es sie gekostet hatte, ihn wegzugeben. Vielleicht sollte sie seinen unausgebildeten Geist berühren und eine Botschaft hinterlassen, die er dort eines Tages finden würde. Nein, sie musste zulassen, dass er seinen eigenen Weg fand. Eines Tages konnten Kalleen und Wharrd ihm sagen, dass seine Mutter ihn aufgegeben hatte, damit er frei aufwachsen konnte. Damit musste sie sich zufrieden geben.

»Crawen ist da, Herrin«, kündigte Merkah an.

Imoshen griff nach dem Brief. »Ich möchte, dass er so bald wie möglich nach Windhafen gelangt. Übergib ihn Kalleen persönlich.«

Die Frau nahm die versiegelte Botschaft entgegen. »Soll ich auf eine Antwort warten?«

»Nein. Ich werde in meine Festung zurückkehren. Du kannst Kalleen und Wharrd dorthin begleiten.«

Crawen lächelte. »Es wird schön sein, wieder nach Hause zu kommen.«

Imoshen nickte, aber in ihrem Herzen lächelte sie nicht.

Imoshen hatte vor, am nächsten Morgen früh abzureisen, aber sowohl sie als auch Ashmyr wachten häufig während der Nacht auf. Merkah sprach vom Fleckfieber, das bei Kindern in T'Diemn ausgebrochen war. Imoshen hatte es zwar als Kind schon gehabt, aber sie war offenbar immer noch empfänglich für eine mildere Version.

Statt mit ihrem Sohn abzureisen, solange er noch krank war, setzte sich Imoshen zu ihm, sprach leise mit ihm und benutzte ihre Kräfte, um ihn abzukühlen. Den ganzen Tag lag er auf dem Bett neben ihr, sicher in der Biegung ihres Körpers. Während sie sich um ihn kümmerte, genoss sie jeden Augenblick, in dem Wissen, dass sie ihn bald würde aufgeben müssen.

Bis zum Abend hatte er wieder normale Temperatur und schlief gut. Es gab kein Zeichen von Flecken, und ihr eigenes Fieber war gebrochen.

»Merkah?« Imoshen setzte sich vorsichtig auf, um das schlafende Kind nicht zu stören.

Die Zofe kam auf Zehenspitzen herein. »Wir reisen morgen ab. Es ist sinnlos, heute Abend noch loszureiten.«

Das Mädchen nickte und ging.

Imoshen bettete das Kind zwischen Kissen und schlüpfte dann ins Bad, um sich die Müdigkeit abzuwaschen.

Ein Handtuch um das feuchte Haar geschlungen, kam sie wieder in ihr Zimmer zurück und sah Merkah neben dem Bett, das Kind in ihren Armen.

»Er wurde unruhig, also habe ich ihn hochgehoben.«

»Danke.« Als Imoshen näher kam, bemerkte sie Merkahs glühende Wangen. »Hast du Fieber?« Imoshen berührte die

Stirn des Mädchens. Sie hatte tatsächlich Fieber. Und seltsam, ihr Geist war abgeriegelt. Imoshen hätte nicht geglaubt, dass Merkah die Willenskraft hätte, sich ihren T'En-Kräften zu widersetzen. »Ich werde dir etwas mischen ...«

»Nein, ich werde die Kräuter benutzen, die meine Mutter mir gegeben hat.«

»Ich bin Heilerin, Merkah, ich weiß, welche Kräuter richtig sind.«

Aber das Mädchen ließ sich nicht überreden. Das überraschte Imoshen allerdings nicht besonders. Einige Heiler bewachten ihr Wissen eifersüchtig. »Ruh dich aus, und dann werden wir sehen, wie es dir morgen geht.«

Aber am nächsten Tag hatte Merkah noch immer Fieber. Sie blieb in ihrem Zimmer und weigerte sich, sich von Imoshen helfen zu lassen.

Imoshen verbrachte den Tag damit, ungeduldig auf und ab zu gehen. Nun, da sie sich entschlossen hatte, war jeder Tag des Wartens eine Qual, und dennoch, je länger sie wartete, desto mehr Zeit konnte sie mit ihrem Sohn verbringen.

Im Laufe der nächsten Tage wurde Merkahs Fieber schlimmer. Imoshen hätte ohne sie gehen können, aber sie gestattete sich das schmerzliche Vergnügen, diese Zeit mit Ashmyr zu verlängern. Außerdem würde es mehrere Tage dauern, bis ihre Botschaft Kalleen und Wharrd erreichte, und sie brauchten auch Zeit, um zu packen und zur Festung zu kommen. Imoshen sehnte sich nach dem Zuhause, das man sie gezwungen hatte im letzten Herbst innerhalb von nur einer Stunde zu verlassen.

Es dauerte schließlich eine Woche, bis es Merkah gut genug ging, dass sie sich wieder um ihre Pflichten kümmern konnte, und Imoshen wusste, dass sie sich jetzt nicht weiter verspäten durften. Sie starrte ihren schlafenden Sohn an, und das Herz tat ihr weh. Sie konnte den Gedanken daran, ihn aufzugeben, nicht ertragen, aber es war die einzige Möglichkeit, ihn in Sicherheit zu bringen.

Am späten Morgen machten sie sich auf, mit zwei Dienern und sechs Leuten von der Festungswache, die alle froh waren, nach Hause zurückkehren zu dürfen. Imoshen hatte ihnen nicht gesagt, dass sie vorhatte, sie dort zu lassen und weiter nach Süden zu ziehen, um am Geringeren Pass zu Tulkhan zu stoßen.

Sie kamen rasch voran und waren schon bald im Wald. Imoshen lächelte, als Merkah hektisch ein Insekt wegscheuchte, das von einem Baum auf ihre Schulter gefallen war. Ihre Zofe war keine gute Reisende.

Als sie so durch den angenehmen Sommernachmittag ritten, freute sich Imoshen darauf, ihr Zuhause wiederzusehen. Sie würde sehen, wie es der Festung und der neuen Stadt im Laufe des Winters ergangen war, und stolz ihren Sohn herumzeigen. Einen Augenblick lang gestattete sie sich, nur so weit vorauszudenken.

Sie ritten im Zwielicht noch lange weiter, um zumindest die Hälfte der Strecke an diesem Tag zurückzulegen. Endlich erreichten sie die ausgebrannten Ruinen dessen, was einmal ein viel besuchtes Gasthaus auf halbem Weg zwischen T'Diemn und der Festung gewesen war. Imoshen war überrascht, dass sich dort niemand mehr niedergelassen hatte. Sicher, es gab kein Dach, und Ranken überzogen die Mauern, aber es war ein idealer Platz. Vielleicht hatten die Menschen südlich von T'Diemn nicht genug Vertrauen, um das Gasthaus wieder aufzubauen, bis der Ärger mit den Rebellen vorüber war.

Andere hatten vor ihnen hier gelagert und eine Feuerstelle zurückgelassen, also entzündeten sie ihr Feuer auf diesen Steinen und bereiteten die Abendmahlzeit vor. Merkah schien zerstreut. Imoshen musste zweimal nach ihr rufen, während sie Ashmyr wickelte und stillte, damit sie ihr frische Tücher brachte.

Ihre Begleiter aßen ihre Mahlzeit, unterhielten sich vergnügt über die Festung ihrer Freunde und Familien. Imoshen bemerkte, dass Merkah für sich saß und ängstlich ins Dunkel starrte.

»Du brauchst keine Angst zu haben«, sagte Imoshen zu ihr, denn die Furchtsamkeit des Mädchens ging ihr langsam auf die Nerven. »Wir sind weit vom Rebellenlager entfernt.«

»Das ist wahr«, sagte einer von der Festungswache. »Aber ich habe gehört, dass Reothe und seine Leute weit in den Norden vorgedrungen sind, während die Ghebiten noch immer an ihren Festungen bauen.«

»Es gibt so viele Gerüchte«, tat Imoshen das ab. Und sie hatte Recht. Wenn man auch nur die Hälfte dieser Geschichten glaubte, dann war Reothe ununterbrochen damit beschäftigt, von einem Ende der Strahlenden Insel zum anderen zu fliegen. »Seht zu, dass ihr ein wenig Schlaf bekommt, wir werden morgen früh aufbrechen.«

Imoshen legte Ashmyr in ihre Armbeuge und schloss die Augen. Der Gedanke daran, ihren Sohn in wenigen Tagen zu verlieren, quälte sie. Bald gab sie die Versuche zu schlafen auf und überdachte ihre Pläne noch einmal. Waren sie hier wirklich in Sicherheit?

Imoshen versuchte, ihre Möglichkeiten abzuwägen. Um nicht bemerkt zu werden, war sie mit einer kleinen Gruppe unterwegs, und nur einige Diener im Palast hatten gewusst, dass sie sich auf den Weg machten. Aber die Verzögerungen bei der Abreise würden sich vielleicht als ungünstig erweisen.

Sie erwachte mit einem seltsamen Geschmack im Mund. Der größere Mond war dabei zuzunehmen, und ihr Lager war von seinem silbrigen Schein beleuchtet. Sie schnupperte. Ein eigenartiger Geruch hing in der Luft, ähnlich wie vor einem Gewitter, aber die Sterne waren deutlich zu sehen.

Noch steif von dem langen Ritt kam sie auf die Beine,

das Kind in den Armen. Ihr Kopf war schwer vom Schlafen, und nur das Gefühl einer vagen Bedrohung trieb sie dazu an, sich zu bewegen. »Merkah, wach auf. Wir müssen Schutz suchen.«

Ihre Zofe rührte sich nicht.

Verärgert spähte Imoshen zum Himmel hoch. Keine Wolke war in Sicht. Kein Gewitter. Was also ...?

Reothe sprang auf die halb eingestürzte Steinmauer direkt gegenüber, und sein silbernes Haar schimmerte im Mondlicht.

20

Aber ihre Leute regten sich nicht, und Reothes Rebellen griffen nicht an.

Er sprang hinunter in den Schatten und kam auf sie zu. Instinktiv drückte sie ihr Kind fester an sich und deckte es zu. Angst schnürte ihr die Kehle zu, sodass sie kein Wort herausbrachte.

Hektisch trat sie dem nächsten Soldaten in den Rücken. Der Mann grunzte, wachte aber nicht auf.

»Sie schlafen«, sagte Reothe, und seine leise Stimme wirkte in der stillen Nacht überlaut. »Und das wird auch so bleiben bis zum Morgengrauen, wenn sie aufwachen und entdecken werden, dass du während der Nacht davongelaufen bist, um dich mir anzuschließen.«

»Nein.« Dieses Wort kam vollkommen atemlos heraus.

Er blieb vor ihr stehen und streckte die Hände aus. »Gib mir das Kind, Imoshen.«

Sie war verzweifelt. Wie eigensüchtig sie gewesen war! Hätte sie Ashmyr bereits Kalleen überlassen, dann hätte sie sich nun mit jeder Faser ihres Wesens gegen Reothe wehren können, aber solange ihr Sohn noch verwundbar war, wagte sie nicht, sich zu widersetzen. Jeder Kontakt mit Reothe hatte bestätigt, dass er Herr seiner Kräfte war und sie nur eine Anfängerin. Sie konnte nicht gegen ihn bestehen – es war besser, ihm nachzugeben und zuzuschlagen, sobald sie konnte.

Reothe lächelte, als sie ihm das schlafende Kind übergab. Er wandte Ashmyrs Gesicht dem Licht zu und betrachtete den Jungen forschend.

Imoshen konnte kaum klar denken, so stark rauschte das Blut in ihren Ohren. »So viel schwarzes Haar ... aber zumindest ist er zur Hälfte einer von uns«, murmelte Reothe. »Komm, Imoshen.«

Er drückte das Kind an sich und streckte die andere Hand zu ihr aus.

Sie war zu erschüttert, um sich auch nur regen zu können.

»Bring seine und deine eigenen Sachen mit«, befahl Reothe. »Tu es, oder ich gehe mit ihm davon. Ich nehme an, dass er auch allein genügen wird, damit der General sofort angerannt kommt und ...«

»Ich komme.«

»Das dachte ich mir.«

Wie betäubt suchte sie ihre Sachen zusammen. Reothe trug das Kind, und sie folgte ihm aus den Ruinen heraus. Keiner ihrer Leute regte sich. Sie würden annehmen, dass sie freiwillig gegangen war. Würde Tulkhan ihnen glauben?

Ein Dutzend Rebellen auf drahtigen Bergponys wartete im Schatten der Bäume. Imoshen konnte so gerade eben ihre Bauernkleidung und ihre Waffen erkennen.

Sie spürte, wie sich die Atmosphäre ein wenig lichtete, als sie auf die Straße hinauskam. Als ihr Kopf wieder klarer wurde, begriff sie, dass man sie verraten hatte. Irgendwer hatte den Rebellen von ihren Plänen erzählt. Plötzlich war ihr klar, dass Merkah ihr und dem Kind etwas eingegeben haben musste, was Fieber erzeugte, und dann hatte die Zofe es selbst genommen, um ihre Spuren zu verwischen. Und dennoch, Kalleen hatte das Mädchen empfohlen. Merkah hatte ihre Informationen offenbar an jemand Einflussreicheren im Palast weitergegeben.

»Wach auf Imoshen, dein Pferd wartet«, tadelte Reothe.

Sie schaute zu ihm hin, gerade als er sich in den Sattel schwang. Er nahm die Zügel in eine Hand und hielt weiterhin das Kind in der Beuge seines freien Arms. Imoshen stellte den Fuß in den Steigbügel und schwang das Bein über den Rücken des Ponys. Sie wollte gegen Reothe antoben, ihn anflehen, ihr Ashmyr zurückzugeben, aber sie war nicht in der Position zu feilschen.

Reothe wendete sein Pferd. »Reitet vor. Wir folgen euch.«

Die Rebellen ritten los und ließen sie mit ihrem Anführer allein. Imoshen drehte sich verwirrt im Sattel herum. Reothe lachte und holte einen Messingzylinder aus seinem Wams. Er warf ihn ins Gras vor dem Eingang zur Ruine.

»Was ist das?«

»Eine Einladung an deinen ghebitischen Liebhaber.«

Sein Tonfall ließ Imoshens Haut zu Eis werden. Reothe bereitete eine Falle vor, und sie und Ashmyr waren der Köder.

»Was hast du der Gesegneten dafür versprochen, dass sie mich verrät?«

Aber er gab nichts preis. »Reite weiter, Imoshen.«

Sie tobte innerlich gegen ihre Machtlosigkeit an, aber solange Reothe ihren Sohn im Arm hielt, würde sie ihm gehorchen.

Während dieser langen Nacht verließ Imoshen Reothes Seite nicht. Sie sah zu, wie ihr Sohn friedlich in den Armen des Mannes schlief, der geschworen hatte, seinen Vater zu töten. Zorn brannte in ihr und wurde größer und größer. Man hatte sie nicht nur verraten, sondern Reothe nutzte ihr Kind auch noch als Köder. Zunächst hatte sie nicht darauf geachtet, in welche Richtung sie ritten und nur an Flucht gedacht. Aber als die Vögel mit ihrem Dämmerungschor begannen und der Himmel heller wurde, bemerkte sie, dass sie nach Norden und nicht nach Süden unterwegs waren. Es war typisch für Reothe, eine falsche Spur zu legen. Man würde erwarten, dass er wieder in sein Versteck bei den treuen Bewohnern des Hochlands zurückkehrte.

Als es heller wurde, begann das Baby zu quengeln. Reothe zügelte sein Pferd, und auch die anderen hielten inne.

»Er braucht etwas zu essen«, sagte Imoshen. Darauf hatte sie gewartet. Wenn Ashmyr sicher in ihren Armen lag, würde sie sie irgendwie mit irgendetwas, das sie mit ihren Kräften bewirken konnte, ablenken. Und wenn sie abgelenkt waren, würde sie davongaloppieren. Sie kannte sich nun gut genug aus, um sich vor allen außer Reothe zu verbergen, und wenn er ihr folgte, nun ... sie würde eine Möglichkeit finden, ihn zu töten. Sie musste einfach.

Reothe drängte sein Pferd dichter an das ihre. »Bist du bereit, ihn zu stillen?«

Sie nickte und beugte sich vor. Sie waren Oberschenkel an Oberschenkel. Imoshen wollte ihm unbedingt das Kind abnehmen, und ihre Brüste schmerzten vor Erwartung. Plötzlich legte Reothe den freien Arm um ihre Taille und zog sie auf sein Pferd hinüber. Erschrocken von dem Gedanken, dass er Ashmyr vielleicht fallen lassen könnte, klammerte sich Imoshen an ihn.

Am Ende saß sie quer über Reothes Oberschenkeln, und er reichte ihr das Baby.

»Verzeih mir, dass ich dir nicht vertraue, Imoshen«, sagte er über Ashmyrs Schreie hinweg. »Ich habe dich lieber in einer Position, wo ich auf dich aufpassen kann.«

Dann lachte er über ihre Miene und trieb sein Pferd weiter vorwärts. Widerstrebend schnürte sie ihr Mieder auf.

Mit dem Baby an der Brust, das gierig trank, hatte sie keine andere Wahl, als zu bleiben, wo sie war. Reothe griff um sie herum, hielt die Zügel mit einer Hand und drückte Imoshen mit der anderen fest an sich.

Wenn sie versuchte, sich loszureißen und vom Pferd zu springen, würde sie riskieren, Ashmyr fallen zu lassen, und am Ende würde das Kind noch von den Pferden der Rebellen zertrampelt werden.

Die wiegende Bewegung des Pferdes und die Erleichterung darüber, Ashmyr endlich wieder in den Armen zu halten, beruhigte sie schließlich ein wenig. Sie zogen durch tiefe Wälder, überquerten klare Bäche, in deren Bett sie jeden Stein sehen konnte.

Der Morgen verging, aber Reothe machte keinen Versuch, sie zu ihrem eigenen Pferd zurückzubringen, und Imoshen legte es ihm auch nicht nahe. Ihren Sohn im Arm zu halten, genügte ihr im Augenblick.

Ihre Augen brannten, weil sie so wenig geschlafen hatte. Sonne fiel durch das Blätterdach, blendete sie abwechselnd, wärmte sie und stürzte sie dann wieder in ein grün gefärbtes Zwielicht.

Ashmyr schlummerte sanft in ihren Armen. Trotz ihrer Erschöpfung weigerte sie sich, sich dem Schlaf zu ergeben. Sie würde sich wach halten.

Imoshen schreckte auf, weil etwas ihr Gesicht streifte. Es war dämmerig. Das Blut stieg ihr in die Wangen, als sie begriff, dass sie in Reothes Armen eingeschlafen war. Das hatte ihn sicher amüsiert.

Die anderen waren bereits vom Pferd gestiegen, und nun schwang auch Reothe das Bein über den Pferderücken und stieg ab. Er behielt die Zügel fest in den Händen und schloss damit aus, dass Imoshen versuchte, das müde Tier zum Galopp anzuspornen. Dann hob er den Arm, um ihr beim Absteigen zu helfen. Sie hätte das Angebot gerne abgelehnt, aber sie war steif davon, die ganze Zeit in derselben Haltung dagesessen zu haben, und wollte nicht mit Ashmyr in den Armen stolpern.

»Gib mir das Kind.«

»Nein. Ich muss ihn wickeln.«

»Ich werde das übernehmen. Geh du mit Selita und kümmere dich um deine Angelegenheiten. Du hast sicher Hunger.«

Sobald er das ausgesprochen hatte, begriff sie, dass sie schier verhungert war. Jemand hatte bereits ein Feuer entzündet. Mit großem Widerstreben reichte Imoshen Reothe ihren Sohn.

»Hier entlang.« Selita war ein Bauernmädchen und Kalleen in Größe, Haar und Gesichtsfarbe sehr ähnlich, hatte aber einen deutlichen keldonischen Akzent. Imoshen hätte sie überwältigen und fliehen können, aber Reothe wusste, dass sie das nicht tun würde. Solange er Ashmyr hatte, würde sie das Lager nicht verlassen.

Das Rebellenmädchen wartete, während sich Imoshen Hände und Gesicht mit kaltem Wasser wusch und hoffte, davon einen klareren Kopf zu bekommen. Dann blickte sie durch die Lücken im Blätterdach auf zum Himmel und versuchte, sich zu orientieren. Sie würden sich bald nach Süden wenden müssen. Je länger sie auf Gelände blieben, das von Ghebiten besetzt war, desto größer war die Möglichkeit, dass sie erwischt wurden.

Als sie zurückkehrten, hing ein fremdartiger Gewürzgeruch über dem Lager, und Imoshens Magen begann zu knurren.

Reothe saß mit dem Rücken gegen einen Felsen gelehnt, die Knie angezogen. Das Kind hatte er in einer aufrechten Position mit dem Gesicht zu sich hin an die Knie gelehnt. Ashmyr war hellwach, fuchtelte mit den Armen herum, schmeckte die Luft mit der Zunge.

Imoshen zog sich das Herz zusammen, denn ihr Sohn

war so schrecklich verwundbar, nur eine Spielfigur in diesem endlosen Spiel der Macht.

»Da ist dein Essen.« Reothe zeigte auf eine Schale, die neben ihm am Boden stand.

Als sie die Schale in den Händen hielt, stellte sie fest, dass sie trotz ihres Hungers keinen Bissen herunterwürgen konnte. »Gib mir Ashmyr.«

»Ihm gefällt es hier.« Reothe strich mit dem Knöchel über die Kinderwange. Ashmyr drehte den Kopf und begann, an dem Knöchel zu saugen.

»Ich bekomme nichts herunter, wenn ich ihn nicht im Arm halte«, gestand Imoshen.

Reothe warf ihr einen scharfen Blick zu. Sie versuchte zu lächeln, konnte aber die Intensität ihrer Gefühle nicht verbergen. Er verzog das Gesicht. »Ich wusste nicht, dass es so stark ist.«

Er stellte seine Schale weg und reichte ihr das Kind. Sobald sie ihren Sohn im Arm hielt, entspannte sie sich. Sie stützte die Schale auf die Knie und aß schnell, während sie Ashmyr stillte, und war sich dabei nur zu bewusst, dass Reothe sie beobachtete. Er wirkte amüsiert.

»Das Essen ist gut«, sagte sie, um ihn abzulenken.

»Das ist eine Spezialität von Amarillo. Er stammt von den Gewürzinseln des Archipels.

Der Koch nickte ihr zu. Imoshen wollte ihre Namen nicht erfahren. Sie wollte diese Menschen nicht kennen lernen, weil sie sie vielleicht einmal würde töten müssen.

Aber sie nickte und lächelte. »Danke. Sehr gut.«

Reothe nickte. »Amarillo hat mir seit meiner ersten Reise gedient. Ich habe ihn gekauft, als ihn seine Herrin auspeitschen wollte …«

»Gekauft?« fragte Imoshen mit vollem Mund.

»Ja. Auf dem Archipel ist Sklaverei recht verbreitet. Jede Insel holt sich Sklaven von den anderen.«

»Ich dachte, sie würden wunderschöne Handwerksarbeiten herstellen, Töpferwaren und hervorragende mechanische Dinge.«

»So ist es.« Reothe warf ihr einen Blick zu, dann kam er mit katzenhafter Anmut auf die Beine. »Sie schneiden auch ihren Feinden die Köpfe ab, schrumpfen sie und hängen sie in kleine Schreine in ihren Haushalten.«

Sobald Imoshen fertig gegessen hatte, befahl Reothe, das Lager abzubrechen. Er streckte die Arme nach dem Kind aus.

Sie reichte ihm den Kleinen, dann stieg sie in den Sattel und lenkte ihr Pferd so dicht an Reothes heran, dass ihr Bein das seine berührte.

»Welche Hingabe«, schnurrte er. »Wie schade, dass sie nicht mir gilt.«

Ein Schauder der Angst lief über Imoshens Rücken.

Sie ritten die ganze Nacht hindurch und wechselten in der Morgendämmerung die Pferde. Imoshen beobachtete Reothe genau, aber er ließ Ashmyr nicht los und reichte ihn keinem seiner Anhänger. Sie hatte keine andere Wahl, als ihm zu folgen, immer weiter nach Norden.

Warum waren sie nicht in die Sicherheit des Hochlands von Keldon zurückgekehrt?

Tulkhan stand im Ausguck des Turms seiner Festung und starrte hinab ins Tal. Ein einzelner Mann ritt den gefährlichen Serpentinenweg hinauf.

Als die Gestalt sich näherte, konnte Tulkhan erkennen, dass der Reiter sein Pferd gnadenlos antrieb. Die Botschaft musste wirklich wichtig sein. Der General stieg durch die Falltür und die Leiter hinab vom Turm.

»Öffnet die Tore. Das ist einer von uns«, befahl Tulkhan. Die Tore wurden gerade weit genug geöffnet, um Pferd und Reiter einzulassen. Die Flanken des Tieres waren schaumbefleckt. Tulkhan fing den erschöpften Boten auf, als er praktisch aus dem Sattel fiel. »Was ist los?«

Der Mann schob Tulkhan einen Zylinder in die Hände. Tulkhan riss ihn auf, rollte das dicke Papier auf. Die Botschaft war in der Sprache der Strahlenden Insel geschrieben, aber sein Geist weigerte sich, die Bedeutung dessen, was er da las, aufzunehmen.

»Verzeiht mir, General«, flehte der Bote. »Eure Frau ... sie ist weggelaufen, um sich den Rebellen anzuschließen.«

»Man hat sie entführt«, fauchte Tulkhan. Er erkannte seine eigene Stimme nicht mehr.

Der Mann zuckte zusammen.

»Reothe hat mich herausgefordert. Es heißt hier, dass ich zu ihm zur Nordspitze kommen soll.« Tatsächlich stand dort, dass Imoshen und das Kind dort bei Reothe waren. So zweideutig, wie zu erwarten war.

»Ich verstehe das nicht«, murmelte der Festungskommandant. »Das ist der nördlichste Hafen der Strahlenden Insel, weit entfernt von Rebellengebiet. Wieso sollte er es riskieren, dort mit Euch zusammenzutreffen?«

Tulkhan zuckte mit den Achseln. Er hatte geplant, die Festungen an den Pässen zu bemannen und auf diese Weise die Rebellen und die unbeugsamen Bewohner des Hochlands vom Rest der Insel abzuschneiden. Jetzt seine Kräfte hier zurückzuziehen, um sich einer Bedrohung im Norden der Insel zu stellen, war eine unwillkommene Komplikation. Wenn die Adligen im Hochland von Keldon eine Schwäche spürten, würden sie sich vielleicht mit dem im Hochland verbliebenen Rest von Reothes Leuten zusammentun und versuchen, die Hauptstadt einzunehmen.

Um Zeit zu sparen, machte er sich mit einer nur kleinen Truppe auf den Weg und plante, noch mehr Leute aus T'Diemn mitzunehmen, bevor er sich weiter nach Norden bewegte. Aber er würde keine Armee brauchen. Der Kampf, der ihm bevorstand, war nicht von körperlicher Art.

Tulkhan knirschte mit den Zähnen. Imoshen mochte der

Schlüssel zur Strahlenden Insel sein, aber inzwischen wusste der General auch, dass er einfach nicht ohne sie leben konnte. Frustration und Angst zerrissen ihn beinahe. Imoshen und sein einziges Kind waren in den Händen eines unberechenbaren Dhamfeer-Kriegers, der vor nichts zurückschreckte.

Selita spähte durch den Dampf. »Seid Ihr schon aus der Wanne, T'Imoshen?«

Imoshen wickelte sich in ein Handtuch. Sie war dankbar für die Gelegenheit, in warmem Wasser zu baden, aber als »Gast« in der Abtei auf den Kreidefelsen zu sein, verstörte sie. Es war die größte Abtei außerhalb von T'Diemn, und ihr Oberhaupt hatte sich zwar nicht persönlich sehen lassen, war aber eindeutig ein Anhänger Reothes. Da er seinerseits direkt der Gesegneten unterstand, hatte Imoshen inzwischen keine Zweifel mehr, wo die Loyalität des Oberhaupts der T'En-Kirche lag.

Sie wandte sich Selita zu. »Du bist dran.«

»Es wird nicht lange dauern.« Begierig zog das Mädchen sich aus.

»Lass dir Zeit.« Imoshen trocknete sich weiter ab, dann kämmte sie sich mit den Fingern das nasse Haar und ging in ihr Zimmer.

Reothe lag auf ihrem Bett ausgestreckt und spielte mit Ashmyr.

Imoshen wählte ein frisches Nachthemd aus und zog es sich über den Kopf, aber nicht übermäßig hastig. Ihre Hände zitterten, als sie erst die Schnur unter den Brüsten band und dann eine zweite an ihrem Hals. Um nicht zu zeigen, wie unruhig sie war, flocht sie mit vorgeblicher Ruhe ihr feuchtes Haar zu einem langen Zopf.

Reothe beobachtete sie schweigend und mit unergründlicher Miene.

Als Selita in ein Tuch gewickelt ins Zimmer kam, schickte Reothe sie weg. Imoshen wollte widersprechen, aber sie hielt den Mund, als Selita ihre Kleider packte und ging.

In einem Zimmer, das diesem hier sehr ähnlich war, hatte sie schon in der Abtei auf der Landspitze mit Reothe gesprochen. Damals hatte er sie an ihre Schwüre erinnert und sie gedrängt, sich ihm bei der Wiedereroberung der Strahlenden Insel anzuschließen, aber sie hatte sich geweigert. Bei dieser Erinnerung begann die Narbe an ihrem Handgelenk zu kribbeln.

Sie drückte den linken Arm an die Brust. »Ich werde ihn jetzt stillen.«

»Komm und hol ihn dir.«

Imoshen spürte Reothes Blick auf sich, als sie aufs Bett zuging. Jeder Nerv protestierte gegen seine Anwesenheit. Vom klopfenden Herzen bis zum schnellen Atem hin erkannte ihr Körper ihn wieder. Ashmyr lag auf dem Rücken und saugte zufrieden an seinem Daumen. Zumindest er hatte unter diesem Zwangsmarsch nicht gelitten.

Imoshen hob das Kind hoch und wich zurück. Sie hörte Reothe leise lachen, als sie sich umdrehte und zu dem Sessel am Feuer ging.

»Bin ich denn so schrecklich?«, fragte er. »Oder traust du dir selbst nicht über den Weg?«

Sie ließ sich in den Sessel sinken und löste die obere Schnur, befreite ihre schmerzende linke Brust. Ashmyr brauchte nur ihre warme Haut an seiner Wange zu spüren, um zu begreifen, um was es ging. Sofort hatte er ihre Brustwarze gefunden.

»Musst du das noch fragen, wenn du nicht einmal davor zurückschreckst, mein Kind zu bedrohen, um mich zu beherrschen?«

Sie hörte seine Kleidung rascheln, als er sich bewegte. Ihre Haut kribbelte.

Reothe hockte sich neben den Sessel. Sie wandte sich von ihm ab, sah dem Kind ins Gesicht.

»Du solltest mich nicht hassen, Imoshen. Ich versuche nur zu beschützen, was mir gehört.«

Sie konnte vor Zorn nicht sprechen.

Reothe holte tief Luft.

Das kräftige Saugen des Kindes ließ die Milch in ihrer rechten Brust ebenfalls fließen. Bevor sie noch die Hand auf die Brustwarze legen konnte, um den Fluss aufzuhalten, spürte sie auch dort ein Ziehen.

Imoshen sah Reothes hellen Kopf an ihrer Brust. Ihr Herz zog sich zusammen. Er hatte den Stoff nicht heruntergezogen, aber bei der Wärme der Milch und seines Mundes fühlte es sich an, als wäre das dünne Nachthemd geschmolzen. Er streifte mit den Zähnen ihre Brustwarze, saugte weiter, und ein Pfeil süßer Begierde drang ihr bis ins Mark.

Sie stöhnte.

Ihre freie Hand sank in sein silbernes Haar, spürte, wie fein es war. Imoshen beugte sich vor, um diese Seide auch mit den Lippen zu berühren und seinen Duft einzuatmen. Das Schmelzen begann tief in ihr, löste sie auf, ihre Glieder, ihre Willenskraft.

»Nein …«

»Nein?« Er hob den Kopf, seine Lippen glänzten, sein Blick war gierig.

Sie spürte, wie ihr Körper reagierte. Wie konnte sie erwarten, dass er es begriff, wenn sie selbst es nicht verstand? »Reothe, bitte.«

»Nein.« Er lächelte. »Nicht, solange der richtige Augenblick nicht gekommen ist.«

Sie wurde zornig. »Ich habe nicht darum gebeten …«

»Doch. Ich kann spüren, wie sehr du mich begehrst. Es versengt meine Sinne. So war es schon immer.«

Sie schüttelte den Kopf. Sie wollte nicht daran denken, was diese Worte bedeuteten.

Mit einem Fingernagel umkreiste er den feuchten Fleck

in dem Stoff über ihrer Brustwarze. »Du schmeckst so süß.«

Noch größere Begierde erfasste sie. Anders als Tulkhan würde Reothe sie als das akzeptieren, was sie war. Er würde sich an ihrer Andersartigkeit erfreuen.

»Reothe, selbst wenn ich dich begehre, so musst du doch wissen, dass ich einen Schwur getan habe. Ich bin Tulkhans Partnerin.«

»Nur durch die Notwendigkeit, und nur, nachdem du deine Schwüre mir gegenüber gebrochen hast.«

»Dennoch, Tulkhan und ich sind miteinander verbunden.«

»Nur bis zu seinem Tod.«

Ihr Mund wurde trocken. »Du hast vor, ihn zu töten?«

»Das brauche ich nicht einmal. Bestenfalls wird er noch weitere zwanzig Jahre leben. Fünfzig ist ein gutes Alter für einen Echtmann. Aber du und ich, wir haben weitere achtzig Jahre und mehr vor uns liegen.« Er beugte sich dichter zu ihr, streifte ihre Wange mit seinen Lippen. »Imoshen, streite nicht ab, was du so sicher weißt.«

Bebend holte sie Luft, glühend von seiner Nähe. All diese Jahre allein …

»Du willst mich haben«, flüsterte Reothe. Sein Atem streifte ihre Haut. »Wir wären bereits zusammen, wenn die Ghebiten nicht im letzten Frühjahr mit ihrem Feldzug begonnen hätten. Verweigere dich mir nicht, Imoshen.«

Sie holte tief Luft und sah ihm so ehrlich, wie sie konnte, in die Augen. »Es stimmt, ich begehre dich. Ich liebe dich vielleicht sogar ein wenig, Reothe. Aber ich habe Tulkhan mein Wort gegeben – dem Ehrlichsten aller Echtmenschen. Ich bin ihm verbunden bis zum Tod, und ich hoffe, er lebt noch weitere fünfzig Jahre!«

Sie wollte ihn erzürnen. Es war leichter, sich von einem wütenden Reothe fern zu halten.

Er hob ihre freie Hand und strich ihr über die Bindungsnarbe. »Mit mir kannst du dich über den Tod hinaus verbinden.«

»Nein.«

»Ich sage die Wahrheit. Du kannst mich ruhig prüfen.«

Er bot ihr an, sie im Geist zu berühren.

Sie wollte es unbedingt. Es war schrecklich, zugeben zu müssen, wie sehr sie sich danach sehnte. Sie war so einsam gewesen, ausgeschlossen durch Tulkhans Widerstand gegen ihre Kräfte.

Reothe lächelte und beugte sich vor. Imoshen keuchte, als sie spürte, wie sein Bewusstsein die Oberfläche ihres Geistes berührte. Aber diese verbotene Frucht war zu süß, als dass sie sie hätte schmecken können, ohne ihre Entschlossenheit aufs Spiel zu setzen, also schottete sie sich von Reothe ab und war überrascht zu entdecken, wie einfach es war.

»Nein. Du magst vielleicht glauben, dass die T'En sich über den Tod hinaus binden können, Reothe, aber ich will nicht enden wie die Parakletos, ein ruheloser Schatten, gefangen zwischen dieser Welt und der nächsten. Und außerdem habe ich dem General mein Wort gegeben.

»Du hast dein Wort einem Ghebiten gegeben, einem Mann, der von seiner Erziehung geblendet wird, einem Mann, der deinen wahren Wert nicht versteht.«

»Dennoch, ich gab ihm mein Wort.«

»Unter Druck! Warum kommen wir immer wieder auf diesen Punkt zurück?« Reothe sprang auf. »Warum ist es dir so leicht gefallen, dein Wort an mich zu brechen?«

In Reaktion auf seinen Tonfall zuckte das Kind in ihren Armen zusammen. Sie legte Ashmyr an die andere Brust und wurde wieder an Reothes Berührung erinnert. Dann blickte sie auf und sah, dass er sie beobachtete, einen Ellbogen auf den Kaminsims gestützt, die Stirn gerunzelt.

»Du hast dein Wort unter Druck gegeben, Imoshen. Ich weiß, du hast geglaubt, dass du unser Volk vor weiterem

Krieg bewahren kannst, aber dieser Krieg ...« Er hielt inne, aber es schien, als hätte er mehr sagen wollen. »Was uns angeht, mir hast du dein Wort freiwillig gegeben, doch dasselbe gilt nicht für diesen Ghebiten. Wem von uns schuldest du also wirklich Treue?« Sie drückte die Finger ihrer freien Hand an die geschlossenen Augen, über alle Maßen müde. Jedes Wort, das sie sagte, brachte alles nur noch mehr durcheinander. Seufzend blickte sie zu Reothe auf. »Es gibt kein Recht oder Unrecht, nur das Überleben zählt.«

Ein Lächeln erhellte sein Gesicht, ließ ihn wie von innen heraus strahlen.

»Was ist?« Sie betrachtete ihn misstrauisch.

Er hockte sich neben sie und sah sie ernst an. »Ich bin froh, dass du gesagt hast, dass das Überleben das Wichtigste ist. Denn auch ich bin Pragmatiker und werde tun, was nötig ist, um für das richtige Ergebnis zu sorgen.«

Imoshen wurde kalt. Das hatte sie nicht gemeint. Oder doch?

Reothe streichelte den Fuß des Kindes. Ashmyr bog die Zehen, und der Rebellenführer lächelte.

Eine Dienerin kratzte an der Tür und kam dann mit Imoshens Mahlzeit herein.

Reothe stand auf und streichelte ihr lässig über die Wange. »Iss. Du wirst deine Kraft brauchen. Wir reiten bald ...«

»Nach Süden?« Das war heraus, bevor Imoshen sich bremsen konnte.

Reothe lächelte tückisch. Je mehr Zeit sie mit ihm verbrachte, desto mehr begriff sie, dass er nicht wie andere Männer war. Fand Tulkhan sie so seltsam und verstörend, wie sie Reothe?

»Du wirst schon sehen.« Er lächelte spöttisch und ging.

Die Dienerin stellte das Tablett auf einen Tisch neben Imoshens Sessel. Sie schickte sie weg und probierte das Essen. Diesmal war es Hühnchen, und es war ebenso intensiv gewürzt.

Reothes Worte fielen ihr wieder ein. Er würde vor nichts zurückschrecken, um die Strahlende Insel zurückzuerobern. Hatte sie nicht beinahe dasselbe geschworen? Sie hatte geschworen, dass ihre Kinder über die Strahlende Insel herrschen würden. Nun kam ihr das wie ein leeres Ziel vor. Wenn Tulkhan fiele, würde sie Ashmyr nicht Reothe überlassen, damit er den Jungen zu seinem Werkzeug erzog. Sie weigerte sich, als Reothes Marionettenkaiserin weiterzuherrschen und das Leben ihres Sohnes ständig in Gefahr zu wissen. Wenn Tulkhan fiel, musste sie fliehen. Wenn Tulkhan starb ... Schmerz durchzuckte sie. Es war unmöglich, sich vorzustellen, dass sein brillanter Geist und seine kraftvolle Persönlichkeit einmal nicht mehr existieren sollten. Aber er war gegenüber Reothe so verwundbar wie jeder andere Echtmensch.

Machte es sie so schlimm wie Reothe, über den Tod des Generals nachzudenken? Nein. Es gab Dinge, die sie nicht tun würde – sie würde nicht gegen den Willen anderer in deren Geist eindringen. Aber was war mit der Archivarin der Basilika gewesen? Ja, sie hatte den Geist dieser Frau gegen deren Willen erforscht, aber auch ohne dass sie es erfuhr.

Imoshen seufzte, dann leckte sie den Löffel ab. War das Böse nur eine Sache von Graden, nur eine Frage der Perspektive?

Je nachdem, welcher Legende man glaubte, war die erste Imoshen entweder die glorreiche Retterin ihres Volkes gewesen oder eine Invasorin, die die Strahlende Insel von ihren Ureinwohnern gestohlen hatte.

Würde man Imoshen in künftigen Jahren als Verräterin betrachten, die sich gegen den Letzten ihrer Art gewandt hatte, oder als eine ergebene Dienerin der Strahlenden Insel, deren Staatskunst die Insel vor der Zerstörung gerettet hatte? Das alles hing davon ab, wer am Ende siegte und wer die Geschichtsbücher verfassen würde.

Sie schauderte. Reothe oder Tulkhan? Ein Echtmann,

der ein friedliches Land aus Gier erobert hatte und nun versuchte, sein Volk und das eroberte zu vereinen, oder ein T'En-Krieger, der alles tun würde, um die rechtmäßigen Herrscher wieder an die Macht zu bringen? Worin bestand der Unterschied? Und was war mit der Strahlenden Insel selbst?

Wäre Reothe doch nur vollkommen widerwärtig gewesen, dann hätte sie ihn hassen können! Aber er war ihr zu ähnlich ...

Imoshen stand auf, das Kind immer noch in der Armbeuge. Vollkommen vertrauensselig war Ashmyr eingeschlafen, während sie über ihr Schicksal nachdachte. Das Glühen reiner Liebe erfüllte sie.

Tulkhan starrte Kalleen wütend an, als er Imoshens Brief auf den Tisch warf. »Wie könnt Ihr behaupten, dass ich nicht weiß, was sie wollte?«

Die Meinungen in T'Diemn waren geteilt, und überall kursierten Gerüchte. Die Hälfte der Städter nahm an, dass Imoshen davongelaufen war, um sich den Rebellen anzuschließen, die andere stellte sich auf die Seite des Generals und glaubte, sie sei entführt worden.

»Ich weiß ebenso viel wie Ihr, General Tulkhan«, erklärte Kalleen erbost. »Wenn Ihr aus diesem Brief mehr herauslesen könnt, lasst es mich wissen.«

»Als wir in der Festung eintrafen, war sie bereits entführt worden«, erklärte Wharrd und legte eine Hand auf Kalleens Arm, um sie zurückzuhalten. »Also sind wir nach T'Diemn geeilt.«

»Dann bin ich der Lösung des Rätsels nicht näher.« Tulkhan hob den Brief wieder auf und strich das feine Papier glatt.

»Was werdet Ihr tun, General?« fragte Wharrd.

Tulkhan steckte den Brief in sein Wams. »Ich werde sie und meinen Sohn zurückholen.«

»Das ist eine Falle!«

»Selbstverständlich.«

»Ich werde Euch begleiten.«

»Ich auch«, warf Kalleen ein.

Tulkhan sah, wie Wharrd bleich wurde. Der Wundarzt nahm Kalleens Hände in die seinen. »Du trägst unser Kind. Ich will dich nicht verlieren.«

Die Vertrautheit dieser Szene ließ Tulkhan innerlich zusammenzucken.

Kalleen lächelte traurig. »Wenn du versagst, werde ich alles verlieren.«

Wharrd schüttelte den Kopf, aber sie schaute ihn störrisch an.

Tulkhan wusste, dass Imoshen tun würde, was sie für richtig hielt, und er war beinahe sicher, dass das nicht darin bestand, davonzulaufen und sich den Rebellen anzuschließen.

Er musste einfach an sie glauben. »Ich muss meine Eskorte organisieren und den Weg planen«, sagte Tulkhan und überließ es Wharrd und Kalleen, ihre Streitigkeiten zu lösen.

Er ging den Palastflur entlang und riss die Tür zu seinem Kartenzimmer auf.

»General Tulkhan?« Ein Diener stand in der anderen Tür. »Die Gesegnete ist hier, um ihre Hilfe anzubieten.«

Er stöhnte innerlich. Er zweifelte nicht daran, dass die Gesegnete gekommen war, um weitere Zweifel an Imoshens Treue zu säen. »Schick sie herein.«

Tulkhan betrachtete die Frau, als sie näher kam.

»Warum lockt Reothe mich nach Norden?«, fragte er abrupt.

Sie schien überrascht. »Ich habe keine Ahnung. Ich bin kein Taktiker.«

»Nein?«

Sie war so freundlich zu erröten und den Blick zu senken.

Tulkhan zeigte auf die Stadt Nordspitze auf der Landkarte, die auf dem Tisch ausgebreitet war. »Dieser Hafen hier bietet einen hervorragenden Ankerplatz für Hochseeschiffe, und er befindet sich bei gutem Wind kaum eine Tagesreise vom Festland entfernt. Warum bittet mich Reothe, mich dort mit ihm zu treffen, wenn sich seine adligen Anhänger und die Rebellenarmee im Hochland von Keldon befinden?«

»Vielleicht glaubt er, das Hochland bereits gesichert zu haben?«, schlug die Gesegnete vor.

»Könnte er Unterstützung von den Königreichen auf dem Festland erhalten?«

»Festländer, die einen Dhamfeer unterstützen?« Die Stimme der Gesegneten triefte vor Hohn. »Warum glaubt Ihr wohl, dass uns keiner von denen zu Hilfe kam? Sie wollten die Strahlende Insel gedemütigt sehen. Und sie fürchten die T'En.«

Es kam ihm alles nur zu vertraut vor. Auch er hatte einmal so gedacht.

»Das hatte ich angenommen.« Er rieb sich das Kinn, froh, sich endlich rasiert zu haben. »Die Frage ist immer noch warum. Was hofft Reothe damit zu erreichen?«

»Ihr werdet Euch ihm stellen?« Die Gesegnete sah ihn forschend an.

»Ja, ich ...«

»Es ist eine Falle.«

»Aber Reothe ahnt nicht, dass ich eine eigene Falle vorbereitet habe.« Er bemerkte, dass sie die Augen ein wenig weiter aufriss, ansonsten blieb sie scheinbar gleichgültig.

»Tatsächlich?«, fragte sie. »Das ist wirklich gut.«

Tulkhan nickte und hoffte, dass diese Botschaft Reothe genügend verstören würde. Er bedauerte nur, dass er tatsächlich überhaupt keine Falle hatte – zumindest noch nicht.

Früh am nächsten Morgen machte sich Tulkhan mit einem Trupp handverlesener Männer und mit Kalleen, die sich nicht hatte überreden lassen zurückzubleiben, auf den Weg. Kalleen hatte gedroht, ihnen zu folgen, und am Ende war Wharrd gezwungen gewesen nachzugeben.

Mit dieser kleinen Truppe konnten sie sich schneller bewegen. Kommandant Peirs würde so bald wie möglich mit einer größeren Kompanie folgen, um notfalls kleinere Aufstände niederzuschlagen, die Reothe veranstaltete.

Tulkhan hoffte, dass Reothe erwartet hatte, er würde mit seiner gesamten Armee langsam nach Norden ziehen. Tatsächlich war er darauf vorbereitet, sich rasch zu bewegen, schnell zuzuschlagen und schnell wieder zu verschwinden. In diesem Augenblick war Überraschung seine einzige Strategie.

Er hatte die Chance vertan, die Initiative selbst zu ergreifen, indem er Imoshen und das Kind benutzte, um Reothe aus seinem Versteck zu locken. Tatsächlich hatte der T'En-Krieger einfach nur die Seiten umgekehrt.

Tulkhan tobte innerlich über seine Machtlosigkeit. Er würde Imoshen und seinen Sohn nicht aufgeben!

Es war acht Tage her seit ihrer Entführung. Reothe hatte die Nordspitze inzwischen vermutlich erreicht. Der Rebellenführer erwartete offensichtlich, von einem der Königreiche auf dem Festland unterstützt zu werden, ansonsten hätte er sich sicher ins Hochland von Keldon zurückgezogen. Aber wer sollte sich mit einem Dhamfeer verbunden?

Imoshen stand am Fenster und schaute in den Hafen von Nordspitze hinab, wo ein einzelnes Kaufmannsschiff vor Anker lag.

Ashmyr wurde wach und begann, sich zu beschweren, also kehrte sie zu ihm zurück. Dieser älteste Teil der Verteidigungsanlagen von Nordspitze stammte, ebenso wie die Festung, in der Imoshen aufgewachsen war, aus dem

Zeitalter der Unruhen. Geschützt vor einem Angriff durch die steilen Klippen, war ihr Raum in der Spitze des Turms das ideale Gefängnis. Es gab keine Möglichkeit zur Flucht, außer sie wollte in den Tod springen.

Der ghebitische Kommandant, der kurz die Stadt beherrscht hatte, hatte die Zitadelle mit luxuriöser Beute gefüllt, die er zweifellos überall auf der Strahlenden Insel zusammengeplündert hatte. Das Bett hatte Brokatvorhänge, Teppiche in Edelsteinfarben lagen in dicken Schichten auf dem Boden. Spiegel mit vergoldeten Rahmen und Gemälde bedeckten die Wände, Kristall und feines Porzellan standen auf jeder waagerechten Fläche. Es war so üppig, dass es schon obszön war.

Aber der Mann hatte den Luxus nicht lange genießen können.

Imoshen wollte lieber nicht fragen, was aus ihm geworden war. Er war schon vor langer Zeit zusammen mit seinen Männern verschwunden. Die Diener standen alle treu zu Reothe, und die Bürger der Stadt, an denen sie auf ihrem Weg vorbeigekommen waren, schienen voller Freude über die Ankunft des T'En-Kriegers zu sein.

Das Kind wimmerte. Imoshen hob es hoch.

»Kann ich Euch etwas bringen, Herrin?«, fragte Selita.

»Den Schlüssel.«

Selita grinste dreist. Sie hatte ihre ursprüngliche Schüchternheit überwunden. Wäre das Mädchen nicht ihre Bewacherin gewesen, hätte Imoshen sie gut leiden können.

Selita hatte sich auf dem Teppich vor dem Kamin ausgestreckt und schälte eine Mandarine. Imoshen beobachtete sie und versuchte dabei zerstreut, Ashmyr zu beruhigen.

»Ich weiß nicht, warum Ihr Euch beschwert«, sagte Selita. »T'Reothe hat Euch verziehen. Er ist Euch nicht mehr böse, ganz gleich, wie Ihr ihn behandelt habt. Noch vor dem Erntefest werdet Ihr wieder in der Hauptstadt sein,

Kaiserin der Strahlenden Insel, und die Ehre meines Volks wird wiederhergestellt sein.«

Imoshen erstarrte. Das Erntefest war in weniger als zwei Wochen. Wie konnte Reothe hoffen, den Vorteil der Ghebiten in so kurzer Zeit zu wenden? Während sich ihre Gedanken überschlugen, rieb Imoshen weiterhin sanft Ashmyrs Rücken.

Selita musste etwas belauscht haben. Sie hatte gesagt, die Ehre ihres Volkes würde wiederhergestellt werden. Sie sprach wohl über die Kelden. Imoshen konnte sich gut vorstellen, wie die alte Anführerin der Adligen aus Keldon, Gräfin Holzrank, eine Rüstung anlegte und in den Kampf ritt. Wenn man Baron Fairban glauben wollte, waren die Kelden reif zur Revolte. Imoshen setzte sich zu Selita, den Rücken gegen eine schwere Truhe gestützt. Sie packte sich Ashmyr auf den Schoß.

Selita warf ihren Zopf über die Schulter und schob ein Tablett mit Obst auf Imoshen zu.

»Was für hübsches Haar du hast.« Imoshen strich über den Zopf des Mädchens. »Ich kannte einmal jemanden, der genau diese Kupferhaarfarbe hatte.«

Es tat weh, sich an Cariah zu erinnern. Sie hatte ihre Freundin verraten. Nun durfte sie nicht auch noch ihren Sohn oder seinen Vater verraten.

Selita setzte sich auf, um Imoshen ansehen zu können. »Reothe sagte, ich dürfte mich von Euch nicht anfassen lassen. Er behauptete, Ihr würdet mich beeinflussen. Hattet Ihr das vor?«

Imoshen zuckte mit den Schultern und gab sich unschuldig. »Ich habe keine Ahnung, was er gemeint hat. Ich habe nicht einen Bruchteil der Kräfte, über die er verfügt. Das Einzige, was ich wirklich kann, ist heilen. Ich wollte dir nur anbieten, dein Haar zu bürsten.«

Sie griff nach einer Mandarine und begann sie zu schälen. Die Schale ging leicht ab. Der Saft tropfte auf ihren Arm.

Selita betrachtete sie nachdenklich aus goldfarbenen Augen. »Wisst Ihr, ich würde Euch weniger trauen, wenn Ihr so tätet, als wäret Ihr mit allem einverstanden. Aber Ihr gebt offen zu, dass Ihr hier herauswollt. Was seht Ihr nur in diesem ghebitischen General? Sicher kann er T'Reothe nicht das Wasser reichen.«

Das Mädchen war wirklich dreist, aber Imoshen sorgte dafür, dass Selita ihr nicht ansehen konnte, was sie dachte. Sie lachte nur und leckte sich den Saft vom Handgelenk.

»Was für eine Frage! Was sieht eine Frau in einem Mann?« Sie bot Selita ein Stück Mandarine an.

Das Mädchen biss hinein und sprach mit vollem Mund weiter. »Aber der General ist nur ein einfacher Mensch, und Ihr seid eine reinblütige T'En wie T'Reothe. Er will nicht mit Nur-Frauen schlafen. Er sagt, es sei nur eine blasse Imitation.« Man hörte ihr die Enttäuschung an. »Was meint er damit?«

»Ich habe keine Ahnung. Ich glaube, er prahlt nur!«

Selita kicherte, dann verzog sie das Gesicht. »Ihr könnt mich nicht dazu bringen, Euch gehen zu lassen. Ich liebe T'Reothe. Ich denke, es ist verrückt von Euch, ihn abzuweisen.«

»Du kannst denken, was du willst«, sagte Imoshen. Sie bot dem Mädchen ein weiteres Obststück an und konzentrierte sich auf den geringen Kontakt, den sie hatten. Sie konnte bereits den Mandarinengeschmack auf Selitas Zunge spüren. »Wie ist es gekommen, dass du dich den Rebellen angeschlossen hast?«

Selita zog die Knie an, schlang die Arme darum und starrte aus dem Fenster. Während sie ihre Geschichte begann, ging Imoshen die oberen Lagen ihres Geistes durch, vorsichtig bemüht, das Mädchen mit ihrer Präsenz nicht zu stören.

Als Selita innehielt, machte Imoshen die angemessenen Bemerkungen, während sie weiter nach Reothes Plänen suchte. Aber obwohl ein großer Teil von Selitas Geist mit

Gedanken an Reothe beschäftigt war, waren sie nicht von der Art, die Imoshen hätten nützlich sein können.

Sie entdeckte, dass die Rebellin sie nicht leiden konnte und nicht davon überzeugt war, dass sie Reothe befriedigen würde. Aber es war schwer, eine einzelne Erinnerung zu finden, wenn die Person an etwas anderes dachte. Vielleicht sollte sie Selita eine Frage stellen, um sie auf den richtigen Gedanken zu bringen? Sie wartete also auf den passenden Augenblick.

Plötzlich wurde die Tür aufgerissen, und Reothe stürmte herein. Er packte die verblüffte Selita am Arm und zog sie auf die Beine. »Raus mit dir, Lita!«

»Warum? Ich habe doch nichts getan«, keuchte das Mädchen.

Mit klopfendem Herzen packte Imoshen Ashmyr und kam auf die Beine.

»Du dumme Kuh. Sie hätte dich beinahe gehabt!« Er zerrte das Mädchen zur Tür, schob sie nach draußen und schlug die Tür hinter ihr zu.

21

Als Reothe sich Imoshen zuwandte, wich sie zurück.

Er kam näher. »Leg das Kind hin.«

»Nein!« Sie drückte Ashmyr fest an sich.

»Leg ihn hin, Imoshen. Du willst doch nicht, dass ihm etwas passiert.«

Sie erbleichte. Schweigend legte sie ihren Sohn in seinen Korb.

»Komm her.«

»Du kannst mich nicht schikanieren.« Aber ihr Herz klopfte schmerzlich, als sie um den Korb herum auf ihn zuging.

»Näher.«

»Das ist nah genug.«

Sie schnappte nach Luft, als er mit einem langen Schritt die Entfernung zwischen ihnen durchmaß. Er packte sie an den Schultern. »Das war sehr dumm von dir, Imoshen. Ich konnte am anderen Ende der Zitadelle spüren, dass du deine Kräfte einsetzt.«

»Warum spüre ich dann nicht, wenn du deine verwendest?« Das hatte sie ausgesprochen, bevor sie sich bremsen konnte.

Er kniff ein wenig die Lider zusammen, dann lächelte er träge. »Warum glaubst du wohl? Ich bin kein Novize. Ich verberge meine Kräfte. Versuche nicht noch einmal, Selita oder irgendwen sonst zu deinem Werkzeug zu machen. Ich würde es spüren. Ich würde dich aufhalten, und das wird unangenehm werden.«

Angst bewirkte, dass ihr Herz beinahe aussetzte. Wollte sie ihn etwa dazu zwingen, ihr wehzutun? Nein, sie sollte lieber ...

»Gut. Ich will dich nicht verletzen, Imoshen.«

Imoshen glaubte ihm, aber sie wusste, er würde auch nicht davor zurückschrecken, wenn er es für notwendig hielt. Sie versuchte, ihn abzulenken. »Was ist das für ein Schiff im Hafen, und wieso hat es keine Flagge? Was wirst du tun, wenn Tulkhan herkommt.«

»So viele Fragen! Erwartest du wirklich, dass ich eine davon beantworte?« Er legte den Kopf schief und betrachtete sie forschend.

Imoshen bemerkte, dass die Spitze einer der Schneeleopardennarben aus seinem Hemd hervorschaute.

»Warum sind deine Narben deutlich zu sehen, meine aber nicht? Die Klauen des Leoparden haben uns beide gezeichnet, aber nur dich berührt. Welchen Preis haben die Alten von dir verlangt?«

Er packte sie fester an den Schultern. Sie glaubte, ein

Aufflackern von Angst in seinem Blick zu erkennen. Dann zog er sie näher an sich, bis sie einander berührten.

»Wenn du mir nur vertrauen würdest, Imoshen! Ich würde mein Wissen mit dir teilen.« Er nahm sie in die Arme. Sie wollte zurückweichen, aber sie verspürte eine unwiderstehliche Anziehung. Sein Atem kitzelte ihr Gesicht, während er mit den Fingern durch ihr Haar strich.

Seine Stimme war wie Samt auf ihrer Haut. »Vertrau mir, Imoshen.«

Beruhigende, süße Wärme durchdrang sie. Es wäre so leicht, dieser Versuchung zu erliegen. Er versprach alles, seine Liebe und das Geschenk des Wissens. Gemeinsam könnten sie die Geheimnisse der T'En entdecken.

Aber der Preis war zu hoch.

»Vertrauen?« Bitterkeit schnürte ihr die Kehle zu. »Das ist eine seltsame Bitte, wenn du meinen Sohn bedrohst und so viel vor mir verbirgst. Du gibst und nimmst im selben Atemzug. Wie kann ich die Kodierung des T'Endomaz brechen, wenn du den Schlüssel hast? Ich weiß, dass du das T'Elegos aus der Basilika gestohlen hast.«

Er lachte entzückt. Dann schüttelte er traurig den Kopf. »Das T'Elegos enthält keinen Schlüssel zum T'Endomaz.«

Sie ignorierte das. »Das T'Elegos ist auch mein Erbe. Wo hast du es verborgen?«

Sofort spürte sie, dass er an das Versteck dachte – vor ihrem geistigen Auge erschien eine Höhle. Dann wurde der Gedanke verschlossen wie eine Tür, die zugeworfen wird. Die Wucht erschütterte ihren Geist, und ihr wurde schwarz vor Augen.

Als der Schmerz nachließ, bemerkte sie, dass sie auf dem Bett lag und Reothe an ihrer Seite kniete.

»Ist alles in Ordnung?«, flüsterte er.

Sie nickte und verzog das Gesicht.

»Ich habe dir doch gesagt, dass es wehtun würde, wenn ich meine Kräfte gegen dich einsetze.«

Tränen brannten ihr in den Augen. Sie würde nicht weinen, solange er anwesend war. »Ich musste es versuchen.«

»Imoshen!« Die Verzweiflung in seiner Stimme ließ sie innerlich zusammenzucken. Er nahm sie in die Arme, strich ihr übers Haar, drückte ihre Wange an seinen Hals. »Wann wirst du aufhören, dich mir zu widersetzen?«

Darauf gab es keine Antwort.

Sie spürte, wie er den Kopf senkte und ihren Duft einatmete. »Nur noch drei Tage«, flüsterte er heiser.

Sie erstarrte. Drei Tage, bis Tulkhan hier sein würde? Drei Tage, bis Reothe ihn töten würde?

»Reothe, ich habe nachgedacht ...« Zitternd entzog sie sich ihm, kniete sich aufs Bett und nahm eine seiner Hände in die ihre. »Was ist schon die Strahlende Insel? Es ist nur ein kleines Land. Du hast Schiffe und treue Anhänger. Warum bleibst du hier und kämpfst um ein Land, das es dir nicht danken wird? Warum gehst du nicht nach Osten? Ich habe immer unser Heimatland sehen wollen. Es muss mehr von unserer Art geben. Du könntest ... warum schaust du mich so an?«

Er entzog ihr seine Hand, stand auf und ging zu dem Halbrund von Fenstern. Die untergehende Sonne vergoldete seine feinen Züge und das helle Haar. Sie konnte sehen, wie angespannt er war, als er die Fensterbank packte.

»Du musst die Wahrheit erfahren, Imoshen. Wir sind Ausgestoßene, wir haben keine Heimat.« Er wandte sich ihr nicht zu, aber sie hörte den unterdrückten Schmerz in seiner Stimme. »Du weißt, dass die erste Imoshen ihr Volk hierher brachte, aber du weißt nicht, dass es drei Schiffe gab. Zwei haben die Überfahrt nicht überstanden.

Unsere Ahnen waren keine Flüchtlinge oder mutige Entdecker, Imoshen. Es waren alte Menschen, Frauen und Kinder auf diesen Schiffen. Sie waren Ausgestoßene, ausgewählt wegen ihrer T'En-Züge. Ich habe den Bericht der ersten Imoshen über ihre Flucht und die Gründe dafür gelesen. Schreckliche Dinge sind im Namen der T'En geschehen. Die Menschen konnten uns nicht mehr leben lassen. Sie schlossen sich gegen uns zusammen, und wir hatten nur noch die Wahl, zu sterben oder verbannt zu werden.«

»Nein! Das ist eine Lüge!«

»Ich habe das T'Elegos gelesen, geschrieben in ihrer eigenen Handschrift.« Er wandte sich ihr schließlich zu, glühend von der Intensität seiner eigenen Gefühle. »Die T'En sind gefallene Engel.«

»Nein. Du musst das T'Elegos falsch verstanden haben. Die T'En-Hochsprache kann viele Schattierungen von Bedeutungen übermitteln. Und selbst wenn ... selbst wenn die Leute der ersten Imoshen aus irgendeinem Grund verbannt wurden, sind seitdem mehr als sechshundert Jahre vergangen. Wenn du in unsere Heimat reisen würdest, zum Sonnenaufgang, würden sie sich uns nicht verweigern.«

»Du weißt nicht, was ich weiß.«

»Wie könnte ich denn auch, wenn du alles vor mir verbirgst? Warum hast du mir das T'Endomaz gegeben, und was ist es eigentlich?«

Er zögerte. »Ich glaube, dass das T'Endomaz die verborgene Überlieferung der T'En enthält. Während der Zeitalter der Unruhen und der Festigung verließen die reinblütigen T'En ihre Eltern im Alter von zehn Jahren. Sie wurden von einem reinblütigen T'En-Lehrer übernommen, der sie in der Nutzung ihrer Kräfte unterwies. Ich glaube, das T'Endomaz ist das Buch, das sie bei dieser Ausbildung benutzten.«

Imoshen stöhnte. »Warum hast du es mir nicht gesagt? Warum hast du das T'Elegos nicht mit mir geteilt? Warum hast du es versteckt?«

»Ich habe es nicht vor dir versteckt. Der Anführer der Traktarianer hasst mich, Imoshen. Ich habe die Geschichte der ersten Imoshen vor Murgons Augen gerettet.« Er verzog das Gesicht, als würde selbst der Name des Mannes widerlich schmecken.

Sie glaubte gern, dass Murgon Reothe hasste. »Aber warum?«

Reothe schauderte. »Als ich ein Junge war, gerade zehn Jahre alt und erschüttert vom Selbstmord meiner Eltern, schickte man mich in den Palast, damit ich von der Kaiserin erzogen würde. Weil Murgon vier Jahre älter war und ein Verwandter väterlicherseits, überließ sie mich seiner Obhut. Wir wurden gemeinsam mit den kaiserlichen Erben erzogen, erkundeten zusammen mit ihnen den Palast und nahmen an öffentlichen Veranstaltungen teil. Man wollte uns zu kaiserlichen Beratern machen.

Murgon war verrückt nach T'Ysanna, und sie nutzte meine Bewunderung für sie, um ihn fern zu halten. Er wiederum ließ das an mir aus. Zunächst waren es nur kleine Grausamkeiten, die sich auch als Unfälle erklären ließen. Aber er wurde dreister, bis ich einmal bei einem fehlgeschlagenen Scherz beinahe getötet worden wäre. Er hat mein Pferd erschreckt und bewirkt, dass es mich abwarf. Die Kaiserin ist wohl misstrauisch geworden, denn sie traf ein Abkommen mit der Gesegneten, woraufhin er in den Dienst der Kirche eintrat.

Ich dachte, damit wäre es zu Ende. Wir gaben ihm Geschenke, und er wurde Priester. Aber er hat nur abgewartet. Am Tag vor dem Erntefest fälschte er einen Brief von Ysanna, in dem ich gebeten wurde, sie in dem unterirdischen Gang zu treffen, den wir in der Porträtgalerie entdeckt hatten. Als sie nicht erschien, versuchte ich, den Gang wieder zu verlassen, aber die Tür war abgeschlossen. Aufgrund der Festlichkeiten fiel zwei Tage lang niemandem auf, dass ich nicht da war, und als sie mich dann zu suchen begannen, konnten sie mich nicht finden.

Ich wanderte allein im Dunklen umher, ohne Essen und Wasser. Ich versuchte alle falschen Täfelungen, die zu öffnen waren, bis ich schließlich die Katakomben entdeckte. Um dafür zu sorgen, dass ich dort wieder herauskommen konnte, habe ich den Eingang mit meinem Schuh aufgehalten.«

Imoshen gab ein leises Geräusch von sich, das ihn innehalten ließ, aber sie bat ihn mit einer Geste, fortzufahren.

Reothe lächelte boshaft. »Wenn Murgon nur wüsste, was für einen Gefallen er mir getan hat! Ich glaubte, ich würde sterben. Ich legte mich auf die Marmorplatte, wie T'Sardonyx es angeblich getan hatte, und sprach die Totenworte für meine Seele. Angst und Schrecken brachten meine Kräfte zum Vorschein, und ich ließ meinen Körper zurück. Die Parakletos kamen, einige neugierig, andere feindselig.

Sie fanden mich, als ich im Schatten des Todes umherirrte, und führten mich zurück in diese Welt. Im Umgang mit ihnen habe ich gelernt, dass nicht alles so ist, wie es scheint.«

»Du sagtest, sie hätten keine Macht über diese Welt.«

»Das haben sie auch nicht. Einige sind voller Rachedurst und werden versuchen, deine Seele zu stehlen, andere bemitleiden die Echtmenschen, die sie ins Reich des Todes führen.« Er schüttelte traurig den Kopf. »Schreckliches Unheil befällt einen, der sie heraufbeschwört, ohne die Willenskraft zu haben, ihnen zu widerstehen!«

»Aber du hast gesagt, sie wären freundlich zu dir gewesen.«

Er warf ihr einen scharfen Blick zu. »Sagte ich freundlich? Eines Tages werde ich dir vielleicht erzählen, was zwischen uns vorgegangen ist, bevor sie mich in die Welt zurückschickten.«

»Du bist also in die Katakomben zurückgekehrt. Wie konntest du schließlich fliehen?«

»Inzwischen hatte Ysanna von unseren gefährlichen Spielen erzählt, und die unterirdischen Gänge wurden durchsucht. Als sie mich fanden, waren fünf Tage vergangen. Die Kaiserin war wütend. Aber ich sagte niemandem, welche Rolle Murgon gespielt hatte. Zum einen hatte ich keinen Beweis – die gefälschte Botschaft war verschwunden –, und zum anderen hatte man Murgon zu den Traktarianern versetzt. Alles, was ich gegen einen von ihnen sagen würde, hätte nur Misstrauen erregt. Außerdem dachte ich, die Sache wäre zu Ende.« Reothe verzog das Gesicht. »Ich hatte mich geirrt. Als das alte Oberhaupt der Traktarianer starb, machte man Murgon zum Nachfolger. Er versprach, ihnen wieder so große Macht zu verschaffen, wie sie früher gehabt hatten, und dafür liebten sie ihn.

Den größten Teil des Zeitalters der Aufklärung war die Macht der Traktarianer nach und nach vergangen. Die einzige lebende reinblütige T'En war deine Großtante, und sie stellte keine Bedrohung dar. Aber bei meiner Geburt hatten sie begonnen, sich um mehr Zuwendungen, mehr Priester zu bemühen. Und nichts hilft besser als eine angeblich drohende Gefahr, um zu bewirken, dass sich Echtmänner und Echtfrauen zusammenschließen. Murgon hatte die T'En-Augen. In jedem anderen Zweig der Kirche wäre er mit Vorsicht betrachtet worden. Er hat sich den Traktarianern angeschlossen, weil er einen möglichen Weg zur Macht sah. Als ihr Oberhaupt würde er mich diskreditieren können.

Aber als die alte Gesegnete in den Ruhestand trat, sorgte ich dafür, dass ich das Ohr der neuen hatte. Ich hatte sie um ihres Potenzials willen ausgewählt und die Beziehung zu ihr seit Jahren gepflegt.« Reothe lächelte Imoshen an. »Politik. Ich sehe dir an, dass du dieses Machtspiel widerwärtig findest, aber du wirst ebenso wie ich lernen müssen, es zu deinem eigenen Überleben zu benutzen. Murgon und seine Traktarianer fürchten uns. Und was Echtmenschen fürchten, vernichten sie.«

»Du sprichst, als stünden wir im Krieg mit den Echtmenschen.«

»Wenn man von den seltenen Rückschlägen, wie du und

ich sie darstellen, einmal absieht, ist es der Kirche beinahe gelungen, uns auszulöschen. Seit Jahrhunderten haben sie uns unwissend gehalten. Welches Recht hatte T'Abularassa, unsere Geschichte neu zu schreiben? Sie und die Tochter der ersten Imoshen, die erste Gesegnete, haben das T' Elegos bewusst verborgen. Sie haben das T'Enchiridion benutzt, um uns an sie zu binden, damit wir ihnen dienen. Ich habe gehört, dass du dein Bußegelübde abgelegt hast. Welches Verbrechen hast du begangen, dass du um Vergebung bitten musst?« Er trat näher zu ihr, um ihr ins Gesicht zu sehen. Er berührte sie zwar nicht, aber die Kraft seiner Präsenz ließ ihren Körper innerlich vibrieren.

Reothe starrte ihr in die Augen. »Weißt du, wie einsam es ist, in einem Palast voller Echtmenschen zu leben und zu wissen, dass sie in einem Atemzug vielleicht mit dir lachen und dich lieben, sich beim nächsten aber gegen dich wenden und dich steinigen können? Ein einziges Dekret der Gesegneten, mehr braucht es nicht, um einen von uns zum Abtrünnigen zu erklären.«

Daher hatte er also die Beziehung zur Gesegneten »kultiviert.« Imoshen verstand, dass nichts als Selbstschutz dahinter steckte.

»Aber der letzte abtrünnige T'En ist vor über hundert Jahren gesteinigt worden«, warf sie ein. »Murgon ist ein Fanatiker, das stimmt, aber wir befinden oder befanden uns in einem Zeitalter der Aufklärung.«

»Aufklärung? Wohl eher Verdrängung!«, rief Reothe. »Sie hielten uns für ausgestorben. Sie haben dafür gesorgt, dass deine Großtante sich duckte. Sie behaupteten, aufgeklärt zu sein, weil sie der Ansicht waren, dass wir keine Macht mehr hatten.«

Imoshen schüttelte den Kopf. »Wer sind diese ›sie‹? Und außerdem ist es jetzt anders, nachdem die Ghebiten ...«

»Uns hassen. Die Ghebiten sind gefährlicher, als du wahrhaben willst. Sie verachten uns, weil wir keine Echtmenschen sind. Und sieh doch, was sie ihren eigenen Frauen antun!« Er machte eine wütende, hilflose Geste. »Was, wenn die Gesegnete ein Mann wäre? Was, wenn die Gesegnete und die Ghebiten sich zusammentäten? Wer unterzeichnet das Dekret, das einen T'En zum Abtrünnigen erklärt? Imoshen die Erste hat sich freiwillig zu einem keuschen Leben entschlossen, aber wer hat ein Gesetz daraus gemacht? Die Kirche. Die Kirche repräsentiert die Echtmenschen. *Sie* sind unsere Feinde. Deine und meine.«

Imoshen schüttelte den Kopf. Die Strahlende Insel war ihr Zuhause, die Echtmenschen ihr Volk.

Reothe begann, unruhig hin und her zu gehen. Dann blieb er am Kamin stehen und starrte das dort aufgeschichtete Holz an. »Mach ein Feuer, Imoshen.«

Sie blinzelte. »Zünde es selbst an, dort liegt der Feuerstein.«

»Nein. Ich meine, *entzünde* es.«

Sie verstand. Ihre Haut kribbelte vor Aufregung. »Ich weiß nicht wie.«

»Ach, komm schon. Du hättest Selita beinahe auf deine Seite gezogen, und du hast sie nicht einmal berührt.«

Das Kribbeln in ihrer Haut wurde stärker. Sie sah die Holzpyramide an, die in der Feuerstelle aufgeschichtet war. Es brauchte nur einen Funken. Ein stechendes Gefühl entstand blitzartig hinter ihren Augen, und als sie sie wieder öffnete, verschlangen kleine Flammen die Zündspäne.

Imoshen war begeistert. Sie lief zum Kamin und kniete sich vor das Feuer, um ihre Arbeit zu bewundern.

»Sehr schön«, sagte Reothe trocken. »Jetzt begreifst du vielleicht, wieso sie uns umbringen wollen.«

»Aber es war nur ein Funken!«

»Mehr als einen Funken braucht es nicht, um ein Feuer zu entfachen.«

Imoshen wurde kalt. Sie wollte abstreiten, dass er Recht hatte, aber das war unmöglich.

Reothe sah ihr wieder fest in die Augen. »Nur-Menschen töten, was sie fürchten.«

Sie dachte daran, dass man ihr Volk aus seinem Heimatland ausgestoßen und dann auch auf seiner neuen Inselheimat verfolgt hatte. »Ich muss das T'Elegos lesen! Bist du sicher, dass du die alte Sprache richtig übersetzt hast? Die Bedeutungen können zweideutig sein.«

Er lachte. »Ja, meine kleine Gelehrte. Erinnerst du dich, als du zum ersten Mal mir gegenüber ein Zitat in der T'En-Hochsprache erwähntest? Ich hätte dich am liebsten umarmt. Aber du wärst nur davongelaufen.«

»Unsinn!« Aber er hatte Recht. Sie hatte ihm misstraut, war fasziniert und gleichzeitig verängstigt von der Kraft seiner Persönlichkeit gewesen.

Er seufzte. »Und die ganze Zeit waren wir nie schnell genug. Wärst du nur älter gewesen, hätten wir nicht so lange auf unsere Bindung warten müssen. Wir wären schon miteinander verbunden gewesen, als die Ghebiten angriffen. Die Kaiserin hätte ...«

»Hätte, würde! Es ist zu spät, darüber zu sprechen, was hätte sein können!«

»Du hast Recht«, flüsterte Reothe traurig.

Die letzten Strahlen der untergehenden Sonne verblassten, und der Raum wurde in Dunkelheit getaucht, wenn man von den Flammen des Feuers einmal absah. Imoshen hatte das Gefühl, ein ganzes Leben hinter sich gebracht zu haben, seit Reothe Selita weggeschickt hatte.

Er griff mit beiden Händen nach ihrer Hand. »Ich verspreche dir, wenn wir das alles hinter uns haben, werden wir das T'Elegos zusammen lesen. Und irgendwie werden wir es auch schaffen, den Code des T'Endomaz zu entschlüsseln. Du kannst dich nicht gegen mich wenden, Imoshen. Steh an meiner Seite, sei mir in allem gleichgestellt!«

Ihr Herz zog sich zusammen. Sie zitterte, als sie ihm ihre

Hand entzog. Er nannte sie gleichgestellt, aber er verbarg Dinge vor ihr. Und wenn Reothe davon sprach, die Zügel der Macht zu teilen, war das gleichbedeutend mit Tulkhans Tod. Sie schauderte. Nichts, nicht einmal Reothes Versprechen, ihr ihren Anteil am Erbe der T'En zu geben, würde sie dazu bringen, den Vater ihres Kindes zu opfern.

Imoshen berührte Reothes Gesicht, fuhr über seine Kinnlinie. »Vetter, letzter Blutsverwandter, Letzter meiner Art, lass dich nicht von diesem Krieg verschlingen. Segle nach Osten. Belade deine Schiffe mit Vorräten und fahr über den Archipel hinaus. Du kennst diese Insel, das Land hinter …«

»Und du wirst mit mir kommen?«

Sie ließ die Hand sinken, erschrocken über den Gedanken.

»Ich habe nur gescherzt, Imoshen. Ich würde dich nicht bitten, selbst wenn du ja gesagt hättest. Das ist nichts, was man leichtfertig unternehmen sollte. Die Seeleute des Archipels wagen sich nicht nach Osten. Sie sagen, in die Morgensonne zu fahren ist gleichbedeutend mit dem Tod.« Er zuckte mit den Achseln. »Imoshen, denk doch selbst, es sind sechshundert Jahre, warum haben wir nie Besuch aus dem Land der Morgensonne erhalten?«

Das war eine gute Frage. Sie versuchte, seine Miene zu ergründen. »Sag du es mir.«

»Ich weiß es nicht«, antwortete er mit schlichter Ehrlichkeit.

»Warum segelst du dann nicht in die Morgensonne? Es wäre eine ruhmreiches Abenteuer.«

»Sag mir nicht, was ich tun und lassen soll, Imoshen. Und versuche nicht, mich mit deinen Kräften zu beeinflussen.«

»Das wollte ich nicht.« Aber sie hatte es getan. Noch als sie die Worte aussprach, hatte sie ihn zwingen wollen, ihre Begeisterung zu spüren.

»Nein?«, fragte er und lächelte dünn.

Wieder verspürte sie diese gefährliche Anziehung und hätte sich von ihm losgerissen, aber er nahm sie an der Hand, hob ihren Arm und drückte seine Bindungsnarbe an ihre.

»Wir beide stehen gegen alle anderen, Imoshen. Im Augenblick akzeptieren dich die Ghebiten. Aber ich habe von den Liebenden aus Stein gehört. Wie lange wird es dauern, bevor sie aufhören, dich als ihre zahme Dhamfeer zu betrachten und beginnen, dich zu fürchten? Wie lange dauert es, bis dein General dich im Schlaf erstickt und seinen Halb-Dhamfeer-Welpen ersäuft?«

»Nein!« Sie riss sich von Reothe los. Ihr Herz klopfte heftig. Tulkhan würde so etwas nie tun.

Sie war so laut gewesen, dass das Kind sich rührte und zu weinen begann. Im selben Augenblick kratzte jemand an der Tür.

»Herein!«, rief Reothe, dann senkte er die Stimme »Mach dir nichts vor, Imoshen. Ich bin dein einziger wahrer Freund, weil wir dieselben Feinde haben. Unsere Ziele sollten ebenfalls dieselben sein.«

Sie wandte sich von ihm ab, um Ashmyr aus dem Korb zu holen.

»T'Imoshens Essen.« Ein Diener wartete mit einem Tablett.

Reothe winkte ihn herein und entzündete die Kerzen.

Imoshen hätte das Essen gern wieder weggeschickt, aber sie würde für das, was ihr bevorstand, Kraft brauchen. In drei Tagen würde Tulkhan hier sein.

»Bring es bitte hierher.« Sie setzte sich ans Feuer.

»Ich werde dir Selita wieder herschicken«, sagte Reothe, nachdem der Diener gegangen war. Er brauchte Imoshen nicht mehr davor zu warnen, das Mädchen beeinflussen zu wollen.

Imoshen aß langsam und methodisch. An diesem Tag schmeckte sie nicht einmal die köstlichen Gewürze.

Reothe blieb noch. Er strich ihr mit der Hand über die Schulter. Ein Kribbeln lief über ihre Haut. Es war ein Überfluss seiner T'En-Kraft, die nach einer Öffnung, einem Willkommen suchte. Aber Imoshen verschloss sich, weil sie wusste, dass er ihren Geist berühren wollte. Es tat ihr weh, ihn so auszuschließen, ebenso wie es ihr wehgetan hatte zu wissen, dass Tulkhan sie ausschloss. Aber sie blieb eisern.

Reothe seufzte grimmig und ging.

Die Ereignisse dieses Nachmittags bewirkten, dass sich Imoshen der Kopf drehte. Sie sah immer noch Reothe vor sich, wie er da, vergoldet von der Abendsonne, am Fenster gestanden und erklärt hatte, dass sie gefallene Engel seien.

Müde legte sie Ashmyr in seinen Korb zurück, und ihre Gedanken überschlugen sich angesichts der Bedeutung dessen, was sie erfahren hatte. Reothe hatte sie gefragt, wer ihre Treue verdient hätte, Tulkhan und die Echtmenschen der Strahlenden Insel oder Reothe und die T'En. Sie hatte drei Tage, um ihre Entscheidung zu treffen.

Noch ein weiterer Tagesritt, schätzte Tulkhan, bevor sie die Nordspitze der Insel erreichen würden. Seine Leute waren müde. Der Nachmittag war schon fortgeschritten, und sie waren seit dem Morgengrauen unterwegs. Er war selbst ebenfalls erschöpft, aber das Wissen, dass ihn jeder Schritt zu Imoshen und seinem Sohn brachte, trieb ihn an.

»General?«, rief Wharrd.

»Ja?« Er wusste, sie sollten anhalten, um etwas zu essen und den Pferden Ruhe zu gönnen, aber er hasste es, Zeit zu verlieren.

Wharrd schwieg, aber seine Miene sprach Bände.

»Also gut, wenn wir eine passende Stelle erreichen, machen wir eine Pause.« Er konnte ihre Erleichterung beinahe spüren. Die kleine Kalleen beschwerte sich nie, daher wagte auch keiner seiner Männer zu knurren.

»Da drunten?«, fragte Wharrd. Er zeigte auf eine einzelne Fischerhütte, die auf halbem Weg den Hügel hinauf lag, hoch über dem Kiesstrand.

Tulkhan erinnerte sich vom Feldzug des letzten Frühjahrs an diesen Ort. Es hatte hier ein ganzes Dorf gegeben, bevor seine Leute angegriffen hatten. In den ersten kleinen Monden des Feldzugs waren sie ausgesprochen brutal vorgegangen und hatten allen Widerstand niedergemäht. Die kleinen Fischerhütten, die gebaut waren, um sich dem Sturm zu widersetzen, hatten vor Bewaffneten keinen Schutz geboten.

Jetzt verspürte Tulkhan Bedauern. Er hatte keinen Streit mit diesen unschuldigen Fischersleuten gehabt. Er hatte einfach entschieden, die Strahlende Insel zu erobern, und seine Armee auf sie losgelassen. Die Insel war eine überreife Pflaume gewesen, sie hatte praktisch danach verlangt, gepflückt zu werden. Aber nun stand Tulkhan zum ersten Mal einer unangenehmen Wahrheit gegenüber: Reothe hatte die Moral auf seiner Seite. Der T'En-Krieger verteidigte nur seine Heimat, sein Erbe.

»General?«, drängte Wharrd.

Tulkhan schreckte aus seinen Gedanken hoch. »Also gut.« Er wendete sein Pferd dem Strand zu. Die anderen folgten. Er musste unentdeckt zur Nordspitze kommen, um herauszufinden, wo man Imoshen gefangen hielt. Ein gut organisierter, rasch durchgeführter Überfall könnte sie vielleicht befreien. Aber das war genau, was Reothe von ihm erwartete – einen Überfall oder eine Belagerung.

Tulkhan bemerkte das Fischerboot, das über die Gezeitenlinie hinweg an den Strand gezogen war. Reothe würde einen Angriff vom Land her erwarten, nicht vom Meer. Aber sie würden mehr als ein Boot brauchen …

Imoshen ging im Zimmer auf und ab, unfähig, sich zu entspannen. Sie hatte ihre Entscheidung getroffen. Die Strahlende Insel war ihr Zuhause, das Volk der Insel war ihr

Volk, ganz gleich, was ihre Vorfahren gewesen waren. Sie würde die Arbeit der ersten Imoshen fortsetzen und dafür sorgen, dass die reinblütigen T'En von den Echtmenschen akzeptiert wurden.

Irgendwann an diesem Tag würde der General die Nordspitze erreichen, und sie, Imoshen, würde an seiner Seite gegen Reothe stehen.

Selita war nach dem Essen geflohen und hatte sich dabei auf Kopfschmerzen berufen. Reothe war zweimal hereingekommen, um nach Imoshen zu sehen, hatte sich aber geweigert, ihre Fragen zu beantworten. Er hatte sich einfach überzeugt, dass sie nichts im Schilde führte, und war wieder gegangen. Auch er konnte die Anspannung in der Luft spüren, die Ankündigung eines Gewitters, das bald ausbrechen würde. Es ließ ihre Zähne schmerzen.

Ashmyr, der ihre Nervosität spürte, war selbst den ganzen Tag unruhig gewesen.

Imoshen stand an den Fenstern ihres Gefängnisses und starrte hinab in den Hafen. Die Abendsterne erschienen am Smaragdhimmel. Sie runzelte die Stirn, als sie entdeckte, dass mit der Abendflut zwei weitere Schiffe eingelaufen waren.

Seit dem späten Nachmittag hatte sie Reothe nicht mehr gesehen. Es war durchaus möglich, dass Tulkhan versuchte, an der Ostseite der Hafenstadt durchzubrechen.

Imoshen kehrte zu dem Sessel am Feuer zurück. Der Abend war die beste Zeit für einen Fluchtversuch. Tulkhans Ankunft würde Reothe hoffentlich ablenken, er würde zu beschäftigt sein, um zu bemerken, dass Imoshen ihre Kräfte benutzte.

Imoshen machte alles wie an den Abenden zuvor, zog sich sogar ihr Nachthemd an und saß am Feuer, mit Ashmyrs Korb zu ihren Füßen. Aber innerlich glühte sie vor Ruhelosigkeit.

Sie musste eine Möglichkeit finden, Tulkhan einen Vorteil zu verschaffen, aber als Erstes musste sie mit Ashmyr Reothe entkommen. Es war an der Zeit, ihn zu prüfen. Er war nicht allmächtig. Er musste eine Schwäche haben.

Sie lehnte sich zurück und zwang sich, zu entspannen. Nach und nach wurde sie sich bewusst, dass ihr Herzschlag langsamer wurde. Ihre T'En-Sinne breiteten sich aus, bis sie die Diener in den tiefer gelegenen Räumen spüren konnte, die nach der Abendmahlzeit aufräumten.

Ihre Wahrnehmung war vollkommen geringfügig, nur ein allgemeines Suchen, ohne dass einzelne Persönlichkeiten sich deutlich hervorhoben. Würde sie in der Lage sein, einen dieser Menschen zu manipulieren, ihn dazu bringen, mit einem fingierten Auftrag hier heraufzukommen? Sie hatte nie zuvor so etwas versucht, aber sie war auch nie so verzweifelt gewesen.

Zunächst musste sie jemanden finden, der empfänglich schien. Vielleicht eine kleine Sonde, um …

Er spürt es!

Das scharfe Aufflackern von Reothes Wahrnehmung. Er war auf dem Weg zu ihr. Erschrocken zog sie sich zurück, zog ihr Bewusstsein ein, bis sie es auf die Sinne einer Echtfrau reduziert hatte. Angestrengt lauschte sie nach seinen Schritten im Flur. Mit laut klopfendem Herzen wartete sie, befürchtete die unvermeidliche Konfrontation.

Bei ihrem kurzen Kontakt hatte sie Reothes unglaubliche Willenskraft gespürt, aber er hatte sich offenbar auf etwas anderes konzentriert. Nun war er schon im Flur.

Imoshen musste ihn ablenken, musste sein Misstrauen einlullen. Sie begann, ihre Zöpfe zu lösen, und ihr Herz klopfte so schnell wie das eines Vogels in der Schlinge.

Reothe kratzte an der Tür.

Sie musste sich räuspern, bevor sie sprechen konnte. »Herein.«

Sie blickte auf, gab sich ganz ruhig. Reothe kam herein und blieb abrupt vor ihr stehen, ignorierte das Kind zu ihren Füßen. Wellen der Anspannung gingen von ihm aus. Er holte angestrengt Luft, kniff die Lider ein wenig zusammen. »Was hattest du vor?«

Es fiel ihr schwer, aber sie löste einfach weiter ihr Haar und ignorierte ihn.

»Imoshen?«, flehte er.

Verblüfft sah sie ihn an. Warum wirkte er so angespannt? All ihre Heilerinstinkte sagten ihr, dass er sich quälte.

»Was ist denn?«

Er öffnete den Mund, dann schüttelte er den Kopf und ging zum Feuer. Er starrte in die Flammen, drehte ihr den Rücken zu.

Imoshen erhob sich langsam. »Ist General Tulkhan da?«

»Wieso?« Er fuhr herum. »Spürst du ihn?«

»Nein, ich ...« Sie zuckte mit den Achseln, denn sie wollte ihm nicht sagen, dass der General ihr verboten hatte, seinen Geist zu berühren. Indem er sich von ihr abgeschlossen hatte, hatte er auch verhindert, dass sie ihn sogar in einem solchen Notfall erreichen konnte. »Nein, du hast mir gesagt, drei Tage, und seitdem sind drei Tage vergangen.«

Sein bitteres Lachen unterbrach ihre Gedanken.

Imoshen konnte Reothes Stimmung nicht deuten, aber sie spürte die Gefahr, die von ihm ausging, und wie mühsam er sich beherrschte. Sie wagte nicht, ihn zu provozieren.

Das Schweigen zwischen ihnen dehnte sich aus, aber er starrte sie weiterhin an. An diesem Abend war Reothe ganz T'En, aber verwundbar und beunruhigt. Er war anders. Das berührte sie.

Hitze breitete sich von ihrer Mitte her in ihrem ganzen Körper aus. Imoshen spürte, wie die verräterische Farbe in ihre Wangen trat. Reothe fletschte die Zähne. Sie wusste, dass er ihre Erregung spürte.

Sie drehte sich um, aber es gab keine Fluchtmöglichkeit.

Dennoch, ihre Füße trugen sie zum Fenster. Die Seeluft kühlte ihr die Wangen, spielte mit ihrem Haar.

Ihre Hände lagen auf dem kalten, gemaserten Holz des Fensterbretts. Drunten in der Bucht war jedes Schiff eine kleine Welt für sich, beleuchtet von Laternen. Wenn sie doch nur ...

»Nein!« Reothe packte sie an den Schultern.

Sie konnte ihn in ihrem ganzen Körper spüren. Er strahlte Hitze, Anspannung und Entschlossenheit aus.

Sie konzentrierte sich auf die tanzenden Lichter in der Bucht, auf den Seewind, auf alles außer seine Begierde nach ihr.

Sein Atem streifte ihr Ohr.

Sie legte den Kopf schief, um die Berührung zu vermeiden, aber innerlich begann sie zu schmelzen, ihr Körper rief nach dem seinen, antwortete auf seine unausgesprochene Gier.

Er hielt sie fester. »Schick mich weg.«

»Geh weg.«

»Es ist grausam – dein Kopf sagt mir eines, aber dein Körper etwas anderes.« Seine Stimme streichelte ihre Sinne wie Rohseide. »Wenn der ghebitische General nicht gekommen wäre, hätten wir uns miteinander verbunden. Das Leben wäre schön gewesen. Begreifst du das denn nicht, Imoshen?«

Weil er darauf bestand, begriff sie es. Visionen tauchten vor ihr auf – sie beide auf einem Ausritt, sie beide, die das T'Elegos studierten, das T'Endomaz entzifferten. Eine Quelle des Begehrens, lange unterdrückt, begann in ihr zu sprudeln. Reothe hätte ihre T'En-Züge akzeptiert. Er hätte ihre Kräfte nicht eingeschränkt. Für ihn war sie einfach das, was sie war. Sie sah sich selbst zusammen mit ihm an Bord eines Schiffes. Sie hatte ein kleines hellhaariges Kind dabei, und als Reothe grüßend den Arm hob, ging sie auf ihn zu, ohne einen Augenblick nachzudenken.

»Pflanz mir keine Visionen in den Kopf!«

»Beleidige mich nicht. Ich sehe dieselben Visionen. Manchmal verblassen sie, und ich fürchte, dass einer von uns sterben wird. Zu anderen Zeiten werden sie so intensiv, dass ich vergesse, wo ich bin und glaube, dass du bei mir bist.«

»Lass das! Ich will es nicht wissen.« Sie wollte nicht anerkennen, dass auch er verwundbar war, dass er sie begehrte. Das würde ihre Entschlossenheit verringern.

»Wir sind füreinander bestimmt, Imoshen.« Dann senkte er die Stimme. »Wir sind die letzten T'En. Es ist an der Zeit, unser Volk zu retten. Ich will alle mit T'En-Blut zusammenbringen. Ich möchte unsere eigene T'En-Halle der Gelehrsamkeit aufbauen, wo wir unsere Fähigkeiten entwickeln und miteinander teilen, was wir gelernt haben.

Wir wären nicht länger Gegenstand von Neugierde – in einem Atemzug angebetet, im nächsten gefürchtet. In jedem Dorf würde es einen T'En-Heiler geben. Jedes Paar, das ein Kind mit T'En-Zügen hätte, würde sich als gesegnet betrachten. Das ist mein Traum, und ich brauche dich, damit du mir hilfst, ihn zu verwirklichen.«

Imoshen senkte den Kopf. Der Schmerz über ihr Anderssein, die unausgesprochenen Spottworte, die Angst und Ehrfurcht, die jede Beziehung zu anderen trübte, all das mischte sich in ihr. Reothes Vision würde ihrer Andersartigkeit einen heiligen Sinn verleihen.

»Wir werden die Strahlende Insel erneuern. Es wird die Wiedergeburt der T'En werden, das Zeitalter der T'En. Wagst du, mit mir zu träumen, Imoshen?«

Sie versuchte, klar zu denken. Ihr Instinkt sagte ihr, dass Reothe es ehrlich meinte. Er wollte die gefallenen Engel wieder erheben, er wollte ein goldenes Zeitalter schaffen. Aber sie fürchtete die Macht, die er versprach.

»Die Echtmenschen ...«

»Brauchen uns. Es liegt in ihrem Wesen, sich nach einer

höheren Autorität umzusehen. Warum sollten wir gejagt und ausgerottet werden wie Ungeziefer? Ich habe schon zu lange draußen gelebt. Komm zu mir, Imoshen. Erwecken wir den alten Glanz der T'En wieder zum Leben.«

Sie holte angestrengt Luft.

Er hob die Hände von ihren Schultern. Mit den Fingerspitzen folgte er der Linie ihres Halses, wo er sicherlich spürte, wie ihr Puls raste. Zweifellos erfreute es ihn zu wissen, dass seine Ideen sie berührt hatten.

Sie fühlte am ganzen Körper die Hitze, die von ihm ausstrahlte, wusste, dass er sie begehrte. Der sanfte Druck wurde stärker, beharrlicher, gieriger, fordernder.

Zorn stieg in Imoshen auf. »Ich werde bis zum letzten Atemzug kämpfen.«

»Warum? Wir wissen doch beide, dass du mich begehrst. Deine T'En-Kräfte liegen schwer in der Luft. Ich konnte deine Begierde nach mir quer durchs Zimmer spüren. Dein Duft betäubt mich beinahe. Sogar jetzt gerade zitterst du.«

»Vor Zorn!« Das war zu viel. »Du hast mich gegen meinen Willen hierher gebracht, nimmst meinen Sohn als Geisel, um dir meine Mitarbeit zu sichern, und dann glaubst du, dass ich dich in meinem Bett willkommen heißen werde?«

Wütend fuhr sie zu ihm herum. Er hatte die Zähne so fest zusammengebissen, dass sie sehen konnte, wie sehr er die Muskeln anspannte. Gut. Sollte er doch wütend aus dem Zimmer stürmen. Oder noch besser: Sollte er sie schlagen, damit sie ihn hassen konnte.

Erfüllt von kalter Wut trat er ein paar Schritte zurück. »Du drängst dich selbst in eine gefährliche Ecke, Imoshen. Du lässt mir keine andere Wahl.«

Ihr Herz sank. Sie warf einen unsicheren Blick zu ihrem schlafenden Baby hin, aber Reothe drehte sich auf dem Absatz herum und stolzierte zur Tür.

Sie wollte ihn rufen, wollte ihn fragen, was er vorhatte.

Dann biss sie sich auf die Zunge und beherrschte ihre Angst.

Bevor er die Tür öffnete, drehte sich Reothe noch einmal zu ihr um. »Ich werde diese Tür mit einem besonderen Schloss versehen. Wenn du versuchst, es zu öffnen, werde ich es wissen.«

Sie nickte zum Zeichen, dass sie begriffen hatte.

Er ging hinaus, aber dann machte er noch einmal kehrt und sah sie mit seltsamer Miene an. »Du hattest die Wahl. Wenn wir das nächste Mal miteinander sprechen, werden die Dinge zwischen uns anders sein.«

Die Tür fiel zu, und Imoshen sank auf den Boden und drückte sich die Handwurzeln an die geschlossenen Augen. Reothe wollte sich gegen sie wenden. Er würde Tulkhan gefangen nehmen und ihn töten, während sie noch hier in der Falle saß.

Ohne sich zu regen, überprüfte sie die Tür. Nichts störte ihre Sinne. Wenn sie nur das Schloss, das Reothe hergestellt hatte, identifizieren könnte, würde sie es auch unbemerkt öffnen können. Plötzlich drang ein scharfer, weißer Schmerz in ihre ungeschützten Sinne.

Tränen liefen ihr über die Wangen. Das Blut toste in ihren Ohren. Sie schauderte. Es war eine Kraft, der sie nicht entkommen konnte. Ihr war kalt bis ins Mark. Sie musste wieder warm werden! Sie war kaum imstande, etwas zu sehen, aber sie kroch ins Bett und zog die Decken über sich.

Schmerz machte ihre Willenskraft zunichte, und sie konnte an nichts anderes mehr denken, als daran, den Druck in ihrem Kopf loszuwerden. Sie gab den ungleichen Kampf auf, lag hechelnd auf dem Bett und wartete darauf, dass es vorüberging.

So abrupt, wie es begonnen hatte, hörte es auch wieder auf und ließ sie ausgewrungen zurück, zu schwach, auch nur den Kopf zu heben. Lange Zeit lag sie dort, und Tränen flossen aufs Kissen.

Sie war nutzlos. Sie hatte ihr Bestes gegeben und versagt.

Sie fühlte sich so zerbrechlich, dass sie nicht einmal mehr wagte, über das Zimmer hinauszuspüren. Jeder Versuch konnte diese schrecklichen Schmerzen zurückbringen.

22

Tulkhan kletterte die Strickleiter zum Deck hinauf. Er wusste, dass der Kapitän des Handelsschiffes keinerlei Beziehungen zur Strahlenden Insel hatte – für ihn war das hier einfach eine Geschäftsangelegenheit. Sobald Tulkhan sein Schiff gemietet hatte, hatten sie sich einer Fluchtroute versichert. Dieser Trick *musste* einfach funktionieren.

Wie immer vor einem Kampf spürte er die vertraute Mischung aus Angst und Aufregung gepaart mit dem Wissen, dass er dem Tod ins Auge blicken würde, bewaffnet nur mit seiner Klugheit und mit seinen Fähigkeiten. Nur, dass er diesmal keinem Echtmenschen gegenüberstehen würde.

Reothe erwartete den Angriff vom Land her. Wenn Tulkhan noch ein paar Tage gewartet hätte, wäre Kommandant Peirs hier gewesen und hätte die Rebellen ablenken können, aber der General beschloss zuzuschlagen, ehe seine Anwesenheit entdeckt wurde.

Sobald sie die Fluchtroute gesichert hatten, wollte Tulkhan mit einer ausgewählten Truppe in die Stadt eindringen. Der Hafen war voller Seeleute, ein paar mehr würden nicht auffallen.

Informanten hatten ihm erzählt, dass Imoshen und sein Sohn im Turm der Zitadelle eingeschlossen waren. Er hatte sogar das Licht ihres Fensters gesehen, so nah und dennoch unmöglich weit entfernt. Darunter fielen Turm und Klippen steil zum Meer hin ab. Wäre es möglich, dann hätte er diese Klippen erklommen, aber er war kein verfluchter Dhamfeer-Krieger.

Stattdessen plante er, in die Zitadelle einzudringen, Imoshen zu befreien und mit ihr zu fliehen. Er setzte dabei auf die Hoffnung, dass Reothe seine Verteidigung auf die Mauern der Stadt konzentrieren und die Zitadelle relativ unvorbereitet zurücklassen würde. Aber wenn man ihn und seine Leute entdeckte, war Tulkhan darauf vorbereitet, sich zum Hafen zurückzukämpfen und auf dem Seeweg zu fliehen.

Als er das Deck betrat, grüßte ihn ein Seemann in der Händlersprache, wenn auch mit deutlichem Akzent.

»Der Kapitän wartet unten.«

Tulkhan hatte schon mit den Kaufleuten aus dem Tiefland zu tun gehabt, als es um die Überfahrt seiner Armee zur Strahlenden Insel gegangen war, und er wusste, er würde feilschen müssen. Diese Tiefländer hatten keinen anderen Gott als das Gold.

Er folgte dem Seemann die steile Treppe hinab, eilte durch den schmalen Flur und wich den dicken Balken aus. Die kleine Kabinentür ging auf, und er musste sich bücken, um unter dem niedrigen Türsturz durchzukommen.

Der Stuhl des Kapitäns war leer.

Noch bevor er eine Waffe ziehen konnte, hatten sie sich schon auf ihn gestürzt. Er hatte keinen Platz, sich zu bewegen, und geriet ins Taumeln. Hände schlangen sich um seine Kehle, andere versuchten, ihm das halb gezogene Schwert aus den Fingern zu reißen. Er warf sich rückwärts gegen eine Wand, traf den Mann in den Rücken. Der Druck an seiner Kehle ließ nach.

Dann schüttelte er auch den ab, der an seinem Schwertarm hing, und wollte gerade die Waffe ziehen, als ein Aufblitzen von Schmerz sein Blickfeld trübte. Jemand hatte ihm mit dem Schwertknauf auf den Kopf geschlagen.

Er fiel auf die Knie. Seine Arme gaben nach, und ein Stiefel traf ihn in die Rippen, als er vornübersackte. Sein Atem entwich in einem hilflosen Ächzen.

»Tut ihm nicht weh«, warnte eine vertraute Stimme. »Ich will ihn unverletzt haben.«

»Sagt *ihm* das«, murmelte jemand.

Tulkhan blinzelte, als man ihn auf die andere Seite drehte. Blendendes Licht brannte in seinen Augen.

»Es wird noch mehr wehtun, wenn Ihr Euch wehrt«, sagte Reothe.

Selbstverständlich wehrte er sich.

Reothe legte die freie Hand auf Tulkhans Gesicht. Der General versuchte, den T'En-Krieger auszusperren, dann fiel er durch die Rückseite seines Schädels. Er fiel und fiel ...

Tulkhan sackte gegen die Wand. Ihm war übel. Es war kalt, und Eisenfesseln bissen in seine Handgelenke.

Stimmen. Hasserfülltes Lachen.

»Typisch für ihn, sich zu wehren«, sagte der Vaygharier und lachte abermals.

Tulkhan blinzelte. Der Vaygharier verbündet mit Reothe?

Er versuchte, sich auf das Gesicht seines Gegenübers zu konzentrieren. Es war tatsächlich Kinraid.

»Was macht Ihr hier?« Tulkhans Stimme war heiser, aber klar genug.

»Er ist wach«, verkündete Kinraid.

Nun kam Reothe in sein Blickfeld. Er betrachtete Tulkhan kritisch. »In ein oder zwei Tagen wird er geheilt sein. Ihr könnt Eurem Herrn sagen, dass ich ihn abgeliefert habe wie versprochen. Und nun muss er seinen Teil des Handels einhalten. Ich brauche diese Söldner.«

»Ihr werdet sie bekommen. Sie warten schon auf die Überfahrt. Beim derzeitigen Wetter und den Gezeiten wird es zwei Tage dauern, bis sie alle hier sind.«

»Dann schickt Eure Botschaft nun ab.«

Kinraid verbeugte sich knapp und ging.

»Ihr habt mich also verkauft?«, fragte Tulkhan. »Wer ist denn so verrückt nach mir?«

»Selbstverständlich König Gharavan. Er wird Euch wegen Verrat vor Gericht stellen, bevor er Euch hinrichten lässt«, erklärte Reothe. Er hob eine Schale mit Wasser, in das Kräuter gestreut waren. »Ich bin kein Heiler wie Imoshen, aber ...«

»Warum gebt ihr Euch überhaupt die Mühe?« Zorn und Trauer überwältigten Tulkhan. Sein eigener Halbbruder hatte mit diesem Dhamfeer zusammengearbeitet, um ihn zu vernichten!

Reothe zuckte mit den Achseln und kam näher, um das Blut von Tulkhans Kopf zu wischen. Seine Hände waren kühl und fähig. Ein Wassertropfen lief kribbelnd über Tulkhans Hals in seine Weste.

»Ihr hättet beinahe Erfolg gehabt, Echtmensch. Ich hatte keinen Angriff vom Meer her erwartet. Zum Glück waren meine Leute wachsam.« Reothe drückte Tulkhan ein trockenes Tuch auf den Kopf und ließ es dort. »Ihr hättet Gharavan töten sollen, als Ihr die Gelegenheit dazu hattet.«

»Habt Ihr einen Bruder?«

»Nein.«

Tulkhan verzog das Gesicht. »Dann maßt Euch nicht an, ein Urteil über mich zu fällen.«

Reothe legte den Kopf schief und betrachtete ihn forschend. »Ihr habt Recht.«

Tulkhan war verblüfft. Er starrte Reothe wütend an. Zu gerne hätte er den Dhamfeer gehasst.

»Habt Ihr Angst, mich selber zu töten?«

»Das wäre Verschwendung. Ihr seid lebendig mehr wert für mich, denn ich kann Euch gegen ausgebildete Soldaten tauschen, die ich dann einsetzen werde, um Eure führerlosen Männer zu besiegen.«

»Seid vorsichtig, was Söldner angeht, die mein Halbbruder schickt. Sie werden seinem Zweck dienen, nicht dem Euren«, fauchte Tulkhan.

Reothe lächelte. »Anders als Ihr habe ich nicht den Fehler gemacht, Gharavans Falschheit zu unterschätzen. Aber Nur-Menschen sind ein offenes Buch für mich. Sie dienen mir um meines Wohlstands willen, aber am Ende dienen sie mir aus Liebe. Liebe ist viel mächtiger als Angst.« Er stellte Schale und Tuch weg, dann drehte er sich wieder um und sah Tulkhan an. »Nein, ich brauche Euch nicht zu töten. Außerdem, wieso sollte ich einen Märtyrer aus Euch machen, der von Imoshen beweint wird, wenn es Eure eigenen Fehleinschätzungen waren, die zu Eurem Untergang führten?«

Tulkhan verzog das Gesicht. Imoshen würde ihn verachten. Er war so gut wie tot.

Reothe kam wieder näher. Tulkhan bemerkte, dass er schnupperte.

»Ich rieche keine Angst an Euch. Warum fürchtet Ihr mich nicht?«

»Es ist mir gleich, wie sehr Ihr über mich spottet.« Tulkhan schluckte. Das Versagen hatte einen bitteren Nachgeschmack auf seiner Zunge hinterlassen. Es war nicht sein eigenes Schicksal, um das er sich sorgte. »Tut nur Imoshen und dem Kind nicht weh.«

Reothe hätte beinahe gelächelt. »Wie ausgesprochen rührend! Wisst Ihr, der Junge gehört bereits zu mir. Ich habe seinen Geist berührt, schon bevor er zur Welt kam.«

Tulkhan versuchte zu verbergen, wie verzweifelt er war.

Er war sich Reothes neugierigen Blickes bewusst. Warum studierte der Dhamfeer ihn so forschend, als wäre er tatsächlich interessiert an seinen Reaktionen?

»Und was Imoshen angeht«, diesmal lächelte Reothe tatsächlich, »ich kann Imoshen nicht wehtun.« Er sah, dass Tulkhan ihn nicht verstand. »Habt Ihr Euch je gefragt, warum die Männer und Frauen der Strahlenden Insel gleichgestellt sind und alles teilen, von Besitz und Wohlstand bis zu politischen Rechten?«

Tulkhan zuckte mit den Achseln. Er hatte kein Interesse an einer Geschichtsstunde.

»Seid Ihr je in anderen Ländern auf so etwas gestoßen?«, hakte Reothe nach.

Tulkhan schüttelte den Kopf.

»Warum sind die Frauen Eurer Heimat Sklavinnen der Männer?«, fragte Reothe und klang ganz wie einer der Lehrer, die Tulkhan als kleiner Junge gehabt hatte: geduldig, aber unnachgiebig.

»Sklavinnen?« Tulkhan erstarrte. »Ich … ich nehme an, das liegt daran, dass Frauen nicht so stark sind wie Männer.«

»Genau.« Der T'En beobachtete ihn abwartend. »Es sind immer die Starken, die herrschen.«

Reothe konnte doch nicht wirklich meinen, was Tulkhan glaubte, dass er damit sagen wollte?

»Glaubtet Ihr wirklich, dass das Machtgleichgewicht in der T'En-Gesellschaft auf irgendwelche unklaren altruistischen Motive zurückzuführen ist? Nein. Macht wird von den Mächtigen ausgeübt.« Reothe kam näher, und in seinen Augen blitzte unmenschliche Heiterkeit. »Imoshen weiß es nicht. Wie könnte sie es auch wissen? Es steht alles im T'Elegos, aber T'Abularassa hat unser Erbe vor uns verborgen. Ihr reinblütiger T'En-Vetter Sardonyx wurde abtrünnig und verlangte, dass die Informationen aus dem Buch veröffentlicht wurden. Es gab einen Aufstand in der Hauptstadt. Der Palast brannte nieder. T'Abularassa behauptete, das T'Elegos sei zerstört worden. Sie und die erste Gesegnete haben es versteckt. Irgendwann habe ich dann herausgefunden, wo es sich befand. Eine ehrgeizige Priesterin half mir, mir Zugang zu verschaffen.«

»Die derzeitige Gesegnete.«

Reothe sah ihn nachdenklich an. »Ja. Sie hat sich als sehr nützlich erwiesen.«

Tulkhan würde nicht zulassen, dass Reothe triumphierte. »Wenn Imoshen mächtiger ist als Ihr, warum weiß sie es dann nicht?«

»Wie könnte sie denn?« Reothe lächelte. »Niemand weiß es. Reine T'En-Frauen sind dem Gesetz entsprechend immer keusch gewesen. Ich dachte, es ginge darum, zu verhindern, dass mehr reinblütige T'En-Kinder geboren wurden, denn die Männer unseres Volkes haben nur reinblütige Kinder mit einer reinblütigen Gefährtin.«

»Imoshen sagte mir, dass ihre T'En-Kräfte im Heilen bestehen. Sie fürchtet *Eure* Kräfte!«

Reothe nickte. »Die Leute fürchten, was sie nicht kennen. Aber meine Kraft besteht hierin.«

Er strich mit den Fingern über Tulkhans Stirn. Das Gefühl war das einer kühlen Brise, die durch seine Gedanken wehte, seltsam erfrischend, wenn auch beunruhigend.

»Geistige Kräfte. Ich kann Menschen vortäuschen, dass sie verletzt sind, sodass sie wirklich krank werden. Ich kann sie dazu anleiten, sich selbst zu heilen. Ich kann ihnen geben, was sie sich am meisten wünschen. Aber es ist alles nur eine Illusion. Imoshen übertrifft mich schon jetzt bei weitem. Es war die ganze Zeit ein Spiel, in dem es darum ging, ihr immer einen Schritt voraus zu sein. Als ich hörte …« Er blieb stehen und sah Tulkhan an. »Imoshen die Erste hat reinblütigen T'En-Frauen verboten, Kinder zu bekommen, weil das ihre Kräfte ans Tageslicht bringen würde. So wie das Kind wächst, wächst auch die Macht. Daher waren sie es und nicht die Männer, die unser Heimatland beherrschten. Es ist diese zurückgehaltene Macht, die immer noch unsere Gesellschaft beherrscht. Die Gesegnete, unsere letzte Kaiserin und die Frauen, die den Gilden vorstehen, sie suchen Macht und begreifen nicht, wem sie dafür zu danken haben. Noch während wir hier stehen, erwartet Gräfin Holzrank in Keldon mein Zeichen, um die Adligen gegen Eure Männer in T'Diemn zu führen. Sie ist nur eine in einer langen Reihe weiblicher Anführer.«

Reothe schwieg und wandte seine Gedanken nach innen. Tulkhan beobachtete ihn und war gegen seinen Willen fasziniert.

»Warum sagt Ihr mir das alles?«, fragte Tulkhan.

Reothe lächelte liebenswürdig. »Weil Ihr so gut wie tot seid, Nur-Mann, und ich dachte, Ihr würdet die Ironie zu schätzen wissen: zu erfahren, dass es immer in Eurer Macht lag, mich zu vernichten, wenn Imoshen nur ihr eigenes Potenzial verstanden hätte. Sie irrt sich, wenn sie glaubt, dass ich mächtiger sei als sie, und das gestattet mir, sie zu beherrschen.«

Der Sieg hatte die ganze Zeit in seiner Reichweite gelegen? Tulkhan wollte gegen die Ungerechtigkeit ankämpfen, aber er schloss einfach die Augen, schwor sich, dem Rebellenführer nicht die Freude zu machen zu zeigen, wie er sich fühlte.

Als er die Augen wieder öffnete, sah er Reothes mitleidige Miene und wusste, dass sein Feind ihn nur zu gut verstand.

»Gefällt es Euch, mich leiden zu sehen?«, fauchte Tulkhan.

»Ja. Ein Teil meiner Kraft besteht einfach darin, Emotionen genießen zu können, je intensiver, desto besser.«

»Ihr seid wahnsinnig!«

»Nein. Nur anders.« Reothe beugte sich dichter heran.

Tulkhan wünschte sich, die Hände frei zu haben; so wie er in den Ketten hing, konnte er nichts anderes tun, als den Dhamfeer wütend anzustarren.

»Ich glaube, ich habe jetzt genug. Ich brauche nur noch eins, den Geschmack.« Damit leckte Reothe über Tulkhans Kehle und verharrte nahe seinem Ohr.

Zorn ließ den General erbeben.

Reothe trat zurück und vollführte eine seltsam höfliche Verbeugung. »Ich danke Euch.«

Tulkhan wollte fragen, wofür Reothe ihm dankte, aber er fürchtete die Antwort.

»Wartet«, flüsterte er. »Ich habe eine Frage.«

»Fragt.«

»In jener Nacht, als Ihr zum Palast kamt und Imoshen gerettet habt ... wenn Ihr nicht solch starke Kräfte habt wie sie, wie konntet Ihr ...?«

»Ihr habt mich gefragt, also nehmt es mir nicht übel, wenn Ihr es nicht versteht. Ich kenne mich ein wenig im Schatten des Todes aus.« Reothe unterdrückte ein Schaudern, als er die Schnüre seines Hemdes löste. Parallele Narben zeichneten sich auf seiner Haut ab. »Ich habe meine Kraft benutzt, um mich in Euch zu verankern. Wenn Ihr nur wüsstet! Wir stehen einander näher als Blutsverwandte. Und ich habe noch etwas von einer anderen Quelle geborgt.«

»Einem Schneeleoparden.« Tulkhan hatte dieselben Zeichen an Imoshen gesehen. »Aber wie habt Ihr das gemacht?«

»Imoshen und ich sind auf eine Weise miteinander verbunden, wie sie und Ihr es nie sein könntet. Ich habe mit den Alten gefeilscht und meine Prinzipien wegen Euch aufgegeben. Ihr habt alle meine Pläne durcheinander gebracht.« Reothe band die Schnüre wieder. »Macht kostet, und ich werde einen Preis dafür zahlen müssen, die Strahlende Insel zurückzuerlangen, aber ich bin bereit, das zu tun. Die T'En sind lange genug verfolgt worden. Imoshen und ich werden das goldene Zeitalter der T'En einläuten, und Ihr werden nichts weiter als eine Erinnerung sein. Ihr habt Euch selbst zum Tode verurteilt, an dem Tag, an dem ihr den Fuß auf diese Insel setztet. Sie gehörte mir bereits, aber ich war noch nicht bereit zuzuschlagen. Ihr habt mich dazu gezwungen.«

Tulkhan schwieg.

Reothe zuckte mit den Achseln. »Denkt darüber nach, Nur-Mann. Es war ein Fehler, eine friedliche Insel zu erobern. Ich mache diesen Fehler nur wieder rückgängig.«

»Ich werde fliehen, wenn ich kann«, warnte Tulkhan. »Ich werde Imoshen von ihren Kräften erzählen, und ich werde Euch sterben sehen!«

Reothe verbeugte sich spöttisch. »Weniger hatte ich auch nicht erwartet.«

Der General sah ihm nach, wie er die Leiter hinaufkletterte, hinaus aus der fensterlosen Zelle, und das einzige Licht mitnahm. Allein in der kalten Dunkelheit stand Tulkhan seiner Sterblichkeit gegenüber. Und er verfluchte den Tag, an dem er Imoshen hatte schwören lassen, ihre Kräfte nicht bei ihm einzusetzen.

Als Imoshen erwachte, spürte sie, dass ihr jemand eine Hand auf den Mund drückte und sich im Dunkeln an sie presste.

Sie erinnerte sich, ins Bett gekrochen zu sein, außer Gefecht gesetzt von dem geistigen Schlag, den Reothes Schloss ihr versetzt hatte. Sie musste eingeschlafen sein. Sie schaute hinüber zum Kamin, aber das Kind hatte sich nicht gerührt.

»Imoshen?«

»Tulkhan?« Ihr Herz floss über, als sie seinen vertrauten Duft roch, sein Flüstern hörte. »Wie bist du hier hereingekommen?«

»Durch den Hafen. Sie sind alle draußen und halten auf der Stadtmauer Wache.«

Sie nickte. Das klang vernünftig. Reothes Schloss diente nur dem Zweck, sie drinnen zu halten, nicht dazu, anderen den Zugang zu verwehren. Sie umarmte ihn und fuhr mit den Fingern durch sein seidiges dunkles Haar. »Du hast mir so gefehlt. Ich dachte, ich würde dich nie wiedersehen.«

Seine Lippen waren so quälend vertraut, seine Küsse so süß. Sie wollte ihn in sich aufsaugen. Tränen der Freude brannten ihr in den Augen und liefen ihr schließlich über die Wangen. Er küsste sie weg, so liebevoll und sanft wie nur er sein konnte.

Sein schwerer Atem sprach von solcher Sehnsucht, dass sie nur auf seine Berührung reagieren musste. Wilde Leidenschaft erfüllte sie. Sie waren voneinander getrennt gewesen, hatten dem Tod gegenübergestanden, und nun waren sie wieder vereint. Es war nur natürlich, dass sie ihn unbedingt haben wollte.

»Warte! Wir müssen fliehen …«

»Sie sind alle weg und beobachten die Zugangsstraßen.« Er nahm ihre Hand, führte sie in sein Hemd. Sie konnte hören, wie heftig sein Herz unter ihren Fingern klopfte. Ihr eigenes schlug unregelmäßig und schnell.

Mit der freien Hand löste er die Schnur ihres Gewandes und zog den Ausschnitt nach unten. Er drückte die Handfläche auf ihr Herz. Sie legte ihre Hand auf seine, genau wie sie es an jenem Morgen getan hatte, als sie sich ihm anschwor. Sie spürte, wie ihr Herzschlag sich dem seinen anglich. Worte waren unnötig.

Schweigend zupfte sie an den Schnüren seiner Reithose. Als er dazu ansetzte, die Schnüre zu lösen, zog sie das Nachthemd über den Kopf und warf es beiseite, blickte auf und sah ihn im Licht des größeren Mondes nackt vor sich. Sie streckte die Hand aus, zog ihn aufs Bett und an sich. Morgen würden sie vielleicht sterben, aber nun hatten sie einander. Sie begehrte ihn leidenschaftlich und wollte, dass er das wusste.

Er zögerte. Sie hieß ihn mit einer leichten Hüftbewegung willkommen. Als sie spürte, wie er sie erfüllte, wurde sie von einem Schauder geschüttelt. Sein Körper erbebte gleichermaßen.

Sie konnte sich nicht beherrschen. Die Bedürfnisse ihres

Körpers überwältigten alle Vernunft. Sie küsste ihn, ihr Atem vermischte sich, sein Drängen spornte sie an. Wenn er nur zuließe, dass sie seine Seele berührte! Sie sehnte sich danach, auch diesen Kontakt herzustellen.

Sie fuhr mit den Fingern durch sein Haar, zog seinen Kopf zu ihrem.

»General«, flüsterte sie. »Wenn wir morgen sterben, dann solltest du wissen, dass ich dich liebe.«

Er erstarrte. Sie spürte, wie er die Fingerspitzen in ihre Schultern grub. Dann fuhr er mit den Händen weiter durch ihr Haar und küsste sie. Es war ein brutaler Kuss, aber sie hatte nichts dagegen, denn sie wollte alles andere vergessen, diesen Augenblick für immer bewahren.

Wieder brannten Tränen in ihren Augen, und ihre Kehle war wie zugeschnürt.

Dann spürte sie es, die kaum wahrnehmbare Spur kalten Kontakts, der über die fiebrigen Ebenen ihres Geistes zog.

Unmöglich. Aber es war dort, und sie erkannte dieses Gefühl. Panik überwältigte sie.

Wie eine große blauweiße Sonne spürte sie, wie sich Reothes Wesen über den Horizont ihrer Wahrnehmung erhob. Die Berge, die sie errichtete, konnten ihn nicht fern halten, und er brannte weiter in ihrem Geist, versengte sie mit seiner Präsenz.

Sie drehte dieser intensiven Kälte den Rücken zu und versuchte zu fliehen.

Wortlos folgte er ihr. *Imoshen, lass mich dich lieben.*

Es war eine Bitte, die tief aus seinem Herzen kam. Sie verlangte nichts, flehte nur.

Imoshen war bereits gefangen.

Begehren durchzuckte sie. Sie verlor die Wahrnehmung, wo ihr Körper endete und seiner begann. Die Wellen der Leidenschaft wurden zusehends größer, spülten sie näher an den Rand, trieben sie dazu, ihn zu umschlingen, als sie schließlich überschwemmt wurden.

Als sie sich selbst wiederfand, hatte sie ihn fest umschlungen. Er war der einzige feste Punkt im Chaos ihrer geistigen Empfindung.

Wie betäubt wandte sie sich ab, und die Ranken verflochtenen Bewusstseins teilten sich, kribbelten überall auf ihrem Körper. Endlich war er nur eine kühle, beruhigende Präsenz in den dunklen Regionen ihres Geistes. Es gab keinen Raum für Gedanken, keine Worte für das, was sie erfahren hatte.

Die Zeit schien sich ins Unendliche zu dehnen. Er verlangte nichts von ihr, war offenbar nur damit zufrieden, in Kontakt zu bleiben. Und sie, die nie die Intimität eines solchen Kontaktes gekannt hatte, staunte.

War das die Weise, wie es sein sollte – mit einem ihrer eigenen Art zusammenzusein, vollständiges Vertrauen zu teilen?

Aber er hatte sie hinters Licht geführt.

Sie versuchte, sich aus dem geistigen Kontakt zu lösen. Er hielt sie weiter fest, passiv, aber entschlossen. Angst ließ sie erbeben, und er reagierte mit einer sanften Brise, die sie beruhigte.

»Reothe?«

Er streifte ihre Lippen mit den Fingern, kühl, beruhigend, berechnend.

Berechnend?

Dann spürte sie es, das vertraute Flackern, als neues Leben in ihr entstand. Es war ein winziger Funke, aber so intensiv, dass sie keuchte.

Sie spürte seinen Triumph. Zorn erfüllte sie. Sie jagte ihn einen langen Tunnel entlang. Seine glühende Essenz entzog sich ihr, und er errichtete Trennwände. Diesmal zog sie sich zurück, bevor er ihr wehtun konnte. Der Übergang war so abrupt, dass sich ihr der Kopf vor Eindrücken drehte und ihr beinahe übel geworden wäre.

»Imoshen?«

Aber sie war schon weit von ihm zurückgewichen.

»Imoshen, tu das nicht.«

»Du hast mich betrogen!«

»Ja. Die Droge war im Essen, verborgen von den Gewürzen. Es waren drei Tage bis zu deiner fruchtbaren Nacht, und drei Tage, bevor dein General eintraf. Sein arroganter ghebitischer Stolz wird nicht zulassen, dich zurückzunehmen, sobald er weiß, dass du mein Kind trägst.«

»Es war er, den ich in die Arme nahm, nicht du!«

»Am Ende nicht.«

Er hatte Recht. Eine Flut von Empfindungen ergoss sich über sie, Erinnerungen so intensiv, dass sie keuchte. Sie fühlte sich wund. »Das ist es also, was du versprochen hast?«

Er war eine bleiche Gestalt auf dem Bett. In diesem sensibilisierten Zustand schimmerten alle Oberflächen, als leuchteten sie von innen heraus.

Er hob die Hände zu einer flehenden Geste.

»Es war Unrecht, mich hinters Licht zu führen, Reothe.«

»Manchmal muss man ein kleines Unrecht begehen, um etwas wirklich richtig zu machen.«

Sie schnaubte, wies diese Äußerung vollkommen von sich. Chaotische Eindrücke durchzuckten sie.

»Reothe!« Imoshen presste die Hände auf den Mund, kämpfte gegen die Übelkeit an, als sich ihr Kopf mit Empfindungen füllte. »Was passiert mit mir? Ich fühle mich seltsam.«

Seine Berührung war beruhigend. Sie sank in seine Arme, und er wiegte sie an seiner Brust. Die verstörenden Eindrücke vergingen. Sein kühles Wesen war so tröstlich, dass sie sich anstrengen musste, um sich daran zu erinnern, dass er sie verraten hatte.

»O Reothe«, flüsterte sie. »Warum muss es so zwischen uns sein?«

Tulkhan hob den Kopf und blinzelte. Die einzelne Kerze schien nach der Dunkelheit blendend hell. Es war wieder Reothe, der die Leiter hinunterkam. »Kommt Ihr, um zu triumphieren?« Tulkhan versuchte, ihn zu einer gewaltsamen Reaktion zu verlocken. Alles war besser, als hier zu hängen wie ein geschlachtetes Tier, und darauf zu warten, seinem Halbbruder serviert zu werden.

Reothe überquerte den Steinboden und kam näher, hob wortlos sein Handgelenk vor Tulkhans Nase.

»Riecht Ihr sie an meiner Haut, Nur-Mann?«

Bei diesen Worten erlebte Tulkhan ein Aufblitzen wirrer Empfindungen. Er spürte Imoshens Körper unter dem seinen, spürte, wie ihre quecksilberhafte Leidenschaft zündete.

Er wollte es abstreiten, aber die Eindrücke waren zu lebhaft, um eine Lüge zu sein. Verzweifelt wandte er sich ab.

»Wenn Ihr sie das nächste Mal seht, solltet Ihr Folgendes wissen: Sie trägt mein Kind. Als ihr wahrer Gefährte habe ich ihr T'En-Potenzial erweckt. Was immer sie für Euch empfunden haben mag, wird davon gefärbt sein. Sie hat Euch vielleicht einmal geliebt, aber könnt Ihr es ertragen, dass sie Euch bemitleidet?«

Es war der ultimative Schlag. Tulkhan stöhnte.

»Akzeptiert Euer Schicksal, General«, flüsterte Reothe zufrieden. »Ihr wurdet von einem Besseren verdrängt.« Reothe trat zurück und rief: »Er ist bereit!«

Tulkhan sah, dass mehrere bewaffnete Rebellen die Leiter herunterkamen.

»Es ist beinahe Morgen«, erklärte ihm Reothe. »Auf das Zeichen des Vaygehariers vom Klippenturm sind Gharavans Schiffe vor dem Wind über Nacht hierher gekommen. Wir müssen nur noch den Austausch hinter uns bringen, General, dann könnt Ihr zu Eurem Volk zurückkehren und sterben.«

Plötzlich wurde Tulkhan überwältigt von der Sehnsucht,

die strahlende Sonne seiner Heimat wiederzusehen, die bunt gekleideten Menschen auf den Marktplätzen, die stolzen ghebitischen Männer, die beim Reiten eins mit ihren Pferden wurden.

Als sie seine Fesseln lösten, rieb sich Tulkhan die Handgelenke und streckte sich, um seine steifen Muskeln zu lockern. Einer der Rebellen kam mit einer Kette, aber Reothe winkte ab.

»Das ist nicht notwendig. Kommt, General.«

Seite an Seite gingen sie auf die Leiter zu. Die Rebellen kletterten zuerst hinauf. Tulkhan dachte kurz daran, Reothe zu zwingen, ihn zu töten, aber seine Rebellen würden ihn vielleicht einfach nur verstümmeln, und außerdem bemerkte er noch einen Keim von Widerstand tief drinnen. Er würde nicht ohne Kampf sterben.

Aber warum fühlte er sich dann so nutzlos?

Es war Reothes Schuld! Es musste einfach so sein.

»Klettert.« Reothe zeigte auf die Leiter.

Tulkhan gehorchte. Als sie im nächsten Stockwerk waren, wurde die Leiter nach oben gezogen und ein Stein über die Öffnung der Zelle geschoben. Ein Grab.

Er schauderte.

»Kommt und nehmt Euren Platz in der Geschichte ein, General«, sagte Reothe.

Man führte ihn aus der Zitadelle hinab in die Stadt. Es war die dunkelste Stunde der Nacht, kurz vor der Dämmerung. Der kleine Mond war bereits untergegangen, und sein größerer Gefährte nahm zu. Tulkhan schaute hinunter zur Bucht, wo Nebel über dem Wasser hing.

Reothe und die Eskorte marschierten schweigend durch die gewundenen Straßen zum Hafen. Tulkhan konnte es kaum glauben, aber der Geruch nach frisch gebackenem Brot ließ seinen Magen knurren.

Auf den Steinen des Kais brannte ein großes Feuer. Reothe hob eine Fackel und winkte. Tulkhan sah, wie ein

Mann das Signal vom Schiff aus erwiderte. Er konnte die ghebitische Flagge nicht erkennen, aber es war auch kaum anzunehmen, dass die Ghebiten ankündigten, dass sie einem Dhamfeer-Fürsten im Austausch gegen das schwarze Schaf ihrer königlichen Familie Söldner lieferten.

Was für eine quälend grausame Ironie.

Imoshen schreckte aus einem unruhigen Schlaf auf. Ashmyr lag in ihren Armen. Das Kind war aufgewacht, nachdem sich Reothe lautlos davongemacht hatte. Sie hatte sich geweigert, mit ihm zu sprechen, hatte sich zur Wand gedreht. All ihre Wahrnehmungen ihrer selbst standen auf dem Kopf, und sie war zu verwirrt, um sich ihm zu stellen, ihrem liebsten und gefährlichsten Feind.

Nun beunruhigte sie eine schlechte Vorahnung. Sie schlüpfte aus dem Bett. Das Zimmer sah vollkommen normal aus. Der Instinkt trieb sie ans Fenster. Die Bucht war immer noch dunkel, aber am Kai brannte ein Feuer.

Die springenden Flammen zogen ihren Blick an, gemahnten sie an etwas. Bevor sie sich der Erinnerung genauer bewusst werden konnte, traten mehrere Gestalten in den Lichtkreis des Feuers. Unter ihnen war ein breitschultriger Mann, größer als der Rest. Selbst aus dieser Entfernung erkannte sie Tulkhan.

Ohne einen Gedanken an die Konsequenzen wünschte sie sich, dass er an sie dachte.

Etwas Kühles berührte ihre Wahrnehmung, und sie bemerkte, dass Reothe bei Tulkhan auf dem Kai war. Der General war offenbar Reothes Gefangener, aber er schien unverletzt – er war nicht bewaffnet, aber auch nicht gefesselt. Sie konnte sich nicht vorstellen, dass Tulkhan ohne Kampf aufgab.

Sie verstand das alles nicht.

Aber nun hatte sie keine Zeit, sich zu wundern. Das hier war ihre Chance.

Rasch eilte Imoshen zum Bett zurück und holte Ashmyr. Barfuß, das Haar offen, nur mit dem Nachthemd bekleidet, eilte sie zur Tür. Nun, da Reothe drunten auf dem Kai war und sich auf den General konzentrierte, würde sie es wagen, sein Schloss zu brechen.

Prüfend fuhr sie mit den Fingern ihrer freien Hand über die Tür. Es geschah nichts, kein Kribbeln, kein Schmerz wartete darauf, ihren Geist zu lähmen.

Verblüfft konzentrierte sie sich auf den Mechanismus innerhalb des Schlosses. Plötzlich schwang die Tür auf.

Es gab gar kein T'En-Schloss, um sie gefangen zu halten, nur ihren Glauben, dass es existierte. Glühende Scham durchflutete Imoshen. Reothe hatte sie zum Narren gehalten. Er war wohl beim letzten Mal direkt vor dem Zimmer geblieben, um ihren ersten Versuch abzuwehren, das Schloss zu öffnen, sodass sie es nie wieder versuchen würde. Sie hatte ihm direkt in die Hände gespielt. Wütend auf sich selbst rannte Imoshen mit Ashmyr in den Armen den dunklen Flur entlang. Nichts würde sie mehr aufhalten. Niemand würde sie sehen. Sie sorgte dafür, sich unterhalb der Wahrnehmung jener zu bewegen, an denen sie vorbeikam. Aber es waren ohnehin nur wenige Menschen hier, die Turmzimmer waren beinahe verlassen. Sie hatte keine Schwierigkeiten, nach draußen und in die Stadt zu finden.

Tulkhan sah, wie der Nebel um seine Stiefel floss. Die Nebelfinger krochen nach oben über den Kai und in die Straßen hinein. Er hatte gehört, dass die Gebäude der Stadt mitunter so in Nebel gehüllt waren, dass sich nur die Zitadelle mit ihrem Turm darüber erhob.

Er konnte das sanfte Plätschern von Wasser hören, das gegen den Bug des sich nähernden Bootes schlug, gemischt mit dem Knarren der Riemen. Tulkhan wusste bei diesen Geräuschen, dass das Boot auf sie zuglitt. Der Nebel wirbelte um es herum, sodass die Köpfe der Männer manchmal wie körperlose Formen aussahen. Ein Seil segelte auf sie zu und wurde vertäut.

Die Männer stiegen den Kai hinauf.

»*Kinraid!*« Seine Verbitterung schnürte Tulkhan beinahe die Kehle zu.

Der Vaygharier verbeugte sich spöttisch. Dann wandte er sich Reothe zu. »Drei Bootsladungen von Söldnern sind bereit, an Land zu gehen, der Rest kommt, wenn der ghebitische Verräter das Festland erreicht hat. Ich werde Euch jetzt seiner entledigen.«

Verzweiflung erfasste Tulkhan.

Nein! Das war nicht sein eigenes Gefühl. Reothe manipulierte ihn.

Plötzlich hob sich die dunkle Wolke, die sich über ihn gesenkt hatte. Er hörte Reothe nach Luft schnappen und den Vaygharier fluchen.

Die Rebellen wichen zurück und murmelten nervös vor sich hin. Tulkhan drehte sich um, um zu sehen, was sie so erschreckt hatte.

Imoshen! Der Nebel wand seine körperlosen Ranken um sie. Sie wirkte wie von einem unheimlichen inneren Licht beleuchtet. Mit ihrem offenen Silberhaar, umweht vom weißen Nachthemd, schien sie auf einem Meer schimmernden Nebels zu treiben.

Der Vaygharier und seine Kumpane machten das Zeichen zur Abwehr des Bösen, sie flehten ihre Götter an, sie zu schützen. Selbst die Rebellen wichen zurück und murmelten etwas in der T'En-Hochsprache.

Tulkhans Zähne schmerzten, und seine Zunge schmeckte den metallischen Geschmack der Macht. Einen Augenblick lang glaubte er, Angst in Reothes Gesicht zu erkennen, dann wurde die Miene des T'En-Krieger wieder ausdruckslos.

»Imoshen.« Reothe trat vor, die Hand ausgestreckt, aber als sie nicht versuchte, sie zu ergreifen, ließ er sie sinken.

»Der General ist gerade dabei, uns zu verlassen. Die Ereignisse des vergangenen Sommers sind rückgängig gemacht worden. Bald wird die Strahlende Insel den T'En gehören.«

Tulkhan konnte es nicht ertragen, Imoshen anzusehen. Sie hatte eindeutig ihre Wahl getroffen und ihn um ihrer eigenen Art willen zurückgewiesen.

Er spürte die Intensität ihres Blickes, aber er schloss sich vor ihr ab, zu stolz, sie entdecken zu lassen, wie sehr sie ihn verletzt hatte.

Diese verfluchte Insel hatte ihm alles genommen, was er je geliebt hatte, aber sie würde ihm nicht auch noch die Selbstachtung nehmen. Er würde nach Gheeaba zurückkehren und seine Ehre wiedergewinnen, indem er seinen Halbbruder tötete.

Imoshen schauderte. Tulkhan wollte sie nicht ansehen. Reothe musste dem General erzählt haben, dass sie sich ihm willig hingegeben hatte. Kein Wunder, dass Tulkhan sie verachtete.

Verzweifelt streckte sie die Hand nach ihm aus, aber Tulkhan wich zurück, offensichtlich angewidert von dem Gedanken, dass sie ihn berühren könnte.

Diese Ablehnung fraß sich wie Säure in ihre Haut. Der Schmerz ließ sie taumeln. Reothe stützte sie und nahm das Kind, als eine Welle von Schwindel ihr die Sicht raubte.

Sie hatte schon immer gewusst, dass der General ihr Anderssein beunruhigend fand, hatte aber geglaubt, sie könnte sich darüber hinwegsetzen. Nun wusste sie, dass er sie nicht nur hasste, sondern sie ihn sogar anwiderte.

»Bringt ihn weg.« Reothe zeigte auf das Boot.

Wie betäubt sah Imoshen zu, als Tulkhan willig ins Boot kletterte. Als er sich hineinsetzte, schloss sich der Nebel um ihn und verhüllte alles außer seinem Kopf.

Imoshen konnte nicht glauben, dass er sie abgewiesen hatte.

Aber genau das war geschehen.

Der Vaygharier bereitete sich auf die Abfahrt vor.

»Nein.« Reothe hielt Kinraid auf. »Ihr werdet hier bleiben, bis der letzte Söldner an diesem Ufer steht. Ich weiß, wie die Vaygharier ihre Verträge einhalten.«

Kinraid zögerte, und seine Wangen röteten sich. »Also gut. Legt ab.«

Die Rebellen lösten das Seil und warfen es ins Boot.

»Hier. Nehmt auch die Brut des Verräters mit!« Kinraid riss das Baby aus Reothes Armen und warf es in den Nebel.

Imoshen schrie auf. Das weiße Tuch von Ashmyrs Hemd flatterte wie nutzlose Flügel, als er auf das nebelverhüllte Meer zuflog.

Imoshen schrie Tulkhan mit jeder Faser ihres Wesens zu, er solle ihren Sohn auffangen.

Ein Platschen füllte die Leere, die ihr Schrei hinterlassen hatte.

Rufe drangen aus dem Boot. Dann klatschte es noch mehrmals lauter. Es klang, als wäre das Boot umgekippt.

Imoshen wandte sich Kinraid zu. Der Zorn verschlang sie schier.

Der Vaygharier hatte sein Schwert gezogen und war kampfbereit. Hinter ihm toste das Feuer, das am Kai entzündet worden war. Die Flammen bäumten sich auf wie gierige Raubtiere. Imoshen erinnerte sich an ihre Vision von Kinraids Tod.

»Ihr werdet in den Flammen sterben«, sagte sie ihm, obwohl ihr die Wut die Kehle derart zuschnürte, dass sie die Worte nur mühsam hervorbrachte.

Er starrte sie entsetzt an, dann wandte er sich, von einer unsichtbaren Macht dazu gezwungen, dem Feuer zu. Innerlich gegen jeden Schritt ankämpfend, ließ Kinraid das Schwert fallen, rannte ungeschickt auf die Flammen zu und sprang hinein. Seine Schreie gellten in die Nacht, schrill, durchdringend, vollkommen verzweifelt. Das alles hatte nur einen Augenblick gedauert.

Imoshen stürzte zum Rand des Kais. Weißes Rauschen toste in ihrem Kopf.

Reothe hielt sie auf.

»Ashmyr ist tot, Imoshen. Ich habe gespürt, wie sein Leben verging!«

Nein. Sie konnte es nicht glauben. Hektisch wand sie sich in Reothes Armen, aber er kannte die Manöver der T'En-Kampftechnik ebenso gut wie sie. Endlich hatte er sie an sich gedrückt und nutzte seine größere Kraft, um ihre Arme festzuhalten.

»Er ist tot, Imoshen. Glaub mir!«

Sie erstarrte abwehrend.

»Imoshen?« Er nahm ihr Gesicht in die Hände. Sie spürte, wie er nach ihrem Geist tastete. Instinktiv wehrte sie sich gegen dieses Eindringen, ihre ganze Energie durch die Verzweiflung wiedererweckt. Er keuchte und taumelte. Noch während er auf die Holzplanken sackte, sprang sie über ihn hinweg.

Vor ihrem geistigen Auge sah sie immer noch Ashmyr, der in den Nebel fiel, hörte immer noch dieses schreckliche Platschen, wieder und wieder.

Er konnte nicht tot sein.

Wo war er? Wo sollte sie suchen?

Sie konnte das Boot im dichten Nebel nicht sehen, aber sie konnte die Gischt, und die Rufe der Männer im Wasser hören.

»Tulkhan!«, schrie sie und tastete nach ihm.

»Hier!«

Zwei Hände kamen aus dem Nebel und wollten ihr eine kleine, reglose Gestalt reichen. Im selben Herzschlag sanken sie nieder, verborgen im dichten Nebel.

»Hilf mir! Ich kann nicht schwimmen!«, rief Tulkhan, und eine Spur von Panik lag in seiner Stimme.

Sie erkannte seine Angst. Ihr Körper reagierte, ihr Herz klopfte wild. Sie sank auf die Knie, suchte ihn im wirbelnden Nebel, entdeckte hin und wieder eine dunkle Gestalt, die vielleicht einem der Rebellen gehörte, die immer noch versuchten, sich über Wasser zu halten.

»Nimm mich an, Tulkhan. Ich kann schwimmen.«

Sie schloss die Augen und tastete nach seinem Geist. Dort war er, immer noch vertraut, wenn auch mit kalter Angst erfüllt. Sie glitt in ihn hinein, spürte das Baby an seiner Schulter ... ihrer Schulter. Beide gingen unter.

Als sich kaltes, dunkles Wasser über seinem Kopf schloss, wurde seine Panik stärker. Imoshen kämpfte um die Kontrolle. Endlich begriff er und entspannte sich genug, dass sie treten konnte, seine kräftigen Muskeln in eine Bewegung brachte, die ihn und Ashmyr an die Oberfläche zurückführen würde.

Sie zwang seine freie Hand, sich zu schließen, und trieb seinen Arm in einem Bogen, der ihn nach vorn führte, und gleichzeitig trat sie. Nun, da er ihre Kraft spüren konnte, überließ er sich ihr vollends, traute ihr, ihn zu retten. Sie konnte sein großes Herz klopfen spüren, gekräftigt von der Entschlossenheit zu leben.

Schon beim nächsten Schwimmzug traf seine Hand auf eine der muschelverkrusteten Stützen des Kais. Verzweifelt klammerte er sich daran, versuchte, den Kopf über Wasser zu halten. Das reglose Kind drückte er mit dem Kinn gegen seine Schulter. Imoshen löste sich von Tulkhans Wahrnehmung und eilte ihm entgegen. Sie streckte sich aus, griff über den Rand des Kais, tastete durch den Nebel. Sie spürte Tulkhans Kopf, seine breite Schulter.

»Gib ihn mir.«

Ohne ein Wort reichte ihr Tulkhan das schlaffe Baby. Sie drückte den kleinen Körper an ihre Brust, zog sich vom Kairand zurück, hockte sich nieder. Im heller werdenden Dämmerlicht erkannte sie, dass das Leben tatsächlich aus Ashmyr gewichen war. Sie tastete, aber es war kein einziger Funke geblieben.

Das durfte nicht sein.

Sie würde es nicht zulassen.

Verzweifelt riss sie den Ausschnitt ihres Nachthemds herunter und kratzte die Narben der Alten auf. Feurige Schmerzensranken rasten über ihre Brust, aber das war nichts verglichen mit dem Schmerz ihres Verlustes.

Mit ihrer ganzen Willenskraft rief sie nach den Alten. Ashmyr gehörte ihnen ohnehin schon. Sie begriff nicht, was sie vorhatten, aber sicher würden sie ihn nicht sterben lassen!

Tulkhan schob sich kalt und nass über den Rand des Kais. Das Bild, das sich ihm bot, zerriss ihm beinahe das Herz. Imoshen kniete, die Brüste entblößt. Parallele, blutige Kratzer auf ihrer weißen Haut. Sie hatte die Arme ausgestreckt und hielt die schlaffe Gestalt ihres Sohnes vor sich.

Er brauchte nicht ihren Geist zu berühren, um ihre Qual zu teilen. Sie stand deutlich in ihrem Gesicht und spiegelte seinen eigenen Schmerz.

Tulkhan wäre zu ihr gegangen, aber Reothe zischte warnend.

Verblüfft warf er einen Blick auf den Rebellenführer. Ihm wurde noch kälter. Aus den Nasenlöchern und Ohren des Dhamfeer rann Blut. Selbst seine Tränen waren blutig. Er lag auf dem Kai, kaum imstande, den Kopf zu heben. Die Rebellen hatten sie verlassen. Reothe hob eine zitternde Hand. »Helft mir.«

Tulkhan fand dieses Flehen nicht ungewöhnlich. Sein einziger Sohn war tot. Nichts zählte mehr.

Er taumelte über den Kai. Er schob einen Arm unter Reothes Rücken und hob den T'En-Krieger an die Brust. Reothes Hände krampften sich um seine Arme. Er ächzte.

Dann erstarrte der T'En. Tulkhan folgte seinem Blick und sah dasselbe kindhafte Wesen, das er gesehen hatte, als er versehentlich an einem Ort der Alten Blut vergossen hatte.

»Die Alten sind ihrem Ruf gefolgt«, flüsterte Reothe.

Tulkhan betrachtete die Erscheinung, die im Nebel über dem Meer hing. Er konnte nicht in diese bodenlosen Augen schauen, als das Geschöpf durch den Nebel auf Imoshen zuglitt.

»Ich …«

»Imoshen hat die Alten gerufen, damit sie Ashmyr retten«, erklärte Reothe. »So viel verstehe selbst ich.«

Tulkhan schauderte bei Reothes Tonfall, der zu gleichen Teilen von Angst und Verachtung zeugte.

Ein inneres Licht durchdrang den Alten, bewirkte, dass Tulkhan blinzeln musste und ihm Tränen in die Augen traten. Als das Geschöpf nach der Leiche seines Sohnes griff, wurde Tulkhan beinahe von Panik überwältigt. Er kämpfte dagegen an. Der Junge war tot, und nichts konnte ihn nun mehr verletzen.

Imoshen ließ die Arme sinken. Von dem raschen Heben und Senken ihrer Brust abgesehen, war sie vollkommen reglos. Sie hatte den Blick auf den Alten fixiert, ihr Gesicht nackt vor Verzweiflung.

Hoffnung regte sich in Tulkhans Brust. Er zwang sie nieder. Man konnte den Tod nicht leugnen.

»Wird der Alte ihn retten?«, fragte Tulkhan, unfähig, den Blick von dieser unheimlichen Szene zu wenden.

»Für einen Preis.«

Der Alte streckte die freie Hand aus und berührte Imoshens geschlossene Lider. Sie schauderte sichtlich, holte tief Luft und nickte dann einmal kaum merklich.

Der Alte nahm das Baby in beide Hände, hob Ashmyrs Kopf und hauchte ihn an. Der kleine Körper zuckte gequält. Tulkhan gab einen Laut mitleidigen Schmerzes von sich, aber sein Herz raste, als die Hoffnung größer wurde, dicht gefolgt von Ekel. Das hier war nicht richtig. Niemand kehrte aus dem Schatten des Todes ins Leben zurück.

Es war zu viel, als dass er es hätte begreifen können. Er versuchte, durch das helle Strahlen zu sehen, das Imoshen, den Alten und seinen Sohn umgab.

Wie war das möglich? Würde das Kind wirklich wieder leben? Würde es gesund sein? Tulkhan hätte am liebsten Reothe gefragt, und nur mit großer Willensanstrengung hielt er den Mund und lauschte stattdessen nach dem geringsten Geräusch.

Das Baby begann leise zu weinen. Imoshen hob flehentlich die Arme.

Der Alte hielt das Baby in einem Arm und schwebte näher zu Imoshen hin. Er beugte sich zu ihr, bis ihre Stirnen einander berührten. Es war wie ein Kuss. Einen Augenblick lang blieben sie so, dann übergab der Alte Imoshen ihren Sohn und zog sich zurück.

Sie schwankte, dann richtete sie sich mit großer Anstrengung wieder auf, Ashmyr fest an sich gedrückt.

»Was hat er getan?«, flüsterte Tulkhan.

»Das weiß ich nicht. Ich bin ebenso blind wie Ihr.«

»Reothe?« Er betrachtete, was er vom Gesicht des T'En sehen konnte. Reothes Augen waren nicht leer wie die eines Blinden. Er meinte doch nicht etwa, dass er seiner T'En-Kräfte beraubt war? »Was ist geschehen?«

Reothe verzog das Gesicht, und wilder Schmerz und Verzweiflung spiegelten sich in seiner Miene.

»Seht doch!«

Nun hielt Imoshen das Kind fest, ein lebendiges, atmendes Wesen. Noch während Tulkhan zusah, verging das Schimmern, das sie und den Alten beleuchtet hatte, und damit verschwand auch die Erscheinung, und nur Imoshen und Ashmyr blieben zurück.

Sie sank auf die Knie. Ohne auf ihre Umgebung zu achten, zog sie dem Kind das nasse Gewand aus und legte es an die Brust, um ihm Nahrung und Trost zu spenden.

Erstes silbernes Tageslicht erhellte den Horizont hinter

der Stadt und brachte zarte Spuren natürlicher Farben in ihre Umgebung. Tulkhan bewegte Reothe ein wenig, um seine angespannten Muskeln zu entlasten. Er spürte, wie der andere unwillkürlich vor Schmerz schauderte.

Hinter sich konnte er Stimmen hören und nahm an, dass die Rebellen zurückgekehrt waren und sie bald finden würden. Gedankenschnell zog er Reothes Messer und hielt es dem Rebellenführer an die Kehle.

Reothe lachte schmerzlich. Das Geräusch fühlte sich auf Tulkhan wunden Sinnen an wie Salz in einer offenen Wunde. Aber er würde nicht aufgeben. Der T'En-Krieger war sein Einsatz bei diesem Spiel. Tulkhan hatte ihn, wo er ihn immer hatte haben wollen – Reothe war hilflos. Warum fühlte er sich dann nicht wie ein Sieger?

»Imoshen?«

Imoshen blickte auf, verblüfft, ihren Namen zu hören. Sie fühlte sich wie eine Schwertklinge, die von den Feuern des Schmerzes so lange geschmiedet worden war, bis sie nichts mehr erkannte.

Das schwache Dämmerlicht zeigte ihr die beiden Menschen, die sie am liebsten hatte.

»Ashmyr lebt.« Sie streichelte den weichen, dunklen Kopf an ihrer Brust, erfüllt von Freude und Staunen.

»Aber für welchen Preis?«, flüsterte Reothe.

Seine Frage war eine unwillkommene Einmischung. Sie schaute zu ihm hin und bemerkte zum ersten Mal, wie schlaff er in Tulkhans Armen lag. Der General hatte die Klinge an Reothes Kehle gedrückt. Sie zuckte bei diesem Anblick zusammen. Sie ging, das Baby in den Armen, auf die beiden zu.

Tulkhans langes dunkles Haar trocknete schon im Wind, der den Nebel davontrug. Er hielt das Messer so fest, dass seine Knöchel weiß waren.

Aber es war der Anblick von Reothe, der sie erstaunt aufschreien ließ. Blutspuren waren um Nase und Ohren getrocknet, und es sah aus, als hätte der Rebellenführer blutige Tränen geweint.

Zornig fragte sie: »Wer hat dir das angetan?«

Reothe schloss die Augen und schüttelte kaum wahrnehmbar den Kopf. Ein trauriges Lächeln umspielte seine Lippen. Als er die Augen wieder öffnete, konnte sie die Antwort in seinem Blick lesen.

»Nein, unmöglich!«, rief sie. »Ich würde dich nie verletzen, ich könnte es gar nicht!«

Tulkhan murmelte etwas in seiner Muttersprache. Sie sah ihn an und erkannte seinen Schmerz, aber dagegen konnte sie nichts tun.

Wortlos bot sie Tulkhan eine Entschuldigung an. Er wandte den Blick ab, konnte sie nicht annehmen. Verzweiflung überfiel sie.

Dann holte sie tief Luft und wandte die Aufmerksamkeit wieder Reothe zu. Blutige Tränen quollen unter seinen geschlossenen Lidern hervor.

»Hast du Schmerzen?« Imoshen berührte seine Schläfe, bemüht, sein Unbehagen zu lindern, und spürte nur Leere.

Tulkhan bewegte sich ein wenig und streckte die verkrampften Muskeln. »Er sagt, er sei blind. Seine T'En-Kräfte sind verschwunden.«

Instinktiv spreizte Imoshen die Finger über Reothes Gesicht. Sie tastete. Er erstarrte und gab ein gutturales Ächzen von sich. Schweiß trat Imoshen auf die Stirn und erkaltete sofort in der Dämmerungsbrise, während sie weitersuchte.

»Ich kann dich nicht finden.« Sie konnte nicht glauben, dass die Essenz, die sie so deutlich gespürt hatte, bis zu einem Punkt ermattet war, an dem sie sie nicht mehr wahrnehmen konnte. Für immer verschwunden?

»Er behauptete, deine Kräfte seien größer als seine«, sagte Tulkhan leise und beinahe mitleidig. »Und das sei schon immer so gewesen.«

»Aber …«

»*Du* hast ihm das angetan!«, unterbrach Tulkhan sie verbittert. »Wenn du es nur versucht hättest, hättest du dich Reothe jederzeit widersetzen können.«

Imoshens Blick glitt von Tulkhans Augen zu Reothes schmerzverwüstetem Gesicht.

»Es war alles nur Bluff, Imoshen«, flüsterte Reothe. Schweigend sah er ihr in die Augen, bat um Verzeihung. »Ein großes Spiel, und ich hätte beinahe gewonnen.«

Sein Lächeln riss an ihr.

»Zurück!«, brüllte Tulkhan plötzlich.

Als Imoshen sich umdrehte, sah sie, dass die Rebellen näher gerückt waren, gefolgt von einigen wagemutigen Städtern. Das Kind an ihrer Brust wimmerte leise. Sie beruhigte es automatisch und straffte sich, um sich Reothes Anhängern zu stellen. Als sie vorwärts stürmten, die Waffen gezogen, fielen die Städter, hin- und hergerissen zwischen Angst und Neugier ein wenig hinter ihnen zurück.

Imoshen sah sich um. Der Hafen und die Bucht waren durch eine nur noch dünne Schicht von Nebel inzwischen deutlicher zu erkennen. Die Vaygharier, die aus dem Boot gesprungen waren, hatten sich davongemacht wie Ratten.

»Es wird keine Kämpfe mehr geben.« Imoshen sah die Rebellen an. »Bindet ein Segel zwischen zwei Stangen und stellt so eine Bahre her. T'Reothe ist verletzt. Tragt ihn in die Zitadelle.«

Während die aufgehende Sonne die letzten Nebelschwaden verscheuchte, sah Imoshen den Männern bei der Arbeit zu. Tulkhan steckte das Messer ein und ließ Reothe los, legte ihn sanft auf die Planken.

Danach unternahm er keinen Versuch, sich Imoshen zu nähern.

Die Rebellen wirkten bedrückt, besorgt um ihren verletzten Anführer und offenbar unsicher, ob sie nun Gefangene waren oder nicht.

Imoshen hörte Riemen knarren und drehte sich um.

»Da ist Wharrd«, sagte Tulkhan. »Ich muss den vaygharischen Kapitän gefangen nehmen lassen, bevor er meinem Halbbruder eine Nachricht bringen kann.«

Er ging an ihr vorbei zum Ende des Kais.

Tulkhan traute sich in Imoshens Nähe selbst nicht über den Weg. In dieser Nacht hatte er in die dunklen Tiefen seiner Seele geschaut, und was er dort gefunden hatte, hatte ihm nicht gefallen. Es war, wie die Gesegnete gesagt hatte: Ein Echtmensch musste viel aufgeben, wenn er einen der T'En liebte.

Die Logik sagte ihm, er solle in Wharrds kleines Boot klettern und die Strahlende Insel verlassen, solange ihm seine Seele noch gehörte, aber das würde bedeuten, seinen Sohn, seinen einzigen Erben, zurückzulassen. Die Vernunft sagte ihm, dass sein Sohn tot war, dass das Geschöpf, das Imoshen im Arm hielt, ein Wechselbalg war, aber er konnte sich einfach nicht dazu bringen zu gehen.

Dann traf ihn eine plötzliche Einsicht. Würde sein Sohn zu einem solchen Wesen wie Imoshen heranreifen? Würde der erwachsene Ashmyr Tulkhan aus T'En-Augen ansehen und ihn als Nur-Mensch verachten?

Kein Wunder, dass man die T'En aus ihrer alten Heimat hinter der Morgensonne davongejagt hatte! Wie konnten Echtmenschen mit dem Wissen leben, über das Tulkhan nun selbst verfügte? Wharrd hob den Arm und winkte.

Tulkhan erwiderte das Zeichen automatisch.

»Verlass mich nicht, General«, flüsterte Imoshen plötzlich an seiner Seite.

Er schnaubte. »Ich habe nicht vor, aufzugeben, was ich erobert habe. Und tu mir den Gefallen und halte dich aus meinem Kopf heraus, T'En.«

»Ich hatte nicht ... Das wollte ich nicht. Ich brauche dich, General Tulkhan.«

»Ach ja?« Er hätte am liebsten gelacht. Wozu konnte

Imoshen schon einen Nur-Menschen wie ihn brauchen?

»Du hast meinen Sohn, du hast die Strahlende Insel, und nun hast du deinen Verlobten angemessen gezüchtigt. Was willst du noch von mir?«

Er spähte in ihr Gesicht, das vom weichen Morgenlicht beleuchtet wurde. Sie sah müde aus, zerbrechlich und verwundbar. Er wusste, dass seine Worte sie gekränkt hatten. Die Ironie bestand darin, dass er mit dieser Kränkung auch sich selbst Schmerz zugefügt hatte, denn trotz allem liebte er sie immer noch.

Gegen besseres Wissen legte er ihr die Hand an die Wange, spürte ihre weiche Haut an seiner schwieligen Handfläche. Strähnen ihres hellen Haars wehten im Wind.

Sie schmiegte ihr Gesicht an seine Handfläche und küsste sie. Es war die sanfte Geste einer Bittstellerin, aber ihre Augen waren so scharf wie eh und je.

»Ich brauche dich, damit du die Strahlende Insel beherrschst, General Tulkhan. Die Menschen haben Angst vor den T'En. Ich brauche jemanden, dem sie vertrauen, dass er sich um ihre Interessen kümmert.«

Es würgte ihn beinahe. »Ich werde also dein Werkzeug sein, dein Marionettenkönig? Das ist wirklich eine Ehre.«

»*Nein!*« Das war ein Flehen, das tief aus ihrem Herzen kam.

»Überleg doch, um was du mich bittest, Imoshen. Ich werde nicht dein Werkzeug sein, ich könnte mich selbst nicht ertragen.«

»Das weiß ich.« Sie schmiegte sich dichter an ihn, drängte sich an seine Seite. Er musste zugeben, wie sehr er sich nach ihrer Berührung sehnte. »Ich will kein Leben in der Öffentlichkeit. Du bist ein guter Mann, ein wahrer Mann. Du hast dir die Strahlende Insel verdient, General Tulkhan. Behalte sie. Ich weiß, dass du weise herrschen wirst. Und …«

»Töte ihn!« Die Worte waren aus ihm herausgebrochen,

bevor er auch nur wusste, dass er sie sagen wollte. »Lass Reothe hinrichten.«

Er spürte, wie sie erstarrte.

»Das kann ich nicht.«

»Warum nicht?«

»Er ist der Letzte meiner Art. Ich kann ihn nicht mehr töten, als du deinen Halbbruder töten konntest. Erinnerst du dich, was du mir geantwortet hast, als ich dir riet, ihn nicht am Leben zu lassen?« Der Kummer verlieh ihren Augen ein intensives Leuchten. »Du sagtest, wenn du so leicht töten könntest, dann wäre ich bereits tot. Nun gebe ich dir dieselbe Antwort. Es gab Augenblicke, in denen ich einen anderen Weg hätte einschlagen können, einen, der zu deinem Ende geführt hätte, aber das tat ich nicht. Bitte mich nicht, Reothe hinrichten zu lassen.«

»Dann verbanne ihn.«

»Ich brauche Reothe. Er weiß viel über die T'En, und ich benötige diese Kenntnisse für mein Volk und für meinen eigenen Seelenfrieden. Und im Augenblick ist er harmlos.«

Tulkhan lachte grimmig. »Wir sollten ihn jetzt steinigen, solange wir es noch können!«

Er sah ihr in die Augen, erkannte seine eigenen Gedanken in ihnen. Sie wussten beide, wenn Reothe seine Kräfte je wiedererlangen würde, wäre er zu mächtig und schlau, als dass sie ihn beherrschen könnten. Imoshen versuchte nicht, das abzustreiten, sondern lächelte Tulkhan bedauernd an.

»Reothe ist der Letzte meiner Art.«

»Und der Vater deines Kindes?« Es kostete Tulkhan viel, diese Frage zu stellen.

Sie nickte, sah ihm ins Gesicht. Er wartete auf eine Erklärung, ein Flehen um Verzeihung, aber sie schwieg. »Imoshen, sag mir, dass er dich gegen deinen Willen genommen hat. Gib mir diesen Trost.«

Ein Seil flog durch die Luft auf sie zu. Tulkhan fing es und vertäute es. Als er sich wieder aufrichtete, begegnete er

Imoshens Blick. Angespanntes Schweigen hing zwischen ihnen. Dann stiegen Wharrd und die Ghebiten auf den Kai, verlangten eine Erklärung, und der Augenblick war vorüber.

Imoshen trat zurück, während Tulkhan Kalleen auf den Kai half. In ein paar Augenblicken war er von seinen eigenen Leuten umgeben. Sie grüßten ihn begeistert, wussten nur, dass der Rebellenführer auf einer Bahre lag, unfähig, sich zu regen, während der General offensichtlich siegreich dastand, mit Imoshen an seiner Seite.

Die Ironie war bitter. Dennoch musste er lächeln und ihre Glückwünsche entgegennehmen, die von tiefstem Herzen kamen. Sie hatten um sein Leben gefürchtet. Sie hatten zu ihm gehalten, als alles verloren schien, und er hatte ein Wunder gewirkt. Er war ihr legendärer General Tulkhan, ein Mann, der imstande war, den Sieg noch aus den Klauen der Niederlage zu reißen. Die Strahlende Insel gehörte ihm, und ihnen allen stand eine goldene Zukunft bevor.

Keiner von ihnen wusste, dass er mit den Ketten der Liebe an ein Geschöpf gebunden war, das gefährlicher war als seine schlimmsten Albträume. Er sah Imoshen in die Granataugen und bemerkte nur ihr Anderssein. Ihre Miene erinnerte ihn an Reothe.

In diesem Augenblick begriff er, dass sie alle nur Imoshens Werkzeuge waren.

Imoshen stahl sich aus dem Kreis der feiernden Ghebiten davon. Die ehrlich empfundene Freude der Soldaten war bei ihren noch wunden Gefühlen kaum zu ertragen. Aber Kalleen folgte ihr, umarmte sie, tausend Fragen auf den Lippen. Als sie dazu ansetzte, ihr das schlafende Kind abzunehmen, wollte Imoshen es nicht hergeben.

Ashmyr war kostbarer für sie als das Leben selbst.

Als sie die Umarmung ihrer Freundin erwiderte, spürte Imoshen das neue Leben in Kalleen und lächelte, obwohl diese plötzliche Erweiterung ihrer T'En-Kräfte sie verblüffte.

Kalleen zog die Nase kraus, als sie Imoshen forschend betrachtete. »Was ist, Imoshen? Ihr seht ... anders aus.«

Tränen traten Imoshen in die Augen. Kalleen griff impulsiv nach ihrem Arm, um ihr Trost zu spenden.

Imoshen blinzelte die Tränen weg und schüttelte den Kopf, bemühte sich um ein beruhigendes Lächeln. »Bitte tu mir den Gefallen und geh in die Zitadelle. Lass Räume vorbereiten und Essen. Sag ihnen, der General hat gesiegt und sich mit den T'En versöhnt. Die Rebellen dürfen nicht in Panik geraten. Es wird keine Vergeltung geben, keine Hinrichtungen.«

Kalleen nickte und rief Wharrd an ihre Seite, um zu erklären, was zu tun war.

Imoshen verließ sie. Sie ging zu Reothe, der auf der improvisierten Bahre lag, und kniete sich neben ihn. Die Rebellen hielten respektvoll Abstand.

Sie berührte seine Wange, spürte die Kruste getrockneten Blutes. »Hast du Schmerzen?«

Er verzog das Gesicht. »Wen interessiert das schon? Ich bin besiegt und so blind wie ein Nur-Mensch. Töte mich, bevor ich mich erhole, denn sonst werde ich keine Ruhe geben, bis ich die Herrschaft der T'En wieder errichtet habe.«

Sie spreizte die Finger ihrer freien Hand auf seiner Stirn, konzentrierte sich darauf, seinen Schmerz zu lindern. Als sich seine Züge entspannten, ließ sie die Hand sinken.

»Ich will dich nicht töten, Reothe.«

Er wandte das Gesicht ab. Die Traurigkeit drang ihr bis ins Mark. Tulkhan hatte sich vor ihr zurückgezogen, und nun auch noch Reothe.

»Ich bin allein, und was ich in dieser Nacht erfahren habe, macht mir Angst, Reothe. Ich dachte, ich könnte die T'En-Kräfte wegschließen und sie nur benutzen, wenn ich es wirklich will, aber ...«

»Was hast du den Alten versprochen?«, fragte er.

»Was hast *du* ihnen versprochen?«, entgegnete sie.

Seine Augen umwölkten sich, aber er antwortete nicht.

Imoshen seufzte. »Alles, was ich je wollte, war mein eigenes Überleben und eine Zukunft für mein Kind.«

»Was wirst du mit mir machen, Imoshen?«, flüsterte Reothe.

Tulkhan kam auf sie zu, und Imoshen erhob sich. Rebellen und Städter sahen nervös zu, fürchteten Bestrafungen und Hinrichtungen.

Imoshen hob ihre Stimme. »Menschen der Strahlenden Insel, hört mich an. Sagt den Rebellen, die sich unter euren Betten verstecken, dass es kein Blutvergießen mehr geben wird. Die Strahlende Insel hat genug Tod gesehen. Wir nehmen T'Reothe als unseren geehrten Gast mit in die Zitadelle.«

Vier Rebellen traten vor, um die Bahre zu heben, als sich Imoshen zu Tulkhan umwandte und die Hand ausstreckte. Einen Augenblick lang befürchtete sie, er werde sich weigern, sie zu berühren, aber dann hob er den Arm, und sie schloss ihre Finger um seine.

Sie hätte ihm gerne versichert, dass er nichts zu befürchten hätte, aber er war zu weit von ihr entfernt. Er hatte erklärt, dass er sie nur akzeptieren würde, wenn Reothe starb, und sie konnte die Hinrichtung des letzten T'En-Kriegers nicht befehlen. Reothe hatte eine Vision der Zukunft der T'En, die sie inspirierte. Reothe war ihre andere Hälfte, stand ihr näher als ein Geliebter oder ein Bruder. Ohne Reothe, der ihre Kräfte verankerte, bezweifelte sie, überleben zu können, und sie hatte Angst vor dem, was aus ihr werden würde.

Kein Wunder, dass die T'En so labil waren.

Ein Band der Angst legte sich um Imoshens Herz. Zu denken, dass es so weit gekommen war!

Im letzten Herbst, als General Tulkhans Truppen die Festung hatten stürmen wollen, hatte alles so einfach ausgesehen – Tod oder Ehre. Jede Entscheidung, die sie getroffen hatte, hatte sie mit den besten Absichten getroffen. Sie wünschte, sie hätte niemals ihre T'En-Kräfte eingesetzt. Aber Ashmyr lag in ihren Armen, weiteres Leben wuchs in ihr, und sie konnte die Ereignisse, die sie hierher geführt hatten, nicht mehr ungeschehen machen.

Imoshen hob den Kopf und machte sich auf den Weg in die Stadt.

Im heller werdenden Licht eines neuen Tages zogen sie würdevoll durch die gewundenen Straßen, die zur Zitadelle hinaufführten. Krämer standen in den Türen, Kinder mit weit aufgerissenen Augen sahen zu, wie die Geschichte ihren Lauf nahm.

Der Geruch nach frisch gebackenem Brot ließ Imoshens Magen knurren. Sie ging auf einen Bäckerlehrling zu, der mit seinem Meister aus der Backstube auf die Straße hinausgerannt war. Er wischte sich gerade Mehl von der Schürze und balancierte noch ein Tablett mit frischen Brotlaiben, die er gerade aus dem Ofen geholt hatte.

Imoshen lief das Wasser im Mund zusammen. Sie sah den ehrfürchtigen Jungen an. »Darf ich?«

Der Meister nickte stolz. »Das beste in der ganzen Stadt«, verkündete der Mann. »Nehmt, so viele Ihr wollt.«

»Danke.« Imoshen griff nach einem der Brote und biss hinein. Warmer, frischer Teig schmolz in ihrem Mund. Sie lächelte. »Hervorragend!«

Der Bäcker strahlte, und sein Lehrling jubelte. Die Menge drängte vorwärts. Dann wollten sie ihr alle übers Haar streichen oder ihren sechsten Finger berühren.

»*T'Imoshen*«, flüsterten sie ihr ehrfürchtig und mit offensichtlicher Erleichterung zu. Imoshen versuchte, nicht daran zu denken, wie leicht die positiven Gefühle dieser Menschen für sie dem Hass weichen würden.

Mit der Zustimmung des Bäckers bot Imoshen dem General ebenfalls von dem Brot an.

Tulkhan schloss die Finger um das knusprige Gebäck,

und auch ihm lief das Wasser im Mund zusammen. Er sah Imoshen an, und in seinem Blick lag eine Mischung aus Verstehen und Resignation. Sie hatte es schon wieder getan. Mit einer einfachen Geste hatte sie die Menschen für sich eingenommen.

Machte sie das mit Absicht, oder war es reines Glück? Es war gleich.

Er riss ein Stück Brot ab, aß es und machte dem Bäcker ein Kompliment, bevor sie weitergingen.

Imoshen sah ihn an. »Sieht aus, als hättest du gesiegt, General.«

Er schaute in die Augen des Geschöpfs, das er verachten sollte, und sah eine Frau, die er über alles liebte. »Nicht alles ist immer so, wie es scheint, T'Imoshen.«

BLANVALET
COLLEEN
McCULLOUGH
Das Lied von Troja
Roman

BLANVALET
CHERYL
SAWYER
In einem fernen Land
Roman

BLANVALET
INDIA EDGHILL
Die Ungekrönte
Roman

BLANVALET
JAMES L.
NELSON
Der Sturmvogel
Roman

BLANVALET

HISTORISCHE ROMANE BEI BLANVALET

Valerio Evangelisti, Die Prophezeiung
35623

Colleen McCullough, Rubikon
35282

Jennifer Roberson, Herrin der Täler
35671

Roland Adloff, Der Advocatus
35358